해녀연구총서

2

숭실대학교
한국문예연구소
학술총서 48

해녀연구총서 2

Studies on Haenyeo(Women Divers)

민속학

이성훈 엮음

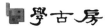

해녀는 공기통 없이 바닷속에 들어가 전복, 소라, 해삼, 미역, 우뭇가사리 따위를 채취하는 여자다. 제주해녀들은 농어촌의 범상한 여인이면서도 육지의 밭과 바다의 밭을 오가며 농사를 짓는 한편 해산물도 채취한다. 제주해녀는 제주도뿐만 아니라 출가(出稼) 물질을 나갔던 한반도의 모든 해안지역과 일본에도 정착하여 살고 있다.

최근에 제주특별자치도, 제주도민, 해녀들, 학계, 언론계 등 지역사회를 중심으로 제주해녀를 유네스코 인류무형문화유산으로 등재시키기 위해 총력을 기울이고 있다. 제주해녀문화는 현재 문화재청 한국무형유산 국가목록에 선정되면서 유네스코 문화유산 등재도 구체화되고 있다. 이러한 노력에는 지역민의 참여 확대와 행정적인 측면 이외에 학술적인 측면도 중요시해야 한다. 해녀연구자로서 이 총서를 엮게 된 이유다.

해녀 연구는 크게 두 가지 방향에서 시작되었다. 하나는 구비문학적 측면에서 해녀노래(해녀노젓는소리)를 수집하고 연구한 것이고, 다른 하나는 의학적 측면에서 해녀의 인체 생리를 연구한 것이다. 이후로 해녀 연구는 차츰 여러 학문 분야로 확대되었고 요즘에는 학제간 연구도 활발히 이루어지고 있다.

그간 해녀 관련 박사논문이 의학, 문학, 인류학 분야에서 여러 편 나왔고 석사논문과 일반논문들은 수백 편이 있으나, 아직 그것들을 한데 묶어 책으로 내놓은 적은 없다. 제주해녀를 유네스코에 등재시키려고

노력하는 이때야말로 해녀와 관련된 연구 논문과 자료들을 집대성하는 작업이 필요한 시점이다. 또한 '해녀학'을 정립하기 위한 토대를 마련하고 그에 대한 논의도 필요한 때라고 본다.

지난해 말부터『해녀연구총서』출간 작업에 착수하였고, 이제 일부분이긴 하나 작은 결실을 보게 되었다. 작업 과정에서 글을 찾아 읽고 선별하며 필자들을 섭외하는 일은 간단치 않았다.『해녀연구총서』를 엮는 취지를 잘 설명했음에도 불구하고, 일부 연구자는 끝내 글의 게재를 거절해서 몇몇 글들을 싣지 못한 아쉬움은 있지만 어쩔 수 없는 일이다.

이 총서는 해녀 관련 문학・민속학・역사학・경제학・관광학・법학・사회학・인류학・음악학・복식학 분야의 대표적인 논문들과 서평・해녀노래 사설・해녀의 생애력・해녀용어・해녀문화 등의 자료들을 한데 묶은 것이다. 타 학문 분야와 폭넓게 소통하면서 통섭하려는 요즘의 시대적 흐름에 맞게 이 총서는 해녀 연구자들에게 그간의 연구 동향을 파악하고 새로운 연구 방법을 탐구하는데 활로를 뚫어줄 것으로 기대된다.

이 총서를 엮으면서 납활자시대에 나온 논문들은 일일이 타자 작업을 하고, 원본 논문에서 표기가 잘못된 어휘나 문장을 찾아 교정하고 교열하는 과정은 지난(至難)한 작업이었다. 한국고전종합DB의『신증동국여지승람』과『조선왕조실록』, 한국역사통합정보시스템과 한국고전

번역원의 원문데이터베이스 등의 원문 텍스트를 일일이 대조하면서 잘
못된 부분을 바로잡은 것과 현행 맞춤법 규정, 표준어 규정, 외래어 표
기 규정에 맞게 고친 게 그것이다. 이를테면 저자명인 "関山守彌"를
"関山寺彌"로 오기한 것이 있는가 하면, 『삼국사기』제19권 문자명왕 13
년 기록에 "小國係誠天極"을 "小口係誠天極"으로, 『고려사』제28권 충렬
왕 2년 기록에 "乃取民所藏百餘枚"를 "及取民所藏百餘枚"로, "안성맞춤"
을 "안성마춤"으로, "出稼"를 "出嫁"로, "스티로폼"을 "스티로풀"로 오기
한 것을 바로잡아 고친 게 그 예이다.

　이 총서를 엮는데 많은 관심을 가져주시고 선뜻 원고를 보내주신 필
자 여러분과 책에 실린 해녀 사진을 제공해주신 사진작가 김익종 선생
님의 사모님께 이 자리를 빌려 감사드린다. 또한 인문학의 발전을 위
한다는 사명감으로 출판에 도움을 준 학고방의 하운근 사장님과 편집
을 담당한 박은주 선생께도 감사의 뜻을 전한다.

　학계의 해녀 연구에 새로운 전기가 마련되기를 기대하는 마음과, 제
주해녀가 유네스코 인류무형문화유산으로 등재되기를 기원하는 염원
으로 이 총서를 세상에 내놓는다.

2014. 12.
엮은이 이성훈

목차

01

北村里의 영등굿을 중심으로

濟州島의 영등굿

| 현용준 | 제주대학교

『한국민속학』 창간호, 1969.

I 서 론

『新增東國輿地勝覽』이나 『東國歲時記』 『耽羅志』 등에 보면 제주의 2월달 민속으로 '然燈'에 대한 대동소이한 기록이 보인다. 이 '然燈'이 오늘날의 영등굿임은 의심할 여지가 없거니와, 이 민속이 이미 조선조 초부터 문헌에 기록되어 있는 것을 보면 상당히 오랜 민속이요, 또 유명하고 성황했던 행사였음을 알 수 있다.

그러나 이 민속에 대해서는 이미 몇 분의 논급이 있기는 하지만[1] 아직 구체적인 조사 보고들이 없어 오늘날의 구체적인 행사 모습이나 성격, 또는 문헌 기록과의 차이 등을 거의 밝히지 못하는 실정에 있다. 따라서 이 글은 필자가 1968년에 조사한 북제주군 조천면 북촌리의 영등굿을 중심으로 제주도의 영등신앙의 모습을 보고함으로써 이 민속 연구의 하나의 자료가 되게 하고자 하는 것이다.

조천면 북촌리는 근래 도내에서 영등굿을 매우 성대히 하는 마을의 하나요, 또 오늘날의 영등굿의 모습은 도내 어디서나 큰 차 없는 것으로 이야기되고 있으므로 우선 이 마을의 굿을 대상으로 하였고, 조사는 이 마을의 사회적 배경과 관련시켜 살펴보려고 하였다.

---

1) 宋錫夏 「風神考」 『韓國民俗考』 日新社, 1963, 수록. 張籌根 「韓國의 神堂形態考」 『民族文化硏究』 제1집, 高麗大學校 民族文化硏究所, 1964. 진성기 「영등달과 민속신앙」 한국문화인류학회 창립10주년 기념 대회 발표. 泉靖一 『濟州島』 東京大學出版會, 1966, 등에 논급이 되어 있음.

II 영등신의 성격

영등신앙은 그 역사가 오래 되어 변모한 탓인지 그 신격이나 신앙의
성격이 매우 모호하게 되어 있다.

먼저 『新增東國輿地勝覽』의 기록부터 보자.

> 2월 초하루에 귀덕 김녕 등지에서는 장대 12개를 세워 신을 맞이하
> 여 제사 지낸다. 애월에 사는 사람들은 떼 모양을 말머리와 같이 만들
> 어 비단으로 꾸미고 약마희(躍馬戲)를 해서 신을 즐겁게 했다. 보름이
> 되어 끝내니 이를 연등(然燈)이라 한다. 이 달에는 승선을 금한다.
> (又二月朔日 於歸德金寧等地 立木竿十二 迎神祭之 居涯月者 得槎形如
> 馬頭者 飾以彩帛 作躍馬戲以娛神 至望日乃罷 謂之然燈 是月禁乘船)[2]

이 기록으로는 ① 그 이름이 然燈이요, ② 그 기간이 2월 1일부터
15일까지이며 ③ 굿이 북제주군 한림읍 귀덕리, 애월면 애월리, 구좌면
김녕리 등지에서 성대했고, ④ 제의의 특성이 장대(木竿) 12개를 세워
신을 맞이하여 제를 지내는 점, 또는 躍馬戲를 하여 신을 즐겁게 하는
점에 있고, ⑤ 이 기간 동안 배 타기를 금하는 관습이 있다는 점을 알
수 있을 뿐이다.

이어 『增補 耽羅誌』의 기록을 보면,

> 諺傳에 大唐商人이 漂沒於州境者 四體分解하여 頭骨은 入於魚登浦하
> 고, 手足은 入於高內涯月浦라. 故로 每年 正月에 有風이 自西海來則 謂

之 迎燈神이 降이라 하야 聚群巫하야 作野祀하니 槎形이 如馬頭者를
飾以彩帛하야 作躍馬戲하야 以娛神하고, 至二月旬望하야는 又造舟形하
야 具帆檣하고 帆于浦口하야 謂之送神이라 하다. 是期에 禁乘船하다.3)

이렇게 되어 있다. 이 기록은 위의 『新增東國輿地勝覽』의 기록에 諺
傳 및 送神의 모습 등이 덧붙은 것인데, 여기에는 ① 이름이 迎燈이라
표기되었고, ② 그 신격이 大唐商人의 익사한 시체라고 밝혔으며, ③ 제
의는 무당의 무리들이 모여 들에서 한다는 점, ④ 신을 보낼 때 배 모양
을 만들어 돛을 달고 포구에 띄움으로써 보낸다는 점을 더 밝히고 있다.

다음, 일반 민간에서 이야기되는 전 도적인 俗信을 종합하여 보면
대략 다음과 같다.

(1) 신의 이름은 '영등' 또는 '영등할망'이라 하고, 祭名은 '영등굿'이라
  한다.

(2) 영등할망(할머니)은 2월 1일에 들어오고, 2월 15일에 나간다. 따
  라서 2월달을 '영등달'이라 통칭하며 巫歌에서는 '영등이월'이라
  고 불리고 있다.

(3) 2월달이 되면 바닷가의 보말(고동과에 속하는 것으로 貝殻의 높
  이가 1cm 내외의 작은 것)의 속이 다 비는데, 이는 영등할망이
  오면서 다 까먹었기 때문이다.

(4) 영등이 들어오는 날(2월 1일) 날씨가 추우면 옷 좋은 할망이 온
  다 하고, 날씨가 따스하면 옷 벗은 할망이 온다고 하며, 비가 오
  면 우장 쓴 할망이 온다고 한다.

(5) 이 기간엔 배를 타 바다에 나가서는 안되며, 빨래를 해서도 안

---

3) 淡水契編 『增補耽羅誌』 奇聞傳說條. p.274.

된다. 만일 빨래를 하여 풀을 먹이면 집에 구더기가 인다.

(6) 영등이 들어오는 2월 1일엔 한림읍 수원리 영등당에선 환영하는
    굿을 3일간 하고 15일엔 송별하는 굿을 3일간 하는데(전에는 15
    일간 계속 했다), 이때 심방이 점을 쳐서 "미역 씨 주머니를 잊어
    버리고 왔다." 하면 미역이 흉년 들고, "미역 씨를 바다에 뿌리고
    왔다." 하면 미역이 잘되며, "밭벼 또는 좁씨 등을 가져 왔노라."
    하면 그 곡식이 풍년든다고 한다. 送神할 때는 짚으로 작은 배를
    만들어서 갖가지 제물을 싣고 바다에 띄워 보낸다.

(7) 옛날 장사 다니던 중국 여인이 파선하여 물귀신이 되었는데, 이 귀
    신을 영등할망이라 하는 이도 있다. (제주시 노형리 이화문 제보)

 이상의 속신을 종합하여 생각하면 영등신은 ① 할망이라 불리는 여
신이요. ② 중국 또는 大唐 등에서 유래했다는 外來神이며 ③ 寒暖 風
雨 氣象과 관계 깊은 신이고, 해녀 채취물(미역 전복 소라 등)과 어업
및 농업에도 관계 깊은 신임을 추측할 수 있다.
 그러나, 한편 심방들이 이야기하는 이 신의 신화나 巫歌에서의 神名
및 직능을 보면 男神과 같이 나타나고 있다.
 먼저 제주시 일도동에서 女巫 이씨에게서 들은 영등신화를 요약 소
개하면 다음과 같다.

 영등은 '할망(할머니)'이 아니라 '하르방'이다. 그는 본래 널개(翰京面
板浦里) 사람으로서 어부였다. 하루는 고기잡이를 하다가 대풍이 불어
풍랑을 따라 표류하다가 '외눈배기섬(一目人島)' 에 표착하였다. 외눈배
기는 눈이 하나만 달린 괴인으로 사람을 잡아먹는 종족인데, 그는 이
들과 같이 살게 되었다.

그 후, 또 한림읍 수원리 사람들이 고기잡이를 하다가 이 섬에 표류해 왔다. 외눈백이들은 좋은 찬거리가 왔다고 수원리 사람들을 묶어 가두고 먼저 온 널개 사람(곧 영등하르방)더러 잘 지키라고 했다. 널개 사람은 동향인을 동정해서 묶은 것을 풀어 주고, "나를 대신 꽁꽁 묶어 피가 흐르도록 때리고 도망가라"고 살길을 가르쳐 주었다. 그러면서 그는 집안에 다다를 때까지 "개남보살(觀音菩薩)"을 외어야 한다고 하는 것이었다. 수원리 사람들은 영등하르방의 지시대로 "개남보살"을 외며 노를 저으니 수원리 앞 바다 비양도 근처까지 무사히 올 수가 있었다. 고향 땅을 거의 밟게 된 그들은 긴장이 풀려 "개남보살" 염불할 것을 그만 잊어버렸다. 그러자 다시 대풍이 일어나 그들은 다시 외눈배기섬으로 표류하고 말았다.

이것을 본 영등하르방은 크게 꾸짖으며 이번엔 문턱에 들어설 때까지 "개남보살" 외기를 잊지 말라고 가르쳐 돌려보내 주는 것이었다. 수원 사람들은 외눈배기섬을 출발하며 "어떻게 이 은혜를 갚으리까?" 하고 물으니, 그는 "나는 너희들을 살려 보낸 관계로 외눈배기 손에 죽게 된다. 나는 매해 정월 그믐에 소섬(牛島)에 도착하고, 2월 초하룻날엔 산지(제주시 건입동 산지)에 왼발을 디디고 같은 날 수원리에 오른발을 디디리라. 내가 수원엘 가는 증거로 바닷가의 보말을 다 까먹으며 갈 것이니, 보말 속이 비었거든 내가 가는 줄 알고 제를 지내라."고 하였다. 그 후로 2월달이 되면 보말 속이 다 비고, 영등하르방은 2월 초하룻날 와서 보름날에 나간다 하여 수원리 영등당에선 매년 큰굿을 하는 것이다.

진성기가 수집한 영등신화도 이와 유사한 것인데, 요약하면 다음과 같다.

　　黃영등대왕이 용왕국에 있을 때 한 어선이 표류하는 것을 보았다. 그는 이 어선이 외눈배기섬으로 표류해 감을 알고 바위 밑에 숨겼다가 외눈배기 눈을 피해 관음보살을 외며 가라고 가르쳐 살려 보내 주었다. 어부들은 고향의 항구에 거의 이르자, 괜찮으려니 하고 염불을 그치자, 다시 폭풍이 일어나 또 외눈배기섬에 표착하게 되었다. 영등대왕은 다시 훈계하고 살려 보내 주었는데, 영등대왕은 좋은 찬거리를 놓아주었다고 외눈배기 손에 세 토막으로 짤려 죽었다. 그래서 머리는 소섬에, 사지는 한림읍 한수리에, 몸체는 성산리에 각각 떠올랐다. 그후, 이 영등대왕의 고혼을 위로하기 위하여 정월 그믐날 우도에서 영등맞이제를 하고, 수원리에서 2월 초하룻날 영등제를 한다. 그리고 영등대왕은 우도와 한수리, 그리고 성산리에 각각 부인을 거느리고 산다는 것이다.[4]

　　이상의 신화들에서 보면 『山海經』에 나오는 奇人國인 「一目國」的 요소나 남방의 食人風俗的 요소가 있어 자못 흥미로운 바 있으나, 비교신화학적 고찰은 다음으로 미루고, 우선 영등신앙면에서 보면 다음과 같은 점을 지적할 수가 있다.

　　즉, 영등신은 ‘영등하르방’ 또는 ‘영등대왕’이라 불리는 남성 신이요, 외래신으로서 잠시 왔다가 제사를 받고 가는 신이며, 바다와 바람과 관계 깊어 어부들을 도와주는 신이라는 점이다. 민간의 속전에는 女神으로 되어 있는데, 여기엔 男神으로 되어 있어 차이가 드러난다.

　　한편, 영등굿을 할 때 노래하는 巫歌에서의 영등신명을 보면 더욱 복잡하다. 조천면 북촌리의 영등굿에서 男巫 박인주가 〈큰대〉를 세우며 부른 사설을 모두 옮겨 놓고 보자.

---

4) 진성기, 앞의 발표 요지.

해로 금년 무신년 시절입고, 윤삭(閏朔) 열석돌은 보난(보니) 영등이 월 열사흘날, 강남천ᄌ국(江南天子國)서 산 구경 물 구경 제주도 오실 적의 돔백꼿(冬柏꽃) 복송갯꼿(桃花) 구경 올 적에 천초(天草) 메역(미역) 고동(소라) 생복 우미(우무) 전각씨(種子), 세경넙은드르(넓은 밭) 열두시만국(十二新萬穀―모든 곡식의 뜻) 씨를 가져 주저 허여 영등하르바님 영등할망 여등자수(座首) 영등벨감(別監) 영등우장(戶長의 雨裝에의 類推) 영등호장 일곱애기단마실청(자식인 일곱 아기) 거느려 오저 ᄒ시는듸, 오늘은 제주도 조천면 북촌 ᄆ을 상불턱(상급 해녀들이 불을 피워 쪼이는 곳) 상줌녀(潛女=해녀) 중불턱 중줌녀 하불턱 하줌녀, 상선(上船) 운빤선(運搬船) 발동기(發動機船) 최각선 모도 일만줌수덜 어부 되신 어른덜, 오늘 영등대왕 영등우장 오시는듸, 뱃겻들론(바깥으로는) 터진 생기지방(生氣之方)으로 삼천벵맷대(三千兵馬竿=큰굿 때 세우는 큰대) 일만초깃발 기초발입(旗幟發立)ᄒ시저 ᄒ시는디 천지월덕기(天地月德旗)로 신수푸저 흅네. 천신기(天神旗)는 지나치고 혹 싱기 지도토왔습네다(도두웠습니다). 영기(令旗)여, 당기여, 파랑당돌기 영서멩기(令司命旗) 거느려 천지월덕기 지도톱네다. 예―.

이 사설에서 보면 신명이 영등할망이나 영등하르바님 외로 영등대왕, 영등좌수, 영등호장, 영등우장 등 잡다하게 나오고 있다. 영등좌수니 호장이니 우장이니 하는 것은 主神 영등대왕에 속하는 관속으로 부르는 것임에 틀림없겠으나, 영등대왕과 영등할망 그리고 영등하르방 등에서 어느 것이 본래적인 主神名으로 볼 것이냐가 문제된다.

이 문제에 대해서는 육지부의 이 신에 대한 명칭을 참조할 필요가 있다.

송석하에 의하면 이 신의 속신은 남한 일대에 분포하여 그 신명은 '영동할만네' '영동할맘' '영동할머니' '영동할마시' '할마시' '영동바람' '風神할만네' '영동마고할머니' 등으로 불린다고 한다.[5] 여기에 보면 모두

'할머니'의 명칭으로 되어 있는 바, 이것은 제주의 '영등할망'과 같은 것으로 본래적 명칭의 분포라 볼 것이다. 따라서 '영등하르방'은 후대의 부부신 상정으로 덧붙은 것이라 볼 것이요, '영등대왕' 운운은 이 신의 위세와 행차 모습을 국왕의 그것에 유추하여 후대에 신화화한 것이라 여겨진다. 진성기는 "아무래도 본도 고유의, 그리고 전형적인 燃燈神은 역시 男神이라"고[6] 보고 있으나 그렇게 볼 것은 아니라고 믿는다.

그리고 위에서 말한 〈큰대〉 세울 때의 사설은 영등신에 대한 여러 가지 면을 말해 준다.

첫째, 영등신은 강남천자국에서 왔다가 돌아가는 外來神이라는 점인데, 이는 이 신의 신화인 '외눈배기섬'에서 온다는 점과 통한다.

둘째, 내왕하는 목적이 제주의 산 구경 물 구경 및 동백, 복숭아 등 꽃구경을 위해 온다는 점이요,

셋째, 그 직능이 해녀 채취물인 미역 소라 전복 등의 씨를 가져다 뿌려 주고, 어부들의 어선을 보호해 주며, 또 여러 가지 곡식의 씨를 가져다준다는 것이다. 즉, 어업과 농업을 보호해 주는 성격인 것이다.

그런데, 이 어업과 농업 중 어느 것이 더 본질적인 것이냐가 문제되는데, 이것의 해명에는 이 영등굿의 분포 및 그 촌락의 생업적 배경과 북촌리 당본풀이의 영등신에 대한 서술을 볼 필요가 있다.

영등굿의 도내 분포는 다음에 상술하겠지만, 거의 海村에 분포하여 잔존하여 있고, 영등굿을 이제도 하는 해촌은 어업 특히 해녀 작업이 성황한 마을임을 고려에 넣고, 또 북촌 본향당 본풀이 중에서 본향당신이 영등굿을 할 것을 신앙민에게 지시하는 다음의 대목을 보면 어업 수호가 본질적인 것이라 생각된다.

---

5) 송석하, 앞의 책, p.91.
6) 진성기, 앞의 발표 요지.

……경흥곡(그리 하고) 강남천ᄌ국서 영등대왕, 영등우장, 영등호장, 영등벨감, 영등좌시, 영등할망, 영등하르방 제주 산 구경 물 구경 올 것이다. 이월 열사흘날 영등대제일로 나를 춫아 와시니, 이건 벨도(別途)다. 소님 대우로 일만줌수딜 그 어른안티 ᄉ정해서 고동, 전복, 우미, 전각, 천초, 메역씨나 많이 줘뒁(주어 두고) 갑서고 배나 ᄒ나 뭇고(만들고) 굿을 치민 일만줌수에게 먹을 만 쓸 만ᄒ다. 제주도에 여ᄌ 벌이는 우리 북촌서 곱이고, 남ᄌ 벌이는 반밧기(반밖에) 안된다.……

〈조천면 북촌리 남무 박인주 구송〉

이 신의 지시에서 보면 완전히 해녀의 채취물의 씨를 뿌려 주는 신으로 이야기되고 있으며, 영등굿을 '해녀굿' '줌수굿' 등이라 부르며, 다음 항에서 논급하는 바와 같이 해녀가 주동이 되어 해녀들의 參集裡에 행해지는 것을 아울러 생각할 때 어업 특히 해녀의 채취물을 증식하고 보호해 주는 것이 본질적인 직능이라 믿어진다. 그리고 이 채취물의 증식은 농사의 파종과 같은 원리로 생각하게 되어 농업의 파종에까지 그 기능이 확대된 것이 아닌가 생각한다.

그리고 육지부의 영등신앙을 고찰한 송석하는 이 신을 風神이요, 老女神이며 생산에 관련된 農漁荒神이라 말하고 있는 바,[7] 어업은 바람과 밀접한 관계에 있으므로 이 신이 풍신화 될 수 있는 이유가 여기에 있을 것이다.

이상 논의한 바를 요약하면,
(1) 영등신은 '영등할망'이 본래적인 명칭으로 女神이며,
(2) 음력 2월 1일에 제주도에 들어와 15일에 떠나가는 外來神이요,

---

7) 송석하, 앞의 책, pp.91~99.

(3) 본래 해녀 채취물의 증식 보호신인데, 어로 일반의 보호신으로
   또 농업보호신으로 기능이 확대되어 온 신으로 風神的인 성격을
   띠게 되었다는 것이다.

영등굿의 分布

『新增東國輿地勝覽』에는 귀덕리, 김녕리, 애월리 등 현 북제주군의 영
등굿을 소개하고 있으나, 현재 남제주군에도 역시 널리 분포하고 있다.
   제주도내의 큰 당들의 당굿은 대체로 매년 4회이며, 그 祭名이 없는 것
이 있지만 제명이 붙은 것들을 요약하면 대체로 다음과 같이 나타난다.

   1월; 신과세······ 신년 마을제적 성격
   2월; 영등제······ 어부나 해녀 채취물의 풍요제적 성격
   7월; 마불림제······ 조 농사의 풍요 또는 牛馬增殖祭的 성격
   9·10월; 시만국대제······ 추수감사제적 성격

   이 4개의 굿 중 신과세제는 아니하는 당이 없고, 마불림제나 시만국
대제는 그 수가 적은데, 영등제는 더욱 적다.

　필자가 조사한 바, 영등신과 관계 있는 듯한 2월달의 당제는 다음과
같이 집계할 수 있었다.

시군별	읍 면	마 을	제 일	제 이 름
제 주	제 주	건입동	2. 1	영등환영제
			2. 14	영등송별제
북제주	조 천	신촌리	2. 8	제명 없음
	〃	북촌리	2. 13	영등제
	구 좌	한동리	2. 8	제명 없음
	〃	세화리	2. 12	〃
	〃	하도리	2. 12	영등맞이
	〃	송당리	2. 13	영등손맞이
	〃	우 도	1, 말일	영등맞이
	한 림	수원리	2. 1~5	영등환영제
	애 월	상가리	2. 14	제명 없음
남제주	성 산	시흥리	2. 14	〃
	〃	수산. 신양	2. 13	영등송별제
	〃	난산리	2. 7~8	제명 없음
	〃	신풍. 하천	2. 13	영등손맞이
	표 선	토산리	2. 7	제명 없음
	남 원	남원리	2. 17	〃
	〃	하례리	2. 8	〃
	서 귀	보목.효돈	2. 12	〃
	〃	서귀. 동홍	2, 13	영등손맞이
	〃	도순. 하원	2. 14	〃

　이것을 다시 제의 성격 별로 정리하면 다음과 같이 된다.

부호	제일기간	제일수	제명 및 제일수
A	1월 말일 ~2월 5일	3	영등환영제 2. 영등맞이 1
B	2월 12일~14일	12	영등맞이 2. 영등제 1. 영등손맞이 4
			영등송별제 2. 祭名 없음 3
C	2월 7·8 또는 17일	6	제명 없음 6
	계	21	

이 표에서 A는 그 제명이 어떻든 환영제적 성격의 영등굿이요, B는 역시 제명이 어떻든 송별제적 성격의 영등굿이다. 그리고 C는 2월달에 행하기는 하나 그 제명이 없고, 또 거의가 일뤗당, 여드랫당의 당이므로 영등굿적 굿이라 할 수가 없다. 이제 영등굿의 분포를 지도상에 표시하면 다음과 같다.

〈영등굿의 분포도〉

이 분포도가 보이는 바와 같이 거의 전도적인 분포를 볼 수 있으며, 특히 구좌면 송당리와 애월면 상가리를 제외하면 모두 해안 마을이라는 점과, 그 마을들은 모두 해녀 작업 내지 어업이 성황한 어촌이라는 점에 주목할 필요가 있다. 이는 전항에서 말한 바, 영등신이 해녀 채취물의 증식 보호 내지 어업 일반의 풍요신으로서의 성격을 뒤받침 설명해 주는 것이 된다.

Ⅳ **마을의 배경과 굿의 준비**

　전항에서 영등굿의 분포가 어촌적 배경과 밀접한 관계가 있음을 시사한 바 있거니와, 이번엔 그것을 조천면 북촌리로 좁혀서 마을의 배경과 굿의 준비과정부터 보아 나가기로 한다.

　북촌리는 조천면의 가장 동쪽 해안에 위치한 마을이다. 토질은 조천면 안에서 가장 각박한 편이나 해안선의 굴곡이 발달하고, 앞바다 약 650m 해상에 '다려'라는 암석 돌출 무인도가 있어 어항과 어장이 유리하게 되어 있고, 해녀 채취물이 풍성히 산출된다.

　이 마을은 370여년 전 公氏 등이 육지부에서 입도하여 농경 정착한 이후 尹氏, 李氏 등이 입주하여 主氏族을 이루고 있다.

　주민은 250 가구에 1,182인이며, 가구당 평균 인구는 4,7인, 성비는 88이데, 특히 50세 이상의 여자가 월등히 많다.

　주민들은 대부분 농업과 어업에 종사하는데, 가구당 평균 농지 소유가 2,241평, 農牛 소유가 0,6두이며, 어선은 동력선 2, 범선 24, 태배(筏舟) 13, 화물선 2로서 합계 41척이 있다. 해녀 수는 보통 13·4세부터 60여세까지 거의 해녀 작업을 해서 정확한 것은 모르나, 1가구 1인씩 입회한 잠수회 회원이 240명이나 된다.[8]

　주민의 종교는 불교, 천주교, 천리교, 천지대안교 등 신앙 세대가 10,8%, 나머지의 89,2%는 소위 무종교 세대로서 남성은 유교적 조상숭배에, 여성은 무속신앙에 의지하고 있다.

---

8) 북촌리의 촌락 구조에 대해서는 현용준 「제주도 해촌 생활의 조사 연구(Ⅰ)」 『논문집』 2호, 제주대학, 1976, pp.31-61. 참조.

따라서 주민의 무속행사율은 1년(1966년 9월~1967년 8월 사이) 70%나 되며, 그 중 당굿에 참가한 세대가 174세대로서 가장 많아 70%나 된다.

이 마을의 본향당엔 '구지ᄆᆞ를노ᄇᆞ름 한집'이란 男神과 '구지ᄆᆞ를 용녀부인'이란 女神이 모셔지고 있고, 이 신들은 주민의 生産, 物故, 戶籍, 育兒, 海女, 漁夫 등 제반사를 관장 수호한다고 믿는다.

당굿은 1년 4회, 1월 14일 過歲問安, 2월 13일 영등제, 7월 14일 백중제, 12월 말일 계탁이라는 제가 있는데, 현재 계탁제가 완전 없어졌다.

과세문안제는 巫式 신년 마을제로서 마을 자금으로 3·4천원을 지원 받고 제물을 준비하여 당 메인 심방에 의하여 집행되는데, 오늘날은 이 굿이 경시되어 전 가구의 약 반수 정도가 參祀한다. 백중제는 牛馬의 증식을 위한 당굿인데, 이는 더욱 경시되어 전 가구의 3분의 1 정도밖에 참사하지 않으며, 굿의 규모를 갖추지 않은 축원 형식의 간단한 제의로 끝맺는다. 이들에 비해 영등굿은 가장 성대한 당굿으로서 전 가구가 참여한다고 한다. 그러나 필자가 본 1968년의 영등굿엔 여자 근 200명과 어부회 간부 남자 7·8명 정도였다.

어부와 해녀의 단체로는 어촌계가 있는데, 이 계 산하에 어부회와 潛嫂會가 있다. 잠수회는 회원이 240명이며, 해조류 채취기의 결정, 채취물의 관리, 공동 판매 등의 일을 하며 이 당굿의 집행 관리도 한다.

영등굿은 잠수회원들이 50원씩 거출한 자금으로 공동 축원용 都祭床의 제물을 준비하고 심방의 보수 등 경비를 써서 이루어진다. 그들은 영등굿을 '해녀굿' 또는 '잠수굿'이라 하며, 잠수회 간부들이 굿 전날 회장 집에 모여 제물을 마련한다. 미신타파 시책으로 당굿을 못하게 면사무소에서 막으니 과세문안제는 간단한 축원으로 넘겼지만, 영등굿은 우리들의 굿이니 아무래도 크게 해야 하겠다고 시루떡을 찌고, 돌래떡을 만들고 부산히 하는 것이었다.

이튿날(곧 祭日) 아침, 준비된 제물이 祭場에 운반된다. 제장은 당이 원칙이지만 일기가 사나와 鄕舍에 마련되었다.

굿은 물론 그 당을 매어 있는 심방인 男巫 박인주와 그의 처 첩 및 친족인 심방들이 맡게 되어 있다. 심방들은 제물을 받아 병풍을 두르고 제상을 세워 진설한다. 제상 뒤에는 백지로 된 '책지'를 열 지어 달아놓고 병풍 위엔 백지, 지전 등을 걸어 놓으며 제상엔 메, 시루떡, 돌래떡, 해어, 채소류, 과실, 계란 등을 진설한다. 이 도제상 전방 좌우엔 각 가호에서 개별 축원용으로 차리고 나온 자그마한 제상들이 수열로 열을 지어 근 200이 놓여진다. 이 작은 제상들에는 메 2, 술 1병, 돌래떡 1접시, 사과 2, 쌀 1사발, 백지 10매, 돈 2·30원이 색의 조화를 이루어 올려지고 있다.

이렇게 진설한 후, 신의 下降路라고 믿는 〈큰대(삼천뱃맷대)〉를 세우며, 북, 장고, 징, 설쒜 등의 요란한 장단과 정장한 수심방의 노래와 춤으로써 굿은 시작된다.[9]

---

9) 〈큰대〉의 모습은 玄容駿 「濟州島 무당굿놀이 槪觀」 『文化財』 2호, 1966, pp.142 도표 참조.

굿의 祭次와 진행

영등굿의 제차는 다음과 같이 구분 지워 설명할 수 있다.

1. 삼천벵맷대 세움
2. 초감제
   베포 도업침-날과 국 섬김- 연유 닦음-군문 열림-예명 올림-비
   념- 다음 제차로 넘김
3. 요왕맞이
   베포 도업침-날과 국 섬김-연유 닦음-군문 열림- 요왕질침-비념
   -요왕문 열림-낙가도전침-삼천군벵질침
4. 씨드림-씨점-서우젯소리-도산 받아 분부사룀-지아룀
5. 자손들 산받음-자손들 액막음-도액막음
6. 배방선

1. 삼천벵맷대 세움

신이 하강하는 길이라는 〈큰대〉를 세우는 것이다. 긴 대에 '삼천벵
맷기'라는, 창호지를 길게 붙여 만든 기류를 높이 세우고, 그 대에 긴
무명(또는 광목)을 묶어 한쪽 끝을 제상 위까지 연결시켜 걸쳐놓는다.
그리고 그 대와 제장의 벽 사이를 노끈으로 묶어 걸고 그 노끈에 마을
각 어선의 기를 알락달락하게 걸어 놓는다. 이 대를 세울 때의 무가 사
설은 이미 전문 예시한 것과 같다.

2. 초감제

삼천벵맷대를 세운 후, 수심방이 정장을 하고 초감제로 들어간다. 초감제는 請神을 하고 축원을 하는 基本儀禮다. 초감제는 베포 도업침부터 시작한다. 베포 도업친다 함은 우주 개벽으로부터 지리 역사의 형성 과정을 노래하는 것이다. 이 설명은 지역이 점점 좁혀져 제주도, 북촌리까지 역사가 점점 내려와 현대까지 이르게 된다. 그래서 굿하는 장소의 설명과 굿하는 날짜를 노래하는 것이다. 이를 '날과 국 섬긴다'고 한다. 결국 '維歲次 某年 某月 某日' 하듯이 굿하는 날짜와 장소를 확대시켜 고해 온 것이다.

이 날짜와 장소의 설명 다음엔 굿하는 사유를 노래한다. 이를 '연유 닦은다'고 하는데, 이것들은 따로 떨어진 것이 아니라 한 심방이 단락의 사이사이에 춤을 섞어 가며 계속 노래해 나가는 것이다.

> "……멘(面)을 갈릅긴 조천멘이우다. 무을은 북촌 뒷개(北村의 속명) 무을 천성친도 살고 만성친도 삽네다.……연유 말씀을 사뢰건 강남천즈국서 들어온 영등하르바님, 영등할마님, 영등뻴감, 영등자수(座首) 제주 산 구경 물 구경 꽃구경 오시는디……해처영업 상줌네(上潛女) 중줌네 하줌네 불쌍흔 즈손덜 서천제민공연(祝願)을 바찌저 흡네다. ……"

이런 식의 연유를 닦고, 계속하여 군문(神宮門)을 연다. 심방은 "사람이나 귀신이나 문을 열어야 나오는 법이니 군문을 열자"는 내용의 사설을 노래하여 요란한 춤으로써 문 여는 과정을 거쳐 신을 청해 들이면 '예명 올림'을 한다. '예명 올림'이란 '列名 올림'의 잘못인 듯, 이장의 부인을 비롯하여 잠수회장, 총무 등 순으로, 모든 참가 여인이 수명씩 나가 절을 하고 인정(돈)을 걸면 "부인회장 성은 임씨 쉰에 일곱 받드는 공수외다. 성은 무슨 씨 몇 살 바든 공수……"식으로 가족을 일일이 축원해 준다. 이렇게 전원의 축원이 끝나면 다음 제차 요왕맞이로 넘깁니다는 사설을 하고 초감제가 끝난다.

3. 요왕맞이

초감제가 끝나면 잠깐 쉰 뒤, 약 1m 가량 된, 푸른 잎이 달린 댓가지 8개씩을 제장 중앙에 두 줄로 꽂아 놓는다. 이 댓가지엔 백지, 지전, 돈 등을 걸어 놓는데, 이를 '요왕문'이라 한다. 요왕문의 설비가 끝나면 초감제 때와 마찬가지로 수심방이 노래와 춤으로써 '베포 도업침' '날과 국 섬김' '연유 닦음' '군문 열림'을 하고, '요왕질'을 친다. '질을 친다'고 함은 신이 오는 험한 길을 깨끗이 치워 닦음을 의미한다.

이때의 '요왕질 침'은 용왕과 영등신이 오는 길을 함께 치워 닦음을 그 사설 내용에서 알 수 있다.

'질침'은 ① 요왕문을 돌아보고, ② 해조류가 무성했으니 신칼로 베고, ③ 베어서 자빠진 해조류를 작대기로 치우고, ④ 그 그루터기를 따비로 파고, ⑤ 길에 구르는 돌멩이를 치우고, ⑥ 패어진 땅을 발로 밟아 고르고, ⑦ 울퉁불퉁한 길을 미래깃대로 밀어 고르고, ⑧ 일어나는 먼지를 비로 쓸고, ⑨ 물을 뿌려 먼지를 깔아 앉히고, ⑩ 너무 뿌려 젖은 데 마른 띠를 깔고, ⑪ 그 위에 요왕다리(긴 무명)를 까는 등의 과정을 노래와 춤으로써 연극적으로 해 나가는 것이다.

이렇게 길을 치워 닦은 후에 신을 청하여 어촌계 남자들을 배례 시키고, 소지를 불사르며 축원을 올려 준다. 이어서 부인들의 간부 순으로 차례차례 소지를 살고 축원을 올린다. 축원의 내용은 "……이 즈손 덜 상선에 뎅깁네다.……ᄒ다 풍파 만날 일 막아 줍서. 궂은 ᄇᄅᆷ 맞 일 일을 막아 줍서. 돈으로 천량, 은으로 만량, 지전 삼천 장으로 많이 속세전(俗世錢) 우올립네다.……" 식으로 어업의 안전과 행운을 비는 것이다.

축원을 한 후, '요왕문'을 연다. 맨 바깥쪽의 문부터 부인 간부들이 꿇어서 인정(돈)을 걸면 심방이 문 여는 노래를 부르며 하나 하나 열어 간다. '문을 연다'함은 대가지를 뽑아 가는 것을 말한다.

문을 다 열어 용왕과 영등신을 맞아들이면 요란한 악기 장단에 맞추 어 시루떡을 들어 던졌다 잡았다 하며 춤을 춘다. 이를 '나까도전 친다' 고 하는데, 이는 춤으로써 떡을 올려 향응시키는 것이다. 이렇게 주신 (主神)에게 향응시킨 후, 그 뒤에 따라온 잡귀들을 대접하는 제차를 행 하는데, 이를 '삼천군뱅질침'이라 한다.

4. 요왕맞이가 끝나면 '씨드림'을 한다.

'씨드림'이란 파종(播種)의 뜻으로 미역, 소라, 전복 등 해녀 채취물 의 씨를 바다에 뿌려 많이 번식하게 하는 의례인 것이다. 먼저 수심방 이 서서,

　　……영등할마님, 영등하르바님, 영등자수, 영등벨감, 영등우장, 영등 호장님네 천초(天草). 메역씨 줘뒁 갑서(주어 두고 가십시오). 고동, 생 복씨 줘뒁 갑서. 그 뒤으로 나졸(羅卒) 불러다, 놀던 무둥에기 불러다 금놀이 데놀이ᄒ자.……

이런 사설을 창하면 모든 악기가 일제히 울리고, 요란한 장단에 맞추어 5·60대의 여자 10여명이 나서서 한참 광적인 춤을 춘다. 그네들의 어깨엔 좁씨를 넣은 밀망탱이(끈이 달린 조그마한 멱서리)가 매어져 있다. 한참 춤을 추다가 그들은 일제히 바다를 향하여 울퉁불퉁한 돌길을 달려간다. 뒤에는 심방들이 악기를 요란하게 치며 따르고, 모든 참가한 여인들이 뒤따라간다. 좁씨를 맨 여인들은 파도 부서지는 바다 속에 아랫도리를 적셔 가며 들어가 군데군데 흩어져서 바다 속에 좁씨를 뿌려 넣는다. 그러면서 큰 소리로 이렇게들 외친다.

"좁씨 드렴수다(뿌립니다). 메역씨 드렴수다. 많이 엽서(結實하십시오). 우리 북촌 줌수 일만 해녀딜 살게 허여 줍서 어─."

바닷가를 휘 돌아가며 씨를 뿌리고 돌아오면 '씨점'을 한다. 제장 중앙에 돗자리를 깔고, 수심방이 서서 북 장단에 맞추어 창을 한다. "에──동경국으로 서경국데레 씨 부찌레(붙이러) 가자." 하면 요란하게 악기가 울리고, 수심방은 동쪽에 서서 서쪽으로 좁씨를 돗자리 위에 힘껏 뿌린다. 그리고는 다음에 다시 "에─.서경으로 동경데레 씨 부찌레 가자."하여 반대쪽에서 좁씨를 뿌리고, 다음은 "정씨 부찌레 가자." 해서 바로 위에서 수직으로 씨를 뿌린 다음, 돗자리 위에 뿌려진 좁씨의 밀도를 관찰하고, "서쪽이 조금 빠졌다."고 예언한다. 서쪽의 밀도가 약하니 그 쪽의 채취물이 풍성치 못하겠다는 말이다.

씨점이 끝나면 '서우젯소리'로 들어간다. '서우젯소리'는 닻 감는 노래 이름인데, 이 곡의 흥겨운 가락에 일동이 춤을 춤으로써 신과 사람이 다같이 즐기는 것이다.

어기양 어기여차 살강기로 일천 간장을 풀려 놀자.
아아아아 어어요(후렴)
동이와당(동해 바다) 광덕왕 놀자. 서이와당 광신요왕 놀자.
후렴
영등대왕님 어서 놉서. 영등대왕이 어서 놀저.
후렴
〈後略〉

　수십 명의 해녀들이 민다 당긴다 하며 나와서 웃음판이 벌어지는 가운데 한참 덩실덩실 춤을 추며 실컷 논 후에, 수심방이 마을 전체의 길흉을 신칼점으로 점치고, 神意를 전달한다.
　그리고는 '지아룀'으로 들어간다. 모든 참가자들은 각각 자기가 차려온 제상을 들어다 적당한 자리를 잡고, 일제히 백지에 각 제물을 조금씩 떠 넣어 싸는 것이다. 백지에 돌멩이를 하나 넣고 밥, 떡, 사과, 해어 등을 떠 넣어 달달 말아 싼다. 어떤 이는 2개, 어떤 이는 4개, 5개씩 싼다. 용신과 집안의 죽은 영혼들에게 바치는 것인데, 집안의 어부 또는 해녀의 수에 맞게 싸 넣는 것이다. 이 제물을 백지에 쌈을 '지 싼다'고 한다.
　'지'를 싸지는 대로 해녀들은 바닷가 방파제로 그 '지'를 들고 나간다. 심방은 바닷가 방파제 위에 서서 요령을 흔들며,

　에―, 동이요왕 광덕왕 문 열려 줍서. 서이요왕 광신요왕 문 열려 줍서.……어―, 열려 있읍는데, 동이요왕 광덕왕에 용신지(龍神紙) 아루자(아뢰자). 에―, 선왕지(船王紙) 아루자. 에―,ᄉ수해 용신에 즙자는 불쌍ᄒ혼 영개지(靈魂紙) 아루자.

이런 창을 하는 가운데, 백여 명의 부녀자들이 방파제 위에 일열로 서서 힘껏 '지'를 내던진다. '지'들은 바다가 하얗게 멀리 가까이 울렁이는 파도 속으로 사라진다. 어디서 몰려왔는지 갈매기 떼들이 끽끽 구슬픈 소리를 지르며 몰려와 먹이를 주워먹노라고 바닷가가 하얗다.

5. 이렇게 하여 제장으로 돌아오면 ᄌ손(참가자)들의 '산받음'을 한다.

참가자들 집안의 길흉을 점쳐 보는 것이다. 세 팀으로 나누어져 심방을 둘러앉아 '산판점'으로 차례차례 점을 치고, 참가자들 중 요청하는 사람의 '액막이'를 한 후, 마을 전체의 액막이(도액막음)를 하니 날은 벌써 캄캄한지 오래다.

6. 다음 날 아침 '배방선(放船)'을 한다.

배는 지금까지 짚으로 50cm 정도의 것을 만들어 했는데, 이 날은 나무로 만들었었다. 이 배에 도제상에 올렸던 모든 제물을 조금씩 떠 싣고 백지와 돈 등을 실은 후, 이 작은 배를 어선에 올려 모시고 바다 멀리 가 띄워 보내는 것이다. 이때의 심방의 사설 창은 이렇다.

강남천ᄌ국으로 베 놓아 가저 ᄒ네다. 올금년 무신년 시절입고, 돌은 영등이월 열사흘날 영등대제 올렸수다. 새해 금일은 다시 청ᄒ리다. 올금년은 영등대제 손맞이로 상불턱 상줌녀(上潛女), 중불턱 중줌녜, 하불턱 하줌녜, 상베(上船), 중베, 하베 제인정(돈) 제역개(供物) 많이많이 올려 있옵는데, 어서 진질깍(牛島의 地名) 베제봉 짓자. 영등이월 대보름날은 멩지와당(명주바다) 실ᄇ름 불어, 에―, 강남천ᄌ국으로 배 놓아 갑네다. 갔다 멩년 춘삼월에 제ᄎ 오옵소서―.

  이상으로써 영등굿은 전부 끝났는데, 여기에서 우리는 이 굿의 몇 가지 특징을 발견할 수 있다.

  첫째, 초감제와 요왕맞이의 이중의 구조를 이루고 있는 점이다. 초 감제는 請神을 하고, 饗宴, 기원을 하는 기본의례인데, 다시 요왕맞이 로써 청신을 하고 향연, 기원을 하고 있는 것이다. 곧 기본 의례와 춤 위주의 迎神祈願儀禮를 이중으로 하는 것인데, 이는 제주의 다른 일반 굿에서도 마찬가지다.

  둘째, 영등신에 대한 제의이면서 龍神에 대한 제의를 겸하고 있는 점이다. 요왕맞이가 그것이다. 이는 영등신의 主職能이 해녀 채취물의 증식과 어업 일반의 보호인데, 용신이 또한 바다를 관장하고 있어 그 직능이 밀접한 관계에 있기 때문이라 생각된다.

  셋째, 播種儀禮인 '씨드림'이 있다는 점이다. 좁씨를 바다에 부림으 로써 그것이 움터 미역, 소라, 전복 등으로 번식한다고 믿는 것으로서 農耕의 원리를 바다에 적용하고 있는 것이다. 泉 靖一도 이에 대하여 "따라서 제주도의 신앙과 행사와는 근본적으로 농업적인 것이고, 그것 이 모태가 되어 어로적 종교현상이 성장되었다고 생각하여 큰 무리가 없겠다.[10]고 말하고 있다. 역시 농경 의례의 어로 의례에의 적용 형식 이라 할 것이다.

  넷째, 그 의례 형식은 어디서 유추해 왔든, 영등굿은 해녀 채취물의 증식제로서의 성격이 본질적인 것이요, 그것이 어업 일반, 농업, 바람

---

10) 泉 靖一, 위의 책 『濟州島』 p.209.

의 피해 방지, 도외 출타인의 안녕 등의 효능에까지 확대되어 간 것이라 생각된다.

다섯째, 이 굿은 당굿은 당굿이면서 당신에 대한 제의가 아니라, 외부의 來訪神에 대한 제의라는 점이 특수한 것이고, 육지부에서는 "개인(一戶) 所崇神"[11]으로 되어 있는데 비해 제주에서는 집단의 숭배 대상으로서 공동 치제를 한다는 점이 또한 특색이다. 『新增東國輿地勝覽』이나 『耽羅志』 등의 기록으로 보아 집단 의례가 본질적인 것이라 생각된다.

Ⅵ 결 론

이상, 제주도의 영등신앙과 그 의례에 대하여 개략적인 설명을 해왔다.

영등신은 外來 女神으로서 본래 해녀 채취물의 보호신인데, 어로 일반과 농업의 보호 등에까지 직능이 확대해 온 신이며, 영등굿은 본질적으로 해녀 채취물의 증식제로서 마을 집단 의례라는 점을 말한 셈이다.

그런데, 이미 본 바와 같이 오늘날의 의례 형식은 "立木竿十二迎神祭之"나 "得槎形如馬頭者 飾以彩帛 作躍馬戱以娛神" 등 옛날의 그것과 상당한 거리가 있다. "立木竿一" 云云은 혹 요왕맞이 제차 때 요왕문으로 푸른 대를 세워 신을 맞이했던 것이 아니었나 하며, "得槎形一"운운은 혹 送神 때에 쓰는 베를 곱게 꾸며 놓고, 서우젯소리로 즐겁게 놀

---

11) 宋錫夏, 앞의 책, 『韓國民俗考』 p.99.

듯, 해조류 씨를 뿌리는데 작업한 말을 놀리던 장면이 아니었나 상상해 보기도 하나 알 수 없는 일이다. 앞으로의 치밀한 연구를 기대할 수밖에 없다.

02

濟州 칠머리당굿

- 槪說과 由來
- 時期와 場所
- 굿의 준비
- 굿의 構成과 內容
- 예전의 굿과 오늘날의 굿

| 현용준 | 제주대학교

『제주도 무형문화재 보고서』 제주도, 1986.

I 概說과 由來

1. 칠머리당굿과 영등굿

칠머리당굿이란 濟州市 健入洞의 本鄕堂굿을 말한다. 본향당이란 마을 전체를 차지하여 수호하는 堂神을 모신 곳이다. 건입동의 본향당을 칠머리당이라 일컫게 된 것은 그 지명에서 유래했다. 이 당은 건입동의 동쪽, 濟州港과 紗羅峰 사이의 바닷가 언덕 위에 위치해 있다. 이곳의 지명이 속칭 '칠머리'이므로 '칠머리당'이라 부르게 된 것이다.

칠머리당의 神은 '도원수감찰지방관(都元帥監察地方官)'과 '요왕해신부인(龍王海神夫人)'이다. 이 두 신은 부부신으로서 남편인 도원수감찰지방관은 마을 전체의 토지, 주민의 생사, 호적 등 생활 전반을 차지하여 수호하고, 부인인 요왕해신부인은 어부와 해녀의 생업, 그리고 외국에 나간 주민들을 수호해 준다고 한다. 그러므로 칠머리당굿은 의당이 본향당신을 위하는 굿이 되어야 할 것이다. 다른 마을들에서는 그 마을의 본향당신에게 마을 전체의 안녕을 비는 新過歲祭 등 당굿을 하는 것이 일반인데, 이 건입동에서는 예전부터 이 칠머리당에서는 1년에 두 번 굿을 하는데, 그것은 '영등환영제'와 '영등송별제'다. 영등환영제는 영등신을 맞아들이는 굿이요, '영등송별제'는 영등신을 치송하는 굿이다. 어느 굿이나 영등굿이라 한다.

영등신이란 어부나 해녀의 해상 안전과 생업의 풍요를 주는 신으로 믿어지고 있다. 따라서 건입동에서는 본향당인 칠머리당에서 굿을 벌이면서 영등신을 主神으로 하여 위하는 영등굿을 하고 있는 것이다. 물론 칠머리당굿 전체가 영등신에게만 바치는 굿은 아니다. 그 일부 제차로 본향당신을 청해 위하는 부분이 있지만, 굿의 대부분이 영등신에게 어부와 해녀의 해상 안전과 어업의 풍요를 비는 굿으로 짜여져 있다. 그러니까 본향당신에 대한 굿은 일부 곁들이는 것 뿐이요, 실은 영등굿을 하고 있는 셈이 되는 것이다.

이렇게 본향당신을 중시하지 않고 영등신을 중시하여 영등굿을 하게 된 이유는 건입동의 어촌적 성격에 기인한다.

건입동은 현재 제주시 중심 시가를 이루고 있는, 소위 시내 5개 동의 하나다. 그러나 예전에는 濟州城 동쪽 바깥의 조그마한 어촌이었다. 현재의 제주 시가 중심은 濟州牧의 성 안이었고, 이 성 동문 쪽을 가로질러 산지천(山地川 또는 山底川이라 표기했음)이 흘렀는데, 그 하구가 포구로 되어 있었다. 이 포구를 '건들개'라 했는데, '健入浦'로 한자 표기하게 되었다. 이 건입포 근처에 어민들이 취락을 형성해서 어로와 해녀 작업으로 생계를 유지하며 살았다. 이 취락이 오늘날 건입동이 되었고, 그 포구가 오늘날 제주의 관문인 제주항이 된 것이다. 1904년(光武 8년)의 『濟州牧三郡戶口家間總冊』에 따르면 건입리의 가호는 198호, 인구는 481인으로 되어 있으니, 예전엔 빈한한 어촌이었음을 가히 알 수 있다.

이러한 어촌이었으므로 본향당굿이 그들의 해상 생활과 생업의 풍요를 주는 영등신에 대한 영등굿으로 치러지게 되었고, 이 마을이 오늘날 항구 도시로 변모하게 되었지만, 역시 어업의 중심지로서의 성격이 변하지 않았으므로 제대로의 영등굿이 전승되어 시행되고 있는 것이다.

결국 칠머리당굿은 제주 어촌의 무속 마을제인 영등굿인 것이다.

2. 영등굿의 유래

　제주도의 영등굿은 오랜 역사를 가진 굿인 듯하다. 영등굿에 대한 기록은 이미 『新增東國輿地勝覽』卷 28 濟州牧 風俗條에 보인다. 그 기록은 다음과 같다.

　　2월 초하루에 귀덕 김녕 등지에서는 장대 12개를 세워 신을 맞이하여 제사 지낸다. 애월에 사는 사람들은 떼 모양을 말머리와 같이 만들어 비단으로 꾸미고 약마희(躍馬戲)를 해서 신을 즐겁게 했다. 보름이 되어 끝내니 이를 연등(然燈)이라 한다. 이 달에는 승선을 금한다.
　　(又二月朔日 於歸德金寧等地 立木竿十二 迎神祭之 居涯月者 得槎形如 馬頭者 飾以彩帛 作躍馬戲以娛神 至望日乃罷 謂之然燈 是月禁乘船)

　이 기록은 오늘날의 '영등'을 '然燈'이라 표기한 것임을 알 수 있다. 이 기록의 내용을 오늘날의 영등굿과 잠시 대비시켜 보면 이는 오늘날 2월 1일에 '영등환영제'를 하고, 牛島 등지에서 2월 15일에 '영등송별제'를 하는 것과 일치하며, 이 달에 승선을 금하는 관습이 있음을 말하고 있으니, 이는 오늘날 영등송별제를 지내기까지는 배를 타고 나가지 않음과 일치한다. 그리고 이 행사가 성행했던 곳이 한림읍 귀덕리, 구좌읍 김녕리, 애월읍 애월리 등으로 되어 있으니, 이는 모두 어촌이며, 오늘날 주로 어촌에 영등굿이 분포되어 있는 것과 일치한다.
　이런 점으로 보아 '然燈'은 바로 영등굿이요, 이 영등굿은 조선조 이전부터 제주 어촌의 마을제로서 성행했었음을 알 수 있다.
　'然燈'에 대한 기록은 그 후 『東國歲時記』『耽羅志』 등 여러 문헌에 보이나 모두 『신증동국여지승람』의 것을 옮겨 쓴 것들이어서 그간의 영등굿의 변화된 모습을 알 수 있는 기록은 없다. 다만 오늘날의 영등

신에 대한 전승과 영등굿의 모습, 영등굿의 분포 등을 위의 기록과 대
비해서 그 신앙과 변화 모습을 헤아려 보는 도리밖에 없다.

오늘날 민간에 전승되는 것을 종합하면 대략 다음과 같다.

① 神名은 '영등' 또는 '영등할망'이라 하고, 굿 이름은 마을에 따라
'영등맞이' '영등손맞이' '영등제' 등으로 불려지고 있으나 영등굿
이라는 이름이 일반화되어 있다.

② 영등할망은 2월 초하루에 강남천자국 또는 외눈배기섬에서 제주
도로 들어와 섬의 바닷가를 돌면서 미역씨·전복씨·소라씨·
천초씨 등을 뿌려 주어 해녀들의 생업에 풍요를 주고, 15일에 牛
島를 거쳐 본국으로 돌아간다.

③ 2월이 되면 바닷가의 보말(작은 고동)이 다 속이 비는데, 이는 영
등할망이 돌아다니면서 다 까먹었기 때문이다.

④ 영등이 들어오는 날(2월 1일) 날씨가 추우면 옷 좋은 영등이 왔다
하고, 비가 오면 우장 쓴 영등이 왔다고 한다.

⑤ 이 기간엔 배를 타고 바다에 나가지 말아야 하고, 빨래를 해서도
안된다. 만일 빨래를 하여 풀을 먹이면 집에 구더기가 인다.

⑥ 영등굿을 할 때 심방(巫)이 "미역이 풍년 든다" "조가 풍년 든다"
등의 예언에 따라 凶豊이 달라지며, 영등신을 보낼 때는 짚으로
작은 배를 만들어 갖가지 제물을 싣고 바다에 띄워 치송한다.

이러한 전승들이 일반적인데, 종합하면 영등신은 ① 할망(할머니)이
라 부르는 女神이요, ② 강남천자국 또는 외눈배기섬에서 왔다가 돌아
가는 來訪神이며, ③ 風雨 등 기상과 관계 깊은 신이고, ④ 해마다 어
업 및 농업에도 관계 깊은 신임을 추측할 수 있다.

한편, 본토 쪽을 보면 이 신의 신앙이 남한 일대에 분포의 흔적이 보

이는데, 그 神名은 '영등할만네, 영등할맘, 영등할마니, 영등할마시, 영등바람, 풍신할만네, 영등마고할마니 등으로 불리고 있으며, 주로 風神으로 믿어지고 있다고 한다.

이런 점으로 보아 이 신은 본래 풍신의 성격의 것이지만, 바람은 해상 어업과 밀접한 관계에 있으므로 어촌의 경우 어업과 관계 깊은 신으로 변모된 듯하다. 그래서 제주도의 경우는 해상 안전, 풍어, 해녀 채취물의 增殖 保護神으로 신앙하게 된 것이라 보인다.

제주도의 영등굿은 해방 전까지만 해도 어촌 뿐 아니라 농업을 전업으로 하는 中山間村까지도 하는 데가 있었는데, 점점 사라져서 오늘날은 일부 어촌에만 남아 있다. 이런 사실은 영등굿이 본래 어촌의 굿이었는데, 점차 농촌에까지 번져 나가다가 다시 원래의 모습대로 어촌으로 돌아와 어촌의 마을제로 행해지고 있는 것이라 해석된다.

이상으로 미루어 보아, 영등신은 조선조 이전부터 어부와 해녀의 수호신적 성격이 이루어져 豊漁 마을제로서 영등굿을 성대히 행해 왔고, 그것이 농촌으로까지 세력을 뻗쳐 나갔다가 다시 원 모습대로 어촌의 풍어 마을제로 돌아온 것이라 할 수 있다. 칠머리당굿도 이와 같은 풍어 마을제의 잔존 형태다.

時期와 場所

1. 祭日

　칠머리당굿은 해마다 두 번 한다. 하나는 영등신이 들어오는 날인 음력 2월 1일에 하는 영등환영제요, 또 하나는 영등신이 제주를 떠나는 전일인 2월 14일에 하는 영등송별제다. 송별제를 2월 14일에 하는 것은 영등신이 이 날에 칠머리당에서 송별제를 받고 다음 날인 15일에 牛島에서 송별제를 받아 떠난다고 하는 데서이다.

　영등환영제와 송별제 두 굿 중 성대한 것은 송별제 쪽이다. 환영제 때에는 큰 배를 부리는 집안이나 성의 있는 신앙민만이 모이기 때문에 굿은 간소하게, 대개 오전 중에 끝나는데, 송별제 때에는 어업에 관계하는 이나 해녀, 그 외의 신앙민들이 많이 모여 하루 종일 큰 굿판을 벌인다.

2. 당의 위치·형태·신위

　영등환영제나 영등송별제나 모두 칠머리당에서 한다.

　칠머리당은 제주항 동쪽 사라봉과의 중간쯤, 바닷가의 평평한 언덕 위에 위치해 있다. 당의 형태는 58평 넓이의 정방형 울타리를 돌담으로 쌓고, 북쪽 담벽엔 신위의 위패를 만들어 붙였으며 그 앞에 제단을 시멘트로 만들어 놓았다. 출입구는 동쪽으로 내어 있다. 신위의 위패는 몇 년 전 미신 타파 운운하며 파괴해 버렸는데, 파괴되기 이전, 1973년 당시의 모습은 다음과 같다.

〈神位位置圖〉

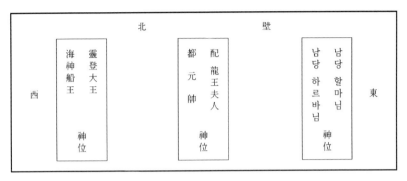

이 당의 主神은 도원수감찰지방관과 요왕해신부인이다. 이 부부신이 본향당신인데, 그 신명을 간결하게 '都元帥'와 '龍王夫人'이라고 위패를 만들어 가운데에 모시고 있다. 이 신이 본향당신이 된 내력은 그 본풀이에서 설명해 주고 있으니, 그 내용은 다음과 같다.

도원수감찰지방관이 출생하기는 강남천자국 가달국에서 솟아났는데, 하늘은 아버지요, 땅은 어머니다. 장성하여 천하 명장이 되었다. 이때 강남천자국에 남북적이 강성하여 나라가 어지러우니 도원수가 천자님 앞에 들어가 변란을 평정할 것을 허락 받고, 언월도, 비수검, 나무활, 보래활, 창검 등으로 일월이 영롱하게 차려 나왔다. 백만 대병을 거느려 적진에 들어가 남북적을 평정하니, 천자님이 크게 기뻐하여 칭찬하고, 소원을 말하면 무엇이든지 들어주겠다고 했다. 그러나 도원수는 모든 것을 사양하고, 백만대병을 거느려 용왕국으로 들어가 용왕부인을 배필로 삼고, 제주도로 들어왔다. 먼저 한라산 백록담에 들어가 진을 치고 어디로 갈까 해서 보니, 혈이 '황세왓'으로 '사기왓'을 거쳐 산지(건입동) 칠머리로 떨어져 있으므로 그 혈을 밟아 칠머리로 내려

와 좌정했다. 그래서 건입동 백성들의 낳는 날 생산을 차지하고, 죽는
날 물고(物故)를 차지하고, 호적 장적을 차지하여 수호해 주는 당신이
되었다. 용왕해신부인은 만민 해녀와 상선(上船) 중선을 차지하고, 서
양 각국 동양 삼국에 간 모든 자손들을 차지해서 장수 장명과 부귀공
명을 시켜 주는 당신이다.

다음, '남당하르바님·남당할마님' 부부신은 본래 이 당의 신이 아니
었다. 제주시 일도동 '막은골'이라는 곳에 있던 '남당'의 신이었는데, 이
당이 시가 중심에 있어 헐리게 되자, 이 칠머리당으로 옮겨 같이 모시
게 된 것이다.

끝으로 해신선왕과 영등대왕이라는 신도 이 당의 신이 아니다. 해신
선왕은 선신(船神)이요, 영등대왕은 영등신이다. 이 두 신은 모두 해상
안전과 어업을 수호해 주는 신이므로 여기 모셔 놓은 것이다.

Ⅲ 굿의 준비

都祭床의 제물이나 폐백은 선주회장과 동장이 차리는 것이 관례로
되어 있다. 도제상이란 마을 전체의 기원용으로 차려 올리는 제상을
말하는데, 이에는 초감제상·영등호장상·제석상·요왕맞이상·요왕
차사상·대령상·공싯상 등이 있다.

초감제상은 초감제를 지낼 때, 곧 굿을 처음 시작할 때 차리는 상으
로 각 위패 앞 제단에 진설하는데, 그 진설방식은 다음 진설도와 같다.

〈초감제상 陳設圖〉

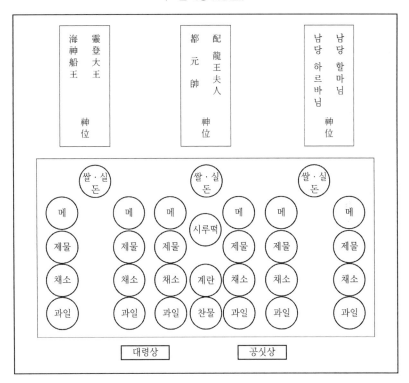

그림과 같이 제단 앞에는 대령상과 공싯상이 놓이는데, 대령상에는 마량(쌀 1사발)·향로·삼잔·바라 등이 올려지고, 공싯상에는 제물(떡을 말함)·과일·쌀 각 1그릇, 삼잔·멩두 등이 올려진다.

요왕맞이상은 요왕맞이를 할 때 다시 차리는 제상으로 나까도전(큰 시루떡) 1, 제물(작은 시루떡과 돌래떡) 4, 과일 2, 계란 1, 채소 4, 삼잔, 쌀 2 사발, 펜포(명태) 1, 소지 3장 등이 올려진다. 요왕차사상과 영등 호장상은 당의 입구 쪽에 놓이는데, 요왕차사상에는 제물 3, 과일 1, 계란 3, 채소 3, 삼잔, 쌀 2사발, 펜포 1, 지전 3장 무명 3(3자씩) 등이 올

려지고, 영등호장상에는 시루떡 1, 돌래떡 3, 과일 3, 계란 3, 채소 3, 삼
잔, 쌀 1사발, 소지 3장, 지전 3장 등이 올려진다. (이상 제물의 단위는
접시임)

그리고, 영등호장상 밑에는 전복·소라·문어 각 3접시, 오곡씨(보
리·조·쌀·팥·콩)를 바구니에 넣어 올린다. 이 외에도 액막이를
할 때 쓸 수탉 1마리와 배방선을 할 때 쓸 돼지 머리 하나와 짚으로 만
든 작은 배를 하나 준비한다.

도제상 외에 마을의 각 집안에서는 축원용 제물을 각각 차려 오는
데, 그 제물은 메 3, 돌래떡 3, 계란 3, 채소 3, 과일 3, 술 1병, 쌀 3사발,
소지 3장, 지전 3장 등이며, 선주의 집에서는 '선왕다리'라 하여 시령목
1필에 선박 이름과 가족 이름들을 적은 것을 마련해 온다.

祭日 아침이 되면 심방들과 선주 집안 사람들이 일찍 나와 당의 북
쪽 벽에 큰대를 세우고, 위에서 말한 바와 같이 제물을 진설한다. 큰대
는 다음 그림과 같이 긴 대를 세워 기를 달아매고 '다리'라고 하여 긴
무명을 큰대에 묶어 매어 제단에 연결시켜 놓는다. 달아맨 기에는 '玉
皇上帝下鑑之位' '土地官都元帥下鑑之位' '龍王大神靈登海神之位' 등 문
자를 써 놓기도 한다. 또는 각 선박의 기를 달아매어 휘황하게 하기도
하고, 오방기를 달아 놓기도 한다.

이렇게 제장의 설비와 제상의 진설이 끝나면 소미(小巫)들이 북·징·
설쉐 등 악기를 치고, 이에 맞추어 정장한 매인심방이 노래와 춤으로
써 초감제부터 시작한다.

〈큰 대 圖〉

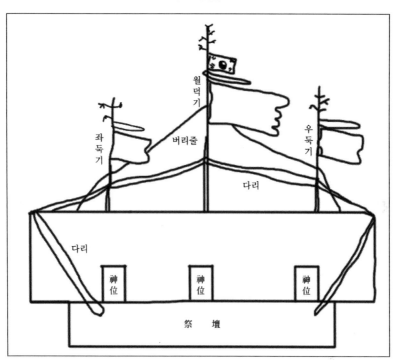

Ⅳ 굿의 構成과 內容

칠머리당굿이 제차(祭次)는 복잡하게 구성되어 있으나, 큰 제차의 진행은 다음과 같이 구분 지을 수 있다.

1. 초감제: 모든 신을 청하여 좌정시키고 기원하는 제차.
2. 본향듦: 본향당신을 청하여 기원하고 놀리는 제차.

3. 요왕맞이: 용왕과 영등신이 오는 길을 치워 닦아 맞아들이고 기원하는 제차.

4. 마을 도액막음: 마을 전체의 액을 막는 제차.

5. 씨드림: 해녀 채취물(採取物)인 미역·전복·소라 등의 씨를 뿌리고, 그 흉풍을 점치는 제차.

6. 배방선: 영등신을 배에 태워 본국을 치송하는 제차.

7. 도진: 모든 신을 돌려보내는 제차.

이상 각 제차의 진행 내용을 소제차(小祭次)를 곁들여 조금 자세히 설명하면 다음과 같다.

1. 초감제

①베포 도업침: 정장한 수심방이 산칼과 요령을 들고 서서 천지개벽, 일월성신(日月星辰)의 발생, 국토의 형성, 국가·인문의 발생 등, 지리·역사적 현상의 발생을 차례차례 노래해 간다. 한 단락 한 단락의 노래가 끝날 때마다 소미(小巫)가 치는 북·징·설쉐의 장단에 맞추어 춤을 추고, 춤이 끝나면 다음 단락의 노래로 넘어가는 형식으로 해 나간다. 이 자연현상의 발생을 노래하는 것을 '베포친다'고 하고, 인문 현상의 발생을 노래하는 것을 '도업친다'고 하는데, 이는 굿하는 장소를 신에게 해설해 올리기 위하여 천지개벽까지 확대시켜 설명을 시작하는 것이다

②날과 국 섬김: 위의 지리·역사적 해설을 점점 좁혀서 굿하는 날짜와 장소를 설명해 올리는 단락이다.

③연유 닦음: 여러 신앙민들이 모여 이 당굿을 올리게 된 연유를 신

들에게 고해 올리는 단락이다. 곧 여러 용신들에게는 1년 동안 해상의
안전을 빌기 위해서이고, 영등신에게는 전복씨·소라씨·미역씨 등을
많이 주고 가시도록 하는 뜻에서 이 당굿을 올리는 것이라고 여러 신
들에게 고해 올린다.

④군문 열림: 신들이 하강하려면 신궁(神宮)의 문이 열려야 할 것이
므로 이 대목은 신궁의 문을 여는 과정이다. 심방은 군문을 여는 노래
와 요란한 도랑춤으로써 군문을 여는 과정을 시행한다.

⑤분부사룀: 군문 열림이 끝나면 곧 신칼점과 산판점을 하여 군문이
열렸는지 여부를 판단 한 후, 그 신의(神意)를 신앙민들에게 전달하는
대목이다. 이것은 신탁(神託)의 의미가 있는 것인데, 여기서는 여러 신
궁의 문이 곱게 열림으로써 신들이 즐거이 오게 되었다는 내용을 전달
한다.

⑥새ㄷ림: 신궁의 문을 열어 놓았으니 이제는 신이 오는 길의 모든
사(邪)를 쫓아 깨끗이 해야 할 차례다. 수심방은 군문 열림이 끝나면
쉬고, 소미(小巫)가 교대하여 나서서 시행하는데, 먼저 댓잎으로 정화
수를 적셔 뿌리며 부정을 씻는 노래로 제장을 정화시키고, 사를 쫓는
노래로 흥겨운 무악 반주에 맞추어 부르며 정화시켜 나간다.

⑦정대우: 소위 1만 8천 신들을 모두 제장으로 오시도록 청해 들이
는 대목이다. 앞서서 쉬던 수심방이 교대하여 나서서 모든 신의 이름
을 하나 하나 부르며 청해 들인다.

⑧열명올림: 모든 참석자들의 열명(列名)을 올려 축원하는 제차다.
선주회장, 동장, 부인회장, 상단골 순으로 차례차례 해 나가는데, "부인
회장 성은 임씨 쉰에 일곱 받으신 공수외다. 성은 무슨씨 몇 살 바든
공수 ……" 식으로 그 가족들을 하나 하나 열거하며 축원해 준다. 참
석자가 많으면 이 제차에 시간이 상당히 걸린다.

열명올림이 끝나면 초감제는 끝이 난다.

2. 본향듦

본향당신을 청해 들여 축원하는 제차다. 곧 칠머리당의 신인 도원수 감찰지방관과 용왕해신부인을 제장으로 청해 들여 좌정시키고 축원하는 제차다. 군복 차림을 한 수심방이 신칼과 요령을 들고 서서 노래와 춤으로 다음과 같이 해 나간다.

① 베포 도업침: 초감제 때와 같다.

② 날과 국 섬김: 초감제 때와 같다.

③ 연유 닦음: 초감제 때와 같다.

④ 군문 열림: 초감제 때와 거의 같은데, 여기서는 본향당신의 오시는 문만 연다. 즉, "감찰지방관님 오시는 문, 요왕해신부인 오시는 문이 어찌되며 모릅니다. 그리 말고 원천강 팔자 궂은, 이 당 메고 이 절 멘 성은 안씨 시왕대번지(신칼) 둘러타며, 본당기(本堂旗) 압송하고 하늘옥황 도성문 열리던 천앙낙화금정옥술발(요령) 둘러받아 토지관(堂神)님 오시는 문 돌아 올려……" 이러한 사설을 노래하고, 요란한 장단에 맞추어 도랑춤으로써 문을 여는 의례 행위가 끝나면 무점(巫占)으로 문이 열렸는지 여부를 판단하고, 신앙민들에게 그 결과를 전달하는 '분부 사룀'을 한다.

⑤ 신청궤: 본향당신을 청해 들이는 차례다. 수심방은 감상기·신칼·쌀이 담긴 산판을 양손에 나눠 들고 당 입구 쪽으로 가서 감상기와 요령을 흔들다가 신칼로 산판에 담긴 쌀을 몇 차례 뿌리고 나서는 다시 제단 앞으로 와서 춤을 추고 똑 같은 방법으로 쌀을 뿌린다. 이런 행위를 여러 번 반복하는데, 이것은 신을 청해 들이

는 행위의 일부다.

이렇게 반복되는 춤이 끝나면 수심방은 본향당신을 따라온 잡신(군벵)들을 대접하는 몫으로 술과 밥 등을 당 바깥으로 힘차게 내던진다. 이것을 '음복지주잔 내던짐'이라 하는데, 심방은 "본향당신 뒤에 따라오는 여러 잡신들을 사귀자"는 내용의 사설을 노래하고, 격렬한 도랑춤을 춘 후 내던지는 것이다.

이렇게 하여 여러 잡신을 대접해 두고 나서 바로 본향당신을 청해 들이게 된다. 이 장면은 '신청궤' 제차에서 가장 극렬하고 엄숙한 장면이다. 심방은 소미(小巫)의 도움을 받아 당신의 복장의 징표인 '팔찌거리(色布)'를 오른쪽 팔목에 묶고 신칼·감상기·요령을 들어서 격렬한 도랑춤을 추며 제장을 뛰어 다닌다. 소미가 소주를 입에 물어 수심방에게 뿜어 대며 "하! 하!"하는 기성(奇聲)을 질러가면 수심방의 도랑춤은 더욱 격렬해져서 무시무시한 분위기마저 자아낸다. 한참 도랑춤으로 제장을 휘돌던 수심방은 두 개의 신칼을 가위 모양으로 하여 오른쪽 손가락 사이에 끼고, 두 눈을 무섭게 부릅떠 활 쏘듯 손을 들어 달달 떨며 당 입구에서부터 제단을 향해 들어와 간다. 온몸을 달달 떨며 완전히 신들린 사람처럼 무서운 표정을 하고 몸을 한 바퀴씩 휙휙 감돌며 들어와 가면 참석한 신앙민들은 모두 일어서서 합장을 하고 머리를 숙인다. 바로 본향당신이 제장으로 들어오는 무시무시하고 엄숙한 순간인 것이다.

⑥ 삼헌관 절시킴: 위와 같은 분위기로 본향당신이 들어와 좌정하면 상선(上船) 대표 1인, 중선 대표 1인, 해녀 대표 1인이 삼헌관이 되어 제단 앞에 꿇어앉아 역가상(幣帛床)을 올리고 배례를 한다.
⑦ 자손들 소지 올림: 참석한 신앙민들이 10여명씩 차례로 제단 앞

으로 나아가 열을 짓고 꿇어앉아 소지를 태워 올린 후 절을 한
다. 심방이 옆에서 축원을 해 준다.

⑧ 도산 받아 분부 사룀: 도산 받음이란 마을 전체의 일년 동안의
운수를 알아보기 위하여 무점(巫占)으로 그 신의(神意)를 알아보
는 일이다. "이 마을에 인명이 몇 명 축날 것 모릅니다.……"하는
식으로 마을의 여러 가지 일을 물으며 신칼과 산판으로 점쳐 신
의를 판단하고 참석한 신앙민들에게 그 신의를 전달한다.

⑨ 석살림: 흥겨운 가락과 춤으로 신을 즐겁게 놀리고 기원하는 제
차다. 심방은 흥겨운 노래와 춤으로 신에게 향촉(香燭)을 올리고
술잔을 권하고 나서 '덕담'과 '서우젯소리'를 불러 춤판을 벌인다.
이때 신앙민이나 구경꾼들까지도 제장 한가운데로 나와 흥겹게
춤을 추며 논다. 칠머리당 본향신 도원수감찰지방관의 내력담인
본풀이도 이때 노래 불러진다.

3. 요왕맞이

바다를 차지한 용왕신과 영등신을 제장으로 맞아들여 기원하는 제
차다.

요왕맞이를 하려면 먼저 용왕신과 영등신이 오는 길, 곧 '요왕질'을
만들어 놓아야 한다. 요왕질이란 1m쯤 되는, 푸른 잎이 달린 대 8깨씩
을 제장 중앙에 2열로 나란히 꽂아 놓은 것이다. 이 대에는 백지·지
전·돈 등을 걸어 놓는데, 이 대 하나 하나가 바로 용왕과 영등신이 오
는 문이고, 이 대 사이 길이 신들이 제장으로 오는 길인 셈이다.

이와 같은 제장 설비가 끝나면 군복 차림의 심방이 굿을 해 나가는
데, 그 순서는 다음과 같다.

① 베포 도업침: 초감제 때와 같다.
② 날과 국 섬김: 초감제 때와 같다.
③ 연유 닦음: 초감제 때와 같은데, 특히 해녀와 어부들의 삶의 어려움, 바다에서의 위험한 작업을 이겨내며 자식들의 성공을 바라는 간절한 소망 등, 굿하는 사유를 고하는 데에 어부와 해녀들의 한스러운 곳을 시원히 풀어내어 숙연한 분위기를 만들어 낸다.
④ 군문 열림: 초감제 때의 군문 열림 제차와 비슷하게 행해진다.
⑤ 요왕질 침: 용왕과 영등신이 오는 길을 치워 닦아 맞아들이는 제차다. 심방의 노래 사설에 따르면 그 길은 매우 험한 길로 표현된다. 이 험한 길을 노래와 춤을 섞어 닦아 나가는데, 그 순서는 다음과 같다.

㉠ 요왕문 돌아봄: "용왕과 영등신이 오시려는데, 요왕질이 어찌 되었는지 돌아보자"는 노래를 부르고 요왕문 사이를 돌아보는 춤을 춘다.

㉡ 언월도로 베기: "요왕질을 돌아보았더니 여러 가지 해초가 무성하여 신들이 도저히 올 수가 없다. 언월도를 타다가 베어 버리자"는 노래를 부르고 신칼을 들어 베는 시늉의 춤을 추며 요왕문을 돈다.

㉢ 작대기로 치우기: "무성한 해초를 베어 놓았으니, 이를 작대기로 치워 버리자"는 노래를 부르고, 댓가지를 들어 치우는 시늉의 춤을 추며 요왕문을 돈다.

㉣ 은따비로 파기: "치우고 보니 그루터기가 우틀두틀해서 신이 못 들어올 듯하다. 이 그루터기를 은따비로 파 버리자"는 노래를 부르고 파는 시늉의 춤을 추며 요왕문을 돈다.

㉤ 발로 고르기: "그루터기를 파고 보니 지면이 우틀두틀해서 신

이 오시는데 불편하겠다. 평평하게 밟아 고르자"고 노래하며 발로 밟아 고르는 시늉의 춤을 추며 요왕문을 돈다.

ⓑ 물매로 깨기: "지면을 고르다 보니 울퉁불퉁한 돌부리들이 나타난다. 이것을 물매로 깨어야 하겠다"는 노래를 부르고 요령을 흔들며 깨는 시늉의 춤을 추며 요왕문을 돈다.

ⓢ 삼태기로 치우기: "깨어 놓고 보니 돌멩이가 굴러 곤란하다. 삼태기로 치워 버리자"고 노래하면 신앙민들이 나와서 요왕질에 놓여 있는 돌들을 치운다.

ⓞ 미레깃대로 고르기: "돌멩이를 치우고 보니 지면이 움푹움푹 패어져 고르지 못하다. '미레깃대로 평평히 밀자'고 노래하며 신칼을 가로 들고 밀어 닦는 시늉의 춤을 추며 요왕문을 돈다.

ⓩ 이슬다리 놓기: "길을 밀어 놓고 보니 먼지가 일어나 못쓰겠다. 이슬다리를 놓자"고 노래하고, 술을 한 모금 뿜는다.

ⓒ 마른다리 놓기: "물을 뿌리고 보니 뿌린 데는 너무 뿌려져 신이 오다가 미끄러워 자빠질 것 같다. 마른다리를 놓자"고 노래하고, 띠를 한 줌 뿌려 놓는다.

ⓚ 나비다리 놓기: "띠를 뿌려 놓았더니 밟을 적마다 바삭바삭하여 못쓰겠다. 나비다리 놓자"고 노래하고, 백지 조각을 조금 뿌린다.

ⓣ 요왕다리 놓기: "용왕님과 영등대왕이 오실 오왕다리를 놓자"고 노래하면 신앙민들과 소미(小巫)들이 나와 요왕질에 긴 무명(광목)을 깔아 놓는다.

ⓟ 차사다리 놓기: "요왕님의 차사다리도 놓자"고 노래하면 긴 무명을 용왕다리 옆으로 깔아 놓는다.

ⓗ 올 구멍 매우기, 시루다리 놓기, 홍마음다리 놓기: 다리 놓은

피륙마다 올 구멍이 솜솜하여 좋지 못하다 하여 무명 위에 쌀을 뿌리고, 쌀을 뿌려 올 구멍을 매웠더니 밟을 적마다 무드득무드득 소리가 나서 못쓰겠다 하고, 시루다리를 놓자고 하여 시루떡 가루를 조금 뿌린다. 그런 후 홍마음다리를 놓자고 하여 요령을 흔들며 요왕다리를 돈다.

이로써 용왕과 영등신이 오는 길을 다 치워 닦은 셈이 된다.

⑥ 신청궤: 길을 다 치워 닦았으니 신을 청해 들일 차례다. 심방은 용왕과 영등신을 청해 들이는 노래와 춤으로 청해 모신다.

⑦ 나까도전침: 큰 시루떡을 공중으로 던졌다 잡았다 하며 춤을 추다가 여러 신들에게 이것을 올리고 하위 잡신들도 대접하는 차례다. 이 큰 시루떡을 '나까시리'라 하고, 시루떡을 놀리며 춤추는 것을 '나까시리 놀림'이라 한다. 나까시리 놀림이 끝나면 심방이 무악에 맞추어 '지장본풀이'를 노래하는데, 그 내용은 일찍 부모를 잃고 사고무친(四顧無親)한 지장아기씨가 기구한 운명을 거쳐서 절간에 정성스레 불공을 하고 마지막에 새 몸이 되어 태어났다는 이야기다.

⑧ 방광침: 해녀 작업이나 고기잡이 나갔다가 바다에서 죽은 영혼들에게 술을 대접하여 위로하고, 바다를 차지한 용왕신에게 이 영혼을 좋은 세계로 인도해 주도록 기원하는 제차다. 소미가 요왕문 옆에 서서 징을 간간이 치며 서러운 목소리로 대접하는 사설을 노래하고, 좋은 곳으로 인도해 주시도록 기원한다.

⑨ 요왕문 열림: '요왕문 연다'함은 요왕문이라 하여 꽂아 놓은 댓가지를 하나 하나 뽑아 나가는 것을 말한다. 심방이 요왕문의 한쪽 끝에 징을 들고 서서 "동해 바다 광덕왕길 서해용왕 광신용왕길 열려 줍서. 어느 문엔 감옥형방 옥서나장 도군문 도대장 없소리

까……"식의 노래를 불러가면, 부인회장, 해녀회장 등 신앙민 대
표들이 요왕문 앞에 대령상을 놓고 꿇어앉아 절을 하고, 문을 곱
게 열어주시도록 하는 뜻에서 인정(돈)을 바친다. 문을 열어 주
시도록 노래하던 심방이 신칼점을 쳐봐서 문이 열린다는 점괘가
나오면 "열려맞자"고 외치며 징을 친다. 그러면 소미가 문(댓가
지)을 하나 뽑고, 다음 문으로 전진한다. 이런 식으로 하나 하나
뽑아 나가서 전부 뽑아지면 요왕문이 모두 열린 것이라 하여 요
왕문을 상징했던 댓가지와 요왕길을 상징했던 무명을 태워 버린
다. 이것으로 '요왕문 열림' 제차가 모두 끝난다.

⑩ 지아룀: 바다의 용왕신이나 바다에서 죽은 영혼들에게 제물을 백
지에 싸 던져 대접하는 제차다. 이 때가 되면 굿이 막판에 접어
든 것이 되니, 참석한 신앙민들은 각기 자기 차려 온 제상을
적당한 자리에 옮겨다 놓고 앉아 일제히 백지에 여러 가지 제물
을 조금씩 떠 넣어 싼다. 어떤 이는 두 개, 어떤 이는 다섯 개씩
그 수는 다르다. 용왕신 몫, 선왕신 몫 외에 집안에 따라서 죽은
영혼의 몫을 싸기 때문이다. 이렇게 제물을 백지에 싸는 것을 '지
싼다'고 한다. 지 싸기가 끝나면 모두 그 '지'를 들고 바닷가로 내
려가서 울렁이는 바다 속으로 그것을 던지는데, 이렇게 '지'를 내
던지는 일을 '지 아룀다'고 한다. 지 아룀을 할 때 심방은 요령을
흔들며 다음과 같은 사설을 노래한다.

"에―, 동해요왕 광덕왕 문 열려 줍서. 서해요왕 광신요왕 문 열려
줍서……. 어―, 열려 있솝는데, 동해요왕 광덕왕에 용신지 아뢰자. 어
―, 선왕지(船王紙) 아뢰자. 에―, 서해 꿍신에 잠자는 불쌍한 영개지
(靈魂紙) 아뢰자……."

4. 마을 도액 막음

1년 동안 마을 전체의 액을 막음으로써 행운을 얻게 하는 제차다. 액막이상을 내어놓아 심방이 '수만이 본풀이'를 창하고, 옛날 수만이가 저승 사자를 잘 대접하여 장수한 사실을 근거 삼아 액을 막는다고 하면서, 사람 목숨 대신 닭을 잡아가도록 하는 의미에서 붉은 수탉을 죽여 담 밖으로 내던진다.

5. 씨드림

'씨드림'이란 파종(播種)의 뜻으로, 미역·전복·소라 등 해녀 채취물의 씨를 바다에 뿌려 많이 번식하게 하는 제차인 것이다.

먼저 심방이 서서,

"영등하르바님, 영등할마님, 영등좌수, 영등별감, 영등호장님네가 천초·미역씨 주고 가십시오. 소라·전복씨 주고 가십시오. 그 뒤으로 나졸(羅卒) 불러다, 무둥에기 불러다 금놀이 데놀이 하자⋯⋯."

이런 내용의 사설을 창하면 전 악기가 일제히 울리기 시작하고, 요란한 장단에 맞추어 해녀 수명이 나서서 광적인 춤을 춘다. 그녀들의 어깨엔 좁씨가 든 밀망탱이(끈이 달린 자그마한 멱서리)가 메어져 있다. 한참 춤을 추던 해녀들은 어선에 타서 산지항 바깥으로 나아가 큰 소리로 "미역씨 뿌립니다, 소라씨·전복씨 뿌립니다. 많이 여십시오, 우리 일만 해들 살게 해 주십시오."라는 소리를 외치며 좁씨를 바다 여기 저기에 뿌린다.

이렇게 채취물의 씨를 뿌리고 돌아오면 '씨점'을 한다. 제장 중앙에 돗자리를 깔고 수심방이 다음과 같은 사설을 하며 좁씨를 돗자리에 뿌린다.

  "에―, 동경국에서 서경국으로 씨 뿌리러 가자. 에―, 서경국에서 동경국으로 씨 뿌리러 가자. 에―, 정씨 뿌리자."

이런 소리를 외치며 돗자리 위에 좁씨를 동쪽에서 서쪽으로 뿌리고, 다음 반대 방향에서 뿌리고, 돗자리 바로 위에서 수직으로 힘차게 뿌리는 것이다. 이렇게 하여 뿌려진 좁씨의 밀도를 자세히 관찰하고 어느 쪽에 채취물이 풍성해지겠다고 예언한다.

6. 배방선

영등신을 배에 태워 본국으로 치송하는 제차다.

배방선으로 들어가려면 먼저 '송별잔 나눔'이라 해서 여러 신들이 송별의 술잔을 나누는 절차를 한다. 심방이 "요왕님과 선왕님도 화해 한 잔 하십시오, 필부 주잔 받고 가십시오, 영등대왕님과 각 본향님들도 화해 한 잔씩 필부 주잔 받으십시오." 하는 내용의 사설을 창하고, 소미는 닭다리로 술을 적셔 제장 여기 저기에 뿌리는 것이다.

이렇게 한 후, 이미 만들어 놓은 약 50cm 길이의 짚배에 도제상에 올렸던 모든 제물들을 조금씩 떠 싣고, 이 짚배를 어선에 모셔 바다 멀리 나아가 牛島 쪽으로 띄워 보내는 것이다.

이 칠머리당굿에서는 배방선을 하기 직전에 영감놀이를 간단하게 연출하는데, 이것은 다른 당의 영등굿에서 볼 수 없는 것이고, 또 예전부터 있었던 것이 아니라 근래에 덧붙여진 것이다.

7. 도진

모든 신들을 돌려보내는 제차다. 평복 차림의 심방이 이 당굿에 모셔졌던 신들의 이름을 하나 하나 부르며 돌아가시도록 하는 사설을 창하면 소미들이 북과 장고를 치며 복창해 가는 형식으로 시행된다.

이상으로써 당굿의 모든 제차는 끝이 난다.

 V   예전의 굿과 오늘날의 굿

위에서 칠머리당 영등굿의 제차 내용을 살펴 왔는데, 이를 문헌 기록과 대조해 보면 예전의 굿과 오늘날의 굿은 다소의 거리가 있음을 발견하게 된다.

첫째, 문헌 기록은 "2월 초하루에 신을 맞이하여 제를 지내고 보름이 되어 끝냈다"고 하여 초하루에서 보름까지 행사가 계속되었던 것 같은 문맥으로 되어 있다. 구전에 따르면 한림읍 수원리의 영등당의 경우는 2월 초하루에서 보름까지 계속 굿을 했었다고 한다. 이런 구전이 있는 것으로 보아 예전의 영등굿에서는 보름 동안 여러 가지 제의(祭儀) 행사가 있었던 것 같다. 그런데, 오늘날은 영등환영제와 영등송별제만을 하여 첫날과 마지막 날의 굿만이 있다. 그간의 변화된 모습인 듯하다.

둘째, 문헌 기록은 제의 모습 표현에 "장대 12개를 세워 신을 맞이하여 제사했다"라고 되어 있다. 이것은 오늘날의 영등굿에서 요왕맞이를 할 때 대를 2줄로 세워 이를 '요왕문(龍王門)'이라 하고, 이를 치워 닦아 용왕과 영등신을 맞아들이는 것을 기술한 것이 아닌가 한다. 오늘날의 요왕맞이에서는 곳에 따라 세우는 대의 수가 다르다. 어떤 마을에서는 '요왕 6문'이라 하여 한 줄에 6개씩 두 줄에 12개를 마주 세우는 데도 있고, 한 줄에 8개씩 두 줄을 세우는 데도 있고, 한 줄에 10개씩 두 줄을 세우는 데도 있다. 이러한 다름이 있기는 하지만, '대를 세워 신을 맞아들인다는 점은 문헌 기록의 취지와 같다. 문헌에는 장대(木竿)라 되어 있으니 거리가 있는 것 같다. 이것도 예전과 오늘날의 변화된 모습인 듯하다.

셋째, "뗏목을 말머리 모양으로 만들고 비단으로 장식해 약마희(躍馬戲)를 하여 신을 즐겁게 했다"는 기록이다. 이 약마희(躍馬戲)를 '말뛰기놀이'라 하여 사람이 말의 가면을 쓰고 뛰어 노는 놀이라 생각하는 이도 있는 모양이나, 그런 것이 아님이 밝혀졌다.

躍馬戲는 吏讀式 표기로서 현대 표준말로 '떼몰이놀이'라 하는 당시의 제주 말을 표기한 것임이 밝혀진 것이다. '떼몰이놀이'란 뗏목을 빨리 몰아가는 경주로서 경조행사(競漕行事)다. 영등굿에서 이 행사는 오늘날 완전히 사라져 버렸지만, 日帝 때까지만 해도 그 자취가 남아 있었다고 한다. 그 모습은 다음과 같다.

당시는 영등굿이 끝나 배방선을 할 때 어선을 가진 집마다 모두 배방선을 했다. 당시의 어선은 모두 뗏목이었으니, 뗏목을 가진 집안의 장정들이 배방선 제차가 되면 짚으로 만든 짚배에 제물을 싣고 각각 자기 뗏목 위에 실어 놓는다. 그러면 수심방이 영등신을 치송하는 사설을 노래하고 출발을 알리는 징을 친다. 이 징소리와 함께 장정들은 먼저 노 저어 나아가 영등신을 치송하려고 온힘을 내어 뗏목을 몰아간다. 맨 먼저 나아간 뗏목이 짚배를 놓아 牛島 쪽으로 떠 갈 만큼한 지

점에 이르면 수심방은 정지의 신호를 한다. 그러면 모두 짚배를 바다에 놓아 영등신을 보내는데, 맨 앞에 나아간 뗏목은 맨 먼저 영등신을 치송한 것이 되고 그 해에 풍어를 얻는다고 믿었다. 이 1등한 자는 '장원했다' 해서 선주는 돼지를 잡아 마을의 잔치를 베풀고 즐겼다 한다.

약마희(躍馬戱)는 바로 이러한 경조민속(競漕民俗)으로 영등굿의 마지막을 장식하는 풍어점(豊漁占) 성격의 행사였다. 이 행사가 변모하여 오늘날은 배방선을 할 때 짚배 하나만을 띄워 보내게 된 것이다.

03

북제주군 구좌읍 김녕리 동김녕마을의 사례를 중심으로

제주도 잠수굿의
의례형태와 의미

| 강소전 | 제주대학교

『역사민속학』 제21호, 2005.

Ⅰ 서 론

제주에서 바다를 이용해 이루어진 여러 가지 생활풍속이나 생업기술 가운데 대표적인 것은 잠수[1]와 물질이라고 할 수 있다. 잠수는 제주도의 여성들 중에서도 생활인으로서 그리고 직업인으로서 예로부터 독특한 면모를 보여 왔으며, 그들이 만들어내고 전승시켜온 수많은 유형·무형의 문화유산들도 그 가치가 매우 높은 편이다.

이런 잠수들의 문화 가운데 잠수굿은 특히 그 중요성이 크다고 할 수 있다. 잠수굿은 잠수들의 무사고와 해산물의 풍요를 기원하는 무속

---

* 이 글은 필자의 석사학위 논문인 「제주도 잠수굿 연구 : 북제주군 구좌읍 김녕리 동김녕마을의 사례를 중심으로」에서, 잠수굿의 제차와 역할 그리고 잠수의 의례형태와 잠수굿의 의미를 다룬 부분을 중심으로 발췌·요약하고 논증을 더한 것이다.

1) 제주바다에서 아무런 도구 없이 나잠어업을 행하던 이들은 그간 '잠녀(줌녀, 줌녜), 잠수(줌수), 해녀' 등 여러 이름으로 불려 왔다. 해녀나 잠수 등의 호칭에 관한 논의는 강대원(『해녀연구』, 한진문화사, 1973), 김영돈(『한국의 해녀』, 민속원, 1999) 등의 글에 논의된 적이 있다. 이를 살펴보면 기왕에 쓰인 해녀라는 표현을 그대로 인정하고 가자는 의견도 있었으나, 반면에 해녀가 일제시대에 식민지정책과 관련된 호칭이니 원래의 명칭인 잠녀나 잠수를 써야 한다는 주장도 만만치 않은 모습을 볼 수 있다. 본고에서는 일단 해녀라는 표현을 지양하고, 제주에서 원래적으로 쓰였던 잠녀와 잠수 중에서 잠수라는 표현을 가지고 서술하였다. 왜냐하면 기본적으로 잠수들 중 노년층은 해녀라는 말보다 잠녀와 잠수라는 표현을 본래적인 것으로 여기기 때문이다. 동김녕의 잠수들도 스스로를 보통 잠녀·잠수로, 자신들의 굿을 흔히 잠녀굿·잠수굿으로 부르기에 본고에서도 그들의 고유한 풍속을 존중한다는 의미를 살리기 위해서다. 다만 본고에서 잠녀와 잠수 중에 굳이 잠수라는 용어를 선택한 이유는, 본래적인 용어를 존중하는 의미와 동시에 어촌계 내의 조직인 잠수회라는 용어와도 서로 전체적으로 일관성을 갖기 위해 잠수라는 표현으로 단일화시키고자 한 것이다.

의례이다. 그리고 잠수굿을 통해 잠수공동체의 연대를 강화하는 역할
도 나타난다. 평생 거친 바다에서 목숨을 걸고 물질작업을 해야 하는
그들에게 정신적인 의지처로서 잠수굿은 반복되는 통과의례와도 같은
것이었다.

현재 잠수들의 삶과 문화에 대한 연구 성과는 어느 정도 축적되어
있지만2), 이에 비해 잠수굿 자체에 대한 실질적인 연구는 별로 진행되
지 못했다. 기존에 잠수들의 무속의례에 대한 연구의 일환으로 영등굿
에 대한 연구가 있었을 뿐이다. 그동안 영등굿과 잠수굿은 거의 동일
한 것으로 다루어져 왔으며, 따라서 잠수의 의례형태와 잠수굿의 의미
에 대해 보다 세밀하게 따지고 들어간 글은 거의 없었다고 해도 과언
이 아니다. 영등굿의 제차(祭次)나 의미를 분석하는 것에 부가적으로
잠수굿도 거의 동일한 의미와 형태를 가지는 것으로 여겨졌을 뿐이다.
그런 결과 영등굿과 잠수굿의 변별성이 파악되지 않았으며, 잠수굿은
영등굿의 변형이거나 아류 정도로 생각해 왔던 것이다.

그리고 제차를 분석하는 것도 1차적으로 그 순서와 의미를 밝히는
데에 머물렀을 뿐, 아직까지 그것이 실질적으로 잠수들과 어떻게 소통
하고 깊은 연관을 갖는지 구체적으로 밝히는 데에까지 나아가지 못했
다고 할 수 있다. 제차의 구성과 그 역할을 살펴보는 일은 잠수굿 연구
의 가장 밑바탕이 되는 부분이며, 그동안 단순한 제차의 나열만으로는

---

2) 잠수에 대한 연구조사 영역은 매우 넓은 편이다. 김영돈은 잠수연구에 지대
   한 공헌을 한 대표적인 학자인데, 그의 연구성과인 『한국의 해녀』(민속원,
   1999)를 살펴보면 잠수와 관련한 연구영역을 대강 짐작할 수 있다. 즉 해녀기
   술, 해녀복과 도구, 해녀와 관련한 민속(입어관행과 夢兆, 민간신앙, 설화, 해
   녀노래, 속담, 직업어), 해녀바다, 바깥물질, 공동체의식, 권익과 수탈, 지역적
   고찰, 항일투쟁 등이다. 이러한 연구영역을 바탕으로 그간 잠수에 대한 연구
   가 진행되어 왔다.

알 수 없었던 잠수굿의 진면목을 보여줄 수 있을 것으로 생각한다. 따라서 이 글에서는 초기의 연구성과들을 바탕으로 제주도 잠수굿의 제차의 구체적인 역할과 더불어 잠수의 의례형태와 잠수굿 자체의 의미를 밝혀 나름대로 잠수굿의 정확한 모습을 들여다보고자 한다.

한편 현실적으로 제주도 모든 지역의 잠수굿을 대상으로 하기에는 다소 어려움이 있으므로, 그 지역적 범위를 좁혀 한 지역의 사례를 중심으로 분석하고자 한다. 이는 제주도에서 벌어지는 잠수굿이 거의 비슷한 모습을 보이고 있기 때문에 조사대상으로 한 지역을 택한다 해도 전체적인 잠수굿 연구에는 큰 지장을 불러일으키지는 않는다는 점도 고려한 것이다.

따라서 연구대상으로 선정된 곳은 북제주군 구좌읍 김녕리의 동김녕마을이다. 김녕리는 제주시에서 동쪽으로 약 22㎞, 구좌읍사무소에서 서쪽으로 약 12㎞ 떨어진 해안가에 위치한 마을이다. 김녕리는 동성동, 신산동, 청수동, 봉지동, 용두동, 대충동, 한수동, 남흘동의 모두 8개 마을로 이루어져 있는데, 앞의 네 마을은 기존의 동김녕 지역이고, 뒤의 네 마을이 서김녕 지역이다.

동김녕마을을 선택한 이유는 다음과 같다. 이 마을은 예로부터 잠수들이 많고 물질활동이 활발하기로 제주도내에서도 소문난 지역이었다. 현재도 동김녕마을에만 잠수 104명이 물질을 하고 있으며, 지금까지도 매해마다 음력 3월 8일에 잠수회가 중심이 되어 잠수굿이 큰 규모로 행해질 뿐만 아니라 이들이 굿을 대하는 진지함은 사뭇 대단하다. 또한 동김녕마을에는 그 마을의 무속의례를 전담하는 매인심방3)이 아직

---

3) 현재 김녕에서 활동하는 매인심방은 2명으로, 그 중 잠수굿을 맡는 심방은 문순실(45세)이다. 문순실 심방은 가족내력으로 인해 최근 성(姓)이 서(徐) 씨로

도 이어져 내려오고 있어서 직접 굿을 주관하고 있기 때문이다. 즉 잠수라는 단골조직과 매인심방의 존재, 굿의 연례적인 반복과 지속성이 공존하고 있다.

이런 점이 제주도의 잠수굿을 전체적으로 연구하는 것과 밀접한 관련을 갖고 있기에 동김녕의 잠수굿을 주목하는 이유라고 할 수 있다. 따라서 동김녕마을의 잠수굿을 대상으로 해서 지난 2002년부터 2005년까지 실시한 현장조사를 중심으로 하며, 특히 주로 2003년에 행해진 잠수굿을 대상으로 분석한다. 한편 동김녕마을 이외에도 북제주군 조천읍 신흥리와 남제주군 성산읍 신양리의 잠수굿 등 다른 몇몇 마을의 사례도 보조적으로 간단하게 살펴보기로 하겠다.

 ## Ⅱ   잠수굿의 제차(祭次)와 그 역할

제주도에 언제부터 잠수들이 생겨났고, 또 이들에 의한 물질이 언제 어떻게 시작되었는지는 정확히 알 수 없다. 다만 잠녀의 존재를 언급하며 그들의 생활상이나 중앙 조정에 진상하는 해산물로 인한 폐해 등이 있었다는 기록4)을 살펴본다면 그 연원이 비교적 오래되었음을 미루어 짐작할 수 있다.5) 잠수굿은 이렇게 잠수들의 존재와 함께 이루어

바뀌었으나, 그동안 문심방으로 불렸던 사정 등을 감안해 본고에서는 문순실 심방이라고 그대로 호칭하고자 한다.

4) 이건(李健)의 『濟州風土記』에 그 내용이 잘 나타나 있다. 濟州道 敎育委員會, 「耽羅文獻集」, 신일인쇄사, 1976, 198쪽.

5) 잠수의 역사적 고찰에 대해서는 박찬식, 「제주 해녀의 역사적 고찰」, 『역사민

지고 꾸준히 전승되었으리라고 생각된다. 각종 문헌에서 나타나는 것처럼, 제주에는 무속이 성행하였으며 섬사람들은 무슨 일이 일어나면 신에게 빌어 기원하고자 했다는 사실들은 당시에 굿이 일반적인 것이었음을 말해주고 있다. 게다가 당도 곳곳에 마련되어 있었다는 기록도 이러한 사실을 뒷받침해 준다.[6]

그러므로 한 사람의 잠수이기 이전에 한 마을과 가정의 구성원으로서 이미 당이나 굿을 통한 무속신앙 행위는 일반화되었다고 볼 수 있으며, 거기다가 물질을 하는 잠수였다면 분명히 물질작업과 관련한 신앙행위도 이루어졌을 것이라고 유추해 볼 수 있다. 잠수굿을 개인적으로 하든 집단행위로 하든 오랜 시간 동안 전승되어 내려왔던 것은 부인할 수 없을 것이다. 그러면 제주도 잠수굿의 제차구성과 그 역할을 살펴보자.

제주도 잠수굿의 일반적인 제차는 동김녕마을의 잠수굿에서 살펴볼 수 있다. 동김녕 잠수굿은 하루 종일에 걸쳐 치러진다. 새벽부터 제물을 진설하고 큰대를 세우고 삼석울림부터 시작해서 굿의 마지막인 도진을 하면 저녁까지 이어진다. 이러한 잠수굿의 제차는 굿의 내용상 크게 여섯 부분으로 나눌 수 있다. 즉 초감제, 요왕맞이, 지드림, 씨드림-씨점, 액막이, 배방선 등이다. 그런데 이들 중심적인 제차들은 그 내부에 다양한 제차들을 포함하고 있기도 하고, 선후로 이어지는 제차들과 서로 긴밀히 연결되어 있다.

동김녕 잠수굿의 기본제차를 자세히 살펴보면 다음과 같다.[7]

속학』제19호, 한국역사민속학회, 2004 참고.

6) 김정(金淨)의 『濟州風土錄』, 김상헌(金尙憲)의 『南槎錄』, 이건(李健)의 『濟州風土記』, 이원진(李元鎭)의 『耽羅志』 등에서 당시 제주의 신앙생활을 엿볼 수 있다.

[삼석울림]
[초감제] : 베포 도업침—날과 국 섬김—열명—연유닦음-제청신도업—군문열림—
         분부사룀—새드림—젯ᄃ리 앉혀 살려옴
[추물공연]
[요왕세경본풀이]
[요왕맞이] : 〈초감제〉 : 베포 도업침—날과 국 섬김—열명—연유닦음—제청신도업—
         선왕의 이야기(도깨비영감)—군문열림(군문돌아봄)—분부사룀—새ᄃ
         림—도래둘러맴(상촉권상—도래둘러맴)—젯북제맞이굿)—오리정신청궤—
         서우젯소리—본향듦(소지사름 포함)—오리정 정데우 마무리
         〈요왕질침〉
[지드림]
[씨드림 - 씨점]
[서우젯소리]
[액막이] : 〈요왕차사본풀이〉, 〈각산받음〉 포함
[선왕풀이—배방선]
[도진]

7) 제차 분석은 지난 2003년에 벌어진 굿을 대상으로 한다. 동김녕의 잠수굿은 매년 진행이 동일하게 반복되기 때문에 각 해마다 차이점이 있는 것은 아니다. 한편 현용준은 동김녕 잠수굿의 제차를 크게 초감제—요왕맞이—요왕세경본풀이—요왕채ᄉ본풀이—씨점·씨드림—ᄌ손들 산받음—배방송으로 나누어 고찰한 바 있다(현용준, 「濟州의 漁民信仰」, 『제주도 무속과 그 주변』, 집문당, 2001, 165~167쪽. 이 논문은 『濟州道 水協史(제주시수산업협동조합, 1986)』에 실린 것을 재수록한 것임). 기본적으로 당시의 잠수굿이나 현재의 잠수굿은 거의 동일한 제차구성을 가지고 있지만, 현용준의 보고와 비교해보면 일부 제차의 순서가 현재와는 조금 다른 면이 발견되기도 한다. 변화하는 시대의 흐름이나 굿 진행에 따른 시간의 적절한 안배, 수심방과 소미(小巫) 사이의 교대 등 여러 가지 사정이 해당 상황에 따라 제차의 일부 순서에서 다소 선후가 바뀌어 행해질 수 있다. 한편 동김녕 잠수굿의 매인심방인 문순실은 1980년대 초 자신이 굿을 하기 시작한 이후로는 본고에서 밝힌 제차구성을 그대로 현재까지 변화 없이 이어가고 있다고 말하고 있다.

위에 밝힌 동김녕 잠수굿의 제차진행을 중심으로 잠수굿의 제차들이 구체적으로 어떤 역할을 하고, 또한 잠수들은 특히 어떤 제차들을 중요시하고 그들과 직접적으로 소통하는 제차들은 어떤 제차들인지 알아보자. 이를 위해 제차들을 중심으로 잠수굿의 준비에서부터 마무리과정 전체를 살펴보았을 때 그 역할을 크게 세 부분으로 나누어 볼 수 있다. 즉 잠수들의 해상무사고 기원, 해산물의 풍요 기원, 잠수공동체의 유대 강화로 나눌 수 있다.

1. 해상무사고 기원

1) 열명(列名)

열명은 예명이라고도 하는데, 모든 굿에서 가장 기본적인 사항이다. 즉 누가 굿을 하는 지를 밝히는 것이기 때문이다. 그리고 굿을 시작하면서 가장 먼저 행해지는 제차이기도 하다. 잠수굿에서도 굿을 시작하면서 곧바로 열명을 해서 굿에 참가하는 주민들의 이름을 한 명도 빠짐없이 부른다. 굿당의 천정에 줄을 매달아 놓고 거기에다 해당되는 사람들의 이름과 나이를 쭉 써 놓은 종이를 걸어놓는다. 동김녕은 잠수들도 많고 각 기관·단체들도 다 참여하기 때문에 불러야할 이름이 많은 편이다. 종이에는 어촌계 임원명단, 각 마을의 잠수명단, 선주명단, 각 기관이나 단체명단, 일반 참가자 등이 순서대로 쓰여 있는 것을 볼 수 있다.

이렇게 열명을 하는 이유는 축원을 올리는 대상자의 존재를 드러내는 이유와 더불어, 결국 잠수굿에서 기원사항을 해결하고자 하는 대상이라는 의미가 첨가되고 있다. 그들에게는 최고의 목적이 물질작업 중에 사망하는 것을 방지하고자 하는 것이므로, 열명이라는 절차는 당연히 해상무사고 기원의 필수요건이 된다. 그리고 이 열명은 굿의 서두 부분에서만이 아니라 굿을 하는 내내 반복적으로 불려진다. 이름을 일일이 불러줌으로써 그 대상자가 불의의 사고를 당하지 않도록 신에게 기원하는 역할을 한다.

2) 새두림

새두림은 초감제 중의 한 제차로 소미가 나와서 물그릇과 감상기를 들고서 신이 내려오는 길의 모든 부정을 없애 치우는 역할을 한다. 그런데 초감제의 새두림이나 요왕맞이 초감제의 새두림을 하는 과정에서 소미가 여러 잠수들을 제장의 한 가운데로 불러내어 앉혀 놓고 그들을 상대로 부정[邪]을 멀리 쫓아내는 모습을 시연한다. 본주(단골)들의 몸에도 혹시 있을지 모르는 부정을 없애고 깨끗한 몸으로 정화시키고자 하는 것이다.

이 과정은 한편으로는 부정을 없애는 의미가 확장되어 본주의 무사고를 바라는 내용으로 볼 수도 있다. 즉 새[邪]는 기원자에게도 달라붙어 여러 가지 나쁜 일이 생기게 하는 것이므로 새를 멀리 쫓아내는 행위는 곧 무사고를 기원하는 내용이 되는 것이다. 이때 소미가 신칼로 개개 잠수들의 몸을 쓰다듬어 주는데, '신칼치마가 한번만 닿아도 소망이 일어난다'는 믿음을 공유하는 그들에게는 마음의 안정을 주는 역할을 한다.

3) 요왕맞이

요왕맞이는 초감제와 더불어 잠수굿의 한 축을 형성한다. 말 그대로 용왕을 맞아들여 소원하는 바를 이루고자 하기 때문이다. 양쪽에 일반적으로 8개씩 꽂아 놓은 댓가지는 요왕질을 나타내는데, 바로 그 길이

요왕이 오고 가는 길이며 그 자체가 요왕문이 되는 것이다. 물질 작업을 하다 보면 뜻하지 않게 사고를 당해 그야말로 요왕문을 지날 수 있기 때문에 그러한 일이 없도록 해 달라고 기원한다.

나 ᄌᆞ순들아 착허다 나 ᄌᆞ순들아 고마웁다(다 막아줍서). 목 ᄆᆞ른 사람이 물을 촛으고(아이고 다 막아줍서) 목 ᄆᆞ른 사람이 샘을 촛는 법이로구나(아이고 다 막아줍서). 정성 ᄀᆞ득허다 시군문을 저승반 이싱반 조상들이 내리젠 허난 처서님이 앞을 사난 조상님네 가문공ᄉᆞ로 고양 눌려준다 해염수다(고맙수다. 다 막아줍서). 조상님아 고맙수다. 인정을 싯끈 배가 파하는 일 없고 공 들영 놓아 두민 공든 탑 무너지는 법이 없습네다. 작년에 굿인 운을 곱게 넹겨주난 고맙수다. 쉰 다섯슬(잠수회장을 말함: 조사자 주) ᄒᆞᆫ 둘에 ᄒᆞᆫ 번씩만 백명이 넘는 지를 ᄒᆞᆫ 번 드리치민 열두 번을 드리치명 간장 썩으명 슬 썩으명 구신 테우리 생인 테우리 영 허영 오늘ᄁᆞ지 이 굿 허는딜랑 백명이 넘는 해녀들 편안시켜줍서(아이고 다 막아줍서). 바당에 돈 벌영 살젠 물질 안 허는 ᄌᆞ순들은 편안허게 살주만은 이디 예명올린 ᄌᆞ순들은 배운 기술은 바당 물질 배우난 정일월은 칼날같은 ᄇᆞ름쌀이로구나. 이삼사월은 진진헌 해 오뉴월은 한 더위 오동짓돌은 서단풍에 요즘이사 이거 고무옷도 입고 허난 허주만은 이 옷 입어도 여름은 나민 더운 짐이 무락무락 겨울은 나민 머리 실릅고 손 실릅고 발 실릅고 이 돈 벌어당 얼마나 살명이 물질해영 백년이나 돌아오명 삽네까. 배운 기술이 이 기술이난 ᄒᆞ루 강 물질허민 돈 만원이라도 벌어지난 이 바당을 영업삼으곡 해영 댕겸수다. 요왕님에서 죽을 목숨을 살려줍서.(2003년 동김녕 잠수굿, 요왕맞이의 군문열림 중에서, 문순실 심방)

4) 지드림

요왕맞이가 끝나면 제상에 있던 제물을 조금씩 뜯어 모아 흰 한지에 '지'를 싼다. 지는 용왕신과 바다에서 죽은 영혼들에게 제물을 대접하는 의미를 가지고 있다. 그런데 지는 잠수회 전체를 위한 '도지'와 각자의 '개인지'로 구분할 수 있으며, 지를 드릴 때는 심방이 대양을 들고 같이 가서 간단하게 축원의 말을 해 준다. 도지는 전체를 위한 것으로 아무나 싸는 것이 아니라 잠수대표들이 싸서 던진다. 그 외에 각각의 개인은 알아서 조그맣게 지를 싸서 바다에 가서 던진다.

지는 잠수들이라면 평소에도 하는 기원행위의 일종이다. 그 해 첫물에 들 때나 조금 때마다 수시로 개인들이 알아서 바다에 지를 드리기도 한다. 사람에 따라서 지의 갯수가 차이를 보이기도 하는데, 기본적으로 '요왕지'와 '몸지'는 공통사항이고 가족 중에 물질하다가 수중고혼이 된 사람이 있을 경우에는 그 몫의 지도 싸서 던진다.

5) 요왕차사본풀이

차사본풀이는 죽은 이를 위로하고 저승의 좋은 곳으로 잘 가기를 바라는 무혼의례(撫魂儀禮)에서 불려지는 본풀이를 말한다. 그런데 잠수굿에서는 기원자들이 잠수들이기 때문에 그 성격상 요왕차사본풀이를 하게 된다. 요왕차사본풀이를 부르는 이유는 이미 죽은 이들은 저승 좋은 곳으로 인도하게 해 달라는 뜻과 함께, 바다에서의 죽음을 면하게 해달라는 의미도 포함되어 있다. 잠수들의 물질이 극도의 위험한 상황에서 행해지고 잠깐 방심하거나 조금이라도 무리하게 욕심을 부리게 되면 돌이킬 수 없는 큰 사고를 당하게 되니까 요왕차사본풀이를 통해서 무사고를 기원하는 역할을 하는 모습을 볼 수 있다.

6) 액막음과 각산받음

액막음은 궂은 액을 막는 것이다. 또 산받음이란 신의 뜻을 점쳐 그 결과를 알려 주는 것으로 각각의 개인이 개별적으로 산을 받는 것을 각산받음이라고 한다. 동김녕에서는 굿 전반부에 심방이 전체적으로 산을 받아 본 후 어떠어떠한 사람들이 좋지 않다는 점괘가 나오면, 잠수회장은 특별히 대상으로 지목된 잠수들에게 가서 이 사실을 알리고 나중에 액막이를 할 준비를 하게 한다. 보통은 ○세, ○세 하는 식으로 어느 나이의 사람이 좋지 않다고 심방이 말하게 된다. 그러면 해당자들은 굿이 끝나기를 기다려 심방에게 부탁해 따로 액막이를 하고 산을 받아보는 것이다. 심방은 개인별로 어떠한 것들을 조심하라고 일러준다.

2. 해산물의 풍요

1) 요왕세경본풀이

제주에서는 예로부터 뭍의 밭뿐만 아니라 바다밭이라 하여 바다에까지 농사의 개념을 연장시켰다. 땅에 밭이 있는 만큼 바닷가나 바닷물 속에도 밭은 있어, 미역이 많이 자라는 곳을 두고 '메역밧'이라고 하거나 자리돔이 많이 잡히는 곳을 '자리밧'이라고 한다. 그리고 뭍의 밭들이 어느 한 사람 몫의 일터라면 바닷가나 바다 속에 있는 바다밭들은 바다를 삶터로 살아가는 바닷가 마을 사람들 공동의 밭이며, 이런 밭들에는 이름이 있게 마련이다.[8] 이러한 점은 제주도의 해안마을이면 거의 보편적인 현상이라고 할 수 있다.

---

8) 고광민, 『제주도의 생산기술과 민속』, 대원사, 2004, 131쪽.

이는 바다밭에 풍요를 주는 신이 어떤 신인가에 관한 문제와도 연결
된다. 동김녕 잠수굿에서는 기본적으로 기원대상이 용왕이다. 잠수굿
과 관계있는 김녕 성세깃당의 당신도 '요왕황제국 말잣아들'이다. 따라
서 바다밭의 풍요를 가져다주는 신으로 그 용왕에 속해 있는 '요왕세경
신'에게 소원을 비는 것이다.

> "우리는 바다밭에 있는 요왕세경신과 관련 있다. 세경신을 청해서
> 기도한다. 요왕세경신은 요왕에 소속된 팀이다. 요왕과 요왕세경신이
> 해산물을 준다."(문순실 심방 인터뷰 내용)

잠수들은 바다에 용왕이 있고, 바로 이 용왕이 해산물의 풍요를 주
는 것이며 더불어 바다밭에서의 무사안전까지도 보장한다고 한다. 즉
잠수들의 가치관이 드러나는 자리이기도 하다. 원래 세경본풀이는 농
경신의 내력에 대한 이야기로서 일반신본풀이에 해당한다. 동김녕에서
는 이런 세경본풀이를 중심으로 거기에다 본풀이 전후로 용왕에 관련
된 이야기를 간단하게 삽입함으로써 요왕세경본풀이라고 하는 것이다.
현용준도 동김녕마을에서 미역, 전복, 소라 등이 번식하는 것도 바다의
농사로 보아 바다에도 농신인 세경이 있다는 관념으로 세경본풀이를
한다고 보았다.[9]

2) 요왕맞이

요왕맞이는 요왕신과 요왕세경신 등의 신들이 내리는 길을 치워 맞
아들이고 그 신을 잘 대접하여 보내는 의미이기에, 이 속에는 여러 가

---

9) 현용준, 「濟州의 漁民信仰」, 『제주도 무속과 그 주변』, 집문당, 2001, 166쪽.

지 의미가 깃들어 있다. 앞서 해상무사고를 기원하는 의미는 물론이고 요왕과 요왕세경신이 바다밭을 잘 보살펴주기를 바라는 것도 당연히 포함된다.

3) 씨드림, 씨점

해산물의 풍요와 관련해 잠수굿의 후반부에 씨드림과 씨점이라는 제차가 있는데 풍요를 바라는 잠수들의 모습이 나타난다. 동김녕에서는 씨드림을 하기 위해서 우선 잠수 2명이 선정되는데, 그들은 좁쌀이 담긴 바구니를 들고 심방의 서우젯소리 가락에 맞춰 노래를 부르며 춤을 춘다. 다같이 춤춘 후에는 심방은 대양(巫樂器)을 들고 잠수 2인은 바구니를 든 채로 밖으로 달려 나가며 바닷가 모든 부분에 좁씨를 뿌린다. 이때 일정한 양이 일정한 지역에 골고루 뿌려질 수 있도록 다들 신경을 쓴다.

이렇게 바닷가를 한 바퀴 돌고 와서는 잠수가 남아 있는 좁씨를 가지고 돗자리 위에 뿌리면 심방이 점을 친다. 돗자리는 씨점을 하는 그 순간 심방과 잠수들의 눈에는 동김녕의 바다로 바뀌게 된다.

심방은 좁씨의 밀집도나 퍼진 범위를 살펴보면서 바다밭에 어떤 모습으로 어떤 해산물들이 길하고 흉한지를 예상한다. 씨점에 집중하는 잠수들은 심방이 말하는 내용을 듣고 마음속으로 바다밭을 어림짐작하게 된다. 씨점을 통해 심방이 이야기하는 바다밭의 상태는 잠수들에게는 중요한 관심사가 아닐 수 없다. 씨드림과 씨점은 일종의 유감주술적인 행위[10]라고 할 수 있다.

---

10) 현용준은 요왕맞이가 영신의례(迎神儀禮)이면서 기원유화의례(祈願宥和儀禮)라고 보았다. 그리고 그 속에 있는 씨드림·씨점은 유감주술적(類感呪術的)인

잘 들읍서 예. 우미는 지금 바당에 골고루 씨 뿌려졌수다. 우미는 골
고루 해신디 지금 먼 바당에 예. 물건 어신 바당이 어디냐 허믄 한여
양. 한여광 석은빌레 사이에. 그디 비었고 예. 또 가수 알여 예. 가수
아래 물가는 바다 물가는 바당은 예. ᄒ끔 조심헙써. 그 바당은 가믄
ᄒ쑬 넜나 예. … 이 저 구젱이씨들은 ᄒ끔 부족허우다. 오분제기씨도
쪼금 부족허는디 예. 오분제기는 예. 어디가 많으냐 하면은 이제사 이
앞바당에 어디 여에 지금 오분제기 붙어먹는디 요 앞바당에 양. 견디
예. 올해는 막 한 바당은 양. 한 바당에꺼는 지금 바당이 무신 그물을
낝 한 바당에꺼 잡아봄신가?(잠수들이 서로 소란스럽게 이에 대해서
의견을 말함) 거난 예. 먼바당에 물건은 이신디 자꾸자꾸 해녀들이 먹
기 전에 다른 사람이 먹어부는 거라마씨. … 바당이 지금 예. 흉년이라
흉년 바당이 흉년. 겐디 ᄀ찻바위가 예. 지금 우미씨가 예. 어디를 막론
하고 골고루 우미씨는. … 톨씨도 비었덴 해여도 지금이야 예. 조금씩
조금씩 전에 어신 풀들이 막 ᄀ찻바위로 비지작허게 나멍 예. 올해는 ᄒ
끔 바당은 흉년들쿠다 솔직히 말해서. 그자 바당에서 망사리 골르고
대나 그자 무사고만 헤여그네("아이고 맞아 맞아"하고 잠수들이 맞장구
를 친다) 올해 못 벌면 내년 벌고 이 물찌에 못 벌믄 다음 물찌에 망사
리 ᄀ득으는 거고 그치룩만 생각헙서.(2003년 동김녕 잠수굿, 씨점 중
에서, 문순실 심방)

것으로 규정했다. 즉 씨드림・씨점은 기원유화의례 내부에 있는 유감주술행위
인 것이다. 조를 미역, 전복, 소라 등의 씨로 보고 그것을 바다에 뿌리는 것은
농경의례적 요소가 모태가 되어 그것이 어로의례에 적용된 것이겠지만, '類似
는 類似를 낳는다'는 유감주술의 원리가 작용된 것이라고 한다. 말하자면 의
례 속에서 행해진 사항이 실제의 생활에 실현될 것을 기대하여 행하는 의례가
유감주술의례이다. 현용준, 『제주도 무속연구』, 집문당, 1986, 349~361쪽.

3. 공동체의 유대강화

1) 제물의 공동준비

잠수굿을 하기 위해서는 기본적으로 잠수회가 다같이 협동해서 일을 처리하고, 서로 역할분담이 확실하게 구분되어 있다. 굿하기 전날에 대부분 모여 제물마련을 위한 뱃물질을 하는데, 2004년에는 총 104명의 잠수들 중에 70여명이 참여해 강한 협동심을 보여줬다. 이 과정에는 어촌계장과 잠수회장이 중심이 되어 일사불란하게 움직인다.

잠수굿에 공동으로 제물을 마련하는 모습은 김녕 큰당(본향당)의 본향당제와 비교해 보면 그 의미를 더욱 잘 알 수 있다. 큰당은 70년대 이후로 예전의 큰굿에서 '앉은제'로 변화하면서 개별 의례화 된 것으로 판단되는데, 본향당제에 찾아오는 단골들은 다 저마다 개인별로 제물을 바구니에 담아 가지고 온다. 그리고 당에 찾아와 제물을 진설할 때도 다 저마다 개인별로 제단의 한 부분을 차지해서 늘어놓는 모습을 볼 수 있다. 그러나 이에 비해 잠수굿에서는 아직도 공동으로 제물을 준비하는 모습을 유지하고 있으며, 이러한 것들은 공동체의 행사라는 사실을 잠수들에게 주지시키고 서로 연결하는 장치가 될 수 있다.

한편 제물을 준비하는 과정에는 잠수굿의 구체적인 전승과정과 관련한 사항이 드러난다. 잠수들은 굿의 제물준비는 아무나 할 수 없다고 생각하고 있다. 왜냐하면 만드는 방법과 절차에다가 구체적인 제물의 형태나 개수를 알아야 할 뿐만 아니라, 오랜 시간 숙련된 경험과 특별한 정성이 요구되는 일로 여겨지기 때문이다. 따라서 굿당에 진설될 제물준비는 선정된 선배잠수와 대표 잠수들을 중심으로 진행된다. 책임을 맡은 대표 잠수들이 굿에 쓰일 여러 가지 물건을 마련해 오면 선배잠수들은 굿하기 전날 필요한 제물을 직접 만들며, 서로 자문을 얻거나 협의하는 과정에서 잠수굿이 자연스럽게 전수되는 것을 볼 수 있다.

이러한 점은 굿을 맡은 문순실 심방이 그 어머니로부터 굿을 이어받듯이, 잠수라는 단골들 또한 굿을 나름대로 세대를 넘어 이어받고 있는 것을 보여준다. 즉 잠수들은 책임 있는 직책을 맡음으로써 굿을 하는 동안 선배잠수들에게 굿의 준비나 진행과정 등에 대해서 배우게 된다. 그런데 잠수회의 대표직은 마을의 잠수들이 번갈아가면서 맡게 되기 때문에 잠수들이라면 누구나 다 자연스럽게 굿의 준비나 진행에 대해서 배우게 되는 것이다. 따라서 이러한 방법을 통해서 잠수굿의 실질적이고 구체적인 유지·전승의 노하우가 전승되고 있다.

2) 분부사룀

분부사룀은 오전의 초감제와 오후의 요왕맞이 때에 모두 행해진다. 분부사룀을 할 때는 어촌계장과 잠수회장과 일부의 잠수들이 모여 앉아 심방이 자신들을 상대로 이야기하는 것을 듣는다. 심방은 한 손에 눈물수건을 잡고 말을 하고, 잠수들도 때때로 눈물을 훔치며 경청한다.

분부사룀의 내용은 여러 가지에 해당한다. 예를 들면 때와 장소에 따라 조심하라거나 지나치게 욕심 부리는 일이 없도록 유의하라는 내용이 들어간다. 그리고 힘들고 어려운 작업을 감수하는 잠수들의 노고를 알고 있다는 말도 나온다. 또한 분부사룀의 중요한 사항으로 잠수회 안에서 서로 반목하지 말고 화합하라는 당부의 말을 하는 것도 큰 비중을 차지한다. 어촌계장과 잠수회장을 중심으로 서로 조금씩 양보하고 참고 지내야만 소원성취하고 아무 탈 없을 거라는 내용은 분부사룀의 엄숙하고 진지한 분위기에 의해 모두에게 공감을 불러일으킨다. 특히 이 분부사룀은 신의 뜻을 전한다는 형식을 빌어서 강력하게 표현되기 때문에 잠수들은 거부할 수 없는 내용으로 받아들이게 되고, 이는 공동체의 유대강화에 일정한 역할을 하고 있는 것이다.

　　쉰 흔술(어촌계장을 말함: 조사자 주)아, 쉰 다섯술(잠수회장을 말함: 조사자 주)아, 고맙다. 조상들이 저성반 이성반 문을 잘 열려 상을 잘 받아 사노랜 분무문안입고. … 올해 열두 달 우미 물에나 바당물질 허는 ᄌᆞ순이랑 멩심허라(다 막아줍서). 집이서 조왕에서 아침밥 해영 먹엉 물질허래 나올 때 아픈 ᄌᆞ순이랑 그날 물질을 허지 말랜 해염구나(아이고 다 막아줍서). … 아이고 나 ᄌᆞ순들아 사는 날까진 배운 기술이난 해여사 될 일이고(다 막아줍서) 사는 날까지 물질허민 목숨은 이 바당에 띄와 놓아근 아이구 선왕님 배탕 나갈 땐 배에 의지허주만은 이녁만씩 떨어지민 태왁 하나 의지허여근(다 막아줍서) 숨이 꼬윽꼬윽 허민 진 한숨으로 태왁 의지 하나 해여 사는 나 ᄌᆞ순들 돈은 벌민 얼마나 벌고 재산은 벌민 얼마나 벌리리야. 죽는 날까지 고생을 허여사 될 일이고 물질하는 날까지 이일 해여사 될 일이난 나 ᄌᆞ순들아 … 니네 ᄌᆞ름 좋아근 쉰 다섯술아 작년 흔 해 백명 넘는 지쌍 요왕더레 디리칠 적마다 아이고 우리도 조상님이 어디서 모르느니 니 혼자 드리치는 지를 받아근 나 ᄌᆞ순 공히 주는 쏠을 그냥 먹엉가리 해연 나 ᄌᆞ순들아 ᄆᆞ른밭디서 닌 니여 난 나여 싸워도 바당에서 조상을 도와준줄 니 공들인 덕으로 도왔구나. 올 흔 해도 도와주크메 걱정허지 말라(다 막아줍서). … 해상영업 편안시켜주마 나 ᄌᆞ순들아(다 막아줍서). 쉰 흔 술아 올핸 운이 좋으난 니가 해녀들 잘 데령 허라 조상에서 도와주곡(다 막아줍서) 옛날도 집이 망허젠 허민 불턱을 두 받디 앚쪄가민 벌써 집안 망해가는 거 돈은 무신 필요이시고 재산은 무신 필요이십네까. 백명 넘는 해녀들 불턱에 올 때 웃음 웃엉오곡 올라갈 때 끝이 지쳐도 웃음 웃엉 올라가사 허주 나 ᄌᆞ순들아 닌 니여 난 나여 등을 지지 말라 등을 지지 말라. 아이고 너 흔 곳이 지어가민 니네들 조들아진다. … 하다 등을 지지 말아근 니가 잘헌 일이 이시나 나가 잘헌 일이 이시나 흔 발 자국만 뉘우치라. 죽어불민 땅 속가민 무각무각 썩어불 몸천이여. 아이고 이 사람 아니보젠 독허게 돌아삿당이라도 뒷날 봐지민 말 ㄱ라지고 얼굴 보아진다. 나 ㅈ순들아 불턱에 아지는데 불턱을 흔반더레 모디칩서. 이 웃어른덜 이시난 옛날 영혼들도 오란 한숨을 쉬멍 옛날 동서김녕 해녀들도 영해당 모두쳐신디 아이고 유래어신 일이여 어떵헨 영 불턱에 두반디 앚쪄근 나 ㅈ순들아 영 간장들 썩엄시니. 나 ㅈ순들아 깊이 깊이 깨우치라 깊이 깊이 이행허라. … 나 ㅈ순들도 너무나 고마운 ㅈ순들이여 쏠 흔되도 정성이여 밥 흔직도 정성이여 돌래떡 사발 시루 하나도 정성이로구나. 니네딜 우으로 넘는 일 이 어린 것들 숭보젠 말앙 불턱에 앉는 날까지 삼춘네건 나 조캐야 홀목심엉 해염시라 허민 조상에서 물숨 먹을 일을 걷어주마 걷어주마 해연 분부문안 입고. 쉰 흔 술아 쉰 흔 살아 오늘로 조상님들안티 다 고맙수덴 허라 고맙수덴 허라. … 돌아상 반성허는 나 ㅈ순들아 백명 넘는 ㅈ순 거늘롸 주마 거늘롸 주마. 나 ㅈ순들아 불턱을 모디치라 모디치라 모디치라 후회될 일 이신다 후회될 일 이신다. … 나 ㅈ순들아 우리 조상들도 니네안티 먹엉가는 거 너무 미안허다 미안허다. 니네들 편안허영 망사리 ㄱ득 양식장에도 망사리 ㄱ득행 돈 하영 탕 웃음 웃어사 우리도 아이고 영 허난 나 ㅈ순들 일년 영도 큰굿허염구나 해영 우리도 지꺼정 춤추멍 오랑 먹엉 갈 거난(다 막아줍서) 나 ㅈ순들아 불턱을 모디치라 모디치라.(2003년 동김녕 잠수굿, 요왕맞이의 분부사룀 중에서, 문순실 심방)

3) 서우젯소리[11]

서우젯소리는 굿에서 자주 불리는 노래로 대부분 가사 내용이 비슷하게 전개되는데, 어느 정도 진행된 이후에는 각자가 원하는 대로 가

---

11) 서우젯소리에 대해서는 변성구, 「제주도 서우젯소리 연구」, 석사학위논문, 제주대학교 교육대학원 국어교육전공, 1986 참고.

사를 만들어서 부를 수 있는 자유로움도 있다. 그런데 가사를 자기 마음대로 만들어 붙일 때라도 가사를 가만히 들어보면 잠수라면 누구나 공유하는 물질에 대한 애환과 살림살이의 고단함, 가정생활의 희노애락 등이 주로 표현되므로 서로의 삶의 동질성을 확인할 수 있게 되는 것이다.

또한 서우젯소리는 '매기는 소리(선창)'와 '받는 소리(후창, 후렴)'로 구성되어 있는 노래라는 사실도 지적할 수 있다. 서로 주거니 받거니 하는 서우젯소리의 특성은 다같이 놀 수 있는 대동판을 형성하기에는 아주 제격이다. 거기다가 춤까지 곁들여지므로 다같이 어울릴 수 있는 자리가 되는 것이다.

4) 지드림

앞서 해상무사고 부분에서 언급한 지드림과 같은 것으로, 다만 이 경우는 잠수회와 마을 전체를 위해서 도지를 드리는 것을 말한다.

5) 도액막음과 도산받음

도액막음과 도산받음도 개인적인 액막음이나 산받음과 같은 내용으로, 그 범위를 넓혀 잠수회와 마을 전체를 위해 하는 것이다.

6) 참가자의 범위와 부조, 답례

잠수굿을 할 때 마을의 기관이나 단체, 개인들이 각각 부조를 하는데, 그 부조하는 이의 범위가 매우 넓다. 이는 마을 사람들이 잠수굿을 이미 하나의 마을의례로 생각하고 있다는 뜻이며, 물질과 직접적인 관련이 없는 마을사람들도 부조라는 행위를 통해서 다같이 참여하고 있다는 말이 된다. 일례로 장사나 사업하는 주민들도 잠수굿에 참여해서 기원하면 혹시 번창하거나 액을 막을까 싶어서 부조를 하고 함께 참여하기도 한다.

물론 김녕마을 내에서도 잠수굿에 참가하지 않거나 전혀 관심이 없는 주민들도 일부 존재한다. 그러나 마을 전체적으로 봤을 때 포제와 더불어 가장 큰 행사라고 말할 수 있고, 오랫동안 지켜온 전통이라는 인식이 형성되어 있기 때문에 참가자의 범위와 부조의 액수가 적지 않다. 이러한 부조는 결과적으로 잠수굿을 운영·유지하는데 필수적인 경제적 보조 역할을 하기도 해서 한편으로는 잠수굿의 전승에 일정 정도 기여한다. 따라서 잠수들도 부조에 대한 답례로 해산물(소라)을 각각 나눠주고 신경 써 준데 대해서 감사의 표시를 한다. 또 부조하는 이들은 그 이름이 제장에 걸려 열명의 대상이 된다.

Ⅲ   잠수의 의례형태와 잠수굿의 의미

현재 제주도에서 잠수들과 관련해 행해지는 무속의례에는 잠수굿 이외에도 영등굿이 있다. 영등굿은 아직도 제주도의 많은 지역에서 행해지고 있으며, 잠수와 어부의 해상안전과 해산물의 풍요를 기원하는 역할을 한다. 따라서 제주도의 잠수굿을 살펴보기 위해서는 영등굿과의 상관관계에 대해서도 짚어보아야 한다. 과연 잠수굿과 영등굿은 무엇이 같고 다른지 살펴봄으로써 각각의 굿이 가지는 정확한 개념과 위치가 나타날 것이다. 한편 『新增東國與地勝覽』에 기록된 '然燈'과 관련해서 이 글의 연구대상지인 '金寧'이라는 지역이 거론되고 있는데, 이

에 대한 검토도 필요할 것으로 보인다. 이러한 검토는 잠수들의 의례
형태와 잠수굿의 실제적인 의미를 밝히는데 많은 도움을 줄 것으로 생
각한다.

1. 영등굿의 의미

『新增東國輿地勝覽』의 기록을 보면 다음과 같은 사실이 나와 있다.

> 2월 초하루에 귀덕 김녕 등지에서는 장대 12개를 세워 신을 맞이하
> 여 제사지낸다. 애월에 사는 사람들은 떼 모양을 말머리와 같이 만들
> 어 비단으로 꾸미고 약마희(躍馬戲)를 해서 신을 즐겁게 했다. 보름이
> 되어 끝내니 이를 연등(然燈)이라 한다. 이달에는 승선을 금한다.[12]

『新增東國輿地勝覽』에 의하면 '然燈'과 관계된 의례는 귀덕 등지의
북서부 지역과 김녕 등지의 북동부 지역에까지 널리 퍼져 있음을 알
수 있다. 이 기록을 두고 기존의 선행연구를 진행한 현용준은 '然燈'이
곧 제주도 음력 2월의 풍속을 말하는 '영등'이라는 분석을 하였다.[13]
일단 제주도에서 전승되어 내려오는 영등에 관련되는 내용을 간단
하게 정리해 본다면 다음과 같다. 즉 영등신은 강남천자국 또는 외눈
배기섬에서 제주도로 내방하는 외래신이며, 시기는 주로 음력 2월 1일

---

12) 又二月朔日 於歸德金寧等地 立木竿十二 迎神祭之 居涯月者 得槎形如馬頭者
　　飾以彩帛 作躍馬戲以娛神 至望日乃罷 謂之然燈 是月禁乘船(『新增東國輿地
　　勝覽』卷之三十八 濟州牧 風俗條).
13) 현용준,「제주도의 영등굿」,『제주도 무속과 그 주변』, 집문당, 2002 참고. 이
　　논문은 1969년『韓國民俗學』창간호(韓國民俗學研究會)에 실린 것을 다시 수
　　록한 것이다.

에 들어와서 2월 15일에 다시 나간다고 전한다. 영등신은 주로 영등할
망으로 관념되고 있으나, 영등하르방이라고 표현된 전승형태도 있다.
아무튼 이 영등신이 오는 시기에는 바다의 소라나 고동 등이 텅 비어
있으며 도민들은 빨래도 하지 않고 배도 띄우지 않아야 한다고 믿고
있다. 영등신은 기본적으로 풍신(風神)의 성격을 가지고 있으며, 영등
신이 들어왔다 나가는 기간의 날씨 여하에 따라서 딸이나 며느리를 대
동하고 왔다고 하는 이야기도 전승되며 한 해의 풍흉을 예상하기도 한
다. 영등신은 해녀가 채취하는 바다의 해산물의 씨앗을 뿌려주는 신으
로 생각될 뿐 아니라, 어업과 농업을 포함한 생업전반에 걸쳐 풍요를
가져다주는 역할을 한다고 믿고 있다.

　그런데 영등신앙은 비단 제주도에만 전해지는 것은 아니고 육지부
에도 영등과 관련한 민간신앙이 예전부터 있었다고 한다. 문헌자료를
살펴보면 홍석모의 『東國歲時記』에 이미 2월 풍속으로 영등이 거론되
었다.

　　　영남 지방의 풍속에 집집마다 신에게 제사지내는 것을 영등신이라
　　한다. 그 신이 무당에게 내리면 그 무당은 동네로 나돌아다닌다. 그러
　　면 사람들은 다투어 맞이하다가 즐긴다. 이 달 초하루부터 사람을 꺼
　　려 만나지 않는데 15일 혹은 20일까지 간다.[14]

---

14) 嶺南俗 家家祭神 名曰靈登神 降于巫 出遊村閭 人爭迎而樂之 自是月朔日 忌
　　人物 不接之 至十五日或二十日. 洪錫謨 著·이석호 譯註, 「東國歲時記」, 『朝
　　鮮歲時記』, 동문선, 1991, 68~69쪽.

이능화는 『朝鮮巫俗考』에서 영호(嶺湖)지방 일대의 영동신(靈童神)에 대해 조선 정종(正宗)대의 실록과 신광수(申光洙)의 『석북집(石北集)』, 홍석모의 『동국세시기(東國歲時記)』, 윤정기(尹廷琦)의 『동환록(東寰錄)』, 채제공(蔡濟恭)의 『번암집(樊巖集)』등을 인용하며 언급하고 있다.15)

한편 송석하도 「風神考」에서 영등신에 대한 연구를 한 바 있다. 즉 영등신은 영동할만네・영동할맘・영동할마니・영동할마시・할마시・영동바람・風神할만네・영동麻姑할마니 등으로 불리는 신이다. 신앙 형태상으로 생산에 관련된 農漁荒神이며 '可分性 有毒 妖氣 集成體'라고 할 수 있다. 또 특수한 것은 一洞里라든가 一郡이라는 대집단의 所崇 대상인 共同 致誠神이 아니고 一戶 所崇神인 가장 利己的인 신임을 발견할 수 있다는 것이다. 또한 그는 이 글에서 물대[水竿]를 세우는 立竿民俗에 대해서도 밝히고 있다.16) 그리고 영등신앙은 중부 이남의 동남부 지역에 집중적으로 분포되어 있다고 한다.17)

그런데 이렇게 육지부에 영등관련 신앙이 있다는 점은, 제주도의 영등굿이 제주만의 독특한 문화적 산물이라기보다는 다분히 육지와의 문화적 관련 속에 놓여져 있는 것으로 보이게 만들고 있다. 물론 육지부의 영등신앙과 제주도의 영등신앙은 서로 비슷한 점이 있으면서도 한편으로는 차이를 드러내고 있다. 즉 육지부의 개인 所崇神이라는 성격에 비해서 제주도의 경우에는 마을공동제라는 집단의 숭배대상으로 나타나며, 게다가 직접적인 농업만이 아닌 어업과 해녀에 관련한 성격이

---

15) 이능화 著・이재곤 譯, 『朝鮮巫俗考』, 동문선, 2002, 284~287쪽.

16) 송석하, 「風神考」, 『韓國民俗考』, 일신사, 1963 참고.

17) 김택규, 『한국농경세시의 연구』, 영남대학교 민족문화연구소 〈민족문화연구총서 11〉, 영남대학교출판부, 1991, 104쪽. 지도 4-1(영등(風神祭)의 분포) 참고.

첨가되는 모습이 나타난다.[18]

하지만 영등신앙이 중부 이남을 중심으로 퍼져 있었다는 사실을 상기해 본다면, 제주만의 독특한 특성을 보여준다 하더라도 기본적으로는 육지부의 영등신앙과 그 본질적인 궤를 같이하는 것으로 생각할 수 있을 것 같다. 말하자면 풍요를 가져다주는 기본적인 성격은 공유하면서, 다만 영등신에 대한 의례를 행하는 규모나 방법 등에 있어서 육지부와 제주도가 차이를 보이고 있다고 여겨진다.

이렇게 제주도와 육지부의 영등신앙을 간단하게나마 살펴보았는데, 이제 제주도의 영등굿의 형태에 대해서 알아보자. 제주도 영등굿은 바로 영등신을 맞이하고 보내는 굿을 말한다. 보통 영등굿은 2월 1일 영등이 들어올 때 하는 영등환영제와 보름 후 영등신이 나갈 때에 맞춰서 하는 영등송별제로 나뉜다. 일반적으로 영등환영제에 비해서 영등송별제를 더 비중 있게 치르는 편이다. 현용준은 제주도 각 지역에서 치러지는 영등굿을 조사 보고한 바 있는데, 이의 분포를 살펴보면 제주도 전체의 각 지역에서 골고루 행해지고 있는 형편임을 알 수 있다.[19] 주로 해안마을이 더욱 많지만 중산간 일대에서도 간간이 행해지고 있음을 볼 수 있다. 그는 이러한 영등굿에 대해서 해녀채취물의 증식제로서의 성격이 본질적인 것이고, 그것이 어업일반, 농업, 바람의 피해 방지, 도외 출타인의 안녕 등의 효능에까지 확대되어 간 것으로 생각된다고 결론을 내린 바 있다.[20]

---

18) 장주근, 「강인한 삶의 현장, 풍요에의 기원」, 『제주도 영등굿』, 열화당, 1983, 96쪽. 현용준, 「제주도의 영등굿」, 『제주도 무속과 그 주변』, 집문당, 2002, 74쪽 참고.
19) 현용준, 「제주도의 영등굿」, 『제주도 무속과 그 주변』, 집문당, 2002, 63쪽 표 참고.

현용준의 조사는 1960년대의 자료에 바탕을 두고 있는 것인데 최근
에도 각 지역마다 계속적으로 이어지고 있는 곳도 있지만, 전체적으로
아직도 대다수가 전승되고 있는 지는 추가적인 조사를 필요로 해 아직
확실히 알 수 없을 듯하다. 하지만 어쨌든 제주도에서 관심 있게 지금
도 영등신을 위한 의례는 행해지고 있다고 보아도 큰 무리는 없을 것
같다. 그리고 영등굿의 세부진행도 각 지역별로 크게 차이가 없다고
조사되었고, 그 제차나 기본적인 사항 역시 잠수굿과도 별반 다를 것
이 없다. 일례로 기존에 조사 보고된 영등굿의 제차를 확인해 보면 다
음과 같다.

《조천읍 북촌리 영등굿》 21)
① 삼천뱅맷대 세움
② 초감제
　　베포 도업침-날과 국 섬김-연유닦음-군문열림-예명올림-비념-다음 제차
　　로 넘김
③ 요왕맞이
　　베포 도업침-날과 국 섬김-연유닦음-군문열림-요왕질침-비념-요왕문 열
　　림-나까도전침-삼천군뱅질침
④ 씨드림-씨점-서우젯소리-도산받아 분부사룀-지아룀
⑤ 자손들 산받음-자손들 액막음-도액막음
⑥ 배방선

---

20) 현용준, 위의 논문, 74쪽.
21) 현용준, 위의 논문, 67~68쪽. 이 논문에서는 조천읍 북촌리의 영등굿을 주대
　　상으로 하였다. 현재와 시차는 있지만 기본적으로 영등굿의 제차를 살피는
　　데는 무리가 없을 것이다.

이 내용은 다른 곳의 영등굿에서도 크게 달라지지는 않는다. 다만 마을마다 각각 처한 사정이나 자신들만의 특성이 있을 수도 있지만 기본적인 내용은 제주도 전체가 공유하는 것이라고 할 수 있다. 또한 기본적인 틀에서 동김녕 잠수굿과도 큰 차이점을 발견하기는 어렵다. 동김녕은 영등달에 하지 않아 영등굿이 아님에도 둘 사이의 특별한 차이점은 없다. 초감제와 요왕맞이, 씨드림, 지드림, 액막음, 배방선 등을 기본축으로 하고 있는 것은 동일하기 때문이다.

2. 『新增東國輿地勝覽』의 내용 중 '金寧'과 관련한 검토

앞서 인용한 『新增東國輿地勝覽』의 기록에는 영등신을 위한 의례를 김녕 등지에서도 했다고 적고 있다. 옛 기록과 현재의 상황이 다른 이유는 무엇 때문일까. 옛 기록이 개인적인 의례를 말하는 것인지, 또는 단순히 전도적인 민간적 풍속을 말하는 것인지, 아니면 옛날에는 김녕에서도 영등달에 영등굿을 했다는 말인지 고민스럽다. 지금의 형태로 보아서는 김녕에서 영등굿을 하지 않는 것으로 파악되고 있는데, 예전에는 김녕에 영등신을 위한 의례를 했다고 기록에 나와 있으니 혼란스러운 것이다.

현재까지 동김녕의 잠수굿에 대해 조사된 내용을 모아 보면, 동김녕의 잠수굿은 영등과는 직접적인 관련이 없다. 제일도 음력 3월이어서 영등달과도 관계가 없다. 따라서 현재 동김녕에서는 영등달에 잠수 개개인이 실제 어떻게 하는 지와는 별개의 문제로, 일단 잠수들의 공식적인 의례와 관련해서는 영등과 관련한 잠수굿이 아님을 알 수 있다.

동김녕의 잠수들은 영등달에 어떠한 의례도 하지 않는다. 보통 제주 풍속상으로 영등달에 특별한 일을 하지 않는 것은 보편적인 일이긴 하지만, 다른 마을이 마을제로서의 영등굿을 나름대로 진지하게 진행하는 것에 비한다면, 동김녕에서는 성세깃당을 포함해 삼본향이라고 불리는 각 당들의 제일에도 영등제는 포함되지 않을뿐더러 개인별로도 특별한 의례를 예나 지금이나 실시하지 않고 있다는 것이다.

다만 문순실 심방의 이야기로는 약 30년 전만 해도 배하는 사람들이 영등배인 짚배를 만들어서 띄웠었다고 한다. 그런데 이는 배하는 사람들만 하고 해녀들은 하지 않았다는 것이다. 그런데 그것도 아주 오래 전의 일이고 지금은 그렇게 하지 않는다고 말하고 있다. 예전에 짚배 띄울 때도 심방 불러다가 크게 하지는 않고 자기들끼리 정성 드려서 제물 좀 차리고 간단하게 했던 것으로 기억한다고 전했다.

그렇다면 이런 점을 염두에 두고 다시 『新增東國輿地勝覽』의 기록을 살펴보자. 우선 현재 김녕에서 옛 영등굿의 흔적을 찾을 수는 없다. 그러나 『新增東國輿地勝覽』이 현재로부터 거의 500년 전의 옛 기록이라는 점을 감안한다면, 지금과는 달리 당시에는 김녕에도 같은 의례가 있었을 수 있다. 당시 영등굿의 분포가 널리 퍼져 있었던 것을 보면 김녕 지역도 그 영향을 충분히 받았을 수 있기 때문이다.

일례로 18~19세기 당시 제주의 고지도에 보면 김녕마을로 들어오는 입구인 속칭 '영등물'이 '연등포(延登捕)' 등으로 표기[22]된 것을 볼 수 있는데, 이 지명이 『新增東國輿地勝覽』의 기록과 관련이 있는 것일 수

---

22) 제주삼읍도총지도(濟州三邑都總地圖), 濟州 『湖南全圖』, 濟州 『全羅南北道輿地圖』, 濟州 『八道地圖〈湖南防輿 編〉』, 濟州地圖, 濟州 旌義 大靜 『海東輿地圖』등 제주관련 고지도에는 현재 김녕리 입구 '영등물' 지역이 연등포(延登捕), 영등포(迎登浦) 등으로 표기되어 있는 것을 볼 수 있다. 이에 대해서는 제주도민속자연사박물관, 『濟州의 옛 地圖』, 1996 참고. 한편 영등포(迎登浦)에 대해서 고광민, 『제주도 포구 연구』, 제주대학교 탐라문화연구소, 2003, 62~64쪽 참고.

도 있다. 만약 옛 기록의 '金寧'이 현재의 김녕리가 맞다면 이는 김녕리
입구의 속칭 '영등물' 지역과 보다 직접적으로 관련이 있었던 것으로
추측해 볼 수 있겠다. 그런데 현재에는 영등관련 의례가 남아 있지 않
으므로 아마 시대가 흐르면서 김녕에서는 영등굿이 점점 사라졌을 것
이라는 추정을 해 본다.

3. 잠수굿의 의미

　제주도 내의 해촌마을에서 아직도 잠수들이 물질을 하고 있는 경우
라면 그 어느 곳에서도 크고 작은 형태의 잠수들을 위한 굿이 열린다.
이런 굿은 마을에 따라서 여러 형태로 나타나는데, 이중 대부분의 마
을에서는 음력 2월인 영등달에 영등굿이라는 형태로 이루어지는 모습
을 보여 주고 있다. 따라서 현재의 영등굿이 거의 잠수굿의 역할을 하
고 있는 것이다.

　그러나 간혹 가다가 동김녕마을의 경우처럼 영등신이 오고 가는 기
간에 잠수굿을 하는 것이 아니라 다른 시기를 택해 잠수굿을 거행하는
경우도 있다. 신흥리나 신양리의 경우[23]도 마찬가지다. 영등달에 하는

---

23) 정월에 잠수굿을 하는 경우로 북제주군 조천읍 신흥리를 들 수 있다. 신흥리
　　잠수굿은 정월의 포제일시와 같다. 즉 마을에서 포제일시를 택하면 잠수굿도
　　그날 하는 것으로 결정되고, 포제를 지낸 후 아침 일찍부터 시작한다. 2005
　　년에는 2월 20일(음력 1월 12일)에 어촌계 창고에서 지냈다. 또한 남제주군
　　성산읍 신양리에서는 음력 2월 15일에 영등이 나가고 난 후 음력 3월이 되기
　　전에 택일하여 잠수굿을 하고 있다. 신양리 잠수들은 영등이 나갔으니 영등
　　굿이 아니라 잠수굿이라고 생각한다. 성산읍 신양리 잠수굿은 2005년 3월
　　30~31일(음력 2월 21~22일)에 어촌계 해녀탈의장에서 행해진 것을 볼 수 있
　　었다. 한편 남제주군 대정읍 가파리는 짝수해에만 격년제로 굿을 하고 있다.
　　가파리 잠수굿은 지난 2004년 3월 8~10일(음력 2월 18~20일)까지 3일 동안

것에 비하면 그 사례가 그다지 많지는 않은 것으로 파악되고 있지만, 어쨌든 영등달에 하지 않는 경우도 몇몇 있다. 이런 사례들은 원래부터 그렇게 했던 것인지 아니면 나중에 변화된 것인지 추가적인 조사가 필요할 것으로 보이지만, 잠수굿의 모습이 다 영등굿의 얼굴을 하고 있는 것은 아님을 말해주는 사례라 할 수 있을 것이다.

　이러한 점은 제주도의 잠수굿을 진지하게 연구해 볼 필요가 있다는 문제제기를 가능하게 한다. 비록 영등굿이나 잠수굿이 거의 같은 내용으로 구성되어 있기는 하지만 둘 사이의 유사점과 차이점을 발견할 수 있을 것으로도 짐작되기 때문이다. 그리고 현 시점에서 거의 동일한 기능과 역할을 하는 영등굿과의 상호관련성을 중심으로 살펴보아야, 잠수굿이 가지는 특성이나 변별성이 더욱 두드러지고 효과적으로 나타날 수 있다고 생각한다.

　그동안 진행된 연구를 살펴보면 대체적으로 영등굿과 잠수굿에 대해 정확한 구분을 시도한 적은 없었던 것으로 파악된다. 둘 다 잠수들을 중심으로 어업관련 종사자들을 위한 의례로 여겨졌기 때문이다. 그래서 영등달에 벌어지면 영등굿이고, 영등달이 아닌 달에 벌어지면 일반적으로 잠수굿이라고 불러왔다. 즉 영등굿이 곧 실질적으로 잠수굿이요, 잠수굿은 곧 영등굿의 변형이거나 아류라고 생각해 온 것이다. 이는 둘의 성격이나 내용이 기본적으로 비슷하기 때문에 벌어진 현상이라고 볼 수 있다.

　그런데 현재의 영등굿이 대개의 경우 잠수(선주 등 어업종사자 포함)들을 위한 의례의 모습을 보여주고 있는 것은 맞지만, 거꾸로 잠수굿은 영등굿의 변형이나 아류로만 보기에는 여러 문제가 있다. 즉 잠

　어촌계 해녀탈의장에서 벌어졌다.

수들을 위한 굿은 영등달에 영등신을 맞이해 치르는 의례일 수도 있고, 영등굿과는 별개로 치러지기도 한다는 말이다. 물론 잠수의 물질작업에는 정신적으로 용왕이나 영등신이나 다 복합적으로 작용하기는 하지만, 기본적으로 둘 사이에 비슷한 점만 있는 것은 아니다. 그렇다면 영등굿과 잠수굿 사이의 변별성은 없는 것일까. 영등굿과 잠수굿은 한편으로는 여러 면에서 미묘한 차이점을 가지고 있다.

예를 들어 바다밭의 풍요를 가져다주는 신이 어떤 신이냐 하는 문제도 영등굿과 잠수굿을 구분하는 요소가 될 수 있다. 이는 잠수들의 가치관이나 세계관을 설명해 줄 수 있는 근거가 되기도 하며, 주요 대상신이 어떤 신이냐에 따라 굿에서 그 신을 위한 세부사항이 나타나기 때문이다.

영등굿에서는 당연히 영등신이 바다밭의 풍요를 관장한다. 그런데 굿에서 모셔지는 신들을 살펴보면 비단 영등신 만이 아니라 용왕과 선왕(船王)이나 본향당신도 같이 청해질 뿐만 아니라 이들도 해상안전과 바다밭 풍요에 깊은 역할을 하고 있음을 볼 수 있다. 요컨대 영등굿에서는 모셔지는 대상신이 여러 종류이고, 각각의 신들을 위한 제차도 마련되어 있다. 한편 잠수굿에서는 용왕을 가장 중요한 신으로 생각한다. 물론 동김녕마을도 본향신을 청해 들이기도 하고, 굿의 끝부분에 선왕을 위한 소제차가 포함되어 있기도 하다. 그러나 대체적으로 영등굿보다는 용왕에 대한 관심이 집중되는 모습이며, 용왕이 바다밭의 풍요와 더불어 해상안전의 중심역할을 담당한다.

잠수굿에서 용왕과 관련해 나타나는 모습을 살펴보자. 앞서 동김녕의 잠수굿에 〈요왕세경본풀이〉가 있다고 밝혔다. "요왕세경신은 요왕에 소속된 팀"이라는 문순실 심방의 표현처럼 요왕에도 여러 신들이 소속되어 있다고 잠수들은 생각한다. 즉 용왕신에도 방위관념이 있어서 '동해

청요왕(東海靑龍王)', '서해백요왕(西海白龍王)', '남해적요왕(南海赤龍王)', '북해흑요왕(北海黑龍王)', '중앙황요왕(中央黃龍王)'의 다섯 용왕이 있는 것으로 되어 있다. 그리고 이 요왕 휘하에 여러 관리가 속해 있고, '요왕부원국 삼체수 거북수제' 등 사자(使者)인 차사도 딸려 있다.[24]

　또한 신양리 잠수굿에서는 〈용올림굿〉이라는 특별한 제차를 볼 수 있다. 이는 잠수들이 신앙하는 대상이 누구인지 명확하게 보여준다. 신양리 잠수들은 바다의 풍요를 주고 자신들의 해상무사고를 기원하는 대상으로 용왕을 생각한다. 그러므로 매인심방이 천으로 용의 가면을 만들어 쓰고 몸체를 길게 만든 모습을 한 후 감상기를 가지고 바다에 나가 용왕을 불러온다. 그런 후 바닷물이 빠진 모래사장 위에 엎드려 낮은 포복으로 기어 오며 용왕이 바다에서 나와 잠수들에게 다가오는 모습을 재현한다. 이 때 잠수회장은 치마폭을 벌려 그 위에 많은 인정(돈)을 걸고 대기하고 있고 그 뒤에는 잠수들이 쭉 둘러서 있게 된다. 한편 용왕의 입에는 여의주가 물려 있다. 여의주는 천문 2개와 상잔 2개로 형상화하며, 모래사장을 다 기어와 대기하고 있던 잠수회장에게 내뱉어 그 해의 운수를 점친다. 점괘에는 모두 4가지 경우가 있는데, '노적'의 점괘를 가장 좋은 것으로 생각한다. 〈용올림굿〉이라는 제차는 잠수들의 기원대상, 기원내용 등을 단적으로 나타내주는 제차라고 할 수 있을 것이다.

　영등굿과 잠수굿의 변별성에 대해서 또 하나 예를 들어 살펴보자. 영등신을 위한 의례는 제주도의 해촌 뿐만 아니라 중산간 지역에서도 그 흔적을 살펴 볼 수 있다. 일례로 중산간에 위치한 제주 신당의 원조라는 북제주군 구좌읍 송당리의 송당본향당에도 영등제일이 정해져 있

---

24) 현용준, 「濟州의 漁民信仰」, 『제주도 무속과 그 주변』, 집문당, 2002, 151~152쪽.

다. 그러므로 영등굿은 원래 어업뿐만 아니라 농업 등 전체적인 생업과 관련한 실상 그 범위가 넓은 제의였을 수도 있다. 이러한 점은 현재 벌어지고 있는 영등굿이 주로 본향당 등을 비롯한 당의 제일과 관련되어 있는 점을 살펴봐도 그렇다.[25] 당의 영등제일에는 잠수들을 비롯한 어업관련자들만 찾아가는 것이 아니고 마을 주민들 모두가 찾아가고 있다. 따라서 당과 관련된 영등굿은 찾아가는 단골들을 보더라도 물질만이 아닌 전체 생업활동과 관련이 있다고 보아야 할 것이다.

반면에 이러한 영등굿의 성격에 대비해서 잠수굿을 살펴본다면, 잠수굿은 특정지역(해촌)에서 특정집단(잠수를 중심으로 하는 어업관련 집단)을 위한 목적이 분명하고 전문적인 영역(물질)을 관장하는 굿이라는 생각이다. 앞서 언급했듯이 잠수들은 평상시 마을 주민으로서도 다른 신앙행위에 참가하고 있지만, 이와는 별도로 위험한 물질에 대한 두려움을 극복하기 위해 자신들만의 의례를 만들어내고 오랫동안 전승시켜 왔기 때문이다.

물론 동김녕 잠수굿의 경우 김녕 성세깃당의 당제일과 관련이 있다. 하지만 김녕 마을 내 삼본향(三本鄕)의 당제일에 대부분의 마을 주민들이 참여하는 것에 비해, 잠수굿과 관련 있는 성세깃당의 3월 제일에는 주로 잠수들만 참여하는 모습을 보여주고 있다. 또한 신양리는 영등신이 나간다는 음력 2월 15일에 신양리 본향당에서 영등굿을 하고 있으면서도, 매해 음력 2월 15일 이후에서 음력 3월 이전의 시기 중에 적당한 날을 택일해 잠수굿을 별도로 치르고 있다. 매인 심방인 양정

---

25) 제주시 칠머리당의 영등굿, 북제주군 구좌읍 하도리 본향당의 영등굿, 하도리 각시당의 영등굿, 남제주군 성산읍 신양리 본향당의 영등굿 등은 모두 당의 제일과 관련이 있다.

순 씨(73세)나 잠수들은 음력 2월 15일을 기준으로 영등신이 나갔기 때문에, 이후에 하는 굿은 영등굿이 아닌 잠수굿이며 잠수들을 위한 굿으로 여긴다.

신양리에서 잠수굿 직전에 본향당에서 영등굿을 하는 데도 불구하고, 또 따로 잠수굿을 지내는 이유는 무엇일까. 이에 대해 잠수들은 본향당의 영등굿에는 마을 사람들이면 모두 가는 것으로 자신들도 참가하기는 하지만, 마음속으로는 목숨 걸고 물질하는 자신들을 위한 굿을 따로 해야 할 필요성을 느꼈다고 한다. 그래서 영등이 나가고 난 후 본격적으로 농사일이 바빠지는 음력 3월 이전에 잠수굿을 했던 것이다.

한편 해촌 지역에서는 그물고사, 연신 등 각각의 크고 작은 의례가 다 개별적으로 나누어져 행해지고 있는 점을 참고해도 그렇다. 지금은 사라졌지만 동김녕의 경우에도 그물고사 등 어업관련 의례들은 주체들에 따라서 다 따로 행해졌다.

그래서 만약 가정을 한번 해 본다면, 생업(농·어업 포함)풍요라는 영등굿의 형태와 해촌마을 잠수들을 위한 잠수굿의 형태가 각각 존재하다가 시대의 변화에 따라 점점 그 역할이나 기능이 사라지거나 좁혀져서 오늘날에는 영등굿이 내용상으로 잠수굿화한 것은 아닌지 추측해 볼 수 있다. 게다가 지난 시절에는 전도적으로 행해졌다가 현재에는 영등굿이 주로 해촌마을에서 이루어지고 있다는 점도 이를 뒷받침할 수 있는 것으로 보인다.

영등굿과 잠수굿의 관계를 잘 고찰할 수 있다면, 동김녕 등의 사례가 영등굿과는 별개로 지난날의 전통적인 잠수굿의 흔적이 남은 보편적인 것인지, 아니면 주로 원래 영등굿의 형태로 잠수관련 의례를 치르는 제주도 다른 지역에 비해 동김녕 등의 사례가 특수한 것인지를 알 수 있게 해주리라고 생각한다.

Ⅳ 결론

이 글은 제주도 잠수굿 연구를 위해 주로 동김녕마을에서 행해지는 잠수굿을 연구대상으로 삼았다. 무속의례인 잠수굿과 단골인 잠수회, 매인심방이라는 삼각축이 온전히 살아 있는 동김녕의 잠수굿은 제주도 잠수굿을 이해하는 데에 실마리를 던져주기에 충분했다. 따라서 동김녕 잠수굿을 중심으로 해서 잠수굿의 제차구성, 제차의 의미와 역할 등에 대해서 분석하고, 제주도 잠수굿의 전체적이고 본래적인 모습을 살펴보기 위해 현재 유사한 작용을 하고 있는 영등굿의 경우를 보조적으로 검토했다.

따라서 동김녕 잠수굿을 대상으로 해서 살펴본 잠수굿의 제차 구성은 크게 초감제, 요왕맞이, 지드림, 씨드림-씨점, 액막이, 배방선 등으로 이루어지고 있었다. 그리고 각각의 제차들의 의미와 역할과 잠수굿을 전후한 여러 가지 과정들을 분석한 결과, 크게 해상무사고 기원과 해산물의 풍요, 공동체의 유대를 강화하는 역할이 있음을 밝혔다. 각각의 제차들은 서로 교차적으로 이 세 가지 역할과 연결되고 있었다. 또한 심방의 사설 등을 통해 잠수들의 기원사항 등을 구체적으로 알 수 있었다. 잠수굿에서 실제 어느 제차의 어떤 부분이 잠수들과 공유하는지를 밝히는 것은 필요한 일이다. 제차의 분류와 나열만으로는 파악하기 힘들었던 잠수굿의 참모습을 보여주기 때문이다. 동김녕 잠수굿의 내용과 다른 마을의 잠수굿의 내용에 특별한 차이점은 없으므로, 동김녕에서 파악할 수 있었던 제차들의 3가지 역할은 다른 지역의 잠수굿에도 동일하게 나타날 것으로 생각한다.

또한 동김녕의 잠수굿을 중심으로 하고 영등굿의 경우를 부가적으로 살펴 논의한 결과, 제주도 잠수의 의례형태와 잠수굿의 의미에 대해서 다음과 같은 사실을 알 수 있었다. 잠수굿이나 영등굿이나 기본적으로 기원하려는 내용과 실제 굿의 진행 등은 비슷하게 나타난다. 그러나 여러 관련 자료를 살펴볼 때, 영등굿은 제주도의 전반적인 지역에서 농업과 어업 등 생업 일반을 포함하는 풍농·풍어의례였던 것이 시대가 지나면서 해촌마을의 의례로 축소되거나, 다른 지역에 비해 해촌마을에 더욱 많이 남아 있는 것은 아닌지 추측해 보았다. 반면에 잠수굿은 처음부터 해촌마을에서 잠수라는 특정한 생업집단을 위한 의례였다는 것이다.

결국 잠수굿은 해촌마을의 잠수들을 위한 의례로써 바다를 관장하는 용왕을 중심 대상으로 하여 이루어지는 것으로, 기본적으로 영등굿의 개념과는 다른 지점에 서 있다. 잠수굿이 영등굿과 유사한 형태를 보이는 것은 사실이나, 유사한 부분이 많다고 해서 그 둘 사이를 변별성이 없게 하나로 묶는 것은 지양되어야 할 것이다. 이 글에서 잠수굿과 영등굿에 대한 논의가 아직 충분치 못하지만, 이후에 이들에 대한 추가적인 현장·문헌조사를 지속적으로 실시해 다시 한번 진지한 논의를 시도한다면 잠수굿의 면모를 더욱 잘 알 수 있을 것으로 기대한다.

● 참고문헌 ●

『新增東國輿地勝覽』

강대원, 『해녀연구』, 한진문화사, 1973.

고광민, 『제주도 포구 연구』, 제주대학교 탐라문화연구소, 2003.

_____, 『제주도의 생산기술과 민속』, 대원사, 2004.

김수남 外, 『제주도 영등굿』, 열화당, 1983.

김영돈 外, 「해녀조사연구」, 『탐라문화』 5호, 제주대학교 탐라문화연구소, 1986.

김영돈, 『한국의 해녀』, 민속원, 1999.

김택규, 『한국농경세시의 연구』, 영남대학교 민족문화연구소 〈민족문화연구총서 11〉, 영남대학교출판부, 1991.

문무병, 「제주도 당신앙 연구」, 박사학위논문, 제주대학교 대학원, 1993.

_____, 『바람의 축제, 칠머리당 영등굿』, 황금알, 2005.

박수양, 『김녕리 향토지』, 명성종합인쇄, 1986.

박찬식, 「제주 해녀의 역사적 고찰」, 『역사민속학』 제19호, 한국역사민속학회, 2004.

변성구, 「제주도 서우젯소리 연구」, 석사학위논문, 제주대학교 교육대학원, 1986.

북제주군 구좌읍, 『구좌읍지』, 북제주군 구좌읍, 2000.

북제주군, 『북제주군지』, 북제주군, 2002.

북제주군·제주대학교박물관, 『북제주군의 문화유적』 II, 북제주군·제주대학교박물관, 1998.

송석하, 「風神考」, 『韓國民俗考』, 일신사, 1963.

이능화 著·이재곤 譯, 『조선무속고』, 동문선, 2002.

이수자, 「제주도 무속과 신화연구」, 박사학위논문, 이화여자대학교 대학원, 1989.

정루시아, 「제주도 당신앙 연구:구좌읍 김녕리를 중심으로」, 석사학위논문, 중앙대학교 대학원, 1999.

제주대학교 국어교육과 국어교육연구회, 「김녕리학술조사보고」, 『백록어문』6, 제주대학교 국어교육과 국어교육연구회, 1989.

제주도 교육위원회, 『耽羅文獻集』, 신일인쇄사, 1976.

제주도민속자연사박물관, 『濟州의 옛 地圖』, 1996.

제주사료탐독회, 『19세기 제주사회연구』, 일지사, 1997.

조성윤・박찬식, 「조선후기 제주지역의 지배체계와 주민의 신앙」, 『탐라문화』19호, 제주대학교 탐라문화연구소, 1998.

조성윤・하순애・이상철, 『제주도 민간신앙의 구조와 변용』, 백산서당, 2003.

진성기, 『제주도무가본풀이사전』, 민속원, 1991.

한림화・김수남, 『제주바다 잠수의 사계』, 한길사, 1987.

현용준, 「제주도 어촌마을에 관한 연구-1」, 『논문집』 제2편, 제주대학교, 1970.

_____, 「제주도 해촌생활의 조사연구(Ⅱ)」, 『국문학보』3집, 제주대학교 국어국문학과, 1970.

_____, 『제주도 무속과 그 주변』, 집문당, 2002.

_____, 『제주도 무속연구』, 집문당, 1986.

_____, 『제주도무속자료사전』, 신구문화사, 1980.

洪錫謨 著・이석호 譯註, 「東國歲時記」, 『朝鮮歲時記』, 동문선, 1991.

제주도 해신당

- 해신당(海神堂)이란?
- 해신(海神)
- 해신의례(海神儀禮)

| 문무병 | 제주신화연구소

I　해신당(海神堂)이란?

제주도의 바닷가 마을에는 바다를 생활의 터전으로 삼고 살아가는 어부와 잠녀들이 '바다의 신[해신]'을 모시는 성소(聖所)로서 해신당(海神堂)이 1개소 이상 있다. 그러므로 해신당은 바닷가 마을의 신당을 통칭하는 말이다. 제주에서는 바닷가[浦口]를 '개', '성창' 또는 '돈지'라 부른다. 그리고 여기에는 '개당', '돈짓당' 또는 '해신당(海神堂)', '남당(南堂)'이라 부르는 잠녀(潛女) 또는 어부를 수호하는 당들이 있다. 이 당들은 '바다 밭[海田]'을 수호해 주는 요왕신(龍王神)과 선박(船舶)의 수호신인 선왕신(船王神=도깨비), 두 신위를 함께 모시는 해신당을 개당, 남당, 돈짓당이라 부르기도 하고, 잠녀당과 어부당을 따로 나누어 모시는 곳도 있다. 어느 경우든지 어부들은 해상의 안전을 위하여 당에 가서 초하루·보름날 새벽에 선왕을 위한 당제를 지낸 다음, 배에 가서 풍어를 위한 뱃고사를 한다. 어부당에 모신 신은 '영감(令監)' 곧 선왕(船王)신이라는 '뱃선왕' 또는 '도깨비'이다. 해신당 가운데 어부들이 모시는 신은 뱃선왕이며 도깨비이므로 제주 전역의 보편적인 도깨비 신앙과도 연결된다. 도깨비 신앙이 해변 마을의 당신앙으로도 남아 있는 것이다. 그러나 잠녀들이 모시는 신은 '요왕(龍王)신'이며, 바다 밭을 관장하는 해전수호신(海田守護神)으로 제주도 전역에 분포하고 있는 산육(産育)·치병신(治病神) '일뢰또[七日神]'와 출신이 같다. 다만 해신당 본풀이에서 요왕신은 '일만 잠수(潛嫂)를 차지한 신' 정도의 직능이 나타나며, 완전한 신격을 갖추지 못한 '개할망', '돈지할망'등으로 불리거나 '요왕또', '용녀부인', '요왕국대부인'등 일뢰당[七日堂] 신화와 같이 용왕말녀의 주지가 나타나는 본풀이도 있다. 이는 이렛당 신앙과 해신

신앙이 마을에 따라 서로 상관성을 가지고 있음을 시사하는 것이다.[1]

1. 개당·돈짓당·남당

포구에는 돌을 쌓아 간단한 제단을 만들거나 울타리를 두른 정도의 비교적 규모가 작은 당이 있다. 이러한 당은 해촌 마을에는 반드시 자연 마을 단위로 1개씩은 있으며, 어로작업이 있을 때, 수시로 드나들 수 있도록 만들어진 당이다. 이와 같이 어부·잠녀들의 생업수호신을 모신 당을 해신당이라 하며, 이러한 해신당을 보통 〈돈짓당〉〈돈지할망당〉〈갯그리 할망당〉〈개맛 할망당〉〈개당〉〈남당〉〈영등당〉이라 하며, 잠녀를 수호하는 당을 〈줌녀당〉, 어부를 차지한 당을 〈어부당〉이라 한다.

---

1) 제주도 각 마을의 일뢰당신은 동해용궁 용왕삼녀로 나타나며, 해신의 神名도 보통 '요왕또', '용해부인', '용녀부인' 등으로 나타나고 있다. 이들 신화의 공통된 내용은 "東海龍王系의 女神이 인간계에 와서 해상을 관장했다."는 짧은 이야기가 기본이 된다. 對馬島의 海神신앙을 보면, 용궁은 海底의 磐座이며, 용궁으로 들어가는 通路가 있고, 여기서 신이 출현하였다고 하는데, 이는 제주도 海神과 유사한 점이 있다.
永留久惠, 『海神と天神 -對馬の風土と神』, 白水社, 1988, pp.81-82.

<표1> 해신당의 명칭 (1) 개당·돈짓당·남당

마을명	+지명	+제일	+신명	+포구(개)	+성별+당
중문동	베릿내			개당	
월정리	베롱개			해신당	
행원리				남당	
종달리	생개납			돈짓당	
온평리	돌개동산			돌개	할망당
표선리	당캐		세명주	(개)	할망당
위미리	동카름			돈지선왕당	
세화2리	생걸포구			남당	
하모3리	섯사니물			돈짓당	
고산리	자구내			갯그리	할망당
하추자 묵리	당목치동산				처녀당
우도 고수동	성창봉오지			돈짓당	
우도 주흥동	중개			돈짓당	
대정읍				마라도	아기업개당

'돈지'는 '물가의 언덕' 곧 '둔치'이고, '개'란 '浦'란 말이니 '돈짓당, 개당'이란 '해변당, 포당(浦堂)'이란 뜻이 된다.[2] 그러나 "개당에는 개날[戌日]에 간다"해서 제일(祭日)은 '포구'를 뜻하는 '개'가 개(犬)를 뜻하는 '술일(戌日)'로 바뀌어 〈개당〉을 〈술일당〉이라 하고, '개날(戌日)'에만 당에 다니는 경우가 있다. 이는 언어 유추에 의해 정해진 제일인 것이다. 한경면·한림읍 등지는 간지(干支)에 의해 제일이 정해지기 때문에 돈짓당은 〈술일당〉〈개당〉으로 불려지지만, 구좌읍·성산읍 지역

---

2) 玄容駿, 앞의 책, p.83.

은 〈개당〉의 제일이 매 7일이 되어 〈일뤠당〉이 되지만 실제로는 택일하여 다닌다. 그러나 대부분의 지역에서 해신당의 제일은 초하루와 보름이다. 이는 물때와 관련된 제일인 것 같다. 보름날[望日]이 달이 차는 날 곧 만월이며, '풍어'의 유감주술적 의미를 지닌 제일이기 때문이다.

2. 어부당과 좀녀당[潛嫂堂]

1) 서귀포시 대포동의 어부당3)

서귀포시 대포동 〈큰개물 어부당〉은 어부들만 다니는 당이다. 당의 규모를 갖추고 있는 비교적 큰 당이다. 대포리 어부들, 특히 어선을 가지고 있는 선주들은 매달 초하루와 보름날이나 출어 전 새벽에 당에 가서 당제를 지내고, 배에 와서 뱃고사를 지낸다. 이 당의 당신은 '뱃선왕' 또는 '선박 수호신'이며, 어부를 차지한 생업수호신이다. 당은 바닷가 대포리 '큰개맛'에 있으며, 당에는 큰 팽나무와 제단이 있고, 돌담으로 둘려 있는 신목·제단·석원·해변형의 당이며, 당에 갈 때는 당신메 1그릇, 그리고 뱃고사 메 3그릇이다.

2) 제주시 내도동의 좀녀당4)

내도동 〈두리빌레 좀녀당〉은 '용녀부인'을 모신 해신당으로 내도동 바닷가에 있다. 당본풀이의 대강을 살펴 보면,

---

3) 文武秉, 「중문 마을 民俗과 信仰(1)-중문·색달·대포리」, 『濟州島研究』 제9집, 濟州島研究會, 1992, pp.217~255.
4) 文武秉, 「信仰民俗遺蹟」, 『濟州市의 文化遺蹟』, 제주대학박물관, 1992, p.212.

이형상 목사가 제주도 신당을 철폐하고 임기를 마치고 고향으로 돌아갈 때, 광양당신의 노여움으로 고향을 떠날 수 없었다. 그 때 내도동 선주 박동지와 김동지 영감이 이형상 목사를 고향으로 보내 주었다. 목사가 그 대가로 무곡을 주니 제주도로 돌아오는데 풍랑을 만났다. 배가 침몰 직전에 이르자, "제주 백성 살리려고 무곡을 싣고 갑니다. 살리려거든 살려줍서"하니 큰 뱀이 똬리를 틀어 터진 구멍을 막아 배는 무사히 '듬북개'에 도착했다. 그 후로부터 뱀을 모셔 부자가 되었다. 원래 김댁의 조상신이었으나, 후에 내도동 당신으로 모시게 되었다.

이 '용녀부인'은 계절 따라 좌정처를 바꾼다.[5] 봄바람이 불어오는 음력 2월 초하루부터 "일만 잠수 숨비소리 듣고 싶어" 바닷가에 좌정하고, 동짓달 초하루부터는 "겨울 바람 파도소리에 놀래어" 뭍에 있는 '웃당'에 좌정한다. 이 당은 초하루 보름 이외에는 당에 가서 아무리 정성을 드려도 효험이 없는 당이며, 당신 용녀부인은 용신 또는 사신이며 풍신·무역신·어업수호신·해전수호신이라 할 수 있는 조상신·생업수호신이다.

---

5) 내도동 당신 '용녀부인'은 蛇神이며, 조상신이 마을 당신이 되었다.

3. 본향당

〈표2〉 해신당의 명칭 (2) 본향당

마을명	+지명	+제일	+신명	+포구(개)	+성별
용담2동 본향	한두기			ᄀ시락당	
도두1동 본향	오름허릿당				
건입동 본향	산지			칠머리당	
신촌리 동동	일뤠낭거리	일뤠당			
조천리	새콧				할망당
신흥리	볼레낭				할망당
함덕리	알카름			서물당	
하도리	면수동		여씨불도		할망당
하도리					각시당
동김녕리	성세깃당				
서김녕리	서문				하르방당
성산리	통밧알	일뤠당			
서귀포시	솔동산				할망당
일과1리	날뤠 장수원	일뤠당			

1) 제주시 건입동 칠머릿당

〈칠머릿당〉은 원래 사라봉 밑 건들개(건입포) 산지항 '칠머리'에 있었다. 지금은 산지항 공사로 산이 깎이는 바람에 '칠머리'는 해안도로가 되고, 당은 사라봉 뒤쪽 새 부지로 옮겼다. 이 당은 산지와 탑동 등에서 배 부리는 사람, 어부, 줌녀들을 관장하고 수호하는 해신당이며 건입동의 본향당이다. 당은 신석형으로 좌로부터 '도원수 감찰지방관' 그의 처신 '요왕국 요왕부인' 그리고 '영등신' 3신위의 비석을 모신 위패형의 당이다. 〈칠머릿당〉은 해신당이면서, 풍신인 〈영등신〉을 따로 모시고 있기 때문에 해마다 영등 2월에 영등굿을 하고, 그밖에는 개인의 생기에 맞춰 택일하여 다닌다. 음력 2월 초하루 영등신을 맞이하고, 2

월 14일에 영등송별제를 한다. 칠머릿당의 〈영등굿〉은 무형문화재 71
호로 지정 보존되고 있는 당굿이다.6)

2) 용담2동 본향당

용담 2동(한두기) 본향 〈ㄱ시락당〉은 용연 천변 인적이 드문 곳에
있다. 당신인 '용해국 대부인'은 조선 시대에는 목사의 뱃고사를 받아
먹고, 어부와 줌녀의 소망을 이루어 준다고 하여, 용담2동 '한두기' 주
민들이 생기에 맞춰 택일하여 다닌다. 당은 규모는 작으나, 용연 오솔
길 옆 암벽 위에 있어 신목과 신석, 그리고 지전·물색들이 걸려 있다.
이 당의 본향당신은 생산·물고·호적·장적을 차지한 신이기도 하지
만, 해신으로 일만 어부, 일만 잠수를 차지하여 어로의 풍등을 가져다
준다. 이 당은 어부·줌녀들이 요왕제를 하고 지를 드린 후, 당에 와서
해상의 안녕을 비는 굿을 한다.7)

II 해신(海神)

1. 용왕신(海田守護神)

해촌 마을에는 흔히 '개할망' '돈지할망'이라는 여신을 모신 〈돈짓
당〉〈개당(戌日堂)〉이 있고, 이러한 신당이 발전하여, '요왕또' '요왕국대

---

6) 앞의 글, p.188.
7) 앞의 글, p.187.

부인' '용녀부인' 등 잠녀수호신을 모시는 비교적 발전한 형태의 해신당이 있다. 이 신들은 모두 '요왕을 차지한 신'이다. '요왕'은 '바다'를 의미하는데, 해상 보다는 해저, 즉 '바다 밭(해전)'을 말한다. 해촌 마을은 해전을 경작하여 살아가는 '바다 농사' 지역이다. 그러므로 '요왕신'은 일만 줌수를 차지한 해전수호신이다.

농사보다 어업을 주업으로 하는 해촌 마을의 경우, 제주도에 들어온 여신은 용왕삼녀라는 해전수호신이며 '요왕또'라는 명칭으로 불려진다. 이 여신은 줌녀를 수호하는 생업수호신이다. 그러나 어업 보다 농사를 중시하는 해촌 마을의 본향당은 〈일뤠당〉이 보편적이며, 당신은 〈일뤠중저〉 또는 〈일뤠할망〉 등으로 부른다. 이때 남신은 중산간 마을에서 쫓겨난 산신으로 용왕삼녀인 〈일뤠할망〉과 결혼한다. 그러나 식성의 과다 때문에 이들 부부는 용궁에서도 쫓겨나 고향에 돌아 와 당신이 된다. 일뤠할망은 원래 해전수호신에서 농경신이나 산육·치병신으로 바뀐다. 때문에 해전수호신으로서 '요왕또'는 마을 형성 이전 또는 고대 해촌 마을의 당신이거나 마을의 본향당신으로서의 신격을 갖추지 못한 '요왕' 또는 '바다 밭'을 인격화 한 자연신으로 존재하는 것이다. 이는 산신이 한라산을 인격화 한 이치와 같다.

2. 선왕신(船舶守護神)

어부를 차지한 신은 '개하르방' '남당하르방'처럼 확실한 신명과 직능이 없이 '일만 어부를 차지한 신'이 있고, 돈육공희를 받는 신으로 '금상님' '중의또' '개로육서또'등이 있으며, 뱃선왕 또는 도깨비신으로 생각하는 선왕신(船舶神)이 있다. 어부당의 신들은 돈육공희를 받는 것이 특징이다. 그리고 해신당에는 돼지 턱뼈가 있는 곳을 많이 발견하게 되는데, 이는 매달 초하루와 보름 당에 갈 때, 제물로 가져가서 제를 지내었다는 증거물이다. 돼지고기를 먹는 식성을 가진 한국 본토에서 들어 온 장수신인 '새금상또' 또는 사냥을 하는 한라산신 '개로육서또' 등의 남신은 어부를 수호하는 생업수호신이며, 돈육공희의 〈돗제〉를 받아 먹는 부신적(富神的) 성격을 갖는다.[8] 이는 영감신의 부신적 성격과 통한다. 여신으로서 어부를 차지한 색달리의 〈전신당 요왕또〉 표선리의 〈당캐 세명주할망〉 제주시 내도동의 〈두리빌레 용녀부인〉 등은 풍신(風神)의 기능을 갖는 것이 특징이다. 이는 내방신으로서 풍신의 직능을 가진 영등신이 일만 어부 일만 줌수를 차지한 이치와 같다.

3. 바람의 신

1) 표선리 당캐 세명주할망

표선면 표선리 당캐(당포) '한모살'에 있는 〈세명주할망당〉은 일만 줌수 일만 어부를 차지한 해신당이다. 특히 이 당의 본풀이를 보면, 한라산의 거녀신 '설문대할망' 신화와 유사하다. 다만 여신의 이름 '설문대'가 '세명주'로 바뀐 것 이외에는 신화 내용이 대동소이하다. 그러나 여무 홍두방 할머니에 의하면, 이 여신은 멀리 수평선에 보이는 선박도 불러들여 파선을 시키는 풍신이라 한다. 당에는 매달 초하루 보름에 다니며, 선박 출어할 때나 물질 나갈 때, 이곳에 와 해상의 안전을

---

8) 구좌읍 세화릿당의 여신은 農耕神이며 米食神이지만 남신은 역적죄를 짓고 제주도에 도망(流配)하여 온 역적 금상님이다. 이 신은 밥도 장군 힘도 장군인 장수신이며, 돈육식성의 신으로 잔치집의 돼지공양을 받는다. 표선면 하천리와 성산읍 신풍리의 남신은 한라산계 송당신의 아들로 수렵의 신이지만 하천리의 당신 고씨할망의 남편신이 되면서 어부를 관장하는 신으로 좌정한다.

기원한다. 따라서 당캐 〈세명주할망〉은 한라산에서 솟아난 산신이 해변 마을에 좌정하여 풍신으로서 해상의 안전을 관장 수호하는 생업수호신이 된 해신이다.

2) 색달동 전신당 요왕또

색달동 〈전신당〉은 처녀당이며, 어선과 줌녀를 차지한 해신당이다. 처녀의 몸으로 좌정하고 있는 외로운 원령으로, 잘 모시지 않으면 바람을 일으켜 배를 침몰시키는 풍신이며 재앙신이다. 당신은 '개당 할망' 또는 '별금상뜨님애기'라 부르며, 색달리 주민 중, 어부나 줌녀들이 매달 초하루와 보름에 다니는 당이다. 잔치나 초상을 지낸 뒤에는 돼지 머리뼈를 가져가서 신에게 바쳐야 한다. 이 당은 중문관광단지가 들어서면서 파괴되었다. 지금은 성천동(베릿내) 개당 옆에 모시고 있다. 지금은 베릿내 사람들과 색달리민이 같이 이 전신당을 모시고 있다.[9]

4. 허물할망 ᄇ제또

바닷가 마을의 해신 중에는 '허물할망' '보젯또' 등으로 불리는 하물이나 피부병을 고쳐주는 신으로 일뤠할맹七日神의 치병신의 기능을 가진 해신을 모신 해신당들이 많다.

---

9) 색달리 김인자(여, 50세)

Ⅲ 해신의례(海神儀禮)

1. 영등굿

1) 영등굿의 유래

제주도의 영등 바람은 제주 환경, 문화와 풍속을 보여주는 계절풍이다. 음력 2월에 바람의 신 '영등 할망'이 제주도에 찾아온다. 그러므로 제주도에서는 음력 2월을 '영등달'이라 하며, 영등달에 바람의 신을 맞이하고 보내는 영등굿을 한다. 2월 초 하루에는 영등신을 맞이하는 영등환영제를 하며, 열흘이 지나 보름이 될 때까지 순망(旬望) 사이에 각 마을에서는 영등신을 보내는 영등송별제를 한다.

노사신(盧思愼) 등의 『신증동국여지승람(新增東國輿地勝覽)』, 이원진(李元鎭)의 『탐라지』, 남만리(南萬里)의 『탐라지』, 『동국세시기(東國歲時記)』 등에 보면,

> 又於二月朔日 於歸德金寧等地 立木竿十二 迎神祭之 居涯月者 得槎形如馬頭者 飾以彩帛 作躍馬戲以娛神 至望日乃罷 謂之燃燈 是月禁乘船

가. 영등굿은 2월 초하루에 시작하여 2월 보름에 끝난다.

나. 이 달에는 배타기(=어로 작업)를 금한다.

다. 영등굿을 하는 지역은 귀덕・김녕・애월 등이다.

라. 초하루에 迎神(영등신맞이)굿을 하고, 보름(또는 보름 전에)에 영등신을 보내는 娛神(○○ 놀이)굿을 한다.

마. 애월에서는 떼배의 모양을 말머리 같이 만들어 색비단(삼색 물

색)으로 꾸며서 〈영등송별제〉의 놀이굿으로 〈躍馬戲〉를 한다.

심재(心齋) 김석익(金錫翼)의 『해상일사(海上逸史)』 연등절 조(燃燈節條)에 보면,

燃燈節 諺傳大唐商人漂沒州境者 四體分解 頭骨入於魚登浦 手足入於高內涯月明月等浦 故每年正月晦時 白風自西海來則謂之燃燈神降矣 沿邊居民聚群巫作野祀 夜以繼晝 造槎形如馬頭者 飾以彩帛 作躍馬戲以娛神 至二月旬望 又造舟形具帆檣 汎于浦口 謂之送神 是時風自東北來則謂之燃燈去矣 自二月初吉至于望後絶不放船 又俚語以爲燃神每於正月晦日入牛島 採食海族 翌日登陸至于十六日 復自牛島出去而所過沿邊蚌蛤螺蠣之屬 盡爲空殼乃燈神所採食者云.

2) 영등굿을 하는 마을

마을명	당명	신이름	제명	제일	전승자
제주시 건입동	칠머리당	영등신	영등송별제	2월 14일	김윤수
제주시 조천읍 북촌리	가릿당	영등신	영등제	2월 13일	
제주시 조천읍 함덕리	서물당	영등신	영등제	택일	
제주시 구좌읍 김녕리	잠수계 굿청	요왕신	줌수굿	3월 8일	서순실
제주시 구좌읍 하도리	삼싱불돗당	삼싱불도	영등맞이	2월 12일	고순안
제주시 성산읍 수산리	울뢰므르	하로산당	영등송별제	2월 13일	
제주시 성산읍 신풍리	고첫당	개로육서또	영등손맞이	2월 13일	
제주시 구좌읍 송당리	송당본향당	금백주	영등손맞이	2월 13일	
제주시 구좌읍 세화리	세화본향당	금상님	당굿	2월 12일	
제주시 연평 동천진동	돈짓당	요왕또	영등송별제	2월 15일	
제주시 성산읍 오조리	서물당(어촌계)	서물한집	영등굿	3년에 1번	
제주시 성산읍 온평리	온평바닷가	영등신	영등굿	2월 12, 13일	
제주시 성산읍 신양리	하로산당	요왕국부인	영등송별제	2월 15일	양정순
서귀포시 안덕면 사계리	줌수계	요왕신	줌수굿	영등달 택일	
서귀포시 서귀리	동홍리 본향당	브르못도	영등손맞이	2월 13일	
서귀포시 도순리	억머루토주본향	중의선생	영등손맞이	2월 14일	

2. 줌수굿(요왕굿)-영등굿의 변형

  구좌읍 동김녕리 잠수굿은 음력 3월 8일날 한다. 이 굿은 다른 마을의 영등굿과 같다. "二月朔日 於歸德金寧等地 立木竿十二 迎神祭之"라는 것으로 보면, 김녕에서는 2월에 영등굿을 하던 것이 뒤에 마을의 사정으로 3월에 하는 〈줌수굿〉으로 바뀐 것이다. 이러한 사례를 보면, 해촌 마을에서 영등달에 하는 〈줌수굿〉이 〈영등굿〉이라는 사실을 알 수 있다.

  안덕면 사계리에서는 2년에 한 번, 영등달 초에 날짜를 택일하여 〈줌수굿〉을 한다. 2틀에 걸쳐 크게 하는 굿으로 둘쨋날 〈요왕맞이〉를 하여 길을 닦은 뒤에, 바다에 나가 씨를 뿌리고, 미리 바다 속에 전복 소라 등을 넣어 두었다가, 해녀가 직접 들어가 전복과 소라를 따고, 망시리에 담고 나와 어촌계에 가서 인정을 받고 판다. 이를 보면, 요왕길을 닦는 것, 씨를 뿌리고 거두는 것은 경작할 바다 밭을 일구고 씨를 뿌리고 해산물을 바다 밭에서 수확하는 모의적인 농경 의례임을 알 수 있다.

  〈씨드림〉이 파종 의례로써 농경의 원리를 바다에 적용[10]한 것이라면, 〈세경놀이〉의 씨를 뿌리고, 말을 몰며 밭을 밟는 모의적인 농경 의례가 적용되었을 것이다. 여기에서 〈약마희〉의 해답의 해답을 얻을 수 있다. 그러므로 애월 등지에서는 특히 떼배를 말 모양으로 만들어 타고 바다 밭에 씨를 뿌리며 〈떼몰놀이〉를 한 것이라 생각한다. 〈약마희〉는 배방선에서 하는 경조행사가 아니라 바다 밭에 씨를 뿌리는 〈씨드림〉을 밭에 씨를 뿌리고, 말을 몰며 밭을 밟는 〈세경놀이〉의 일부를

---

10) 玄容駿, 「濟州島의 영등굿」, p.134.

착용하여, 농경 방법을 바꾸어 바다 밭에 말 모양의 떼배를 타고 씨를 뿌리는 〈떼몰놀이〉를 창안하였을 것이라 생각한다. 따라서 애월 등지에서 하였던 〈떼몰놀이〉는 다른 지역에서는 해녀들이 직접 바다에 나가 갯가 바위에 서서 씨를 뿌리기도 하고, 떼배를 타고 나가 깊은 '여'에 씨를 뿌렸던 〈씨드림〉이 변형이요, 그것을 놀이화한 것이다.

3. 선왕굿

1) 돗제(豚肉供犧)

해신당의 의례는 '돗제[豚肉祭]'라는 특징을 갖는다. 인간이 신에게 바치는 제물은 그들의 식성에 따라 달라지는데, 제물은 대부분 대동소이하지만, 신의 식성이 돼지고기를 좋아하느냐 싫어하느냐에 따라 '맑은 신'과 '부정한 신'으로 구분되고, 신의 우열이 결정된다. 신화(본풀이)에서 보면 돼지고기를 먹는 신은 부정하다고 쫓겨나 이좌(異坐)하거나 별거(別居)하는 형태로 좌정처가 정해진다. 돼지고기를 먹는 신이 머무는 곳은 한라산 아래쪽 해변 마을이거나 '마프름[南風]'이 부는 산 아래쪽이다. 돼지고기를 먹게 된 이유는 당신이 돼지 한 마리를 통째로 먹어야 양이 차는 배고픈 장수이거나 어떤 남편신의 처신 또는 자부신(子婦神)이 임신 중 목이 말라서 돼지털을 태워 코에 찔러 냄새를 맡거나, 돼지 발자국에 고인 물을 빨아먹거나, 돼지 국물을 마시고 요기하는 것으로 나타난다. 그리하여 미식의 맑은 신으로부터 '칼토시 존경내'[11] 가 난다고 쫓겨나 크게는 한라산 아래쪽 해변 마을로 작게

---

11) 신화에서 '칼토시 존경내'란, 돼지고기를 먹었을 때 나는 '비릿한 고기냄새' 또는 '부정한 냄새'를 말한다.

는 마파람 부는 산 아래쪽에 좌정하게 되는 것이다.

　돈육식성의 신은 산육·치병의 여신들과 수렵·목축신, 어업 수호신, 영감신과 같은 남신들이 있다. 이러한 신들은 농경신격을 상실한 신이라는 공통점이 있다. 결국 돼지고기를 먹는다는 것은 신의 '정↔부정', 신의 서열의 '우↔열', '상↔하'를 구별하는 단서다. 돼지고기를 먹는 신은 부정한 신이며, 지위나 서열이 낮은 신이다. 그런데 돼지고기를 먹는 식성은 인간의 식성과 유사하므로 돼지고기를 먹는 신은 속화된 신, 다시 말하면 인간에 가까운 신이다. 어느 마을에서나 그들의 당신을 "맑고 맑은 조상"이라고 칭송하는 신은 대부분 농경신이며, 육식을 하지 않는 미식의 신으로, 농경 사회의 식생활을 반영하면서 돈육식성을 경계함으로써 농경의 우위를 강조하고, 어업이나 사냥에 의한 육식 생활을 천시하고 있다. 돼지고기를 좋아하는 신들이 대부분 어업 수호신이거나 사냥의 신인 것을 보면, 생업수호신으로 좌정한 당신의 식성은 그들을 모시고 있는 인간사회의 식성과 같다.

　어부·잠수들을 관장·수호하는 해신당제는 돼지고기나 돼지 턱뼈를 올리며, 풍어제나 영등굿에서 영감신을 위한 젯상을 차릴 때도 돼지 머리를 올린다. 요왕신 선왕신 모두 돈육식성의 신이기 때문이다. 따라서 해신당의 신들은 돗제를 받는 신이기 때문에 농경신격을 상실한 신이며, 서열이 낮고 속화된 신, 다시 말하면 인간에 가까운 신이기 때문에 생활 현장에 밀착되어 '일만 잠수 일만 어부'를 위하여 생업수호신의 직능을 수행하고 있는 것이다.

2) 선왕굿

　선왕(船王) 도깨비 신을 대상으로 하는 고사다. 가정 신앙으로서 〈뱃고사〉는 배를 신축했을 때 강태공뱃목시를 청하여 하는 〈연신맞이 뱃고사〉, 그리고 배를 부리는 사람들이 초하루와 보름에 하는 삭망제(朔望祭)로서 〈배고사〉가 있다. 굿으로 하는 경우는 〈연신맞이〉·〈선왕굿〉이고, 유교식 제사로 하면 〈그물고사〉·〈뱃고사〉가 된다.

3) 멜굿(그물고사)

〈그물고사〉란 일명 〈멜굿〉이라 하는 굿으로서 해안 마을 중 모래밭이 있는 마을에서 멸치잡이의 풍어를 비는 굿이다. 해마다 늦봄이 되면 멸치 떼가 제주도 연안에 몰려들기 시작하는데, 모래밭이 있는 해안 마을에서는 지인망(地引網)으로 멸치 떼를 끌어당겨 잡으니, 이의 풍어를 비는 굿이다. 약 30년 전까지는 심방을 빌어 굿으로 해 왔고, 그 후 유교식 제법으로 바꾸어 해 오다가 근래에는 멸치 떼가 몰려오지 않아 지인망 어업이 없어지면서 그 제의도 소멸되었다. 굿으로 할 때는 그 이름을 〈그물고사〉 또는 〈멜굿〉이라 했고, 유교식 제법으로 바뀌면서 〈해신제〉란 이름을 붙이게 되었다.

4) 무혼굿—죽음의 의식

사람이 죽었을 때, 제주도에서는 사령(死靈)을 위하여 〈귀양풀이〉와 〈시왕맞이〉를 한다. 바다에서 죽은 영혼을 위해서는 〈요왕맞이〉를 한다. 이러한 굿을 무혼굿(撫魂굿)이라 한다.

인간의 목숨은 호적(戶籍 ; 이승의 장부)에는 검은 글씨로 기록되지만, 장적(帳籍 ; 저승의 장부)에는 붉은 글씨로 기록된다. 염라대왕이 보낸 차사(差使)에게 붙잡혀 가면 현세의 수명은 끝나게 되지만 현세의 생명이 끝났다고 해서 사후의 세계라는 저승으로 인도되는 것은 아니다. 현세의 육신으로부터 영혼이 떠나는 상태가 '죽음'이지만, 육체를 떠난 사령(死靈)은 죽어서 3년 상(喪)을 마칠 때까지 만 2년 동안은 날혼(生靈) 또는 혼백(魂魄)이라 하여 이승에 머물다 3년 상이 끝난 사령이 되면 영혼으로 완전히 저승으로 가게된다고 믿는다. 만일 영혼이 어떤 사정으로 저승으로 가지 못할 때는 원령이나 잡귀가 되어 이승을 배회하다가 자손에게 병이나 재앙을 주어 괴롭힌다. 그러므로 죽어서 3년이 되기 전에 〈시왕맞이〉 굿을 하여 사자의 영혼이 중음의 세계를 떠돌지 않고 저승으로 따나갈 수 있도록 인도하는 것이 무혼굿이다. 그리고 바다에서 빠져죽은 사자(死者)의 경우는 요왕(龍王) 길을 닦고 용왕에게 빌어 사자의 영혼을 바다에서 건져 올리는 〈요왕맞이〉가 여기에 첨가된다.

〈요왕맞이〉의 순서는 먼저 죽은 이의 영을 건지기 위한 영그릇(靈器)을 만들어 바다로 뻗어 내린 바위 끝 깊은 물 속에 담근다. 영그릇은 밥그릇에 쌀을 넣고 광목으로 싸서 묶은 것으로 여기에 '삼동낭용얼레기'라고 하는 머리빗과 술병을 함께 묶어 바다 속에 담그고 기다란 줄을 매어 해변의 제장까지 이어놓고 요왕(龍王)에게 "불쌍한 영혼 영신님네, 신체는 못 올려보낼지라도 상동낭용얼레기(머리빗)에 머리카락 하나만이라도 올려보내 주십소서."하고 빌어 혼을 부른다. 이를 '초혼 씌움'이라 한다. 혼을 씌워 와 초감제를 하여 신들을 청한 뒤, 대나무를 이용하여 8개의 문을 세운다. 이 대나무 문은 용왕이 오시는 거칠고 험한 요왕길을 뜻하며, 심방은 이 요왕길을 깨끗이 치워 닦는 〈요왕맞이〉가 끝난 뒤, 다시 혼을 부르는 '이혼 씌움(招魂)'을 한다. 바다에 빠져죽어 시체를 찾지 못한 영혼을 건져 올려, 정상적인 죽음의 형태로 바꾸어 요왕길(바다)에서 시체를 건져 놓은 뒤, 굿은 〈시왕맞이〉로 이어진다.

〈시왕맞이〉는 사령을 저승으로 무사히 천도하는 의식이다. 먼저 저승으로 가는 〈시왕길(十王道)〉을 만들어 세운다. 대나무 쪼개어 10개의 문을 만들어 꽂고, 거기에 백지를 오려 만든 '돌래지(紙)'를 문문마다 매어 단다. 이 대나무로 만든 문이 거칠고 험한 저승으로 가는 길에 있는 '저승의 문'을 상징한다. 저승길을 깨끗이 치워 닦은 뒤에, 마지막 '삼혼 씌움(招魂)'을 한다. 이를 특히 넋건짐(혼부름)이라 하며, 이때 심방은 '메치메장'이라고 하는 짚으로 만든 인형(假屍體)을 등에 엎고, 왼손에는 차사기(差使旗)를 들고, 오른손에는 사자가 생전에 입었던 '뜸든 의장(땀 배인 옷)'을 들고, 무릎이 닿는 곳까지 바닷물 속으로 들어가 혼을 부른다. "에ー 성은 ○○씨, 어느 달, 어느 날, 어떤 연유로 인간(세상) 하직(떠나)하여 용왕국에 잠을 자는 누구의 초혼 본ー, 이혼 본ー, 삼혼 본ー"하고 외친다. 혼을 부른 뒤 바다에서 올라온 심방은 '메치메장(짚인형)'을 내려놓고 영혼의 행방을 점친다. 심방은 물그릇을 놓고 무구인 천문(엽전 모양)을 물그릇에 던져 점을 친다. 물그릇은 바다의 축소판이며, 천문은 신체가 있는 위치다. 그리고 물그릇에 천문을 던져 점을 치는 점법을 '물산' 또는 '쇠띄움'이라 한다. 점을 쳐 시체의 위치를 확인하고 나면, 메치메장(짚인형)을 염습하여 수의를 입히고 상여로 운구하여 제장으로 옮긴다. 이때 제장에 모셔진 사령은 심방의 입을 빌어 자신의 심정을 말하게 되는데, 이를 〈영개울림〉이라 한다. 생전의 고통과 익사 당시의 상황, 부모, 형제, 처자에게 섭섭했던 일, 자신의 심정과 부탁의 말, 저승길을 닦아주어 고맙다는 등의 말을 본인이 직접 말을 하듯 울면서 이야기한다. 〈영개울림〉이 끝나면, 심방은 저승 열두 문을 하나씩 열어나가 저승문을 다 걷우고, 제장에 모신 여러 신들을 보내게 되는데 이를 〈도진(送神)〉이라 한다. 끝으로 사령이 저승에 가서 무엇으로 환생했는지를 점치게 되는데, 이를 〈영가루침〉이라 한다. 초석 위에 술을 뿜어, 메치메장(짚인형) 위에 놓인 쌀가루를 담은 그릇에서 영가루를 꺼내 뿌린다. 그 형태를 보고 점을 친다. 사자가 저승 상마을에 올라가 청나비로 환생해야 행복하다고 믿는다.

5) 우도면의 돈짓당과 돈짓제

牛島面은 '섬중섬'으로 바다의 어장에 의지하여 살아간다. 때문에 마을마다 돈짓당이 있고, 어업을 중요시하는 마을이기 때문에 해상의 안전과 풍어를 위한 돈짓당 신앙이 매우 활발하다. 牛島面의 돈짓당을 보면, ① 영일동 돈짓당, ② 비양동 돈짓당, ③ 상·하고수동 '성창봉 오지' 돈짓당, ④ 주흥동 돈짓당, ⑤ 하우목동 돈짓당, ⑥ 서천진동 '똥 내미구석' 돈짓당, ⑦ 동천진동 돈짓당 등이 있다.

〈영일동 돈짓당〉은 영일동 포구 남쪽 100m 지점에 있다. 마을 사람 중에 농사짓는 사람은 돈짓당이 있는 줄 모르거나 옛날에는 있다가 지금은 없어졌다 했고, 요왕제를 지낼 때는 바다 아무 데나 가서 '지드린 다'고 하였으나 간단하게 돌을 덮은 형태의 당이 있었다. 정월 나면 1년 동안 편안하게 해 달라고 요왕제를 지낸다. 또 초하루 보름이나 뱃고사를 하기 전에 이 돈짓당에 먼저 간다고 한다.[12] 영일동은 남성 중심의 酺祭는 지금까지 유지되고 있으나 바닷가에 작은 돈짓당이 있을 뿐 별다른 巫俗的인 당굿을 마을 단위로 한 적이 없다.

바다 어장은 넓으나 포구 사정이 좋지 않아 어부도 적은 편이다. 주로 어부들이 중심이 되어 하는 돈짓제가 있다. 겨울철 出漁를 하지 않고 놀다가 처음 出漁하는 날 메·海魚·술·돼지 머리 등 祭物을 준비하고 돈짓당에 가서 陳設한다. 제는 拜禮함도 없이 술을 부어 올리고 메에 숟가락을 꽂아 두었다가 잡식한 다음 배로 가서 한판에 祭物을 진

---

12) 영일동, 呂成華(남, 59세)

설하여 동일한 방법으로 제를 지내고 잡식한 것을 바다에 던진다.

〈비양동 돈짓당〉은 'ᄃ리성창'을 지나 '뜬비양(飛揚島)' 煙臺 가기 전 다리를 지나면 바로 오른쪽 높은 동산에 있다. 이 당은 비양도 사람만 다니는 海神堂이다. 넓적한 돌로 만든 궤가 있고 이 궤에다 神位를 모셔 돌문을 닫아 두고 있으며 3~4평의 잔디밭에 울타리를 두르고 있다. 이 당을 '개당'이라고 하는데 줌녀나 어부가 다니며, 보통 정월 보름날 많이 가며, 배가 고사를 지낼 때 먼저 이 당에 제를 지낸다. 배에서 당에 갈 때는 돼지 머리를 가져가기도 한다.

〈하고수동 돈짓당〉은 하고수동 포구에 있다. 상·하고수동 줌녀와 어부들이 다닌다. 음력으로 1월 초승들 때, 초하루와 그믐날, 그리고 팔월 추석에 크게 차려, 船主나 漁夫들은 정성을 들여 당제와 뱃고사를 하기도 한다. 보통 때는 초 하루 보름에 좋은 날을 택해서 쌀과 멧그릇을 가져 가 제를 지낸 후 바다에 지를 드리기도 하고, 배 하는 사람들은 돼지 머리도 가지고 다닌다. 하고수동은 배 두 척에 열 사람의 어부가 있고 줌녀는 한 집에 1인 꼴로 30명, 상·하고수동 합쳐 70여명이 된다. 요즈음은 줌녀·어부들이 전부 당에 다니지 않고 일부만 다닌다.

〈주흥동 돈짓당〉은 주흥동 '중개' 포구 왼쪽에 방사탑이 있고, 그 부근 동남쪽에 '당알'이라는 곳에 돈짓당이 있다. 당에 갈 때는 보통 택일 해서 다니지만, 뱃고사를 지낼 때도 당에 가며, 당에 갈 때는 메 2그릇 가지고 간다.

〈하우목동 돈짓당〉은 '우묵개' 선창 길가에 있었는데 지금은 본향당에 당집을 짓고 본향당신 좌측에 옮겨다가 모셨다.

〈서천진동 돈짓당〉은 '똥내미구석' 동쪽 높은 지경에 돌을 쌓아 둔 곳이 이 당이다. 지금도 당에는 돌을 쌓아 둔 속에 지전·물색 조각이 보인다. 주로 줌녀들이 다닌다.

〈동천진동 돈짓당〉은 돈짓당 중에서 비교적 규모가 크고 잘 정돈된 당으로 영등굿을 하는 당이다. 도항선이 다니는 포구 동쪽 200m 지점 바닷가에 있다. 울타리를 둘렀으며 돌로 만든 궤 속에 지전과 물색이 있고 돌문을 닫어 둔다. 동천진동 돈짓당에는 이 돌집 안에는 日本의 '가미다나(神棚)' 식으로 나무 판자를 가지고 만든 것이 있는데, 그 속에는 赤·綠·黃 三色의 물색을 백지 한장으로 싸 접은 것을 7개 걸어 놓고 있다. 이 당은 주로 줌녀들이 주장하여 다니는 당으로 매해 2월 15일에 영등제를 앉은제로 지내며 이를 〈돈짓제〉라 한다. 특히 우도는 영등신이 떠나는 곳으로 2월 15일이 되면 모든 배의 도항과 出陸을 금한다. 짚으로 만든 배를 띄워 보내는 '배방선'이 끝나고 비로소 渡航船의 출륙금지는 해제된다.

동천진동 돈짓제는 祭物로 메·시루떡·돌래떡·닭·술·채소류·五果 등을 마련하며 짚으로 만든 배가 준비된다. 이날 어부나 줌녀 특히 배를 부리는 집안은 당에 와서 祭物을 陳設하고 심방은 요령을 흔들며 마을과 각 집안의 선박의 안전과 해산물의 풍요를 기원한다. 기원이 끝나면 祭物을 종이에 싸서 바닷가로 가 던지는데 이를 "지 드린다"고 한다. 단골들이 줄을 지으며 바닷가에서 지를 드린 후, 심방은 짚으로 만든 배에 각종 祭物을 싣고 바다로 띄워 보낸다. 영등신은 이 배를 타고 濟州島를 떠나는 것이다.

6) 추자도의 당과 풍어제

추자도의 당은 산신당(山神堂)으로 '영흥리 뒷산 절기미 산신당', '신양리 돈대산 산신단의 샘', '횡간도 산신 성황당'이 있고, 장군당(將軍堂)이라 부르는 '대서리 최영장군 사당', 처녀당(處女堂)이라는 '묵리 당목제 처녀당(아기업개당)', 지금은 폐당이 된 '신양1리 당그미 처녀당', 해신당(海神堂)으로 '예초리 물생이끝당'이 있다. 그리고 완전한 형태의 당이라 할 수는 없지만 풍어제를 하거나 바다에서 죽은 망자의 영혼상을 차리고 용왕제를 하여 용왕에게 지드리는[祭物을 바치는] 바위로 대서리, 영흥리, 묵리, 신양리, 예초리, 횡간도 어디에나 다 있는, 불완전한 형태의 해신당이 있다. 또 당은 아니지만 마을 신앙의 중요한 역할을 하고 있는 예초리의 '엄바위 장승'이 있다. 그리고 추자도에서 이루어지는 당제는 산신제, 사당제(장군제), 장승제, 용왕제가 있으며 이러한 당제들은 바다를 의지하고 살아가는 추자도 사람들의 생산 활동과 밀접한 축제, 고기잡이의 풍어를 비는 '풍어제'의 의미를 지닌다.

① 천제(天祭)와 장군제(將軍祭)-산신제와 사당제

상추자도의 당제는 영흥리 뒷산 절기미 〈산신당〉의 천제(天祭)와 고려시대 목호토벌을 위해 제주도로 가는 도중 태풍을 만나 추자도 피항했던 최영장군이 추자 사람들에게 낚시 만드는 법, 고기 낚는 방법과 그물 짜는 법, 멸치잡이 등을 전수시켜준 고마움을 기리기 위해 신사를 지어 모시게 된 최영장군 사당인 〈장군당〉의 당제[祠堂祭]를 중심으로 이루어진다.

천제는 고대에서부터 전해 내려오는 '하늘신'에게 올리는 제의이며, 사당제는 추자도 사람들에게 고기 잡는 법을 가르쳐 준 최영장군을 기리는 '땅의 신'에게 올리는 제사이므로 상추자도의 대제는 이전에는 6, 7월 멸치잡이의 〈풍어제〉로서 대제를 지낸 때도 있었지만 지금은 음력 2월 초하루에 대제를 치른다. 그 순서는 영흥리 뒷산 산신당에서 천제를 먼저 시작한다. 산신당에는 천신, 지신, 용신을 모시고 있기 때문에 천신제를 먼저 한다. 천제를 지낼 때는 대서리 장군사당의 제관도 신신당의 천제에 참가 헌작한 뒤 돌아가 장군제를 시작한다. 이때 사당의 신 최영장군도 천제에 참석했다가 바다를 걸어 사당으로 돌아간다고 한다. 천제가 끝나면, 영흥리 산신제는 이어서 지신제와 용신제를 하여 제를 마치고, 대서리에서는 천제가 끝날 때부터 장군당의 사당제를 시작하고 이어서 '당너머 고삿바위'(해신당)에서 해신제를 하여 용왕에게 지[祭物]을 드리고 당제를 끝낸다. 살펴본 바와 같이 〈산신제〉와 〈사당제〉를 두 축으로 진행되는 상추자도의 대제는 고대에서부터 현재에 이르는 우주, 시간과 공간, 바다와 산, 그리고 하늘에 계신 신들과 인간의 관계를 아름다운 그물로 짠 질서정연한 신화와 역사를 당을 통하여 우리에게 전해주고 있다.

② 묵리 당목치동산 '처녀당'과 예초리 당목쟁이 '물생이당'

하추자도 돈대산에 오르면, 추자의 모든 섬이 한눈에 들어오는 성산이다. 예로부터 하추자 세 마을에서 제관을 선출하고 산신단에 올라 샘물에 금줄을 치고 물을 길어 중송아지 한 마리를 희생으로 잡아 산신제를 지냈다고 한다. 지금은 신성한 샘물만 남아 있고 옛 성지의 산신단(山神壇)은 없어지고 그 자리에 팔각정이 들어서 있다. 지금 하추자에서는 〈산신당〉은 없어지고 산신제는 지내지 않는다.

상추자도가 최영사당을 중심으로 한반도의 양반문화가 어촌의 생활문화로 자리를 잡았다면, 하추자도는 추자도에 출가(出稼·물질하러 멀리 집을 떠남)온 어머니를 '아기업개'로 따라온 처녀아이가 바다에서 죽자 그 불쌍한 처녀를 위해 당을 세웠다는 묵리 처녀당의 사연처럼 해녀의 '바당밭[海田]' 물질을 토대로 한 제주의 해촌 생활 문화가 추자도의 또 하나의 생활문화를 이루고 있는 것이다. 하추자도는 해녀가 많고 해녀들이 많은 관계로 물질하다 죽은 처녀를 모신 신당이 마을의 당으로 들어서 있는 것이지만 아기업개 처녀를 모신 처녀당 말고도 해촌의 생활과 정서를 물씬 풍기는 해신당이 예초리 물생이끝에 하나 있다. 이를 '물생이끝당'이라 한다. '물생이'는 '물살이 센 곳'이다. 이곳은 물살이 센 곳, 벼랑 끝에 있어 추자도의 어민들의 해상안전과 건강을 지켜주고 어장의 풍어를 약속해 주는 천험의 바다 '물살'의 중심, 해신의 신성한 좌정처로 자리 잡은 '물생이당'인 것이다. 이곳에서의 당제는 섣달 그믐밤 11시에 시작 정월 초하루 1시에 끝난다. 새해의 첫 문을 여는 것이다.

③ 산신을 모신 성황당이지요.

횡간도 사람들은 '신성한 숲'을 지니고 있다고 생각한다. 산 중턱에 있는 후박나무 숲이 그것이다. 갑자기 소나기가 올 때, 후박나무 숲은 그 속에 들어가면 비를 피할 수 있을 만큼 큰 숲이다. 그런 그곳에 돌담을 쌓아 나지막하게 만든 담장 안은 횡간도 산신 성황님이 횡간도의 온 주민을 지켜주고 있는 성소, 아름답고 신성한 공간이다. 그곳에 가면 누구나 조심하게 되며, 다투거나 부정한 짓을 삼가며 모두가 정화되어 깨끗해진다.

산신 서낭에서 정월 대보름에 성황제를 지내게 되면, 제를 지내는 동안에는 의견의 충돌이 있어도 조용히 지낸다. 마을 뒤 바닷가 샘물은 제를 지내기 이전부터 7일 동안 금줄을 치고 발을 덮어 둔다고 한다. 정결하게 정성을 하던 제관 1인(남)과 제를 도와줄 폐경이 된 여인을 제물준비를 위해 데리고 당에 올라가 그곳에서 제물을 준비하고 제를 지내는데, 제물진설은 상단의 산신하르방 신위 앞에는 다른 제기의 배가 되는 큰 제기에 메밥 2기와 둠부기를 올리고 다른 세 방위에는 각각 메밥 2기를 올려 모두 사방에 메 8기를 설상하고 사방에 3배를 드리며 제를 마치고 내려온다. 제단에 올렸던 음식은 제관이 먹고 남은 것은 땅에 묻는다. 금줄에 묶인 쌀주머니가 동물에 의해 뜯긴 흔적이 있으면 어장이 황폐해 지거나 해초가 자라지 않는다고 한다.

횡간도의 용왕제(해신제)는 정월 초이틀 바닷가(부두 근처)에서 걸궁을 놀아 물에서 죽은 영혼이 있는 집안, 아이들의 복을 빌며 해신에게 기도하고 짚배에 제물을 싣고 배를 띄운다. 바다에서 죽은 영혼이 없는 집에서도 어신제(해신제)를 지낸다. 이는 집안의 편안을 위해서 인데 정월 초이틀 날 용신제를 지내지 못했을 때는 정월 대보름 〈산신당〉 성황제[堂祭]를 마치고 내려와 바닷가에서 용왕제(해신제)를 지냈다.

④ 추자도의 해신제와 고삿바위[神石]

추자도의 해신당은 '신이 머무는 집'이란 의미의 '당(堂)집'이라 하기에는 속계(俗界)와 신성한 공간[聖域]을 구분 짓는 돌담[石垣], 신목(神木), 신혈(神穴), 신석(神石), 제단(祭壇), 위패(位牌) 등이 갖추어져 누가 봐도 "이곳은 당이다." 생각하는 완전한 당은 아니지만, 바닷가의 큰 바위나 벼랑과 같은 불완전한 형태이지만 이를 신표(神標)나 신체(神體)가 되는 신석(神石)으로 보면 분명 당이라 할 수 있다. 현지 사람들은 당이라 생각하지 않고 해신제[龍神祭]를 지내고, 바다 용궁에 제물을 들이는 곳, '지[祭物]드리는 장소'란 의미로 생각한다. 그러므로 추자도의 해신당은 바다용궁을 신의 집이라 한다면, '신의 집[堂]인 용궁으로 가는 입구' 정도의 의미를 지닌 곳, 해신제를 지낸 뒤 제물을 던지는 '지[祭物]드리는 고삿바위'란 의미의 〈해신당〉이다.

그러므로 해신당은 용왕제 지내는 곳이며, 용왕제는 추자도 사람들의 마지막 당굿이요 저승의례다. 걸궁을 하여 집집마다 지신밟기로 새해를 열고, 바다밭 용궁으로 용왕제를 하여 사자의 영혼을 저승으로 보내는 것이다.

7) 유교식 해신제

① 동김녕리 해신제

〈그물고사〉라 부르기도 하고 〈해신제〉라 부르기도 한다. 음력 정월에 택일하여 저녁 7시 30분 경에 바닷가 그물 어장에서 시행한다. 제의 준비는 어망계(漁網契)인 그물접에서 주관한다. 동김녕리에는 '청골접', '신산접', '고봉개접', '아락접' 등 4개의 계가 있는데, 이 계마다 따로 따로 해 오다가 1969년부터는 하나로 합쳐서 합동으로 제를 지낸다. 제비는 각 접에서 공동 부담하고 제관은 회의를 하여 뽑는다. 제관은 초헌관·아헌관·종헌관과 양 집사 5인인데, 헌관은 생기복덕이 맞는 사람으로 고른다. 제관들은 제일 3일 전부터 합숙 재계를 하고 제를 지내는데, 제의는 상단제와 하단제로 나누어 지낸다. 상단제신은 해신, 하단제신은 바다에서 죽은 무주고혼(無主孤魂)이다.

먼저 바다를 뒤로하여 제상을 세우고, 제물 진설이 끝나면 삼헌관이 나란히 젯상 앞에 서서 사배하고, 초헌관이 분향하여, 폐백을 드리고 감주를 올려 독축을 한다. 다음 아헌관이 현주(玄酒)를 올리고, 종헌관이 청주를 올리면 철변두(撤邊豆)(그릇의 자리만 조금씩 옮김)를 하고 하직 배례하고 분폐(焚幣)하면 끝이 난다. 다음은 '지묻음'을 하기 위하여 상단제를 지낸 돼지 희생의 머리와 모혈(毛血)을 창호지에 싸 둔다. 이것이 상단제다.

이어서 무주고혼을 위한 하단제로 들어가는데, 제물을 상단제에 올리는 것을 모두 올리지만, 상 발을 지워 얕게 배설한다. 다만, 메는 밥그릇에 따로 따로 올리는 것이 아니라, 큰 양푼 하나에 가득 떠서 그대로 올린다. 제관은 상단제의 아헌관이 헌관이 되고 양집사가 서서 제를 본다. 제의의 순서는 헌관이 배례하여 분향을 하고 술잔을 드린다. 술잔은 자그마한 종지를 쓰는데, 헌관이 드리는 잔을 집사가 받아서 메밥 양푼 둘레에 올리고 그 술잔 앞에 숟가락을 하나 꽂는다. 다시 헌관이 술잔을 드리면 집사가 받아 양푼 둘레에 올리고 숟가락 하나를 꽂는다. 이렇게 술잔이 계속 30여개 올려지고 숟가락도 술잔 수대로 양푼 둘레를 돌아가며 꽂혀지는 것이다. 그런 후, 독축을 하고 잡식을 한다. '잡식'이란 제상에 올린 각종 제물을 그릇에 한 숟갈씩 떠놓아 바다에 가서 어장이 잘되게 해 달라는 축원을 하며 숟가락으로 제물을 떠서 바다에 던지는 것이다. 이로써 제의는 끝난 셈인데 '지묻음'이 남아 있다. '지묻음'은 일찍 상단제를 끝내고 돼지머리와 모혈을 창호지에 싸 둔 것을 들고 배에 타서 약 200m 바다에 나아가 이것을 물 속에 던지는 것이다. 이 지묻음을 하는 사람은 배를 타고 나가 "금년 해신·용신들이 도와서 어장이 잘되게 하여 주십시요"하는 내용의 축원을 그럴듯하게 하며 바다에 던지고 돌아온다. 모든 제의가 끝나면 계원들이 모여 앉아 음복을 하며 즐긴다. 이와 같이 해신제는 그 의례방식이 유교식 제의를 도입하기는 했으나 정형화하지 못하고 '지드림'과 같이 무속의례의 잔영이 그대로 보존되고 있다.

② 뱃고사(선왕고사)

〈뱃고사〉는 매월 초하루와 보름에 삭망제를 지내듯 배에서 지낸다. 제물을 차려 배의 선장실·기관방·고물·이물·화장실(火匠室) 등에 제물을 진설하고 술을 올려 배례를 하여 간단히 제를 지낸다. 어떤 배에서는 선장실·기관방 등에 따로 따로 올리지 않고 이물에다 모두 진설하여 지내는 데도 있다.

뱃코亽(船告祀)는 정월에 택일해 가지고 하는데, 먼저 당에 먼저 갔다 온 다음에 뱃코亽를 합니다. 그것도 시간이 있습니다. 날 받으민(택일하면) 가인벨로(개인별로) 홉니다. 그 땐, 동사(마을제) 날짜 해그네, 동사날이 맞이민, 오널 즈냑이(저녁에) 만일 아홉시에 제 지내라, 열두시믄 열두 시에 제 지내라 흐면 당에부터 믄여(당에부터 먼저) 다녀놓고, 배에 강(가서) 춤 고亽(告祀)지내는 겁주. 당에는 메 흔 그릇, 배에는 것도 다 틀립니다. 견디(그런데), 보통 세 그릇이우다(세 그릇입니다). 세 그릇부터 다仝 그릇꼬지(다섯 그릇까지) 올립니다. 왜냐믄 기관방 흐나, 그물메도 흐나 올리곡. 선왕(船王), 요왕(龍王), 기관방(機械室), 또 치(키), 그렇게 올리는디, 지금은 한장이 어시니, 한장은 가운데 중심입주. 이물에는 이물亽공, 한장에는 한亽공, 고물에는 고물亽공이엔 햇는디, 이전의는(이전에는) 한사공이엔 흐다가 기관방이 돼부니까 기관亽공이라 흐는 겁주.[13]

● 참고문헌 ●

제주신당조사 ─제주시권, 제주전통문화연구소, 2008년.
제주신당조사 ─서귀포시권, 제주전통문화연구소, 2009년.

---

13) 대포리 강두방(남, 62세)

05

서귀포시 성산읍 고성·신양리와 온평리를 중심으로

공존의 신념으로서의
제주 잠수들의 속신

- 속신: 개념 및 접근의 문제
- 잠수의 물질과 '불턱' 그리고 속신
- 오래된 공존의 신념 체계
- 결론: 속신의 소멸 혹은 지속

| 민윤숙 | 안동대학교

『실천민속학연구』 제18호, 2011.

I 속신: 개념 및 접근의 문제

지금까지 속신에 관한 연구는 속신을 어떻게 정의하고 바라보는가로 크게 두 가지로 대별된다. 하나는 속신을 구비전승 되는 민간속신어로 규정하고 조건절과 결과절로 나뉘는 속신의 구조를 분석하고 유형을 분류하거나[1] 그 특징과 의미를 구조론적 혹은 기호학적 입장에서[2] 연구하는 것이다. 다른 하나는 속신을 보다 넓은 의미에서 전승되는 지식이나 기술로 보고 문화 현상으로서 속신을 연구하는 것이다. 전자는 '~하면 −한다'는 속신의 기본 구조와 마란다의 속신구조, 즉 조건절과 결과절에 인간의 대응행위를 반영한 '조건→결과: 대응→대응의 결과'의 구조를 중심으로 속신의 유형을 분석하고 의미를 해명하는 식으로 전개되었다. 이러한 연구 경향은 속신이 혜성가나 도솔가를 비롯, 설화나 소설에서 메타언어적 작용을 하고 있으며 구조상 변별되는 속신이 어떤 문화적 함의를 가지는가를 밝히기에 이르렀다.[3] 그런데 이러한 연구는 속신을, 그 속신을 배태한 사회집단이란 맥락에서 떼어 내 독립된 구조로서 다루고 있다는 혐의를 지울 수 없다. 즉 해당 속신의 컨텍스트를 배제 또는 도외시하거나 혹은 그 컨텍스트를 막연히 한

---

1) 장장식, 「민간신앙어의 분류 방법-예조어, 금기어, 주술어를 중심으로」, 『봉죽헌박붕배박사 회갑기념논문집』, 배영사, 1986; 최래옥, 「한국민간속신과 교육적 기능 고찰」, 『비교민속학25』, 비교민속학회, 2003.
2) 김열규, 「속신과 신화의 서정주론」, 『서강어문2』, 서강어문학회, 1982; 곽진석, 「한국 속신의 구조와 그 소설적 기능」, 『서강어문2』, 서강어문학회, 1982; 주옥, 「혜성가와 속신」, 『서강어문2』, 서강어문학회, 1982; 김경섭, 『수수께끼와 속신의 구술담화 연구』, 도서출판 박이정, 2009.
3) 김경섭, 위의 책.

국 사회 혹은 한민족으로 설정하고 있는데 이는 속신을 고착화된 '구비
단문'으로 보고 있기 때문이 아닌가 한다. 또 이렇게 구조 분석 및 유
형에 치중한 연구는 속신의 범주를 대체로 금기어, 예조어, 주술어4) 혹
은 예조속신, 제어속신 등으로 나누는데 이것은 전승되는 구비단문이
란 언어형태에 속신을 한정했기 때문이라고 생각된다. '하나의 또는 몇
몇의 기호나 조건이 하나 또는 몇몇의 결과를 드러낸다고 믿는 전통적
인 표현'5)이란 속신 정의는 이를 단적으로 보여준다.

후자는 속신을 넓은 의미의 민간 지식이나 기술로 보고 예조, 점복,
금기, 주술로 분류하거나6) 가신신앙이나 동신신앙과 같이 금기, 주술,
주부, 점복, 예조와 풍수신앙, 민간요법 등을 포함한다.7) 이러한 관점
은 속신을 조건절과 결과절을 구비한 언어형태에 한정하지 않고 신념
이나 믿음체계 혹은 한 사회의 규범이나 인간의 행위까지 포괄하고 있
어 속신을 사회문화적 맥락에서 살필 수 있도록 한다.8) 이 글은 넓은
의미의 민간신앙이란 후자의 입장에서 속신을 논한다. 제주 잠수들의
속신의 경우, 기존에 논의된 고정된 '구비단문'의 형태를 갖추지 않는

---

4) 장장식, 앞의 글.
5) 김경섭, 위의 책 206쪽.
6) 박계홍, 『한국민속학개론』, 형설출판사, 1983. 172~178.
7) 김태곤, 『한국민간 신앙연구』, 집문당, 1983. 김의숙, 이창식은 금기, 주술,점
복, 예조와 풍수신앙, 민간요법으로 분류했다. 『민속학이란 무엇인가』, 청문
각, 1996.
8) 해당 속신의 사회 문화적 맥락을 고려하여 속신을 살펴려한 종전의 연구들로
다음과 같은 것들이 주목된다. 유종목의 「부산지방의 어로속신 고」, 『민족문
화』 1, 동아대 한국민족문화연구소, 1978; 김기설, 「어업과 속신-금기어를 중
심으로」, 『농업과 민속 어업과 민속1』, 한국민속학회, 1994; 박덕미, 황춘섭,
「한국 전통 의생활문화에 나타난 속신 고찰」, 『복식문화연구』 제 6권 2호, 복
식문화연구소, 1998.

경우가 상당수 있기 때문이다. 예컨대 '거북이는 용왕말잿딸이다' '거북이를 보고 욕하면(박대하면) 나쁘다' '거북이는 못 건드린다. 요왕이 거느리기 때문이다' '거북이를 보면 소망 인다(일어난다)' 등은 고정된 형태를 띠지 않았지만 잠수들에게는 공유되고 있다. '조건절과 결과절의 구성'에 한정하면 해당 속신의 문면만 건드릴 뿐 속살을 알 수 없다.

다음은 '속신'이란 단어의 적합성의 문제이다. 미국의 경우 속신(folk belief)은 '논리나 과학성이 부족한 소박한 대중들의 믿음'이란 뜻의 미신, 곧 'superstitions'을 대체하여 사용하는 용어이다[9]. 대안 용어인 'folk belief'는 일상적으로 'folk'가 갖는 세련되지 않음과 무지라는 부정적인 의미를 함축하고 있다. 그래서 몇몇 학자들은 '미신'(superstitions)의 대안으로 '민속과학'(folk/traditional science)이나 '전통적 지혜'(conventional wisdom)를 제시하기도 했다. 그런데 문제는 그런 부정적 의미 차원을 넘어선다. 브런밴드는 대안용어인 'folk belief'(속신)의 부적절성을 다음 세 가지로 제시한다[10]. 첫째 'superstitions'은 '믿음(belief)'뿐만 아니라 행위와 경험, 때때로 장치들(주물) 그리고 보통 진언과 운을 포함한다. 둘째는 아무도 미신에 근거한 가정들로부터 자유롭지 않으며 또한 어느 정도는 미신을 믿거나 혹은 실행한다는 것이다. 셋째는 무지와 공포라는 전통적 의미에도 '미신'(superstitions)이란 단어가 이제는 미국 민속학에 정착되었다는 것이다. 여기서 주목하고자 하는 것은 미신이 믿음뿐만 아니라 행위와 경험, 장치들과 주문 등을 모두 포함한다는 것과 모든 사람들이 미신으로부터 자유롭지 못하다는 지적이다. 이러

9) Jan Harold Brunvand, The Study of American Folklore, W.W. Norton & Company, 1978, p.222.
10) Jan Harold Brunvand, ibid.

한 지적은 한국민속학에도 유효해서 '속신'(folk belief)이란 용어가 썩 적절한가에 의문을 갖게 한다. 우리의 경우 미신은 일본에서 명치 이래 개화주의자들이 영어의 'superstitions'을 번역하여 쓰던 것을 그대로 수입하여 개화기 이후에 사용하게 되었다.[11] 일제뿐만 아니라 우리나라의 개화파 지식인들 역시 미신을 타파의 대상으로 여겼기에[12] 이 영향으로 행위나 주술(주물) 관련 속신 등이 배제되어 지금껏 대부분의 속신 관련 연구는 좁은 의미의 속신어, 속신적 표현에 집중된 것은 아닌가 하는 생각이 든다. 그래서 속신은 '본질적으로 단지 '언어적 진술' 만이 아님에도 민속학자들에 의해 수집되고 옮겨지면서 언어적 진술이 된 것처럼 보인다는 브런밴드의 지적은 한국민속학에도 유의미하지 않나 싶다.

앨런 던디스는 전형적인 '미신적인 말'(superstitious sayings)의 편집 및 발간에서 이것의 특성을 조건(혹은 징후나 원인)과 결과라고 기술하며 '미신'의 정의를 '하나 혹은 그 이상의 조건과 하나 혹은 그 이상의 결과에 대한 전통적 표현들로, 몇몇 조건은 징후이고 다른 조건은 원인이 되는 것'이라고 정의 내린다.[13] 그러나 그의 정의는 '미신들의 (언어적) 표현'에 대한 정의이지 미신적 믿음이나 미신적 관행 그 자체에 대한 정의는 아니라는 문제가 제기되었다. 미셸 오웬 존이 지적하듯이 던디스의 접근은 물질의 의미와 기능 혹은 민중 심리의 본성은

---

11) 최길성, 「미신 타파에 대한 일고찰」, 민속학회, 『의식주, 관혼상제 민속이론』, 교문사, 1990, 317쪽.
12) 『조선일보』 1928년 1월 30일 「개성지회, 미신타파 강연」, 서울신문 1947년 11월 20일 「수도경찰청, 미신타파」 기사 참조. 경향신문 1953년 1월 26일 「전국적 미신타파 운동 전개」 기사 참조.
13) Jan Harold Brunvand, ibid. p.223. 재인용.

고려하지 않고 속신의 언어적 구성만을 문제 삼는다.[14] 그럴 경우 어떠한 사회에서 속신이 어떻게 형성되고 기능하며 존재하는가를 제대로 규명할 수가 없다. 따라서 이 글에서는 종전의 연구처럼 속신을 '-하면 ~한다'란 속신적 표현 형태에 한정하지 않고 초자연적 힘에 의지한 믿음이나 신념, 관행, 절차, 주물과 같은 장치들을 모두 포괄하여 전승되는 문화 지식이나 기술 혹은 행위라는 의미로서 사용한다.

그러면 이러한 속신을 어떻게 접근하는 것이 좋은가. 첫 번째는 브런밴드가 언급했듯 해당 속신을 낳은 사회적 맥락을 고려하는 것이다. 그는 미신의 좀더 나은 개념은, 민중의 믿음이 생겨나고 또한 제보자가 그들 스스로 유용한 전통적 지식과 해롭거나 우스운 '미신들'을 구별하는 현실을 반영하는 사회적 맥락을 고려할 때 가능하다고 했다[15]. 사회적 맥락은 곧 해당 속신의 컨텍스트라고 보아 무방하다. 가령 어떤 속신적 표현, 주물, 그리고 의례가 텍스트라면 컨텍스트는 배경, 사람들, 상황 등 그 텍스트를 둘러싼 모든 것을 의미한다.[16] 하나의 텍스트를 둘러싼 다양한 층위의 컨텍스트를 고려해야 해당 속신의 의미나 행위에 근접할 수 있지 않을까 한다. 또 사회문화적 맥락 속에서 속신을 접근하게 되면 그것의 형성이나 해당 속신을 믿는 사람들, 그리고 그들의 사유 방식이나 가치관 및 그 사회에 대한 이해가 용이하지 않을까 한다.

예컨대 '아침에 까치가 울면 손님이 온다'는 속신은 한반도에서는 광범위하게 퍼져 있다. 뿐만 아니라 가장 오래된 속신의 하나로 삼국유

---

14) Jan Harold Brunvand, ibid. p.223. 재인용.

15) Jan Harold Brunvand, ibid. p.223.

16) Martha C. Sims, Martine Stephens, Living Folklore-An Introduction to the Study of People and Their Traditions, Utah State University Press, USA, 2005,

사 탈해왕 조에 이미 속신적인 해석의 대상으로 등장하고 있다.[17] 나
는 잠수들과 인터뷰하는 과정에서 길조로서의 까치 예를 들었으나 상
당수의 나이 든 잠수들은 '속숨했다'(아무 말 없이 잠잠했다). 그것은
이 속신이 제주에서는 '통하지' 않기 때문이다. 1989년 까치가 방사되기
까지 제주도에는 까치가 존재하지 않았다. 그리고 방사된 이후부터 현
재까지 까치는 제주의 생태계를 교란시키는 동물로 '길조'가 아닌 '흉
조'로 인식되고 있다. 단순한 예이지만 길조로서의 까치 속신은 제주
잠수들의 속신을 접근하는 데 있어 '제주'라는 지역성을 고려해야 함을
시사한다.

다른 하나는 속신 또한 생성되고 사멸하며 변화하는 가운데에 있다
고 보는 것이다. '민속이 세계, 우리 자신, 우리 사회, 우리의 믿음, 우
리의 문화와 우리의 전통에 대해 비형식적, 비공식적으로 얻어진 지식
이고 언어, 음악, 복장, 행위, 습성과 물질들을 통해 창의적으로 표현되
며 또한 우리가 다른 사람과 그 지식을 나누면서 창조하고 소통하고
연행하는 상호작용적, 역동적인 과정'[18]임을 고려할 때 속신 또한 '고
정된' 혹은 '고착화된 형태'로 존재하기보다는 해당 사회의 맥락 속에서
생성되고 소멸되며 혹은 변화하는 중에 있다고 보는 것이다. 제주에서
'아침에 빈 허벅 진 여자가 길 가르면 재수 없다'는 속신은 1970년대 수
도관이 설치되면서 행위 규제로서의 속신적 기능을 잃었다. 또한 현재
6, 70대 잠수들이 물질에서 '처음 딴 해삼이나 전복에 입을 맞추면 머
정(재수)이 좋다'거나 '물에 들 땐 속숨해야 한다'는 속신은 40대 잠수에
게는 전승되지 않고 있다. 하지만 '거북이는 못 건드린다'는 속신은 아

---

17) 김열규, 『한국문학사』, 탐구당, 1983, 505쪽.
18) Martha C. Sims, Martine Stephens, ibid. p.12.

직 그 힘이 강력해서 '일종의 의례'와 함께 전승되고 있다. 즉 속신은 해당 잠수 집단 내에서 어떤 것은 선택되고 어떤 것은 폐기되기도 한다. 따라서 어떠한 속신이 어떠한 맥락에서 취사선택되는지, 혹은 변형되거나 폐기되는지를 살펴보면 그들의 사유 방식이나 삶의 태도, 혹은 변화하는 가치관들을 이해할 수 있으리라 판단된다.

마지막으로 개인적인 속신의 인정이다. 이것은 결국 새로운 속신이 생성되는 것과 관련이 된다. 개인적인 '미신'은 개인의 경험에 따른 잘못된 추론에 의해 형성되며 우연에 의해 강화되기 때문에 민속의 궤도에 들어오지 않는 경우가 많이 있다. 그럼에도 불구하고 개인적 미신은 운수, 예지, 마술, 꿈, 색깔, 숫자 등등을 포함하는 전통적 패턴 안으로 편입되기도 한다.[19) 브랜번드는 기존에 발간된 미신 수집물에 기록되지 않은 많은 항목들이 왜 새로운 미신 목록에 들어가는지, 그리고 그것이 기존의 분류 체계에 쉽게 조화되는지를 이로써 설명한다. '물질을 가르쳐준 숙모가 꿈에 보이면 머정이 좋다'거나 '꿈에 물을 보면 나쁘다'는 어느 잠수의 '믿음'은 지극히 개인적인 것이다.[20) 그러나 그것은 '죽은 조상이 꿈에 보이면 머정 좋다'에 합류되어 기존의 속신에 들기도 한다.

따라서 이 글에서는 속신어의 유형 분류, 의미, 기능에 초점을 두어 해당 속신의 컨텍스트는 소홀히 다룬 기존의 연구를 지양하며, 속신의 범위를 언어적 표현에 한정하지 않고 넓은 의미의 문화현상으로 보면

---

19) Jan Harold Brunvand, ibid. p.227.
20) 온평리 이혜숙 잠수(51세). '3대 해녀의 집'을 운영하며 물질도 겸하고 있는 이혜숙씨는 이것이 자신의 개인적인 믿음임을 분명히 했다. 2011년 1월 8일 '3대 해녀의 집'에서 면담.

서 속신을 살펴보고자 한다. 또한 속신이 지속되거나 폐기되고 새로이 형성되는 데에는 해당 사회의 구성원들의 인식의 변화 및 가치관이 능동적으로 작용하고 있다는 관점을 갖는다. 오늘날 과학적이고도 합리적인 사고와 소위 첨단문명에도 속신은 지속적으로 형성되고 있고 관련 행위가 실천되고 있기에[21], 속신 연구는 우리 사회의 문화 현상과 사람들의 인식을 이해하는 한 방법이라고 생각된다. 다만 이 글에서는 제주의 고성·신양, 온평리란 작은 마을의 잠수들을 대상으로 하기에 우리 사회 속신의 전반적 현상이나 변화를 읽어나가는 데에 한계가 있음을 밝혀둔다. 그러나 필자가 대상으로 한 제주도 서귀포시 성산읍 고성·신양, 온평리는 속신이 속신적 표현에 그치지 않고 여러 의례와 행위, 관념, 주물 등이 통합된 문화 현상으로 존재하기에 오히려 속신의 존재 양상을 더 잘 보여주는 측면이 있다. 성산읍 고성·신양, 온평리는 모두 현직 잠수들이 120명씩 물질을 하고 있고, 잠수회가 주체가 된 영등굿과 잠수굿을 시행하며, 동제주의 해안가 마을의 전통을 잘 간직하고 있어 제주 잠수들의 속신을 보여주는 마을로 손색이 없다고 생각된다.[22] 결국 이 글의 목적은 '제주'라는 지리적, 사회문화적, 그리고 역사적 경험을 달리하는 곳에서, 나아가 '잠수'라는 전통적 어업을 지속하고 있는 특수한 집단의 속신을 대상으로 속신이 제주 잠수들의 사회 속에서 의례, 행위, 관념, 주물, 언어적 표현(속신어) 등 통합된 문

---

21) 황경숙, 이헌홍, 「특용차 운전자들의 자동차고사와 속신문화」, 『한국민족문화 30』, 부산대한국문화연구소, 2007; 김현경, 「여고생 속신 연구」, 중앙대학교 석사학위 논문, 2008; 한미옥, 「이사 관련 속신의 현대적 지속과 변용」, 『한국민속학49』, 한국민속학회, 2009.

22) 서귀포시 성산읍 고성·신양, 온평리의 마을 개관은 졸고(「제주 잠수 물질의 생태학적 측면」, 『한국민속학52』, 한국민속학회, 2010)로 대신함.

화 체계 안에 존재하며 사회 문화의 변화에 따라 지속되기도 하고 변화, 또는 폐기되기도 하는 역동적인 문화 현상임을 밝히는 것이다. 더불어 잠수들의 물질작업에 대한 가치관이 속신으로 어떻게 나타나는지를 살피고자 한다.

Ⅱ 잠수의 물질과 '불턱' 그리고 속신

제주는 한반도의 문화권에 있으면서도 지리적 위치로 그리고 제주만의 역사로 독특한 문화를 형성해 왔다. 특히 해안가 마을의 여성 잠수들은 오랜 동안 반농반어의 생업 구조 속에서 그들 나름의 독특한 공동체 사회를 형성해왔다. 비록 잠수사회가 고령화되었고 그들의 문화 또한 '사멸의 위기' 가운데 있지만 잠수회라는 공동체를 중심으로 매년 영등굿이나 잠수굿을 주최하고, 공동 작업 및 공동 분배를 실현하면서[23] 공생의 가치를 추구하는 가운데 물질을 지속하고 있다.

그런데 잠수들의 물질 작업과 그들의 가치관 혹은 신념의 특성을 드러내는 것으로서 그들의 속신이 주목된다. 속신은 오랜 경험의 축적 속에서 이루어져 왔지만 변화하는 사회에 맞추어 새롭게 생성되기도

---

23) 성산읍 성산리, 고성·신양리, 온평리를 비롯, 어촌계 소속 잠수회에서 운영하는 '해녀의 집'은 잠수들이 당번제로 작업하고 모든 수익은 공동 분배한다. 어촌계 회원이면 누구나 참여할 수 있는 톳의 채취도 마찬가지 방식으로 이루어지며 잠수들이 중심이 된 공동어장의 채취도 공동 작업 및 공동분배를 원칙으로 한다. 현재 고성과 온평리에서는 영등굿을, 고성리에서 분리된 신양리에선 영등굿과 잠수굿을 각기 시행하고 있다. 신양리 잠수굿은 영등굿을 행한 후 날을 따로 받아 하고 있다.

하고 혹은 그 사회 속에서 '미신'으로 취급되어 버려지기도 한다.[24] 따라서 그 사회 구성원이 세계를 어떻게 이해하며 받아들이는지, 혹은 어떻게 대응하는지, 그리고 그 가운데에서 그들의 인식이나 믿음의 체계 또한 어떻게 변화하는지를 잘 보여준다.

어업은 기후변화에 영향을 많이 받는 생업이기에 농촌에 비해 어촌에 금기 속신이 더 많다.[25] 잠수들에게도 그들 나름의 독특한 속신이 형성되었을 것으로 생각되는데 온평리 현계월 은퇴 잠수는 '물질하는 데에는 뭐 금하는 거 별로 어선'이라고 이야기한다. 어부들이 여자를 경계하여 절대 배에 오르지 못하게 하며 특히 생리 중인 여자와 출산을 부정하게 여기는 것과 달리 잠수들은 생리 중이든, 임신 중이든 물에 들어 작업을 해왔다[26]. 잠수들은 오히려 생리 중일 때 물속에 들어가면 몸이 깨끗이 씻겨서 좋다고 한다. 물론 이것은 물소중이 시대의 이야기지만 고무잠수복을 입고 나서도 생리 중에 작업하는 것을 꺼리지 않는다. 이것은 어떤 특정한 집단 안에서 속신이 어떻게 형성되는지를 단편적으로나마 시사하는데, 잠수들의 경우 생업수단인 물질을 스스로 금하면서까지 생리나 출산을 '부정'시 할 이유가 없는 것으로

---

24) 박계홍은 속신은 고대 원시적인 문화단계에서부터 존재했던 것이지만 개개의 속신이 그 정도로 긴 생명력을 가진 것이 아니라 끊임없이 생성소멸하여 전승에 있어 회전이 빠른 것이라고 했다. 박계홍, 앞의 책 176쪽.

25) 유종목, 앞의 글, 102쪽.

26) 이는 육지에 정착한 제주 해녀들에게도 그대로 이어지는 것으로 보인다. 바깥물질을 다니다 구룡포에 정착한 제주 출신 해녀 oo씨도 "뱃사람들은 많이 가리는데 여자도 가리고 뭐 임신한 여자도 가리고. 애기 놓을 때는 더 가리지. 우리 해녀들은 없어. 배 사업하는 사람들은 이 상(초상) 나갔고 하는 거는 배 사람들은 괜찮은데, 애기 낳아 가지고 하면은 부정이 많어."라고 말한다. 이균옥, 「물질 그기 아니면 우예 살았겠노」, 이균옥 외, 『짠물, 단물-20세기 한국민중의 구술자서전 어민편』, 소화, 2005년, 100쪽.

보인다.

　잠수들의 속신을 살피기에 앞서 고려할 것은 잠수사회의 변화이다. 잠수사회의 물리적, 사회적 변화는 그들의 사유나 인식 혹은 믿음의 체계에 있어 많은 변화를 초래한 것으로 생각된다. 속신 역시 공동체 내에서 '구비전승'되며 생성 혹은 소멸되는 과정을 겪기 때문이다. 여기서는 민속지의 현재를 제보자들의 기억이 분명한 1960년대 이후로 상정하는 만큼 1960년대 이후 잠수사회의 물리적 혹은 사회적 제반 변화를 속신과 관련해 살펴보기로 한다.

　먼저 1970년대 중후반 고무잠수복이 잠수들에게 보급되어 차차 일반화되면서 잠수 사회에는 많은 변화가 오게 되었는데 그 가운데 하나가 상군, 중군, 하군이란 위계의 흔들림이라고 할 수 있다. 기량과 실력이 뛰어난 상군 잠수들은 새로 물질을 배우는 잠수들에게 어느 바다에 들지, 어느 정도 깊이에 들지, 얼마 동안 물질을 할지 등을 정해주었다고 한다[27]. 그러나 고무복 착용 후 이 위계에 균열이 생겼다. 이것은 속신을 비롯한 잠수들의 민속 지식이 제대로 전수되지 않는 배경이 된다. 즉 '근대화'로 상징되는 고무잠수복 시대는 후배 잠수들이 선배 잠수들의 민속 지식을 취사선택하게 하는 배경이 되는 것이다. 가령 젊은 잠수들은 선배 잠수들로부터 '고기엉'(바닷속 고기집)이나 여의 분포, 바닷속 지형 등 물질과 직접 관련되는 민속 지식은 적극적으로 수용하지만 '물에 들 때 속숨해야 된다'거나 '빗창에 노란 녹이 슬면 전복 하영 잡안' 같은 속신은 가차 없이 '미신'으로 취급한다.[28] 그리고 '빗창은 물

---

27) 신양리 정태문씨(남, 60세) 제보(2010.1.11). 그의 90된 노모는 전직 잠수이며 62세 된 부인은 40년이 넘는 물질 경력을 갖고 있는 상군 잠수이다.
28) "옛날 속담 같은 것은 귀로 듣고 나가고, 지금 그런 거 물어보는 사람도 없고. 나는 어른들한테 바다에 대한 것 바다를 모르니까 바다에 대한 걸 묻지 게.

에서 쓰니까 당연히 녹스는 거' 라며 합리적 설명을 더하기도 한다.

　1990년대 후반 탈의장의 설립 또한 잠수사회의 변화를 가져왔다. 탈의장 설립 이전까지 불턱은 잠수들이 모여 작업을 준비하고 작업 후 물건들을 정리하며 이야기를 나누는, 일종의 '쉼터'이자 작업 준비장이었다. 잠수들은 여남은 명에서 열댓명까지 하나의 불턱을 공유하며 당번을 두어 미리 불을 피워 그날 작업을 준비케 하고 테왁과 작살, 빗창과 망사리 등 물질 도구를 여기서 챙겼다. 물소중이 시대와 고무복 착용 초기 시대에는 한 시간 정도 작업 하고 물에서 나와 불턱에서 불을 쬐며 쉬었다. 그리고 제사떡이나 과일 등 먹을거리를 나누며 그날의 물질 경험을 이야기했고 갓난아이를 둔 잠수는 이곳에서 젖을 먹이기도 했다. 즉 불턱은 잠수들이 물질을 하며 얻은 온갖 경험과 지식, 그리고 이야기들을 나누는 곳이라고 할 수 있다. 속신 또한 예외가 아니었다. 온평리 현경춘 잠수는 '가새나 칼은 섣달에 사야 한다. 가새는 뎃겨버리고 칼은 썰어버리고 해서 묵은 해에 사야 한다', '바당에서는 아무거나 봉가(주워) 오면 안 된다. 특히 쇠붙이는 안 된다'며 '이런 거는 해녀어멍들 따라다니며 들은 거, 해녀어멍이 이런 거 골아사주 누게가 가르쳐주니'라고 이야기한다. 물론 멀리 떨어지지 않은 '바당'에서 작업하며 '멩심할 것'들을 들려주기도 하지만 많은 이야기들은 불턱에서 오고 갔다.29)

　나는 오등에는 꿰 뚫는 데 다른 건 잘 모르거든." 고성리 강복순(여, 49세) 잠수와의 면담(2011.1.9)
29) 온평리 잠수회장은 '해녀 이야기 들으려면 바당 가야지, 바당에 가서 들어야지. 우리도 여기선(마을회관) 말이 잘 안 나오고 바다에 관한 거는 바다 가야 생각 나'라고 이야기한다. 고성리 잠수 강복순씨 역시 잠수들 이야기를 들으려면 탈의장 옆 '간이불턱'으로 가야 한다고 하였다. 잠수들의 물질 경험과 정보들은 물질 현장인 바다에 가야 제대로 들을 수 있으며, 그런 이야기들이 오

그런데 탈의장이 설립되면서 물질 정보와 경험들을 나눈 불턱은 거의 사용하지 않게 되었다. 고성·신양리 오등에와 백기 등 몇 곳 불턱이, 온평리 성창개의 불턱이 가끔 이용되고 있지만 이제는 탈의장이 불턱을 대신한다. 잠수들은 탈의장에서 옷을 갈아입고 물질 도구를 챙기며 이야기들을 나눈다. 그러나 공동양식장의 소라 허채 때나 톳 허채 등 많은 잠수들이 모일 때를 제외하고는 몇몇 '벗해가는' 동료들 중심으로 이야기들이 오고간다. 즉 예전처럼 선배잠수들이 후배잠수들에게 속신을 비롯한 물질 지식 및 정보 등을 알려주던 때와 달리 이제는 서너 명 혹은 대여섯 명으로 이야기 공유 집단이 소규모화했고 어리고 젊은 잠수의 '신규가입'이 없어 물질 지식과 이야기들이 잊혀지고 있는 실정이다. 특히 고성·신양리의 경우 1990년대 후반에 들면서 잠수들이 오토바이를 적극 이용하면서 탈의장은 이야기를 나누는 곳으로서보다는 작업 준비장으로서 기능을 더 많이 하고 있다. 잠수들은 성게 채취 시 성게알을 골라내는 작업을 할 때는 탈의실에 두어 시간 머물지만 소라 등 다른 작업 때는 작업 후 씻고 바로 밭일을 하러 가거나 다른 볼일을 보러 가는 경우가 많다. 신양리의 경우 저녁 식사 후 어느 잠수의 집에 '작업 벗들'끼리 몇몇씩 모여 이야기를 나누기도 하지만 고성의 경우는 집들이 떨어져 있어 잠수들이 따로 모이거나 하지는 않는다. 이처럼 불턱의 '폐기'는 속신을 비롯한 잠수들의 민속 지식 혹은 문화의 전승에 여러모로 영향을 끼치고 있다고 할 수 있다. 다음은 잠수 사회의 변화와 함께 기로에서 선 속신들의 예이다.

갔던 곳이 불턱이었음을 알 수 있다.

① 테왁 가달 넹기지 말라, 재수 없나(테왁을 타 넘고 다니면 재수가 없다).

①-1 테왁 위에 앉지 말라 재수 없나.

② 소살 가달 넹기지 말라, 재수 없나(소살을 타 넘고 다니면 재수가 없다).

③ 아침에 물질 나갈 때 나이 든 사람 만나면 재수 어선.

④ 아침에 빈 허벅 진 사람 만나면 재수 없나.[30]

⑤ 부정한 사람 돈내코에 물 맞으러 가지 말라.

⑥ 빗창은 개날에 장만한다.

⑦ 자기 빗창을 빌려주면 머정이 벗어진다(빗창은 남에게 빌려 주지 않고 빌리려고도 하지 않는다).

⑧ 남의 빗창 함부로 바닥에 놓지 않는다(남의 빗창을 함부로 바닥에 놓으면 재수 없다고 한다).

위 속신 중 ①과 ①-1은 불턱에서 '쿡테왁'을 사용하던 당시에 금기로 작용한 것이다. 박을 말려 만든 '쿡테왁'은 물에서는 잘 뜨고 단단하지만 불턱이 있는 해변가에서는 돌 등에 부딪쳐 쉽게 깨졌다고 한다. 여남은 개씩 테왁을 만들어 두긴 하지만, 봄부터 여름까지 키운 박을 가을에 수확해 속을 비워 두어 달 말려 만든 쿡테왁은 1년이란 시간이 소용되는, 잠수들에게는 아주 중요한 도구이다. 뾰족한 현무암에 부딪

---

30) 이 속신은 온평리 마을의 남자들, 특히 어부들이 일하러 바다에 나갈 때 빈 허벅을 진 여성들을 만나면 재수가 없다고 한 것으로 어부들의 속신으로 여겨질 수 있으나, 결국 마을의 대부분의 여자들인 잠수들이 이를 경계해 어부들 앞에 나타나기를 꺼리고 행동을 삼갔기에, 해당 속신을 금기하고 실천한 이들이 잠수들이기에 잠수들의 속신에 포함시켰다.

히면 곧잘 깨지는 테왁을 조심하도록 이러한 속신이 생겨났겠지만, 1970년대 중반 스티로폼테왁으로 대체되고, 불턱에서 탈의장으로 공간이 바뀌면서 이 속신은 40대 후반에서 50대 젊은 잠수들에게는 더 이상 통용되지 않고 있다. 물론 60대 후반, 70대 이상의 잠수들은 아직도 남의 테왁을 넘지 않으려고 하지만[31] 젊은 잠수들은 이를 들어보지 못했다고 하며 바닥에 앉았다가 일어나면 힘들기 때문에 어떤 경우는 테왁 위에 앉기도 한다.[32] 불턱 한 구석에 세워 두었던 소살을 염려해 '소살 가달 냉기지 말라 재수 없나'하며 경계했던 속신도 이제는 그 기능을 잃었다. 소살 사용이 법으로 금지되기도 했지만 이제 소살을 사용하는 잠수는 신양리에서는 한 명, 고성리에서는 세명밖에 없는 만큼 잠수들의 행동을 제어한 이 속신 역시 '옛날에 그랬다더라'하는 식으로 기억될 뿐이다. 아직 소살을 사용하는 잠수들은 40대 후반, 50대 초반으로 선배 잠수들에게 고기를 쏘는 기술적 측면과 '고기엉'의 분포 등 실질적 정보는 윗대로부터 배우려 하지만 이 속신은 받아들이려 하지 않는다.

한편 1995년을 전후해 오토바이를 타고 물질 가는[33] 잠수들에게 '아침에 나이 든 사람 만나면 재수 없나'란 속신도 언젠가부터 효력을 발휘하지 못하기는 매한가지다. 70년대 중반까지 미역이 잠수들의 주 수입원일 당시에 특히 해경 때는 서로들 바다에 좀더 빨리 가려고 했다.

---

31) 고성리 잠수회장 장광자(70세)씨 제보.
32) 고성리 강복순(49세) 상군잠수. 2011.10.24. "테왁 넘기지 말라 몰라 난 그런 거는 안 믿으니까. 우리는 고동 할 때 이렇게 땅에 앉기 싫을 때는 테왁 위에 앉는데, 자기 테왁위에. 불턱에서. 몰라 그런 거 어른들은 그런 거 이실테주."
33) 졸고, 「제주해녀와 오토바이」, 『역사민속학』 제35호, 한국역사민속학회, 2011 참조.

잠수들은 금채기간이어서 미역을 캐지 못하거나 혹은 '밤물질'이라 불리는 도둑 미역질을 가끔 하다가 어느날 해경이 되면 남보다 뒤질세라 모두들 바다로 달려갔다고 한다. 그런데 나이 든 사람이 앞을 지나가면 자연 늦춰질 수밖에 없기에 이 속신은 당대에는 유효했다. 1970년대 새마을 운동과 더불어 수도관이 집집마다 설치되면서 '아침에 빈 허벅 진 사람 만나면 재수 없나'란 속신 때문에 어부들을 만날까 조심하고 경계했던 것도 이제는 옛날이야기가 되어버렸다.[34)

⑤ 역시 보건소나 병원 등 의료시설이 근대화되고 '돈내코'에 물 맞으러 가는 잠수들이 사라지면서 이제는 '속신'이 아닌 '속언', '그런 말이 있져' 정도로만 남은 경우다. 30, 40년 전만 해도 잠수들은 백중날이면 서귀포 돈내코에 카서 아픈 부위에 '물을 맞았다.'[35) 사시사철 물이 흐르는 돈내코에서 물을 맞으면 신경통이나 물질로 인한 병, 한 여름의 더위 등을 깨끗이 씻어내린다는 것은 선배 잠수들의 경험이 보증하는, 의심할 수 없는 속신이었다. 그래서 '부정한 사람'은 돈내코에 가지 않도록 이러한 언술로 '제어' 했다. 하지만 오늘날 돈내코는 유명한 유원지가 되었고 잠수들은 몸이 아플 경우 당연히 병원을 간다. '돈내코'에 물 맞으러 가는 것, 그리고 부정한 사람은 돈내코에 가지 못하도록 금기 시켰던 것은 '기억'으로만 남게 되었다.

⑥ '빗창은 개날에 장만한다'는 것도 언젠가부터 '무시'되어 왔다. 해

---

34) 온평리 웃동네 잠수회장은 처녀 시절 빈 허벅 지고 물 길러 가는 길에 사람의 기척이 있으면 상대가 눈치 못하게 남의 집 올레 안에라도 살짝 몸을 숨겼다고 한다. 그리고 그 사람이 지나가길 기다렸다가 물을 뜨러 갔다고 한다. 그는 저녁에 어부가 잡은 물고기를 서너 마리 들고 와 덕분에 고기를 잘 잡았다고 인사를 받은 경우도 종종 있었다고 한다.
35) 온평리 은퇴잠수 현계월씨 제보(89세, 2011.1.8)

녀들은 '개날'이 아무런 해가 없고 바다도 좋은 날이라고 한다[36]. 그래
서 그들에게 가장 중요시되는 도구인 빗창은 아무날에나 손 보거나 장
만하지 않고 반드시 '개날'을 가렸다. '개날'은 곧 술일(戌日)로, 해녀들
이 일컫는 '개'가 '갯가'나 포구를 뜻하는 것임을 생각할 때 발음의 유사
성으로 인해 '개날(술일)=개(바닷가, 갯가)의 날'로 인식되어 개날(술일)
을 해가 없고 바다도 좋은 날이라고 여기는 것으로 보인다.[37] 그러나
이제는 장이 서는 날, 장에 가서 갈거나 새로 사거나 한다. 전복을 캐
는 도구인 빗창은 전복의 가치가 계속 증가하는 것에 따름인지, '남의
빗창을 함부로 바닥에 놓으면 재수 없다'고 하는 것, '자기 빗창을 빌려
주면 자기 머정이 벗어지므로 함부로 빌려 주지 않는 것' 등은 아직도
지켜진다. 반면에 '개날에 빗창 장만 해야 한다'는 속신이 무시되는 것
은 물질 환경, 즉 '물끼'에 따라 9일 작업하고 6일 쉬는 새로운 작업 패
턴에 따른 것으로 보인다. 거의 매일 물에 들던 때는 규칙적으로 '개날'
에 빗창을 손보는 것이 물질에 도움이 되었을 것이다.[38] 그러나 9일
작업하고 6일 쉬며 다시 9일 작업하고 6일 쉬는 작업패턴에서 '개날에
빗창 손보는 것'은 비실용적이다. 이를 보면 어떠한 속신들이 잠수 사
회에서 살아남고 어떠한 것들은 잊혀지는지 추측할 수 있다. 즉 물질
작업이나 새로운 사회 변화에 탄력적으로 적용 가능하지 않은 속신은
'전수' 혹은 '선택'되지 않고 사라지는 것이다.

---

36) 온평리 현경춘 잠수(73세) 제보(73세, 2011.1.9).

37) 온평리 잠수들의 경우 매달 지드림을 개날에 하며, 개띠인 경우에는 용날에
지를 드린다. 온평리 현경춘 잠수(73세) 제보(73세, 2011.1.9).

38) 강대원에 의하면 3월부터 8월까지 잠수 일수는 28일, 9월에서 10월은 15일,
11월과 12월은 17일, 1월은 20일, 2월은 14일이다. 강대원, 『해녀연구』, 한진
문화사, 1970, 60쪽. 고성·신양, 온평리 잠수들은 예전에는 매일 물질했다고
이야기한다. 추후 조사가 필요한 부분이다.

이와 같이 잠수복을 비롯한 물질도구 및 불턱에서 탈의장으로의 변화 같은 물리적 변화를 포함해 교통, 의료, 정보통신, 과학 등의 발달로 소위 '근대화된' 오늘날 잠수 사회의 변화는 그들의 속신을 비롯한 민속 지식의 전승에 많은 변화를 가져온 것으로 보인다. 그리고 잠수들은 전승되는 민속지식과 속신들 가운데 자신들의 물질 작업에 적용 가능한 것 위주로 취사선택해 왔다고 할 수 있다. 따라서 속신을 통해서 잠수들이 사회문화적 변화에 얼마나 능동적으로 적응했는지 알 수 있는 것이다.

 오래된 공존의 신념 체계

1. '요왕말잿딸'과 거북의례

앞에서 살핀 것처럼 잠수들은 그들의 현재 '물질' 작업의 조건이나 환경을 판단 기준으로 윗대로부터 전수되는 속신들을 취사선택한다. 그것들은 대체로 새로운 사회에 적용 가능한 것이고 그렇지 않은 것은 '옛날말'로 폐기된다. 그런데 실용성이나 합리성 등과 관계없이 잠수들에게 아직 강력하게 전승되고 있는 속신이 있다. 그것은 요왕할망과 거북에 관한 것이다. 잠수들은 바다를 다스리는 요왕할망의 존재를 믿으며 거북은 요왕할망의 말잿딸이라고 여긴다.

①-1. 거북은 요왕할망의 말잿딸이다.
①-2. 거북은 못 건드린다. 거북은 요왕이 거느리기 때문이다.

② 거북(의 앞모습)을 보면 소망 인다.

③ 거북(의 뒷모습)을 보면 재수 없다.

④ 거북의 앞모습을 보면 머정(재수)이 좋고 뒷모습을 보면 재수가 없다.

⑤ 거북이를 보면 소라나 오분재기 등 뎃겨사(주어야) 한다.

⑥ 거북이 뭍에 오르면 제사를 지내주어야 한다.

⑦ 거북이가 집 올레로 들어오면 좋지 않다.

⑧ 죽은 거북을 보고 욕을 하면 벌을 받는다.

⑨ 거북을 박대하면 재수 없고 거북을 대접하면 소망 인다.

⑩ 죽을 운에 큰 거북이 보인다.

잠수들이 물질을 하며 종종 '넋 나가게' 되는 경우가 있다면 거북을 만나거나39) 혹은 어쩌다 시체를 볼 때다. 주기적으로 나타나는 돌고래 떼는 물질 경력이 적은 잠수의 경우 놀라기도 하지만 대부분의 잠수들은 돌고래에게는 친근감을 갖고 있다. 고성리에서 5년전 작업 중인 잠수에게 돌고래가 다가와 망사리에 든 물고기를 머리로 들이치며 테왁을 끌고 가버려 그 잠수가 넋이 나간 경우가 있으나40) 잠수들은 일반적으로 돌고래는 사람의 말을 알아듣는다고 생각한다. 강복순 잠수에 의하면 4, 5월 장마가 시작할 때 고성, 신양 바다에 돌고래가 떼로 몰

---

39) 2004년 칠머리당굿에도 '상잠녀 중잠녀 하잠녀도 특히나 건입동 해녀도 물에 들어갔당 물질허레 갔당 넋나게도 맙서 물아래서 거북이 보왕 놀래게도 맙서'라는 심방의 주문이 나타난다. 서우젯소리에서는 '흔질 두질 물에 들어 갔다 근 거북이도 눈에 펜식 허게 맙서'라며 거북이 눈에 뵈지 않게 되게 해달라고 노래한다.

40) 고성리 상군 잠수 강복순씨 제보(2011.1.10).

려온다. 돌고래가 나타나면 제일 먼저 발견한 잠수가 '배알로 배알로'를 외친다. 그러면 주위에 있던 잠수들은 물가로 헤엄쳐 나오며 '배알로 배알로'를 외친다. 돌고래는 알아듣는지 '배로 누워 헤엄쳐' 살살 지나간다고 한다. 이 이야기는 거의 모든 잠수들에게 공유되고 있다.

> 분이어멍은 돌고래랑 곳치 물질한다게. 우린 무서워 돌아나오는디 가이는 곳치 혀. 돌고래가 말 알아 듣매. '배알로 배알로' 하면 배알로 '헷딱하니' 넘어가. 우리가 '배알로 배알로' 하면 (돌고래들이) 겨티 올 것 아냐. 이디도 못가고 저디도 못가고 경할 거 아냐. 그러면 '배알로 배알로' 하면 곰씨가 헷탁 누웡 탁 갈라정 물창으로 싹 지나가멘, 경허고 '들러키라' 하면 막 들러켜. 참 신기해. 말 다 알아들엉. 정말 말 잘 알아들엉. [지금도 해녀들 그렇게 얘기해] 요새도 그래. [날이 바당이 셈직 하면 우리 해녀의 집 거기로 돌고래들 많이 와] 바당 세고 비오고 그러면 어 요새도 돌고래들 많이 와. 엊그제도 막 쳐들어왔어. 섭지코지에. 옛날에 이것도 조류가 틀려져부난 옛날에 3, 4월엔 많이 왔는데 요것들이 겨울에도 많이 와[41].

잠수들이 깊은 바다에 나가 있을 때 돌고래떼를 만나면 가까이에 있는 잠수 두세 명이 모여 돌고래들이 지나가기를 기다린다. 돌고래들은 사람을 해치지 않는다는 것을 잠수들은 경험으로 알고 있다. 그래서 무서워하지 않으며 날씨가 화창한 날은 '들러키라 새끼 보게'라고 외친다. 그러면 돌고래들은 '진짜로' 몸을 공중으로 띄운다고 한다[42]. 이렇

---

41) 신양리 잠수 김숙자씨(가명, 71세) 제보(2011.2.2). [ ]은 김숙자씨의 며느리가 말한 부분이다.
42) 온평리 마을회관 강윤수 전이장 제보(69세, 2011.1.9). 그의 부인은 온평리 잠수회장이다. 회관에 있던 마을어른 강문홍(74세), 강병인(79세), 송자곤(79세),

게 잠수들은 돌고래와 서로 소통한다고 생각하며 두려워하지 않는다. 그리고 이러한 돌고래에 대해서는 특별한 속신이 형성되어 있지 않다.

반면 거북이에 대해서는 오래된 신앙을 아직 공유하고 있다. 돌고래 떼가 등장하는 4, 5월이 되면 거북이도 한두 마리씩 나타난다고 한다. 거북은 대략 몸체만 1미터를 넘는데 물질 하다 보면 어느새 옆에 와 있기도 한다[43]. 그런데 물속에서 보면 거북이는 언뜻 사람처럼 보인다고 한다. 그래서 자기도 모르게 깜짝깜짝 놀라기도 하는데 그때 거북이 역시 놀라는 모습을 볼 수 있다고 한다. 8년 물질 경력을 갖고 있는 강복순 잠수는 '거북이를 보면 소망 인다'는 말처럼 거북을 보게 되면 그날은 물건을 많이 잡게 된다고 한다. 물론 그는 거북을 보고 자리를 피하지만 신양리 상군 잠수 김복희씨는 망사리에 들어 있는 소라나 오분자기 등을 깨어 거북에게 준다. 김복희 잠수는 거북을 보면 '전복도 트게 되고' 물건을 많이 잡게 된다고 한다. 신양리 잠수 김숙자씨(가명)는 죽은 거북에게 '에이' 하고 박대를 하면 안 좋은 일이 생긴다고 한다. 고성·신양리 잠수들의 경우 대부분 거북이를 보면 재수가 좋다고 하는데, 특히 '거북이를 앞으로 보면 좋고 뒤로 보면 좋지 않다'고 말한다. 이것은 성산리와 온평리 잠수들에게서도 확인할 수 있었다.

그날 우리가 바다에 물질 갈 거 아냐. 거북이 머리가 우리 해녀 앞으로 돌앙 영영 하면 머리가 보이면 물건을 많이 따고 참 신기해. 거북이가 돌아성 똥고망으로 보이면 물건을 못 잡고 재수 어서. 이제도 거북이 막 잘 먹이면 소망 일고 재수 좋고 거북이 박대하면 나빠[44].

송자효(78세)씨 모두 이 이야기를 공유하고 있다.
43) 고성리 강복순 잠수, 신양리 김복희 잠수 제보.
44) 신양리 상군잠수 김숙자씨(가명, 71세) 자택에서 면담(2011.2.2).

거북이는 우리가 물에서 한번이나 보면 무서와. 거북이가 물에서 보면 우리가 그냥 돌아서 나오면 안돼. 아무거라도 거북이한테서 댓겨사. 그게 요왕 말잿딸이랍니다. 소라라도 하나 댓겨. 그게 가이에 오르면 시마지 목에 걸치고 술로 오렌지로 사다그네 입드레 부어그네 심방 빌어 그거 안 피우면 어느 해녀가 아프고 척 지고. 바다는 우리가 이렇게 정성을 하고 댕기는 거.[45]

경허난 배하는 사람도 (거북이) 그물에 싹 올라올 거 아냐. 영 올라오민 잘 해 들이친다. 술 멕이고 입 영영 벌려그녠. 거북이 머리가 꼭 뱀 대가리 닮나. 입드레 경헤그녠 술 멕이고 질쌈 드리고 막 절하구 그런다. 바당에 우리 잠수들이라도 갈 때 그것이 물 밑에서 듬싹 하고 물 밑으로 올라온다. 그러면 우리 점심 먹을 것도 막 들이청, 우리 재수 소망 일롸주렌 하고. 물 아래서만 영 헤그네 거불거불 영영 댕기다도 물 위로 주욱 올라올 때가 있나. 그러면 점심 싸온 거 막 들이쳐 줘[46].

잠수들은 물질하던 중에 거북을 보면 점심으로 싸온 것을 주기도 했다. 거북을 잘 대접해 보내면 '재수 좋고 소망 이뤄준다'는 강한 속신 때문이다.[47]

45) 온평리 상군잠수 현경춘씨 자택에서 면담(2011.1.9).
46) 온평리 은퇴잠수 현계월씨 자택에서 면담(2011.1.9).
47) 이것은 온평리에서 '배 하는 이들'(어부들)도 마찬가지여서 조업 중 그물에 오른 거북이를 건져 거북이 입에 술을 부어주고 절을 하며 바다에 보낸다. 성산리에서 20년째 갈치잡이를 하는 젊은 선장 천병철씨는 먼 바다에서 종종 '티코'만한 거북이를 발견하게 되는데 그때는 술과 쌀을 거북이 주변에 뿌린다고 하며 이는 뱃사람들에게 아직 지켜지고 있다고 한다. 성산리 거주 천병철 선장 성산항에서 면담(남, 43세, 2011.2.2). 그런데 거북을 용왕으로 관념하는 것은 부산지방의 어로속신에도 나타난다. 어부들은 거북을 만나면 '용왕님 비

그런데 종종 거북이 뭍에 오를 때가 있다. 그러면 처음 목격한 잠수가 어촌계에 신고를 하고 잠수회장, 부회장, 총대가 심방을 빌어 거북을 '대접한다.' 거북을 대접하는 것은 요왕할망의 말잿딸이라고 믿기 때문이다. 신양리 해녀의 집 사무회장 이영미씨는 지난 5년 동안 신양리에는 1년에 한번씩 거북이 올랐고 그때마다 일종의 '거북의례'를 지냈다고 한다[48]. 그에 의하면 요즘에는 아이스박스 위에 시마지로[49] 싼 거북을 태워 먼 바다로 띄워 보내준다고 한다. 장광자 고성리 잠수회장은 회장 경력 20여년 동안 자신은 '반심방'이 되어버렸다고 말한다. 거북이 바다에 떠오를 경우 예전에는 심방을 빌어 일종의 의례를 했는데 언젠가부터 본인이 중심이 되어 어촌계장, 부회장, 총대들과 의례를 진행하고 있다[50].

소위 '거북의례'는 다음과 같다. 먼저 거북이가 해변에 떠오르면 거북이를 위해 쌀, 과일, 오렌지 주스 등을 준비해 상을 차린다. 잠수회장, 마을이장 등이 거북이 입에 막걸리를 부어 주고는 거북에게 절을 한다. 거북이의 몸과 주변에도 술을 뿌린 후 '시마지'로 거북이를 잘 싸서 바다에 띄워준다. 거북을 보내는 이 의례에서 잠수들은 '아이구 잘

켜주시오'라고 하거나 그물질을 해 잡히면 쌀, 밥 등을 흩고 정성을 드려 보낸다. 유종목, 앞의 글 100쪽 참조. 거북을 신성시하는 것과 잠수와 어부들에게서 공통적으로 보이는 만큼 추후 논의가 필요하다고 생각된다.

48) 신양리 해녀의 집 사무회장 이영미씨 제보(2011.2.2).

49) 흰색의 천을 일컫는 것으로 일본어 '白地'의 음 '시로지'와 유사하다. 흔히 기저귀감으로 쓰던 흰 천(시마지)은 아직도 신년세배때나 영등굿, 마풀림제때 신에게 바치는 손수건이나 신을 청해 들이는 '신의 길'로 쓰이는 것으로 신성성을 내표한다.

50) 온평리에서도 거북이가 뭍에 오르면 전통적으로 잠수회장, 어촌계장, 마을이장이 책임을 맡아 간단한 의례를 지낸 후 거북이를 배에 싣거나 혹은 바닷가까지 들것에 싣고 가 테왁에 의지해 먼바다로 띄워 보낸다고 한다.

갑센, 또시 오지 맙센'하고 속으로 말하며 '요왕할마님 우리 마을 편하게 해줍서. 잠수들 소망 일게 해줍서'라고 빈다. 잠수들은 이렇게 뭍에 오른 요왕할머니의 막내딸인 거북을 대접해 보내면 자신들의 뜻이 전해진다고 믿는다.

잠수들은 또 거북이는 아홉 번 죽고 열두 번 환생한다고 말한다. 온평리 마을회관에서 남자 노인들과 얘기하던 중 전이장 강씨가 잠수들은 거북이가 죽었어도 살아있다고 생각한다고 하자 현직 잠수 S씨는 거북이는 바다에 가면 다시 살아난다고 이야기하고 잠수 k씨는 죽은 건 아니고 죽은 척을 했을 뿐이라고 이야기했다. 이를 보면 잠수들이 거북이를 초월적 존재 혹은 영력이 있는 존재로 생각하고 있으며 이는 물질을 하지 않는 그들의 남편과는 차이가 있음을 알 수 있다.

한편 거북에 대한 잠수들의 믿음은 우연한 일로 강화되기도 한다. 온평리에서 일어난 아래의 두 사건은 '요왕할망의 말잿딸'로서 거북에게 초월적 힘이 있으며 거북이 요왕할망의 뜻을 전한다는 믿음을 더욱 굳게 한 것으로 보인다.

그 하나는 40년 전 한 사람이 뭍에 오른 거북의 몸에서 반짝거리는 것을 떼어내고 얼마 있다 죽은 사건이다.

그건 송구장이라는 사람이 거북이 올라와시난 귀경을 갔단 그 성산수협에 신거가라 하난 신거가는디 거북이 몸에 여 약아지 아래 뭐 반짝반짝한게 이시난 그걸 영해 떼어낸 굉이 등짝처럼 떼어전. 그걸 영 입는 옷에, 큰 옷에 관복에 그걸 반짝반짝핸 달앙 다녔는데 게난 그 할으방이 얼마 안 살안 죽어 베렸어. 그때 막 말 하영 골으라. 경헌 그 할으방 죽어벨고 그때 한디 손 본 사람 둘이 다 곳치 죽어베렸어. (언제요?) 것두 오래 됐져. 나 오십대 전이여. 사십대 중반. 경헤나넨 그땐 저 할으방이 이젠 큰코 닥친다 큰코 닥친다 사람들이 경 골아놨서. 그

게 뭔 말인고 뭔 말인고 해신디 거북이 때문에 그때 봐난 사람들 얼마
안 살안 다 죽었어. 관복이영 떼어진 사람은 최고 빨리 죽어벨고. 영이
없다 말 못해 게난. 거북이 영이 이서51).

　1960년 후반 온평리 해변에 오른 큰 거북을 보러 구경 갔던 송씨는
거북을 성산 수협으로 운송하던 중 거북의 목 아래 달려 있던 반짝거
리는 것을 떼어내 외투 허리띠에 달고 다녔다. 당시 동네 사람들은 '저
할으방 큰코 닥친다'고 말하였는데 그는 정말 얼마 못가 죽었다. 뿐만
아니라 그때 '거북' 운송 및 표본 작업을 함께 했던 두 사람도 오래지
않아 죽었으며 그 일에 관여한 이의 부인은 임신중이었는데 그 후 '거
북이 같은 입매에 잘 걷지도 못하는 아이'를 낳았고 일가의 다른 여인
은 알 수 없는 병을 앓다가 큰굿을 하고서 나았다고 한다. 그래서 성산
수고에 전시한 거북을 제사 지내 다시 바다에 놓아주었다고 한다.52)
　다른 하나는 잠수가 물질을 하다가 큰 거북을 보고 놀라 며칠 안 가
죽은 일이다.

　　처음에 거북이 본 사람은 막 놀래연. 저집이 아이가 거북이 보고 놀
　래연 큰굿 다하고 뭐하고 다 햄쪄만. 놀래연. 게난 가이가 놀래연 죽여
　베렸어. 바다에 메역 하러 다니다 보난 (거북이) 탁 엎어져 이시난 (보
　고) 놀래연 죽었어. 바당이 어두룩할 때 거북이 이만한 거이 엎어져 이
　시난 무섭지 안 무서우냐.53)

---

51) 온평리 은퇴잠수 현계월씨 제보(89세, 2011.2.3).
52) 고성리 은퇴잠수 현재복씨(74세, 2011.2.1).
53) 온평리 은퇴잠수 현계월씨 제보(89세, 2011.2.3).

그래서 당시 온평리 잠수들은 돈을 모아 '거북이굿'을 했다. 거북이 자꾸 올라와 사람들이 놀라고 죽었으므로 나름의 처방, 곧 '주술'이 필요했던 것이다.

> 요즘에는 거북이 안 올라와. 옛날에 그 우리 할 때 굿해놔낸 안 올라와. 게난 거북이굿 했어. 거북이나시 굿 했어. 자꾸 올라오나넨. 이 바당도 올라왔당 저 바당도 올라왔당 하도 심난하넨 해녀들이 돈 모아서 이 앞바다에서 굿 했어. 심방들 다 빌언 한 사흘 했어. 그때가 (내가) 한 오십대 쯤 되었을 거여. 그때 송 심방 한집이나그네 막 굿했어. 그 루젠부터 영 안 올라와.[54]

신양리에서도 십여 년 전 커다란 바위를 다 덮을 정도의 큰 거북을 본 잠수가 죽은 일이 있다. 그런데 거북과 관련한 이러한 이야기들은 고성·신양과 온평이 이웃 마을이어도 서로 잘 공유되지 않는 것으로 보인다. 그것은 기본적으로 마을 단위의 사람살이 때문이겠지만 물엣 것 채취를 제외한 이야기들이 죽음, 병 등과 같이 좋지 않은 일들이며 거기에는 거북의 영이 작용한다는 인식 때문이 아닌가 한다.

그러면 거북은 어떤 존재일까. 제주 잠수들에게 거북은 용왕의 말잿딸이다. 잠수들은 거북을 '요왕말잿딸애기', '요왕셋딸', '용왕사자'라고도 부른다. 거북을 용왕의 사자라고 여기는 것은 성산읍 일대 아직도 전설로 내려오는 '백중 이야기'를 통해서도 알 수 있다. 백중 전설에서 거북은 용왕이나 옥황의 뜻을 인간 세상에서 실행하며 인간의 뜻을 옥황이나 용왕에게 전하기도 한다.[55] 한경면 고산리(옛 이름 차귀)에 전

---

54) 고성리 은퇴잠수 현계월씨 제보(89세, 2011.2.3).
55) 진성기, 『제주도민속, 세시풍속』, 제주민속연구소, 신성출판사, 1997년 9판.

하는 민속놀이인 '차귀본향놀이'는 목동인 법성과 용, 그리고 거북이 등장하는데[56] 그 내용은 성산읍의 전설인 백중 이야기와 흡사하다. 이 놀이에서도 거북은 용왕의 사자이다.

무속에서도 거북은 용왕의 사자로 등장한다. 특수본풀이인 용왕본과 애월읍 애월리의 해신당본풀이, 그리고 초감제에서 거북은 용왕의 사자로 나타난다.[57] 용왕신 신화에 나타나듯 용왕신의 사자인 거북은 인간을 용왕국에 데려오고 다시 인간세계로 데려다 주는 역할을 한다[58]. 진성기는 이에 대해 '거북이가 용왕국을 내왕하는데 그 등에 타서 인간이 오갔기 때문에 흔히 하는 말로 저승차사는 강림차사요 용왕차사는 거북사제라고 말한다'고 한다[59]. 영등굿에서 용왕사자상을 함께 차리는데 이를 통해 거북이 신적 존재로 인식되었음을 알 수 있다.[60]

한편 거북이 용왕의 사자이자 충신 역할을 하는 것은 조선 후기 널리 유포된 고소설 '토끼전'에 나타난다. 토끼전의 결말은 이본에 따라 다양하고 거북도 다양한 종말을 맞이하지만 용왕의 뜻을 실현하려고 하며 인간 세상과 용왕국을 넘나드는 존재로서의 모습은 일관되게 나타난다. 물론 이 이야기의 모태는 삼국시대로 거슬러 올라가[61] 용궁과 용왕의 사자란 거북의 이미지가 오래전부터 형성된 것임을 알 수 있다. 그런데 거북이 좀더 초월적 존재로서 신과 지상의 인간을 매개하는 것은 가락국의 '구지가'가 아닌가 한다.[62] 가락국 사람들은 구지봉

56) 진성기, 위의 책, 345-347쪽.
57) 진성기, 『제주도무가본풀이 사전』, 민속원, 2002년 초판 2쇄, 651쪽.
58) 용왕신의 신화는 진성기 위의 책 814-815쪽 참조.
59) 진성기, 위의 책 815쪽.
60) 진성기, 위의 책 660쪽.
61) 삼국사기 권제 41 김유신 열전.
62) 양태순, 「신화, 제의 주술의 측면에서 본 구지가」, 『한국고전시가의 종합적

에서 임금을 맞이하기 위해 '거북아 거북아'를 외쳤다[63]. 수로가 배필을 맞이하는 과정이 탐라국 건국신화에서 삼을라가 벽랑국의 3공주를 맞이하는 것과 유사함[64]을 볼 때 가야 지방의 토템인 거북[65]에 대한 신앙을 공유했을 가능성을 배제할 수 없다. 이것은 신라 성덕왕 때 순정공이 강릉 태수로 부임하는 길에 임해정에서 바다의 용이 수로부인을 납치하자 여러 사람들의 입을 빌려 '거북아 거북아'로 시작되는 '해가사'를 불러 수로부인을 되찾은 것에서도 뒷받침된다.[66] 용이 수로를 납치했을 때 용이 아닌 '거북아'를 외치며 수로부인을 내어놓으라는 내용의 해가사는 거북과 용이 같은 존재임을 나타내는 근거로 해석되기도 하는데[67] 이는 거북을 용왕이라고 생각하는 제주 및 부산 어부들의 관념과 거북을 용왕의 딸이라고 하는 잠수들의 관념 및 그들의 '거북의 례'를 이해하는 한 방편이 된다.[68]

한편 제주도의 당신본풀이에서 용왕의 막내딸은 홀로 어느 해안마

고찰』, 민속원, 2003, 42쪽. 그는 주술적 문맥에서 거북이 가창자인 주술자와 초자연적 존재 사이의 매개자라 하였다.

63) 일연 지음, 김원중 옮김, 『삼국유사』 권2, 기이 제2 가락국기, 160-161쪽.

64) 조동일, 『한국문학통사』 1권 제2판, 1989, 83쪽 참조.

65) 김학성, 『한국고전시가의 연구』, 한국학술정보(주), 2001, 67쪽.

66) 일연지음, 김원중 옮김, 『삼국유사』, 을유문화사, 2005(18쇄), 161-163쪽.

67) 주채혁, 「거북신앙과 그 분포」, 『한국민속학총서4 민간신앙』, 민속학회편, 교문사, 1989, 219-221쪽. 주채혁은 거북과 용, 뱀을 동일한 존재로 파악한다. 그는 '거북이의 보은'이란 민담에서 거북이 스스로를 '나는 동해용왕이다'라고 밝힌 부분도 근거로 제시하고 있다. 거북이의 보은은 임동권의 『한국의 민담』 115쪽 참조.

68) 사실 성산 일대에서는 선주나 어부들을 중심으로 거북은 용왕이라는 생각이 일반적이다. 성산리에서 40년 넘게 선주로 고기잡이를 해온 김○○씨와 현재 선장인 천병철에 의하면 뱃사람들은 거북을 용왕으로 관념한다고 한다. 성산리 천병철씨 제보(43세, 2011.2.2).

을의 당신으로 좌정하거나[69] 부모에게 밉보여 쫓겨난 바람웃또나 궤네깃또의 배필이 되어 당신으로 좌정하는 예가 많다. 즉 당본풀이에서 용왕의 말잿딸은 제주도 해안가 마을의 당신으로 좌정하는 만큼 신성한 존재로 관념되어 왔다. 그리고 용왕의 말잿딸이 아니어도 바다 곧 수신계 신들이 용녀부인, 용해부인, 개할망, 물할망, 개할으방, 법사용궁 등의 이름으로 해안가 마을의 당신으로 좌정하는 사례는 많다. 당신본풀이 자료 369건 가운데 수신(水神) 계열의 신이 137건으로 38.2%를 차지하고 있는 것은[70] 천신계열 신들이 우세한 육지와는 상당히 차별적인데 이는 제주도 사람들이 그들의 생활터전인 바다를 얼마나 경외하며 살아왔는가를 단적으로 보여주는 것이다. 그리고 바다에 대한 경외는 잠수들이 거북을 '요왕의 말잿딸' 혹은 용궁사자로 여기고 거북 관련 속신 및 일종의 거북의례를 경건히 치르며 용왕을 섬기는 것으로 나타나는 것이라 할 수 있다. 지금도 제주의 해안가 마을에서 지내는 '요왕제'[71] 같은 맥락으로 이해할 수 있다.

> 옛날부터 믿어오는 것이 용왕굿 하는 거. 지짜 드리고 요왕 나시 하나 나 몸지 하나 또 바다에서 돌아가신 영혼이 있으면 그분 나시도 하나면 하나, 둘이면 둘. 먼 친척이라도 일가친척이라도 그러면 손해 없

---

69) 한림읍 귀덕리 '해모살당', 애월면 고내리 '오름허릿당'의 경우는 용왕 말잿딸이 홀로 당신이 되었다. 진성기, 앞의 『무가사전』, 555, 560, 586쪽 참조.

70) 유종목, 『제주도 당신본풀이 연구』, 대구대학교 박사학위논문, 1994, 22쪽. 그에 의하면 천신계 12건 (3.3%), 지신계 121(33.7%), 인신계 15건(4.2), 이주계 44건(12.3)이다.

71) 2006년 현재 서귀포시에서 요왕제를 지내는 마을은 남원읍 신흥리외 1곳, 대정읍 무릉1리 외 6곳, 성산읍 성산리 외 6곳, 안덕면 대평리외 3곳, 표선면 하천리 등 모두 20여 곳이다. 『남제주의 문화유산』(남제주문화원, 2006)에서 발췌.

이 전복도 잡고 놈은 안 잡는디 내가 성심을 요왕님께 하니까, 내가 이
렇게 전복도 잡는구나 하지. 그게 미신이주. 우리는 절간에 다녀서 안
허다가 (잠수)회장을 맡으니까, 전에는 자기 몸지와 요왕지만 드리지.
개날에 지 드리지. 개날이 해녀한테는 좋다고 해서. 옛적부터. 개날에
좋다, 바다에서는. 그날은 날을 안 봐도 무조건 개날이면 그것이 옛날
전설. 계속 해녀들은 그대로 따라가. 심방이 갈 때는 쌀을 가져가고 우
리가 갈 때는 밥하고 괴기하고 소줏종이하고 과일하고 싸가. 여수교만
아니면 다 당에 다녀. 지도 드리고. 머정 좋은 것도 있지. 요왕에 갈 때
는 머정 좋으라고. 나가 경험을 몇 번 했는데 나가 경험해보니까 한번
만 안 하고. 요왕님 소망 일게 해줍서 전복 보여 줍서 하니까 작년에도
나가 사둔의 잔치인데 바다에 가고 싶어. 그래서 바다에 가니까 금방
가 전복 두 개 터. 그게 요왕님이 알려준 거[72].

　　요왕님이 이서. 요왕님이 보살펴주니까 우리가 물질을 하는 거거든.
우리가 밥하구 천하고 종이 백지 하고 술 사고 과일 사고 요왕님께 기
원하는 거야. 전복도 좋은 디 가게 해줍서 소라도 좋은디 가게 해줍서
하는 거야. 이제도.―바당도 요왕님이 길을 가르쳐줘서 돈을 버는 거
지. 요왕맞이를 밥해놓고 천해놓고 요왕님을 잘 멕여야 우리가 돈 버
는 거. 요왕님은 자기의 본명일이 아닌 때 남들은 용날에 하는디 나는
개날에 요왕에 기도를 드리고. 지를 아무때나 못하는 거. 용날에 요왕
맞이 하고 요왕지 하고 우리는 용띠라서 술일에 하지. 한달에 한번은
어느 잠수를 막론하고 요왕제를 잘 지내사 물건도 많이 주고 물에도
안 채게 해주고. 그런 게 이서.[73]

---

72) 온평리 잠수회장 K씨(69세) 마을회관에서 면담(2011.1.9).
73) 온평리 현경춘 잠수 자택에서 면담(72세. 2011.1.9).

잠수들은 영등굿이나 잠수굿을 할 때만이 아니라 매달 첫물질 나갈 때는 '요왕'에 지를 드린다. 그러면 용왕이 '전복과 소라가 많은 곳으로 길을 가르쳐주며' '물에도 채지 않게 해준다.'고 믿는다. 현 온평리 잠수회장은 '요왕지'와 자신의 '몸지'만 드리다가 잠수회장 일을 하면서 집안이나 친척 가운데 물에 빠져 돌아가신 조상이나 자식들을 위한 지를 드리는 것을 배우게 되었고 그 결과 '머정이 좋음'을 여러번 경험했다고 한다. 이처럼 용왕의 존재에 대한 잠수들의 확고한 믿음은 '거북'을 용왕의 말잿딸이라고 여기며 거북의례를 행하는 '속신'을 지탱하는 근본이라고 할 수 있다.

2. 요왕할마님과 물엣것 골라멕이기

잠수들은 물에 들 때 '요왕할마님 소망 일롸 줍사'를 속으로 외친다. 바닷가에서 뭔가를 먹을 때도 요왕할마님께 먼저 고수레를 한다. 잠수들이 거북을 용왕의 말잿딸이나 용왕사자라고 여기고 어부들이 거북을 용왕이라고 관념하는 것은 오래전부터 전승되어 오는 신앙 때문이기도 하겠지만 '물에 들 때마다 늘 새로운 것 같은' 바다에 대한 두려움도 작용하지 않았을까 한다.[74] 깊이와 넓이를 헤아릴 수 없는 바다에 들 때, 그리고 바다가 주는 '물엣것'으로 생존해 가는 자신들의 존재를 생각할 때 '요왕할마님'께 빌지 않을 수 없으며 지를 드리지 않을 수 없고 당신으로 모시지 않을 수 없는 것이다. 그런데 흥미로운 것은 잠수들이 자신들의 물질을 '요왕'과 관련시켜 생각하며 행위의 규범이라 할 만한

---

74) 고성리 상군잠수 강복순씨는 매일 물에 들어가도 바다는 늘 새롭다고 한다. 자택에서 면담(2011.10.24).

속신을 지키고 있다는 것이다.

① 물엣것은 요왕할마님이 골라 멕인다.
② 물질 못 하던 잠수가 갑자기 물건을 하영 하면 좋지 않다.
③ '물건 하영 했져' 소문 나면 좋지 않다.
④ 물에 들어갈 때 '하영 잡읍서' 하는 말을 고르면 안 된다.
  물에 갈 때 '이것 잡아옵서 저거 하영 잡아옵서' 하면 재수 없다
  물에 들어갈 때는 속숨해야 한다.
  물질하는 날 아침에 소라나 문어 등 팔아달라는 요구를 하면 그
  날은 재수가 없다.
⑤ 물질에서 나온 어른들에게 '물건 하영 잡았수다'라는 말을 하면
  안 된다.
⑥ 물 욕심을 내지 말앙, 못 해 온거는 요왕이 안 주젠 하는 거다.
⑦ 남보다 톡 벗어지게 잡으면 손해가 가고 몸이 아프다.
⑧ 남 안 잡는데 많이 잡는 것도 좋지 않다.
⑨ 너무 큰 거는 물구신이다.
⑨ 뭉게 큰 거 심으면 좋지 않다.
⑩ 한 통에서 문어 세 마리를 심는(잡는) 것은 좋지 않다.
⑪ 짝짓기 하는 문어를 잡는 것은 좋지 않다.
⑫ 첫 번에 잡은 전복이나 해삼에는 입을 맞추고 망사리에 넣으면
  더 잘 잡아진다.

잠수들과 물질에 대해 이야기 나누며 흔히 듣게 되는 것은 '요왕이
고루 골라 멕인다'는 것이다. 잠수들은 보름을 단위로 9일 작업하고 6
일을 쉬는데 이를 한 물끼라고 한다. 그런데 한 물끼에 물건을 많이 잡

으면 그 다음 물끼에는 조금 덜 잡는다고 한다. 잠수들은 이를 '요왕이 골라 멕이기 때문'이라고 한다.

> 그게 한 물끼에 물건을 많이 잡으면 또시 물끼에는 좀 홋쌀 못잡아. 요왕님이 골라멕영. 이 물끼에 잘하면 다음 물끼에 홋살 덜 하고. 이 물끼에 잘 잡으면 새 물끼에 좀 덜 잡아. 요왕님이 공들인 만큼 보살펴 그네 우리 중심은 딱 그렇게 먹고.[75]

안미정이 이미 지적했듯이 잠수들의 신앙에서 많은 어획은 터부시 되는데[76] 속신 ②~⑧은 이를 잘 보여주는 것으로서 잠수들이 '요왕에 밉보이지 않게' 자신들의 물질 작업을 '통제'하고 있음을 보여준다. 그들은 '물건을 잡지 못하는 잠수가 어느날 많이 잡는 것'도 자연스럽지 않게 생각하며 물에 들어가는 잠수에게 '하영 잡읍서'라는 말이나 물에서 나온 어른잠수에게 '하영 잡았수당'하는 말들이 바다의 주재자인 '요왕'에게 '죄짓는 일'이라 여긴다. 그래서 실제로 많이 잡는 일도 경계하지만 본래 주술성이 있는 '말'도 '멩심'해 '하영 잡아옵서' 등을 발화하지 않는 것이다. 또 물에 들어가는 날 아침에 누군가 집에 와서든 혹은 전화로든 문어나 소라를 팔아달라고 하는 것도 꺼리는데 그것은 물엣것은 '요왕'이 알아서 준다고 생각하기 때문이다. 잠수들은 남보다 확연히 차이가 나도록 많이 잡으면 그 잠수는 아프거나 다른 손해를 본다

---

75) 온평리 잠수 현경춘씨 자택에서 면담(72세, 2011.1.9).
76) 안미정, 『제주 잠소의 어로와 의례에 관한 문화인류학적 연구: 생태적 지속가 능성을 위한 문화전략을 중심으로』, 한양대학교 박사학위논문, 2007,111쪽. 그는 이를 잠수들의 욕심을 멩심으로 치환하는 심리적 기제로 해석하고 있는데 적절한 설명이라고 생각된다.

고 여기는데 이는 물엣것에 대한 욕심을 금해야 함을 돌려 표현한 것
이라고 할 수 있다. 물엣것에 대한 욕심은 잠수들의 생명을 빼앗아 가
기도 하므로 선배잠수들은 자신들이 할망잠수들에게 들은 대로 젊은
잠수들에게 물욕심을 내지 말 것을 당부해왔다.

이십년 전에는 8년에 한 번씩 해녀가 세 사람이 죽었어. 그루젠 우
리가 영등제를 잘하고 그래서 아직 사고가 없어. 그 해녀는 숨이 모자
라서 숨이 먹어서 죽었어. 우리 온평리는 웃동네고 알동네고 물질 허
는 해녀가 2백명 되거든. 그 사람들이 돈 모금해서 요왕에 심방 빌어서
막 요왕에 기도하거든. 그추룩 허난 요왕에 좋은 날 받아서 개인이 자
기 몸을 그만큼 조심허는 거주. 요왕에도 위험한 일이야. 파리 죽는 거
나 우리 죽는 거나 마찬가지라. 숨이 먹으민. 사람이 실수를 허잰허민
게난 우리가 물 아래 가면은 젊은아이더러 우리도 곤주. 요기 소라가
있으면, 올라오젠 헐때 소라나 전복을 보거든. 그걸 할 때 숨이 먹는
거야. 그걸 나중에 하라고 우리가 곤주. 나올 때 전복 트는 사람 있어.
우리는 그걸 안 하거든. 못혀 숨이 먹어나면 그걸 못혀 숨이 먹어나면
다시 들어가면 더 못혀. 내버령 왔다그네. 숨이 요기가 달랑달랑해. 요
왕에서 줄 거면 다시 가도 있고 그거 어실까보댄 실수를 하지. 고기도
찔러두고 못험직한 따시 오라그네 해가주. 우리는 물욕심을 안 하거든.
할망들이 그거 물욕심을 하지말랜 그거 못해온 거는 요왕이 안 주젠
하는 거랜.(온평리 현경춘 잠수)

(물질도 안 하던 사람이 많이 하면 안 좋다고 하던데.) 몰라 옛날에
그런 말은 있주게. 사람이 잘 못되려고 하면 전복 같은 것도 많이 보인
댄. 물에서 돌아가신 분들도 보면 전복 떼다가 물숨 먹어서 돌아가신
분들 보면 전복 따다가 빗창이 걸린다던가 그렇게 되겠지. 대부분 그
런 사람들 보면 망사리에 전복이 많이 있다고 난 그런 말 들어봤지. 우

리도 어떨 때 난 8개까지 기록 세어 봐신디 혹시나 잘못 되젠 이렇게
보이는 건가 하는 생각이 들지.(고성리 강복순 잠수)

고성·신양을 통틀어 전복을 제일 잘 잡기로 평이 난 강복순 잠수는
전복이 많이 잡히는 날은 기쁘기보다는 '혹시나 잘못되젠 이렇게 보이
는 건가'하는 의구심이 먼저 든다. '사람이 잘못 되려하면 전복 같은 것
도 많이 보인다'는 말을 예전부터 해녀인 어머니나 삼촌들에게서 들어
왔기 때문이다. 이와 같이 잠수들이 물엣것을 채취하면서도 적정 수준
으로 자기 통제 혹은 집단 통제를 해 온 것은 그것들이 용왕에 속한 것
이라는 믿음 때문이다. 이러한 믿음은 너무 큰 물고기나 문어를 잡는
것도 경계해 '큰 거는 물구신'이나 '큰 뭉게(문어)를 심으면 좋지 않다'
는 속신으로 이어져 지나치게 큰 물고기나 문어 등을 잡는 것을 꺼리
게 해왔다.[77] 이를 잘 보여주는 일화가 있다. 온평리에서 2미터 가량의
상어를 작살로 잡은 잠수가 얼마 되지 않아 죽은 일이 그것이다. 50년
전의 일이어도 잠수들은 이 일을 잊지 않으며 경계한다.

　　여긴 큰 상어 찌른 사람도 죽었어. 큰 상어 찌른 사람도 그 사람들이
찌른 건디 나는 바당에서 끄성 오고. 아이고 새끼 낳으러 들어온 거를.
저 문기만한 거라. 상어를 우리 둘이가 (다른 잠수들 무리에서) 떨어졌
지. 게난 상어를 줄로 둘러메엉 끄성 가면 괴기 한쪽 준댄. 그래서 둘
이가 끄성 와서. 한번 영 올려놓으면 새끼 하나 밀령 나오고 또 한번

---

77) 구룡포에 정착한 제주 출신 잠수 이○○씨는 물속에서 커다란 문어를 보고
　　무군디(물속에서 오래 산 동물이어서 물지킴이라 할 수 있는 것)라는 생각을
　　하면서도 욕심을 내어 잡았다가 몸도 아프고 남편의 배 사업도 잘 안되더라
　　는 구술기록을 남겼다. 이균옥 외, 『짠물, 단물―20세기 한국민중의 구술자서
　　전1』, 소화, 2005, 99쪽.

영 끌면 새끼 하나 밀려 나오고 경허그네 아홉 개를 밴 거라 새끼를.
경허그네 새끼 하나씩 갈르고 상어는 큰 상어라 팔고. 우리 둘이가 끄
성 왔지만 우리가 잘못 하면 죽었을 거여. 그 상어 찌른 사람은 얼마
안 있당 육지 가 죽었어. 큰 거 잡는 거는 안 좋아. 그걸로 봐도 안 좋
은 거라[78].

위 사건은 큰 물고기를 잡지 않도록 경계하는 속신의 바탕에 결국
새끼를 가진 물고기를 보호하려는 목적이 있음을 알 수 있다. '짝짓기
하는 문어를 잡지 못하게' 경계하고 '한 구멍에서 문어를 세 마리 잡는
것은 좋지 못하다' 하여 꺼린 것[79] 역시 자연스럽게 형성된 생태적 인
식과 같은 맥락이라 할 수 있다.

옛날에 여자 남자 연애하듯 문어도 수컷 암컷이 붙어 있는 거를 옛
날 사람들은 잡지 말라고 했는디 이제는 잡아. 물건이 어시난. 물건이
없으니까. 이제는 봐지면 다 잡는거라. 그거는 물질 배우면서 들은 거
라. 근디 문어가 고망에서 하나 꺼내면 고망에 하나가 더 있어[80]

(뭉게 같은 거 한 구멍에서 세 마리 잡으면 궂댄) 그건 어떵 안 혀.
두 개 이실 때도 있어. 그게 어떵혀 이시면 그게 수컷 암컷 있는 거 같
고 그게 암커는 머리에다 알을 품어 크고 수컷은 쫄락하고. 문어는 새
끼 치면, 오월 장마 치면 다 죽어. 새끼 한번 치면 다 죽어. 우리가 영
생각해보면 두 개 이신거 보면 짝짓기를 허는 생이야. 한 구멍에 세 개

---

78) 온평리 은퇴잠수 현계월씨와 면담(2011.1.9).
79) 신양리 잠수 김○○(63세)씨는 보통 문어는 한 구멍에 두 마리가 들어 있다고
   한다. 간혹 세 마리가 들어 있는 경우도 있지만 흔한 것은 아니다. 신양리 해
   녀의 집에서 면담(2011.1.12).
80) 신양리 잠수 김○○씨 신양리 해녀의 집에서 면담(2011.1.12).

까지도 있어. 옛날은 그렇게 해도 지금은 그런 거 어서. 그게 있는 것도 보면 여러 가지라. 죽은 고기 틀어 먹으려고 문어가 붙은 거야. <u>세 개 잡아도 어떵 안 혀</u>[81].

　그러나 속신 ⑩,⑪은 위의 잠수들의 제보에서 알 수 있듯 '요왕'에 속하는 '물엣것'을 경계하는 것임에도 지켜지고 있지 않아서 주목된다. 사실 문어의 경우 '머정'이 좋거나 혹은 실력이 있는 잠수가 하루에 한두 마리 잡는 것이 보통이다. 잠수 개인의 입장에서는 본인의 이익을 추구하는 것이 우선인 만큼 생태적 문제를 고려하지 않고, 짝짓기를 하든 한 구멍에 세 마리가 있든 문어를 보면 일단 채취를 하는 것이다. 이는 선배잠수들이 '물질 규범'으로 제시한 속신을 '폐기'하는 것으로 바닷속 자원의 환경이 달라지고 물엣것이 바로 돈으로 환산되는 근간 이십여년 동안 잠수들의 가치관의 변화를 보여주는 것이라 할 수 있다.

　　바다는 믿지. 물에 가면 안경을 닦으면서, 요왕님, 오늘은 어느쪽에 가면 전복 소라 많은지 내 맘을 점지해 주세요. 전복이나 잡아질 때는 '아 요왕님 고맙습니다.' 하고 전복에 입 맞추고 해삼도 잡으면 기분 좋아가지고 '아이고 요왕님 고맙습니다.' 하고 입맞추면서 망사리 안에 넣으면 더 잘 잡아진다. 살아있는 거라 이뻐서. 첫 번째 것에. 소라는 그대로 넣고.

　속신 ⑫는 아직 잠수들에게 '살아있다'. 신양리 잠수 김씨처럼 해삼이나 전복을 처음 잡았을 경우 입을 맞춘 후 망사리에 넣는 잠수들이 왕왕 있는데 어떤 잠수는 입 맞춘다기보다는 '침을 묻히는 것'이라고도

---

81) 온평리 현경춘 잠수 자택에서 면담(2011.1.9).

표현한다[82]. 주술적 행위라고도 볼 수 있는 이 속신의 바탕은 전복을 잡게 해준 용왕에 대한 감사와 기꺼움의 표현이다. 1년이 다 되어도 전복 한 마리 못 잡는 잠수가 있고 하루에도 몇 개씩 잡는 잠수가 있음을 빗대어 고성리 어떤 잠수는 전복 잡는 것을 '서울대 들어가는 것'에 비유한다. 실제로도 자연산 전복은 귀해서 1kg짜리 큰 것 한마리가 13만원에서 15만원을 호가한다. 여하튼 잠수들은 귀한 것이든 흔한 것이든 자신들의 생계를 이어가도록 물엣것을 주는 용왕에 감사하는 일을 잊지 않는다.

한편 잠수들이 바다의 초월적 존재인 용왕을 염려해 특별히 조심하는 것들이 있다.

① 바다에서는 먹는 것 빼고 봉가(주워) 오면 좋지 않다.
② 바다에서 주운 돈은 불턱이나 그 자리에서 다 써서 없애버려야 한다.
③ 바다에서 칼이나 쇠를 봉가 오는 것은 좋지 않다.
④ 실수로 영장이라도 오르면 해녀들 편안하게 해달라고 개를 씻는다.
⑤ 잠수하다가 시체를 보고도 그것을 숨기면 해녀가 해를 본다.
   잠수가 시체 있는 걸 말하거나 시체를 처리하면 도움을 받는다.
⑥ 해녀배가 가다가 시체가 배 가는 쪽으로 머리를 향하고 있으면 살려달라는 뜻이므로 구해 주어야 한다.

---

82) 처음 잡은 전복이나 해삼에 입을 맞추는 혹은 침을 묻히는 이런 행위는 장사하는 사람들이 그날 처음 받은 만원 짜리에 침 묻히는 것과 유사하다.

잠수들은 바다에서는 먹는 것을 제외하고는 주워오면 좋지 않다고 생각한다. 특히 돈이나 쇠의 경우는 꺼려서 아예 건드리지를 않는다. 5년전 여름 신양리 오등에 불턱에서 비닐봉지에 만오천원이 들어 있는 것이 발견되었는데 오등에서 주로 물질을 하는 잠수들은 아무도 그 돈을 건드리지 않았다고 한다. 그래서 그 돈은 두 달 반이 지나도록 불턱 돌 아래 그대로 있었고 결국 '공론' 끝에 섭지코지에 가서 옥수수를 사먹었다.[83]

> 바당에것 누게 잘 안 봉가와. 게나 돈 만오천원을 우리 두달을 내버려 두었잖아. 게난 바당에 돈은 더 안 봉가. 우리가 길에 돈을 주우면 사 먹잖아. 만약 우리가 천원을 봉그면 이천원이 나가는 거야. 나 오일장에 갔당 돈이 천원이 떨어진 거라. 저 돈 봉가갑서. 고른 사람이 봉가갑서. 난 돈 싫은 사름입니다. 나도 돈 싫은 사름입니다. 그래가지고 그 사람도 안 봉그고 나도 안 봉근 거라. 바다만 아니고 길이어도 돈은 잘 안 봉가. 게난 주운 돈은 아이들은 사 먹어버령. 집에 안 가져와. 그걸 가져오면 집이 안 붙엉. 어떻게 손해가 나도 손해가 나.

돈은 바다뿐만 아니라 길에 떨어져 있는 것도 '봉그지 말아야 한다'고 하는데 이는 잠수들뿐만 아니라 일반 사람들도 마찬가지여서 '돈 줍는 것'은 심히 꺼린다. 그리고 만약 모르고 주웠을 경우에는 다 쓰고 집에 돌아와야 한다고 한다. 그런데 4년 전 온평리에서는 어떤 한 잠수가 바다에서 돈을 주운 일이 '벌어졌다.' 그는 개인적으로 그 돈을 취했는데 그 후 알 수 없는 병에 걸려 큰굿을 두 번이나 하고 병원에도 다녔지만 아무 효험이 없었다. 그래서 현재까지 물질도 못하고 앓고 있

---

83) 신양리 잠수 김숙자씨(가명) 자택에서 면담(72세, 2011.2.2).

다고 한다.

온평리 은퇴잠수들은 그가 바다에서 주운 돈에 욕심을 낸 것이 문제라고 진단한다. 그리고 그 돈은 '방쉐'였을 것으로 추측한다. 바다에 돈이 있다는 것은 자연스럽지 않기 때문인데 그가 돌을 들춰내어 그 돈을 발견한 것이 단서이다. '방쉐'의 목적이었다면 그 돈은 용왕의 것이된다. 그래서 어떤 잠수가 당시에 거북이 그의 집 올레에 들어온 이야기를 하자 바로 '경헌다'하는 반응들을 보였다. 물론 그의 집은 바다에 가깝고 온평리 등대 쪽에는 작은 거북들이 많이 올라오므로 거북이 그의 집에 들어온 것은 우연이라고 할 수 있다. 아니 잠수들의 사회 밖에 있는 이들에게 그것은 지극히 우연스런 일일 뿐이다. 그러나 잠수들은 그가 바다에서 돈을 주운 이후에 알 수 없는 병에 걸려 병원에 다니고 큰굿을 두 번이나 해도 효력이 없던 때에 거북이가 신작로를 건너 그의 집 올레에 들어온 것을 '요왕의 예조'로 생각한다. 이 일은 바다에서는 아무거나 주워오면 안 되고 특히 돈은 더욱 꺼려야 한다는 속신의 힘을 더욱 강화시켰다고 할 수 있다.

한편 잠수들이 물질 작업중 시체를 보는 일도 가끔 있다고 한다.[84] 그러면 대부분의 잠수들은 '얼먹는다'고 한다. 그래서 시체를 보고도 못 보는 체 하는 경우가 많았을까. '물질하다가 시체를 보고도 그것을 숨기면 해녀가 해를 본다'든가 '잠수가 시체 있는 걸 말하거나 시체를 처리하면 도움을 받는다'는 속신은 결국 바다에 떠오른 시신을 잠수들이 어떻게든 처리를 하도록 권유한다. 오늘날 바다에서 잠수들이 어쩌

---

84) 행원리 은퇴잠수 씨 면담(2010.10.19). 물론 예전에는 배가 풍랑에 침몰하는 경우가 많아 시체가 많이 떠올랐고 이러한 시체를 처리하는 것이 문제가 되어 시신의 처리로 바다의 경계를 정하는 일도 많았다.

다 시신을 볼 경우에는 119에 신고를 한다. 시체를 처리하고 나서는 심 방을 불러 '개씻기'를 한다. 시체로 인한 부정을 닦는 이 관습적 행위는 시체를 보고 놀란 잠수들의 마음을 치료하는 넓은 의미의 행위속신이 라 볼 수 있다.

Ⅳ 결론: 속신의 소멸 혹은 지속

앞에서 살펴보았듯 제주 잠수들의 속신은 그들의 물질작업과 바다, '물엣것'에 대한 관념을 잘 드러내고 있다. 그들은 용왕을 섬기며 거북 을 용왕의 막내딸이라고 믿고 용왕이 자신들을 '고루 멕이며' 돌본다고 생각한다. 그래서 물엣것을 욕심내지 않으며 자신들의 물질 행위를 경 계해 왔다. 그리고 바다를 생활의 터전으로 살아오면서 '물엣것'과의 공존을 추구하는 신념들을 여러 의례와 속신어로 지켜왔다.

이 글에서 논한 속신들을 민속문화의 지속과 소멸이란 점에서 본다 면 3장에서 논한 속신들은 거북과 용왕에 대한 믿음을 중심으로 한동 안은 꾸준히 전승될 것이고 2장에서 언급한 것들은 더욱 더 빠르게 잊 혀져가고 속신으로서의 기능을 잃게 될 것이다. 어떠한 속신이 소멸하 고 지속하는가는 이들 속신을 의례, 언어, 잠수들의 관념, 주물, 그리고 신앙 주체 등 해당 속신의 컨텍스트를 함께 고려해야 파악이 가능하지 않을까 한다. 다음 표는 속신의 언어적 표현을 포함해 관련 의례와 관 념, 주물, 신앙 주체 등을 정리한 것이다.

	속 신				
	언어적 표현(속신어)	의례, 행위	관념	주물	신앙주체
1	거북을 보면 소망 인다 거북을 박대하민 나쁘다 거북이를 보면 소라나 오분자기등 뎃겨사(주어야) 한다 거북이 앞보습을 보면 머정이 좋고 뒷보습을 보면 재수가 없다.	거북의례 (거북이굿)	거북이는 요왕말잿딸이다 거북이는 요왕사자다	시마지, 술(막걸리 오렌지), 쌀, 밥	잠수
2	요왕이 고루 멕인다 못해 온 거는 요왕이 안 주젠 하는 거다 물건 하영 했져 소문 나면 안좋나	요왕제 요왕맞이 지드림 해녀굿	요왕이 바다를 주재한다. 요왕이 해녀들을 보살핀다. 거북은 요왕의 딸 혹은 사자로 요왕의 메시지를 전한다.	지(요왕지, 몸지, 조상지)	잠수
3	테왁 깔앙 앉으면 재수 없나. 소살 가달 냉기면 재수 없나. 빗창은 개날에 장만한다. 아침에 빈 허벅 진 사람 만나면 재수 없나. 짝짓기 하는 문어를 잡는 것은 좋지 않나 부정한 사람 돈내코에 물맞으러 가지 말라.	없음		없음	기능 상실중, 전승되지 않거나 무시됨

위 표에서 1-2는 '속신어'로서만 전하지 않고 의례와 관념 및 주물, 신앙 주체와 함께 전하고 있다. 예컨대 '잠수들은 요왕을 거느리기에 거북은 못 건드린다'고 하는데 여기에는 일종의 '거북의례'라 할 만한 것이 남아 있어 그 속신을 더 강화하는 것이다. 또 이 속신의 바탕에는 거북을 '요왕말잿딸'이나 '요왕사자'라 여기는 관념 혹은 신앙이 깔려 있다. 바다 곧 수신으로 대표되는 용왕에 대한 믿음은 제주 당본풀이

나 설화에서 종종 드러나듯 바다를 터전으로 살아온 제주인들의 오래
된 신앙이다. 그래서 이러한 오랜 믿음을 바탕으로 거북의례, 요왕맞
이, 지드림, 영등굿, 당굿 등의 의례의 반복과 함께 생성되어온 속신은
잠수들에게 여전히 그 효력을 발휘하게 되는 것이다. 즉 이렇게 지속
되는 속신들은 잠수들의 사회 안에서 관련 의례와 관념 및 언어적 표
현으로 탄탄히 묶여 '실천'되어 온 것들이다. 그리고 그 바탕에는 바다
에 대한 경외심과 물엣것 및 동료 잠수들과의 공존의 가치, 물질을 하
며 자연스럽게 형성된 생태적 인식이 담겨 있다. 이것은 이러한 속신
을 지속시키는 주요한 요인이라고 할 수 있다.

　반면에 3은 젊은 잠수들에게는 무시되어 속신으로서의 기능을 잃어
가거나 속언화한 것들이다. 이들은 위의 속신들과 달리 이를 강화할
의례나 특정 관념 혹은 주물과 같은 어떤 조건도 갖추지 못하고 있다.
뿐만 아니라 잠수 공동체나 잠수 개인을 위하는 가치나 신념이 담겨
있는 것도 아니다. 게다가 변화하는 잠수 사회에 적절치 않으므로 잠
수들이 폐기 혹은 무시하여 단지 '속언'으로 변화하거나 잊혀져 가는
것이다. 이러한 속신들은 잠수 사회의 변화와 잠수들의 인식, 가치관의
변화를 보여준다고 하겠다.

　결국 잠수 사회에서 강한 전승력을 바탕으로 지켜지고 있는 속신들
은 속신어 단독으로가 아니라 속신 관련 의례가 행해지고 그러한 관념
이 여전히 잠수들에게 인정되는 잠수사회의 문화 속에서 실행되어 그
생명력을 담지하고 있는 것임을 알 수 있다. 아래의 표에 제시된 속신
은 필자가 이 글에서 다루지 않았으나 제주의 속신이 의례, 관념, 행위,
주술 등이 통합되어 존재하며, 이들중 의례나 행위, 주물 등 통합된 문
화 체계가 존재하지 않는 경우 해당 속신이 잘 지켜지고 있지 않음을
보여준다.

		속	신		
	언어적 표현(속신어)	의례, 행위	관념	주물	신앙주체
1	영등날 딸 데리고 오면 하늬바람 불고 날이 좋고 메누리 데려 오면 날이 궂나 영등 들어올 때 날 궂으면 나갈 때까지 궂나	영등굿	영등할으방은 1월 보름에 들어와 2월 보름에 나간다. 영등을 잘 보내야 무탈하다.	짚배(배방선용)와 제물	잠수를 포함한 마을주민
2	당에 갈 때는 돼지고기를 먹지도 만지지도 않는다. 개나 고양이 죽은 것을 보았을 때는 7일 동안 당에 가서는 안 된다.	신년과세배 마풀림제 시만곡대제	당신이 마을과 마을사람을 보살핀다. 당신이 노해서 큰일 난다	제물	잠수를 포함한 마을주민
3	신구간에 집팔이 할 것 하고 고칠 것 있으면 고치고 짓고 한다. 새철 넘으면 보름까지 건드리지 아니한다 새철에 여자는 남의 집에 돌아다니지 않는다. 새철에 노끈이나 긴 줄 같은 것을 만지지 않는다. 윤달은 달 어신 날이어서 귀신이 없다.	없음	입춘(새철) 관련 주의	없음	잠수를 포함한 마을주민 (속언화)
4	칠월 전까지는 아무것도 사지 마라. 집안에 소금이 있으면 좋으나 묵은 해에 사야 한다. 칼이나 가위는 묵은해에 사야 한다. 씨어멍이 첫 번에 새각시에게 얼굴 보이면 숭 벗어진다.	없음	없음	없음	잠수를 포함한 마을 여성(개인적 믿음 차원)

위 표에서 1, 2에 해당되는 속신들은 모두 지속되는 것들로 모두 관련 의례와 관념, 주물 등 통합된 체계 속에 존재하며 또한 신앙과 관계된 것이다. 반면에 3, 4는 속언화되었거나 일부에게만 믿어지는 것으로 약화되었거나 폐기되는 것들이다. 결국 제주의 속신은 속신적 표현에 그치지 않고 해당 사회의 문화와 통합된 체계 안에서 존재할 때 지속적으로 전승된다고 할 수 있다.

요약하면, 제주 잠수들은 1970년대 이래 많은 사회적 변화 속에서 적응해 왔는데 이는 그들의 '속신'을 통해서도 접근 가능하다. 잠수들은 불턱의 폐기 및 물질작업의 변화에도 여전히 가치 있는 속신들은 취사선택하고 그렇지 않은 속신들은 과감히 무시하거나 속언으로 취급한다. 일례로 '빗창은 개날(술일)에 손본다'는 속신은 물때에 맞춘 새로운 작업 패턴에는 적당치 않으므로 '옛날말'로 취급하는 것이다.

그러나 잠수들의 속신의 지속 요인을 근대사회의 적응력이나 합리성이라고 볼 수만은 없다. 왜냐하면 '거북은 용왕의 말잿딸'이라거나 '용왕이 잠수들을 골고루 멕이며 보살핀다'는 속신은 합리성과는 아무 관련이 없기 때문이다. 외부인들에게는 상당히 원시적 믿음으로 생각될 수 있는 바다 용왕과 거북 관련 속신은 사실 오랜 전통성 못지않게 바다에 대한 경외심, 바다와 물엣것, 그리고 동료 잠수들의 공존을 바라는 신념 및 생태적 인식이 깔려 있다. 그래서 이러한 속신은 잠수 공동체 안에서 공존의 신념 체계로, 주기적 또는 반복적인 의례와 주술(주물), 관념, 행위, 언어적 표현으로 탄탄히 구성되어 '실천'되고 있는 것이다. 이것이 이러한 속신이 지속되는 주요한 요인이 아닐까 한다.

한편 잠수들이 속언(옛날말)으로 무시하거나 가차 없이 폐기처분하는 속신들은 언어적 표현들로만 존재하는 것들로서 오늘날 관점에서 볼 때 인과관계나 합리성으로 설명할 수 없는 것들이면서 잠수 사회의 변화에 부응하지 못하거나 물질 작업 수행에 도움이 되지 않는 것들이다. 또한 잠수 개인이나 잠수 공동체의 이익이나 가치에 전혀 기여하지 못하는 것이기도 하다. 하지만 이것들은 도리어 잠수들이 무엇을 선택하고 무엇을 배제하는지 하는, 그들의 인식이나 가치관의 변화를 보여준다는 면에서 주목할 필요가 있다고 생각된다.

● 참고문헌 ●

강대원, 『해녀연구』, 한진문화사, 1970.

곽진석, 「한국 속신의 구조와 그 소설적 기능」, 『서강어문2』, 서강어문학
     회, 1982.

김경섭, 『수수께끼와 속신의 구술담화 연구』, 도서출판 박이정, 2009.

김경섭, 『수수께끼와 속신의 구술담화 연구』, 도서출판 박이정, 2009.

김기설, 「어업과 속신─금기어를 중심으로」, 『농업과 민속 어업과 민속1』,
     한국민속학회, 1994.

김열규, 『한국문학사』, 탐구당, 1983.

김열규, 「속신과 신화의 서정주론」, 『서강어문2』, 서강어문학회, 1982.

김의숙, 이창식 『민속학이란 무엇인가』, 청문각, 1996.

김태곤, 『한국민간 신앙연구』, 집문당, 1983.

김학성, 『한국고전시가의 연구』, 한국학술정보(주), 2001.

김현경, 「여고생 속신 연구」, 중앙대학교 석사학위 논문, 2008.

남제주문화원, 『남제주의 문화유산』, 남제주문화원, 2006.

박계홍, 『한국민속학개론』, 형설출판사, 1983.

박덕미, 황춘섭, 「한국 전통 의생활문화에 나타난 속신 고찰」, 『복식문화
     연구』 제 6권 2호, 복식문화연구소, 1998.

안미정, 제주 잠소의 어로와 의례에 관한 문화인류학적 연구: 생태적 지속
     가능성을 위한 문화전략을 중심으로』, 한양대학교 박사학위논문,
     2007.

양태순, 「신화, 제의 주술의 측면에서 본 구지가」, 『한국고전시가의 종합
     적 고찰』, 민속원, 2003.

유종목, 「제주도 당신본풀이 연구」, 대구대학교 박사학위논문, 1994.

유종목, 「부산지방의 어로속신 고」, 『민족문화』1, 동아대 한국민족문화연

구소, 1978.

이균옥 외,『짠물, 단물―20세기 한국민중의 구술자서전1 ―어민편』, 소화, 2005.

일연 지음, 김원중 옮김,『삼국유사』, 을유문화사, 2005.

장장식,「민간신앙어의 분류 방법―예조어, 금기어, 주술어를 중심으로」,『봉죽헌박붕배박사 회갑기념논문집』, 배영사, 1986.

조동일,『한국문학통사』1권 제2판, 1989.

주옥,「혜성가와 속신」,『서강어문2』, 서강어문학회, 1982.

주채혁,「거북신앙과 그 분포」,『한국민속학총서4 민간신앙』, 민속학회편, 교문사, 1989.

진성기,『제주도무가본풀이 사전』, 민속원, 2002년 초판 2쇄, 651쪽.

진성기,『제주도민속, 세시풍속』, 제주민속연구소, 신성출판사, 1997년 9판.

최길성,「미신 타파에 대한 일고찰」, 민속학회,『의식주,관혼상제 민속이론』, 교문사, 1990.

최래옥,「한국민간속신과 교육적 기능 고찰」,『비교민속학25』, 비교민속학회, 2003.

_____,「한국민간속신어의 연구」,『비교민속학2』, 비교민속학회, 1986.

한미옥,「이사 관련 속신의 현대적 지속과 변용」,『한국민속학49』, 한국민속학회, 2009.

황경숙, 이헌홍,「특용차 운전자들의 자동차고사와 속신문화」,『한국민족문화30』, 부산대한국문화연구소, 2007.

06

馬羅島海女의 入漁慣行

| 김영돈 | 제주대학교

『중앙민속학』 제3호, 1991.

1.

한국의 최남단 馬羅島. 마라도라면 우선 다음 몇 가지를 연상한다. 0.3㎢의 자그만 섬이면서 눈동자 같은 등대. 섬을 둘러가며 깎아지른 듯한, 이른바 〈그정〉이라 일컬어지는 벼랑. 가파르고 안옹근 船着場. 1 ha에 불과했던 農土마저 草原化된 잔디로 널찍이 깔린 질펀한 섬. 食水難과 더불어 첫여름부터 모질게 덤벼드는 모기. 전설 겨운 지난날의 횃불신호. 애절한 緣起說話가 감도는 할망당 등등 異國的 情趣야 숱하거니와 두드러지게 우리의 관심을 끄는 바는 굼튼튼한 해녀들의 활동과 그 入漁慣行이다.

여기에서는 대수로운 의미를 찾기보다 주어진 여건과 삶 속에서 마라도 해녀들의 入漁慣行이 어떻게 이루어지는가, 그 實相을 밝히는 데 역점을 둔다.

2.

馬羅島는 加波里(加波島)의 한 班이었다가 1981년 4월 독립된 里로 탈바꿈했다. 따라서 지금은 행정구역상 南濟州郡 大靜邑 馬羅里로 되어 있다. 非常住人口[1]까지 끼어서 약 30세대에 1백 명 안팎의 사람들이 이 섬에 산다.

웃동네와 알동네로만 聚落이 이루어진 이 섬에는 뱀과 개구리가 없

---

1) 非常住人口란 어업 등의 직업 때문에 주민등록은 馬羅里로 되어 있으나 실제 삶의 근거지는 섬 바깥인 경우를 말하는데, 馬羅里에는 非常住人口가 상당수에 이른다.

다. 반면에 메뚜기가 지천으로 나대며 질펀한 草原에서 풀을 뜯는 염소들[2]이 한가롭다.

고작 1ha의 農土마저 草原化되었으매 주민의 생업은 해녀들의 裸潛漁業을 중심으로 한 어업 일색.

70년 현지조사차 나갔을 때만 해도 馬羅分校 앞에서 보리 장만하는 모습이 눈에 띄곤 했지만, 이제는 소규모의 농사마저도 영영 자취를 감추었다. 90년 현재 40대 이상의 해녀들 16명[3]이 生業의 主宗을 이룬다. 이런 실정, 곧 해녀의 激減現象으로 보아 몇십 년 후 마라도의 生業은 어떻게 탈바꿈되고, 그 극성스런 물질을 누가, 어떤 모습으로 이어받을 것인지, 큰 숙제다. 이는 마라도만의 숙제가 아니라, 제주도 해녀마을 공통의 과제.

획기적인 대책이나 변화가 없는 이상, 이대로 둔다면 제주해녀는 아주 사라져 버릴 날이 가까워지는 게 아닐까.

〈장시덕〉·〈살레덕〉·〈신작로〉·〈자리덕〉 등의 마라도 바닷가에 임시 船着場이 마련됐으나 오르내리는 데에는 어디든 위태롭기만 하다. 마라도 주민의 살림을 살피면 해녀들의 극성스런 물질로 꾸려져 왔음이 이내 확인된다. 사면 둘러싸인 바다에는 해산물이 가멸지기 때문이다.

이 가멸진 第一種共同漁場, 곧 바다밭은 마라도민의 生業道場이요, 1백 명 안팎의 그들 주민의 젖줄이다.

李起旭도 흥미롭게 분석한 바 있지만 예나 오늘의 주민의 수효는 1

---

2) 1990년 현재 12마리.
3) 40대 4명, 50대 9명, 60대 2명, 70대 1명. 제주해녀의 高齡化 現象은 요마적의 두드러진 경향이지만, 30대 이하의 해녀가 마라도에 전혀 없다는 사실은 주목된다.

백 명 안팎을 넘지 않는다.[4] 70년엔 33세대에 113명, 81년에는 25세대에 108명(남자 66명, 여 42명), 90년엔 26세대 107명(남 56명, 여 51명)인데 여기에는 非常住人口 29명이 끼어 있다.[5]

마라도 해녀들이 물질에 얼마나 오달지고 극성스러운가 함은 70년의 현지조사 때에도 여러모로 확인되었다. 한 예로서 그해 미역철[6]에 羅씨 노파 혼자 미역을 무려 1천8백근이나 캐었었다는 거짓말 같은 사실이다.[7] 그녀의 며느리 역시 大上軍[8]이어서 두 해 동안 미역물질로 벌어들인 돈으로 摹瑟浦에 가서 12마지기 밭을 사들였다 한다.

또한 高翔龍의 〈韓國의 入漁慣行權에 관한 연구〉[9]에 담긴 '馬羅島鄕約' 역시 마라도 해녀들이 예전부터 물질에 얼마나 극성스럽고 오달진가 함은 더욱 잘 드러난다. 물론 이 鄕約은 예부터 끈덕지게 전해지면서 굳혀진 不文律이 바탕이 되어 成文化된 데 불과하지만, 그들의 入漁慣行을 둘러싼 自生的 規制가 얼마나 깐깐하고 그 공동체의식이 탄탄한가를 헤아리게 한다.

그 鄕約에서는 톳과 김의 禁採期間과 許採日字를 밝혔으며,[10] 어장

4) 李起旭; "島嶼와 島嶼民", 《濟州道研究》第1輯, 濟州島研究會, 1984.
5) 당시 馬羅里長 金祥原 提報.
6) 禁採했던 미역을 봄철에 일제히 許採(解警・대ᄌ문)하여 상당량을 채취하는 일정기간.
7) 70년 7월 23일 마라도 김윤이(여・46)의 제보.
8) 물질이 아주 뛰어난 해녀. 제주해녀는 기량에 따라 大上軍・上軍・中軍・下軍의 계층을 둔다. 上軍은 〈상줌수〉・〈상줌녜〉・〈큰줌수〉・〈큰줌녜〉・〈왕줌수〉・〈왕줌녜〉라고도 하며, 中軍은 〈중줌수〉・〈중줌녜〉, 下軍은 〈하줌수〉・〈하줌녜〉・〈족은줌수〉・〈족은줌녜〉・〈돌파리〉・〈ᄌ줌수〉・〈ᄌ줌녜〉・〈불락줌수〉・〈불락줌녜〉・〈프레줌수〉・〈프레줌녜〉라고도 한다.
9) 高翔龍, 〈韓國의 入漁慣行權에 관한 연구〉, 成均館大學校 碩士論文 1967.
10) 馬羅島鄕約 第2章 第1節.

의 감시규정을 마련하였다.[11] 入漁資格도 주목되는 바, 물질할 수 있는 자격을 얻으려면 마라도에 한 해 이상 살아야 하고 賦役動員 및 공공시설에 필요한 의무를 치른 이라야 한다고 엄정하게 못박고 있다.[12]

이 섬을 떠날 경우에는 입어권은 으례 박탈된다고 규정했다.[13] 그리고 처음으로 입어권을 얻는 이는 미역 1백근을 마을에 내기로 규정된 점도 흥미롭다.[14]

삶의 방법이 오로지 裸潛漁業이라면 마라도를 떠나고 입어권이 박탈된다는 점은 여인들로서 치명적인 일이 아닐 수 없다.

지난날 어느 마라도 여인이 進退維谷의 삶의 갈림길에 직면했던 일이 있다. 곧 섬 바깥 남성과 결혼해야만 하는데, 그럴 경우 소중한 입어권을 애석하게 포기해야 하므로 삶의 젖줄이 끊길 실정에 놓였다.

婚姻이나 生業 어느 하나를 포기해야 하는 안타까움으로 몹시 고민하다가 드디어는 해녀회에 그 고충을 호소하기에 이른다. 해녀회에서는 그 여인의 딱한 사정을 신중히 논란하다가 일정한 기간만 입어할 수 있도록 예외를 허용한 일이 있다.

일단 고향을 떠났다가 부득이해서 되돌아올 경우 역시 입어권이 이내 회복되지는 않는다. 어느 마을에서도 비슷한데, 마라도의 경우는 더욱 엄격하여 1년이 지나야 입어권이 소생되며, 첫 入漁할 때에는 일정량의 해산물을 마을에 바쳐야 된다.[15]

---

11) 같은 鄕約 第2章 第2節.

12) 같은 鄕約 第2章 第3節. 해녀의 入漁資格은 마을마다 좀 다른 바 마라도의 경우는 비교적 깐깐한 편이다.(金榮敦・金範國・徐庚林, "海女調査硏究", 《耽羅文化》제5호, 濟州大學校 耽羅文化硏究所, 1986.)

13) 같은 鄕約 第2章 第27條.

14) 같은 鄕約 第2章 第26條.

15) 마라도의 경우 70년 당시에는 미역 50근을 마을에 바쳐야 된다고 규정되어

3.

마라도의 入漁慣行에서 우리의 눈길을 끄는 바는 이른바 〈할망바당〉(할머니바다) 설정이다. 환갑을 넘긴 할머니들만 입어할 수 있는 바다를 따로 설정한 셈이다.

마라도향약 제31조에서는 "미역을 채취할 능력이 없는 이는 속칭 '골채어음'으로부터 '장시덕'까지 해안 채취할 수 있다"고 밝혔다. 곧 그곳은 마라도 동쪽 해안 일대에 해당되는 바 해산물이 가멸지고 채취하기 편리한 어장인 바 "미역을 채취할 능력이 없는 이" 속에는 노파해녀에 국한하지 않고, 생계가 막막한 病弱者와 독신인 총각까지 포괄된다. 곧, 〈할망바당〉이란 바닷가 바위인 〈그정〉이 덜 가파르고 미역이 썩 가멸진 바다이매, 이런 규정은 구체적이고도 아름다운 敬老慣行이다. 이른바 '敬老孝親'을 관념적으로 강조하느니보다는 이런 아름답고도 구체적인 사례를 例示한다면 얼마나 효과적일까. 어찌 보면 敎科書的 事例라고도 볼 수 있다.

〈할망바당〉에 입어하려 해도 물질하기 어려운 노파라든가 채취능력이 없는 사람에게는 배정받은 〈할망바당〉의 일부를 그 몫으로 할애해 주고 젊은 해녀들에게 의뢰하여 해산물의 채취를 도움 받는 미쁜 습속도 전해진다.

舊左邑 杏源里에도 노파해녀를 우대하는 〈늙은이바당〉이 설정되었었다. 곧 杏源바다의 〈속고넹이〉란 海域은 노파해녀들만 입어할 수 있도록 규정된 바다였다. 그리고 모든 해녀마을에서 바닷가 가까이의 이

있었다.(마라도 김윤이, 여·46세 제보) 東金寧의 경우는 친정으로 되돌아와서 어촌계에 재가입함은 물론 入漁料 50만원을 내기만 하면 이내 入漁權이 회복되는 게 1990년 현재의 관행이다.

른바 〈곳바당〉은 미숙한 下軍이라든가 노파해녀가 입어하는 게 당연하다는 不文律이 전해진다. 따라서 上軍으로서 〈곳바당〉에 입어하는 경우는 慣行에서 벗어나므로 해녀집단의 지탄을 받는다.

모진 물질의 유일한 生計요 빡빡한 入漁慣行으로 묶여진 마라도 같은 해녀사회에서도 〈할망바당〉 같은 훈훈한 습속이 전해짐은 우리의 삶을 한결 다사롭게 한다.

馬羅島에는 〈할망바당〉 외로 〈반장바당〉이 있었다. 마라도의 행정 책임자였던 반장에 대한 주민들의 성의 표시. 1981년 행정구역상 한 개 里로 탈바꿈할 때까지 마라도는 大靜邑 加波里(加波島) 571번지에 해당되는 한 班에 불과했다.

마라도의 반장, 곧 오늘의 里長은 여느 반장과는 그 位相과 責務가 다르다. 만약 마라도가 독립된 나라라고 한다면 總統이나 다름없기 때문이다.

행정적인 일이야 여느 班長이나 다름없이 그만그만한 일이지마는 四面環海의 孤島이므로 주민들 일상생활의 구석구석까지 일일이 보살펴야만 하는 번거로움이 따른다. 일상적 삶에서 나날이 부딪치는 衣食住와 질병, 느닷없이 찾아드는 災難과 食水難 해결, 慶弔事의 뒷바라지, 심지어는 우편물 배달까지 도맡는다. 따라서 예전에 漁場 일부를 떼어 〈반장바당〉이라고 각별히 마련해서 그 勞苦에 사례했던 慣行은 그만한 뜻을 머금는다.[16]

加波國民學校 馬羅分校 교사의 경우도 이런 면에서는 한가지. 濟州本島로 출입할 기회가 많으므로 大靜邑事務所 등에 들러 민원서류를

---

16) 加波島에는 같은 취지로 〈이장통〉이란 어장을 획정해서 里長에게 사례하는 慣行이 있었다.

교부하는 심부름이라든가, 주민의 急患에 적절히 대처하는 일이라든가를 도맡는다.

마라도민의 일상을 적극 뒷바라지하는 馬羅分校 K교사의 헌신적인 거동은 감명이 컸다. 주민들과 어우러지면서 어린이들의 머리 깎기와 간단한 질병 치료를 도맡는다. 나뭇잎이 허덕허덕하도록 뜨거운 여름날, 마침 마라도 등대[17]의 직원이 느닷없이 그 구내에서 졸도하자 이내 응급조치하는 현장도 목격하였다. 마을의 스승으로서 생동하는 삶은 필자로 하여금 에세이를 남기는 동기가 되기도 했다.[18]

주민들은 지난날 해산물 채취로 馬羅分校의 경영에 이바지하기도 했으니, 오달진 自力性이요 실질적인 自救策인 셈이다. 해녀들의 억센 물질로써 제각기 집안 살림을 꾸려나가고 학교 시설이나 그 경영을 굳튼튼하게 도왔다.

지난날 主所得源은 미역이었다. 이제는 養殖미역, 곧 〈줄미역〉이 번져서 自生의 〈돌미역〉은 잡초처럼 베어 바다에 흘려버리고 캔다고 해야 부식 정도에 그치지만, 지난날 일부 어장의 미역 채취에 따른 소득을 학교 경영에 이바지해 온 美俗은 마라도에 국한되질 않고 여러 마을에서 확인된다.[19] 따라서 濱賣하는 일부어장을 〈몸통〉[20]이라 하고 가다가 〈흑교바당〉이라 불리기도 한다.

마라도에서는 예전에 미역을 解警(許採)할 때면 미역이 마치 보리처

---

17) 1915년 설치되었으며 2만촉광으로서 光達距離는 15.5마일.
18) 拙稿 "馬羅島의 意志", 《남제주》제15집, 남제주군, 1971. 拙稿 "海女"제31회, 《漢拏日報》1991년 3월 27일.
19) 제주도내의 국민학교에는 해녀들의 공헌을 기리는 비석이 가끔 눈에 띈다.
20) '몸'이란 모자반이매, '몸통'이란 모자반 등 해조류가 가멸지게 자라는 어장을 뜻한다.

럼 휘척휘척 자랐었고 이른바 미역밭을 이루었다. 일단 베고 나면 보리를 벤 모습 같았다고 하니, 미역이 얼마나 풍성했는가 함은 짐작하기에 어렵지 않다.

마라도의 미역 解警은 음력 3월 보름에 이루어지는 게 관례였다. 풍년작이면 5월 중순까지 두 달 동안, 평년작이면 한 달 동안 이어지고, 흉년이라도 3월말까지 캐어야 마무리되었다니 다른 마을보다 오래 끌었던 터였다. 그만큼 마라도의 미역밭은 유별나게 가멸졌다.

따라서 지난날 마라도의 해녀가 어쩌다 미역을 解警할 때 애를 분만하거나 해서 물질을 못하면 家計가 흔들릴 만큼 당혹스런 일이다. 그럴 경우면 마라도에선 그 해녀 몫의 어장을 잘라 두었다가 몸을 조섭한 다음에 채취케 하는 관례도 전해졌다니 보기 드문 美俗이다. 제주도내 다른 해녀마을에서는 이런 美俗이 별로 전승되지 않기 때문이다.

4.

마라도의 入漁慣行은 엄격하고 自生力이 탄탄해서 財政自立을 위하여 안간힘을 다해 왔다. 우선 마라도의 공공재정은 〈선멸〉해안 채취권자의 입어료와 일반 입어료 및 기타수입으로써 충당한다고 鄕約에서 밝히고 있다.[21] 自立自尊의 몸부림과 더불어 만만치 않은 입어료의 비중이 입증된다.

해녀의 물질이 곧 삶의 수단이매, 入漁慣行을 어겼을 때의 벌칙이 엄격하며, 이는 鄕約 속에도 明示된다. 곧 禁採期임에도 密採取했을 때에는 그 해녀의 해녀도구는 말할 것 없고, 채취한 해산물과 일정액의

---

21) 馬羅島鄕約 第7章 第56條.

벌금을 10일 이내에 내도록 규정했다.[22]

더구나 두 번 이상 密採取했을 때에는 갑절의 벌금을 내도록 못박았다.[23] 만약 노인이나 어린 소녀가 밀채취했을 때에는 그 세대주를 범죄자로 보고 배상하도록 규정할 만큼 그 벌칙은 非情的이다.[24]

여기에서 '犯罪者'로 규정하고 있음은 '竊盜犯'과 비슷하게 본다는 점에서 주목된다. 한 집안 식구 가운데 해산물을 密採取했을 때 그 세대주를 단호하게 범죄자, 곧 절도범으로 다스리고 있으니, 해녀사회 특유의 관행을 엄격히 지켜 나간다는 것은 그들 삶의 최소한의 의무다. 좁다란 섬에서 절도범으로 낙인찍힌다 함은 문제가 심각하다. 裸潛漁業이 극성스런 마을에서 해녀작업이 얼마나 큰 비중인가를 새삼 일깨워준다.

마라도 여인들의 삶은 곧 물질이요, 물질을 떠난 마라도 여인은 상상할 수 없다. 그들의 삶의 전적수단이 물질이매 그 入漁慣行 역시 엄격해질 수밖에 없다. 따라서 그들은 自生的으로 마련한 入漁慣行을 국가의 법률 이상으로 잘 지킨다.

5.

漁村은 農村에 비하여 總和意識과 水平意識이 강력하며 훨씬 法的이다. 漁村의 울타리는 마을을 온통 둘러싸며 共同體意識이 강력하다.[25]

---

22) 같은 鄕約 第7章 第59條.
23) 같은 鄕約 第7章 第60條.
24) 같은 鄕約 第7章 第63條.
25) 山岡榮市;《漁村社會學 硏究》, 大明堂, 1965, p.136.

　　물질, 곧 裸潛漁業으로 생계를 꾸려가는 마라도 주민들은 도합해도
적은 수효인데다가 거의 親姻戚關係로 묶여졌다. 따라서 그들의 通婚
圈은 島內에 국한될 수 없다. 일본의 한 해녀마을, 예를 들면 해녀가
밀집된 海士町의 경우에는 거의 里內婚으로 나타났으니 서로 대비된
다. 곧 일정기간(1899~1907)의 海士町의 혼인실태를 조사했던 결과 里
外婚은 90건의 혼인 가운데 불과 7건으로 나타났다.[26] 同姓同本이거나
친인척 사이에는 혼인할 수 없는 한국의 실정과는 다르다는 이유도 여
기에는 깔린 줄 알지만, 어쨌거나 해녀가 밀집된 마을이면서도 그 通
婚圈이 이처럼 상치되는 까닭은 한갓 숙제다.

　　마라도에서는 한 집에서 조상의 忌祭禮가 치러질 때마다 온 주민이
참례한다. 불과 20세대에서 30세대를 오르내리는 자그만 섬으로 온 주
민이 한 집안이나 다름없고, 거의가 친인척관계로 묶이었기 때문인 줄
안다. 忌祭禮날 저녁에 자연스럽게 함께 모여 일상적인 삶의 정보와
지혜를 나누고 유대감을 굳힌다.

　　마라도내 한 가구에 初喪이 났을 때에는 山役이 마무리될 때까지 온
주민이 日常事를 중단한다. 설령 미역이 바다에서 썩는 일이 있더라도
만사를 제쳐두고 喪家를 돕는다. 山役을 도울 장정이라고는 20명 이내
인 마라도 주민들로서는 가장 합리적인 삶의 방법인 것이다.

　　喪故 얘기가 났으니 말이지마는, 마라도에서는 횃불신호가 70년대까
지 이어졌다. 告計 역시 가파도 친족들에게는 횃불신호였다. 횃불 한
가닥 들면 배가 필요하니 보내달라는 신호이며, 두 가닥이면 위급한
일을 알림이요, 告計는 세 가닥이었다.

　　入漁慣行을 엄격히 지키는 일이나, 島外婚 위주의 通婚圈이라는점,

26) 瀬川淸子;《海女》, 未來社, 1970, p.248.

喪事가 있을 때 만사 제치고 山役이 마무리될 때까지 함께 돕는다는 탄탄한 共同體的 結束은 그들 나름의 합리적인 삶의 방법이다.

6.

마라도민의 生業은 주로 물질이매, 巫俗信仰에 대한 열의도 유별나다. 마라도 해녀들의 물질의 안전은 오로지 〈처녀당〉 곧 할망당 堂神의 보살핌이라고 깊이 신앙한다. 그 〈처녀당〉에는 애절한 緣起說話가 깔려 있다.

마라도에 사람이 살기 전 아득한 옛날에는 온섬에 수풀만이 울울창창하게 우거졌었다. 사람이 함부로 찾아들면 안 된다는 뜻으로 이른바 〈禁섬〉이라 일렀고, 이웃인 加波島나 摹瑟浦사람들도 마라도 출입은 애써 삼가곤 했다.

함부로 마라도 출입을 꺼리게 된 구체적인 까닭은 무엇이었을까. 만약 마라도에 가서 해산물을 캐어가거나 나무를 베어갈 때면, 그 사람의 고향에 어김없이 흉년이 덮쳤으매 출입이 禁忌視되었던 터였다.

사면 바다로 에워싸인 마라도에선 裸潛漁場마다 탐스런 전복·소라를 수두룩이 캘 수 있었고, 아름드리나무도 울울창창했지마는 이런 나무나 해산물을 어쩌다가 몰려가서 캐기만 하면, 으레 그들의 고향에는 凶年의 變故가 몰아닥치곤 했으니 누가 감히 만용을 부리겠는가. 芒種전의 출입은 그 禍가 더욱 컸다.

그런데도 가파도의 古阜李氏 한가족은[27] 마라도로 옮겨 살아 봤으면 하는 기발한 꿈을 늘 품었다. 그 풍요로운 해산물을 열심히 캔다면

---

27) 제보자에 따라서는 마라도를 처음 찾은 이들이 가파도의 古阜李氏 가족이 아니라, 모슬포에서 전복·소라를 캐러 나섰던 해녀들이었다고 전승되기도 한다.

이내 살림이 가멸지리라는 꿈을 쉬 버릴 수 없었기 때문이다.

어느 여름날 그 가족들은 드디어 배를 띄우고 과감하게 마라도로 달렸다. 우선 마라도의 실정을 살펴보려는 심산이었다. 식구들과 더불어 업저지처녀도 끼어 있었다. 일찍이 부모를 여의고 어렸을 때부터 그 집안에서 한 식구처럼 더불어 사는 수더분한 소녀였다.

마라도에 이른 그들은 큰 전복을 비롯하여 숱한 해산물을 손쉽게 캐어 들였다. 너무 흔했으매 캐었다기보다 주어 담았다는 표현이 옳다. 필요할 만큼 나무도 베었다.

풍성한 해산물과 아름드리나무를 배에 가득 싣고 가파도로 되돌아오려는 전날밤, 그들 사공과 부인은 신기롭게도 꼭 같은 내용의 심상치 않은 꿈을 꾸었다.

느닷없이 백발노인이 의연한 모습으로 나타나는 게 아닌가.

"당신들이 이 섬에서 귀중한 전복·소라와 집 재목으로 넉넉한 나무를 베고 이제 막 떠나려는 사실을 잘 안다. 이 섬은 예부터 신령이 지켜주는 섬이매, 함부로 사람들이 드나들거나, 이 섬의 생산물을 제멋대로 실어갈 수는 없으니, 천벌을 받아 마땅할 것이다. 신령님을 위해서 업저지를 犧牲으로 두고 떠나도록 하라. 만약 그러지 않을 경우에는 신령님이 노해서 거센 파도로 당신들은 무사히 돌아갈 수 없을 터이니, 매우 명심하여라."

이런 말과 더불어 백발노인은 홀연히 사라졌다. 사공과 부인은 간밤에 꾼 꿈을 서로 밝히고 꿈의 내용이 꼭 같음에 신기로워 하면서 불길한 예감으로 온몸이 저려 왔다.

겁에 질린 그들은 당혹스레 얼굴만 마주하다가 개운찮은 느낌이었지만 그냥 떠나기로 작정했다. 상서롭지 못한 꿈이었지만, 설마 그럴 리가 없겠거니, 마음만 탄탄하면 무슨 일이 있으랴 하면서 재게 떠나려고 서둘렀다.

쾌청한 날씨에 바다도 명주처럼 잔잔했다. 이런 날씨, 이런 바다가 무슨 변고가 있으랴.

서둘러 배를 띄웠다. 그런데 이게 무슨 청천벽력 같은 조화란 말인가. 그 쾌청한 날씨는 별안간 스산하게 기울어졌다. 바다에는 안개가 거멓게 내리덮고, 거센 바람이 사나운 짐승처럼 몰아치는 게 아닌가. 세찬 파도는 바다를 집어삼킬 듯 으르렁거렸다.

배는 한 치 앞도 나갈 수 없게 됐다. 크게 당혹한 그들은 입술을 지긋이 깨물었다. 천지신명의 조화란 이처럼 변화무쌍한 것인가. 꿈속에 드러난 백발노인의 그 근엄한 얼굴이 자꾸만 떠올랐다. 비할 데 없이 마음 아픈 일이지만, 백발노인의 敎示에 따라 업저지를 이 섬에 두고 떠날 길밖에 없다는 데 합의했다. 사람 삶에는 人力이 채 미치지 못하는 신비로운 세계가 가로놓였음을 어찌하랴.

부인은 기발한 꾀를 내고 업저지에게 당부한다.

"아차 그만 잊은 일이 있구나. 저기 바위 위에 걸쳐 둔 〈걸랭이〉[28]를 재게 가서 가져 오너라. 네가 돌아올 때까지 꼼짝 않고 기다릴 터이니까"

심상치 않은 얘기에 처녀는 주춤했다. 자기만 이 섬에 버리고 떠나면 어떻거나 하는 불길한 예감으로 온몸이 으스스 전율했다. 머무적머무적하는 업저지에게 아무 염려 말고 다녀오도록 사공과 부인은 성화같이 재촉했다.

업저지는 거역할 길 없어 〈걸랭이〉를 가지러 나서자마자 배는 싸늘히 떠났다. 거칠었던 파도는 언제 그랬느냐는 듯 거짓말처럼 잔잔해졌고, 순풍을 맞아서 잘 미끄러져 갔다.

마라도에 홀로 남긴 업저지처녀는 땅을 치며 울부짖었다. 배는 사정없이 처녀의 애끓는 절규를 뒤에 두고 달린다. 사공과 古阜李氏 가족들의 가슴도 찢어지듯 아팠으나 어쩔 길도 없는 일.

순식간에 배는 가파도에 이른다. 그들은 늘 업저지처녀에 대한 죄책감으로 심란한 나날을 보낸다.

---

28) 애를 등에 업을 때 기저귀를 단단히 잡아묶는 띠.

어느덧 3년의 세월이 흘렀고, 그들은 다시 몇 가호와 더불어 마라도를 찾는다. 섬에 이르고 보니 업저지처녀가 울부짖던 자리에는 을씨년스럽게도 뼈만 앙상하게 남겨졌을 뿐.

눈물을 삼키면서 그 업저지의 뼈를 추스려 정성스레 安葬하고 그 둘레에 돌담을 쌓아서 바람막이로 삼았다.

그 후부터 마라도를 찾는 이들은 반드시 그 업저지처녀의 무덤에 가서 배례하곤 한다. 만사형통을 빌며 간편한 제물을 차리고 원혼을 받든다.

세월과 더불어 그곳은 〈처녀당〉이라는, 마라도의 본향당이 된다. 곧 도민들의 身數와 康寧을 돌보는 당이다. 특히 해녀들 물질의 안전과 해산물의 풍요로움을 이룩해주는 堂神으로 극진히 받들게 된다.

人身供犧說話가 감도는 이 할망당을 마라도 주민들은 극진히 섬기면서, 달마다 7일, 17일, 27일에는 주민들이 제물을 마련코 정성껏 찾는다. 집안식구들이 앓거나 언짢은 일에 부딪쳤을 때, 또는 해녀·어부들의 海上安全과 해산물의 登豊을 빌었으면 할 때에도 부정기적으로 찾는다.

해녀마을마다 이처럼 민간신앙이 뿌리깊지마는 마라도의 경우는 유별나다. 마라도의 해안은 이른바 〈그정〉이라고 몹시 가파른 벼랑으로 둘러쳐져 있지만 아직껏 주민들이 큰 사고에 직면한 일이 없음도 〈처녀당〉堂神 아기씨의 보살핌이라고 도민들은 의심없이 신앙한다. 사실 이 벼랑 위를 어린이들이 맘껏 뛰어다니며 노는 모습은 흡사 曲藝師같은데, 대수로운 사고가 아직 없다. 또 마라도 해녀들이 〈물숨〉[29]이 막혀 애궂은 사고를 겪지 않음도 〈아기씨〉의 보살핌으로 본다. 이러한

---

29) 해녀들이 裸潛漁業할 때에 깊은 바닷속에 들어가서 참는 숨.

마라도엔 1988년 사찰과 교회가 들어섰지만 그들의 쇠멱미레같이 뿌리 깊은 民間信仰心意는 얼마나 改變될지 한갓 숙제다.

7.

韓國의 最南端 마라도는 붓으로 제주도 지도를 그리다가 먹물이 잘 못 떨어진 한갓 점과 같아서 애교 있다. 濟州本島와 마라도 사이에는 가파도가 마치 兄처럼 자리해 있어서 더욱 운치를 이룬다.

해녀의 섬 마라도에는 언제부터 사람이 살기 시작했을까. 확실치는 않지만 1883년부터 入住했다고 전승된다.[30]

1970년 마라도 동산에는 한 노파가 의연히 앉아 있었다. 당시 98세 가 된 金成五 노파라는데 그 여인이 열두 살 되던 해에 부친을 따라서 가파도에서 옮겨 살게 되었다 한다. 그 노파는 72년에 작고했는데 그 녀의 한평생 백년은 그대로 馬羅島史인 셈.

그 여인의 부친은 어쩌다가 家産을 탕진해서 살 길이 막막해졌다. 주변의 권유를 받아들이고 목사에게 開耕許可를 받고 3세대와 더불어 마라도를 개척했다고 전해진다. 加波島 入住가 1842년(憲宗 8년)으로 알려졌으매, 그렇다면 41년의 세월이 흐른 뒤였다.

1883년 사람이 처음 入住할 당시에는 섬 안에 아름드리나무가 울울 창창했었다 한다. 얼마나 무성했던지 그 나무들로써 제주 특유의 나무 절구인 〈남방애〉를 만들기도 했었다. 집 재목과 家具를 만들다가도 하 늘을 찌를 듯한 나무는 온 섬을 덮었다.

밭을 일구어 곡식을 지으려면 아쉬운 대로 수풀을 온통 불태워야 했

---

30) 加波國民學校 馬羅分校의 향토자료 및 제보자들의 견해.

다. 불을 지르자 우거진 수풀은 석 달 동안이나 탔다는 것이다. 워낙 뱀이 많아서 이를 쫓으려고 불을 질렀다고도 전해진다. 뱀들은 꼬리에 꼬리를 물고 海流를 따라 旌義[31] 쪽으로 헤엄쳐가서 뱀귀신이 되었다는 전승도 흥미롭다.

마라도엔 어쨌든 뱀이 없다. 개구리도 뀡도 없고 메뚜기만 지천으로 잔디밭에서 뛴다. 또한 초여름부터 무성한 마라도 모기는 꽤 사납다. 모기장으로 단단히 무장하지 않으면 설치는 모기 공세로 잠을 이룰 길 없다.

마라도의 그 헌칠한 나무숲이 극적으로 타오르던 광경도 대견스런 일이거니와 海流를 따라 뱀들이 줄줄이 旌義 쪽으로 헤엄쳐 갔다니 상상컨대 얼마나 장관이었겠는가. 온 섬이 불바다를 이루었을 때 사람들은 가파도로 피란했었다는 전설도 일리는 있을 법하다. 밭을 일구어 농사를 짓는 한편, 여인들은 무자맥질해서 전복·소라를 캐고 엄청난 소득을 올렸다.

마라도 해녀들이 얼마나 물질에 극성스러운가 함은 해마다 補身을 위하여 염소 한 마리씩을 먹는 게 해녀사회에서 관례화되었다는 점에서도 입증된다.

농토가 없어졌으매 이제는 농사도 전혀 안 짓는다. 불과 1ha의 농경지대에서나마 농사짓기에도 열심이었던 사실은 여러 면에서 찾아볼 수 있다. 말은 아예 안 길렀지만, 소는 80년대 중반까지만 해도 가구당 한 마리씩은 길렀다.[32] 따라서 해마다 포제를 치를 때에도 畜産의 웅성

---

31) 조선조 태종 16년, 곧 1416년부터 1914까지 제주도는 그 행정구역이 셋으로 나뉘어졌는데 한라산 북쪽은 濟州牧, 山南 서남쪽은 大靜縣이었고, 旌義縣은 山南 동남쪽에 해당되는데, 뱀신앙의 본거지는 旌義縣 내의 表善面 兎山이다.

을 위하여 〈테우리제〉33)를 치르곤 했다.

곡식을 장만하기 위한 연자매(말방에·말가레)도 두 군데나 있었지만, 예전의 농사소득은 도민의 석 달 치 식량도 못되었다. 70년을 기준한다면 보리 15섬, 고구마 5천관을 수확할 정도로 미미했다.

흡사 골프장 같은 잔디 위를 염소 여남은 마리가 한가로이 풀을 뜯는 모습도 牧歌的이다. 이제는 닭·돼지·개 따위가 가축의 전부이다.

지난날 마라도의 쇠똥은 그 熱量이 높아서 主燃料로 쓰였음은 잘 알려진 일이다. 길둥근 모습의 쇠똥떡이 돌담 위에 너부죽이 널린 모습은 과연 인상적이었다. 加波島와도 달리 소들이 잔디풀을 일상 먹기 때문에 이의 열량이 높다는 풀이 異國的이어 보아 넘기기보다는 오히려 사람 삶의 오달진 지혜가 드러난 터였다.

8.

자그만 농토마저 없어졌으매 마라도의 裸潛漁業은 그 비중이 더욱 높아졌다. 재래해녀복 〈물옷〉을 입고도 열두 길 물질하는 上軍海女가 많다. 한 길을 183cm로 헤아릴 때 열두 길이라면 21m96cm이니 거의 22m에 이르는 셈.

남성들의 어업이라야 고작 1톤쯤의 낚싯거루가 두세 척일 뿐이요, 남성들이 모두가 정치망어업을 치르지마는 家計에 이바지되기는 어렵다. 家計는 역시 해녀들의 물질이 주장이다.

---

32) 70년 24두, 75년 34두, 85년 27두.
33) 〈테우리〉는 곧 마소를 사육하는 사람을 뜻하므로 〈태우릿제〉는 마소의 번식과 안녕 및 마소 사육인들의 무사함을 축원하는 祭儀.

따라서 이른바 〈덕〉이라는 바닷가바위 이름과 水中暗礁 여이름이 수두룩하다.

> 작지굿・고레미통・섬베물・할망동산코지・치권이덕・물ㄴ리는덕
> ・족은남대문・자리덕・ㄴ리는그정・샛게우・큰남대문・남덕・알
> 남덕・신작로・올난덕・강남치(ㄱ대통)・처냐파는알・부은덕・납당
> 여・장시덕(조기통)・성멀・물터진그정・진코지・알살레덕・웃살레
> 덕・콧베기・동작지굿

이는 바닷가 바위인 〈덕〉이름이요, 주요한 〈난여〉, 곧 바깥으로 드러난 暗礁로는 상통찬여・넙은여・목ㅈ른여・홍합여・송곳여・납당여 등이며, 바다 바깥으로 드러나지 않은 암초, 곧 〈숨은여〉로는 노픈여・야튼여 등이 있다. 어느 해녀마을이나 비슷하지마는, 물질이 극성스러울수록 바위나 여이름은 더욱 숱하다. 生業과 직결된 삶의 터전에 대한 관심이 짙은 까닭이다.

모두 해석할 수는 없지마는 그 命名에도 그 나름의 뜻을 머금는다. 예를 들면 〈치권이덕〉은 치권이란 사람이 늘 이 바위에 앉아서 낚시질을 했기 때문에 붙여진 이름이요, 〈할망동산코지〉란 巫俗堂神인 할망당이 있는 〈할망동산〉의 곶이란 뜻이다.

마라도해녀들의 共同體意識이 굳건하다는 사실은 앞에서 보았듯이 鄕約으로 成文化된 구체적 관행에서도 쉽게 확인된다.

그들의 共同體意識이 굳건함은 새로운 해녀복 〈고무옷〉을 뒤늦게 착용한 점에서도 드러난다. 해산물 채취의 형평을 위하여 모든 해녀들이 골고루 갖춘 1970년대 중반이 지나서야 일제히 입게 된다. 한 가구도 빠짐없이 갖추어질 때까지 기다렸던 공동체의식 때문인데 濟州本島

에서는 대체로 70년대 초에 탈바꿈한다.

한 집안에 대사가 있으면 일제히 물질을 쉰다는 점도 탄탄한 공동체 의식이다. 설령 初喪을 맞았을 때면 運喪할 남정들이 전주민 중에서 불과 스무남은이기 때문이다.

미역을 禁採했다가 解警할 때만 해도 모든 해녀들이 골고루 채취할 수 있도록 갖은 지혜를 다했다. 물질이 끝나는 시간 기준을 정하는 데 〈가남떼〉를 준거했다는 점도 그 한 본보기다. 〈가남떼〉란 그 技倆의 準據를 뜻하는 바, 말하자면 물질하는 능력이 중간쯤 되는 해녀가 마치고 올라올 때 일제히 바다 밖으로 나오도록 신호했었다.[34]

그들의 집단의식은 처녀당을 극진히 받든다는 점에서도 드러난다. 지난날 등대 공사를 하던 사람이 추락사고가 있었지만, 안전한 곳으로 떨어져서 다행히 무사했던 일마저도 堂神의 보살핌으로 주민들은 한결같이 관념한다는 점 따위다.

처녀당을 파괴하거나 처녀당신에 대하여 불손한 언동을 취할 때면 으레 화를 입는다고 주민들은 누구나마 믿는다.

그런 사례는 꽤 흔하다. 일제시대에 한 관헌이 마라도에 찾아왔다가 처녀당 얘기를 듣고나서 허망한 일이라며 당을 부쉈더니, 돌아가는 길에 배를 타다가 바닷물에 빠져서 하마터면 죽을 뻔했었다든가 하는 얘기를 주민 모두가 강조한다. 이처럼 土俗的 信仰心意가 짙을뿐더러, 모두가 처녀당 중심으로 일체감을 이루고 있다는 점에서도 漁村共同體의

---

34) 그 신호방법은 지역과 시대에 따라서 다른데, 고동·호르라기·싸이렌·旗 등이 쓰였다. 일본에서는 解警을 '口明け'라 하는데, 七浦의 경우는 한 노파가 山에 올라가서 헌옷을 걸친 길쭉한 막대기를 들어올리는 것으로써 신호하면, 대기하던 마을해녀들이 일제히 바다에 든다 한다.(瀬川淸子;《海女》, p.281, 未來社, 1970.)

結束力을 확인하게 된다.

마라도 해녀들의 共同體意識은 鄕約에서도 잘 드러나듯이 그 철저한 入漁慣行에서 어련히 확인된다.

〈할망바당〉의 설정으로 敬老慣行을 裸潛漁業에서도 확연히 구현시켰을 뿐더러, 密採取者에 대한 엄격한 規制라든가, 주민 가운데 大事에 부딪쳤을 때 相扶 우선으로 生業을 중단한다든가, 할망당, 곧 처녀당을 중심으로 한 결속 등 그 共同體意識은 여러 면에서 확인된다. 이 모든 것은 우리들에게 흥미로운 과제를 제시해 준다.

07

−특히 民俗學的 側面에서−

濟州海女 調査研究

- 序 論
- 海女入漁에 따른 習俗
- 海女社會의 民間信仰
- 海女社會의 共同體意識
- 海女社會의 口碑傳承
- 海女社會의 變遷
- 結 論

| 김영돈 | 제주대학교

『민족문화연구』 제24호, 1991.

I 序 論

濟州海女에 대한 조사연구의 當爲性 認識과 그 熱意는 날이 갈수록 國內外에서 드높아가지만, 해녀의 급작스런 激減趨勢에 비추어 볼 때 그 作業은 非體系的이요 進展이 너무 더디다.

세상 사람들이 주목할 만큼 特異하고 珍貴한 존재로서 韓國과 日本에만 분포되어 있는 해녀는 특히 제주도 해안에 密集되어 있다. 그런데도 지금은 도내 해녀마을 어디를 가도 20대 해녀를 거의 찾아볼 수 없어 해녀가 아주 사라질 날도 멀지 않은 점에 비추어 볼 때 이의 立體的, 體系的 調査研究作業은 시급, 절실한 계제에 이르렀다.

제주도와 濟州女人을 통째로 表象하는 濟州海女에 대하여 세계의 눈길이 사뭇 쏠리는 까닭은 우선 연약한 여인들인데도 怒濤가 거푸거푸 몰려오는 창망한 바다 속에 뛰어들어 海産物을 캐는 異色的 職種이란 점에서다. 더구나 안경을 끼고 海女服만 입었을 뿐 대수로운 장비가 없는 裸潛漁法이다. 그들의 물질은 雪寒風이 휘몰아치는 한겨울에도 가림이 없이 四季節 이어지며 놀라운 耐寒力과 水深 깊이 무자맥질하는 超人的 作業技倆을 갖추었다. 그들은 韓半島 沿海는 물론이요, 지난날에는 日本, 中國, 소련에까지 누비어 다님으로써 東北亞細亞 일대로 그 行動半徑이 뻗쳤었다. 海女會(潛嫂會) 등으로 굳게 뭉쳐진 그들의 自生的 結集力은 굼튼튼하여 海女村 特有의 共同體意識과 慣行을 낳는다. 해녀들은 또한 배를 타고 漁場을 오갈 때 억세게 櫓를 저으며 特有의 〈해녀노래〉를 불렀다.

海女調査研究는 너무 광범하고 버거운 과제인데 필자는 빈번히 ① 經濟的, ② 民俗學的, ③ 生理學的 내지 醫學的, ④ 口傳文學的 내지

民族音樂的, ⑤ 法社會學的 接近이 필요함을 지적해 온다. 물질은 生産活動이므로 經濟的 분석이 필요하고, 그들 海女社會의 習慣이 그 나름의 색깔을 띠었으매 民俗學的 측면의 고찰이, 그리고 물질의 능력과 몸의 구조 및 職業觀을 살피는 生理學的 내지 醫學的 접근이 따라야 한다. 濟州海女등은 力動的인 〈해녀노래〉를 부르며, 그들 나름의 俗談과 說話를 지녔으므로 口傳文學的 내지 音樂的 분석이 따라야하고, 해녀사회에서 굳혀진 自生的 慣行을 살피는 法社會學的 接近도 절실하다. 그 가운데 生理學的 내지 醫學的 조사연구는 國際的으로도 상당히 진전되었으며, 〈해녀노래〉 분석도 그런대로 성숙해 간다. 이 몇 가지 측면의 접근은 제각기 독립된 게 아니라, 서로 밀접하게 상관되었으매 學際的 硏究가 요청된다. 또한 海女集團의 職業語에 대한 語學的 分析이 필요하고, 海女들의 삶 전반에 대한 女性學的 接近도 절실하다.

어쨌든 海女가 급작스레 사라져 가는 이 時點에서 우리에게 가장 소중한 바는 濟州海女의 물질과 그들의 삶에 대한 實相을 낱낱이 밝히는 일이다. 철저한 實相把握이 전제되지 않고는 어떠한 분석도 意味抽出도 이룩될 수 없다.

이 논문에서는 民俗學的 側面에 主眼点을 두고 장기간의 現地調査, 특히 1987년 이래 3년간의 집중조사에 터전하여 濟州海女의 實相을 밝히는 데 注力하려 한다. 濟州海女의 물질과 海女社會의 實體를 民俗學的으로 밝히려는 이 글의 논의대상은 다음 몇 가지에 焦點을 맞춘다.

① 海女의 裸潛漁業, 곧 물질에 따른 두드러진 習俗을 살핀다. 海女들은 夢兆를 그들의 물질과 어떻게 연관하며 해석하는가. 入漁에 따른 갖가지 具體的 習俗은 어떻게 전승되는가. 물질하다가 느닷없이 危害魚種이나 幽靈에 마주치면 어떻게 대처하는가. 海女器具에 따른 유다

른 習俗, 그들의 漁場慣行 및 出稼에 따른 習俗은 어떠한가.

② 海女社會의 民間信仰의 實相을 파악한다. 海女마을에서 海女 개개인의 巫俗儀禮는 어떻게 치러지며, 集團儀禮의 實相은 어떠한가, 集團儀禮의 하나인 〈줌수(潛嫂)굿〉의 特性과 이 굿이 치러지는 過程은 어떠한가.

③ 海女社會의 共同體意識을 분석한다. 海女會의 기능은 무엇이며 海女會가 海女마을에서 차지하는 바 位相 및 力動(dynamism)은 어떻게 드러나는가. 海女社會의 結束이 탄탄한 까닭은 무엇인가.

④ 海女社會의 口碑傳承, 특히 俗談을 살펴보면서 導出되는 바 海女 및 海女社會의 삶의 모습은 어떠한가.

⑤ 요마적에 이르러 海女社會는 어떻게 變遷되어 가는가를 살핀다. 海女數의 激減現象과 海女服 및 海女器具의 變貌樣相은 어떠한가. 採取對象海産物의 변화와 漁場紛糾와는 어떠한 상관성 속에 놓였는가.

 II **海女入漁에 따른 習俗**

1. 夢兆

海女의 裸潛漁業, 곧 물질에 따른 習俗은 창망한 海原에서 이뤄지는 生業이어서 폭넓다. 夢兆, 入漁習俗, 入漁危害物, 海女器具에 따른 習俗, 漁場慣行 및 出稼習俗 등으로 나누어 살펴보려 한다.

우선 夢兆부터 예 들어 보자, 물질 나가기 전날 밤 쇠똥이나 말똥 꿈을 꾸면 전복을 많이 캘 수 있다고 본다. 쇠똥이나 말똥의 모습에서 전복을 연상하기 때문이라고 흔히 풀이한다. 돼지꿈은 물론이요 좁쌀로 지은 〈조침떡〉이나 〈침떡〉을 꿈꾸어도 재수가 좋다고 관념하는데, 〈침떡〉의 모습이 전복처럼 넓적하기 때문이라 해석하기도 한다. 돌아간 父母나 屍體를 꿈꾸어도 전복을 흔히 캘 수 있다고 보며, 喪服을 입은 喪制를 만나는 꿈을 꾸어도 吉兆로 본다. 사람과 다투어서 맞아 뵈는 꿈 역시 전복을 흔히 캘 豫兆로 본다. 소·개의 꿈 역시 吉兆로 보는데, 소는 짐을 실어들이고, 개는 물어들이는 짐승이매 收入을 연상하기 때문이다. 개의 福은 그 집 주인에게 轉移되어 개의 福으로 사람이 잘 살기도 한다고 한다. 어느 스님이 한 집에 당도하고 보니 쪼르르 달려오는 개의 福相이 유별스러워 이윽히 바라보다가 그 개를 팔 수 없겠는가고 종용하다가, 자세히 쳐다보니 개가 지닌 福이 이미 주인에게 옮겨진 사실이 밝혀지자 사려는 생각을 그만두었다는 이야기도 전해진다.[1] 그런데 말은 부르르 떨기를 잘하므로 福의 逸脫을 聯想, 말의 꿈은 凶兆로 본다.

나무 삭정이를 지고 오는 꿈도 吉夢으로 치는데, 물건을 한 짐 가득 지고 옴을 收穫의 表象으로 보기 때문이다. 그런데 진 나무가 마른 삭정이라면 吉兆로 보지마는, 날나무를 지어 뵈는 꿈은 凶夢으로 친다. 밀가루나 보릿가루로 만든 〈상웨떡〉을 꿈꾸면 또한 不吉하게 여기는 까닭은 떡이 찌어질 때 마구 부풀어 오르므로, 화가 치밀어 오를 일이 일어남을 類推한 셈.

만약 좋은 꿈을 꾸었더라도 이웃에 發說하지 말고 혼자 기밀되게 간직해야지, 이를 남에게 알리면 김빠지는 격이어서 그 效驗을 잃게 된다는 것.

---

1) 舊左邑 東金寧里 김희순(女·68세) 제보.

吉夢은 물론이요, 비록 개운치 않은 凶夢일 경우 또한 남에게 알리고 싶더라도 물질을 끝내서 發說해야 무방하다는 俗信도 따른다. 물질하러 집을 나설 때 만나서 이로운 사람이 있고, 오히려 해로운 사람이 있다는 俗信도 흥미롭다. 예를 들어 李哥姓을 만나면 이롭고 文哥姓이나 姜哥姓을 만나면 해롭다는 것.

李哥姓에선 '이롭다'를 연상하고 文哥姓일 경우엔 '무너진다'와 연관된다고 풀이한다.[2] 이는 마치 미역국에서 '미끄러지다'를 頭韻으로 類推해서 시험을 칠 때 미역국은 삼가야 한다거나, 〈뭉게〉(문어)에서 '무너지다'를 연상해서 종요로운 사업을 치를 때 〈뭉게〉(문어)를 먹으면 안된다는 俗信이나 마찬가지.

또한 물질 나갈 때 그 海女의 집에 어지럽게 찾아다니거나 心氣를 불편하게 해서는 안된다는 禁忌가 해녀사회에서는 不文律로 깔렸으며, 물질 나가는 길에서 돼지띠의 사람을 만나면 재수 좋게 여긴다. 돼지꿈을 吉夢으로 여기는 俗信과 같은 맥락이다.

凶夢으로 어수선할 경우 물질가기를 삼가는 날도 있는가하고 숱한 海女들에게 질의해 보았는데, 謹身하기만 할 뿐 入漁를 멈추지 않는다는 것.

꿈자리가 사납다고 해서 도사려 앉을 만큼 삶의 여백이 없다는 게 공통된 답변이다. 사실 海女들은 生活鬪士이기 때문에 어정쩡한 꿈을 꾸었다고 해서 도사려 쉴 만한 여유가 없다. 다만 凶夢으로 마음이 뒤숭숭해질 때엔 꿈 이야기를 남에게 發說하지 않고 쌀을 종이에 싼 〈요왕지〉를 마련해서 물질하기 시작할 때 龍王에게 無事와 登豊을 빌면서 물속으로 바치는 경우가 있다는 것이다. 龍王崇仰儀禮로서 쌀로써 〈요

---

2) 西歸浦市 中文洞 김연생((女·81세), 성문순(女·75세) 제보.

왕지)를 드리는 풍습은 일본에도 꽤 해녀사회에 번져 있다.[3]

2. 入漁習俗

바닷가의 어린이들로서는 시퍼렇게 펼쳐진 창망한 바다가 그들의 놀이터요 마당이다. 언니나 엄마, 또는 친구를 따라서 여름철이면 날마다 싱그럽게 바다에서 하루를 난다. 헤엄치기를 배우면서 무자맥질에 점차 익숙해지는 일은 바닷가 소녀들로서 뿌듯한 보람이다. 국민학교 고학년이 되면서 〈테왁〉과 〈망시리〉를 갖추고 물질을 터득하는 일은 지극히 당연한 삶의 방법.

조무래기 소녀들은 바닷가에서 헤엄치기를 배우다가 벗들과 함께 헤엄치기 競泳도 벌인다. 곧 〈터우〉 등으로 일컫는 떼(筏)나 배가 여러 척 정박해 있는 그 밑으로 함께 헤엄치기놀이를 해서 누가 우승하는가를 겨룬다. 즐겁고도 건강한 놀이를 통해서 헤엄치기와 물질을 자연스럽게 익혀 간다. 이러한 배 밑 헤엄치기 競泳에서 늘 1들을 했었음을 한평생 자랑거리로 여기는 이도 있다.[4]

어른들과 더불어 서툰 물질을 하다가 보면 소녀들은 上軍海女들한테서 귀엽다고 〈게석〉이라 일컬어지는 선사를 받기도 한다. 미역이나 우뭇가사리를 한줌 집어 주기도 하고 소라 몇 개를 선물받기도 한다. 〈게석〉은 나이 어린 소녀한테만 주어지는 게 아니라, 곁에서 쪼그러진 살갗으로 물질하는 할머니한테도 드린다. 물질하는 할머니가 눈에 띌

---

3) 岩田準一의 《志摩の海女》(1971), p.25, 52, 69 등에 보면 國岐·石鏡·志島·神島 等地에서 바다에 쌀을 뿌림으로서 海上操業의 安全과 海産物의 登豊을 비는 習俗이 전해진다니, 이는 〈지드림〉과 같은 맥락으로 해석된다.

4) 舊左邑 東金寧里 김순녀(女·68세) 제보.

때 할머니 〈망시리〉에 미역 한줌 꾹 찔러드리고 전복 한 개쯤 드리는 일은 아름다운 敬老慣行이다. 〈게석〉받은 어린이들은 아주 기뻐한다. 직접 채취한 海産物과 〈게석〉 받은 해산물로써 海女마을의 소녀들은 제 학비와 용돈을 비축한다. 1970년대 초까지만 하더라도 제 학비를 解警(許採) 때의 물질로써 충당하는 애들은 海女마을에서 꽤 흔했다. 解警(許採) 때면 어린이들은 꼭두새벽부터 바다로 몰려 엄마·언니가 채취한 미역을 나르고, 이를 말리느라, 이른바 〈마줌〉하느라 눈코 뜰 새 없다. 엄마나 언니의 조반을 짓고 바닷가로 달려가는 어린이들도 흔하다. 解警(許採) 할 때면 물질하는 아낙네들과 〈마줌〉하는 남녀노소로 바닷가는 온통 인파로 뒤덮이는데, 소녀들도 함께 어울리어 즐겁게 거들면서 열심히 살아가는 사람 삶의 방법을 몸에 익힌다. 예전 해경(허채)하는 날에는 病弱者나 老弱者를 빼고는 온 주민이 바닷가로 몰려들기 때문에, 그날 집안에 든 이가 혹시 있다면 썩 이상케 여긴다. 裸潛漁業이 극성스런 마을에서는 이 무렵 국민학교 어린이들도 며칠 동안 방학하는 경우가 있었으며, 방학이 아니더라도 부退를 허락해 준다. 海女들뿐이 아니라, 해녀마을 주민들로서는 解警(許採)기간이 부산하고 소중한 年例行事이었다. 解警(許採)하는 날짜는 동네마다 海女會와 漁村契의 합의에 따라 결정된다. 일단 택일하고도 그 마을에 喪事가 있거나 하면 山役이 치러질 때까지 연기되는데, 곧 共同體意識이 구체화 되는 증거다. 그날 入漁時間을 알리는 信號는 그냥 "물에 들라"는 口令에 따르기도 하고, 소라고동을 불거나, 白旗나 수건을 높이 치켜들거나 하다가 요마적에는 사이렌을 울리기도 했다.[5]   解警(許採)

---

5) 日本에서는 解警(許採)을 '口明け'라 하는데, 七浦의 경우는 한 老婆가 山에 올라가서 헌옷을 걸친 길쭉한 막대기를 들어 올리는 것으로써 信號하면, 대

할 때 入出漁時間을 어기거나 할 경우엔 海女器具와 採取物을 압수하고 密採取했을 때에는 馬羅島鄕約에도 규정된 것처럼 罰金을 징수하는 경우도 있다.

이제까지 '解警'·'許採'라는 말을 써 왔지만, 이는 곧 일정기간 禁採했던 海産物을 캐기 시작함을 뜻한다. 〈解警〉·〈許採〉·〈허재〉·〈대ᄌ문〉·〈ᄌ문〉이란 말이 두루 쓰인다. 〈허재〉란 '許採'에서 온 말. 〈ᄌ문〉이란 말도 두루 쓰여서 미역을 캐기 시작하는 일을 〈메역ᄌ문〉·〈메역ᄌ문ᄒ다〉, 톳이면 〈톳ᄌ문〉·〈톨ᄌ문〉·〈톳ᄌ문ᄒ다〉·〈톨ᄌ문ᄒ다〉, 우뭇가사리면 〈우미ᄌ문〉·〈우미ᄌ문ᄒ다〉고 이르고, 지역에 따라서는 禁採에서 풀리는 일을 통틀어서 〈대ᄌ문〉·〈대ᄌ문ᄒ다〉고 말한다.

예전에는 그 가운데에서도 〈메역ᄌ문〉이 위주였다. 미역이 主採取物이었으매, 〈메역ᄌ문〉은 海女마을의 大行事.

東金寧里의 경우만 하더라도 1960년대까지 미역 解警(許採)하는 며칠 동안은 마을이 온통 널어 말리는 미역으로 뒤덮여서 마당은 물론 거리의 길이고 동산이고 그야말로 발 디딜 틈이 없었다. 養殖미역, 곧 〈줄메역〉이 量産됨에 따라서 '70년대 중반에 이르러 自然生의 미역[6]은 채취하지 않게 되어가자, 〈메역ᄌ문〉이라는, 온마을이 들뜨던 풍경도 사라져 버렸다.

〈마줌〉을 나간 海女 가족들은 채취한 미역을 담은 〈망시리〉를 당겨 주거나, 져 나르고, 이를 말리기 위해 너는 일을 서둔다. 미역철이면

기하고 있던 마을海女들이 일제히 바다에 든다 하니 그 慣習의 相通性을 찾아볼 수 있다.(瀨川淸子:《海女》, p.281, 未來社., 1970).
6) 自然生의 미역을 〈춤메역〉이라 한다. 돌에서 자라는 미역은 〈돌메역〉이라 하며, 〈춤메역〉은 眞藿이라는 뜻.

미역을 너는 空間이 넉넉한 것도 아니다. 미역을 널 空間을 재빨리 확보하느라 海女가족들은 부산하다. 海藻類를 널 자리를 〈나리〉라 하고, 그 자리를 미리 차지하는 일을 〈나리잡다〉고 이른다. 예전에는 미역철마다 〈나리잡는〉 일을 물질이 극성스런 마을에서면 앞다투어 벌인다. 자리를 미리 확보해 두는 標識로서 모래나 신짝, 조찝(조의 줄기), 〈숨베기〉풀 등을 가져다 놓고 돌로 눌러 둔다. 필자는 60년대 초 조사차 東金寧里를 들렀을 때 목격했던 바, 디딜 틈이 없을 만큼 온 마을이 미역으로 뒤덮였던 그 光景이 이제도 눈에 어련하다. 길이고 마당이고 동산이고 가릴 것 없이, 심지어는 지붕에 이르기까지 온통 미역세상이었다.

어장이 널따란 마을에서면 어장 전부를 같은 날 한꺼번에 解警(許採)하질 않고 어장 일부씩, 곧 오늘은 어느 바다, 내일은 어느 바다, 하루씩 解警(許採)해 간다. 예를 들어 20여년 전까지 東金寧里와 西金寧里는 그 어장을 분할하지 않고 함께 입어했었는데, 하루는 東金寧의 〈하녀〉바다를, 그 이튿날은 〈이알〉바다를, 또 다음날은 西金寧 바다를 순차적으로 解警했었다.

海女들은 혼자 물질 나가는 일이 없고, 반드시 친구를 마련해서 함께 나간다. 漁村契에서도 單獨入漁는 삼가도록 강력히 권유한다. 이런 慣行은 무슨 禁忌에 연유한다기보다 창망한 海原에 혼자 入漁했을 때 어쩌다가 부딪칠지도 모르는 事故를 미리 대처해야 한다는 民間의 智慧에서 말미암은 不文律의 慣쬅이라 볼 수 있다. 다만 예외가 있다면 집에 제사가 다가와서 祭需가 필요했을 때 그 전날쯤 祭需를 마련키 위해서 바닷가 야트막한 어장에서 海産物을 필요할 만큼 채취하는 경우. 설령 禁採期인 경우라도 이런 실정에는 마을에서 묵인해 주는 게 한갓 묵계로 되어 있다.

海女들의 한결같은 소원은 海産物, 특히 큼직하고 살찐 전복을 캐어내는 일이다. 다행스럽게도 전복을 캐어내었을 때에는 침을 툭 뱉고 전복을 캐는 쇠붙이인 〈빗창〉을 두들기면서 "요왕할마님 고맙수다. 요 것드레 벗 부찌게 ᄒᆞ여줍서"(용왕할머님 고맙습니다. 요것에 벗 붙이게 하여 주십시오)하면서 빈다. 〈빗창〉을 두들기는 까닭은 전복 보고 이런 말을 다른 전복들에게 전하라는 뜻이라 한다.[7]

그리고 캔 전복껍질의 꼬리 쪽 코가 트이면 잇따라 전복을 흔히 캘 수 있는 豫兆로 보고 만약 막힐 경우면 전복을 더 캐기 어렵다는 俗信이 전한다. 그래서 "아이고 코도 막앗져"하고 중얼거리면서 막힌 코를 빗창으로 콕콕 쪼으며 일부러 터놓는다고 한다. 전복껍질코란 귀모양의 타원형으로 이루어진 전복 貝殼의 뾰족한 꼬리부분을 가리키는 말이다.

海女들의 물질, 곧 裸潛漁業은 생명을 바치다시피하는 억센 일임에는 어김없지마는, 그렇다고 늘 뼈저린 고달픔만이 따르는 것은 아니다. 밭농사를 짓느니보다는 차라리 시원스럽게 물질하는 편이 낫다고 실토하는 海女들도 꽤 만난다. 千態萬象의 바닷속 모습을 내다볼 수 있어 신기롭기도 하거니와 우둥퉁 살찐 전복이 느닷없이 눈에 띄고 이를 캐어내는 그 짜릿함은 큰 보람이요 快感이다. 땀 흘리며 밭일하다가도 동산에 올라서서 한참 바다를 바라다볼 때도 흔하다고 말하는 海女도 만난다. 그만큼 여유 있게 살 수 있으면 그만두지, 무엇 때문에 그 모진 물질을 계속하느냐고 말하는 이들이 있지만, 물질은 내가 억척스레

---

7) 日本에서는 빗창으로 흔히 뱃전을 치는 呪法이 있는데, 이는 헤엄치던 전복이 이 소리에 놀라서 바위에 밀착시키기 위함이라고 풀이한다.(岩田準一 : 《志摩の海女》 p.26, 1971).

치러야 할 평생의 일일뿐더러, 전복을 캘 때의 즐거움이란 무엇으로도 代置될 수 없는, 삶의 보람이라고 실토하는 海女도 만난다.

시집가고 보니 媤家家風이 완고해서 물질을 한사코 말렸고 도망다니다시피 물질했었다고 回顧하는 海女도 있는 점으로 보아서[8] 예전엔 海女作業을 얼마나 賤視했었는지 가늠된다. 물질을 한사코 말리던 시부모들도 하루의 漁獲物로써 서너 사람 몫의 밭농사 품삯을 벌 수 있다는 예상 밖의 소득이 實證되어 가자, 實質을 중시, 물질을 허락해주더라고 회고하기도 한다. 예전엔 그 가정에 海女가 있으면 남성들이 鄕校出入마저 제한받았을 정도였다고 전해진다.

한번 바다에 들어 물질하고 나면 〈불턱〉에 몰려와서 함께 불을 쬔다. 〈뱃물질〉일 때에는 배에 오르고 〈화덕〉에서 쬔다. 〈불턱〉이나 〈화덕〉에서는 온갖 話題가 만발한다. 그들은 마치 싸움이라도 하듯 왁자지껄 한다. 海女들이 〈불턱〉·〈화덕〉에서 高聲으로 떠들며 왁자지껄하는 일은 일본의 경우도 한가지.[9] 소리 높여 떠드는 가운데 쌓인 피로를 풀고 活力을 되찾으며 물질의 技倆은 물론, 사람 삶의 情報와 智慧를 터득한다. 海産物 採取와 豊凶에 따른 이야기, 바다의 유다른 사정에 따른 話題, 유별스런 동네 소식 등 갖가지 대화가 만발한다.

〈불턱〉은 바닷가 바위 위 알맞은 곳에 돌담을 둥그렇게 둘러서 海女服, 곧 〈물옷〉을 갈아입거나 불을 지펴서 쬐게 된 곳을 말한다. 벗들과 한참 까불며 쉬는 곳이기도 하다. 한마을의 바닷가에도 〈불턱〉은 꽤 흔하다. 예를 들어 東金寧里의 경우 〈한여〉·〈구름비낭알〉·〈덩궤〉·〈가수에〉·〈너우미〉·〈이알〉·〈고분개알〉 등의 바다마다 너덧 군데

8) 朝天邑 北村里 한월계(女·91세) 제보.
9) 瀨川淸子: 《海女》, p.81, 未來社, 1970.

씩 〈불턱〉이 마련되었으매 〈불턱〉의 수효는 무려 서른 군데쯤 된다. 바닷가에서 헤엄쳐 나가서 치르는 〈곳물질〉일 때에는 〈불턱〉에서 불을 쬐고, 배를 타고 나가는 〈뱃물질〉일 때에는 화덕에서 불을 지펴서 쬔다. 〈불턱〉도 上軍用, 下軍用으로 나뉘어 〈상군불턱〉·〈하군불턱〉으로 구분되기도 한다.[10]

같은 〈불턱〉을 쓸 경우에는 上軍海女를 연기가 덜 나는 자리에서 불을 쬐도록 우대하는 게 한갓 慣行으로 전해진다. 上軍·中軍·下軍의 자리가 정해져서 이른바 〈상군덕〉·〈중군덕〉·〈하군덕〉이라 한다. 〈불턱〉을 둘러싼 대화를 통하여 下軍海女들은 물질의 요령과 技倆을 점차 터득하면서 능숙한 海女로 성장해 가고 〈불턱〉은 마을의 갖가지 情報를 교환하는 窓口이면서 興論의 集約處이기도 하다. 주요한 마을의 公論은 〈불턱〉에서 요리된다.

또한 소녀들, 곧 下軍海女들은 마을사람의 一員으로서 남들과 어울려 살아갈 生活規範을 터득한다.[11]

3. 入漁危害物

물질을 하다가 두려운 바는 물질을 해치는 고기떼나 유령과 마주치는 일이다. 물질하다가 느닷없이 돌고래, 곧 〈곰새기〉가 나타나면 海女들은 일제히 "물 알로, 물 알로" 외치면서 그 고기떼를 피한다. 이 고

---

10) 日本의 경우는 그 꾸밈이나 習俗이 다르기는 하지마는 〈불턱〉 동아리가 世襲되기도 한다니, 〈붙턱〉과 〈볼턱〉 동아리의 소중함이 立證되는 터이다.(岩田準一:《志摩の海女》 p.37).

11) 〈불턱〉 習俗에 대해서는 한림화·김수남의 《제주바다: 潛嫂의 四季》(pp.30~51. 1978)에서 자세히 다루어지고 있다.

기떼가 나타나면 海女들은 자맥질을 중단한 채, 〈테왁〉 위에 엎드려 고기떼가 지나갈 때 까지 "물 알로, 물알로" 되풀이할 뿐이다. 사람을 해치거나 하지는 않지마는, 마주치기를 꺼리어서 바닷물 알로 저 멀리 가 주기를 바라는 것이다. 혹은 "배 알로, 배 알로" 라고 외치기도 한다. 海女배의 알로, 곧 바다 밑으로 가 주기를 바라는 뜻인데, 실상 〈곰새기〉가 海女배의 밑으로 가느냐의 여부에 대해서는 제보자들 사이에서 한참 논란되기도 했다.12) 상어는 실제로 海女를 해친다. 제주바다에는 상어가 나타나는 일이 별로 없고, 〈육지물질〉 나갔을 때 상어에 치여서 동료해녀, 곧 〈흔뱃줌수〉를 여읜 사건을 조사 중에 애닯게 듣곤 한다. 東金寧의 김희순 노파(68)도 설흔두살 때 마차진에 물질 갔을 때 杏源출신의 〈흔뱃줌수〉가 상어에 치여 비통하게 숨지고 屍身마저 찾질 못한 일에 직면한 바 있었다 한다. 그 바다의 물질은 이내 중단되고 며칠 쉬었다가 다른 바다로 옮겨서 入漁한 일을 겪었는데, 그 바다에서 魂을 건지고 歸鄕해서 〈물굿〉, 곧 撫魂굿을 치렀던 일이 있었다는 것이다.

〈늣〉(海月·해파리)에 쏘이면 헛말을 하는 등의 증상을 일으킨다, 〈늣〉은 처녀가 죽은 귀신으로 전설된다. 따라서 〈늣〉에 쏘이자마자 남편이나 어떤 남자가 등에 업어 주고 장난을 치면 낫는다는 俗信이 널리 번져 있고, 日本에 定着해서 사는 海女들도 같은 내용을 提報하고 있다.13)

이밖에도 海女의 물질을 해치는 魚種으로는 쑤기미(솔치)·붕장어

---

12) 1990년 4월 22일 東金寧里 김순녀(女·68세) 댁에서 김매춘(女·70세)등 수명의 海女들과의 조사에서.
13) 金栄·梁澄子, 《海を渡った朝鮮人海女》, p.125, 新宿書房.

・새우・물벼룩(물쎄기)・〈객주리〉 등이 있다. 쑤기미(솔치)에 쏘이면 돼지띠의 사람의 이빨로 쏘인 곳을 씹어주면 회복된다고도 한다. 물질을 하다가 느닷없이 이런 魚種 등과 마주치게 되면 "물 알로가라, 물 알로 가라"고 외치면서 직접 危害 받지 않기를 바란다. 純裸潛에서 벗어나고 在來의 海女服을 입으면서 이런 魚種들로 말미암은 危害에서 어느 만큼 벗어날 수 있게 된 것은 물론, 1970년대 초부터 고무옷으로 탈바꿈하게 되자 비교적 위험부담은 줄어들어 간다.

海女社會에서는 바다의 유령인 〈물할망〉, 또는 〈물어멍〉 이야기도 심심치 않게 번진다. 바다에서 물질을 하다가 보면 하얀 수건을 쓰고 海女 모습으로 차린 노파가 물속으로 옴막옴막 들어갔다 나왔다가 하는 유령이 어쩌다가 보인다 한다. 유령은 어김없이 노파해녀로 보이는데, 그 모습이 의아해질 때면 海女는 도망치다시피 뭍으로 나와 버려야 한다. 무리를 해서 그대로 물질하다가는 물속에서 참는 숨, 곧 〈물숨〉이 막혀서 사고에 직면할 수도 있기 때문에 서둘러서 바닷가로 돌아와야만 화를 면한다. 거리로 돌아와서는 "바당에 물할망 나서라, 멩심ᄒᆞ라"(바다에 〈물할망〉 났더라, 명심하라)하고 동네 해녀들에게 주의를 환기하고 물질을 삼가도록 한다.

東金寧里의 김순녀 노파(68)는 스물일곱살 때 그 마을 〈푸는체개〉라는 바다에서 〈물어멍〉을 본 일이 있다. 다른 해녀들과 넷이 함께 물질하다가 보니 느닷없이 〈물수건〉을 쓰고, 〈족세눈〉을 낀 〈물어멍〉이 나타났다. 눈을 부릅뜬 채 한참 뚫어지게 내다보는데, 분명 사람은 아니고 유령임을 직감한 해녀들은 등골이 오싹한 채 서둘러서 바닷가로 나왔다. 이제도 생각이 미치면 몸이 으스스하다는 것. 또한 김순녀 노파가 열일곱살일 때에는 두렵게도 바다 水面으로 불덩어리 같은 것이 주욱 달려간 일이 있었다. 東金寧里 앞바다 東쪽 끝에서 西쪽 끝으로, 곧

月汀바다와의 〈굼〉(바다경계)에서 東福바다와의 〈굼〉까지 불덩어리가
쏜살같이 달려갔는데, 이를 보자마자 물질하던 海女들은 서둘러 바닷
가로 나왔지만, 머뭇거리던 海女 한 사람은 목숨을 잃은 섧은 일을 겪
었다. 그리고 하루는 김노파가 〈남부릿녀〉에서 물질하다가 엉뚱하게
도 바닷물속에 삿갓 쓴 남자가 의젓이 앉아 있는 모습을 보곤 겁에 질
려 황급히 나왔었는데, 넋을 잃고 〈푸다시〉하고 굿을 치르며 법석을
떨곤 했다.

　일본에서는 물질을 하다가 보면 해녀모습을 한 幽靈 'トモカヅキ'가
나타난다는 이야기가 널리 번져 있다.[14] 가다가 해녀작업, 곧 물질을
하다가 이른바 〈물숨〉이 막혀 窒息死하는 일이 있다. 1988년에도 西金
寧里의 한 해녀가 물질도중에 事故死했다. 이런 일이 있은 다음 그 바
다에는 해녀모습을 한 유령이 한동안 물위에 나타났고 西金寧里 주민
들은 바다를 두려워하면서 석 달 동안이나 물질을 쉬었다. 厄運에 부
딪친 집안에서는 〈물굿〉(撫魂굿)을 치렀는데, 굿을 치를 때 그 마을 해
녀들이 모두 참석했음은 물론이다.

　바다는 삶과 죽음이 공존하는 곳이다. 海産物을 풍요롭게 선사하는
바다는 저승길이 오락가락하는 위태로운 곳이요, 危害魚種도 물질하는
해녀를 괴롭히고 유령도 가끔 드러나는가 하면, 怪奇說話도 꽤 전승된

---

14) 'トモカヅキ'에 대한 기록은 岩田準一의 《志摩の海女》(pp. 98~103, 1971)에
　여덟가지 事例가 기록되었으며 瀨川淸子의 《海女》(pp.172~173)에도 드러난
　다. 혼자 무자맥질하는 게 분명한데, 물속 좀 떨어진 곳에서 느닷없이 전복을
　캐는 해녀와 마주친다. 幽靈海女인 것이다. 수상하게 여겨서 水面으로 올라
　사방을 둘러보아도 아무것도 떠 있지 않은데, 다시 무자맥질해 보면 그 해녀
　가 분명히 보인다. 그 幽靈海女한테서 내주려는 전복을 받거나 하다가는 窒
　息死하는 不運을 겪게 되므로 이내 피해 버려야 한다는 등의 줄거리로 전승
　된다.

다.[15] 그리고 이처럼 물질하다가 목숨을 잃는 해녀가 가끔 드러나는 것으로 보아, 生死의 갈림길에서 주어진 삶에 獻身沒入하는 해녀들의 지극한 精誠과 튼실한 意氣를 우리는 옷깃을 여미며 우러르게 된다.

4. 海女器具에 따른 습속

제주해녀들이 써오는 중요한 海女器具에는 어떠한 것들이 있는지, 그 材料와 規格 및 機能은 어떠하며, 어떤 慣行을 지니고 있는지, 그 槪要는 일차 살펴본 바 있다.[16] 海女器具 역시 時流에 따라 숱한 變遷過程을 겪어 왔는데, 그 변천은 개개인의 自生的 意志에 따른다기보다 環境의 영향 아래 集團的 變貌가 드러난다는 점도 확인되었다.

여기에서는 海女器具에 드러나는 俗信 몇 가지를 간추릴까 한다.

전복을 캐는 〈빗창〉 모습을 보고 물질의 豫兆를 겹치는 수가 있다. 곧 〈빗창〉 윗부분에 불그스름한 쇳물이 번져 꽃이 피듯 둥그런 그림이 그려지면 전복이 잘 잡힌다는 속신이다. 곧 그냥 녹슨 게 아니라, 노르스름하게 꽃 그림이 생기는 것을 말함인데, 〈꽃핀다〉, 또는 〈게웃핀다〉고 말한다. 곧 〈빗창에 꽃 피민 수망인다〉(〈빗창〉에 꽃이 피면 재수좋다)는 것이다. 물질을 배우는 下軍이 上軍의 〈빗창〉이나 〈테왁〉을 물려받아서 물질하게 되면 海産物을 많이 케게 된다는 俗信도 전해진다. 日本海女의 경우도 처음 入漁하는 해녀가 上軍의 속곳을 물려받아서 물질하게 되면 그 기량이 썩 뛰어나다는 俗信이 전해지는 데, 역시

---

15) 拙稿, "濟州海女의 民俗學的 硏究", 《濟州島硏究》제3집, pp.169~176, 濟州島硏究會, 1986.
16) 윗글 pp.187~197.

같은 맥락으로 풀이된다.[17] 이처럼 재수가 트인다는 뜻으로 흔히들 〈머정좋다〉는 표현을 쓴다.

〈빗창〉도 오래 쓰면 뭉뚝해진다. 〈불미왕〉(대장간)에 가서 손봐야 하는데, 손보는 날도 개날(戌日)이라야 좋다는 것이다. 개는 무엇인가를 물어들이기 때문에 이에 類推해서 개날에 손봐야 海産物을 가멸지게 캐게 된다는 類感呪術的 해석이다. 흔히들 〈개날에 빗창 치믄 소망인다〉(개날에 〈빗창〉을 치면 재수가 좋다)고 표현한다. 비단 〈빗창〉을 치는 일만이 아니라 〈눈〉(水鏡)이나 在來海女服의 일종인 〈소중의〉따위를 사들이거나 맞출 때는 개날(戌日)을 택하면 이른바 〈머정좋다〉(재수좋다)는 것이다. 곧 海女服이든 海女器具든 개날(戌日)에 사거나 맞추거나 수선해야 多幸스럽다는 관념이 해녀사회에는 뿌리 깊게 뻗쳤고, 千辛萬苦의 물질에 종사하는 해녀들은 이런 俗信에도 썩 철저하다.

海女器具는 海女들의 武器다. 자본을 덜 들여도 물질을 할 수 있을 만큼 海女器具는 그 값이 헐하다. 한 해 동안에 해녀기구에 쏟는 비용은 1985년을 기준한다면 65,120원으로 산출된 바 있는데, 합성고무의 잠수복과 오리발값 61,500원을 빼면 〈빗창〉·〈정게호미〉·〈망시리〉·〈테왁〉·〈소살〉·〈골각지〉를 통틀어도 연간 3,620원에 불과하다.[18]

이처럼 中間財費用이 얼마 되지 않는 점도 海女作業이 오랜 세월 끈덕지게 이어오는 이유의 한가지라 믿는다.

어차피 海女器具는 해녀들의 武器이매 이를 알뜰히 갖추는 일은 基本要件이다. 在來的인 〈테왁〉이나 〈망시리〉의 材料나 製作過程을 해

---

17) 瀨川淸子 : 같은 책, p.172.
18) 金榮敦·金範國·徐庚林 : "海女調査研究", 《耽羅文化》제5호, p.177, 濟州大 耽羅文化硏究所, 1986.

녀들은 대체로 기억하고 있으며 직접 만들어 써 본 고령해녀들도 많다. 그리고 물질을 그만두게 된 까닭 가운데 하나로서 자식들이 고령인 어머니가 물질하는 게 못마땅해서 말리다말리다 못해 海女器具를 부숴버린 데 있음 도 주목된다. 北村(北齊州郡 朝天邑)의 한○계 노파(91세)는 73세에 물질을 그만두게 된 동기가 물질을 그만두도록 말리다말리다 못한 그의 딸이 〈테왁〉을 깨뜨려 버린 데 있었고, 東金寧의 김○춘 노파(70세) 역시 그의 막내아들이 〈테왁〉과 〈망시리〉를 망그러뜨려 버린 57세 때 물질을 마물렀다고 한다. 그런 일이 없었던들 환갑이 지나도록 물질을 했을 걸 하고 아쉬워한다. 이런 사례를 살필 때, 해녀들이 물질을 얼마나 소중하게 여기는지 在來的인 職業觀을 엿보게 된다.

婚姻을 하게 되면 해녀마을에서는 시아버지가 며느리에게 海女器具 일체를 갖추어 선사했던 것도 한갓 관례였다.[19)]

김희순(女·68)·김매춘(女·70)·김경성(女·57) 등 東金寧 세 여인이 婚姻할 때 시아버지한테 받았던 해녀기구는 다음의 네 가지로 일치된다.

○ 테왁~박으로 정성 들여 만든 在來의 〈쿡테왁〉

○ 망시리~망시리 가운데도 上品에 속하는, 억새풀의 속잎인 〈미〉로써 겯은 〈미망시리〉를 받았었다고들 말한다.

○ 고에~〈질구덕〉이라는 대바구니에 바닷물을 적신 海産物을 넣더라도 새지 않도록 밑받침으로 쓰이는 기구로서 쇠가죽으로 된

---

19) 日本에서는 대체로 女人이 出嫁할 때 소중한 結婚持參物로 〈테왁〉에 해당되는 '磯桶과 水鏡 및 〈빗창〉인 '磯ノミ'를 가지고 간다는 점과 흥미롭게 對比된다.(岩田準一 :《志摩の海女》, p.34. 瀬川淸子 :《海女》, p.244.).

〈쉐가죽고에〉였다고 한다. 〈고에〉 가운데서도 〈쉐가죽고에〉를 逸品으로 쳤다.

○ 질구덕~海女器具와 海産物을 넣는 대바구니. 등에 짊어지고 다니는 것이 관례다.

5. 漁場慣行

漁場은 해녀들로서 물의 밭이나 다름없는 삶의 터전이다. 해녀들은 漁場을 마을공동으로 소중히 가꾸며 漁場에 대한 入漁權을 알뜰하게 지킨다. 그들은 自生的, 合理的, 實質的으로 入漁慣行을 不文律로 다져나가고, 그 入漁慣行을 소중하게 法律 이상으로 잘 지키면서 해산물을 캔다.

마을단위, 동네단위로 주어진 漁場에 입어할 권리를 지니는 한편, 漁場을 살뜰히 가꾸어야 할 義務를 진다. 예전의 어장관리로서 주요한 義務는 그 어장에 흘러들어 떠오른 屍體處理와 개닦기다. 특히 屍體處理는 어장관리의 중요로운 일거리다. 體貌를 앞세우거나 이를 역겹다고 외면하게 되면 어장에 입어할 권리도 빼앗기고 漁場의 所有權도 포기해야 된다.

제주도 해안마을과 마을 사이, 동네와 동네 사이에는 이러한 義務遂行의 여부와 어장의 경계선을 둘러싸고 시끌벅적한 〈바당싸움〉 곧 漁場紛糾가 만만찮게 이어져 내려왔다.

제주도내 해안마을의 경우 마을과 마을 사이에 그 대부분이 그 정도와 모습이야 어떠했든 이래저래 入漁紛糾를 겪었다. 그 入漁紛糾의 원인과 경과를 자상히 기록한다면 두툼한 책 부피에 이를 것으로 가늠된다. 더구나 어장싸움은 도내 마을과 마을 사이에 국한하지 않고, 만만

치 않게 濟州와 慶北間의 소요를 불러일으키기도 했다. 오랜 세월 제
주해녀들이 入漁해 왔던 慶尙北道 九龍浦・甘浦・良浦 第一種共同漁
場에 대한 入漁慣行權을 둘러싼 얼키설키 뒤버무려진 紛糾를 뜻하는
데, 곧 濟州道와 慶尙北道 사이에는 入漁慣行權 消滅確認訴訟을 제기
하는 등 그 소요는 經緯를 요약하기도 버거울 만큼 한참 소란스러웠
다.[20) 해마다 수천 명씩 慶北 海岸으로 해녀들이 出稼함에 따른 島民
大移動의 부작용이었다.

　漁場에 대한 管理義務와 入漁權의 함수관계는 여러 사례들을 찾아
볼 수 있다. 예전에 제 소유의 어장에 떠오른 屍體處理를 외면하게 되
자 漁場을 빼앗긴 사례는 涯月里(北濟州郡 涯月邑) 한담동네 앞바다의
예를 들 수 있다. 이곳의 入漁權은 원래 納邑里(涯月邑)에 속해 있었으
나 納邑里가 본디 班村이었으므로 그 체모 때문에 시체처리를 기피하
게 되자 이를 치러낸 涯月里의 漁場으로 편입되어 버렸다. 杏源里(北
濟州郡 舊左邑)의 앞바다는 꽤 널따랗고 해산물이 풍부하여 '작은 蔚山'
이라 불릴 만큼 해녀들의 물질이 극성스런 곳이다. 그런데 杏源里의
바다가 본디 그렇게 넓었던 게 아니라, 억척스레 그 이웃마을의 어장
관리까지 충실히 치러 나갔으므로 그 所有權을 확보하게 되어 점차 넓
혀진 셈이다. 지금 杏源里 바다로 포괄되어 있는 〈더뱅이물〉은 본디
이웃마을 漢東里의 어장이었고, 〈개머리〉란 어장은 본디 月汀里의 바
다였다. 이웃마을 어장인 〈더뱅이물〉이나 〈개머리〉바다에 대한 管理
義務遂行을 충실히 치름으로써 그 義務遂行을 꺼리어서 포기한 그 어

20) 康大元 : 《海女研究》, pp.132~140, 韓進文化社, 1973.
　　金斗熙・金榮敦 : "海女漁場紛糾調査研究 : 海女入漁慣行의 實態와 性格分析
　　을 中心으로", 《논문집》제14집, 제주대, 1982.

장들의 所有權을 획득하고 어장을 확장해 갔다.

한마을 안에서도 그 어장이 광활하면 그 어장을 분할하고 合理的으로 교대하면서 입어하기도 한다. 예를 들면 東金寧里의 경우는 그 어장을 〈하늘내〉·〈신수〉·〈이알〉·〈너운닙〉·〈가수〉·〈덩개〉·〈석은빌레〉·〈하녀〉 등 여덟 어장으로 나눈다. 東金寧里 주민들 역시 대략 50세대 단위로 8개 조합으로 나누었고, 여덟 어장을 교대하면서 入漁한다. 곧 〈하늘내〉·〈신수〉는 고분개(봉지동) 바로 앞바다이므로 다른 동네에서 입어하기가 알맞을 수 없어서 고분개(봉지동) 2개 조합의 專用漁場으로 못 박아 놓고 〈이알〉에서 〈하녀〉에 이르기까지 6개 어장은 나머지 6개 조합에서 번갈아가며 入漁한다. 해마다 7월1일부터 한해단위로 입어할 어장이 교체된다. 1990년의 경우를 보면 〈하늘내〉와 〈신수〉는 고분개(봉지동) 2개 조합 입어구역으로 못 박아 놓고, 〈이알〉은 신산2조, 〈너운닙〉은 청수1조, 〈가수〉는 동성2조 〈덩개〉는 동성1조, 〈석은빌레〉는 청수2조, 〈하녀〉는 신산1조에 배정되었다. 곧 봉지동·신산동·청수동·동성동 등 네 동네가 각각 2개조로 나뉘어 8개 조합이 성립된 셈이다. 이처럼 해마다 어장을 번갈아가면서 골고루 입어함으로써 豊凶이 고르지 못한 어장을 공평하게 입어케 하고 衡平을 이룩하고 있는데, 이러한 入漁慣行에서 實質的이요 合理的인 民間智慧를 살필 수 있는 터이다.

漁場의 모습은 千態萬象이다. 노파해녀 중에는 적절한 기회에 그 千態萬象의 어장의 됨됨이와 海産物의 棲息實態를 딸이나 며느리에게 家産相續처럼 일일이 알려 주기도 한다. 단골로 드나드는 여를, 그 소중한 삶의 터전과 海底의 됨됨이를 살짝 들려주기도 한다. 학문하는데 있어서 學術情報를 나누는 일이나 한가지다. 무슨 〈모살통〉(모래바다)을 건너서 무슨 여에 이르면 그 水深이 썩 깊어 위태롭기는 하지마는 전복은 흔하다든가, 어느 바다는 나갈수록 수심이 얕다든가 하는 정보를 일러 준다. 예를 들어 東金寧의 경우 〈만서〉라는 여를 넘어가면 〈샛만서〉가 있고 〈샛만서〉를 건너면 〈밧만서〉가 나타나는데, 〈밧만서〉의 섯구석은 깊고 동구석은 얕다든가, 〈진질바당〉은 水深은 깊지마는 海産物은 가멸지다든가, 〈하녀〉는 나갈수록 얕다든가 하는 정보를 일러 준다. 〈골여〉에도 〈안골여〉·〈샛골여〉·〈밧골여〉가 있음을 샅샅이 가르쳐 주기도 하며, 전복이 잘 자라는 棲息處의 비밀도 알려준다.[21]

6. 出稼 習俗

濟州海女의 行動半徑은 지난날 東北아시아일대로 뻗쳤다. 이른 봄에 나가 가을에 돌아오는 島外出稼는 해마다 되풀이되는 島民大移動이었고, 40대 이상의 제주해녀들은 出稼했던 경험을 대체로 지닌다. 出稼에 따른 實相을 정리하기도 꽤 버거운 일인데, 여기에서는 出稼入漁에 따른 몇 가지 習俗만을 밝힌다.

島外出稼, 곧 〈바깥물질〉은 색시들의 婚需를 스스로 마련하는 데 크게 이바지해 왔다. 島外出稼를 하든 않든 婚需를 스스로 마련하는 일은 제주의 未婚海女들로서 당연한 의무로 여겼었다. 따라서 해녀로서의 基本的 技倆 具備는 지난날 해녀마을 색시의 주요한 結婚條件으로 중시되었는데, 이 점은 일본에서도 마찬가지.[22]

海村에서는 색시감을 고를 때 裸潛技倆을 갖추었는가를 묻는 말로

21) 舊左邑 東金寧里 김희순(女·68) 제보.
22) 額田年:《海女 : その生活とからだ》, p.121, 鏡浦書房.

〈지 사발엣 메역이나 건지는가〉(제 사발엣 미역이나 건지는가), 제가 먹을 국사발에 필요한 미역이나 캘 줄 아는가, 다시 말하면 自給自足할 만큼의 海産物이라도 캘 정도의 물질 능력을 갖추었는가, 또는 〈사발물에나 드는가〉(사발에 담근 물처럼 水深이 얕은 바닷물에 들어 물질할 줄 아는가)고 익살스레 따지는 말이 전승되기도 한다.

제주여성들의 出稼에 따른 소득은 반드시 海女出稼에만 국한하지 않고 紡織工場出稼 등이 성행했었거니와, 韓半島 沿岸 부속도서 크고 작은 섬에 나가는, 심지어는 黑山島나 獨島까지 나가는 〈육지물질〉이나 일본·중국(大連, 靑島 등)·소련(블라디보스토크)에 물질나가서 벌어들인 소득으로 제 婚需를 장만하는 경우는 흔했다.

이는 곧 그들의 삶의 방법.

東金寧里의 김연순 노파는 열아홉 살에 東京물질을 다녀오면서 婚需를 갖추어 혼례를 치렀었으며, 딸들 여섯도 제각기 제 婚需는 저대로들 물질하면서 마련했다고 한다. 自力的 意志 母傳女傳된 셈. 이 여인은 蔚山에 네 차례(16세, 18세, 20세, 26세~31세) 나갔는데 26세에서 6년간은 蔚山에 눌러살기도 했으며, 東京에도 세 차례(17세, 19세, 21세) 나갔었다. 32세에서 34세까지 3년간은 九龍浦에서 눌러살았었고, 江原道에서 3년간(35세~37세) 살면서 물질한 일도 있었다. 그러니까 16세에 초용(첫出稼)으로 물질나가기 시작해서 37세까지 바깥물질로써 젊음을 불태운 셈이다. 바깥물질 다니면서 밭도 세 뙈기나(21세, 27세, 31세 때 각각 한 뙈기씩)사들였다. 바깥물질로써 밭을 세 뙈기나 사들인 예도 자기 외로는 드문 일이라고 自矜意識이 높다.

물질을 썩 잘해서 바깥물질을 나갔을 때마다 金寧의 上軍이 왔다고 대환영이었으며 "이분은 해녀가 아니라 머구리"라고 歎聲을 올리곤 했다. 지금 42세가 된 아들이 대여섯 살인 때 물질나가면서 데리고 배위에서 놀리곤 했던 김노파로서는 큰 추억이다. 한번은 蔚山에서 그만 물속에 빠뜨려서 크게 당혹했었는데, 사공이 황급히 갈쿠리로 건져내고 간신히 구출했던 일은 지금 회고해도 아찔한 일.

세 번이나 〈넋들임〉을 해서 지성껏 빌었었고 오늘날 건장히 자라는 게 퍽 보람차다고 토로하는데 바깥물질에서 겪은 얘기를 중심으로 生涯歷을 엮는다면 책 한권의 분량에 이를 것이라고 강조한다.

〈육지물지〉을 나간 해녀들은 〈난바르〉 물질도 흔히 겪었다. 〈난바르〉란 해녀일행이 배를 타고 나가서 여러 날 동안 배안에서 宿食하면서 치르는 물질. 일단 〈난바르〉를 나가게 되면 15일쯤 배에서 함께 지내면서 물질하는데 그 해녀 동아리를 〈혼뱃줌수〉라 한다. 같은 배의 潛嫂라는 뜻이다. 怒濤가 이는 짙푸른 바다 위에서 갖은 위험을 무릅쓰고 共同漁撈하는 運命共同體임을 함축적으로 표현한 말이다. 東金寧의 김연순 노파도 부산과 남해안 일대에서 〈난바르〉를 몇 년 동안 치른 바 있다는데, 배 일곱 척쯤이 한꺼번에 〈난바르〉 나가는 모습이 이제도 눈앞에 어련하다는 것.

같은 배를 탄 해녀들은 이 섬 저 섬, 이 바다 저 바다로 옮겨 다니면서 〈난바르〉를 하는데, 날이 저물면 가까운 浦口에 정박해서 채취한 해산물을 처분하고 甲板 위에서 잠을 잔다. 일행들은 배에서 내려서 시장 나들이도 하고 구경도 다니면서 삶의 리듬을 회복한다. 김연생 노파의 〈난바르〉 경험만 하더라도 釜山일대는 물론이요 珍島・莞島・평일도 등 들러본 곳을 일일이 기억하기 힘들 정도다. 배 위의 남성이란 船長・機關長・船員 등 셋뿐이었고 해녀들은 20명 내외였는데, 식사는 저들끼리 몇동아리를 짜서 교대하며 마련하곤 했다. 배 위 화덕에서 불을 쬐고 나면 다시 물에 들곤 하는 잠수질을 연거푸 되풀이했는데, 하루 여남은 번이나 물질하기란 여간 버거운 일이 아니었다. 불

은 배 위 화덕에서 장작으로 지펴서 쬐곤 했는데, 불을 쬘 때에는 나이
든 해녀를 연기가 몰리지 않는 자리로 앉히곤 했다. 이런 습속은 따스
한 不文律의 敬老慣行이다. 〈난바르〉할 때는 전복·소라를 캐는 게 보
통이었는데, 船主에 대한 謝禮는 채취물의 30%를 회계하는 게 일반적
이었다.

　〈난바르〉는 〈육지물질〉을 나갈 때부터 아예 계약되는 게 아니었다.
일단 〈육지물질〉을 나가게 되면 주로 우뭇가사리를 캐다가 〈초등〉, 곧
〈일반초〉(一番草)23)를 캐고 난 다음, 海女들과 船主와의 합의, 계약에
따라서 〈난바르〉를 떠난다. 예를 들어 蔚山으로 물질나갔을 때, 3월에
서 5월까지 석 달 동안이면 〈일반초〉의 우뭇가사리 채취가 일단 매듭
지어지는데, 잇따라 船主側과 해녀들이 적절히 계약되면 〈난바르〉를
떠나는 게 관례였다. 〈난바르〉 또는 〈난바릇〉란 말은 이내 짐작되듯,
'나다'(出)와 '바릇'(海)의 간명한 합성어, 이에 대비되는 어휘로는 〈앞바
르〉(앞바릇)가 쓰인다.

　해녀들의 生活力은 信仰처럼 숭고하고 튼실하다. 韓半島 沿海로 나
가는 〈육지물질〉이나 日本 각처로 나가는 〈일본물질〉을 가급적이면
여러 해 다니면서 生活基盤을 다지려고 婚姻을 하고 나서도 해녀들은
상당기간 애 낳기를 꺼리는 경향이 짙었다. 애를 가지게 되면 〈바깥물
질〉을 나가고 싶더라도 고향에서 돌봐줄 이가 없을 경우 나갈 수가 없
거나, 부득이 데리고 다녀야 되는 번거로움이 따르기 때문이다. 물질나
간 곳에서 쉽사리 업저지를 마련할 수 없거나 하면, 〈뱃물질〉일 경우

---

23) 우뭇가사리는 해마다 세 차례 채취한다. 일단 채취해서 일정동안 쉬었다가
　　다시 자라나면 채취하곤 하는데, 첫 채취를 〈일반초〉, 또는 〈일번초〉(一番
　　草), 두 번째로 채취를 〈이반초〉, 또는 〈이번초〉(二番草), 세 번째의 채취를
　　〈삼반초〉, 또는 〈삼번초〉(三番草)라 한다.

데리고 나가서 배 위에서 놀리곤 하는데, 뜻밖의 事故에 직면하는 위
태로움이 항상 따른다. 제 어린애나 〈흔뱃줌수〉의 어린애를 그만 물속
에 빠뜨려서 참 애닯게도 여의거나 간신히 구출했다는, 九死一生의 이
야기를 들을 때면 사람삶이란 게 이렇게 숭엄한 것인가를 문득 깨달으
며 옷깃을 여미게 된다. 업저지를 마련하지 못한 채 宿所에서 혼자 놀
도록 두어두고 물질나갔다가 돌아와 보니 애가 종적 없이 사라져서 함
께 나간 해녀들과 마을사람들이 왈칵 뒤집히다시피 찾았지만 끝내 사
라지고 만 애처로운 일에 부딪치는 경우도 있었다.[24] 婚姻을 하고도
〈바깥물질〉, 곧 섬 바깥으로 海女出稼를 이어감으로써 삶의 기반을 다
지려고 애 갖기를 가급이면 삼갔다는 사실은 주목할 만하다.

섬 바깥으로 물질나간다는 일은 그야말로 千辛萬苦, 이른 봄에 떠나
서 秋夕 전에 歸鄕하는 이들의 바깥물질은 韓半島 일대와 日本 각처,
中國・러시아 등 東北亞細亞 일대에까지 뻗쳤었으니, 그야말로 候鳥
같은 島民大移動이었다. 이들의 出稼 實相의 대강을 정리해 보기도 했
지만,[25] 그 慣行에 이르기까지 구체적인 사실을 샅샅이 정리해 둘 필
요가 있다. 經濟的, 民俗學的, 法社會學的, 女性學的으로 활용될 珍重
한 자료를 간직한 이들이 사라져 가기 때문이다.

千辛萬苦를 무릅쓰면서 물질나가는 까닭은 더 나은 돈벌이, 곧 목돈
을 마련한다는 점 등 여러 가지겠지만 훌훌히 마음을 비우고 가정을
떠나 지낸다는 그 홀가분함에도 이유가 있겠다. 그리고 모처럼의 餘暇
를 얻을 수 있다는 즐거움이 따른다. 餘暇를 지내는 방법은 집주인의

---

24) 金榮敦・金範國・徐庚林 : 같은 글, 같은 책, p.254.
25) 拙稿 : "濟州島海女의 出稼", 《石宙善敎授回甲紀念民俗學論叢》, pp.307~324,
1971.

일 도움, 벗들끼리의 환담, 땔감 마련 등 가지가지다. 바느질로 소일하는 경우도 흔하며, 우뭇가사리를 캘 손가락에 끼우는, 이른바 〈손골미〉(손복닥)을 만들기도 한다. 광목 세 겹으로 누비어서 만드는 〈손골미〉는 여러모로 손이 간다.

〈손골미〉는 한번 물질하고 나면 새것으로 갈아 끼우곤 하는데, 고향에서는 장갑을 껴서 우뭇가사리를 캐지마는 〈손골미〉를 끼우는 게 훨씬 편하다. 편한 줄은 잘 알면서도 고향에선 이를 만들 시간 여유가 없다는 것이다. 이런 餘暇를 꽤 얻을 수 있음은 육지물질 나갔을 때에 비 날씨면 물질을 쉬기 때문. 제주에서면 비 날씨에도 무수기와 바다 사정만 괜찮다면 入漁하지만, 육지에선 물이 차갑기 때문에 비 날씨엔 불을 쬘 수 없어 宿所에서 쉰다. 千辛萬苦라고 하지마는 늘 시달리기만 하는 게 아니라, 國內外出稼는 돈을 제대로 번다는 뿌듯한 보람과 日常에서 훌훌히 벗어나서 더불어 지내는 즐거움도 솟는다.

일본에 나가면 그곳의 裸潛漁法을 배워서 일본해녀들처럼 물질한다. 따라서 고향에서 海女器具는 가져가질 않는다. 기릿물질(ギリヅキ)을 하거나 담뿌(タンポ)물질, 또는 하다까머구리를 한다. 〈일본물질〉의 소득은 국내보다 높다고들 하는데, 지금도 일본에 눌러사는 제주여성 가운데는 물질로써 生計를 꾸려가는 이들이 꽤 흩어져 있다.[26]

---

26) 金栄・梁澄子 : 같은 책.

III   海女社會의 民間信仰

海女社會의 信仰心意는 농촌의 경우에 비하면 두텁고 강력하다. 바다는 풍요로운 海産物을 선사해 주는 한편, 언제나 위험이 도사린 곳이어서 生命의 위협이 뒤따르기 때문이다. 거친 바다에서의 安全操業과 더불어 海藻類와 貝類의 登豊을 바라마지않는 해녀들의 祈願은 간절하며, 이 깊숙한 信仰心意는 해녀들에게 한결같이 배어 있다. 海女社會의 민간신앙은 個人儀禮와 集團儀禮로 나누어진다. 個人儀禮로는 해마다 음력 정초가 되면 生氣福德日을 택일해서 새벽에 바닷가로 나가서 빈다든가, 집안에서 致誠하거나 〈할망당〉에 가서 비는 경우를 들수 있다. 또한 그해 들어 처음으로 물질을 시작할 때, 개개인이 이른바龍王에게 〈지드린다〉고 쌀을 韓紙에 싸고 남몰래 바닷속으로 던지면서 물질의 安全과 海産物의 登豊을 빌기도 한다.

集團儀禮로는 줌수굿이나 영등굿을 해녀마을 공동으로 치르는 경우다.

음력 정초에 生氣짚고 擇日해서 해녀 개개인별로 꼭두새벽에 바닷가로 나가서 치르는 기원은 거의 모든 海女家庭에서 年中行事처럼 굳혀졌다. 심방을 빌거나 해녀들 스스로 메·사과·생선·돌래떡·삶은계란·콩나물·고사리·祭酒 및 韓紙에 쌀을 싸고 새벽에 바닷가로향한다. 바닷가 바위 위 알맞은 곳에 자리를 펴서 祭物을 진설하고 한해 동안 물질을 치르는 데 龍王할머님이 잘 보살피어 無事故와 海産物의 豊饒를 이룩해 주도록 빈다. 祈願하고나서 韓紙에 싼 〈지〉를 龍王께 드리는 뜻으로 바닷속으로 던진다. 東金寧等地에서는 해마다 치러지는 이런 의례를 〈요왕맞이〉라고도 일컫는다. 東金寧해녀들이 흔히〈요왕맞이〉 가는 곳은 〈실레빌레〉·〈사계알〉·〈서여꼿〉 등인데, 모두

기원하기에 알맞은 장소다. 해녀 몇이 한 심방에 기대어 같은 날 아침
에 함께 가기도 한다. 바닷가로 나가서 정성을 드리는 대신에 집안에
심방을 招致 해다가 年運을 비는 경우도 있다. 집안에서든 바닷가에서
든 치성하는 데는 반드시 택일을 해야 하는데, 生氣福德日을 택하다가
보면 음력 정초라 하지마는 3월달까지 미루어지기도 한다.

새해 들어서 처음으로 入漁하는 날에도 이른바 〈지드림〉이라고 韓
紙에 쌀을 싼 〈지〉를 몇 개 마련해서 바닷물속으로 남몰래 살짝 던진
다. 〈지〉를 쌀 때에는 龍王을 위한 〈요왕지〉를 먼저 싸고 자신의 몫인
이른바 〈몸지〉를 나중에 싼다. 쌀을 외부에서 사들이고 난 다음 이를
쓰기에 앞서 맨 먼저 떠서 〈지〉를 마련할 쌀로 정성껏 미리 비축해 둔
다. 〈요왕지〉는 龍王할머니몫인 〈요왕할망지〉와 龍王할아버지몫인
〈요왕하르방지〉를 따로 마련함이 원칙인 듯하지만, 일반적으로는 〈요
왕할망지〉와 〈몸지〉만을 마련한다. 여기에는 흥미어린 이야기도 감돈
다. 어느 해녀가 〈요왕할망〉과 〈요왕하르방〉에게 전복 많이 캐게 해
주시라고 간절히 빌자 〈요왕하르방〉이 〈요왕할망〉더러 "당신이나 인
정을 많이 받았으니 전복을 내 주시오. 나는 인정을 받은 바 없으니 상
관이 없소"라고 하면서 외면했다는, 익살스런 이야기다. 따라서 〈지〉를
바칠 때에는 〈요왕할망지〉만 물속으로 드릴 게 아니라, 〈요왕하르방
지〉도 함께 마련해서 致誠하는 게 事理에 맞을 뿐더러, 당연하다고 강
조하는 이도 있다. 〈요왕지〉와 〈몸지〉 외로도 그 무렵 가까운 바다에
海女의 事故가 있었을 경우면 애꿎은 故人몫의 〈지〉도 함께 마련한
다.27)

새해 들어서 처음으로 입어하는 날에는 해녀들 각기 남의 눈에 띄지

---

27) 舊左邑 東金寧里 김희순(女·68) 제보.

않게스리 〈지〉를 물속으로 던지지만, 무자맥질해 보면 바다밑이 하얗
게 보일 만큼 쌀이 흩어진다는 것이다. 이른바 〈지드림〉을 하면서 해
녀들은 "姓은 아무개, 나이는 몇 살 요왕지 드렴수다. 몸지 드렴수다."
혹은 "요왕할머님 지 바쩜수다, 올금년 무사태펭ᄒ게 ᄒ여 줍서"(요왕
할머님, 지 바칩니다. 올해 無事太平하게 하여 주십시오) 하면서 충심
으로 빈다. 이렇게 〈지드림〉하는 일은 그해 들어 처음 입어하는 날, 또
는 禁採했던 미역을 解警(許採)해서 처음으로 캐기 시작하는 날 치러
지기도 한다. 또한 정성을 다하는 해녀 가운데는 한 달에 몇 차례 〈요
왕지〉를 마련하여 물질 나갈 때 물속에 던짐으로써 용왕에 致誠한다.
〈육지물질〉, 곧 韓本土 곳곳의 海岸으로 물질나가거나, 日本·中國·
소련으로 물질나가서 첫入漁할 때에도 〈지드림〉의 의례를 치른다.

龍神에 대한 신앙은 절대적이어서 물질하다가 우연히 거북만 보여
도 이른바 "요왕할망의 말잿뚤애기 (龍王할머니의 네 딸 가운데 第三
女)"로 간주해서 정중히 모실 뿐더러, 어쩌다가 바닷가에 오를 때면 막
걸리나 소라를 정성껏 대접하면서 기원하기도 한다. 거북은 "요왕부원
국 삼체ᄉ 거북ᄉ제"라고 일컬어지듯이 龍王의 使者라고 관념한다. 한
해녀는 충청남도 해안으로 〈육지물질〉 나갔다가 물속에서 느닷없이
거북을 만났던 일이 있다. 마음속으로 간절히 "요왕할마님 말잿뚤아기
ᄉ망일게 ᄒ여 줍서" (龍王할머님 셋째딸아기 幸運이 일도록 하여 주
십시오)하고 빌었더니 그날 전복을 엄청나게 캐었던 일이 있었다. 해
녀나 어부들은 거북을 龍王의 使者로 보아서 神聖視할 뿐더러, 거북이
보이면 잘 모셔야 하는 것으로 관념한다. 멸치 후릴 때쯤 어쩌다가 거
북이 그물에 걸려서 모래사장으로 올라왔을 때에 장난삼아서 누군가
"죽인다, 죽인다"고 소리 지르면, 그 거북은 눈물을 뚝뚝 흘리며 울고,
"살려 줄 터이니 깊은 바다로 가라"고 하면 퍽 기뻐서 헤죽헤죽 웃는

다 한다. 정중히 모시고 막걸리라도 대접해서 바다로 돌려보내 준다면 그해 漁場은 어김없이 登豊한다는 것이다.

또한 어떤 해녀가 꿈자리에서 〈요왕하르방〉과 〈요왕할망〉을 만난 일이 있었다. 뜻밖의 일이라 너무나 황감해 하던 차에 해녀를 쳐다보며 미소 짓던 〈요왕할망〉이 〈요왕하르방〉에게 "이 해녀에게 전복을 좀 선사했으면 합니다"고 하자 그 해녀는 너무 감격해 하다가 꿈을 깬 일이 있다. 참으로 신기한 꿈이로구나 헤아리면서 그 해녀는 그날 물질 나갔었는데, 여느 날과는 달리 전복을 엄청나게 캐었다는 얘기가 전해지기도 한다. 한편으로는 실제 거북이 보이면 재수 없다고도 한다.[28]

해녀들 물질 소득인 海産物로 生計를 지탱하는 馬羅島 주민들은 裸潛漁業의 안전과 海産物의 풍요로움을 비는 마음이 절실하고 할망당에 기대는 마음도 유별나다. 7일, 17일, 27일은 해녀들이 메 한 그릇과 생선·과일·떡 및 祭酒 등을 차리고 할망당을 찾는다. 이른바 〈그정〉이라는 벼랑이 몹시 가파르고 험하지만 주민들이 다치지 않는 까닭도, 해녀들이 물질하다가 애꿎은 사고에 직면하는 일이 없는 까닭도[29] 모

---

28) 金順伊: "濟州道의 潛嫂用語에 관한 調査報告", 《調査研究報告書》 제4집, 濟州道民俗自然史博物館, p.143, 1989.
   拙稿: "해녀작업과 그 어휘", 〈송하이종출박사화갑기념논문집〉, p.554, 1980.
   裸潛漁業하다가 거북을 만나면 재수없다는 俗信은 공손히 祈願하면서 바닷가에 오르거나 할 경우에 막걸리 등으로 잘 접대하면 豊漁가 기약된다는 俗信과 相反되는 듯 보인다. 깍듯이 숭상할 수 있으면 幸運이 오지만, 자칫하면 토라져서 厄禍를 입히므로 만나면 幸運이 온다는 믿음과 재수없다는 俗信과는 相通될 듯하다.

29) 다만 단 한 번의 예외가 있다. 馬羅島에서는 식사할 때마다 할망당의 堂神에게 致誠하는 뜻으로 고수레하는 정성이 전승돼 왔는데, 예전에 한 해녀가 물질하다가 바닷가에서 점심할 때 고수레하는 일을 어겼다가 事故死한 일이 있었다 한다.

두가 할망당의 할망이 보살펴 주심이라 확신한다. 실상 馬羅島는 〈그
정〉이라 이르는 벼랑이 너무나 험해서 자칫 뜻밖의 사고에 띄엄띄엄
부딪쳤을 법한데, 이 섬에 사람이 入住해서 이래 약 1백 년 동안 그렇
다할 사고가 없었던 까닭도 모두 할망당의 할망의 恩德이라고 도민들
은 소신껏 강조한다.

해녀들이 물질하다가, 특히 〈빗창〉으로 전복을 캐다가 이른바 〈물
숨〉이라고, 물속에서 참는 숨이 막혀서 질식하는 일도 있는데, 고수레
하지 않았던 해녀 및 加波島 해녀의 사고 외로는 별다른 해녀사고가
마라도 내에서 없었던 까닭 또한 할망당의 보살핌으로 단단히 신앙하
고 있다. 이 마라도의 할망당에는 애틋한 形成說話가 감돌고 있음도
주목할 만하다.

馬羅島에 사람이 入住하기 앞서 아득한 옛날에는 수풀이 울울창창
했고 〈禁섬〉이라 했다. 加波島나 摹瑟浦 사람들은 출입을 삼갔다. 함
부로 출입하기를 꺼리게 된 까닭은 馬羅島에 와서 海産物을 캐어 가거
나 나무를 베어 가면 凶年이 들어서 큰 타격을 받곤 했기 때문이다. 특
히 芒種 전의 출입은 아예 삼가곤 했다. 加波島의 古皇李氏 한가족이
마라도로 옮겨 살아볼 심산으로 미리 실정을 살피러 배를 타고 건너왔
다.[30]

우선 馬羅島 예비 답사할 겸 마라도에 나무를 베고 海産物을 캐어서
돌아가려는 전날 밤 그들 부부는 신기스럽게도 꼭 같은 내용의 꿈을
꾸었다. 백발노인이 나타나더니 "당신들이 이 섬을 떠나려는 사실을
잘 알고 있는데, 배를 타고 무사히 돌아가려거든 업저지를 犧牲으로

---

30) 제보자에 따라서는 加波島의 古皇李氏 한 가족이 마라도에 가서 開拓, 入住
   하려 결심하게 된 동기를 노름하다가 家産을 모조리 탕진하여 살 길이 막연
   해진 때문이었다고 口傳되기도 한다.

두고 떠나야지, 그러지 않을 경우에는 고이 돌아갈 수 없을 것이다."
이런 말을 남기고 백발노인은 얼른 사라졌다. 꼭 같은 꿈을 꾸었기 때
문에 부부는 꿈얘기를 나누면서 불길한 예감으로 당혹해 하면서도 어
서 떠나려고 서둘렀다.

　때마침 쾌청한 날씨에 잔잔한 바다로 그들 부부는 그냥 서둘러 배를
띄웠다. 이게 어쩐 일인가. 별안간 안개가 자욱하고 모진 바람이 세차게
몰아쳤다. 파도도 느닷없이 거세어졌다. 이대로는 배가 한 치 앞도 나갈
수 없게 됐다. 당혹해진 부부는 마음 쓰라리기 그지없지만, 꿈속에 드러
난 백발노인의 敎示에 따라 부득이 업저지처녀를 섬에 두고 떠날 길밖
에 없다는 데 합의했다. 부인은 기발한 꾀를 냈다. 업저지를 보고
　"아차 잊은 일이 있구나. 저쪽 바위 위에 널려 있는 걸렝이(기저귀를
잡아 묶는 끈)를 재게 가서 가져 오노라. 네가 올 때까지 꼼짝 않고 기
다릴 터이니까"

　혹시나 자기만 버리고 떠나면 어떻거나 하고 불길한 예감이 솟구쳐
서 당혹하며 머뭇거리는 처녀에게 부부는 아무 염려 말고 다녀오도록
성화같이 재촉했다. 마지못해 업저지는 걸렝이를 가지러 가자마자, 싸
늘히 배는 떠났다. 거칠었던 파도는 언제 그랬느냐는 듯이 이내 잔잔
해졌고, 順風을 맞아 배는 잘 미끄러져 갔다. 업저지처녀는 울며불며
땅을 치고 애타게 소리쳤다. 배는 울부짖는 처녀의 절규를 뿌리친 채
순식간에 加波島에 이르렀다.

　3년 뒤 李氏부부는 다시 馬羅島를 찾았다. 마라도에 이르고 보니 업
저지처녀가 울부짖던 자리에는 을씨년스럽게도 뼈만 앙상하게 남겨졌
을 뿐이다. 눈물을 삼키며 李氏부부는 그 업저지의 뼈를 추슬러 安葬
하고 그 주변에 바람막이로 돌담을 쌓았다.

　이때부터 마라도를 찾는 이들은 반드시 그 업저지처녀의 무덤을 찾
아서 간편한 祭物을 차리고 冤魂을 위하여 배례하곤 했다. 세월과 더
불어 그곳은 할망당이 되어서 마라도민들의 身數와 康寧을 돌보고 해
녀 및 어부들의 海上操業의 안전과 海産物의 풍요를 기원하는 堂神으

로 받들게 된다.

오늘날에도 마라도 주민들은 극성스럽게 堂神을 섬길뿐더러, 外來人士들도 堂을 찾아 정중히 배례하면서 원하는 일의 무사형통을 빈다. 주민들은 집안 식구들이 앓거나 不運한 일에 부딪쳤을 때, 또는 해녀・어부들의 안전과 登豊을 빌 필요를 느낄 때면 不定期的으로 이 할망당을 찾으며, 7일, 17일, 27일에는 祭物을 마련하고 致誠한다.

앞에서도 지적했지만 마라도 바닷가 벼랑이 몹시 험준하고 가파르지만 落傷事故가 없는 일(사실 마라도 어린이들이 섬 가장자리의 벼랑 위를 자재롭게 뛰어다니며 노는 모습을 유심히 보게 되면 무슨 曲藝師의 놀이처럼 신기롭게까지 느껴진다), 海女들의 물질 때 사고가 별로 없는, 그 모든 은덕이 할망당 당신의 보살핌으로 돌리고 있다. 따라서 예부터 마라도에서 배가 출항하려 할 때에는 반드시 할망당을 찾아가서 치성하는 게 관습이다. 당을 파괴하면 재화를 불러일으킨다는 이야기는 어디서든 흔히 전승되거니와, 일정 때 한 관헌이 마라도를 방문했다가 惑世誣民이라고 당을 때려부쉈더니 돌아가려고 배를 타자마자 그 관헌은 발을 헛디디어 물에 빠졌던 일이 있었다 하며, 燈臺設置工事하러 왔던 이도 이처럼 만용을 부리다가 厄運에 부딪친 일이 있었다는 것이다.[31]

馬羅島 주민들의 할망당 堂神에 대한 致誠은 유별스럽다. 집안에서든 바깥에서든 식사할 때마다 堂神을 섬기는 뜻으로 맨 처음 고수레로 밥 한 숟갈을 던진다.[32] 예전에 물질하던 한 해녀가 바닷가에서 점심

---

31) 馬羅島燈臺는 1915년 3월에 설치되었으며, 2만촉광으로 그 光達距離는 15.5 마일이다.
32) 고수레하는 일을 濟州語로는 "밥 케우린다"고 말한다.

할 때 致誠이 모자란 탓이었는지 고수레를 하지 않았다가 전복을 캐는 〈빗창〉줄에 손목이 걸린 채 窒息死한 사례가 있다. 馬羅島에 19세기말 入住하던 해에 일어났던 일이었다 한다.[33] 또한 할망당에서 致誠하는 여인들 틈에 한 남성이 끼어들어서 祭儀後 고수레하는 모습을 못마땅하게 쳐다보다가 "나 먹을 것도 어신디 무신 밥을 케우렴시니" (내가 먹을 밥도 없는데 무슨 밥을 고수레하느냐)하면서 祭酒를 허리에 차고 가다가 그만 넘어져서 즉사한 일도 벌어졌었다고 한다.

濟州本島의 숱한 마을에서처럼 마라도에서도 영등굿을 치러 왔다, 보통 3년에 한번 영등굿을 치를 때에는 馬羅島에 심방이 없으므로 加波島의 심방을 招致다. 음력 2월 초하루에 제주도에 찾아든 영등할망이 제주도를 한 바퀴 돌고 섬을 떠날 무렵, 곧 음력 2월 보름에 치러지는 이 굿을 치르기 위해서 가가호호마다 誠金을 갹출한다. 영등굿이 마무리될 때나, 그해 들어서 바다에 나가 처음 물질할 때 쌀을 韓紙에 싸고 물속으로 던지는, 이른바 〈지드림〉(지문음)을 할 때에 그 속에 무쇠 일곱 알을 넣는다는 점이 유별스럽다.

농어촌을 가릴 것 없이 제주도의 民間信仰은 二重構造를 이룩한다. 마을제사만 하더라도 하나는 남성 중심의 儒式部落祭, 곧 醮祭요, 또 하나는 여성 중심의 巫俗儀禮다. 예전에는 正月과 6月 두 차례 醮祭를 치렀는데, 6月의 제의는 사라진 지 오래고 正月에 치르는 제의만 '74년까지 이어져 내려오다가 주민들의 합의에 따라 폐지되었다. 여기 주목되는 바는 그 祭享費 마련이다. 醮祭 祭享費는 海岸漁場 곧 〈몸통〉 일부를 濱賣한 것으로 충당한다. 〈몸통〉이란 직역하면 모자반이 잘 자라는 물통인데, 곧 海藻類가 가멸진 바닷가의 漁場을 뜻한다. 漁場 일부

---

33) 일반적으로 馬羅島 入住는 1883년으로 알려지고 있다.

의 入漁權을 주민합의에 따라 한 해 동안 개인에게 양도하고 이에 따른 收入으로써 마을의 융성과 주민들의 안녕을 비는 酺祭가 치러진다는 점은 海女의 섬 마라도다운 慣行이다. 여느 마을에서나 마찬가지로 酺祭擧行에 따른 獻官의 선출이나 날짜 및 濱賣 등 그 경비 염출방법 일체는 음력 설달그믐에 열리는 鄕會에서 결정된다. 酺祭擧行은 鄕長의 자문에 따라 班長(오늘의 里長)이 집행한다. 보통 음력 初丁日에 酺祭를 치르는데 선출된 제관들은 祭壇 옆에 집을 지어 사흘 동안 齋戒하고 제의에 임한다. 祭物은 쌀로 지은 〈곤메〉 두 그릇, 좁쌀로 지은 〈조메〉 두 그릇, 고사리, 미나리, 무우 및 돼지와 닭·상어 등을 익히지 않은 채 올린다. 포제를 마치고 나서야 고기를 삶아서 할망당 제의와 〈테우리제〉·〈제석제〉를 치른다. 〈테우리제〉는 〈테우리〉旗를 세워서 치르는데 牧童과 牛馬를 위한 제의다. 서쪽동산에서 치르는 〈테우리제〉나 동쪽동산에서 치르는 〈제석제〉는 그 祭儀方法이 비슷하다. 〈테우리제〉를 치를 때면 "용시밧듸 물도 들지 말게 ᄒ여 줍서, 용시밧듸 벌거지도 생기지 말게 ᄒ여 줍서"(농사밭에 말도 들지 말게 하여 주십시오, 농사밭에 벌레도 생기지 말게 하여 주십시오)하면서 빈다.

마라도에는 단지 3천 평의 農土가 있었을 뿐이요, 그 농사도 겉보리나 고구마·유채 등이 고작이었는데도, 농사의 登豊과 마소의 무사를 위한 酺祭가 사람들이 入住한 이래, 요마적에 이르기까지 쇠벽미레같이 끈질게 이어져 왔다는 데 우리는 주목할 필요가 있다. 그 이유의 첫째는 酺祭가 다만 農畜의 豊饒를 비는 데 매이지 않고 오히려 주민들의 康寧을 빈다는 데도 뜻을 둔 것이매 環海天險의 마라도 주민으로서는 마을제인 酺祭가 더욱 끈덕지게 전승돼 왔다고 해석된다. 둘째 마라도에 사람이 入住해서 불과 1백 년이 흘렀을 뿐이매, 入住할 때부터 주민들의 信仰心意에는 포제를 치르는 일이 당연한 사람 삶의 의무라는 점이 깊이 배었기 때문이라 풀이될 수 있다. 酺祭가 치러지고 나면 飮福하는 방법 또한 유달랐다. 犧牲으로 바쳐졌던 돼지를 삶아서 저울질하고 모든 가정에 골고루 나누었다는 것이다. 그러다가 번거롭게 되자 그 자리에서 飮福하고 나이든 어른들 집에만 따로 보내드리는 형태로 바뀌어졌다는데, 飮福한다고 저울질하면서까지 모든 가정에 均分할 수 있었음은 마라도 주민들의 수효가 20~30세대만으로 단출하다는 점에도 원인하는 터이다.

마을제인 酺祭가 사라지고도 할망당에 나다니는 民間信仰이 存續된다는 사실을 두고 마라도다운 女性爲主의 採取經濟的 生産形態에 그 이유를 돌린다는 것도 論據가 불충분한 듯 보인다. 왜냐하면 이는 제주도내 다른 마을에서도 볼 수 있는 현상이기 때문이다. 다시 말하면 그 깊이야 다르겠지만 할망당에 대한 信仰心意가 깊숙이 뿌리박혀져 있음은 마라도 특유의 현상이라고만 못박을 수는 없다.

할망당에 대한 마라도 해녀집단의 信仰熱氣는 매우 뜨겁다. 1976년 할망당이 위치한 망동산에 公認宗敎 시설로 말미암아 堂모습이 허물어졌던 일이 있었는데, 이내 도민들의 삶에 不運이 잇따르자 위치를 좀 옮기고 堂을 복원한 채 이어져 내려온다. 곧 당이 허물어지자 밤이면 밤마다 주민들의 꿈속에 堂神이 나타나서 추워 못 살겠다고 호소할 뿐더러, 물질하던 해녀가 窒息死하는 사건이 일고, 〈그정〉이라는 벼랑에서 주민이 떨어져 다치는 등 不幸한 事故가 잇따르므로 서둘러서 할망당을 보수했다는 것이다.[34]

해녀들의 集團儀禮로는 영등굿과 줌수(潛嫂)굿을 들 수 있다. 영등

---

34) 李起旭 : "島嶼와 島嶼民 : 馬羅島", 《濟州道硏究》第1輯, pp.191~192, 濟州島硏究會, 1984.

굿과 줌수굿의 實相에 대해서는 이미 논의된 바 있으므로[35] 여기에서
는 생략한다. 주목할 바는 韓半島 南海岸 일대에서도 영등굿이 전해지
지마는 個人儀禮로 그침에 비하여 제주도에서는 集團儀禮化되어 규모
있게 치러진다는 점.

無形文化財로 지정된 칠머리당굿도 영등굿의 일종이다.[36] 영등신은
해녀·어부의 保護神의 神格을 지니고, 영등굿은 豊漁部落祭로 깊게
뿌리내렸다. 한동안 영등굿은 豊農을 관장하여 농촌에까지 세력을 뻗
어나가다가 다시 어촌으로 되돌아온 듯하다. 영등신은 ① 江南天子國
또는 외눈배기섬에서 왔다가 되돌아가는 할망이라는 女神이면서 來訪
神이요, ② 海女의 물질이나 漁夫의 어로활동의 安全과 海産物의 豊饒
를 관장하는 神으로 관념된다.

줌수굿이 오늘날에도 전형적으로 치러지는 곳은 東金寧里(北濟州郡
舊左邑)다. 해마다 음력 3월 8일에 치러지는 줌수굿을 몇 차례 관찰하
면서 필자는 지울 수 없는 인상을 받았다. 그 두드러진 인상은 두 가지
로 요약된다. 첫째는 줌수굿이 東金寧里해녀회에서 주관하기는 하면서
도 漁村契員은 물론 마을의 남성들도 함께 참여하여 진심으로 祈願한
다는 점이요, 둘째는 해녀들의 共同體的 集團意識이 매우 탄탄하고 기
원하는 열의가 매우 眞摯하다는 점이다. 해녀회에서 주관하므로 해녀
들은 종일 굿청 안에 앉아서 굿의 진행에 따라 심방과 함께 비는데, 마
을의 유지들과 주민들은 祝儀金이나 祭酒를 가지고 찾아들어 배례하고

---

35) 玄容駿: "濟州島의 영등굿", 《韓國民俗學》創刊號, 民俗學會, 1969.
　　張籌根: "濟州島 豊漁祭", 《韓國民俗論攷》, 啓蒙社, 1986.
　　拙稿: "濟州海女의 民俗學的 硏究", 《濟州島硏究》제3집, 濟州島硏究會, 1986.
36) 濟州칠머리당굿은 1980년 11월 17일 重要無形文化財 제71호로 지정되었는데,
　　그 藝能保有者는 安士仁(1928년 7월 3일생, 濟州市 龍潭一洞 421)이다.

는 식사를 들면서 함께 즐긴다. 줌수굿祭日은 해녀·漁夫들의 安全과 海産物의 登豊을 비는 祝願의 날인 동시에 마을 주민 모두의 결속을 다지는 祝祭의 성격을 띤다. 주민 모두의 祝祭的 분위기를 자아내는 유별난 광경은 굿을 치르는 現場을 목격해야 실감된다. 〈어린이날〉· 〈어버이날〉이 있듯 줌수굿이 치러지는 날은 〈해녀의날〉이라고 주민들 스스로 일컬음도 이해됨직하다. 男女共同의 잔치요, 官民合同의 祝祭 다. 각 행정기관, 교육기관, 각종단체의 대표들이 誠金이나 祭酒를 마 련하고 다들 찾아와서 배례한다.

이에 참여한 해녀들의 표정은 시종 진지하다. 굿의 진행순서도 익숙 히 파악하고 있을 뿐더러, 문순실 심방의 祈願하는 도중 물질의 고달 픔을 읊어 가자, 해녀들은 이따금 농감을 몇 마디 덧붙이면서 한바탕 웃음도 자아낸다. 명도칼로 점을 치는데, 그 占卦가 잘 나오자 모두가 합장하여 조아리며 감사해 마지않는 표정들이 한결같이 엄숙하다. 심 방이 점을 치다가 "바당에 나갓당 넉날 일은 읏일 듯흡니다"(바다에 나 갔다가 넋잃을 일은 없을 듯합니다)하고 말하면, 해녀들은 "아이고 고 맙수다"고 하면서 일제히 조아린다. 때때로 "아이고 다 막아 줍서", "아 이고 고맙수다"라는 말을 연발한다.

> "해녀들이랑 먹을만이 씰만이 내와 주커메"(해녀들일랑 먹을 만큼 쓸 만큼 [해산물을] 내어 줄 터이니), "아이고 고맙수다."
> "어떵흐당 흔번 넉날 일이 이실 거우다. 매우 멩심흐라."(어떻거다가 한번 넋잃을 일이 있을 겁니다, 매우 명심하라.) "아이고 고맙수다."

심방과 해녀들 사이에는 이런 대화가 오가며 문순실심방은 〈서우젯 소리〉를 부를 때에도 그 사설에 "전복씨도 내여줍서/구젱기씨도 내여

줍서"(전복씨도 내어주십시오/소라씨도 내어주십시오)라는 대목을 끼어 넣기도 한다.[37]

이처럼 個人的, 集團的으로 해녀들이 民間信仰에 사뭇 극성스러움은 裸潛漁業 자체에 항상 위험이 도사리기 때문이다. 영등굿은 일본으로 건너간 제주해녀들 사이에서도 지러진다. 金榮·梁澄子 두 분이 지은 《海を渡った朝鮮人海女》를 읽다가 보면 東京灣곁 房總半島 서쪽에는 영등굿뿐이 아니라, 다른 巫俗儀禮도 치러진다는 사실이 확인된다. 이는 일본에 가서 13년 되는 濟州出身 高丁順(女·49)과의 면담에서 밝혀진 사실로서(1983년 면담) 高女人은 1952년부터 물질을 시작했다는 것이다.[38]

海女社會의 信仰心意의 끈질김, 그 不易性에 경탄이 있다. 창망한 바다에 몸을 던지는 그들의 한결같은 바람, 곧 裸潛漁業의 安全과 海産物의 登豊을 바라는 간절한 소원은 천리타향 외국에 나갔어도 信仰心意가 더욱 끈끈해지는, 그 願力의 깊이가 짐작된다.

東金寧의 줌수굿은 이를 준비하는 과정도 정성스럽다. 줌수굿이 치러지는 음력 3월 8일이 가까워 오면 이레 전부터 줌수굿의 祭主格인 해녀회장과 총무 및 해녀반장 등 대여섯 사람은 근신과 정성을 다한다. 각각 집안에 인줄(금줄)을 쳐서 不淨한 사람, 喪制 등의 출입을 막고, 외출을 삼간 채 음식도 가려 먹는다. 줌수굿에 쓰일 祭物은 음력 3월 7일, 곧 줌수굿이 치러지기 전날 해녀회장 집에서 정성껏 마련된다. 쌀 네 가마니쯤으로 〈시리떡〉·〈곤떡〉·〈돌래떡〉 등이 빚어진다.

---

37) 줌수굿의 진행모습은 한림화·김수남의 《제주바다 潛嫂의 四季》 (한길사, 1987)에 소상히 기록되었다.

38) 金榮·梁澄子 : 《海を渡った朝鮮人海女》, pp.124~126, 新宿書房, 1988.

그 祭享費는 해녀들이 自擔하며 일부는 喜捨로써 충당한다. 해녀들 스스로 祭享費를 마련하는 데도 합리적이어서 해산물을 채취할 때마다 몇%씩 해녀회에서 거둬들여서 備蓄해 둔다. 해마다 줌수굿을 위한 祭享費를 거둬들이는 게 아니라, 미리 저축해둔 경비로써 충당하고 그해의 수입은 이듬해의 祭享費로 쓴다.

東金寧里의 줌수굿은 1960년대에 이른바 迷信打破에 몰려서 두 해 동안 중단되었을 뿐, 오늘날까지 줄기차게 이어진다. 줌수굿을 중단하자마자 물질하다가 해녀가 窒息死하는가 하면, 바다에는 허깨비도 자주 나타나고 海女集團은 어수선해졌다. 십수년간 부인회장을 맡아 오는 金梅春(여·70)이 해녀회장을 지낼 때였다. 金梅春 회장은 海上操業의 안전을 위해서는 줌수굿의 부활이 절실함을 강력히 주장하고 관서에 歎願, 復活되어 오늘까지 이어져 내려온다. 그 과정을 소상히 밝히는 김매춘 회장의 표정은 자못 진지했고, 부연 설명하는 김순녀(여·68)는 "혼백상재 등에다지영"(魂帛箱子 등에다 지어)등 〈해녀노래〉의 사설을[39] 섞여가면서 해녀들의 裸潛漁業은 그야말로 死活을 건 싸움이매 그 정성은 당연하다는 점을 강조했다.

馬羅島와 東金寧里 등의 사례를 우리는 살펴보았거니와 제주해녀들은 龍王과 海神堂系 巫神들을 극진히 숭앙한다. 이 海神堂系 巫神들은 마을마다 주민들을 지켜준다는 本鄕堂에 本鄕堂神과 함께 모시기도 하고 本鄕堂과는 별도로 다른 堂을 마련하여 받들기도 한다. 따로 다른 堂에 모시는 경우는 〈해신당〉·〈돈짓당〉·〈남당〉·〈개당〉 등 그 이름이 숱한데, 한결같이 漁夫와 海女들을 수호해 준다고 관념한다. 그 祭日은 마을마다 다른데, 당굿을 치르기도 하고 가호별로 제각기 찾아

---

39) 拙著：《濟州島民謠硏究上》, 一潮閣, 1965, 835번의 자료.

가서 祝禱하기도 한다.

Ⅳ 海女社會의 共同體意識

  해녀마을의 共同體意識은 農村社會보다 강력하다. 마을에 따라 그 共同體意識이 얼마나 강력한가 하는 密度는 해녀들이 裸潛漁業을 얼마나 극성스럽게 치르는가 하는 熱度와 비례한다.

  그 共同體意識이 굳건함은 우선 그들의 漁場의 總有制度에 말미암는다. 뭍의 밭은 개개인의 소유별로 한뙈기 한뙈기가 분명하게 구분되었음에 비하여, 해녀들의 질펀한 바다밭은 두부를 자르듯이 분명하게 나눌 수 없이 一望無際로 트였을 뿐더러, 마을 주민들의 共同所有로 이루어졌기 때문이다.

  共同所有이기 때문에 海女漁場은 마을 사람들이 공동으로 관리하며 더불어 가꾸고 함께 입어한다. 共同管理, 共同入漁하는 데는 예부터 내려오는 不文律의 단단한 慣習이 이들을 규율한다. 이런 점에서 漁村은 農村에 비하여 훨씬 法的이다. 해녀들은 원하든 원하지 않든 그들이 自生的으로 마련한, 냉철한 法的 테두리 속에서 어로활동을 해야 그들 共同體의 규율과 日常의 질서가 선다. 이런 규율과 질서에 얽매인 채 바다밭에 무자맥질하여 貝類·海藻類를 캐는 가운데 해녀들은 삶의 틀이 잡히고 安定感을 얻는다. 농촌의 울타리는 家家戶戶로 독립되면서 마을 공동의 유대를 이룩하고 있지마는, 어촌의 울타리는 어찌 보면 마을 전부로 묶어져 있으면서 共同體的 結束과 總和意識 및 水平意識이 더욱 굳건하다.[40]

海女社會의 共同體意識은 위험이 도사린 거친 바다에 더불어 나가
서 함께 물질을 한다는 점에서 우선 확인된다. 거친 바다는 귀중한 海
産物을 선사해 주는 한편, 언제나 존귀한 생명을 위협한다. 따라서 해
녀 혼자 入漁하는 일은 관습상 엄격히 自制하며, 漁村契에서도 단독
입어를 삼가도록 권유, 단속한다. 예외가 있다면 집에 祭祀날이 다가올
때 제사 치르기 전날쯤 祭需를 마련하느라고 바닷가 야트막한 어장에
單獨入漁하는 경우.

갱(羹)을 마련할 미역을 캐거나 하는 정도인데, 이럴 경우에는 마을
에서도 묵인해 준다. 한갓 黙契的 慣行.

물때가 되면 해녀들은 "물질ᄒ레 가게"(물질하러 가자)고 하면서 벗
들과 함께 해녀도구를 챙기고 시퍼런 바다로 나간다. 정해진 어장을
함께 오가면서, 또는 물질하는 사이사이에 이른바〈불턱〉41) 이라는 곳
에서 함께 불을 쬐면서 그들은 와자지껄 떠들며 삶의 情報을 얻고 물
질하는 지혜를 배운다. 벗들과 함께 어장에 나가서 물질할 때에도 무
자맥질했다가 水面으로 나와서 호오이하고 〈숨비질소리〉42)를 내뿜고
나서 함께 물질하는 친구가 물위로 솟아나지 않으면 나타날 때까지 기

40) 山岡榮市:《漁村社會學の 研究》, p.136, 大明堂, 1965.
41) 〈불턱〉이란 해녀들이 물질하다가 떨리는 몸을 따뜻이 하기 위하여 적절한 땔
감으로 불을 지펴서 쬐는 바닷가 바위 위 바람막이에 돌담을 둥그스름하게
에워싼 곳. 바닷가 바위의 자연적 됨됨이를 알맞게스리 이용하여 만든 〈불
턱〉은 脫衣場이요, 休息處요, 情報交換處다. 〈불턱〉을 일부지역에서는 〈봉
덕〉이라고도 하는데, 〈봉덕〉은 본디 부엌이나 마루에 돌로 붙박아 놓은 화로
로 일컫는 말이다.
42) 해녀들이 무자맥질해서 海産物을 캐고 난 다음 水面에 얼굴을 내밀고 긴 호
흡과 더불어 내뿜는 소리. 곧 짧은 순간에 탄산가스를 내뿜고 산소를 받아들
이는 過度換氣作用. 〈솜비〉·〈숨비〉·〈솜비소리〉·〈숨비소리〉·〈솜비질소
리〉·〈숨비역소리〉라고도 한다.

다린다는 관습도 전해진다. 물질친구들은 이리하여 서로가 共同運命體
임을 實證되는 셈이요, 만일의 사고에 대비한다는 有備無患의 實利性
도 확인되는 터이다. 해녀들은 마을 단위로 自生的인 海女會(潛嫂會)
를 조직함으로써 어장관리와 물질에 관련된 크고 작은 일을 水平的 合
議에 따라 결의하고 結束을 굳히며 共同利益과 利權을 추구한다. 그들
의 결의는 단단한 구속력을 지니며 해녀 각자는 그 약속을 엄격히 따
른다.

　海女會는 漁場管理나 裸潛漁業에 대한 일에만 매이지 않고 마을일
에 적극적으로 참여하고 도움으로써 마을의 懸案問題와 建設的 事業에
이바지한다.[43]　마을 일에 대한 寄與度가 높으므로 그만큼 그들의 發
言權도 세고 영향력도 폭넓다. 海女會의 實質的 機能은 해녀들의 물질,
곧 裸潛漁業 전반에 걸친다. 이른바 〈바당풀〉이라는 바닷속의 잡초를
베어냄으로써 漁場을 알뜰하게 가꾸는 일, 禁採期間에 어장을 감시하
는 일, 또한 이웃마을이나 이웃동네와 入漁慣行 등으로 말미암은 〈바
당싸움〉이 일 경우에 漁場과 入漁權을 합리적으로 지켜나가며 대처하
는 일도 함께 의논하며 처리한다. 지난날 일정기간 禁採했던 미역의
解警[44]을 언제 할 것인가, 변화무쌍한 바다의 사정에 따라서 그날 그
날 언제 入漁할 것인가, 혹은 入漁를 삼가야 할 것인가, 톳 같은 해조
류를 어떤 방법으로 共同採取, 共同販賣, 共同分配할 것인가, 마을의
〈줌수굿〉[45]이나 영등굿을 어떻게 치러나가며 그 경비는 어떻게 마련

---

43) 예를 들면 學校・公共機關에 필요한 경비나 施設을 해녀집단이 맡는다. 이런
　　사례는 제주도내 해녀마을에서 흔히 확인된다.
44) 禁採했던 海産物을 캐기 시작하는 일. 〈解警〉이란 말과 함께 〈許採〉, 〈허재〉
　　(許採라는 말의 變異), 〈대즈문〉, 〈즈문〉이라는 말들을 쓴다. 제주도내에서도
　　어느 어휘를 주로 쓰는가 함은 지역에 따라 다르다.

할 것인가, 積立된 共同經費는 어떻게 관리하고 海女會의 사업이나 마
을 共同事業, 또는 施設을 위하여 어떻게 효율적으로 사용할 것인가,
마을제인 酺祭를 치를 때 이를 어떻게 뒷바라지 할 것인가,[46] 그 마을
에 移住한 新入住者에 대하여 漁業權을 어떻게 부여하며, 일단 다른
마을로 시집갔다가 되돌아온 해녀에 대한 漁業權復活은 어떻게 처리할
것인가, 〈바당풀캐기〉등 漁場管理勞役에 不參했을 경우라든가, 解警할
때 규율을 위배한 해녀에 대해서는 어떻게 규제하고 처벌할 것인가,
脫衣場이면서 불은 쬐는 〈불턱〉의 관행은 어떻게 규정할 것인가, 그
마을의 漁場이 넓을 경우 이를 어떻게 구분해서 번갈아가며 入漁할 것
인가, 어장의 사정에 매이지 않고 해마다 입어하지 않는 날은 어떻게
정해야 할 것인가, 마을의 해녀가 물질하다가 뜻밖의 事故에 부딪쳤을
때 마을 해녀들은 얼마동안 물질을 쉬고 어떻게 대처해야 할 것인가
등등 海女會에서 共同決議하고 결의한 결과를 함께 지켜 나가야 할 일
은 꽤 폭넓다. 그럼으로써 그들의 共同體意識은 더욱 끈끈해지고 일상
적 삶의 보람과 지혜를 터득한다.

　海女社會의 共同體意識은 완벽하게 社會的單位(social unit)로 묶여
진, 한국의 최남단 馬羅島 같은 곳에서 더욱 두드러지게 드러난다. 馬
羅島의 해녀 조사는 1970년 7월 22일에서 3일간 필자가 직접 치른 바
있으며, 高翔龍・李起旭・徐庚林 등의 작업이 있다.[47]

---

45) 潛嫂굿, 潛女굿, 海女굿. 해마다 해녀들의 물질의 安全과 어로작업을 하는 어
　　민들의 亨通과 無事故 및 海産物의 登豊을 기원하는 巫俗儀禮, 오늘날 典型
　　的으로 이 〈줌수굿〉이 치러지는 지역은 〈Ⅲ.海女社會의 民間信仰〉에서 살폈
　　듯이 北濟州郡 舊左邑 東金寧里의 경우다.
46) 예를 들면 東金寧里의 경우 마을제인 酺祭가 해마다 〈지픈머세〉에서 치러질
　　때 그 경비는 마을주민들이 공동 부담하지만, 그 祭物을 차리는 일은 여덟班
　　으로 나누어진 海女班員들이 번갈아가며 맡는다.

총면적 0.3㎢인 자그만 섬 馬羅島는 摹瑟浦와는 11㎞, 加波島와는 5.5㎞ 떨어진 곳에 위치해 있으며 행정구역상 南濟州郡 大靜邑 馬羅島다. 馬羅島는 모슬포와 馬羅島의 중간에 위치한 加波里(加波島)의 한班이었다가 1981년 4월 독립된 里로 탈바꿈했다. 잔디로 덮인 섬이면서, 섬을 둘러가며 깎아지른 듯한 이른바 〈그정〉이라는 벼랑, 눈동자처럼 우뚝 선 등대, 가파르고 불안정한 船着場, 1ha에 불과했던 農土마저 草原化한 곳, 극성스런 해녀들의 활동, 첫여름부터 모질게 덤벼드는 모기, 어려운 食水, 1백 명 안팎의 인구, 지난날의 횃불신호, 애절한 緣起說話가 감도는 할망당~ 馬羅島를 두고 떠오르는 印象的 事象 몇 가지다.

馬羅島에는 〈장시덕〉·〈살레덕〉·〈신작로〉·〈자리덕〉에 임시로 船着場이 마련되어 있으나, 모두가 가파르고 오르내리는 데 위험이 따른다. 1968년에 대통령이 내준 1백만 원으로써 船着場을 시공했었으나 실패했었다. 웃동네와 알동네로만 이루어진 이 마라도에는 뱀과 개구리가 없는 반면에 염소(1990 현재 12마리)를 치며, 메뚜기가 흔히 나댄다. 70년 당시 말은 없고 소 24마리가 있었으며, 돼지는 두 가구에 한 마리씩 길렀었는데, '90년 현재는 마소가 전혀 없고 돼지 서너 마리와 養鷄場이 한 군데 있다.

非常住人口까지 끼어서 30세대에 1백여 명 안팎의 사람들이 이 섬에 산다. '70년엔 33세대에 113명이었다가 '81년에는 25세대에 108명(남 66명, 여 42명)이었다. 이 108명의 인구 가운데는 非常住人口가 26명(남

20명, 여 6명)이나 끼어 있었다. '90년 현재 26세대 107명(남 56명, 여 51명)인데, 섬안에 常住하는 인구는 76명이요 非常住人口는 29명.[48]

이 글에서는 馬羅島에 대해서 숱한 얘기를 벌일 만한 여유가 없다. 여성 곧 해녀들의 採取經濟爲主의 삶에서 해녀사회의 짙은 共同體意識을 확인하는 데 그치려 한다. 그 강력한 共同體意識은 高翔龍의 글에 수록된 바 이 섬 주민들의 鄕約에 구체적으로 담겨 있다. 이 鄕約은 물론 예부터 끈덕지게 전해져 내려오는 不文律을 바탕으로 1965년에 明文化한 데 불과하지만 64개조로 이루어진 이 鄕約을 볼 때 그들의 海産物採取를 둘러싼 自律的規制가 얼마나 合理的이고 깐깐한가를 곧 파악하게 된다.

馬羅島 鄕約을 살피건대 미역·톳·김의 禁採期間과 許採日字를 밝히고(第2章 第1節), 監視規程을 마련하였다(第2章 第2節). 주목되는 바는 그 入漁資格이다(第2章 第3節). 곧 入漁權을 부여받으려면 마라도에 1년 이상 거주해야 하며, 賦役動員 및 共同施設에 필요한 의무를 치른 이라야 한다고 그 자격을 엄격히 제한하고 있다. 또한 지난날 이 섬에 와서 入漁權을 처음 얻은 이는 미역 1백근을 내야 한다고 못박았다. 이 섬을 떠나면 어떤 경우라도 入漁權이 박탈된다고 단호히 규정하면서 유별스런 사유가 있을 경우에는 임원회의 결의에 따르도록 했다.

여기 주목할 바는 "第31條 미역을 채취할 능력이 없는 속칭 '굴채어음'으로부터 '장시덕'까지 海岸採取할 수 있다"는 규정이다. 곧 환갑을 넘긴 노파해녀들만이 입어할 수 있도록 마련된 이른바 〈할망바당〉이다. 〈할망바당〉이란 곧 할머니바다란 뜻이다. 〈할망바당〉으로 설정된 곳은 섬 동쪽 해안일대인데, 〈할망바당〉에 입어할 수 있는 자는 노파

---

48) 馬羅里長 金祥源 제보.

해녀들만으로 국한하지 않고 生計獨立이 어려운 病弱者와 독신인 총각
까지 포괄하고 있다. 이 〈할망바당〉은 벼랑, 곧 〈그정〉이 덜 가파르고
미역을 비교적 쉽게 채취할 수 있는 가멸진 어장이다. 이 〈할망바당〉
의 劃定은 사실상 實質的인 敬老慣行이요, 주목할 만한 美風이다.[49)
杏源里(北濟州郡 舊左邑)에서도 어장의 일부구역을 획정해서 〈늙은이
바당〉을 설정했는데, 이 역시 〈할망바당〉과 같은 맥락으로 풀이될 수
있다. 杏源里는 이른바 '작은 蔚山'이라 일컬어질 만큼 해녀의 물질이
극성스런 마을이다. 지난날 제주도 해녀들은 海藻類가 가멸진 蔚山地
方으로 흔히 물질나갔었으므로 蔚山一帶처럼 海産物이 풍요로운 곳이
라고 杏源을 '작은 蔚山'이라 일컫게 되는 터이다. 다만 杏源里의 〈늙
은이바당〉보다 馬羅島의 〈할망바당〉이 더욱 돋보이는 까닭은 마라도
의 경우 집집마다 家計 대부분을 물질에 따른 해산물 수입에 기대기
때문이다.

　馬羅島에는 〈할망바당〉 외로 〈반장바당〉이 있었다. 〈반장바당〉은
鄕約에 명시되어 있지는 않다. 1981년 행정구역상 한 개 里로 개편되
기까지 馬羅島는 大靜邑 加波里(加波島) 571번지에 해당되는 한 班에
불과했는데, 〈반장바당〉이란 그 班長에게 漁場의 일정구역을 확정해서
주민들이 班長의 勞苦에 사례하는 관습이었으나, 오늘날에는 그 慣行
이 끊겼다. 班長(곧 오늘날의 里長)이라지만 마라도의 경우는 여느 곳
의 班長과는 그 位相과 責務가 다르다. 외로이 떨어진 四面環海의 섬
이므로 班長은 도민들의 日常的 生活 전반을 자잘한 일까지 뒷받침해

49) 〈할망바당〉이 획정되었는데도 물질이 힘든 나이 많은 할머니라든가 採取能
力이 없는 이일 경우에는, 〈할망바당〉의 일부를 그 몫으로 나눠 주고 젊은
해녀들이 海産物을 캐어 내어서 드리는 습속이 전해진다.

야 되기 때문이다. 馬羅島가 독립된 나라라고 한다면, 馬羅島의 班長은 실상 馬羅島國의 總統이다. 행정상 馬羅島를 통괄하는 데 그치지 않고 삶의 구석구석을 실질적으로 돌본다. 그들의 일상적인 衣食住, 食水難 解決, 부딪치는 온갖 災難, 우편물 배달, 疾病 등을 돌본다.

마라도민들의 삶을 보살피는 일은 加波國民學校 馬羅分校의 교사의 경우도 한가지다. 일반주민들보다는 濟州本島로 출입할 기회가 많으므로 필요한 행정적인 심부름은 물론이요, 주민이 急患에 부딪쳤을 때 재빠르게 이에 대처하는 일까지 도맡는다. 필자도 70년에 馬羅島 現地調査를 갔을 때 주민들의 삶을 적극 뒷받침하는 馬羅分校 김동식 교사의 모습을 보고 크게 감명 받은 바 있다. 여느 주민들처럼 定置網을 마련해서 어로활동에 함께 참여할 뿐더러 주민들의 우편물 배달, 아동들의 머리 깎기, 간편한 질병치료를 도맡고 있었다. 나뭇잎이 허덕허덕하도록 뜨거운 여름날 마침 등대의 직원이 졸도하여 주변에서 몹시 당황할 때 이내 응급조치하는 현장을 보고 퍽 감동되었다. 그의 생동하는 삶은 필자로 하여금 간편한 수필을 쓰는 동기가 되기도 했다.50) 1958년 인가받은 馬羅分校는 '62년에 16평의 교실을 지었는데, 1990년 현재 9명의 아동이 재학하는 단출한 교육시설이므로 주민들의 지원과 관심이 절실히 요청된다. 따라서 지난날 해산물 채취로 학교경영에 이바지하였음은 實質的인 自力性이요 自救策이었다고 본다.

〈할망바당〉, 〈반장바당〉을 가릴 것 없이 裸潛漁業에 따른 지난날의 主所得源은 미역이었고51) 일부 어장에서 미역 採取權을 양도해 줌으

---

50) 拙稿, "馬羅島의 意志", 《남제주군》제15집, 南濟州郡, 1971.
51) 1970년 馬羅分校의 〈學校現況〉에 따르면 馬羅島의 海産物 收穫高는 미역 15만원, 톳 2만5천원, 전복 15만원, 魚類 30만원으로 推算된 바 있다.

로써 所要經費를 확보하곤 했다.

그런데 '64년 이래 이른바 〈줄미역〉이라는 養殖미역이 쏟아져 나오자 요마적에는 副食 정도의 미역채취로 끝나는 게 일반적이다. 예전에 마라도에서는 미역 解警 때 물속에 무자맥질해 보면 미역이 마치 보리처럼 휘척휘척 자라서 豊盛하고 이를 캐고 나면 보리를 벤 모습 같았다고 한다. 문자 그대로 미역밭이어서 다른 바다에서는 좀처럼 이렇게 미역이 가멸 질 수 없다.

미역이 얼마나 풍성하고 이의 채취에 마라도 해녀들이 열성이었는가 함은 '70년 여름한철 羅氏 할머니 혼자서 무려 1천8백 근이나 채취했던 일이 있었다 하며, 그의 며느리는 두 해 동안 물질한 미역으로 摹瑟浦 가서 12마지기 밭을 샀던 일이 있었다는 데서 가늠된다. 마라도에서의 미역 解警(許採)은 보통 음력 3월 15일에 이루어지는데, 豊年作일 때에는 5월 중순까지 두 달 동안, 平年作일 때에는 한 달 동안, 흉년일 때에는 3월말에 그 채취가 마무리된다는 것이다. 광복이 되던 1945년에는 미역이 大豊이어서 일단 베었던 그루를 그 뒷날에는 볼 수 없을 만큼 자랐었다고 전설처럼 들려준다.

따라서 마라도에서 예전 미역을 解警(許採)하는 미역철일 때 마침 分娩하거나 하는 해녀일 경우면 그 집안으로서는 家計가 흔들릴 만큼 당혹스런 일이 아닐 수 없다.

따라서 마라도에선 미역철일 때 공교롭게도 애를 분만할 경우면, 그 해녀몫의 漁場을 남겨 두었다가 몸을 調攝한 후 채취케 하는 관례가 있었다니 이 또한 美風이 아닐 수 없다. 이런 美俗은 드문 慣行.

고된 물질로 말미암아 마라도 해녀들은 다른 곳 해녀들보다 더욱 시달리고 야위어진다. 따라서 질펀한 牧野地를 마당 삼아 싱그럽게 자라나는 염소는 가끔 해녀들의 保身用이 된다.

70세 이상의 高齡者는 賦役을 면제한다고 鄕約에 못박고 있으니(第34條), 이 또한 미쁜 敬老慣行이다. 馬羅島의 財政은 선멀 채취권자의 入漁料, 一般 入漁料, 기타의 수입으로 충당한다고 밝히고 있다(第56條). 入漁料가 지니는 경제적 비중이 立證된다. 그들의 自生的 規制의 嚴格性으로 보아 주목되는 바는 鄕約 속에 入漁慣行을 어겼을 때의 罰則을 단단히 明示하고 있다는 점에서도 드러난다. 禁採期임에도 密採取했을 때에는 海女道具는 물론, 채취한 現物과 상당액의 罰金을 10일 내에 내도록 규정하고 있다(第59條). 두 번 이상 密採取했을 때에는 갑절의 벌금을 내도록 했으며(第60條), 만약 노인이나 어린이가 密採取했을 때에는 世帶主를 범죄자로 보고 배상하도록 규정할 만큼(第63條), 그 벌칙은 냉혹하고 빈틈이 없다. 여기에서 특히 '犯罪者'로 규정하고 있음은 竊盜犯과 비슷하게 간주한다는 점에서 주목된다.

그들은 바다밭이 곧 生命源이므로 주민들 스스로 합리적으로 입어에 따른 慣行을 成文化하고 이를 철저히 준수하면서 삶을 꾸려 나간다. 海女器具 역시 馬羅島의 경우는 裸潛漁業이 극성스러움에 비례하여 그 규모가 크다. '70년도에 조사 나갔을 때 해녀집안에 들러 보면 〈테왁〉에 달려 採取物을 두는 〈망시리〉(망아리)도 소라 따위를 넣는 〈고동망시리〉와 미역 채취용의 〈메역망시리〉가 얼른 눈에 띄었는데, 〈메역망시리〉는 남총나무로 무려 1백발이나 되는 새끼를 꼬아 꾸며질 만큼 유별나게 커다란 모습이었다. 이 역시 다른 지역에 비하여 裸潛漁業, 곧 물질이 극성스런 근거다.

어쨌든 馬羅島 海女들의 入漁慣行이 유달리 깐깐하다는 사실은 그들의 물질이 삶의 전적 수단일 만큼 큰 비중임을 立證한다. 따라서 그들은 국가의 법률 이상으로 自生的, 自律的 慣行을 어김없이 지킨다. 물질은 곧 마라도 여인들의 삶의 방법이다. 물질을 떠난 馬羅島女人들

은 상상할 수 없다. 新婦로서의 첫째 資格要件 역시 익숙한 물질이어
야 한다. 물질을 외면한 채 여인들이 馬羅島에 눌러살 수 없으매, 島外
婚이 뿌리박힌 마라도 여인들로서는 섬 바깥으로 出嫁하게 될 경우 삶
의 터전인 바다밭도 더불어 잃게 되는 아쉬움이 따른다.

馬羅島 주민들은 서로가 親族關係로 묶어졌기 때문에 오래전부터
島內婚은 성립되기 어렵다. 다른 지역으로 결혼하는 여자의 경우 냉정
하게 마라도내 해역에서의 入漁權을 박탈함은 한정된 資源에 의존하는
人口數를 가급적 줄이고자 하는 시도라고 李起旭은 풀이하고 있다. 通
婚圈을 두고 볼 때 海女가 밀집된 일본 海士町의 경우는 거의 里內婚
(村內婚)이다. 마을 어른이 인구가 불어난다고 개탄할 만큼 철저한 里
內婚인 셈이어서 일정기간(1899~1907년)의 婚姻申告를 조사해 보았더
니 海士町의 90件 가운데 바깥 마을과 혼인한 예는 불과 7件뿐이라고
밝히고 있는데, 여기에는 복합적인 이유가 깔렸겠지만 이런 상치된 현
상을 분석하는 일은 숙제로 남는다.[52] 다른 마을로 出嫁하게 되면 친
정마을에서 入漁權이 박탈됨은 제주도 전역에 공통되는 入漁慣行이다.
다만 出嫁하자마자 入漁權이 빼앗긴다든가, 出嫁하는 해만은 入漁權이
허락되는 등 그 伸縮性에는 마을에 따라 차이가 있다.

섬 바깥 남성과 결혼해야 할 처지에 놓였던 마라도의 한 여성에게
삶의 종요로운 갈랫길에 직면한 일이 있었다. 엄격한 入漁慣行으로 말
미암아 出嫁하면 마라도 어장에서의 入漁權이 박탈되고 말 바에야 삶
의 젖줄인 바다밭을 잃으면서까지 과연 섬 바깥 남성과 결혼을 해야
할것인가의 岐路에 부딪쳐서 이런 사정을 海女會에 호소한 바 있고 海
女會에서는 심각히 논의하다가 일정기간만 입어하도록 예의를 허용한

52) 瀬川清子:《海女》, p.248, 未來社, 1970.

바 있었다. 마라도의 여인이 섬 바깥으로 시집갔다가 離婚, 또는 부득이한 사정에 따라 마라도로 되돌아올 경우라도 즉시 入漁權이 회복되는 것은 아니다. 1년을 지내야 入漁權이 소생되며, 소생된 다음에도 첫 入漁할 때에는 '70년 당시 미역 50斤을 마을에 바쳐야 했다.53) 이런 경우 그런 여인에 대한 入漁權의 회복은 마을에 따라 다른데, 예를 들어 東金寧里의 경우는 親庭으로 되돌아와서 어촌계에 재가입하고 入漁料 50만원('90년 현재)을 내기만 하면 곧 入漁權이 회복된다는 것이다.

마라도민의 집단의식은 그들의 黃金漁場에 潛水器船이 침범했을 때 일치단결하여 이에 대응한다는 점에서도 드러난다. 第一種共同漁場에 대한 潛水器船의 침범은 예부터 도내 곳곳의 해녀마을에 걸친 커다란 골칫덩이가 아닐 수 없는 터이지마는 加波島, 馬羅島 해안에 대한 不法侵犯의 사례가 극심하여 이를 자상히 기록한다면 큰 부피의 책 한권에 이를 줄 안다.54)

이제는 농사를 그만두었지마는 지난날의 마라도의 農耕地는 1ha에 불과하였으매, 삶의 터전은 역시 바다밭이요, 이 第一種共同漁場에 침범하는 潛水器船 축출은 당연한 삶의 구체적 방법이요 自救策인 셈이다.

馬羅島에서는 한 집에 제사를 치를 때마다 모든 주민들이 참례한다는 점도 특이하다. 불과 20세대에서 30세대를 오르내리는 자그만 섬이므로55) 한동네라는 유대가 깊고 주민 모두가 親姻戚關係로 묶이었다

---

53) 馬羅島 김윤이(女, 1970년 당시 46세) 제보.

54) 1970년 당시 馬羅島 주민들의 애로사항은 ①交通權, ②潛水器船 防止, ③醫療施設, ④船着場施設이어서 潛水器船 防止가 끼어들었음이 주목된다. 지금 交通權은 그런대로 좀 풀린 편이어서 모슬포~마라도 사이를 오가는 30톤의 배 한 척이 하루 한 번 接岸하지만 이내 떠나기 때문에 마라도에서 떠나거나 돌아올 수밖에 없으므로 1990년 현재 마라도주민들의 애로사항은 ①交通權 ②電氣事情을 들고 있다. 電氣는 밤에만 自家發電으로 해결하는 실정이다.

는 점에 연유되는 줄 안다. 祭禮에 함께 참석함으로써 자연스럽게 紐帶感을 굳히고 일상적 삶의 정보와 지혜를 터득한다. 馬羅島 안에 장사가 났을 때에도 山役이 마무리될 때까지 남녀를 가릴 것 없이 도민 모두가 日常事를 중단하고 喪家를 돕는다.

喪故가 있을 때 전화가 없었던 예전에는 加波島 친족들에게 횃불로 알렸었다. 보릿짚 따위로 묶어서 만든 烽火로써 加波島로 연락했다.[56] 加波島에서도 烽火로써 응답하는데, 加波島에서는 장사에 대비하여 정시[地官]도 일부러 마라도로 찾아들곤 했다.

海女會는 단지 第一種共同漁場에 入漁하는 일, 곧 물질에 관련된 일에만 국한하지 않고 그 기능은 섬사람의 삶 전반에 폭넓게 뻗친다. 예를 들면 마라도 도민의 禁酒를 해녀회에서 결의하고 빈틈없이 시행하는 일 따위다. 마라도 안에서는 술 판매를 금하고 있을 뿐더러, 섬바깥에서 술을 사들이는 일을 자율적으로 규제한다. 제사를 치를 때마다 祭酒로서 두 되만 쓰도록 허용된다. 해녀회, 또는 부인회 주도로 마련된 주민들에 대한 禁酒 조치는 마라도에서만이 아니라, 가파도·우도 몇몇 마을에서 시행되던 색다른 관습이다. 禁酒 조치를 해녀회, 또는 부녀회에서 주관함은 주민들의 삶의 권한과 방법을 여성들이 대폭 좌지우지한다는 이야기가 된다. 사실상 마라도의 여성들은 제각기 집안의 家長이다. 그들은 家政經濟를 책임지고 있을 뿐더러, 마을 안에서 실질적으로 개개의 가정을 대표한다. 가정내 모든 일의 意思決定도 주도해 나간다. 해녀회의 意思 및 意志는 섬사람들의 삶의 實質的으로

---

55) 1970년에는 31세대, 1981년에는 25세대, 1990년대에는 26세대.
56) 烽火를 한 가닥 들면 배가 필요하니 보내어 달라는 信號이며, 두 가닥 들면 急患이라든가 危急事項을 알리는 것이고, 세 가닥이면 喪事 告訃였다.

規制하고 튼실하게 이끌어간다.

　馬羅島에 있어서 女性의 機能과 地位가 남성에 비하여 優位에 놓이
는 까닭은 무엇일까. 그것은 이 섬 生業의 主軸이 여성들의 물질 위주
라는 점에 있고 물질로써 家計가 꾸려져 나가기 때문이다. 이제는 자
그만 農耕地마저 없어졌지만, 실질적으로 농업은 섬 경제에서 차지하
는 비중이 극히 미미했다. '90년 현재 남성 10명이 도내외에서 어로활
동에 참여하지만 그 生産活動은 대수롭지 않다. 마라도 안에서 성인남
자가 있는 집안엔 사시사철 定置網漁業을 벌이는데, 여름엔 주로 방어
를 잡지만 대수로운 所得일 수 없다. 마라도 주민들의 남성과 여성의
職能을 보건대, 家庭經濟는 여성들이 도맡다시피 하고 남성들은 소규
모의 어로활동 외로 家事와 家畜을 돌보거나 濟州本島로 나가서 생활
필수품을 사들이는 일 따위가 주장이다.[57] 16명으로 이루어진 海女會
는[58] 그 共同體意識이 탄탄해서 남성사회에 비하여 그 결속도 군건할
뿐더러, 實質的인 職能도 폭넓어서 마을일을 務實力行하면서 主導한다
고 볼 수 있다. 마라도 여인들은 마을에 이바지하는 바 크기 때문에 有
志的 位相을 확보한다. 남성위주의 儒式部落祭인 酺祭는 사라졌지만
할망당을 드나든다든가 하는 여성들의 民間信仰은 끈질기다. 이런 현
상은 제주도내 다른 마을에서도 한가지지만, 거친 바다에 온 삶을 지
탱하는 마라도의 경우는 그 信仰의 密度가 짙다. 1988년에는 교회와
사찰도 생겼다.

　馬羅島 해녀들의 集團意識은 마을의 자그만 일에서도 흔히 확인된

---

57) 李起旭 : 같은 글.
58) 1990년 현재 馬羅島의 연령분포는 40대가 4명, 50대 9명, 60대 2명, 70대 1명
　　이다.

다. 이른바 〈물방애〉라는 연자매가 마라도에는 두 군데 있었는데, 1965
년에는 이를 없애고 1970년 住民共用으로 麥脫機를 마련했다. 麥脫機
를 마련하는 財源은 미역 5백 근이 생산되는 미역바다 한 부분의 採取
權을 한 해 동안 특정인에게 양도해서, 이른바 濱賣해서 그 수익금으
로 충당했다는 것이다. 그 採取權을 가급이면 마라도민에게 넘기는데,
다른 지역민에게 넘길 경우면 그 지역 해녀들을 데려다가 미역채취를
할 경우도 있기 때문이다. 또한 漁場인 〈믐통〉59)을 각각 구획하여 주
민들에게 한 해 동안의 듬북 채취권을 내주고 그 수입은 주민공동의
경비로 삼기도 했다. 이러한 결의는 해마다 12월에 열리는 里民모임에
서 이루어지는데, 이 역시 共同體意識의 한 단면이다. 해녀가 없는 純
農의 마을에서는 있을 수 없는 收入源.

　海女社會의 共同體意識이 굳건함은 도내 여러 해안마을에서 확인된
다. 한 예로 해녀 작업이 극성스런 東金寧里의 경우를 들 수 있다. 東
金寧里는 사람삶이 워낙 열심이어서 "아침에 얼굴에 거미줄 씌어지지
않은 사람과는 상대하지 말라"는 얘기가 떠돌 만큼 그 勤勉性이 유별
나다. 컴컴한 꼭두새벽부터 바장여야 살아갈 수 있고, 새벽에 밭으로
들로 쏘다니다가 보면 얼굴에 거미줄을 뒤집어쓸 수 있는 일이요, 그
런 삶의 태도라야 正常이라는 것. 지금 東金寧에는 120여 명의 해녀가
물질을 한다. 이들의 단결력이 워낙 탄탄해서 사시사철 그 조바쁜 생
활 속에서도 民謠唱으로 '60년대 말부터 십수 회 각종 문화잔치에 참여
해 올 만큼 活性이 돋보인다.

　이 마을에는 〈海女노래〉와 〈멸치후리는노래〉의 道指定藝能保有者

---

59) 〈믐〉이란 모자반의 濟州語인 바, 〈믐통〉이란 모자반 등 海藻類가 잘 자라는
　　바닷가에 가까운 漁場을 뜻한다.

가 있으며, 1976년 제 17회 全國民俗藝術競演大會에 〈멸치후리는노래〉
를 출연, 국무총리상을 받은 바 있는데 동김녕리부녀회가 주도했다. 어
떻게 여성들만의 힘으로써 그 버거운 出演을 거듭거듭 실행할 수 있었
을까, 밭일하랴, 바다일하랴 하늘땅이 맞붙을 만큼 조바쁜 가운데 이
놀라운 다이나미즘(dynamism)은 어떻게 생성된 것일까. 또한 줌수굿을
해마다 알뜰히 치러나가는 그들 특유의 力動性은 어디에서 말미암은
것일까. 한마디로 이는 해녀마을 특유의 굳건한 集團意識일 터인데 그
力動性의 正體를 시원스럽게 분석하기란 지난하다.

동김녕리 해녀들은 사시사철 열심히 물질한다. 總有制度로 묶인 바
다에 死活을 걸고 물질하면서 結束을 다진다. 물질할 수 있는 날이면
서도 연간 쉬는 날이라곤 正初와 秋夕을 비롯하여 음력 3월 8일의 줌
수굿날, 漢拏文化祭등의 문화잔치에 참여하는 날 정도. 제삿날인 경우
에도 그 집안에 해녀가 두 사람 있을 경우엔 한 사람은 入漁하는 게 관
례다. 요마적에 이르러서는 어버이날에도 敬老잔치를 중단하고 여느
날이나 다름없이 물질한다는 것이다. 우뭇가사리 채취로 날이 갈수록
워낙 바쁘기 때문이다.

海女會長은 양력 3월에 선출하며 임기는 3년인데 連任할 수 있다.
해녀회원들은 이따금 협의에 따라 일정한 바다에 공동입어해서 각별한
사업기금을 마련하거나 自體資金을 비축하고 줌수굿하는 비용이라든
가 필요한 행사, 또는 희사기금을 조달하기도 한다. 1977년에는 〈너운
님〉이란 바다에 해녀들이 共同入漁, 共同採取해서 공동기금을 마련한
일이 있다.

동김녕리 해녀들의 경우 第一種共同漁場을 적절히 구획하고 번갈아
가며 공평하게 入漁한다는 점에서도 그 集團的 規範을 살필 수 있다.
동김녕리 앞바다는 널따랗고 풍요로와서 이를 8分하고 8개 조합으로

나뉜 해녀들이 合理的으로 번갈아 입어한다. 곧 〈하늘내〉와 〈신수〉라는 바다는 고분개(봉지동) 바로 앞바다이므로 그 동네에 고정시켜 놓고, 〈이알〉·〈너운납〉·〈가수〉·〈덩개〉·〈석은벌레〉·〈하녀〉는 신산동(1·2조), 청수동(1·2조), 동성동(1·2조), 6개조가 한 해씩 교대하며 入漁하는데, 이러한 自生的 慣行으로 말미암아 海産物의 豊凶의 차등이 있는 어장을 골고루 배정받음으로써 생산의 균형을 이룩하려는 마뜩한 민간지혜다. 그들 나름의 단단한 自生的 決議에 따른 약속을 법률 이상으로 잘 준수하려는 意志가 깔려 있지 않으면 이룩될 수 없을 慣行이다. 이런 慣行을 줄기차게 지켜 나가는 意志가 여느 마을과는 달라 강력하므로 1960년대 초 2년간만 時流에 따라 중단되었을 뿐 줌수굿만 하더라도 끈덕지게 해녀회 중심으로 오늘날까지 이어져 내려오는 原動力이 깔린 터이다. 해녀가 밀집되어 있는 제주도이긴 하지만 동김녕의 경우처럼 줌수굿이 규모 있고 끈질기게 치러지는 마을을 보기 어렵다. 合理와 實質에 터전하면서 務實力行하는 삶의 태도가 동김녕의 해녀사회에는 짙게 깔린 것으로 보인다.

V   海女社會의 口碑傳承

海女社會의 口碑傳承은 民謠·說話·俗談·禁忌語 등 다양하다. 여기에서는 〈海女노래〉의 특성을 요약한 다음, 해녀에 관련된 俗談을 살펴볼까 한다. 해녀와 밀착된 口碑傳承으로는 역시 〈해녀노래〉가 대표적이다. 〈해녀노래〉에 대한 분석은 어느 정도 진척된 바 있거니와,[60] 여기에서 그 특징을 몇 항목으로 간추려 본다.

① 本來的인 〈海女노래〉는 주로 해녀들이 漁場에 오가면서 탄 배의 櫓를 저으며 부르는데, 제주도에서만 제대로 口演된다.

② 제주도의 〈海女노래〉는 그 가락이 力動的이며 사설이 풍부하고 秀越한 〈맷돌·방아노래〉와 함께 제주도민요의 雙璧을 이룬다.

③ 제주도의 〈海女노래〉는 櫓를 젓는 동작과 밀착된 채 口演됨으로써 작업에 실질적으로 이바지하는 기능이 뚜렷하며, 사설은 물질하는 實態와 그들의 心意를 드러낸다.

④ 作業實態를 노래하는 사설은 물질하는 모습과 海外出嫁 로 二大分 되는데, 한결같이 生死를 걸고 生業에 대처하는 不屈, 不敗의 意氣가 뚜렷하다.

해녀에 관련된 속담은 한결같이 海女의 實相이나 물질하는 모습을 드러낸다. 필자가 직접 수집한 자료와 高在奐의 논문 및 金順伊의 報告에서 드러나는 자료를[61] 통틀어서 해녀와 관련된 숱한 속담 가운데 간추린 것을 몇 항목으로 나누고 개관해 보려 한다.

㉮ 海女의 位相

① 똘 한 집이 부재(딸 많은 집이 富者)
② 똘 싯이믄 부재 난다(딸 셋이면 富者 난다)

60) 拙著 :《濟州島民謠硏究: 女性勞動謠를 중심으로》, 조약돌, 1983.
61) 高在奐 : "濟州島의 生業俗談硏究", 濟州敎育大學論文集, 제19집, 1989.
　　金順伊 : 같은 글.

③ 새서리 섯구석이나 숨빌 똘(새서리 섯구석이란 東金寧 깊은 바다
  에나 무자맥질할 만큼 海女作業에 뛰어난 딸)

④ 질쌈ᄒ는 사름은 늙어도 씰디 싯곡 줌녀 늙은인 씰 디 웃나(길쌈
  하는 사람은 늙어도 쓸 데 있고, 潛女 늙은이는 쓸 데 없다)

⑤ 질쌈바치 늙은인 죽언 보난 미녕 소중의가 아옵이곡, 줌녀 늙은
  인 죽언 보난 일곱애비아덜이 들르는 도곰수견이 ᄒ나이라(길쌈
  잘하는 늙은이는 죽고 보니 무명 소중의가 아홉이고, 잠녀 늙은
  이는 죽고 보니 일곱 父子가 드는 도곰수견, 곧 잠녀의 속곳이
  하나다)

⑥ 질쌈ᄒ는 할망은 죽언 보난 천이 닷 필이곡, 물질ᄒ는 할망은 죽
  언 보난 단속곳도 웃나(길쌈하는 할머니는 죽고 보니 옷감이 다
  섯 필이고, 물질하는 할머니는 죽고 보니 단속곳도 없다)

⑦ 줌수 머굿, 밧갈쉐 머굿(潛嫂 먹성, 밭갈소 먹성)

① ②는 海女의 勞動力이 家計에 얼마나 이바지하는가를 극명하게
드러내 준다. 딸이 셋이면 한 해에 밭 한 뙈기씩 산다는 말이 전해진다
든가, 물질이 극성스런 곳에서는 딸은 낳으면 돼지를 잡아서 잔치하고
아들을 낳으면 엉덩이를 발로 박찬다는 말까지 전해질 정도다. 牛島의
경우 韓半島의 소녀를 데려다가 養女로 삼는 습속이 지난날 번졌던 까
닭도 여기에 있다. ③은 태어난 여자어린애를 귀여워하면서 내뱉는 慣
用語, 해녀마을에서 여성의 됨됨이를 재는 尺度는 장차 자라나서 大上
軍海女가 될 수 있는가에 달렸었다. 東金寧 앞바다에 있는 〈새서리 섯
구석〉이란 어장은 유별나게 海産物은 풍부하지만 그 水深이 워낙 깊은
곳이다. 애가 자라나면 엥간한 技倆을 지닌 해녀들로서는 물질할 엄두
도 낼 수 없는 어장에 입어할 수 있는, 뛰어난 해녀가 되길 바라는 뜻

이다.

④ ⑤ ⑥은 길쌈과 물질을 對比했다. 예전의 한국 여인들로서는 길쌈
이 목숨처럼 소중한 生業이므로 물질, 곧 裸潛漁業과 대비해 봤는데, 海
女의 물질이란 체력과 意氣만으로써 치르므로 늙어지면 그만이요 한평
생 家計에 꾸준히 이바지했을 뿐 남겨질 것이라곤 별로 없다. 깊은 물속
으로 오르내리며 숨가뻐 치러야 하는 물질은 상당한 體力이 소모되는
일로서 해녀들은 잘 먹어야 한다는 데서 ⑦과 같은 속담도 생겼다.

음식만이 아니라, 물질이 극성스런 곳에서는 영양제 주사를 맞거나
補身用으로 藥을 달여 먹기도 한다. 일상 음식을 잘 먹는 것도 이제는
지난날의 이야기니 '70년대 초 海女服을 고무옷으로 탈바꿈함으로써
위생상 오히려 음식을 덜 먹으려는 경향이 짙다.

㈑ 해녀와 어린애

해녀들은 애를 분만하기 直前, 直後에도 入漁한다. 물질하는 배 위
에서,[62] 돌아오는 축항에서, 혹은 길에서 분만하는 일은 드물지 않는
일로서 〈배선이〉·〈축항동이〉·〈길동이〉·〈질동이〉란 別名이 붙여
졌던 사례를 흔히 본다. 産後調理도 별로 거치지 않은 채 分娩後 며칠
사이에 다시 入漁하매,[63] 애를 제대로 돌볼 겨를이 없다. 이에 관련된
속담 몇 편을 보기로 한다.

---

62) 물질하다가 海女船에서 分娩하는 예는 日本에서도 보인다.(瀨川淸子 : 같은
   책, p.245)
63) 제주도내 몇 마을에서 확인해 보았더니 1960년대까지를 기준한다면, 대부분
   의 해녀가 分娩後 사흘째에서 닷새째 되는 날 再入漁했었다.

⑧ 아깃질, 뱃질(아기의 길, 뱃길)

⑨ 줌녀 아기 나뒁 사을이민 물에 든다(潛女 아기 놓아 두고 사흘이
  면 물에 든다)

⑩ 줌녀 아긴 사을이민 굴체에 눅져뒁 물질혼다(潛女 아기는 사흘이
  면 삼태기에 눕혀두고 물질한다)

⑪ 줌녀 아긴 일뤠만에 것 멕인다(潛女 아기는 이레만에 밥 먹인다)

⑫ 줌녀 아긴 석 둘만에 아귀것 멕인다(潛女 아기는 석 달만에 씹은
  밥 먹인다)

⑬ 애기짐광 메역짐은 베여도 안 내분다(아기짐과 미역짐은 무거워
  도 안 내버린다)

아기를 分娩하는 시간과 배가 떠나는 시간은 不確定하다는 게 ⑧의
뜻. 아기를 낳는 시간도 불확실하거니와, 바람이 멎어야 배도 떠날 수
있기 때문에 그 시간이 不確實하다는 점에서 分娩時間과 出航時間은
等式關係를 이룩한다. ⑨ ⑩은 分娩後 사흘만에 다시 물질에 뛰어드는
無理를 무릅쓴 해녀들의 유별스런 勤勉性과 獻身沒入度를 구체적으로
지적했다. 물질에 온 몸과 정성을 다 바치다가 보면 상당한 기간 아기
에게 제때에 젖을 먹이기는 어려우므로 ⑪ ⑫의 속담을 낳았다. ⑨ ⑩
⑪ ⑫는 과장이 아니라 言表 그대로 제주 해녀들의 實情이다. ⑬에서
처럼 무겁다고 아기나 미역을 내버릴 리야 어디 있으랴마는, 주목되는
바는 미역을 아기처럼 重視 한다는 점이다.

㉯ 海女漁場

⑭ 물도 싸민 여울이 나곡 낭도 싸민 フ를이 난다(물도 써면 여가

나고 나무도 켜면 가루가 난다)

⑮ 바당의도 ᄆ를 싯고 산전의도 ᄆ를 싯나(바다에도 마루가 있고 山田에도 마루가 있다)

⑯ 산담 ᄀ뜬 절고개(무덤을 네모나게 둘러싼 돌담, 곧 산담 같은 물결고개)

⑰ 지붕에도 ᄆ를이 싯곡, 청춘에도 ᄆ를이 싯나(지붕에도 마루가 있고, 靑春에도 마루가 있다)

⑱ 물도 싸민 여울이 나곡, 난 미영도 여울 안 난다(물도 써면 여가 나고 난 움직여도 여가 안 난다)

⑲ 싸는 물 시민 드는 물 싯나(써는 물 있으면 드는 물 있다)

海女漁場은 해녀들의 소중한 밭이다. 따라서 바다의 상황과 무수기에 대해서 해녀들은 그 사정에 훤하고 무척 예민하다.[64] 바닷물이 들고 써고 바다에 파도가 일어서 마루[宗]같은 모습이 이뤄지는 것도 자연스런 현상으로 본다. ⑭ ⑮에서는 물이 써서 水中暗礁인 여가 바다 위로 솟아나는 상태를 나무를 켜다가 보면 가루가 나는 데 비유하고, 平地와 동산이 交叉됨에 비유하면서 萬有變轉과 可變的인 리듬은 世事의 順理임을 암시한다. 거친 파도 이는 海原에 몸을 던진 해녀들로서는 그지없이 두려운 것이 모진 바람과 사나운 물결이다. ⑯처럼 위태로운 물결고개를 제주 특유의, 무덤을 둘러싼 돌담인 〈산담〉에 직유했음도 주목된다. 石多의 섬다운 비유다.[65]

---

⑰ ⑱ ⑲에서는 바닷물이 일정하게 돌고 써는 무수기에 삶의 哲理를 投影시킨다. ⑰에서처럼 怒濤가 일어서 마루를 이루듯이 靑春에도 明暗이 엇갈리어 삶의 고비에 부딪치게 마련이요, 바다에 썰물과 들물이 교차되듯 사람 삶에도 幸·不幸의 굴곡이 되풀이됨은 오히려 正常이라는 哲理를 배운다는 게 ⑲에 內顯된 뜻. 다만 ⑱에서는 不運이 거푸거푸 이어지는 자신의 身世를 表象한다.

㉑ 海女의 물질

이번에는 海女들의 裸潛漁業, 곧 물질을 題材로 한 속담을 골라서 살펴보기로 한다.

⑳ 물 우이 삼 년, 물 아래 삼 년(물 위에 삼 년, 물 아래 삼 년)
㉑ 노끈 낭긔 올매(높은 나무의 열매)
㉒ 삼월 보름 물찌에 사우장각시 서이똘이 메역자리 갈른다(삼월 보름 무수기에 선비부인 세 母女가 미역 자리 가른다)
㉓ 삼월 보름 물찌에 도독질 생각나민 집에 든다(삼월 보름 무수기에 도둑질 생각나면 집에 든다)
㉔ 삼월 보름 물찌엔 하우장각시 책갑 정 얼른다(삼월 보름 무수기에는 선비 부인 문갑 지고 나댄다)
㉕ 느려갈 땐 흔빗, 올라올 땐 천칭만칭구만칭(내려갈 땐 한빛, 올라올 땐 천층만층구만층)
㉖ 물에 들 땐 지에집을 일룜직이 가곡, 돌아올 땐 똥막살이 풀암직이 온다(물에 들 때는 기와집을 이룰 듯이 가고, 돌아올 때는 오막살이 팔 듯이 온다)

㉗ 사발물에 든다(사발에 담근 물처럼 잔잔하고 水深이 얕은 바닷물
　에서 해녀가 물질한다. 곧 기초적인 물질을 조금 할 줄 안다는 뜻)

㉘ 젭시바당에서 메역이나 건진다(접시처럼 야트막한 바다에서 미
　역이나 건진다. 역시 기초적인 물질을 조금 할 줄 안다는 뜻)

㉙ 무낭에 점복은 요왕할망 츠지(珊瑚의 전복은 龍王할머니 차지)

㉚ 물천은 공껏, 친정집보단 낫다(海産物은 공껏, 親庭집보다 낫다)

　해녀들이 바다를 집안삼고 물질로써 살아감을 ⑳에서처럼 "물 위에
삼 년, 물 아래 삼 년"이라 표현했다. 바다를 집안처럼 마당처럼 여기
면서 물질하다가 보아도 깊은 물속의 海産物을 캐는 일은 ㉑의 표현
그대로 "높은 나무의 열매"처럼 至難하다. ㉒ ㉓ ㉔는 음력 3월 보름의
무수기에 한 해를 통틀어서 바닷물이 썩 잘 써므로 이뤄진 속담. ㉒는
세 母女가 캔 미역을 널어 말릴 자리를 제각기 구분해야 할 만큼 엄청
나게 미역을 많이 캘 수 있다는 뜻이요, ㉓은 남녀노소 할 것 없이 모
두가 바다에 몰려서 물질하고, 시중들고, 〈보말〉 캐고 한다는 그날의
실정을 그렸다. ㉔역시 모든 주민들이 나대는 실정을 해학적으로 표현
한 것.

　㉕ ㉖은 물질의 技倆과 至難함을 실정 그대로 드러냈다. 무자맥질하
기 시작할 때에는 모두가 꼭 같은 모습이지만, 그 所得은 千差萬別이
요, 상당한 의욕을 앞세워 물에 들었다가도 그 결과는 보잘 것 없을 때
가 흔하므로 이를 具象的, 日常的으로 표현함으로써 그 뜻은 더욱 절
실하게 몸에 와 닿는다. 簡明하고(shortness), 짜릿하고(salt), 妙味(sense)
를 지니는 3S는 俗談이 지니는 屬性이다. 속담의 이러한 屬性은 그 속
뜻이 사람들의 심경에 절실히 닿게 되는 바탕이다.

　㉗ ㉘은 裸潛漁業, 곧 물질을 그 기초만이라도 치를 줄 안다는 뜻.

흔히 해녀마을에서 新婦로서의 資格要件을 말할 때 海女로서의 基本技倆만은 갖추어야 함을 뜻할 때 쓰이는 표현.

잔잔하고 야트막한 바다를 〈사발물〉·〈젭시바당〉이라 표현했으니 재치 있고 깜찍하다.

㉙는 珊瑚에 붙는 전복은 〈요왕할망〉의 것이라고 캐기를 禁忌視한다는 표현. 캐고 水面으로 나오다가 자칫 산호가지에 걸려서 목숨을 여의는 경우가 있으므로 아예 龍王할머니 몫이라고, 캐어서는 안된다고 지혜롭게 못박은 셈. 버겁게 가꾸어야 하는 밭농사와 달라서 바다농사, 곧 海産物은 아예 공것이나 다름없다. 바다속에서 자라난 것을 캐기만 하면 되니까 그렇다할 投資가 불필요하다. 實利性을 따질 때 親庭집보다 낫다는 ㉚의 표현이 썩 익살스럽다.

㈕ 海女의 櫓 젓기

해녀들은 그냥 헤엄쳐 나가서 〈ㄱ물질〉을 치르기도 하지마는, 배를 타고 일정한 漁場까지 나가서 〈뱃물질〉도 한다. 배를 타고 나갈 때에는 벗들과 함께 櫓를 젓는데, 해녀마다 경쟁하듯 힘겨운 상책을 골라잡고 남보다 더욱 열심히 저으려는 意氣가 탄탄하다.

㉛ 산 뛰는 건 웅매, 여 뛰는 건 베(山 뛰는 건 雄馬, 여 뛰는 건 배)
㉜ 물질이사 놈을 준들, 상책이사 놈을 주랴(물질이야 남을 준들, 상책이야 남을 주랴)
㉝ 늙은 중이 소곰 먹듯, 늙은 영감 장개가듯(늙은 쥐가 소금 먹듯, 늙은 영감 장가가듯)
㉞ 흔 베에 열 놈이 가도 치 잡은 이가 사공(한 배에 열 놈이 가도

키 잡은 이가 사공)

해녀배가 재빨리 달리기를 바라는 데서 배를 雄馬에 비유하기도 하고(㉛), 기왕 櫓를 저을 바에야 남에게 그 氣魄을 빼앗기겠는가고 기어이 상책을 잡고 저어 나가려는 의욕을 보인다(㉜). 곧 상책을 잡고 櫓를 젓는 일은 힘겨운 일이면서도 실질적으로 櫓 젓기를 主導하는 셈, 남보다 물질이야 뒤진다 하더라도 櫓 젓기야 남에게 지겠느냐는 매서운 意氣. ㉝은 櫓 젓기가 한결 수월하기를 바라는 익살스런 비유이고, ㉞는 世事 모두가 주장하는 이에 매인다는 뜻이다.

다음에는 해녀들의 櫓 젓기와 관련된 實利的 心意가 드러나는 속담 몇 편을 보기로 한다.

㉟ 어정칠월 동동팔월
㊱ 말 몰른 돈, 귀막은 돈, 눈 어둔 돈(말 모른 돈, 귀먹은 돈, 눈 어두운 돈)
㊲ 돈 웃고 보민 적막강산, 돈 싯고 보민 금수강산(돈 없고 보면 적막강산, 돈 있고 보면 금수강산)

㉟에서는 제주 해녀들이 섬 바깥 韓半島 각 연안이나 日本으로 물질 나갔다가 歸鄕日字가 되어가자 서둘러 돌아오려는 心境을 드러냈다. 千里他鄕으로 봄에 떠나서 秋夕 직전에 돌아오게 되므로 칠월이 되면 마음이 어정쩡해지고 어서 팔월이 들기를 손꼽아 기다리게 된다. ㊱ ㊲은 身命을 다 바쳐서 물질하는 까닭이 돈 때문임을 實感 있게 드러냈는데, 특히 ㊳은 慣用句節로서 〈해녀노래〉 사설에 잘 끼어든다.[66]

해녀들은 生死의 갈림길에서 물질하기 때문에 怪奇한 說話도 꽤 전

승된다. 그 일부는 이미 소개한 바도 있거니와,[67) 그 가운데 〈머리털
잘리고 살아난 소섬해녀〉·〈珊瑚海女〉·〈용궁올레〉 등에서는 그 이
야기 속에 話素로서 龍宮이 설정되었다. 바다속 깊은 곳 彼岸에 淨土
(理想鄕)를 가상하고, 해녀들은 이 龍宮을 자유롭게 드나들 수 있다고
관념하는 데서 이워진 것으로 보이는데, 이런 설화는 日本에도 분포되
었다.[68)

　　海女社會에는 民謠·俗談·禁忌語 등 숱한 口碑傳承이 깔렸는데,
이의 철저한 調査硏究는 우리의 소중한 과제로 남는다.

66)　拙著 :《濟州島民謠硏究上歌》(一潮閣, 1965)의 928·929·944·1008번의 자료.

67)　拙稿 : "濟州海女의 民俗學的 硏究",《濟州島硏究》제3집, pp.169~176, 濟州島
　　硏究會, 1986.

68)　岩田準一 :《志摩の海女》, pp.91~96, 1971. 여기에는 "龍宮에 다녀온 해녀 이
　　야기"라 해서 설화 네 편이 소개되었는데, 공통되는 이야기 줄거리는 다음과
　　같다. ① 예전에 물질하던 해녀가 시간이 꽤 흘러도 바다속에서 나오질 않았
　　다. ② 한참 애타게 찾아도 나타나질 않아서 며칠 후 장사를 치렀다. ③ 장사
　　를 치른 얼마 후 뜻밖에도 그 해녀는 살아나서 물위로 솟았는데, 수수께끼의
　　梧桐나무 상자를 들고 나왔다. ④ 그 해녀는 龍宮에 다녀왔노라 하면서, 이
　　오동나무 상자를 끝내 열지 않으면 家勢가 번창하겠지만, 만약 열었다가는
　　厄運에 부딪친다는 말을 하더라고 전한다. ⑤ 궁금해 하던 나머지 마을 鄕長
　　이 우격다짐으로 이를 열었더니, 상자 속에선 느닷없이 커다란 모기장이 나
　　타났고, 애써도 다시 상자 속으로 들여놓을 수가 없었는데 그 해녀가정에는
　　대대로 厄運이 잇따랐다.

VI 海女社會의 變遷

요마적에 이르러 제주도의 海女社會는 觀光主導型의 産業社會化의 거센 물결에 따라 급격한 變遷을 거듭하고 있다.

海女社會에 대한 바람직한 분석은 해녀사회 전반을 總體的으로 논의하고 그들의 삶을 包括的, 立體的으로 접근해야 하겠지마는, 앞으로의 課題로 둔다.

이 글에서는 해녀 자체의 삶과 生産活動에 국한하여 두드러지게 드러나는 變異現象을 살피는 데 치중할까 한다.

우선 海女數가 급격히 줄어들어 가며, 海女服이 합성 고무옷으로 탈바꿈됨으로써 入漁時間이 불어나고 같은 시간내의 採取量이 늘어가는 반면, 職業病의 문제가 주요숙제로 등장한다. 해녀들이 되레 식사량을 줄여 가며, 藥服用이 盛行한다. 採取對象이 달라져서 미역을 캐지 않음으로써 해녀와 해녀마을 주민들이 온통 구름떼처럼 바닷가를 덮었던 解警風景도 이제는 지난날의 이야기.

마을과 마을사이. 또는 동네와 동네 사이에 그토록 시끌벅적하던 漁場紛糾도 누그려져 간다. 요마적에 이르러 脫衣場 시설이 불어남으로써 바닷가에 돌담을 쌓아서 무수히 마련했던 〈불턱〉 모습도 사라져 간다. 소라와 톳 등 몇 가지 魚種이 소중한 海外輸出品으로 부상함으로써 해녀들이 치중하여 채취하는 海産物의 종류가 변화한다. 産業社會化의 거센 물결에 휘말려서 海女漁場은 황폐화되어 가며 채취할 資源은 枯渴一路로 치닫는다.

요마적에 이르러 海女數의 激減은 물질이 꽤 극성스런 해녀마을에서도 눈에 띄게 드러난다. 예나 이제나 海女數의 정확한 통계는 至難

한 일.

필자는 몇 가지 이유로써 실제의 海女數는 水産當局의 公式的 統計에 비하여 1.5배 내지 2배에 이르리라는 견해를 밝혀 온다.[69]

어차피 제주도의 해녀수는 幾何級數的으로 줄어들어 간다. 제주도당국의 공식통계에 따르면 1970년에 23,930명, 1980년에 8,850명, 1990년에는 5,951명으로 집계된다. 이 통계를 기준한다면 제주도 해녀수는 1970년에 비하여 '80년에는 37%로 '90년에는 25%로 줄어든 셈.

쉽게 말해서 20년 사이에 해녀수는 4분의 1로 크게 줄어들었다는 말이 된다. 더구나 어느 해녀마을에 가도 20대 해녀는 보기 어렵다. 예를 들어 裸潛漁業에 열성인 東金寧里(北濟州郡 舊左邑)의 경우에도 '90년 현재 120명의 해녀 가운데 20대 해녀는 단 한 사람도 없으며 30대 해녀도 오직 3명뿐이다. 해녀들은 그러니까 대부분 40대 이상, 특히 50대 60대에 쏠렸으니, 高齡化趨勢가 두드러지다. 1969년의 경우 39세 이하의 해녀가 64%이었고, '83년까지만 하더라도 30대까지의 해녀수가 3분의 1에 이르렀었는데, 이제 30대 해녀마저 드물다는 사실은 급격스런 변화에 직면한 셈.

획기적인 조치가 없는 이상, 앞으로 20년~30년이 흐르게 될 때 제주해녀의 맥락은 끊기고 말지 모르는 위태로운 고비에 놓였다.

해녀수효가 이처럼 激減하는 데는 복합적인 이유가 깔린 것으로 본다. 첫째 소녀들의 진학률이 높아져서 중학교로 진학하는 비율도 무려 99%에 이른다는 점을 들 수 있다. 부모로서도 裸潛漁業, 곧 물질을 굳이 자식들에게 물려주려 하질 않으며, 소녀들 역시 進學하려고만 하지,

---

69) 拙稿 : "濟州海女의 民俗學的 研究", 《濟州島研究》제3집, pp.167~168, 濟州島研究會, 1986.

물질로써 生業을 삼으려는 意識은 거의 없다.

둘째는 社會의 在來的 職業觀이다. 사회풍조 자체가 裸潛漁業을 별로 소중하게 여기는 편이 아니다. 외래인들은 해녀를 異邦人視하면서 사진이나 찍는 대상으로 삼고, 여느 여인들과는 유다른 血統을 지닌 특별한 人種으로 곡해하면서 斜視하는 경향이 짙다. 수산당국에서는 海女의 激減을 줄이기 위해 脫衣場 施設을 늘려주고 模範潛嫂會(海女會)를 褒賞하며 職業病 診療와 産業視察 및 技能競演大會 등 갖은 施策을 펴고 있지마는, 海女 激減을 막는 근원적 대책이 되기는 어려운 실정이다.

셋째는 급격스런 제주도의 産業構造의 改變이다. 1960년대 후반기부터 幾何級數的으로 불어난 감귤생산 붐이 온 섬을 휩쓸게 되자 여성들의 勞動力도 이에 몰리게 되고 農漁村의 소득이 향상됨에 따라서 해녀의 激減趨勢를 더욱 부채질하게 되었다.

세월의 흐름에 따라 海女服과 海女器具도 변화를 겪는다. 在來의 海女服에서 합성고무로 된 海女服으로 탈바꿈한 것은 1970년대 초의 일이다. 이는 해녀사회의 커다란 變革이다. 在來 海女服 合理性은 구체적으로 고찰된 바 있지마는,[70] 고무옷으로 대체됨으로써 體熱損失量이 썩 줄어들어서, 그 外殼絶緣度는 在來服을 입을 때보다 2.7배가량 증가되었다고 보고되고 있다[71] 保溫이 잘 되기 때문에 물질하는 시간도 종전의 두어 시간에 대여섯 시간으로 불어나고, 자칫 가꾸어야 할 稚貝도 함부로 캐기 쉽다. 體力의 소모가 극심해지고 職業病이 갖가지로

70) 김정숙 : "제주도 해녀복 연구", 이화여대교육대학원, 석사논문, 1989.
71) 박성인 외 : "한국해녀의 잠수생리학적특성", 〈히오라비〉 제2집, p.111, 고신대학의학부, 1985.

일어서 藥服用量이 급격히 불어나는 부작용을 낳는다. 요마적에 濟州
道立醫療院과 서울大醫大 공동작업으로 제주해녀의 職業病에 대한 분
석이 심층적으로 이루어진 바 있는데, 鎭痛劑와 鎭靜劑의 남용은 큰
숙제다. 합성고무로 된 해녀복을 입음으로써 〈좀수 머긋 밧갈쉐 머
긋〉(潛嫂 먹성 밭갈소 먹성)이란 속담도 옛이야기가 되어 간다. 곧 해
녀들의 食事量이 밭갈소처럼 놀랍다는 표현은 점차 사라지고 되레 식
사를 삼가거나 간편하게 하려는 경향이다. 고무옷을 입게 되자 물질하
기 직전에는 오히려 食事量을 줄이거나 식사를 삼가야 물질하기에 편
리하고 衛生的이기 때문이다.

　海女器具 가운데 〈테왁〉은 본디 박으로 만들었었다. 박을 직접 키워
서 이를 따고 부엌에서 몇 달 동안 탄탄하게 말린 다음 씨통을 빼고 줄
로 얽어서 〈테왁〉을 만들던 그 과정을 50대 이상의 해녀들은 잘 기억
하지마는 自給自足의 풍습은 옛말이 되었다. 따라서 결혼하게 되면 해
녀마을의 시아버지들은 〈질구덕〉 및 〈망사리〉와 〈테왁〉을 알뜰히 마
련해서 선사하던 풍습도 사라진 지 오래다. 〈테왁〉의 재료는 이십수년
전부터 發泡스티로폼으로 바뀌었다. 發泡스티로폼 위에 옷감을 씌워서
줄로 얽는데 일반적으로 하얀색이지마는, 지역에 따라서는, 예를 들어
杏源里(北濟州郡 舊左邑) 같은 곳에서는 덮어씌우는 색채로써 入漁할
漁場을 구분한다. 곧 杏源 앞바다의 漁場을 셋으로 구분하여 1년 단위
로 번갈아가며 入漁하는데, 그 入漁組를 명확하게 판별하기 위하여 赤
· 靑 · 白의 옷감을 덮씌우는 지혜를 발휘한다. 在來의 것은 흔히 〈쿡
테왁〉이라 이르고 發泡스티로폼으로 된 것을 〈나이롱테왁〉, 또는 〈스
폰지테왁〉이라 하는데 쉽게 부서지지 않는 利點이 있다. 이제는 어디
에서든 박으로 된 〈쿡테왁〉은 보기 어렵다.

　〈망시리〉(망사리 · 홍사리 · 홍아리)의 재료도 억세풀이 속껍질인

〈미〉, 신서란, 남총 등 그 재료가 몇 차례 바뀌다가 이제는 나일론으로 겯는다. 그 材料 역시 世態의 변화에 따르는 셈.

水中眼鏡을 〈눈〉이라 하는데 백여년 전에는 〈눈〉 없이 물질하다가 小型雙眼鏡인 〈족세눈〉(족은눈)이 우선 생겼으며, 〈족세눈〉 양옆에 펌 프가 달린 〈후씽안경〉(부글래기)이 일부지방에 쓰이기도 했는데, 오늘 날의 大型單眼鏡 〈왕눈〉(큰눈)으로 바뀐 지는 1960년대의 일이다.

해녀들의 採取對象인 海産物의 종류도 달라져 간다. 우선 야단스레 캐던 미역을 별로 캐지 않는다는 사실이다. 1960년대 중반 韓半島 南 海岸에서 미역 養殖이 성행되어 가자 養殖미역, 이른바 〈줄메역〉의 생 산에 밀려서 自然生의 〈춤메역〉 생산은 70년대에 이르면서 그만두기 에 이르렀다. 지난날 미역 캐기는 海女作業의 大宗이었다. 그것은 해 녀마을에서 婚談이 오갈 때에 "지 사발엣 메역이나 건지는가"(제 사발 엣 미역이나 건지는가), 곧 제 먹을 만큼의 미역이나 캘 수 있는가의 물질능력이 新婦資質의 종요로운 기준이었다는 점에서도 확인된다.

미역 채취가 해녀들 물질의 大宗이었음은 전복·소라를 캐는 일을 예나 이제나 〈헛물〉이라 하는 데서도 찾아볼 수 있다. 〈헛물〉이라 함 은 '헛물질', 곧 반드시 캘 수 있다는 보장이 없이 어쩌다가 빈손으로 나올 수도 있다는 데서 말미암은 말이면서, 주장되는 물질이 아니라는 뜻도 은연중 내포된 것으로 보인다. '80년대에 이르러 제주도의 海外輸 出高에서 水産物의 차지하는 비중이 8할 가량이며, 그 水産物輸出高 가운데서 소라와 톳이 8할을 상회하는가 하면 소라만 해도 7할을 넘어 가매 전복과 소라에 대한 認識度가 썩 달라져 간다. 이른바 戰略魚種 이라 해서 전복이나 소라는 곧 현금으로 인식되어 가자 이제는 주민들 도 전복·소라를 常食의 찬거리로 삼으려 하지 않는다.

어차피 이제는 미역도 넓미역도 별로 안 캔다. 캔다 하더라도 집안

의 副食정도로 그친다. 그렇게도 소중했던 미역이 이제는 바다의 雜草
로 둔갑해서 해녀바다, 곧 第一種共同漁場의 除草作業, 이른바 〈바당
풀캐기〉(풀캐기, 물캐기) 때에 밭에서 김매듯 낫으로 미역을 마구 베어
바닷물에 흘려보낸다.

　世態의 變化가 無常하듯, 海産物의 세계에서도 세월의 흐름에 따라
그 價値가 變轉된다. 몇몇 海藻類는 캐지 않는 반면, '80년대에 들어서
캐기 시작한 海藻類로서 갈래곰보와 볏붉은잎 등을 들 수 있다. 갈래
곰보는 濟州語로 〈鷄冠草〉, 또는 〈둑고달〉(닭의 볏이라는 濟州語)이라
하며, 볏붉은잎은 〈고장풀〉 또는 〈고상초〉라 한다. 묻혔던 人材가 어
떤 분야에서 갑작스레 발탁되듯 갈래곰보나 볏붉은잎은 가만히 숨겨졌
다가 느닷없이 그 效用價値를 인정받기에 이르렀고 소중한 海外輸出品
으로 햇빛을 본다. 따라서 갈래곰보, 볏붉은잎이 잘 자라는 일부 해녀
마을에서는 본격적인 미역 캐기를 그만둠으로써 잠잠해졌던 漁場紛糾
가 再燃될 듯한 조짐도 보인다.

　미역 캐기를 외면하다시피 되어가자 禁採했던 채취물을 解警(許採)
하는 풍습도 희미해졌다. 물론 우뭇가사리 채취를 시작하는 〈우미ᄌ
문〉이나, 톳을 解警하는 〈톳ᄌ문〉(톨ᄌ문)이 없는 바 아니지만, 온 주
민이 바다로 몰려 시끌시끌했던 〈메역ᄌ문〉 풍경에 비할 수는 전혀 없
다. 지난날 미역철에는 앞에서도 지적했듯 해녀마을 주민들이 온통 바
다를 덮는다. 해녀들과 해녀가족들이 왈칵 바닷가로 몰려서 캐어 놓는
미역을 나르고 말리고 바닷가는 야단스런 饗宴이 벌어진다. 물질을 그
만둬서 평소에 바다에 얼씬거리지 않던, 살갗이 쪼글쪼글한 80고령의
노파해녀, 곧 臨時的 漁民(occational fishman)도 解警(許採)하는 며칠
동안은 바다에 나댄다. 국민학교는 農繁期 아닌 漁繁期放學이라고 할
까 며칠 동안 쉬기도 하며, 소녀들은 서툴면 서툰 대로 물질에 뛰어든

다. 할머니나 어린이들은 부담 없이 물질하다가 보면, 그 곁에서 물질하던 上軍海女가 이른바 〈게석〉이라고, 채취한 海産物을 조금씩 선사받는 즐거움도 누린다. 이러면서 어린이들은 학용품도 스스로 마련하고 앞날의 삶에 대비하면서 備蓄해 두기도 한다. 自立·自助의 굼튼튼한 삶의 태도를 뿌리내리는 셈.

반드시 바깥물질을 나가지 않더라도 해녀마을의 소녀들은 물질로써 모아둔 資金으로 자라나 婚姻할 때 제 婚需은 스스로 마련하는 경우가 드문 일이 아니었다.

지난날 採取物의 大宗인 미역을 별로 캐지 않게 되자, 마을과 마을 사이, 또는 동네와 동네 사이에 利害를 가리며 시끌벅적하기 이를 데 없었던 漁場紛糾도 자연스레 사라져 갔다. 入漁慣行 등이 얼키설키 얽혀서 어정쩡하던 漁場紛糾에 따른 實相究明은 무성한 숲속을 헤매 듯 번거로운 과제.

바다밭은 뭍의 밭처럼 분명하게 금을 그을 수 없을뿐더러, 개개인의 소유가 아니라 마을 사람들의 總有이기 때문에 그 不分明한 境界와 끈덕지게 이어지는 入漁慣行이 칡덩굴마냥 얽혀져서 漁場을 둘러싼 싸움이 이만저만이 아니었다. 제주해녀들이 19세기말부터 주로 물질 나가던 이른바 慶北裁定地區(九龍浦·甘浦·良浦 일대의 第一種共同魚場)를 둘러싼 오랫동안의 분규가 亂麻처럼 서로 얽혔었는가 하면, 도내 마을과 마을 사이의 분규는 일부 살펴본 바도 있지만,[72] 그 과제는 만만치 않다.

---

72) 康大元: 같은 책.
　　高翔龍: 같은 글.
　　金斗熙·金榮敦: 같은 글.

海女社會의 또 하나의 변화는 바깥물질이 끊겨 가는 일.

제주해녀들은 단지 제주연안에서만 물질해 온 것이 아니라, 韓半島 沿岸은 물론, 日本·中國·소련 등 東北아시아 일대로 활발하게 진출했었다. 19세기말부터 제주해녀들은 釜山쪽으로 물질 나가기 비롯해서 韓半島 沿岸 곳곳과 크고 작은 부속도서 獨島에까지, 日本의 여러 바다를 누비고 靑島·大連 등의 中國바다와 소련의 블라디보스토크까지 遠征나갔으니, 해마다 수천 명씩 候鳥와 같은 島民大移動이었던 셈.[73]

그런데 1970년대에 들어서면서 복합적인 이유에서 韓半島 물질마저 거의 끊기고 이제는 일부해녀가 나간다 해도 비공식적이요, 그 수효도 얼마 안된다. 오히려 九龍浦·竹邊·束草·忠武 등지에 제주해녀동네를 이룩하고 定着해서 산다. 1세기 동안 떼지어 섬바깥으로 물질나가는 일이 이제는 끊기다시피 된 일은 海女社會의 커다란 변화가 아닐 수 없다.

海女社會의 급격스런 변화나 해녀들의 裸潛漁業方法과 모습이 변화하는데도 불구하고 그들의 民間信仰은 不易性을 띠어서 쇠멱미레같이 끈질기다. 個人的 祈願도 그렇지마는 영등굿이나 줌수굿(해녀굿) 역시 예전처럼 성대하지 않다 하더라도 아직도 연면히 치러진다. 비록 굿하는 해녀마을이 썩 줄어들고 굿의 겉모습이 바래졌다 하더라도 그 信仰 心意만은 한결같다. 변하는 것과 不變의 것이 共存하는 게 世事인가 보다.

73) 拙稿: "濟州島海女의 出稼", 〈石宙善敎授回甲紀念民俗學論叢〉, 1971.

Ⅶ　結 論

　濟州海女와 海女社會의 實相을 현지조사에 터전해서 民俗學的 側面
에 치중하여 밝혀 보았다. 곧 入漁에 따른 習俗을 비롯하여 海女社會
의 民間信仰과 共同體意識 및 口碑傳承 중 俗談을 살펴보고, 海女社會
의 變貌樣相을 고찰하는 데 역점을 두었다. 이제까지 논의된 바를 몇
항목으로 간추리고 앞날의 과제를 제시해 볼까 한다.

① 濟州海女들의 入漁에 따른 習俗은 다양하면서도 實質에 터전한
　다. 夢兆와 入漁와의 상관은 민감하면서도 類感呪術的 色彩가
　짙고, 설령 凶夢을 꾸었다 하더라도 入漁를 포기하지는 않는다.
　제주해녀들은 自立・勤勉에 터전한 自彊不敗意識이 강렬해서
　夢兆 때문에 生業을 쉬는 일이 없을 만큼 굳튼튼하기 때문이다.
　물질에 따른 여러 가지 習俗은 不文律의 慣行이 밑받침되어 自
　生的, 合理的으로 끈끈하게 전승된다. 禁採했던 海産物을 캐기
　시작하는 解警에 따른 慣行, 脫衣場이면서 불을 쬐는 〈불턱〉 습
　속 등에서 튼실한 共同體的 民間智慧를 엿볼 수 있다. 海産物을
　선사해주는 바다는 위태로운 곳이어서 해녀들은 바다에서 느닷
　없이 고기떼에 부딪치기도 하고 幽靈과 맞닥뜨리기도 하는데, 전
　승되는 관습과 지혜에 따라 이에 대처한다. 해녀의 武器格인 해
　녀기구에도 갖갖 俗信이 따르며 예전 혼인하면 시아버지가 알뜰
　한 해녀기구를 며느리에게 선사하던 습속도 주목된다. 漁場에
　따른 끈덕진 慣行이나 出嫁習俗에도 不文律의 合理性이 배어 있
　으니, 入漁할 權利에 따른 漁場管理義務라든가 한 마을의 漁場을

몇 구역으로 구분하여 1년씩 번갈아 입어하는 慣行, 海外出稼로써 婚需 마련이나 家産確保를 굼튼튼히 치르는 일 등이다.

② 海女社會의 信仰心意는 農村社會에 비하여 강력하다는 점이 확인된다. 해녀들의 民間信仰은 個人儀禮와 集團儀禮로 나누어진다. 그 個人儀禮로는 陰正初에 집안에서 혹은 〈할망당〉에 가서 빌거나 龍王에게 비는 뜻으로 韓紙에 쌀을 싸고 바다속으로 〈지드림〉하는 경우를 들 수 있고, 어쩌다가 거북을 만날 때면 龍王의 使者로 보아서 豊漁를 기원하며 막걸리 등으로 극진히 대접하기도 한다. 특히 馬羅島의 할망당은 그 緣起說話부터 특이하며 주민들의 信仰熱意가 극진하다. 集團儀禮로는 영등굿과 줌수(潛嫂)굿을 들 수 있다. 南海岸 일대에서도 영등굿이 치러지지마는 個人儀禮로 그침에 비하여 제주도에서는 集團儀禮化되어 마을단위로 정연하게 베풀어진다는 점이 유다르다. 줌수굿이 제주도내에서 典型的으로 치러지는 마을은 北濟州郡 舊左邑 東金寧里인데, 그 마을 해녀회에서 주관하면서도 남성들이 함께 參禮, 祈願하고 官民이 어우러지면서 祝祭的 性格도 띤다는 점이 주목된다.

③ 해녀마을의 共同體意識은 탄탄하고 農村社會보다 法的이며, 共同運命體的 結束이 굳건하다는 사실이 여러 가지로 입증된다. 農村과 달라서 漁場은 마을 또는 동네 단위의 總有制度로 묶이었으며 共同管理, 共同入漁하기 때문에 自生的 慣行을 마을 단위로 튼실하게 이룩하고 해녀들은 그 規制를 法律 이상으로 잘 지킨다. 單獨入漁는 慣行上 삼가며 해녀동료들은 共同運命體的 性格을 지닌다. 해녀들은 自生的으로 마을단위의 海女會(潛嫂會)를 조직함으로써 水平的 合議에 따라 裸潛漁業 전반에 걸친 갖가지

일을 결의하고 시행한다. 漁場管理와 海産物의 採取, 販賣에 대한 일만이 아니라, 마을의 발전에도 實質的으로 이바지하는 海女會는 海村에서 차지하는 位相이 뚜렷하고 그 寄與度가 높다. 海女社會의 굳건한 共同體意識은 해녀마을마다 확인되거니와 馬羅島나 東金寧里의 경우 또한 그 典型에 가깝다. 海女集團의 이러한 共同體意識은 복합적으로 형성됨으로써 명백히 풀이될 수 없는 不可思議의 力動性을 지닌다.

④ 海女社會의 口碑傳承 가운데 俗談에 치중하여 살펴봤는데, 한결같이 海女의 位相과 그들의 물질, 곧 裸潛漁業의 實相을 어렴히 밝혔음이 확인되었다. 해녀의 물질로써 얻는 收益이 家計에 크게 이바지됨을 드러내고, 女性勞動力을 중시함과 더불어 뚜렷한 海女의 位相을 속담으로 밝힌다. 또한 물질에 獻身沒入하는 해녀들은 分娩한 다음에도 가다가 사흘만에 入漁하는 등 애를 돌볼 여유가 없음을 강조한다. 漁場의 生態를 드러내는 俗談도 꽤 보인다. 곧 海中暗礁인 여, 세차게 몰려오는 물결고개, 들물, 썰물의 모습 등 바다밭, 곧 海女漁場의 생태를 속담 속에 담는다. 그리고 漁場을 오가면서 탄 배의 櫓를 억세게 젓는 氣魄을 속담에 투영하기도 하며, 물질의 목적은 돈, 곧 生計임을 강조하는 등 해녀와 관련된 속담은 해녀들의 오달진 삶의 모습 그대로를 縮約한 셈이다.

⑤ 社會와 産業의 급격스런 변모와 함께 海女社會에도 변화의 물결이 거세다는 사실이 확인되었다. 海女數가 나날이 줄어들어 이제는 어느 해녀마을에 가도 20대 해녀를 만나기 어려우며, 그 激減을 막을 대책수립에 관계당국에서는 熱意를 쏟는다. 在來海女服 대신 합성고무옷을 모두 착용함으로써 해녀들의 물질시간은 길

어지고 鎭痛劑, 鎭靜劑 등을 다량 복용하기 때문에 그 부작용이
이는 한편, 職業病의 문제가 심각하게 대두된다. 採取對象 海産
物에도 변화가 와서 미역을 별로 캐지 않는 대신, '80년대 중반부
터 갈래곰보와 볏붉은잎이란 새로운 海藻類를 캠으로써 바닷가
를 들끓게 했던 解警(許採)風習과 漁場紛糾도 점차 사라져 간다.
전복·소라 등 해녀들의 채취물이 '80년대에 이르러 제주도 해산
물 海外輸出高의 8할을 육박한다는 점에서 그 값어치와 비중은
날이 갈수록 높아진다. 島民大移動이다시피 해마다 봄에 떠나 가
을에 돌아오곤 하는 島外出漁도 이제는 썩 줄어들어 가는 한편
韓半島의 九龍浦·竹邊·束草·忠武 등지에는 제주해녀동네가
이루어져 集團的 定着生活을 한다. 바닷가마다 脫衣場 시설이 불
어남으로써 해안에 돌을 쌓아서 만든 〈불턱〉에 얽힌 풍습도 사
라져 간다. 또한 産業化의 물결에 따라 요마적에는 제주연안의
漁場마저 점차 황폐화되어 가는 실정에 놓였다.

이상 民俗學的인 측면에서 濟州海女와 海女社會를 접근해 보았는데,
끈끈하게 이어지는 그들의 慣行 속에서 保守와 開放이 共存하는 文化
重層性이 드러났으며, 實質에 터전한 그들의 合理的 民間智慧와 獻身
沒入度를 확인하였다. 앞으로 우리는 純農村과 대비하여 農漁業을 겸
업하는 해녀마을을 총체적으로 접근하면서 주민들의 삶의 모습과 그
習俗의 對比作業 등 深層的 接近이 필요하리라고 믿는다. 해녀가 급격
히 사라져가는 오늘날, 해녀와 해녀사회를 넓고 깊게 조사연구해야 할
대상은 山積해 있으며, 이는 우리의 시급한 召命的 課題로 남는다.

08

平日島 '무레꾼'[潛女]들의
組織과 技術

| 고광민 | 제주대학교

『도서문화』 제10집, 1992.

I　序　論

　요즈음 우리나라 남해안 島嶼地方을 대상으로 섬사람들이 처한 환경을 느껴 행하는 認知技術을 토대로 生業(生計)文化를 접근하는 성과[1]들이 있다. 곧, '생계활동의 기반이 되고 있는 해양생태계와 그것이 조성하는 생활영역에서 어민들이 그들의 주위 환경이나 인간 활동에 대해 인식하고 있는 인지구조 또는 세계관은 환경에 적응해 나가는 인간의 문화[2]라는 차원에서.

　이와 같은 방법으로 문화를 보는 작업들은 섬사람들의 자연환경의 인지가 생계에 밀접한 관련을 맺는 사례들을 규명해 나간다. 本考에서는 이러한 방법을 빌어, 한 섬(平日島)에서도 裸潛漁撈技術로 生計를 도모해가며 살아가는 특정한 생업기술집단, 섬사람들 스스로 일컫는 '무레꾼'(海女)들만을 대상으로, 그들은 해양환경과 자연을 어떻게 認知하며 生業에 도모해 가는가, 또 그들이 처한 환경을 배경으로 그들의 生計活動 곧 그들만의 집단조직과 기술은 어떻게 유지해 가는가를 알아본다.

　本考는 木浦大學校 島嶼文化研究所에서 연차적으로 벌이고 있는 夏季('91. 6. 25일부터 6일간) 平日島學術調査團의 一員으로 참여, 무레꾼들을 대상으로 조사한 결과의 그 하나다.

---

1) 이와 같은 연구 성과들로 대표될 만한 것은, 진도 하사미 마을을 대상으로 조사 연구한 전경수 교수(1987)의 "섬사람들의 풍속과 삶"(『한길역사강좌4 한국의 기층문화』93~131쪽)와 趙慶萬 교수(1988)의 "흑산 사람들의 삶과 民間信仰"(『島嶼文化』제6집, 목포대학교 도서문화연구소, 133~181쪽) 등이다.

2) 전경수(1987), 윗글, 102쪽.

平日島 槪況

　平日島는 우리나라 南海上에 위치(東經 126도 59분, 北緯 34도 10분)
해 있으면서 행정구역상 全羅南道 莞島郡에 속한다. 郡행정중심지인
莞島로부터 동쪽으로 15.5㎞ 떨어진 해상에 위치한다. 平日島는 11개
의 有人島와 32개의 無人島로 이뤄진 今日邑의 행정중심지다.
　본섬 平日島 가운데는 해발 235m의 望山을 중심으로 하여 여기저기
에 크고 작은 산들이 있고 산밭의 丘陵地 일대 傾斜地에 耕地들을 마
련했다. 부속 島嶼를 포함한 面積現況은 다음과 같다.

〈面積現況〉

今日邑事務所 제공: (단위/ha)

總面積	耕地			林野	其他	戶當耕地面積
	소계	田	畓			
3,027	769	578	191	2,114	144	0.33

　莞島郡 戶當 平均 耕地面積이 0.4ha이고 보면 平日島의 호당경지면
적은 0.33ha. 다른 도서지방에 비하여 그만큼 생계를 어업에 치중(漁家
戶數 1,826)한다 하겠다.
　섬의 해안선은 굴곡이 심하여, 코지(岬)가 많은 만큼 灣을 이루는 곳
도 많다. 平日島 총 해안선 길이는 115㎞(濟州島 본섬의 해안선 길이
253㎞).
　今日邑事務所에서 조사한 '90년도 인구주택조사현황에 의하면, 邑內
총가구수는 2,260호에, 인구수 8,150명(남 4,010, 여 4,140).

Ⅲ 平日島 무레꾼들 認知 틀로 들여다 본 바다밭
환경과 그에 따른 海洋生態界

平日島에는 裸潛漁業技術로 生計를 이어가는 무레꾼들이 있다. 무레
꾼들은 주로 여성들. 현재 나잠어업자수 28명이다. 그들 중 平日島 出
身海女 16명, 濟州島出身海女 12명(이하, 둘 사이를 가급적 구분 지워
주기 위하여 平日島 출신 海女를 그들의 말대로 '무레꾼'으로, 제주도
출신의 나잠업자들을 '海女'로 표기한다). 平日島 전체 여성인구 4,140
명의 0.67%다. 裸潛漁業의 본고장이라 회자되는 제주도의 경우, 감소
추세이긴 하나 1987년 현재 濟州島 전체 여성인구수의 253,599명에 해
녀수는 6,637명으로 2.6%다.[3] 1970년도의 통계상에는 濟州島의 해녀수
가 2만 3천여명으로 전 여성인구(190,329명)의 12.5%를 차지하고 있었
던 것에 비하여 현격한 차이를 보인다. 나잠어업자들의 감소현상은 平
日島의 경우도 마찬가지겠으나 現時點에서 무레꾼(해녀)의 수만으로
볼 때, 平日島와 濟州島의 두 문화집단 간에는 현격한 차이를 보인다.
이 또한 두 문화집단마다 처한 바다밭 환경과 그에 따른 海洋生態界의
차이에서 말미암음은 아닐까.

1. 바다밭 환경

　裸潛漁業으로 생계를 이어가는 무레꾼들의 바다밭 일터인 그들의

---

3) 濟州市水産業協同組合(1989) : 『濟州時水脇史』 제3편 濟州島 漁民의 生活史
　　중 海女現況(578~587쪽) 참조.

환경은 어느 생업집단의 환경보다 밀접한 관계를 갖는다. 무레꾼들의
채취물인 漁貝類나 海藻類들은 해안선을 따라 수심에 박힌 암초나 돌
무더기에서만 자라기 때문이다. 오히려 바다밭 바닥에 깔려 있는 개펄
(泥)이나 모래 섞인 개펄(砂泥)은 무레꾼들 채취 대상물들이 서식하는
데는 썩 달갑지 않는 존재일 수도 있다.

무레꾼들의 바다밭 환경과 그 海洋生態界를 정확히 들춰내는 일은
自然科學의 일이다. 이에 대한 최근의 成果들이 있긴 하나, 그것을 토
대로, 한 문화집단인 平日島 무레꾼들의 바다밭 환경과 그에 따른 海
洋生態界를 들춰내는 데는 만족한 결과를 얻지 못할 것 같다.

全羅南道에서 만들어낸 水産篇의『道政白書』나 建設部 國立地理院
에서 출간한『韓國地誌 -地方篇Ⅳ-』들에서 기록하고 있는 우리나라
南海岸의 海底地形에 대한 규명만으로 평일도 무레꾼들의 바다밭 환경
과 그에 따른 海洋生態界를 시원히 밝혀내는 데는 한계가 없지 않다.
간단히 그 一例를 들어본다.

　　　小黑山島 안쪽의 가장 깊은 곳은 水深이 100m 이상되지만 一般的으
　　　로는 외양쪽의 平均水深이 20m 정도로 평탄한 지형을 이루고 있으며
　　　底質은 泥質과 砂泥質로 되어 있다.[4]

이와 같은 내용은『韓國地誌』의 경우[5]도 대동소이하다. 또『韓國大
陸棚海底地質圖 第Ⅳ輯(麗水南部海域)』를 보면, 아예 平日島 근해에는
조사도 되어 있지 않는 상태이고, 今日邑 관내 황제도 주위 해역의 해

---

4) 全羅南道(1981) :『道政白書 -水産篇-』, 18쪽.
5) 建設部 國立地理院(1986) :『韓國地誌 -地方篇Ⅳ-』, 295~298쪽 참조.

저지질인 'SM', 곧 砂泥質이라고만 밝혀진다. 이와 같은 일련의 자연과
학적 조사 성과만으로 平日島 무레꾼들의 바다밭 환경을 명확히 드러
내놓지 못한다. 때문에 무레꾼들의 바다밭 환경과 그에 따른 해양생태
계, 특히 무레꾼들의 채취 대상물은 그들의 認知 틀 속에서 찾음이 보
다 과학적일 수도 있지 않을까.

해양지리학자 F.P.Shepard에 의하여 분류[6]된 바 있는 연안 해안과
해빈의 주된 지형분류를 根幹으로 하여 平日島 무레꾼들 認知 틀 속의
바다밭 환경을 알아본다.

南海岸에 떠 있는 한 섬 平日島의 해빈 환경 구분은 F.P.Shepard의
것과 썩 들어맞지 않는다. 그의 연안 해안과 해빈의 주된 지형 분류론
을 들어보자.

> 해빈의 조간대(intertidal zone) 부분은 이른바 '전안(foreshore)'이라 부
> 르는 지역이며, 완만하게 경사진 저면이다. 전안은 바다쪽으로 경사진
> 부분까지이며, 육지쪽으로는 수평인 애도(berm)와 접한다. 파도의 성
> 질이 변함에 따라 애도의 크기와 모양도 변한다. 세째번의 중요 해빈
> 지역인 '후안'(backshore)은 완전히 파도의 영향을 받지 않는 위치에, 즉
> 애도의 정부(crest)에서부터 해안지형의 절벽이 있는 해안까지의 지역
> 이다. 연안의 '近海'(nearshore) 지역은 해빈에 접해 있는 지역으로 연안
> 砂洲(bar)와 연안 골짜기(longshore trough)의 끝부분까지 연장된다.[7]

---

6) 리처드 A. 데이비스, JR(1972) : 『一般海洋學』 Principles of Oceanography 金
   完洙외 2인 共譯, 大韓教科書株式會社, 335쪽.
7) 앞의 책, 335~336쪽 참조.

〈그림1〉 F.P.Shepard의 연안해안과 해빈의 주된 지형분류

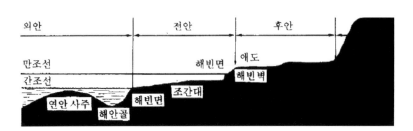

平日島 해빈의 경우, 바닷물의 영향이 거의 미치지 않는 後岸은 바위로 이뤄진 곳이 있는가 하면 흙더미로 형성된 곳도 있다. 바위로 이뤄진 곳은 거의 前岸帶까지도 그게 흘러간다. 그러나 흙이나 모래더미로 이뤄진 後岸帶에 이어진 前岸은 거의 펄바닥을 이룬다. 平日島의 後岸帶는 값진 해산물이 자랄 수 없음에 섬사람들이나 무레꾼들에게 있어서 별다른 의미를 갖지 않는다.

평일도 사람들은 前岸, 곧 滿潮線에는 바닷물이 밀려왔다가 干潮線에는 드러내 보이는 해빈면까지의 조간대를 '개바탕' 또는 '개바닥'이라 한다. 조간대의 개바탕은 다시 海底 地質에 따라 셋으로 나눈다. 펄(泥質)이 깔려 있는 곳을 '펄바닥', 모래(砂質)가 깔려 있는 곳을 '白沙場' 그리고 岩盤이나 돌(礫質)이 깔려 있는 곳을 '갓개'라 구분한다. 平日島의 桐栢里에서 砂洞里까지 이어지는 연안에 모래가 널다랗게 깔려 있어 좋은 백사장을 이룬다. 이 일대를 속칭 '울머리'라 한다. 평일도 무레꾼들의 認知 틀에서 본 조간대의 구분은 셋으로 나누는 바, 그 기준은 해저 지질을 기준삼고 있다. 해산물이 각기 다르고, 또 다른 만큼 그에 따른 漁撈技術도 다르다.

外岸과 前岸의 구분경계선인 해빈면을 지나 외안인 바다 속으로 가면, 海底地質에 따라 크게 둘로 나눈다. 평일도 무레꾼들의 인지 틀 속

에서 나눔의 구역은 대개 해안선을 따라 수심 10m 이내의 외안은 1종 어업 구역이다(〈지도1〉 참조).

　그 일대의 底質이 岩盤으로 깔려 있음을 두고 '너르박'이라 하고, 돌 멩이(礫質)로 덮혀 있음을 두고 '머들'이라 한다. 이 둘을 합쳐 크게 '머 들'이라고만 하기도 한다. 머들밭은 바로 裸潛漁業者들인 무레꾼들의 일터인 셈. 머들밭이어야만이 무레꾼들이 즐겨 찾는 전복·소라·홍 합·해삼 등의 해산물들이 서식하고 있기 때문이다.

〈지도1〉 平日島 일대 1종어업구역도

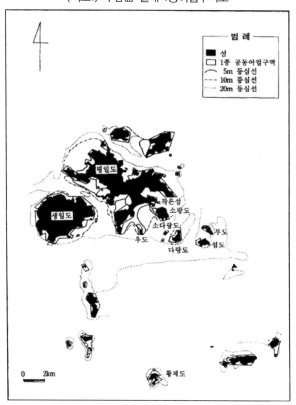

※ 水産廳國立水産振興院(1988)『沿岸漁場基本調査報告書』-전라남도편-, 336쪽 참조.

이처럼 연안의 外岸 중 底質이 암반이나 礫質의 돌덩이로 깔려 있지 않고, 그 자리에 펄(泥)이나 모래가 섞인 펄(砂泥)이 깔려 있는 곳을 '펄밭'이라 한다. 이와 같은 곳에서는 각종 養殖(김·미역·다시마·청 각·톳)이 행해지고 있거나, 여러 가지 고기를 잡기 위한 網漁撈도 행 해진다.

2. 바다밭 환경에 따른 海洋生態界

平日島 사람들의 認知 틀 속에서는 그들의 삶의 터전인 바다밭을 크 게 셋으로 나눈다. 前岸, 곧 滿潮 때에는 바닷물이 밀려왔다가 干潮 때 에는 드러내 보이는 해빈면까지의 조간대를 '개바탕' 또는 '개바닥'이라 하고, 外岸과 前岸의 구분 경계선인 해빈면을 지나 외안의 바다 속으 로 가면, 해저 地質이 돌이냐 펄이냐에 따라 '머들'과 펄밭, 둘로 나눈 다. 물론 머들밭은 연안에서 조금 떨어진 해저 돌출부분인 '여'(嶼)도 없는 것은 아니나 연안 가까이에 있기 마련이다. 개바탕도 그 底質의 조건에 따라 크게 셋으로 구분되며, 머들밭도 그 底質의 조건(礫質과 岩盤)에 따라 둘로 나눈다. 이와 같은 바다밭 환경에 따라 海洋生態界 가 다르고, 다른 만큼 그에 따른 漁撈技術도 다르게 나타난다.

〈바다밭 환경에 따른 海産物과 漁期, 漁法〉

棲息處	學名	標準名	地方名	漁期(月/陰)	漁具와 漁法	쓰임
뻘바닥	Tapes	반지락	반지락	사철	호미로 파며	국
	Octopus minor	낙지	낙지	사철	호미로 파며	生食·볶음
	Tegillarca	꼬막(고막)	꼬막	사철	호미	양념반찬
	Mya(Arenomya)	우럭	우럭	사철	호미	국
	Solen	맛조개	맛(맛살)	사철	호미	국·회
백사장	Babylonia	수랑	조개	사철		
			소랑	사철		
			달조개			
	Top shell	각시고둥	각시고동			
			뿔도치			
개바탕 / 갯개	Hizikia fusifome	톳	톳	5-6	낫, 공동채취	
		우뭇가사리	천초	5-6	맨손, 공동채취	
			감미역(돌미역)	봄	낫, 공동채취	
			앵초(공포)	봄	맨손	
			뱅띠(불띠)	봄	맨손	
			파래	봄	갈쿠·호미	
	Codium fragile	청각	청각	여름	맨손	
			가시리	5-6	맨손	국
			진포(새미)	5-6	맨손	국
			돗김	봄	갈쿠	
	Pelvetia wrightii	뜸부기	듬북이	5-6	맨손	
	Ulva lectuca	갈파래	갈프레	봄	맨손	
	Batillaria	갯고둥	꾸지기	사철	갈쿠·호미	
	Mytilus	홍합(홍합과)	홍합	사철	갈쿠	
			담치	사철	갈쿠	
	Crassostrea	굴	굴(석화)	사철	조세	
			까막살	봄	맨손	
	Notoacmea	배무래기	배말	사철	갈쿠	
			보찰	사철	갈쿠	반찬
	Liolophura	군부	굼붓	사철	갈쿠	반찬
머들 / 머들	Haliotis	전복	전복	4-9	빗창	
	Turbo	소라고둥	고동	4-9	맨손·갈쿠	

棲息處		學名	標準名	地方名	漁期 (月/陰)	漁具와 漁法	쓰임
(취)	·너르박	Colobocentrotus	성게 장방극 보라성게	성게 앙장구	사철 4-9	성게갈쿠 앙장구갈쿠	
		Parastichopus	검정점해삼	해삼	10-5	손	
		Crassostrea	굴	핏굴 굴		호맹이 호맹이	
		Mytilus	홍합	열합	4-9	호맹이	
펄밭		김·미역·다시마·청각·톳 등 海藻類의 養殖과 아나고·전어·가오리·돔·솜뱅이·써대·광어·농어·멸치·조기·삼치·도다리 등 魚類와 그에 따른 漁撈技術					

※ 위「도표」중 學名과 표준명은 平日島에서 필자가 조사한 바다밭 환경에 따른 해산물의 지방명을 기준삼아 金衡均(1979, 水産經濟社刊):『水産資源名集』(水産資料 第1輯)에서 찾아본 것임.

3. 바다밭 환경에 따른 漁撈技術

갯바탕의 뻘바닥과 백사장에서의 漁撈技術 : 위의 도표에서 보는 바와 같이, 갯바탕의 뻘바닥과 백사장에서는 주로 漁貝類를 개별적으로 채취한다. 특히 펄바닥의 어패류들은 펄과 자갈이 뒤섞여 있는 곳에서 많이 서식한다. 이와 같은 곳을 두고 '작밭'이라 한다. 낙지는 반지락을 먹이로 삼아 살아가는 연체동물로 작밭에 많다. 채취도구는 뭍의 밭에서 김을 맬 때 쓰는 호미(〈그림2〉참조)다.

〈그림2〉 호미(필자 소장)

0   2.5   5cm

〈그림3〉 갈쿠 또는 '성게갈쿠'라고도 함(필자 소장)

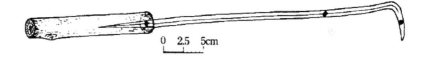

0   2.5   5cm

〈그림4〉 조세(필자 소장)

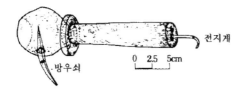

전지게

방우쇠

0   2.5   5cm

특히 맛(맛조개)을 잡는 데는 어느 정도의 기술이 요망된다. 호미로 작밭을 파들어가다 보면, 구멍이 나온다. 그 구멍으로 일정량의 소금을 집어넣으면 맛은 푹 튀어나온다. 그 구멍을 두고 '맛눈' 이라 한다.

개바탕 갓개에서의 漁撈技術 : 海藻類와 漁貝類들이 있다. 해조류 중 톳·천초(우뭇가사리)·미역은 공동채취[8]하고, 그 이외의 것은 개별적으로 채취한다. 호미·'갈쿠'(〈그림3〉참조)·'조세'(〈그림4〉)[9] 등의 어로도구들로 채취한다.

머들에서의 漁撈技術 : 바다 外岸 底質에 岩盤과 礫質의 돌멩이들이 깔려 있는 머들밭의 해산물들을 채취하는 데는 전적으로 裸潛漁撈技術에만 의존한다. 이에 대해서는 일정한 어로조직과 기술이 요구되며, 장을 달리하여 詳述하기로 한다.

개펄에서의 漁撈技術 : 바다 外岸 底質이 펄로 이뤄진 개펄밭에서는 마을 공동으로 김·미역·다시마·청각·톳 등의 海藻類들의 양식업의 마당이다. 이곳에 서식하는 바다고기들은 낚시·끌낚기·그물 등으로 개별 어로가 행해진다.

---

8) 桐栢里(222가구에 인구 924명)인 경우, 갓개에서의 공동채취를 위한 어로조직이 8개 반으로 나눠져 있는 만큼, 갓개의 바다밭도 8개 구역으로 나눠져 있다. 바다구역은 고정되어 있는 게 아니고 1년을 주기로 하여 시계바늘 돌듯이 자연적으로 교체된다.
9) 굴따기 도구인 '조세'에 대해서는 朴順浩 教授가 정리한 바 있는 『韓國民俗大觀』 5권(民俗藝術·生業技術), 高麗大學校 民族文化研究所刊, "水産"편, 340~350쪽에서 언급되어지고 있다.

平日島 무레꾼들의 漁撈組織

南海岸 섬섬들마다 바다 外岸 底質에 岩盤이나 礫質의 돌맹이들로 깔려 있는 머들밭에는 일정한 海産物들이 서식하고 있다. 여기에서 서식하는 해산물들은 전적으로 무레꾼들의 裸潛魚撈技術에 의존한다. 무레꾼들은 일정한 조직을 이룬다. 평일도 무레꾼들의 나잠어로조직을 살펴보기에 앞서, 나잠어로구역의 어업권을 貸付(濱賣)하는 관행에 대한 몇 先學들의 성과들이 발견된다. 이러한 관행들이 南海岸 여러 섬들에서 확인되고 있다면, 南海岸들에서 이와 같은 관행은 보편성을 갖는다고 할 것이다.

可居島의 例 : 可居島(일명 小黑山島이며, 행정구역상 全羅南道 新安郡 黑山面 可居島里)에서의 나잠어로구역의 어업권에 대한 대부(濱賣) 관행에 대해서는 申順浩・李完根의 글이 있다.

> 어업권은 대부의 목적이 될 수 없음에도 불구하고(수산업법 제28조) 즉 빈매(濱賣 : 漁業權貸付)는 현행법상 禁止하고 있음에도 불구하고 본섬의 어촌계는 「톳」생산만을 직영하여 흑산조합에 위판 상장할 뿐 나머지 수산물의 어업권은 본섬의 특정인에게 대부하여 경영하고 있다.(中略) 어촌계장 이름으로 대부하지만 대부수익금은 마을총유재산이 된다. 그리고 가거도어촌공동체의 경우에 있어서는 마을 공동기금은 마을里長, 어촌계장을 포함한 8명의 위원으로 구성된 마을개발위원회가 관장한다. 그리고 어떠한 경우에도 마을기금에 대하여 주민들의 지분청구권은 인정되지 않는다.10)

10) 申順浩・李完根(1991) : "島嶼漁村共同體의 慣行秩序"『臨海地域開發研究』

城南島의 例 : 섬은 珍島 본도에서 서쪽으로 5.5마일 지점에 위치하며, 행정상으로는 珍島郡 鳥島面에 속한다. 본섬에서의 나잠어로구역의 어업권 대부 관행에 대해서는 朴光淳의 글이 있다.

> 城南島의 어업을 논의하는 경우 빼놓을 수 없는 것이 있다. 「섬을 산다」고 하는 사실이다.(中略) 各 漁村이 共同占取·管理하고 있는 無人島의 해조류 採取權을 每年 入札에 의해서 매입하여 거기 자라는 미역이나 톳과 같은 海産物을 自己 責任下에 採取·販賣한다는 뜻이다. (中略) 入札者는 本部落民이 아니어도 좋으며, 거기 동원되는 勞動力도 外地人을 고용해도 무방하다는 것…….[11]

甫吉島 禮松里의 例 : 완도 남서쪽에 위치하며, 행정상 莞島郡 甫吉面에 속한다. 이 마을 나잠어업구역으로 보이는 어업권 대부 관행에 대해서는 趙慶萬의 글이 있다.

> 공동어업구역은 마을이 공동으로 점유하고 그에서 나오는 소득도 공동으로 나눈다. 상당히 오래 전부터 예송리에서는 나잠업자에게 그 구역의 채취권을 불하해왔고 채취권을 얻은 업자가 해녀를 고용하여 어패류를 채취하고 일정 비율을 마을과 나누는 방식이 채택되었다. 최근에는 마을과 업자가 채취량을 6 : 4 비율로 나누어왔다. 주로 나오는 것은 전복, 해삼, 소라이고 이 중 주요 소득원은 전복이다. 한편 최근에 들어서는 이 공동구역에 대한 주민들의 관심도 점점 높아지고 있어, 전에는 업자에게 맡기고 나면 방치해 두었다가 나중에 소득만 분배받

第10輯, 木浦大學校 臨海地域開發研究所, 214~215쪽.

11) 朴光淳(1972) : "珍島의 水産業과 水産儀禮"『湖南文化研究』第十·十一輯 合併號, 全南大學校 湖南文化研究所, 186~187쪽 참조.

곤 했는데 금년부터는 공동구역으로 나가 작업과정도 살피고 작업량 산출도 지켜보기로 한다.[12]

위의 사례들을 종합해보면, 대개 톳 생산은 마을 어촌계에서 직영하나 나머지 수산물의 어업권은 본섬의 특정인이나 외지인에게도 入札자격을 부여하여 대부하는 수가 있다는 것이다. 톳은 펄밭 갓개의 산물이며, 마을 사람들이 공동으로 채취한다. 마을 소유의 무인도인 경우는 그것마저도 일정한 업자에게 대부하는 수도 없진 않다. 그러나 外岸 머들밭의 산물들, 곧 나잠어업기술에 의해서 채취가 가능한 1종공동어장의 바다밭은 거의 특정인, 곧 무레꾼(해녀)업자에게 그 채취권을 일정기간 팔고 있음이 증명된다. 단지 甫吉島 禮松里의 경우는 나잠업자와 마을어촌계 간에 그 채취량을 일정 비율로 분배하고 있음이 이채로울 뿐이다.

곧 南海岸 여러 섬마을 어촌계마다의 1종공동어장 중 썰물 동안에도 水中에 있는 外岸 머들밭은 거의 나잠업자에게 대부하고 있는 관행이 확인된다. 또 나잠어업구역을 일정기간 획득한 나잠업자는 무레꾼(해녀)들과의 고용관계가 이뤄진다. 平日島의 경우도 예외는 아니다.

平日島 무레꾼들의 나잠어로구역은, 평일도 본섬을 비롯하여 그에 따른 부속 島嶼는 물론, 이웃 生日島까지도 확대된다. 이들 나잠어로구역은 대개 ‘錢主’ 또는 ‘船主’라고 하는 나잠업자가 해당 어촌계로부터 일정 금액을 주고 채취권을 얻고 있으나, 한 무레꾼만이 직접 어촌계를 상대로 일정구역의 나잠어장 채취권을 갖고 있기도 하다(〈지도2〉

12) 趙慶萬(1991) : “甫吉島의 自然環境과 文化에 관한 現地作業”『島嶼文化』제8집, 목포대학교 도서문화연구소, 104~105쪽 참조.

참조).

이 섬에는 나잠업자가 셋이 있다. 나잠업자와 무레꾼들은 거의 섬의 동쪽 沙洞里와 桐栢里에 쏠려 있다. 해산물이 보다 많이 깔려 있는 부속도서들이 平日島 본섬으로부터 동남쪽에 편중되어 있기 때문에 나잠 어업장과 보다 가까이에 위치한 두 마을에 쏠리게 된 게 아닐까?

裸潛業者인 세 船主마다 확보하고 있는 나잠어장과 그에 따른 무레 꾼들의 조직 그리고 한 濟州島 胎生의 무레꾼이 채취권을 갖고 있는 나잠어장을 알아본다.

1. 邊氏 船主

변씨 선주는 沙洞里에 거주하고 있는데 5톤 배를 갖고 있다. 세 구 역의 채취권(〈지도2〉상 ----표시부분)을 갖고 있다.

번호	裸潛漁場	契約對象漁村契	契約期間
1	生日島 굴전리 1종어장	굴전어촌계	10년('85-'94)
2	우島 우도리 1종어장	우도어촌계	〃
3	섭島 섭도리 1종어장	섭도어촌계	〃

변씨 선주가 채취권을 확보한 나잠어장에서 해산물을 채취하는 무레 꾼(〈지도3〉상 ■ 부분)들은 모두 7명. 선주는 沙洞里에 거주하나 무레 꾼들은 이웃 桐栢里에 平日島 胎生인 무레꾼 6명이, 읍소재지인 柑木里 에 濟州島 胎生의 무레꾼 1명(67歲)이 거주한다. 변씨 선주는 沙洞里에 살면서도 이웃마을인 桐栢里에서 무레꾼들을 고용하고 있는 셈이다.

〈지도2〉 裸潛業者別 채취권 구획도

〈지도3〉 平日島 내 나잠업자 분포도

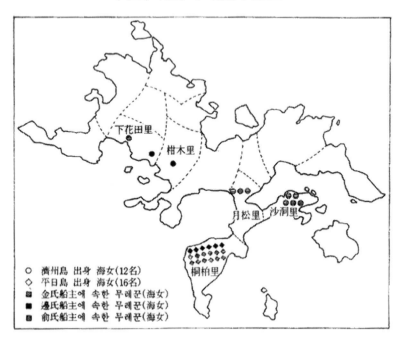

○　濟州島 出身 海女(12名)
◇　平日島 出身 海女(16名)
▨　金氏船主에 속한 무레꾼(海女)
■　邊氏船主에 속한 무레꾼(海女)
◐　俞氏船主에 속한 무레꾼(海女)

2. 金氏 船主

　김씨 선주는 沙洞里에 거주하고 있는데 8톤 배를 소유하고 있다. 8
구역의 채취권(〈지도2〉－·－·－ 표시부분)을 확보하고 있다.

　김씨 선주가 채취권을 확보한 나잠어장에서 해산물들을 채취하는
무레꾼 (〈지도3〉 상 ▨부분)들은 모두 8명, 김씨 선주가 채취권을 확보
한 어장에서 나잠어업으로 생계를 이어가는 무레꾼들은 모두 濟州島
胎生의 무레꾼들로, 5명은 선주와 같은 마을인 沙洞里에, 나머지 3명은
바로 이웃마을인 月松里에 거주한다.

번호	裸潛漁場	契約對象漁村契	契約期間
1	平日島 月松里 경 작은섬 주위 1종어장	월송어촌계	3년('92-'94)
2	平日島 月松里 1종어장(속칭, 돌쟁이목)	월송어촌계	3년('92-'94)
3	平日島 沙洞里 1종어장	사동어촌계	1년('91)
4	平日島 下花田里 1종어장	하화전어촌계	3년('92-'94)
5	平日島 용출리 1종어장	용출어촌계	10년('85-'94)
6	소다랑도 1종어장	다랑어촌계	7년('88-'94)
7	다랑도 1종어장	다랑어촌계	7년('88-'94)
8	부도 1종어장	부도어촌계	10년('86-'95)

3. 俞氏 船主

유씨 선주는 桐栢里에 거주하면서 10톤의 배로 나잠어업을 하고 있다. 모두 6곳의 나잠어업장(〈지도2〉상 ㅓㅓㅓ 표시부분)의 채취권을 확보하고 있다.

번호	裸潛漁場	契約對象漁村契	契約期間
1	平日島 桐栢里 1종어장	동백어촌계	5년('92-'96)
2	平日島 동성리 1종어장	동성어촌계	5년('90-'94)
3	平日島 신평리 1종어장	신평어촌계	5년('92-'96)
4	生日島 유서리 1종어장	유서어촌계	7년('86-'92)
5	소랑도 1종어장	소랑어촌계	5년('87-'91)
6	황제도 1종어장	황제어촌계	10년('84-'93)

유씨 선주가 채취권을 확보한 나잠어장에서 해산물을 채취하는 무레꾼(〈지도3〉상 ▤부분)들은 모두 13명, 그 중 12명의 무레꾼들은 모두 평일도 태생인데, 선주가 살고 있는 같은 마을인 桐栢里에 거주하고 있고, 나머지 1명의 濟州島 胎生 무레꾼은 본섬의 맨 서쪽마을인 下花田里에 거주하고 있다.

4. 濟州島 胎生의 許氏(62歲) 무레꾼의 事例

유씨 선주의 배를 타고 무레질을 하며 살아가는 濟州島 胎生의 무레
꾼 허씨(62세)는 兪氏 船主에 따른 무레꾼이면서도 혼자서 직접 한 마
을의 1종나잠어장의 채취권을 갖고 있기도 하다. 유씨 선주에 속한 무
레꾼들이 거의 평일도 태생으로 모두 桐栢里에 거주하고 있는데 반하
여, 허씨 무레꾼은 유씨 선주에 속해 있으면서도 平日島 下花田里에
거주하면서 때로는 그가 채취권(〈지도2〉상 ―·―·―부분)을 갖고 있
는 바다로 가서 무레질을 한다. 다음 장 무레꾼들의 技術에서 보다 자
세히 언급되겠지만, 干滿의 차가 보다 느슨한 조금 때에는 유씨 선주
에 따른 무레꾼들과 같이 배를 타고 나가 나잠어업을 하지만, 간만의
차가 보다 급한 사리 때에는 혼자서 채취권을 확보하고 있는 하화전리
1종나잠어장인 '덴제' 바다에서 무레질을 한다. 이 바다는 어느 정도 살
짝 灣을 이루는 듯한 바다(안개취)다. 때문에 潮流가 급하더라도 流速
의 저항을 덜 받는 곳이어서 무레질이 가능하다.

平日島의 1종나잠어장은 地先漁村契 마을 공동의 소유물이다. 그러
나 1종나잠어장만은 마을 사람들이 직접 자멱질하며 해산물을 채취하
지 않고[13] 일정 나잠업자에게 채취권을 팔아 마을 공동기금으로 쓴다.
평일도 내에서도 평일도에 거주하는 나잠업자에게 팔지 않고 莞島 등

---

13) 해녀의 본고장이라 할 수 있는 濟州島의 경우, 1종나잠어장을 일정한 나잠업
   자에게 채취권을 넘기는 사례는 찾아볼 수 없다. 前岸, 곧 滿潮線에는 바닷물
   이 밀려왔다가 干潮線에는 드러나 보이는 해빈면까지의 조간대(특히 岩盤이
   나 돌밭)에 자라는 톳 따위의 해조류들은 마을 공동으로 채취하고 공동 판매
   하여 그 이익금을 공동으로 나눠 갖지만, 1종나잠어장만은 그 해당 마을에 거
   주하고 있는 해녀들이 지정된 날짜에 개별적으로 채취하여 수협을 통하여 판
   매한다.

지에 거주하고 있는 나잠업자에게 파는 수도 없진 않았다. 〈지도2〉상에 나잠어업구역 표시가 안 되어 있는 부분은 완도 등지에 거주하고 있는 나잠업자에게 채취권을 판 구역이라 할 수 있다.

平日島 내에 거주하고 있는 나잠업자는 셋이다. 나잠업자들은 섬의 맨 서쪽 두 마을(沙洞里와 桐栢里)에 편중되어 있다. 이는 해산물이 보다 많이 서식하는 부속도서(그들의 말로는 '밧섬')들이 마을로부터 보다 가까이에 위치하고 있기 때문이 아닐까?

각 船主(나잠업자)들마다, 무레꾼의 고용조직을 보면 다소의 차이가 보인다. 사동리에 거주하고 있는 金氏 船主의 경우는 6명의 제주 출신의 해녀들만을 고용하여 나잠어업을 하고 있으나, 邊氏 船主와 兪氏 船主는 각자 제주 태생의 무레꾼 한 사람씩을 고용하고 있으나 그 이외에는 거의 평일도 태생의 무레꾼들을 고용하여 나잠어업을 하고 있다. 또 한 가지 異彩로운 점은, 평일도 태생의 무레꾼들은 오직 한 마을, 桐栢里 출신들뿐이라는 점이다. 그래서 濟州島 출신의 해녀 12명이 네 마을에 흩어져 살고 있다면, 平日島 출신의 무레꾼 18명은 모두 桐栢里에 거주하고 있다는 점이다.

下花田里의 일부 1종나잠어장(속칭 '덴제'바다)만은 제주도 출신의 한 해녀가 직접 채취권을 갖고 있기도 하다. 물론 그 해녀는 간만의 속도가 느슨한 조금 동안에는 유씨 선주에 소속된 무레꾼들과 함께 무레질을 다니기도 하나, 그 이외의 기간, 곧 간만의 차가 심한 사리 때에는 그 기간일지라도 어느 정도 작업이 가능한 1종나잠어장(속칭 '안개취')의 채취권을 얻어 혼자서 무레질을 한다. 이는 혼자의 힘으로 다섯 자녀들을 키우며 살아가야만 하는 어려운 입장의 한 무레꾼에게 마을 사람들의 人情의 결과이기도 하다.

平日島 무레꾼들의 認知技術

 平日島 무레꾼들의 技術은 그들이 처한 環境의 認知力에 比例된다 하겠다. 이는 바다의 일정한 밭을 일터로 삼아 살아가는 海女들의 경우도 마찬가지일 것이다. 무레꾼들의 認知力을 가늠하는 環境 要서은 세 가지로 집약될 수 있다. 곧 그들의 바다밭인 조간대를 벗어나 岩盤이나 돌멩이(礫石)이 깔려 있는 소위 1종나잠어장의 환경과 潮流 그리고 바람이다. 이 세 가지 환경적 요인은 서로 相關性을 갖는다. 곧 해안선의 생김새에 따라 潮流 영향의 차이가 있기 마련이다. 또 똑같은 방향으로 불어주는 바람일지라도 위치에 따라서는 어떠한 지형이 놓여 바람을 막아준다면 依支가 되어 무레질 작업이 가능한 곳이 있는가 하면 그렇지 못할 수도 있다. 그러나 論議의 편의를 위하여 세 要서별로 살펴보기로 하나 또 형편에 따라서는 상관되는 환경적 요인들끼리 관련시키며 살펴나가기로 한다.

1. 1종나잠어장 환경의 認知

 平日島 무레꾼들은 그들이 즐겨 찾는 해산물들의 서식처인 外岸 중에 있는 '머들밭'을 샅샅이 熟知해야 한다. 똑같은 1종나잠어장이라 할지라도 구역에 따라서 또는 해안선의 형태에 따라 해산물이 다르다. 또 潮流에 따라 작업이 가능한 곳이 있는가 하면, 그렇지 않은 곳이 있기도 하다. 아무튼 1종나잠어장은 구역에 따라, 또는 海岸線의 생김새에 따라 나눌 수 있다.
 구역에 따른 나눔 : 그들은 그들 스스로, 그들이 거주하고 있는 平日

島를 두고 '안섬'이라 하고, 평일도에서 멀리 떨어져 있으면서 배를 타고 나가 작업하는 자그마한 섬(우도·소랑도·소다랑도·다랑도·부도·섭도·황제도 등)을 두고 '밧섬'이라 한다. 평일도 무레꾼들은 가까이에 있는 보다 큰 섬이면서 면소재지이기도 한 生日島까지도 작업을 나간다. 그 섬만큼은 평일도 연안의 머들밭과 같이 '안섬'(또는 안개)이라 한다. 그 기준의 인식 차는 크고 작음에서 말미암음일까. 그래서 여러 자그마한 섬 연안의 해저 지질 조건에 따라, 礫質의 돌멩이가 깔려 있는 곳을 두고 '밧섬머들'이라 하고, 암반이 있는 곳을 '밧섬너르박'이라 한다. 무레꾼 조직 성원들은 어디서 작업을 하든 船主(또는 錢主)의 배를 타고나가 일정한 어장에서 배를 세워 놓고 작업을 하고, 다시 그 배를 타고 돌아온다.

〈지도 4〉 海岸線의 생김새에 따른 나잠어장(桐栢里의 경우)

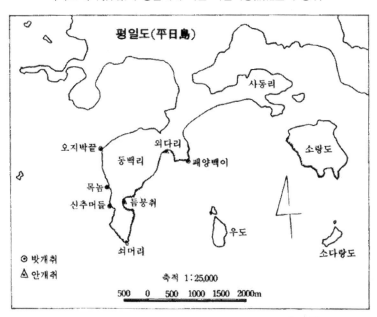

海岸線의 생김새에 따른 나눔 : 海岸線의 생김새에 따른 나눔을 한 지역, 桐栢里(平日島에서 무레꾼들이 가장 많이 거주하는 마을이기도 함) 해안의 경우를 예로(〈지도4〉 참조) 들어 살펴본다.

平日島는 海岸線의 굴곡이 심하다. 외해와 차단되어 있는 '초호'(lagoon)는 없으나 어느 정도의 灣(bay)을 이루는 곳이 많다. 섬사람들은 해안선이 휘어진 듯이 뭍으로 향하여 들어가 살짝 灣을 이루는 지형을 '-기미/-구미'라 하는데, 南海岸에서 이처럼 생긴 지형의 接尾語로 상당한 수가 확인[14] 되기도 한다. 살짝 灣을 이루는 듯한 지명의 반대 개념으로, 섬이나 뭍의 줄기가 바다로 뾰족하게 내미는 듯한 곳을 일러 '코지'(岬)라 한다. Richard A. Davis도 지적하고 있는 바와 같이, 灣이라는 곳은 일반적인 外岸의 大陸棚 환경과는 해류의 순환, 식물군, 동물군, 퇴적물의 성질 및 퇴적과정의 내용이 다르[15]듯이, 평일도 桐栢里에 거주하는 무레꾼들의 인식틀 속에서도 마을 연안의 '구미'와 '코지'의 해양생태계는 다르게 확인된다. 앞서도 지적한 바 있지만, 무레꾼들이 즐겨 찾는 소라·전복·홍합·해삼 등의 海産物들은 수중 岩盤(너르박)이나 礫石(머들)이 깔려 있는 곳에만 있기 마련이다. 너르박이나 머들은 일정 구역을 형성하기 마련이다. 그 일대를 '취'라 한다. 그리고 桐栢里 사람들은 해안선이 휘어진 듯이 뭍으로 향하여 들어가 살짝 灣을 이루는 곳을 '안개'라 하고, 섬의 줄기가 바다로 뾰족하게 내미는 듯한 곳, 곧 '코지'(岬)를 두고 '밧개'라 한다. 그 어떤 곳이든 '취'가

---

14) 이에 대하여 語學的으로 분석한 글이 있기도 하다. 金雄培(1984) : "조도 방언의 특수어휘에 대한 고찰"『島嶼文化』제2집, 목포대학 도서문화연구소, 112~119쪽 참조.

15) Richard A. Davis, JR.(1972) :『一般海洋學』金完洙외 2인 共譯, 대한교과서주식회가, 348쪽 참조.

형성되는 수가 있다. 살짝 灣을 이루는 듯한 취가 형성된 곳을 '안개취'
라 하고, '코지'에 취가 이루어져 있음을 두고 '밧개취'라 한다. 그러나
안개나 밧개마다 일정하게 취가 형성되어 있는 것은 아니다. 이 마을
연안에서 가장 外岸에 돌출되어 있는, 속칭 '쇠머리코지'에는 취가 형
성되어 있지 않다. 때문에 코지라 하나 취가 형성되어 있지 않으매, 무
레꾼들의 바다밭이 되지 않는다. 마을의 무레꾼들은, 마을 연안에 있는
그들의 바다밭을 해안선의 조건에 따라 구분지우고 있는 것이다. 마을
연안에 위치한 안개취는 '외다리'와 '둠붕치'가 있고, 밧개취는 '오지박
끝'·'옥눔'·'신추머들'·'패양백이'가 있다(〈지도4〉 참조).

　海洋生態界는 똑같은 해안선 조건을 갖는다 하더라도, 그 底質(岩盤
과 礫質)에 따라서도 차이를 보이나 해안선의 조건에서 더욱 차이를
보인다. 곧 밧개취에는 전복·소라·성게·홍합 등이 많이 서식하고,
해삼은 미미하게 보일 뿐이다. 그리고 안개취에는 해삼이 주로 많이
서식하고, 전복·소라·성게·홍합16) 등이 미미하게 보인다. 특히 홍
합은 밧개취 중에서도 조류의 영향을 가장 세차게 받는 곳에 많이 서
식한다. 이와 같은 곳을 두고 '썸'이라 한다. 홍합·굴·합자는 '호멩
이'(〈그림5〉 참조)로, '앙장구'(보라성게)와 성게는 '앙장구갈쿠'(〈그림6〉
참조) 그리고 전복은 '빗창'(〈그림7〉 참조)으로 딴다.

---

16) 홍합은 조간대에서부터 外岸 중의 머들밭(나잠1종어장)에 이르기까지 서식한
　다. 그 크기가 다르다고 하는데, 조간대의 '갓개'에서 자라는 자잘한 놈을 '담
　치'라 하고, 그 다음으로 큰 놈을 홍합, 가장 큰 놈을 두고 '열합'이라 한다.

〈그림5〉호멩이(필자 소장)

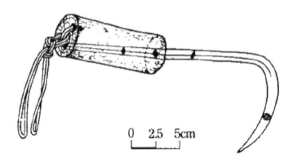

〈그림6〉앙장구갈퀴(필자 소장)

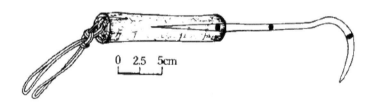

〈그림7〉빗창(전복을 캐는 연장인 빗창은 濟州島에서 구입해간다)

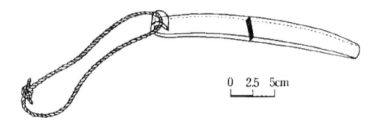

이와 같은 해양생태계의 차이는 潮流의 영향에 말미암는다. 곧, 아
무래도 코지인 밧개는 안개에 비하여 조류의 영향을 더 받기 마련이
다. 때문에 암반이나 돌덩이 주위로는 보다 가벼운 개펄 따위는 쉬 씻
겨 흘러가 버리고, 대신 보다 조금은 무거운 모래들이 깔려 있다. 전
복이나 소라, 홍합은 순 펄밭에서는 서식하지 않는다. 대신 안개취에는
조류의 영향을 덜 받으매, 밧개취보다 상대적으로 펄이 많다. 때문에
펄에서도 서식이 가능한 해삼들이 보다 많이 서식한다.

무레꾼들은 그들의 바다밭인 1종나잠어장의 바다밭 환경과 그에 따
른 해양생태계의 모든 것을 샅샅이 認知하고 있어야 한다. 그 認知力
의 차이는 바로 그들 技倆의 차이를 가늠하는 척도가 된다.

2. 조류의 認知

平日島의 潮流는 썰물은 동쪽으로, 밀물은 서쪽으로 흐른다.

「海圖」(1970년부터 1987년까지 대한민국 수로국 측량본)에 보면, 平
日島와 生日島 사이의 潮速은 밀물일 때, 2.3노트(1노트는 1시간당 1마
일)이고 썰물일 때는 1.4노트다.

무레꾼들은 달의 영향을 받아 15일을 주기로 하여 일어나는 干滿週
期에 대한 천문학적 지식을 정확하게 認知하여, 생산활동에 응용한
다[17] 그 干滿주기는 하나의 구조적 시간으로 구체화된다. 平日島 무레

---

17) 전경수 교수는 珍島 하사미마을 漁夫들을 대상으로 하여 干滿週期에 따른 문
   화적 의미를 다룬 바 있다. 전교수는 潮水가 자연환경의 변화과정에 의하여
   결정되어짐을 생태적 시간이라 한다면, 그러한 생태적 시간을 기반으로 하여
   그 생태적 시간을 인지구조 속에 개념화시켜 반영된 하나의 제도화된 시간을
   구조적 시간이라 했다. 전경수(1987) : " 섬사람들의 풍속과 삶" 『한국의 기층

꾼들의 陰曆 日字에 따른 潮水名은 다음과 같다.

29일만 있는 달은 바로 그 그믐날을 일곱물로 쳐 버리고 여섯물을 빼내버린다. 하나의 공식처럼 초사흘은 열물, 보름은 일곱물, 그믐은 어떠한 경우에라도 일곱물로 셈해 버린다.

陰曆日字	1	2	3	4	5	6	7	8	9	10
潮水名	여덟물	아홉물	열물	열한물	열두물	대개끼	아침조금	한조금	한물	두물
陰曆日字	11	12	13	14	15	16	17	18	19	20
潮水名	세물	네물	다섯물	여섯물	일곱물	여덟물	아홉물	열물	열한물	열두물
陰曆日字	21	22	23	24	25	26	27	28	29	30
潮水名	대개끼	아침조금	한조금	한물	두물	세물	네물	다섯물	여섯물	일곱물

15일이 한 주기다. 첫 번째 것을 '여덟물 한조금' 주기라 하고, 두 번째 것을 '스물서물 한조금' 주기라 한다. 한 주기 속에는 干滿의 差도 그리 심하지 않으면서 潮速도 가장 느슨한 조금과 보다 干滿의 差도 크며, 그만큼 潮速도 보다 드센 '사리' 때가 각각 하나씩 있다. 무레꾼들은 일곱물에서 아홉물까지를 사리라 한다. 무레꾼들의 바다밭 일, 특히 밧섬으로 배를 타고 나가서 하는 일은 거의 사리 동안에는 하지 않는다.[18] 사리 때는 보다 潮速이 드센 때이매, 바다밑에 깔려 있는 펄들이 일어나 視野를 가려버리는 일이 종종 있기 때문이다. 특히 조류의 抵抗을 많이 받기 마련인 코지(岬)의 밧개취 일대에서는 더욱 그렇다.

문화』한길역사강좌 4, 한길사, 125~126쪽 참조.

18) 濟州島의 해녀들은, 潮速이 가장 드센 고장인 제주도의 동서부 일부 지역을 제외하고는 대개 干滿의 차가 보다 심한 사리 때를 前後하여 작업을 한다. 해녀들이 작업을 함에 있어서 水深이 보다 얕은 기간을 고집하기 때문이다.

그러나 일부 지역, 특히 살짝 灣을 이루는 듯한 곳인 안개취에서는 조류의 영향을 덜 받는 곳으로 펄도 덜 일어나매, 사리 때에도 어느 정도 작업이 가능하다. 또 무레꾼들은 음력 8월을 전후하여 보다 맑은 물(그들의 말로는 '청물')이 밀려오기 때문에 사리 때라 하더라도 일곱물까지는 어느 정도 밧섬에서의 작업도 가능하다. 곧 평일도 무레꾼들은 潮流에 따라 작업의 가능성을 셈할 뿐만 아니라 그에 맞는 작업장소 (안개취냐, 밧개취냐 등)도 認知할 수 있는 능력을 키운다.

　潮流의 認知 능력이 뛰어난 무레꾼일지라도 조금 때라고 하나 조류의 영향을 받기 마련이다. 그들은 조류의 영향을 極小化하는 용구를 쓰는 지혜를 갖는다. '드름박'(〈그림8〉 참조)에 부착되어 있는 '몽줄'[19] (또는 '몽고줄'이라고도 함)이 바로 그것이다.

---

19) 필자는 조사기간 동안에, 桐栢里에 거주하는 平日島 태생의 한 무레꾼, 정송단(여, 32세)씨 소유의 '두름박'을 실측한 바 있다. 濟州島에서 '태왁'에 해당되는 것을 두고 이 섬에서는 두름박이라 한다. 그 浮力을 이용하여 헤엄처 나가거나 작업 도중 가슴이나 배를 얹어 휴식을 취하기도 하고, 호흡을 조정하기도 한다. 그 '두름박' 밑에는 채취물을 넣는 통그물이 달렸는데, 이를 두고 '헐망'(제주도에서는 '망사리')이라 한다. 오늘날에 와서 드름박은 스치로폴로, 헐망은 나이론製 그물로 만들어 쓴다. 두름박과 헐망 사이에 기다란 줄이 부착되어 있는데, 이 줄은 '몽줄'(또는 '몽고줄'이라고도 함)이라 한다.

〈그림 8〉 두름박

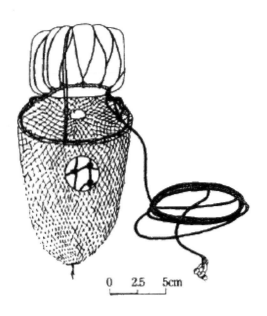

0 2.5 5cm

한 무레꾼(주 19 참조)이 갖고 있는 몽줄의 길이는 835cm이고 그 밑
에는 쇠붙이가 달렸다. 바닷물 속으로 드리우면, 몽줄의 쇠붙이는 海底
面으로 내려가 멈춰 있는다. 그러니 무레꾼들은 일정한 작업장(바다의
밭)에 이르러 潮速을 고려해가며 간혹 몽줄을 내려 드름박을 고정시켜
놓고 작업을 한다. 이는 조류나 또는 바람으로 말미암아 두름박 떠내
려가는 일이 없도록 하기 위하여 일정한 구역에 고정시켜 두는, 곧 조
류의 영향을 極小化하기 위한 연장이라 할 수 있다.

3. 바람의 認知

平日島 무레꾼들은 바람의 認知力을 키운다. 바람은 무레질과 깊은
상관을 갖기 때문이다. 평일도 沙洞里를 중심으로 한 방위에 따른 風

名은 다음과 같다.

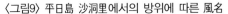

〈그림9〉 平日島 沙洞里에서의 방위에 따른 風名

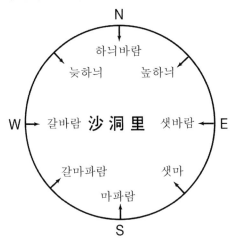

평일도 무레꾼들은, 하늬바람에는 어디서든지 무레질이 가능하나, '샛바람이 불면 민뉘 든다'라고 하며 무레질을 꺼린다. '민뉘'는 先學의 한 해석[20]에 미뤄 보면 파도의 일종인 듯하다. 평일도 무레꾼들은, 샛

---

20) 金雄培는 "〈어부사시사〉의 언어와 보길도 방언과의 상관성"(『島嶼文化』 -甫 吉島 調査報告- 제8집, 목포대학교 도서문화연구소, 1991.3, 49쪽)에서 물결 과 관계된 보길도의 방언을 다음과 같이 구분한 바 있다.
물결과 관계된 보길도의 방언에는 물결, 넛결, 뉘, 놀, 나부리 등의 말이 있 다. '놀'은 너울의 방언형으로 바다 가운데서 태풍 등으로 밀려온 큰 파도를 뜻하며 가끔 '나부리'라고 하는 사람도 있다. 태풍이 불어 파도가 세게 일어나 면 '참말로 놀 매게(세게)'라고 말한다. '뉘'는 잔잔한 물결, 주로 바닷가에 부 딪치는 것을 주로 일컫는다. '히칸 뉘(하얀 뉘)가 일어난다'. '물결'은 뉘보다는 크고 놀보다는 작은 것을 뜻한다. 주로 바다의 가운데서 일어나는 경우를 뜻 한다. 넛결은 물살이 일어나는 경우를 뜻함이 일반적이다. 그렇지만 물결, 뉘, 넛결은 놀과는 달리 서로 의미나 쓰임이 겹치기도 한다.

바람이 불어 '민뉘'가 들면 물이 맑지 못하여 어두워져 버려, 무레질을
할 때 視野를 가린다. 때문에 작업 나가기를 삼간다.

VI 結論

이 글은 平日島에서 裸潛漁業技術로 생계를 이어가는 나잠어업자 집
단(평일도 출신 해녀 16명, 제주도 출신 해녀 12명)들을 대상으로 한 民
族誌的 조사의 일부다. 그들은 그들 스스로를 두고 '무레꾼'이라 한다.

1. 이 섬에 나잠어업자들이 있어야 하는 까닭을 그들의 認知 틀로 들여
   다 본 바다밭 환경과 그에 따른 海洋生態界, 곧 資源論에서 究明되
   어진다. 평일도 무레꾼들의 認知 틀 속에서의 바다밭은 '개바탕–머
   들–펄밭' 셋으로 나눈다. 바다밭들마다 海産物이 다르고. 그에 따른
   漁期와 漁法도 다르다. 이들 중 바로 머들밭에 서식하는 해산물들은
   반드시 나잠어업기술로서만이 그 채취가 가능하다. 때문에 平日島
   에 무레꾼들은 존재할 수 있는 것이다.

2. 평일도에 거주하는 무레꾼들의 바다밭은, 본섬을 비롯한 부속도서
   까지 이어진다. 나잠어로구역은 나잠업자가 해당 어촌계로부터 일
   정 금액을 주고 채취권을 얻고, 일정수의 해녀들을 고용하여 해산
   물을 채취한다. 이 섬에는 나잠업자가 셋이 있고, 또 그만큼 자연적
   으로 무레꾼들의 조직은 나잠업자에 따라 편성되기 마련이다.

3. 平日島 무레꾼들은 平日島라는 공간에서의 바다밭 환경과 조류 그
   리고 바람에 대한 認知力을 갖는다.

　存齋 魏伯珪(1727~1798) 선생의 문집21) 중, '金塘島船遊記' 속에는 平
日島에서 무레꾼의 삶의 모습을 보여주는 기록이 있다.

　　순풍이 불자 배를 띄워 平伊島에 이르렀다. 온 浦口에서 海女들이
　전복 따는 것을 구경했다. 그녀들이 벌거벗은 몸(裸身)을 박 하나에 의
　지하고 깊은 물속을 자맥질(倒入)했다. 마치 개구리가 물속으로 헤엄쳐
　들어가고 물오리가 물속에서 헤엄쳐 나오는 형상이라, 차마 똑바로 쳐
　다볼 수가 없었다. 여름철이 되어 날씨가 맑고 화창한데도 오히려 불
　을 피워 언 몸을 녹이는데, 하물며 눈이 쌓이고 몹시 추운데도 관리들
　은 채취를 독촉하며 채찍질로 流血이 낭자한데서야.22)

　후세 사람들이 存齋선생 문집의 解題에 가름하여 曰, '65세에는 萬戶
趙忠培와 더불어 金塘島를 船遊하고 돌아와' 云云한 구절로 미뤄보면,
그해는 서력 1791년. 그러니 存齋선생의 기록에 따르면, 지금으로부터
약 200여 년 전에 평일도에도 裸潛業으로 생계를 이어가는 사람이 있
었음을 증명하고 있다. 存齋선생에 의하여 확인되었던 평일도의 무레
꾼들은 나잠어로기술의 本産이라 회자되는 濟州島 출신자들일까?
　필자는 紙面을 달리하여 濟州島 나잠어로집단들의 그 조직, 기술과
간단한 비교를 시도해볼 것이다. 이는 본격적인 문화비교론이라기보다
平日島 무레꾼 집단이 갖는 문화적 성격을 드러내 보이기 위함에서다.

---

21) 魏伯珪 :『存齋全書』上., 圖書出版 景仁文化社, 1974년 影印刊本 '金塘島船遊
記'條.
22) 存齋 魏伯珪(1791) :『存齋全書』上., '金塘島船遊記'條.
　順風流到平伊島 統浦觀海女採鰒 其裸身佩瓠倒入深淵 蛙沈鳧出之狀 不忍正
　視方夏月晴和猶熱火救寒 況積雪大凍 官吏督採 鞭朴(什의 誤字?)流血者乎

09

濟州海女의
民俗學的 研究

- 序 論 : 濟州海女의 珍重性과 그 研究課題
- 海女作業에 따른 怪奇傳承
- 海女社會의 民間信仰
- 海女器具槪要 및 그 慣行
- 海女와 海女노래
- 結 論

| 김영돈 | 제주대학교

『제주도연구』 제3집, 1986.

I 序 論 : 濟州海女의 珍重性과 그 研究課題

珍重한 職業人인 濟州海女에 대한 관심은 나날이 뜨거워져 가고, 그 調査研究作業 역시 그 熱氣는 더해 가지만, 아직은 그 유별난 관심에 비하여 研究의 진척이 더디다. 날이 갈수록 해녀가 썩 줄어들어 가는 오늘이매 이에 대한 면밀한 조사 연구는 重要, 時急한 時點에 놓여 있다.

世人들은 어찌하여 海女를 한결같이 珍重하게 보는 것일까. 이를 한두 마디로 요약하기는 어렵지만, 우선 다음 몇 가지를 내세울 수 있다.

① 해녀질은 作業主體가 女性인데다가 作業場所는 시퍼런 바다요, 더구나 그 作業方法이 裸潛이다.

② 해녀들은 뛰어난 潛水作業技術과 굳건한 意志力을 지녔다.

③ 제주해녀의 月平均作業日數는 15일 이상이나 되고, 分娩前後를 가림이 없이 물질한다.

④ 해녀는 韓國과 日本에만 분포되었으매 稀貴하고, 특히 제주도에 密集되어 있다.

⑤ 제주해녀는 제주도 연해에만 국한하지 않고, 韓半島 各沿海와 附屬島嶼 및 日本・中國・소련에까지도 出稼하여 물질했었으므로 그 行動半徑이 東北아시아 일대에 뻗쳤었다.(지금도 韓半島에는 더러 나간다.)

⑥ 제주해녀는 類例가 없는, 力動的인 〈해녀노래〉를 유별나게 지닌다.

⑦ 제주해녀는 근래에 이르러 激減趨勢에 놓여있다.

해녀에 대한 조사 연구는 여러 측면에서의 접근이 필요하다. 우선 ① 民俗學的, 文化人類學的 側面, ② 經濟學的 側面, ③ 文學的, 音樂

的 側面, ④ 法社會學的 側面, ⑤ 生理學的, 醫學的 側面을 고려할 수 있다. 이 몇 가지 측면에서의 고찰은 서로 밀접히 관련되었으매, 專攻이 제각기 다른 調査陣에 따른 學際的 硏究가 요청된다.

民俗學이나 文化人類學的 觀點에서 해녀를 분석하는 작업은 실로 광범하다. 해녀마을 사람들은 그들 나름의 삶의 방법이 있고, 漁村社會 特有의 共同體的 性格을 짙게 띤다. 그 文化類型도 유다르다. 個人所有로 劃定되어 있는 田地와는 달리 海女漁場, 곧 第一種共同漁場은 마을의 總有로서 自生的, 自律的인 入漁慣行에 터전하여 물질을 한다. 그 入漁慣行, 곧 漁場管理 등 해녀들이 치러야 할 義務와 누릴 수 있는 採取權 등의 權利는 제주도 안에서도 마을에 따라서 좀 다르다. 예를 들면 한국의 最南端인 馬羅島에서 敬老習俗의 일종으로 61세 이상의 老婆海女들에게만 特別專用케 하는 〈할망바당〉1)을 정해 놓은 習俗이라든가, 다른 마을로 出嫁한 여인들에 대한 入漁權 規制, 새로운 入住者에 대한 入漁權 附與條件의 嚴格性 등이 같은 제주도 안에서도 차이가 있다.

漁村社會의 바탕에는 共同體的 性格이 짙게 깔리므로 村落單位 結束이 純農村보다 굳다. 豊漁를 비는 〈영등굿〉도 韓半島 南部의 漁村에서는 個人儀禮로 치러지지마는, 제주도에서는 마을의 共同儀禮로서 전승된다. 해녀마을의 俗信은 純農村에 비하여 비교적 多樣하고 强度도 짙은 듯 여겨진다. 역시 生死의 갈림길인 海原에서 怒濤와 싸우며 치러야 되는 生業에 종사하는 터여서 그 民間信仰의 密度가 짙게 드러나는 줄 안다. 年中 살아가는 방법이나 行事 역시 純農村과는 다르며, 그

---

1) '할머니 바다'라는 뜻으로 馬羅島民들의 自生的 決議에 따라서 할머니들만이 入漁할 수 있게 특별히 劃定해 놓은 馬羅島 연안의 漁場.

삶의 태도나 心意現象도 主漁副農, 半農半漁, 主農副漁의 마을의 성격
에 따라서 차등이 있으리라고 본다. 民俗學的, 文化人類學的 觀點에서
海女나 海女마을을 조사 분석되어야 할 과제는 실로 숱하다.

물질은 우선 生計의 한 수단이므로 經濟的 側面의 고찰이 중요하다.
더구나 제주해녀는 제주도 수산업의 主宗을 이루어서 그 漁獲量이나
漁獲高가 제주도 水産收入의 半을 한결같이 웃돈다. 오늘날 제주도 總
輸出高의 약 8할을 해녀 채취물이 차지하고 있음도 주목된다. 마을의
성격이 主漁副農, 主農副漁, 어느 쪽인가에 따라서 家庭經濟에서 차지
하는 바 해녀수입의 비중도 달라진다. 社會의 變遷에 따른 해녀의 激
減과 관련되는 주민들의 收入依存度, 純農村에 비한 海女村의 支出傾
向 및 해녀 수입의 地域經濟에 대한 寄與度 등 經濟的 側面에서 다루
어야 될 과제도 숱하다.

〈해녀노래〉에 대한 조사 연구 역시 종요롭다. 本格的인 〈해녀노래〉
는 제주해녀들만이 口演하기 때문이다. 해녀는 韓國과 日本에만 분포
되었는데, 일본해녀들은 櫓를 저어 나가지는 않으므로 〈해녀노래〉의
歌唱機緣이 뚜렷하지 않다. 일본해녀들은 작업장으로 걸어가면서 가끔
민요를 부르는 듯, 요마적에 이르러서야 민요의 한 종류로 定立하자는
提議가 이는 계제다.[2] 민요는 가락·사설·기능의 三位一體的 傳承이
이루어지므로 가락을 위주로 한 音樂的 側面의 고찰과 口傳文學인 사
설을 文學的 側面 및 民俗學的 側面에서 분석하는, 세 측면의 考察이
필요하다. 이 세 측면의 考察이 근래에 活性化되어 가는 편이긴 하지
마는, 課題의 比重에 비하여 그 進展이 더디다.

해녀는 또한 特殊技倆을 지닌 裸潛漁法을 수행하므로 生理學的, 醫

---

2) 関山守彌, 「民謠と海女の傳承」, 『日本民俗學』116號, 1978.

學的 觀點에서 면밀히 고찰할 필요가 있겠다. 1960년대부터 美國務省의 관심에 따른 韓國과 日本海女의 潛水技倆 및 特有의 生理研究를 고비로 하여 生理學的, 醫學的 觀點에서의 연구는 비교적 충실히 진척되어 가는 것으로 안다. 이 방면의 國際的인 學術活動도 활발히 전개되어 간다.

生理學的, 醫學的 側面의 연구는 그들이 지니는 特殊技倆에 대한 고찰도 종요롭거니와, 이에 아울러 職業病 등 醫學的 側面의 고찰 역시 소중하다. 근래 제주도 당국에서 해녀에 대한 厚生福祉등 保護施策과 減少防止策에 안간힘을 다하는 한편, 이를 위한 연구의뢰(濟州醫療院 및 서울大病院) 등을 벌이는 일도 바람직스럽다. 또한 高神大學의 潛嫂科學研究所의 활동 등이 기대된다. 어차피 海女服이 고무옷으로 改變됨에 따른 職業病의 深化를 막고, 海女數의 激減에 대비하기 위해서는 그 조사활동과 施策이 알차게 펴지기를 기대한다.

해녀에 대한 法社會學的 側面의 고찰 역시 注力할 만한 숙제다. 해녀마을, 곧 漁村共同體는 그 나름의 社會構造上 特異性을 지니며, 自生的, 合理的인 慣習이 전승된다.

入漁權을 둘러싼 마을 나름의 自生的 慣行, 마을과 마을 사이의 漁場紛糾 및 韓半島, 특히 慶北 迎日灣 一帶의 入漁慣行權을 둘러싼 말썽 등 숙제는 산처럼 쌓였다.

農土와는 달리 漁場은 마을 總有의 것이며, 그 所有權의 劃定이 모호할 수도 있는 것이므로, 마을사람들이 共同協議, 共同遵守해야 될 慣習法의 規範이 복잡다단하고 엄격해질 수밖에 없다. 또한 漁村共同體를 이끌어 나가는 데 漁村契나 海女會(潛嫂會)의 기능 또한 현저하므로 이에 대한 考究도 절실히 요청된다.

이상 제주해녀를 접근하는 데 필요한 다섯 가지의 觀點을 요약했거니와, 이에 더불어 特有한 海女의 語彙 및 海女社會의 價値意識 등도 우리의 관심을 기울일 만한 대상이다.

學際的 研究의 필요성에 비추어 1985년에는 金範國(經濟的 側面)·徐庚林(法社會學的 側面)·필자(民俗學的 側面) 등이 공동으로 조사해 보았지만,3) 제한된 시일 안에 이루어진 작업이라 의욕에 따를 수는 없었다.

해녀조사연구가 重要·時急한 이유의 하나로는 요마적 해녀가 급작스레 激減되는 데도 있음을 앞에서 전제했다. 해녀수의 통계 역시 중요한 숙제다.

해녀수에 대한 정확한 파악은 至難한 일이지만, 濟州道에 따르면 제주의 해녀수는 1970년에 14,140명, 1985년에는 6,684명으로 집계되었으니, 그 통계의 正確度 與否는 고사하더라도 15년 사이에 반수 이하로 줄어들었다는 말이 된다.4) 또한 제주도에 따르면 20대의 해녀수는 불과 5%밖에 안되며, 더구나 20세 미만은 0.4%로 나타났다. 머지않아서 제주해녀는 아주 사라져 버릴지도 모르는 중요한 고비에 이르렀다. 따라서 政策的 次元에서 해녀를 保護, 育成해야 할 대책도 문제려니와, 앞으로는 해녀 조사작업 역시 어려움은 눈앞에 부딪치게 될 듯하다.

제주의 해녀수는 얼마나 될까. 濟州道나 水協濟州道支部의 통계에 따르면, 제주도의 해녀수는 1980년대에 이르러 6천~8천 사이를 오르내린다. 이 統計數値는 漁村契에 가입된 契員數를 토대로 그 女契員數만을 차출해내는 방법이 일반적인데, 그 기준의 妥當度가 문제될 수

---

3) 金榮敦·金範國·徐庚林,「海女調查研究」,『耽羅文化』제5號, 濟州大 耽羅文化研究所, 1986.

4) 『1986年度 水産現況』, 濟州道.

있다.

첫째는 해녀로 볼 수 있는 기준을 어디에 둘 것인가의 문제다. 예를
들어 1986년말 제주도 수산과의 집계〈表1〉에 따르면 전복·소라 채취
해녀를 6,637명으로 보고, 톳 채취 해녀는 5,102명 臨時的 漁民
(occasional fishman)이라 볼 수 있는 潛在海女 217명을 포함하여 11,956
명으로 드러난다. 따라서 전복·소라 등 貝類를 채취하는 本格的 海女
6,637명만을 해녀로 볼 것인가, 톳 채취 해녀 및 解警(許採·대ᄌ문)
때에나 작업하는 潛在海女까지 포함한 11,956명 모두를 해녀로 볼 것
인가의 기준여하에 따라서 해녀수의 집계는 갑절이나 오락가락한다.5)

〈表1〉潛嫂實態調查

1886年末

區分 水協別	漁村契數	전복·소라 採取潛嫂		톳採取潛嫂		潛在潛嫂		潛嫂數計	
		잠수수	백분률	잠수수	백분률	잠수수	백분률	잠수수	백분률
濟州市	25	2,120	46%	2,264	50%	168	4%	4,552	100%
西歸浦	24	1,997	65.5%	1,027	34%	14	0.5%	3,038	100%
城山浦	10	1,188	53%	1,054	47%	1	—	2,243	100%
楸子島	5	178	64%	92	33%	7	3%	277	100%
翰林	18	1,154	63%	665	36%	27	1%	1,846	100%
計	82	6,637	56%	5,102	42%	217	2%	11,956	100%

資料 : 濟州道水産課

---

5) 日本에서도 貝類採取海女와 海藻類採取海女를 구분 짓고 있다. 前者를 '貝海
女'·'鮑海女'·'鮑チグリ'라 일컫고, 後者 곧 주로 우뭇가사리를 캐는 海女를
'チングサ海女'라 한다.(瀨川淸子, 『海女』, 未來社, 1970, p.275.) 1985년 8월
필자의 현지조사에 따르더라도 北濟州郡 舊左邑 杏源里의 漁村契의 견해로
는 貝類採取海女가 40%, 海藻類 採取海女가 60%에 이를 것이라고 推定했다.

다음에는 해녀수의 算出根據를 女性漁村契員의 集計에 두는 것이 타당하겠는가의 문제다. 裸潛漁業, 곧 해녀질(물질)을 生業으로 하면서도 漁村契에 가입되지 않는 경우가 있다는 점, 또한 한 세대의 부모만이 漁村契에 가입되고 그 집안의 딸들은 어엿한 해녀이면서도 漁村契에 가입되지 않을 경우에는 그 통계에서도 누락된다는 점 등에 유념해야 될 것이다.

셋째는 행정당국의 통계와 주민들의 집계와의 차이다. 이는 필자가 1960년대 이래 현지조사를 이어나가면서도 한갓 문제로 제기되었다. 곧 各漁村契 실무자나 현지주민들의 견해에 따르더라도 행정당국의 해녀수의 집계에 비한 실제 해녀수는 약 1.5배 내지 2배에 이른다는 견해가 많았다. 예를 들면 소섬(北濟州郡 牛島面) 東天津洞의 해녀수는 1985년 현재 공식적으로는 43명으로 집계되었지마는6) 우평순(여·48) 등 현지주민들의 말에 따르면 약 80명에 이르리라는 의견이었다.

이리하여 행정당국의 해녀수 통계의 1.5배수를 실제의 해녀수로 보는 것이 타당하지 않겠는가 하는 것이 필자의 견해다. 그렇다면 濟州道의 『1986年度 水産現況』에 따를 때 1985년 현재의 해녀수는 6,684명으로 드러났는데 이의 1.5배수라면 10,026명, 곧 약 1만 명이 된다고 추정된다. 〈表1〉에 드러나듯, 제주도 당국의 최근의 〈잠수실태조사〉에 따르면 해녀수는 전복·소라 채취 해녀(6,637명)에 국한하지 않고 톳 채취 해녀(5,102명)와 潛在海女(217명)을 합칠 경우 11,956명에 이르는 것으로 집계하고 있다. 이 통계를 참조하면 제주도의 해녀수는 1만 명 내지 1만 2천 명 사이를 오르내린다고 볼 수 있다. 어쨌든 제주 해녀수의 정확한 파악은 우리의 중요한 研究課題의 하나인 셈이다.

---

6) 『1985年度 業務報告』, 演坪法人漁村契.

이상 海女의 珍重性과 그 硏究課題를 序言 삼아 간추려 봤다. 濟州
海女의 民俗學的 硏究를 試圖하는 작업은 海女들의 물질과 삶 및 海女
社會 전반에 걸쳐 논의돼야 하기 때문에 그 대상이 실로 광범하다. 이
글에서의 논의대상은 다음 몇 가지에 초점을 맞춘다.

① 海女의 裸潛漁業은 안전한 陸地와는 달리 창망한 바다를 作業場
　으로 삼기 때문에 身命의 위험에 직면하는 수가 있는데, 이런 機
　緣으로 전승되는 바 龍宮에 다녀온다든가 하는 怪奇談으로선 어
　떤 이야기들이 전해지는가.

② 海女社會에서 전승되는 民間信仰은 어떠한가. 광범한 俗信 가운
　데에서도 특히 村落共同豊漁祭인 영등굿 및 潛女굿과 羅州金氏
　의 조상으로 알려진 〈구슬할망본풀이〉는 어떻게 전승되는가.

③ 海女器具의 材料·規格 및 機能과 變遷은 어떠하며, 이를 둘러싼
　習俗은 어떻게 전해지는가.

④ 濟州海女 特有의 〈海女노래〉의 機能, 傳承은 어떠하며, 그 사설
　에서는 무엇을 노래하고 있는가.

Ⅱ　海女作業에 따른 怪奇傳承

해녀의 물질은 거친 海原을 무대로 하여 이뤄지는 生業이매 늘 不意
의 危機를 전제한다. 가다가 물속에서 窒息해서 목숨을 여의는 수도
있다. 이리하여 海村에는 怪奇한 이야기가 傳承되기 마련이고 그 口碑
傳承 가운데는 가끔 龍宮이 등장하는 수도 있다. 여기에서는 다음 네
가지의 傳承을 소개한다. (1)은 實話이고 나머지는 傳說의 성격을 띠고

있는데, (2), (3)에는 龍宮이 설정되었음이 주목된다. 바다의 彼岸에 淨土(理想鄕)을 설정하고 해녀만은 이곳을 自在롭게 드나들 수 있다는 데서 龍宮이 등장되는 것으로 해석된다.

(1) 머리털 잘리고 살아난 소섬 해녀

(2) 珊瑚海女

(3) 용궁올레

(4) 고래 등에 붙은 전복 딴 해녀

1. 머리털이 잘리고 살아난 소섬 해녀

약 45년 전, 그러니까 1940년쯤에 일어났던 일이다. 소섬(北濟州郡 牛島面)의 下牛目洞과 西天津洞의 경계인 '냇골알'에서였다. 갠 날씨인데다 썰물이어서 마침 물질하기에는 안성맞춤이었다.

한 물거리 물질을 마치자, 해녀들은 재잘거리면서 採取된 海産物을 넣은 망시리를 들고 바닷가로 걸어 나왔다. 그런데 웬 일일까. 만행이할머니만은 보이질 않았다. 겁이 나서 누군가가 버럭 소릴 질렀다.

"큰일났다. 만행이할머니가 안 보염싱게"

바다에는 테왁만이 둥실 떠 있을 뿐, 한참 기다려도 만행이할머니의 모습은 나타나질 않는다. 애타게 기다려도 할머니는 안보였다. 할머니가 숨졌다는 소식은 삽시간에 번져, 마을 사람들은 우르르 바닷가로 몰려들었다. 바닷가에 구름떼처럼 모여든 동네사람들 사이에서는 한숨만이 감돌았다. 몇 해녀가 바닷속에 뛰어들어, 테왁만이 외로이 떠 있는 물속을 샅샅이 누벼 봤으나 할머니를 찾을 수는 없었다. 바닷가는 삽시간에 어두운 침울만이 내리깔렸다. 도대체 어찌된 영문인가. 느닷없이 부딪친 사건이라 모두는 어안이 벙벙할 뿐이었다.

모두가 망연실색한 채 두어 시간쯤 흘렀을까. 숨진 줄만 알았던 만행이할머니가 귀신과도같이 물 위로 불쑥 나타나는 게 아닌가. 천만뜻밖의 사태에 모두들 어리둥절했다. 만행이할머니임에는 틀림없으나 어찌된 일인지 머리가 빡빡 깎여지지 않았는가. 이윽고 숨을 돌려 쉰 할머니는 불을 쬐면서 일의 自初至終을 천천히 털어놓았다.

노파는 전복을 캔다고 바닷속 깊이 들어갔다. 열한 길인가 열두 길쯤 들어가는 것으로 짐작되었다. 머리가 아찔하더니 웬걸 놋종지(놋종제기)가 눈앞에 보이는 게 아닌가. 놋종지는 자기가 인도하는 데 따라 좇아오도록 여인에게 종용하는 시늉을 하면서 앞장서서 나아갔다. 그 놋종지를 따라가야만 될 듯이 노파는 느껴졌다. 느닷없이 수기나무가 헌칠하게 드러나더니 덩그런 대문이 보이고, 의젓한 기와집이 나타나는 게 아닌가. 훌륭한 절이었다. 절 안에는 염주를 든 스님이 의젓이 노파를 맞아드렸다.

"이곳에 들어오면 우선 누구든지 머리를 깎아야 합니다."

타이르듯이 말하면서 스님은 박박 노파의 머리털을 깎기 시작했다. 노파로서는 으레 그래야만 될 듯이 느껴졌다. 다 깎고 나자, 스님은 정색하며 뜻 있는 말을 건넸다.

"당신이 이곳에 오기에는 헤아려 보건대 너무 이르므로 사바세계에 되돌아가서 일 년 반 동안만 더 지내다가 다시 올 것으로 하시오. 지금 들물 때가 시작되므로 서둘러 되돌아가도록 하시오."

스님의 말이 끝나자마자 노파는 저도 몰래 물 위로 솟아오르게 되었다 한다.

불을 쬐면서 떠듬떠듬 그 경위를 늘어놓는 노파의 말을 듣는 동네사람들은 너무나 신기해 마지않았다. 노파의 머리는 깎여졌을뿐더러, 목

에는 칼금이 나 있었다. 삭발하던 칼이 빗나가서 난 칼금인 듯했다. 신
통하게 되살아나기는 했으나, 만행이할머니는 시름시름 앓으면서 딱
일 년 반 동안을 살더니 돌아갔다. 되살아난 다음에는 심방(무당)이 되
어 심방질(무당질)을 하면서 지내다가 일 년 반이 지나서 돌아갔다고
도 한다.

이 이야기는 소섬에는 물론 제주도 본섬에도 삽시간에 퍼졌고, 오늘
날에도 상식으로는 풀 수 없는 수수께끼를 안은 채 면면히 전해진다.
제보자 김선옥(여·48)은 그의 부친(81세)이 그 당시의 목격자라고 힘
주어 강조한다.

(1985. 8. 23. 牛島面 東天津洞 등대여인숙에서 김선옥, 여·46 진술)

2. 珊瑚海女

예전에 제주도 남서쪽 摹瑟浦에 한 해녀가 물질을 하며 살고 있었
다. 上軍海女였지만 어느 누구나 겪는 마마를 앓아 보지 않은 여인이
었다.

한여름 여느 날과 같이 그 해녀는 金露浦(지금의 南濟州郡 安德面
沙溪里)에 물질을 나갔었다. 테왁과 빗창 따위를 챙겨서 바다로 걸어
가고 있었는데, 이건 웬일인지 바다거북의 일종인 玳瑁가 바닷가 웅덩
이에 빠져 있는 것이 아닌가. 허우적거리는 모습을 물끄러미 쳐다보며
썩 안쓰러운 생각이 솟구쳤다. 밀물 때에 바닷가로 올라왔다가 물이
써자 바다로 되돌아가지 못하여 웅덩이에서 허우적거리는 듯 보였다.
그 해녀는 玳瑁를 긍휼히 여기는 나머지 그대로 지나칠 수가 없었다.
玳瑁를 고이 붙들고 바다에 놓아 주었다. 거북을 龍王처럼 받든다는
것은 傳來的 習俗이었기 때문이다. 玳瑁는 이제야 살았다고 기쁜 표정

으로 바다로 헤엄쳐 갔다. 가다가 잠깐 되돌아서더니 퍽 고마워하는 뜻으로 그 해녀를 보며 머리를 조아리고는 유유히 물속으로 사라져 가는 것이었다.

며칠 후에도 그 해녀는 金露浦 앞 용머리에 물질하러 나갔다. 전복을 캐려고 열 길 물속으로 깊숙이 무자맥질해 들어갔다. 이건 무슨 變故인가. 눈앞이 아찔하더니 光澤이 나는 조개로 으리으리하게 장식된 大闕이 보이는 게 아닌가. 別天地가 전개되는 것이다. 신들린 사람처럼 들어가 보니 百花가 난만히 피어 있고 눈부실 만큼 화려한 宮闕이 드러났다. 해녀는 宮闕門까지 이르렀다.

宮闕 속에서는 한 노파가 나타났다. 해녀를 반가이 맞으며, 자기 자식을 살려 줘서 고마운 말씀 다할 길 없다는 사례와 함께 궁궐로 인도해 들어갔다. 잘 대접을 받고 나오려는데, 그 노파는 꽃 한 가지를 선물로 주었다.

"이 꽃을 잘 간직하십시오. 이 꽃을 가지고 있으면 마마는 걸리지 않으리다."

해녀가 물 밖으로 나와 보니, 그것은 珊瑚꽃이었다.

평생토록 그 해녀는 그 珊瑚꽃을 珍重히 간직했다. 과연 그 말씀대로 效驗이 있어서, 그 해녀는 한평생 마마를 앓지 않았다는 말이 전한다.

(朴用厚, 『元大靜郡誌』, 博文出版社, 1968, p.119. 玄容駿, 『濟州島傳說』, 瑞文堂, 1976, pp.213~215.)

3. 용궁올레

'용궁올레'란 龍宮으로 들어가는 길목이란 뜻인데, 南濟州郡 城山邑 新豊里 앞바다에 있다. 그 일대에는 마치 龍의 머리처럼 생긴 奇巖怪

石이 불쑥불쑥 솟았기 때문에 '용머리'(龍頭)라 한다. 그 용머리 앞쪽에
는 깊숙한 바다골짜기가 주욱 뻗쳐 있고, 그곳 바다색은 유별나게 짙
푸른데, 사람들은 그곳을 龍宮으로 들어가는 길목이라 믿고 '용궁올레'
라 일컫는다. '올레'란 거릿길에서 집으로 들어가는 길고 좁다란 골목
길을 일컫는 濟州語. 그곳은 水深이 워낙 깊을 뿐더러, 南海龍宮으로
들어가는 '올레'이기 때문에, 예로부터 사람들이 神聖視하고 두려워한
나머지 아예 접근하기를 꺼리었다.

그런데 이 마을에는 무슨 일이든 두려움 없이 덤비고 기백이 팔팔
넘치는 大上軍海女 송씨 여인이 살고 있었다. 송씨 해녀만은 남들이
출입하기를 엄두도 내지 못하는 이 '용궁올레'에서 과감히 무자맥질하
기를 서슴지 않았다. 송씨 여인은 물질을 하기만 하면 남들이 부러워
할 만큼 우둥퉁 살찐 전복을 숱하게 따오곤 했었다.

송씨 해녀가 '용궁올레'의 스무 길 가까운 물속으로 들어가서 전복·
소라를 캐는 어느 날이었다. 물숨(물속에서의 숨쉬기)도 가쁘고 해서
그만 나올까 벼르던 차에 우툴부툴한 바위틈에 웬걸 둥글넓적한 전복
이 눈에 띄는 게 아닌가. 뜻밖의 橫財나 만난 듯 그녀는 숨가쁨도 잊었
다. 허리에서 이내 빗창(전복을 캐는 길쭉한 쇠붙이)을 꺼내 들고 이를
캐려고 달려들었다. 그 찰나 그녀는 정신을 잃었다.

그녀의 눈앞에는 뜻밖에도 別天地가 전개되는 것이었다. 어찌 된 일
일까. 대낮처럼 햇볕은 쨍쨍 비치고 웬 강아지 한 마리가 깽깽 짖어대
는 것이 아닌가. 그 강아지는 송여인에게 어서 오라는 듯 꼬리를 설레
설레 흔들어 대었다. 그녀는 무심코 강아지를 뒤따라갔다. 휘황찬란히
단장한 童男童女들이 나타나는가 하면, 俗世에서는 구경할 수도 없는
호화로운 宮殿들도 꿍걸하게 즐비해 있었다. 이런 세상도 다 있단 말
인가. 제 눈을 의심하면서 어리둥절해 하는데, 公主처럼 단아한 미녀가

그녀 앞으로 불쑥 다가섰다.

"그대는 과연 어디서 왔습니까?"

"저는 旌義고을7) 新豊里 사람으로서 물질을 하면서 사는데, 오늘은 전복을 캐다가 그만 정신을 잃고 나서 저도 모르는 새 이곳에 이르게 됐습니다."

사연을 듣고 난 미녀는 이곳이 南海龍宮이어서 俗世人間들이 함부로 들어오지 못한다는 사실과, 만약 이런 일을 龍王이 알게 된다면 인간 세상에 되돌아가지도 못하고 죽고 말 것이라는 실정을 일러 주었다. 그러면서 그 미인은 귀엣말로 자기가 몰래 내보내 줄 터이니, 서둘러 되돌아가라는 것이었다. 송씨 해녀는 너무나 고마워하면서 몇 번이고 머리를 조아렸다.

"그런데 인간 세상으로 나가기 위해서는 꼭 지켜야 할 일이 있는데, 나가는 동안에 결코 뒤를 되돌아보아서는 안됩니다."

龍宮美女는 정색하면서 당부했다. 송여인은 서둘러서 인간 세상길로 나섰는데, 그 神秘로운 龍宮을 다시 한 번 보고 싶은 충동에 겨워 그만 자기도 몰래 뒤를 돌아다보고 말았다. 그러자 갑자기 앞이 캄캄해졌다.

이때 송씨 해녀 앞에는 느닷없이 눈이 부리부리한 龍宮 守門將이 나타났다.

"네가 감히 어찌하여 이곳엘 왔느냐?"

떨리는 목소리로 송씨 해녀는 그 경위를 말하고, 제발 살려만 달라고 간곡히 빌었다. 만약 인간 세상에 나가지 못할 경우에는 아흔 살의

---

7) 제주도는 1416년(朝鮮朝 太宗 16年)에서 1914년까지 약 5백년간 濟州牧·大靜縣·旌義縣으로 나누어 통치되었었는데, '旌義고을'이란 旌義縣을 가리키는 말로서 지금의 西歸浦市와 南濟州郡 東半部에 해당된다.

媤父와 여든 살의 媤母를 모실 길이 없음을 호소하면서 살려 주기만을 애걸복걸했다.

"참 딱한 일이구먼, 나도 늙은 부모를 모시고 있는 사람인데…."

龍宮 守門將으로서는 퍽 안쓰러워하는 표정이었다. 수문장은 옆에 사람과 잠깐 귀엣말을 주고받더니, 송여인에게 마땅히 살려 돌려보내어서는 안되지마는, 老父母를 모셔야 된다니 내보내므로 어서 돌아가라고 했다. 수문장의 말이 있자마자, 송여인이 이 龍宮으로 들어올 때 만났던 그 강아지가 다시 나타나서 이리로 오라는 듯이 꼬리를 흔들어대었다. 송여인은 그 강아지의 뒤를 졸졸 따라서 龍宮에서 나와 보니, 바로 '용궁올레'에 이르게 되었다.

송여인이 龍宮에 갔다가 무사히 돌아왔다는 소식은 삽시간에 마을에 퍼졌다. 그 후부터 그곳은 龍宮으로 가는 길목이라 하여 '용궁올레'라 부르게 되었다. 이 '용궁올레' 바로 옆에는 10여m쯤의 칼날 같은 바위가 우뚝 솟아있는데, 이는 '칼선ᄃ리'라 이른다. 세상 사람들이 南海龍宮에 함부로 들어오지 못하도록 방패로서 세워진 다리라 한다.

이처럼 그 깊은 바닷속에는 南海龍宮이 있다고 알려진 다음, 가뭄이 오래 끌 때에는 旌義鄕校에서 그곳에 가서 祈雨祭도 지내곤 했었다.

(『濟州說話集成(1)』, 濟州大 耽羅文化研究所 , 1985, pp.683~688.)

4. 고래 등에 붙은 전복 딴 해녀

대포리(西歸浦市 大浦洞)에서는 한 해녀가 전복·소라 등을 흔히 캐게 될 때면 "그 줌수(潛嫂) 고래 등이나 긁었는가?"하고 反問하기 일쑤다. 이런 표현에는 그만한 사연이 있다. 대포리에 사는 제보자 김재현(남·85)의 할머니는 이웃 여인들과 함께 물질하러 다니는 것이 삶의 큰 보람이었다.

그날도 여느 때처럼 태왁과 망시리 따위를 챙기고 두 여인은 물질을 나섰다. 대포리에서 월평리로 가는 '검주아리깍'이라고 한 바다로 나갔었다. 이른바 '검주아리깍바당'이란 그 지경에 '검주아리'란 논이 있는데, 그 '깍'(뻗어나간 끄트머리)에 위치한 바다이매 붙여진 이름. 두 여인은 이 바다에서 엄청날 만큼 전복을 캐었다. 해녀 두 사람으로서는 도저히 져서 올 수 없을 분량이었다.

이 소식이 그들의 집에 전갈되자 밭갈이소 두 마리를 머슴들이 몰고 갔다. 전복은 소에 싣고 머슴들이 지고 해서 집으로 돌아왔다. 뜻밖의 橫財로 어쩔 줄을 몰랐다.

엄청난 橫財로 상기된 두 여인은 그 이튿날에도 으레 그곳으로 나갔다. 그런데 어찌된 일일까. 무자맥질해서 아무리 찾아보아도 어저께 전복을 숱하게 캐었던 그 '여'는 나타나질 않는다. '여'란 바닷속에 뿌리박힌 큼직한 岩礁로서 썰물일 때에는 그 윗부분이 바깥으로 드러나기도 하는데, 전복이나 소라는 이러한 '여'에 숨어서 자라게 된다. 바로 이곳에 있는 '여'에서 전복을 줍다시피 캐었었는데, 그 '여'조차 온데간데없이 사라졌으니, 이게 무슨 變故란 말인가. 이 바다가 '검주아리깍바당'임에 틀림이 없고 무슨 꿈속에서가 아니라, 현실로 이런 일이 벌어졌으니 이게 무슨 변환이란 말인가. 제 눈을 의심하면서 두 해녀는 다시 아무리 살펴보아도 분명히 '여'는 눈에 띄질 않는다.

"우리가 어제 그 많은 전복을 캐었던 곳은 '여'가 아니라, 그것은 고래의 등이었구나. 고래 등에서 전복을 캐었었구나. 우린 고래 등을 긁었구나."

한 여인이 어이없이 중얼거렸다. 그 '여'가 온데간데없으니, 바로 어저께 숱하게 캔 전복은 고래 등에 붙었었다는 상상은 설득력을 지녀서 이내 전설처럼 주변으로 번져 갔다.

이를 계기로 해서 전복·소라를 흔히 캔 해녀를 두고 "그 줌수 고래
등이나 긁었는가."하는 말이 오늘날까지 전해진다.

(『韓國口碑文學大系 9-3』), 韓國精神文化研究院, 1983, p.261. 參照)

 ## 海女社會의 民間信仰

海女社會의 民間信仰을 전폭적으로 논의하기 위해서는 海女社會 全
般을 거론해야 한다. 그 信仰心意와 民俗的 觀念은 해녀들의 삶 구석
구석마다 뿌리 내리고 있기 때문이다. 여기에서는 村落共同豊漁祭인
영등굿과 潛女굿, 羅州金氏의 祖上神 神話로 알려진 구슬할망본풀이만
을 살피기로 한다.

1. 영등굿

濟州의 豊漁祭인 영등굿을 간추리는 이 글은 필자의 관찰과 이제까
지의 논문들을 바탕으로 해녀들의 信仰心意를 살피는 데 焦點을 둔다.
곧 창망한 바다에서 위험을 무릅쓰고 裸潛漁業에 종사하는 해녀들이
얼마나 至誠으로 영등굿을 치러 오는가에 치중하면서, 그 性格과 神名
·祭名·祭日·祭期中의 俗信 및 영등굿의 實相과 海女生活과의 聯關
등을 고찰해 보려 한다. 따라서 이 글은 玄容駿[8]의 조사 연구를 토대

---

8) 玄容駿, 「濟州島의 영등굿」, 『韓國民俗學』創刊號, 民俗學會, 1969.

로 宋錫夏[9]·張籌根[10]의 작업에 힘입은 바 있음을 우선 밝힌다.

1) 性格

영등굿은 제주도와 韓本土 南部地方 海岸 일대에서 예부터 전승되는 豊漁祭다. 韓本土에서는 個人儀禮로 치러지는 이 豊漁祭가 제주도에서는 어부와 해녀들이 함께 치르는 마을굿, 곧 漁村의 集團儀禮로서의 성격을 띤다.

한본토에서는 이 영등굿의 神名을 '영등할만네'·'영등할맘'·'영등할마니'·'영등할마시'·'영등바람'·'풍신할만네'·'영등마고할마니', 제주도에서는 '영등' 또는 '영등할망' 이라고 부른다. 따라서 女神的 性格이 通常이지만, 가끔 '영등하르방' 등 男神으로도 나타나서 女神·男神 어느 쪽인가 함이 논의된다. 現象世界를 넘어선 神의 세계에는 男性도 없고 女性도 없고 男女 兩性이 한 몸에 결합된 存在, 곧 男女合一의 存在만이 있다는 점에 착안한다면, 女神 아니면 男神이라는 단점은 그 뜻이 없을 줄 안다.[11] 한본토 남해안 일대에서는 영등神을 風神으로 믿어 왔다. 바람은 곧 海上漁業과 밀착되어 있으매 風神이 점차 漁業을 관장하는 神으로 변모된 것으로 보인다. 그리하여 제주도의 경우는 海上安全, 豊漁, 海女採取物의 增殖保護神의 性格을 띠어 왔다. 뭍과는 달리 언제나 위험이 도사린 바다를 대상으로 生業에 종사하는 海女나 漁民들로서는 海上安全과 豊漁를 祈願하는 마음이 절실할 수밖에 없다.

---

9) 宋錫夏, 「風神考」, 『韓國民俗考』, 日新社, 1960.
10) 張籌根, 「濟州島豊漁祭」, 『韓國民俗論攷』, 啓蒙社, 1986.
11) 이은봉, 「남녀양성의 합일과 그 상징」, 『佛教思想』 1987년 2월호(通卷 37호), 佛教思想社, 1987.

더구나 해녀가 밀집되어 있는 제주도에서는 영등굿의 傳承이 더욱 끈덕지게 이어지면서 集團으로 영등굿을 치르며 致誠하는 熱意가 극진해졌으리라 믿는다. 제주도의 영등굿은 光復前까지만 하더라도 漁村에 국한하지 않고 農業만을 짓는 산간마을에서도 일부 치러지는 곳이 있었는데 그럭저럭 사라져서 이제는 몇몇 漁村에서만 전해진다.[12] 영등굿은 본디 漁村의 豊漁部落祭였는데 점차 농사만 짓는 산간마을로도 뻗쳐 나갔다가 다시 본디 모습대로 산촌에서는 사라지고 오늘날엔 일부 어촌에서만 남겨진 것이라 보고 있다.

2) 神名·祭名·祭日

神名은 '영등' 또는 '영등할망'이라 하고 祭名은 대체로 '영등굿'이라 불리고 있지만, 마을에 따라서는 '영등맞이', '영등손맞이', '영등제'라고 부르기도 한다.

제주도의 영등굿은 해마다 음력 2월 초하루에서 보름 사이에 치러진다. 영등할망은 음력 2월 초하루에 제주도에 들어와서 보름에 떠난다는 外來神으로 알려졌기 때문이다.

곧 영등할망은 음력 2월 초하루에 江南天子國 또는 외눈배기섬으로부터 제주도로 들어오고 제주도의 해안을 한 바퀴 돌면서 전복·소라·미역·우뭇가사리 등의 씨를 뿌려 줌으로써 海女生業에 登豊을 선사하고 난 다음에, 2월 15일에는 城山浦 앞의 牛島를 거쳐 제 나라도 돌아간다고 전승된다. 따라서 영등神은 女來神이다. 이 傳承에 근거해

---

12) 1969년 玄容駿의 조사에 따르면, 제주도내의 경우 農村 두 마을(涯月邑 下加里, 舊左邑 松堂里)까지 포함하여 영등과 관련이 있는 堂祭는 15마을에서 치러지는 것으로 집계된 바 있다.

서 음력 2월 1일에는 영등환영제를 치르고, 2월 14일과 15일에는 영등 송별제를 치른다. 단조로운 영등환영제에 비하여 영등송별제의 경우는 규모가 크다. 곧 영등환영제의 굿은 큰 배의 船主 중심으로 오전 중에 간소하게 치러지지마는, 송별제 때에는 漁民과 海女들이 온통 모여들 어 종일 떠들썩한 굿판을 벌인다. 영등환영제든 영등송별제든 민간에 서는 그대로 '영등굿'이라 일컫는다. 그리고 예전에는 음력 2월 초하루 에서 보름까지 줄곧 굿을 치렀던 듯하다.

3) 祭期中의 俗信

영등굿 祭期中의 俗信을 간추려 보기로 한다.

㉮ 영등할망이 들어오는 음력 2월 초하루의 날씨가 추우면 옷을 치 레한 영등이, 날씨가 다스하면 옷을 벗은 영등이 왔다고 하고, 그 날에 만약 비가 내리면 우장을 쓴 영등이 왔다고 본다.

㉯ 영등달 곧 음력 2월달이 되면 바닷가의 보말(보알고둥·가시고 둥·밤고둥·울타리고둥·명주고둥 등)들이 온통 속이 비어 버 리는데, 이는 영등할망이 왔다가 간다는 標識로 해안을 한 바퀴 돌아다니면서 샅샅이 까먹었기 때문이라고 믿고 있다.[13]

㉰ 영등굿을 할 때에 심방(무당)이 海藻類나 農事의 豊凶을 점치는 데, 주민들도 이 占卦를 그대로 믿는 경향이다. 곧 심방이 점을 쳐서 "영등할망이 미역씨 주머니를 잊어버리고 왔다"고 하면 미 역 흉년이 들고, "미역씨를 바다에 뿌리고 왔다"고 하면 미역이

---

13) 필자가 1987년 2월 舊左邑 東金寧里에서 조사한 바에 따르면, 음력 2월에는 보말뿐이 아니라 전복·소라 따위도 속이 비어 버린다 하고, 이는 영등할망 이 다녀갔기 때문이라고 말한다.(여, 58 김경성·여, 75 정순덕 등의 말)

잘 나며, "산뒤(밭벼·山稻), 또는 좁씨 등을 가져 왔노라"하면,
그 곡식이 풍년든다고 한다.

㉔ 영등할망이 제주도에 머무는 음력 2월초에서 보름 동안에는 배
를 타서 나가거나 배를 놓아 漁業을 해서는 안되며, 빨래도 삼간
다.(빨래를 해서 풀을 먹였다가는 그 집에 구더기가 일게 된다고
한다.)

4) 영등굿과 潛女굿의 實相과 海女生活과의 聯關

제주도의 영등굿은 이미 『新增東國輿地勝覽』 卷38 濟州牧 風俗條에
다음과 같이 드러나는 것으로 보아, 그 유래가 꽤 오랜 듯하다.

2월 초하루에 歸德·金寧 等地에서는 나뭇대 열두 개를 세워서 神
을 맞이하여 제사를 치른다. 涯月에 사는 사람들은 떼 모양을 말머리
와 비슷하게 만들어 비단으로 꾸미고 떼몰이놀이(躍馬戲)를 해서 神을
즐겁게 했다. 보름이 돼야 끝내니, 이를 燃燈이라 하며, 이 날에는 乘
船을 금한다.[14]

이 기록은 영등굿에 대한 ① 祭期, ② 祭名 및 ③ 集團祭儀的 性格
을 밝혔고, ④ 祭期 동안에 乘船을 금한다는 점에서 오늘날의 영등굿
과 일치한다. '躍馬戲의 해석을 떼(槎)를 노 저어 몰아가는 競漕民俗인
'떼몰이놀이'(제주어로 '테몰이놀이')라 보는 것은 玄容駿의 견해에 따
랐는데, 外國에서도 이런 習俗은 꽤 전해진다.[15]

---

14) 又於二月朔日 歸德金寧等地 立木竿十二迎神祭之 居涯月者 得槎形如馬頭者
飾以彩帛 作躍馬戲以娛神 至望日乃罷謂之然燈 是月禁乘船.

영등할망이 해녀들의 삶을 관장한다는 사실은 巫俗神話 본풀이에도
드러난다. 예를 들어 無形文化財로 지정된 제주시의 칠머리당의 堂神
본풀이16)에 보면, 그 主神으로서 도원수감찰지방관과 요왕해신 부인이
라는 夫婦神을 설정했다. 그 婦神인 요왕해신부인은 萬民 海女와 上船
・中船을 차지하고 西洋各國 東洋三國에 간 모든 자손들을 차지해서
長壽長命과 富貴功名을 시켜주는 堂神이 되었다고 풀이된다. 이처럼
그 堂神본풀이에서도 해녀들의 生業과 밀착된다. 하늘을 아버지로, 땅
을 어머니로 해서 태어난 도원수감찰관은 두드러진 武勳을 세움으로써
天子의 환심을 사고 論功行賞을 하고자 했다. 그러나 도원수감찰관은
이를 뿌리치고 龍王國에 가서 요왕해신부인을 맞아들였다. 龍宮―바다
―海女와의 관련성이 밑받침된 듯 그 婦神은 해녀의 물질이나 漁業 전
반을 관장하게 되었다고 설화된다.17) 또한 그 婦神이 海女나 漁夫는
물론, 西洋各國, 東洋三國에 간 모든 자손들까지 했으니, 지난날 韓半
島 各沿岸과 日本・中國・러시아 등 東北아시아 일대에 出稼했던 제
주도 해녀들까지 모두 포괄된다는 말도 된다.

영등굿의 本來的인 性格이 海女 採取物의 增殖祭이므로 해녀질이
극성스런 北村里(北濟州郡 朝天邑) 등에서는 '海女굿' 또는 '潛嫂굿'이
라고도 일컫는다. 마을에 따라서는 영등굿은 치르지 않고 '潛女굿'(흔
히 '줌녀굿'이라 일컬으며 '줌수굿'이라고도 한다)을 치르기도 한다. 예
를 들면 舊左邑 東金寧里에서는 해마다 음력 3월 8일에 아침 9시경부

---

15) 清水純,「船競漕の文化潮流」,『蒼海訪神らみ』, 旺文社, 1985, pp.47-56.

16) 濟州市 健入洞의 '濟州칠머리당굿'은 1980년 11월 17일 無形文化財 제71호로
지정되었는데, 그 技能保有者는 安土仁(1928年 7月 3日生, 濟州市 龍潭一洞
421)이다.

17) 玄容駿,『濟州島神話』, 瑞文堂, 1976, pp.233-234.

터 저녁 5시까지 줌녜굿을 성대히 치른다.

잠깐 줌녜굿의 實相을 간추려 본다. 논의하는 영등굿과 밀착되었기 때문이다.

1987년 음력 3월 8일(4월 5일)에도 東金寧里 바닷가에서는 줌녜굿이 마을잔치처럼 벌어졌다. 東金寧里의 방파제 옆 海女共同脫衣場이 있는 〈사계알〉이라는 바닷가에서 자그만 그 共同祭儀는 진지하게 베풀어졌다. 예전에는 줌녜굿을 바닷가에 천막을 치고 치러 왔었으나, 마침 그 날 비가 내리거나 날씨가 사나와지면 불편해서 이 건물을 마련하고 굿을 치러 온다. (평소에 이 건물은 海女採取物을 정리하는 곳으로도 활용된다.)

굿하는 건물 북쪽으로는 댓가지에 紙錢을 매단 十王門과 祭床이 마련되고 設床된 구석에는 서낭기가 휘날린다. 서낭기 깃대에서 '요왕다리'(龍王이 降神하는 다리)라는 廣木이 굿하는 건물에 드리워졌다. 굿집에 設床된 천정에는 水協支部, 水協總代, 國校, 中校, 里長, 警察支署, 舊左邑 金寧出張所 農村指導所, 保健所, 郵遞局 등 각 기관 내지 기관장의 명칭이 白紙에 가지런히 씌여져 매달아졌고, 5개동의 해녀회장과 봉지동·신산동·청수일동 등 동네별로 해녀들의 이름과 연령이 백지에 나열되었다. 또한 보성호·대성호 등 漁船의 이름들이 22척이나 나열된 백지도 보인다. 이리하여 줌녜굿은 해녀들만의 海上安全과 採取物의 登豊을 위한 의례로 그치질 않고, 온마을 共同의 渾然一體된 祭儀의 性格을 띤다.

굿이 치러지는 도중에도 각 기관장과 유지들은 찾아들어 祝儀봉투를 상에 올리고 배례를 한다. 굿판이 벌어지는 건넌 길가에는 점심나절 마을의 남성들이 모여 앉아 음식을 들며 즐긴다. 제주도에는 女性의 巫俗儀禮와 男性의 儒式儀禮의 二重構造를 이룩함이 보편적인데,

줌녜굿만은 여성 위주이긴 하면서도 남성들도 함께 參與, 支援하는 온 마을의 儀禮요 祝祭的 性格을 띠고 있음이 유다르다.

文順實(女·27세, 無形文化財 제71호 濟州칠머리당굿 傳受生)의 주재 아래 초감제~세경본풀이~요왕맞이 등의 祭次로 굿이 진행되는 동안, 줄곧 굿집 안팎에는 수십 명의 해녀들이 지켜 앉아 함께 參禮한다. 眞摯한 표정으로 가끔 "아이고 다 막아 줍서"(厄運을 모두 막아 주시라는 뜻), "아이고 고맙수다"하면서 허리를 굽혀 손을 비비며 빈다. 질침이 끝나고 지아룀으로 들어가 祭物을 바다에 힘껏 던지고, 해녀들은 멩탱이(멱서리)에 좁씨를 가득 담은 할머니와 섞여서 〈서우젯소리〉를 한참 부른 다음, 방파제로 재게 달려가며 바다에 좁씨를 뿌림으로써 굿은 마무리된다.

줌녜굿은 해녀들을 중심으로 한 海上安全과 豊漁祈願을 위해 베풀어지는 온 주민의 村落共同祭儀이면서 마을의 祝祭的 性格도 띠었음이 實感된다.[18]

영등굿 논의로 환원하기로 하자. 영등굿의 祭次는 어떠한가. 그 祭次는 마을에 따라서 조금씩 다르지만, 굿을 치르는 과정에 해녀질의 安全과 海女採取物의 增殖을 비는 대목은 여럿 드러난다. 그러면 영등굿이 주장이면서 本鄕堂神에 대한 굿은 일부 곁들이는 정도인 칠머리당굿의 경우를 보기로 하자. 主要祭次는 초감제~본향듦~요왕맞이~마을 도액막음~씨드림~배방선~도진 등이다.

請神을 하고 饗宴, 祈願을 하는 基本儀禮가 초감제인데, 요왕맞이를 치르면서도 請神과 饗宴, 祈願을 二重으로 되풀이한다. '요왕맞이'란 곧

---

18) 東金寧里의 해녀들은 줌녜굿하는 날을 '국군의 날'·'어버이날' 등의 國定公休日처럼 '해녀의 날'이라고 강조한다.

'龍王맞이'로서 바다를 관장하는 龍神에 대한 致祭다. 영등굿에서 영등
神과 더불어 龍神에 祭儀하는 까닭은 영등神의 主機能이 海女採取物의
增殖과 漁業의 保全이매, 영등神과 龍神은 그 機能上 서로 밀접히 관
련되었기 때문이다.

초감제에서든 요왕맞이에서든 天地의 形成과 人文現象의 성립을 풀
이하고(베포도업침), 굿하는 날자와 장소를 알리는 祭次(날과 국 섬김)
를 치른 다음에는 이 굿을 치르게 된 연유를 알리는 연유닦음이란 祭
儀로 들어선다. 연유닦음에서 심방은 여러 龍神들에게 한 해 동안 海
上의 安全을 비는 소원 때문에 이 굿을 치르게 되었다는 사설과 함께,
영등할망에게는 전복씨·소라씨·미역씨 등을 가멸지게 주고 가시라
는 뜻에서 이 굿을 치른다고 그 연유를 아뢴다. 여기에서 전복씨·소
라씨·미역씨 등이 구체적으로 드러난다는 데에 주목할 필요가 있겠
다. 곧 전복·소라·미역 그 자체는 해녀들의 生計를 지탱해 주는 資
源이란 점에서 그 祈願이 썩 절실할 수밖에 없다. 더구나 심방은 해녀
와 선원들의 切迫하고 困窮하나 삶을 어렵히 호소하고, 위험이 도사린
海原에서의 위태로운 물질을 치르면서 자식들의 成就를 절실히 바라
는, 해녀들의 實情과 心境을 변호, 기원한다. 이러한 심방들의 간곡한
기원을 들으면서 해녀들은 저들의 實情, 저들의 苦惱, 저들의 希願, 代
辯, 辯護해 주는 심방의 사설내용에 一體感을 이루면서 情緖的 窓口를
찾는 터이다.

요왕맞이에서는 또한 방광침이란 祭次가 있다. 海女作業이나 漁撈作
業을 하다가 액궂이 水中孤魂이 된 혼령들에게 술을 드려 위안하고,
이 孤魂들을 彼岸으로 인도해 주도록 龍王神에게 비는 祭次다. 그만큼
海原에서의 不意의 事故가 잦고, 이로 말미암은 傷心의 고랑이 깊다는
증거다.

요왕맞이에서 방광침이 끝나고 요왕문(龍王門)이 열린 다음에는 지아룀으로 들어가는데, 이 역시 龍王神이나 水中孤魂에게 白紙에 싼 祭物을 던져서 대접하는 祭次에 해당된다. 곧 영등굿에 참석한 마을 사람들은 제각기 차려온 祭床에서 갖가지 祭物을 조금씩 떠서 白紙에 싼다. 龍王神 몫, 서낭신 몫과 더불어 제각기 집안 식구와 作故한 영혼의 몫을 싸기 때문에 이른바 '지' 싸는 수효는 둘에서 여남은까지 일정하지 않다. 다음에는 '지'를 갖고 바닷가로 내려가서 물결치는 바닷속으로 심방의 기원하는 사설과 함께 '지'를 힘껏 던진다. 이를 "지 아룀다"고 한다. 이 '지아룀'은 해녀나 어부들의 간곡한 기원이 實感 있게 具象化되는 과정이어서 密度 있는 信仰心意가 어련히 드러나게 된다.

영등굿은 '씨드림'이란 祭次에 이르러 그 實感이 더욱 高調된다. '씨드림'은 곧 播種을 뜻하는데, 해녀들이 바다로 달려가서 좁씨를 힘차게 뿌림으로써 전복·소라·우뭇가사리 등이 풍년 들기를 기원하는 것이다. 農耕儀禮를 漁業儀禮에 類推, 適用한 象徵的 祭次라 할 것이다. 심방이 요란스런 樂器소리에 맞추어 소라·전복씨 주고 가시라는 사설이 歌唱되는 동안, 해녀들은 신나게 춤을 추다가 바다로 달려가서 소라·전복씨 뿌리니 많이 열려서 우리 해녀들이 잘 살게 해 달라는 외침과 함께 모두들 좁씨를 바다에 힘껏 뿌린다. 씨 뿌리기를 마치고 돌아온 다음에는 심방이 돗자리에 좁씨를 뿌리면서 그 해의 海産物은 어느 바다에 豊年이 들고 凶年이 들리라는 씨점을 친다. 해녀들로서는 海藻類·貝類의 豊凶與否가 그들의 삶과 직결되기 때문에 좁씨를 창망한 바다에 뿌림으로써 海産物의 登豊을 비는 이런 祭次는 더욱 實質的 現實感이 드러난다.

마지막에는 영등신을 본국으로 致送하는 祭次인 '배방선'으로써 영등굿은 마무리된다. 미리 짚으로 만들어 두었던 약 50㎝ 길이의 배모형 위에 모든 祭物들을 조금씩 떠놓고 이 배모형을 漁船에 실어 나가서 牛島 쪽으로 띄워보낸다.

영등굿은 이처럼 그 祭次에서 漸層的 强調를 이룩하면서 해녀들의 實情과 希願을 具象的으로 풀어헤친다는 점에서 주목된다. 이러한 영등굿 特有의 性格이 제주도 漁村의 共同體的 祭儀로서 굳혀지고, 주민들의 强烈한 信仰心意를 바탕으로 끈질긴 不易性을 지닌 채 오늘날까지 전승되는 터이다.

2. 구슬할망 본풀이(羅州金氏 祖上神 본풀이)

구슬할망 본풀이는 羅州金氏의 祖上神 본풀이다. 巫俗神話 본풀이는 一般神 본풀이와 堂神 본풀이 및 祖上神 본풀이로 나눌 수 있는데, 구슬할망 본풀이는 祖上神 본풀이의 일종이다.

이 구슬할망 본풀이를 여기에 소개하는 까닭은 海女作業 등 제주도 특유의 사정이 密度 있게 깔렸기 때문이다. 곧 제두도민들은 뭍과 바다에서 身命을 걸고 獻身沒入해야만 生計를 꾸려 나갈 수 있음을 寫實的으로 그리고 있다. 특히 제주여인들은 시퍼런 海原에서 怒濤와 싸우며 裸潛漁業하고 전복·소라·우뭇가사리 따위를 採取해야만 찌든 家計가 지탱된다는 實情을 잘 드러내 준다. 그리고 이곳 바다에서는 예부터 珍貴한 眞珠가 난다는 사실을 알 수 있다. 또한 구슬할망이 캔 珍珠를 임금께 進上했다고 說話됨을 보면, 제주도민들은 예부터 進貢하는 일이 삶의 중요한 일부분이었음을 드러내 주기도 한다.

구슬할망 본풀이의 줄거리는 다음과 같다.

예전에 朝天邑 新村里 마을 북쪽동네 큰물거리에 살던 김사공은 濟州牧에서 進上하는 버섯·전복·청각 등 제주도의 特産物을 싣고 험한 파도를 헤치며 서울을 자주 드나들었다.

어느 해 역시 김사공은 上京하여 進上品을 바치고 난 다음, 제주도로 돌아오려고 캄캄한 밤에 터벅터벅 서대문 밖 길을 걸어가고 있었다. 웬일일까, 느닷없이 이 고요한 밤에 사람의 애절한 울음소리가 들려오다니.

―한밤중에 이 무슨 변고인가.

미심쩍은 김사공은 그 울음소리가 나는 곳을 쫓아서 잰 걸음으로 다가가 보았다. 호젓한 논두렁에서 아리따운 한 처녀가 흑흑 흐느껴 울고 있는 것이 아닌가. 사정을 물어 본즉 자기는 許政丞의 딸인데 그만 부모님의 눈에 거슬려 집안에서 버림을 받고 쫓겨나서 갈 곳이 없어 운다는 것이었다. 김사공은 안쓰러운 나머지 갖은 말로 타일러 보았으나 막무가내였다.

"저는 살 길이 막막합니다. 제발 저를 살려 주시려면 데려가 주십시오."

"아가씨의 말은 듣고 보니 딱하기 그지없소마는, 나는 제주 사람이오, 제주 사람 서울 못 오고, 서울 사람 제주 못 가는데, 내가 아가씨를 데려가기는 참 난감하군요."

"제주도라도 좋으니 굳이 데려가 주십시오. 이것도 큰 인연인데 제발 저를 살려 주시기 바랍니다."

한사코 매달리는 처녀애를 차마 싸늘히 뿌리칠 수가 없어서 김사공은 그녀를 도포자락으로 감추고 제주도로 데려왔다. 제 집에 처녀애를 데려간 김사공은 바깥에 소문이 번지지 않도록 방문을 잠그고 숨겨 두었다.

세월은 흘러 처녀애도 어느덧 열여덟 살이 되었다. 그녀는 어느 날 남쪽 창문을 열어 놓고 무심결에 바깥을 내다보다가 문득 질문을 던졌다.

"저분들은 무슨 때문 소를 몰고 가는 것이며, 머슴들이 등에 진 것은 무엇입니까?"

김사공은 이내 제주 사람들은 모질게 일을 해야만 굼튼튼히 살 수 있다는 말과 함께, 그것은 머슴들이 쟁기를 지고 소를 몰아서 밭을 갈러 가는 것이라고 일러 주었다.

그녀는 또한 북쪽 창문을 열어 놓고 물끄러미 쳐다보다가

"저 바다에서 들려오는 호오이 호오이하는 소리는 무엇입니까?"

하고 진지하게 물었다. 마치 석가모니께서 宮殿을 버리고 出家하실 때 던진 의문과 비슷한 질문이었다. 그것은 '숨비'라고 하는데, 제주도에서는 여자들도 시퍼런 바다를 밭처럼 여기고 테왁·망시리·빗창 따위를 챙기고 바닷속 깊이 무자맥질해 들어가서 전복·소라·미역 따위를 캐어 나오며 깊은 숨을 내뿜어 돌이키는 소리라고 김사공은 천천히 알려 주었다.

그러자 처녀애는 자기도 저렇게 무자맥질을 하고 싶다고 간원했다. 김사공은 이내 해녀도구를 마련해 주었다. 처녀애는 물질에 뛰어나서 곧 大上軍이 되었다. 우둥퉁 살찐 큰 전복 1천근과 작은 전복 1천근을 캐곤 했다. 더욱이나 그 전복 속에서는 珍貴한 眞珠가 닷 말 닷 되나 쏟아졌다.

김사공은 어느 새 甲富가 되었고, 드디어 許政丞의 따님은 김사공과 百年佳約을 맺기에 이르렀다. 어느 날 허정승의 따님은 정색을 하면서 남편에게 제안을 했다.

"우리가 이렇게 귀중한 眞珠를 많이 캐게 되었음은 필연코 天運에 따른 것이므로 임금님께 進上함이 어떨까 합니다."

김사공은 아내의 뜻을 可賞스럽게 여기고는 眞珠를 배에 가득 싣고 서울에 가서 임금님께 바쳤다. 임금님은 크게 기뻐하면서 그 精誠을

기특하게 여기고, 무슨 벼슬이라도 좋으니 소원을 서슴없이 말하라는 것이었다. 큰 벼슬은 자기로서 분수에 넘치는 일이고 同知벼슬이나 내려 주도록 겸허하게 청원하였다.

"참 기특한 마음이로다."

임금님은 자그마한 벼슬을 원하는 마음씨를 대견스레 여기면서 김사공에겐 同知벼슬을 내어주고, 그의 부인에게는 七色구슬을 선물로 하사하였다. 이리하여 허정승 따님을 '구슬할망'이라고 부르게 되었다.

어느덧 세월은 흘러 김동지영감과 구슬할망 사이에는 딸만 아홉을 두게 되었다. 이들 부부도 점차 노쇠해 갔다. 노부부 자신들도 기력이 없어지고 老衰한 사실을 깨닫게 되자, 어느 날 딸 아홉 자매를 한자리에 불러 앉혔다. 구슬할망은 遺言 비슷하게 무거운 음성으로 말문을 열었다.

"자, 너희들이 잘 알다시피, 우리 부부는 예전에 숱한 眞珠를 임금께 바쳤더니, 너희 아버지는 同知벼슬을 얻고, 나는 구슬을 하사받게 되어 '구슬할망'이 되었다. 이제부터는 너희들 딸 아홉에 숱한 자손이 달려 줄이 뻗어갈 터이니, 너희들은 명절 때나 기일제사 때에 고방에서 우리에게 床을 바치고, 큰굿 작은굿 치를 때엔 풍악으로 내 간장을 풀어 달라."

그 후 딸들은 아홉 마을에 제각기 시집을 갔다. 아홉 딸들은 어머니의 遺言에 따라 명절이나 제사를 치를 때마다 고방에 設床하여 부모를 모시게 되었고 점차 딸의 자손들은 여러 마을로 번창해 갔다. 그리하여 구슬할망은 羅州金氏 집안의 조상으로서 그 家門의 자손을 保全하고 繁榮케 하는 祖上神이 되었다.

Ⅳ　海女器具槪要 및 그 慣行

　제주해녀들이 사용하는 주요한 海女器具에는 어떠한 것들이 있으며, 그 規格·機能는 어떠한지, 海女器具에 따른 習俗은 어떠한지를 살펴 볼까 한다. 海女作業에는 〈터우〉라는 떼(筏)와 海女船들도 예부터 쓰 여 왔으매 함께 논의하는 것이 타당하고, 在來綿服에서 고무옷으로 改 變된 海女服도 고찰해야 하겠지마는, 여기에서는 해녀들의 採取道具만 을 간추려 그 實相을 밝히는 가운데, 이에 얽힌 慣行도 곁들일까 한다.

1. 눈(水鏡)

　예전으로 치올라 가면 제주해녀들은 눈에 水鏡을 안 낀 채 물질했던 때가 있었다. 해녀들이 일상적인 말로는 〈눈〉이라고 일컫는 水鏡이 裸 潛漁業 곧 물질을 하는 데 쓰이기 시작한 것은 아마 20세기 초인 듯 推 定된다. 그 까닭은 노파해녀들 가운데에서 어렸을 때에는 水鏡 없이 작업했던 경험을 지녔거나, 水鏡을 안 끼고 물질하는 경우를 목격한 경우가 가끔 드러날뿐더러, 水鏡없이 무자맥질을 했었다는 말을 들은 바 있다고 證言하는 노파들이 있기 때문이다.

　北濟州郡 牛島面 東天津里의 조완아(여·73)는 열 살 쯤에 눈(水鏡) 을 안 쓰고 물질하는 해녀도 가끔 목격했었고, 조노파 역시 어렸을 때 에는 水鏡을 안 쓴 채 물질을 치렀었다고 한다. 그 당시엔 水鏡이 나타 나기 시작하는 무렵이었으므로 이를 구하기가 몹시 어려웠을 뿐더러, 더구나 제 顏面 모습에 알맞은 것을 갖추기는 더욱 힘들었기 때문이라 한다.[19] 물질이 극성스런 마을이어서 이른바 '작은 蔚山'[20]이라고도 불

리는 杏源里(北濟州郡 舊左邑)에는 이른바 '이멍거리할망'이라는 할머
니가 살았었다. '이멍거리'란 머리띠로 머리를 잡아 묶었던 머리 모습.
'이멍거리할망'이란 이러한 머리모습으로 大上軍으로서 물질을 썩 잘했
던 할머니라는 別名으로 알려졌는데, 고인이 되었지마는 이 마을에서
는 전설처럼 전해진다. 곧 '이멍거리'로 머리만 묶었을 뿐 물수건도 안
쓰고 눈(水鏡)도 끼지 않은 채 무자맥질을 하기만 하면 전복을 한 맹텡
이(먹서리)씩 캐었었다고 전해진다.[21] 또한 1975년 당시 89세의 大浦
(西歸浦市)의 김수경 노파만 하더라도 어렸을 때 물질을 시작할 당시
에 눈(水鏡) 없이 무자맥질했었다 한다. 물속 깊이 들어가서 맨손으로
더듬더듬 만져 보아서 손에 잡히는 것이 있으면 소라나 전복인 줄 알
고 캐었었다고 한다. 그리고 물속에서 희끗희끗 너울거리는 것이 있으
면 미역인가 짐작하고 캐었었다는 것이다.[22]

　예전에 水鏡을 안 끼고 물질을 했었음은 日本에서도 마찬가지로서, 이
사실은 瀨川淸子의 『海女』에서도 확인된다.[23] 이 책에서 瀨川은 84세가
되는 할머니가 젊었을 때에는 眼鏡 없이 물질했었다고 밝히고 있다.

　눈(水鏡)은 족은눈(小型雙眼水鏡)과 큰눈(大型雙眼水鏡)으로 구분된
다. '족은눈'이란 작은눈이란 뜻인데, 보통의 眼鏡과 같이 左右 두 알로
된 것이며, '큰눈'이란 左右의 두 눈을 안경알 속에 덮씌울 수 있게 된

---

19) 金榮敦·金範國·徐庚林, 「海女調査硏究」, 『耽羅文化』제5호, 濟州大 耽羅文
　　化硏究所, 1986, p.252.
20) 杏源里는 主漁副農의 마을로서 해녀들의 물질이 퍽 극성스럽기 때문에 19세
　　기말부터 濟州海女들이 흔히 出稼하는 慶北 蔚山과 비슷하다고 해서 '작은
　　蔚山'이라고도 불리어지고 있다.
21) 舊左邑 杏源里 이도화(여·82)의 말.
22) 『國文學報』제7집(中文里學術調査特輯), 濟州大 國語國文學科, 1975, p.161.
23) 瀨川淸子, 『海女』, 未來社, 1970, p.77.

모습이다. 韓國이나 日本의 해녀들은 오늘날 모두 큰눈, 혹은 왕눈이라는 大型單眼水鏡을 쓰고 있지만, 이에 앞서서 예전에는 족은눈, 또는 족세눈이라는 小型雙眼鏡을 우선 썼었다. 족은눈(족세눈)이 큰눈(왕눈)으로 대체된 것은 제주해녀의 경우 1960년대의 일이다.

족은눈(족세눈)에는 〈엄쟁이눈〉과 〈궷눈〉이 있다. 〈엄쟁이〉란 北濟州郡 涯月邑 新嚴里와 舊嚴里·重嚴里를, 〈궤〉란 北濟州郡 舊左邑 漢東里를 가리키는데, 水鏡을 만드는 이가 각각 이 두 마을에 살았었기 때문 붙여진 이름이다.

〈엄쟁이눈〉과 〈궷눈〉은 그 原型은 비슷하면서도 해녀들 각자의 顔面 모습과 生理에 따라서 택할 수 있도록 그 構造가 좀 다르다. 비교적 〈궷눈〉은 모든 이의 顔面에 맞도록 정교하게 제작되었고, 水深 깊은 水壓에서도 海底가 밝게 보일 뿐더러, 견디기 편하다는 게 해녀들의 공통된 견해다. 이에 비하여 〈엄쟁이눈〉은 水深 깊은 海底에서 작업하려면 視界가 시원칠 못할뿐더러, 눈이 찡기어지고 가다가 出血을 일으키는 경우까지 있었다 한다. 따라서 〈엄쟁이눈〉이 두 냥일 때 〈궷눈〉은 비싸서 닷 냥까지 갔었다 한다.[24]

〈궷눈〉은 몇 가지 틀이 있어서 각자의 顔面의 모습에 맞추어 썼었으므로 이를 맞추기 위해서는 일부러 궤(北濟州郡 舊左邑 漢東里)까지 찾아갔어야 하는 번거로움이 따랐고, 〈궷눈〉을 맞추지 못했을 때 가까운 거리에서 쉬 구할 수 있는 〈엄쟁이눈〉을 사서 썼었다고도 한다. 그리고 〈엄쟁이눈〉보다 〈궷눈〉이 먼저 생겼었다 한다.[25]

족은눈(족세눈)에서 큰눈(왕눈)으로 改變되는 사이에 空氣주머니가

---

24) 北濟州郡 舊左邑 杏源里 이도화(여·82)의 말.
25) 北濟州郡 舊左邑 東金寧里 김매춘(여·59)·김경성(여·59)의 말.

달린, 이른바 '후씽안경'이라고도 하는 족은눈이 일부 지방에서 잠깐 퍼뜨려졌었는데, 이는 日本의 영향이었던 듯하다. 그리고 족은눈(족세눈)에는 〈궷눈〉과 〈엄쟁이눈〉 외에 〈섭눈〉이라는 것이 있었다. 그 구조는 같은 것이지마는, 그 材料나 制作이 臨時方便的인 것이어서 〈궷눈〉이나 〈엄쟁이눈〉을 제대로 갖추지 못했을 때에 이 〈섭눈〉을 暗行商한테서 사고 임시 쓰곤 했었다.

큰눈(왕눈)은 그 가장자리가 쇠 또는 고무로 이루어졌으므로 각각 〈쒜눈〉 또는 〈고무눈〉으로 나누기도 하는데, 〈쒜눈〉에서 〈고무눈〉으로 옮겨졌다.

큰눈 가운데에서도 먼저 나온 鐵製인 〈쒜눈〉은 눈언저리를 압박했었는데, 나중 〈고무눈〉으로 대체됨으로써 썩 편이해졌으니, 오늘날에는 모두 〈고무눈〉을 애용한다. 또한 해녀들의 口傳에 따르면 〈궷눈〉이나 〈엄쟁이눈〉이 생기기 앞서서 〈쒜뿔눈〉이란 것이 있었다 한다. 곧 쇠뿔을 잘게 잘라서 水鏡 테두리로 하고 유리를 박아서 썼던 터였겠는데, 이는 水鏡의 始源的 形態로 알려지고 있다. 西歸浦市 大浦洞의 한 해녀가(1975년 당시 89세) 밝힌 바에 따르면 그 해녀가 아주 어렸을 때에는 水鏡을 안 낀 채 손으로 더듬으며 海底에서 採取하다가 15세쯤 해서 쇠뿔로 만들어진 〈쒜뿔눈〉이란 것이 생겼고, 25세에 이르러서야 비로소 족은눈을 쓰게 되었다 한다.[26]

그리고 해녀들은 이 水鏡을 넣을 주머니, 이른바 〈눈주멩기〉를 그물 따위로 自作해서, 이 속에 水鏡과 潛水時 귀를 막을 〈밀〉(密精)을 넣고 바다를 오가기도 한다. 또한 〈눈주멩기〉 없이 水鏡을 허리에 차거나 〈망시리〉에 넣어서 다니기도 한다.

---

26) 『國文學報』제7집(中文里學術調査特輯), 濟州大 國語國文學科, 1975, p.171.

水鏡이 마련되기 前段階인 〈쇠뿔눈〉을 제외하고 제주해녀들이 사용해 오는 눈(水鏡)을 一覽으로 보이면 다음과 같다.

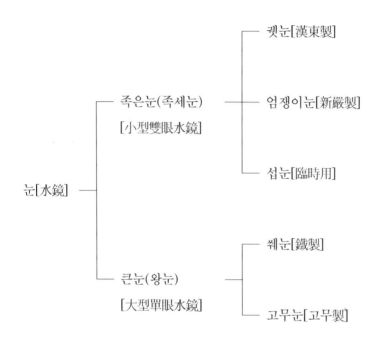

2. 테왁

테왁은 해녀들이 물질할 때, 그 浮力을 이용하여 그 위에 가슴을 얹고 헤엄치는 데 쓰이는 기구로서 '두렁박'이라고도 한다. 물속으로 무자맥질할 때에는 물위에 띄워 두었다가 해녀가 水面에 떠올라올 때에는 이를 붙잡고 過度換氣作用을 하는 데도 쓰인다. 過度換氣作用은 '숨비'(솜비)·'숨비소리'(솜비소리)·'숨비질소리'(솜비질소리)라고 하는데, 잠깐동안에 炭酸가스를 내뿜고 酸素를 받아들이는 일로서 '호오이'

하는 휘파람소리 비슷한 소리가 바닷가에 메아리침으로써 異國的 情趣를 불러일으키기도 한다.

테왁 밑에는 漁獲物을 넣어 두는 망시리(망사리·망아리·홍사리)라는 그물주머니를 매달아 놓는다. 높이 25㎝ 내외, 둘레의 직경 90㎝ 내외가 되는 테왁의 재료는 본디 박이었다. 지난날 農漁村에서는 박넌출을 지붕 위에 뻗어 올려 재배하는 것이 상례였다. 박은 예전의 農漁村에서 多目的 用具로 쓰였었다. 제주도에서는 테왁을 만들기 위하여 11월말쯤 되면 박을 따낸다. 딴딴하고 굳은 것을 골라서 부엌 천정에 매달아서 충분히 말린다. 그해 年末에서 다음 해 2월 사이에는 말리던 박을 꺼내어서 직경 2㎝쯤의 자그만 구멍을 꼭지 쪽에서 뚫고 댓개비 따위로 속에 든 씨를 온통 꺼낸다. 그 구멍을 고무 따위로 막고 끈으로 얽어매면 테왁이 된다.

테왁을 얽어매는 끈의 材料는 사람의 머리털~〈미〉~신서란~나이론끈의 순서로 변천했다. 〈미〉란 참억새의 꽃이 채 패기 전에 그것을 싸고 있는 껍질이다. 1960년대 중반부터 發泡스티로올製 테왁이 釜山 등지에서 製作, 輸入되기 시작하더니, 이제는 온통 이것으로 대체되었다. 이 發泡스티로올製의 테왁을 흔히 〈나이론테왁〉이라 일컫는데, 이의 對稱으로 박으로 만든 在來의 테왁은 〈쿡테왁〉이라 한다.('쿡'은 박의 濟州語) 〈쿡테왁〉은 스티로올製보다 浮力이 강하고, 망그러뜨리지만 않는다면 그 耐用年數가 20년까지 간다. 스티로올製가 나올 무렵 플라스틱製 테왁도 한때 번졌었지만, 쉬 破損되기 쉬워서 그 유행이 짧았다.

테왁은 그 크기의 大中小에 따라서 〈큰테왁〉·〈중테왁〉·〈족은테왁〉으로 나누어진다. 〈족은테왁〉은 '작은테왁'이란 뜻인데, 대여섯 살 미만의 어린 소녀들이 물질을 익혀갈 때 쓰이므로 〈애기테왁〉이라고도 한다. 마을에 따라서는 발포스티로올製 테왁의 겉 헝겊을 赤·靑·

白으로 제각기 구분해서 덮씌움으로써 지정된 漁場에만 入漁하고 다른 漁場을 침범하지 못하도록 규제하기도 한다. 예를 들면 杏源里(北濟州郡 舊左邑)의 漁場은 杏源里의 總有漁場이지만, 같은 마을 안에서도 自治的으로 그 漁場을 三分해서 세 가지의 테왁色을 정하고 해마다 配定된 漁場 안에서만 裸潛하도록 못 박고 있다. 곧 三分된 漁場을 三分된 海女班이 해마다 번갈아 가며 入漁케 함으로써 마을 안의 모든 해녀들의 漁撈의 衡平을 도모하는 自律的 慣行이 이루어지는 터이다.

3. 망시리(망사리·망아리·홍아리·홍사리)

해녀가 채취한 海産物을 넣는 엉성하게 결어진 그물로 된 주머니인데, 테왁 밑에 달려 있다. 망시리의 材料는 〈미〉(참억새꽃이 채 패기 전에 그것을 싸고 있는 껍질)~신서란~남총~나이론의 순서로 바꾸어졌다. 윗부분은 트여 있고, 〈두렛줄〉 등으로 된 圓形의 木製〈어음〉이 있어서 그물이 이에 묶이어 길쭉이 늘어뜨리게 되어 있다. 위쪽 지름이 40~50cm, 길이가 70cm 내외의 圓筒形인데, 아래쪽이 더 넓다.

테왁이 달리는 보통 망시리 외로 海藻類를 採取, 運搬할 때 쓰이는 커다란 망시리가 있는데, 이 大型의 것을 〈걸망〉이라고 한다. 이 〈걸망〉을 겯는 데는 짚줄이나 나이론줄 등의 材料가 100발 내지 125발 정도 소요되는데, 촘촘하지 않고 성기게 짜인다.

망시리는 〈헛물망시리〉와 〈메역망시리〉로 나누어지기도 한다. 少女用인 〈족은테왁〉에는 망시리 역시 〈즌망시리〉가 달린다. 〈메역망시리〉는 주로 미역 등 海藻類를 採取할 때 사용되며, 〈헛물망시리〉는 〈헛물질〉을 할 때 쓰이는 것이다. 〈헛물질〉이란 전복·소라·성게 따위를 채취하는 일을 말한다. 海藻類 採取는 정해진 때 일정한 海藻類

를 캐는 물질임에 비하여, 전복·소라·등 貝類採取는 禁採期만 아니면 年中 언제나 채취하지만, 그 一定量의 採取가 반드시 보장되는 것은 아니므로 "헛될 수 있는 물질"이란 뜻에서 〈헛물〉·〈헛물질〉이라 일컫는 것이다.

망시리 안에는 自然石으로 닻돌을 장치해 두었다가(세로 10cm 내외, 가로 15cm 내외) 닻줄에 늘어뜨리고 물속으로 무자맥질하는 동안, 테왁이나 망시리가 물결에 휩쓸려 흘러가지 않도록 固定시킨다. 우뭇가사리나 미역을 채취할 때엔 이 닻돌을 이용하지 않고, 〈헛물질〉을 할 때에만 이를 물속으로 늘어뜨린다. 전복·소라 따위를 캘 때에는 테왁·망시리를 물위에 띄워 두고 潛水하는 동안이 비교적 오래기 때문인 줄 안다.

그리고 망시리 속에는 떡조개(오분자기) 따위의 자잘한 採取物을 넣기 위하여 자그마한 주머니를 매달아 놓는데, 이를 〈조락〉 또는 〈그물수대〉라고 한다. 또한 摹瑟浦 남쪽 加波島 等地에서는 해녀들이 무자맥질할 때에 자잘한 貝類를 넣어서 水面에 띄워 둔 망시리까지 운반하는 〈좀망시리〉를 허리에 동여묶어서 쓰기도 한다. 〈바르홀리〉(길이 45cm 내외, 어음 직경 18cm 내외)라는 기구를 망시리에 매달고 貝類를 넣는데 사용하는 경우도 있다.[27]

4. 빗창

岩礁에서 전복을 떼어내는 길쭉한 쇠붙이로 된 海女器具. 길이가 30cm쯤의 납작하고 길쭉한 쇠붙이인데 머리는 圓形으로 말아졌고, 그 구

---

27) 『國文學報』제6집(加波島學術調査特輯), 濟州大 國語國文學科, 1974, p.176.

멍에 손잡이끈이 달려 있다. 그 손잡이끈은 사람의 머리털~나이론끈~
고무줄로 변천되었다.

해녀들은 빗창의 손잡이끈을 손목에 감고 깊숙한 물속에서 岩礁에
단단히 달라붙은 전복을 떼어낸다. 전복은 水深 깊은 바위틈에 자라기
때문에 이를 발견했을 때에는 이미 숨이 가빠진다. 바위와 전복 사이
에 빗창은 질러 놓았지만, 전복은 쉽게 떼어지질 않는다. 물질이 苦役
이긴 하지만, 기쁨이 따른다면 물속에서 우둥퉁 살찐 전복을 발견했을
찰나라고 해녀들이 吐露할 만큼 큰 전복 채취는 큰 喜悅이므로 한사코
빗창으로 떼어 나오려고 애쓴다. 그러나 전복은 쉬 떼지 못하고 손목
에 감긴 끈도 풀리지를 않아서 窒息하여 숨지는 경우도 가끔 있다. 거
의 해녀 개개인마다 전복 채취를 둘러싼 위태로운 체험을 지니고 있
다. 意慾과 實情의 싸움인 셈이다. 東金寧里(北濟州郡 舊左邑)의 김매
춘(여·59)은 전복이 얼른 떼어지지 않자 그 돌 채 들고 나오다가, 死
境을 헤맨 적이 있다고 말하기도 한다.

이 빗창 끄트머리에는 노릇노릇 금이 생기는 수가 있다. 이른바 빗
창에 꽃이 필 경우면 그날에는 전복을 흔히 캘 수 있으리라고는 점치
기도 한다. 물질하러 나갔을 때마다, 그날 처음으로 전복을 캐게 되면,
빗창으로 그 전복을 똑똑 두드리면서 침을 뱉고 "요왕할마님 고맙수다.
요것드러 벗 부찌게 ᄒᆞ여 줍서"(龍王할머님 고맙습니다. 요것에 벗 붙
이게 하여 주십시오)하고 빌기도 한다.

5. 정게호미(ᄌᆞᆼ게호미·ᄌᆞᆼ게호멩이·물호미)

海藻類를 캐는 낫으로서 農具인 낫과 구조가 비슷하다. 곧 ㄱ字形으
로서 날과 자루의 길이가 각각 20㎝ 내외다.

濟州語로는 낫을 〈호미〉라 하는데, 농사할 때 쓰이는 〈호미〉나 해녀들의〈정게호미〉나 얼른 보아서 그 구조가 비슷하다. 이 〈정게호미〉와 구분하기 위해서 농사 지을 때의 〈호미〉를 〈비호미〉 또는 〈돌호미〉라 일컫기도 한다. 〈비호미〉〈돌호미〉는 날이 있는 쇠붙이를 나무자루 속에 끼워 박았지마는, 〈정게호미〉는 이를 따로 떼어내어 자루 바깥에 鐵絲로 판판하게 잡아 묶었다. 바닷물 속에서도 그 쇠붙이날이 자루에서 떨어져 나가지 않도록 考案한 것이다.

6. 굴각지(굴갱이·호맹이·까꾸리)

굴각지(굴갱이·호맹이·까꾸리)는 濟州語로 〈굴갱이〉(굴각지)라 하는, 밭에서 김을 매는 제주도의 호미와 비슷하게 생긴 것으로서 섬게·문어 따위를 채취할 때 쓰이는 기구다.

제주도는 石多의 섬이기 때문에, 밭에도 돌멩이가 많아서 호미, 곧 〈굴갱이〉의 모습도 가늘다. 〈굴갱이〉로 김을 맬 때에도 돌멩이에 걸리지 않게 가느다란 모습으로 꾸며진 것이다. 海産物을 캐는 〈굴각지〉도 그 구조는 김을 매는 농기구인 〈굴갱이〉와 비슷하지만, 海女器具로서의 〈굴각지〉는 쇠붙이의 길이가 훨씬 긴 편이다. 다만 ㄱ字로 옥아든 끝부분이 좀 짧고, 나무자루에 끈이 달리기도 한다.

곧 海女器具인 〈굴각지〉는 30㎝ 내외의 가느다란 쇠붙이를 12㎝ 내외의 나무자루에 지르고, 쇠붙이 끄트머리는 더욱 가늘고 ㄱ字로 꼬부라지게 되어 있다. 섬게 채취용은 〈성게굴각지〉(성게굴갱이·성게호맹이·성게까꾸리)라 하고, 문어 채취용은 〈뭉게굴갖지〉(뭉게굴갱이·뭉게호맹이·뭉게까꾸리)라 하는데, 〈뭉게굴각지〉는 끝부분이 半圓形을 이루었다.

제주도 안에서도 지역에 따라서는 〈글각지〉(글갱이)와 〈호맹이〉 및 〈까꾸리〉를 구별하기도 한다. 곧 그 基本形態는 마찬가지이면서도 그 모습이나 用途가 조금씩 다른 이들 海女器具를 제각기 구별해서 指稱하기도 한다.

7. 고동망시리(고동망사리·고동망아리)

소라를 넣어 두는 망시리(망사리·망아리)란 뜻이다. 제주에서는 소라를 '구젱기'라 하는데, 그냥 '고동'이라고 부르는 지역도 흔하다.

소라·전복 따위를 채취한 다음에, 그 流通過程에서 죽지 않도록 이를 바닷가 얕은 바닷물에 담가 두기 위하여 쓰이는 그물이다. 테왁에 달리는 망시리(망사리·망아리)와 그 구조가 비슷하지만, 테왁에 달리지 않고 獨自的으로 쓰이는 점이 다르다. 촘촘하지 않고 엉성하게 결어졌다.

8. 갈궁이(갈쿠리·갈키)

배를 타고 나가서 넓미역을 채취하는 도구. 예전에 소섬(牛島面) 沿海 일대에서는 여러 마을에서 백여 척의 배가 몰려들어 넓미역 채취는 壯觀를 이루었었다. 海底 모래 위에 자라는 넓미역을 이 〈갈궁이〉로써 캐어 올렸었다. 이 갈궁이에는 〈갈궁이쌀〉 열한 개쯤이 비스듬히 박혀져 있다. 곧 45㎝ 정도의 단단한 나무 여럿을 굵은 화살 모양으로 〈갈궁이채〉라는 나무토막에 비스듬히 박고 동여매어진 것이 〈갈궁이쌀〉인데, 이 〈쌀〉(살)들이 깊은 海底 모래벌판에 닿아져 넓미역을 긁어 올리는 것이다.

필자는 1969년 7월말 소섬에 조사 나갔을 때의 넙미역 채취의 광경을 잊을 길이 없다. 소섬과 소섬 주변 마을의 배들이 수십 척이나 몰려 들어 갈궁이로 넙미역을 채취하느라 下牛目洞 앞바다를 덮어 饗宴이 베풀어졌었다. 해녀들도 〈ᄀᆞ물질〉로 넙미역을 캔다. 캐어 놓은 넙미역을 말리는 아낙네들, 이를 져 나르는 남정들, 食事를 나르는 등 뒷바라지하는 어린이들로써 바다와 바닷가는 온통 人海였다.

9. 공쟁잇대

〈공쟁잇대〉란 미역이나 듬북이 파도에 밀려 바닷가에 몰려 왔을 때 이를 걸려 올리는 기구다. 기다란 왕대에 V字形의 나무를 덧붙인 구조. 〈티우〉(테・터위・테베・테우・테위・터베)라는 떼(筏)나 낚싯거루를 타고 나가서 이 〈공쟁잇대〉로써 밀려온 海藻類를 채취하기도 한다.

10. 소살(작살)

작대기나 이대 끝에 뾰족한 쇠를 한두 개 박아서 물고기를 찔러 잡는 기구. 〈소살〉 또는 표준어 그대로 〈작살〉이라고 하는데, 男子用을 그대로 해녀들이 쓴다. 지방에 따라서는 뾰족한 쇠가 한 가닥인 것은 〈소살〉이라 하고, 두 가닥으로 된 것은 〈작살〉이라 해서 구분하기도 한다.

이상 海女器具의 대강을 살펴 나가면서 그 構造와 機能 및 이에 따른 習俗도 가다가 곁들여 보았다.

海女服에 대한 논의는 다음 기회로 미루려 하며, 海女器具만 하더라도 海藻類를 져 나르는 〈바지게〉, 집에서 漁場까지 해녀기구나 땔감을 넣고 가는 〈구덕〉 등 몇 가지도 누락되었다.

　여인들이 시집갈 때 해녀기구는 어떻게 처리되는가 함도 흥미로운 조사과제다. 해녀들은 시집갈 때 해녀기구를 가져가지는 않는다. 親庭집에 해녀기구를 두어두고 시집간다. 결혼하게 되면 시집에서 〈테왁〉·〈망시리〉·〈빗창〉·〈중게호미〉 따위를 알뜰히 장만하고 며느리에게 준다.28) 日本에서 結婚持參物로 해녀기구가 끼어 있는 관습과는 다르다.29) 漁村에서 해녀인 며느리를 새로이 맞아들이기 위해서는 알뜰한 해녀기구를 마련하느라고 부산을 떤다.

　海女服이나 海女器具를 둘러싼 習俗이나 그 變遷過程은 개개인의 自生的 意思에 따른다기보다 集團과 環境의 영향이 짙다.

　海女器具에 대한 자세한 解說과 圖解 및 이를 둘러싼 俗信 등 본격적인 논의는 다음 기회로 미룰까 한다.

V　海女와 海女노래

　〈해녀노래〉는 櫓 젓는 노래의 일종이다. 바다를 건너가거나 漁撈作業을 하기 위하여 櫓를 젓는 일이란 예부터 세계 도처에서 傳來되어 오는 일이므로 〈櫓 젓는 노래〉 혹은 〈뱃노래〉란 最古普遍의 민요의 일종이다. 제주해녀 專有의 〈해녀노래〉는 일반적인 〈뱃노래〉와는 구분된

---

28) 北濟州郡 舊左邑 東金寧里 김매춘(여·59)·김경성(여·59)의 말.
29) 瀨川淸子, 『海女』, 未來社, 1970, p.244.)

다. 곧 '海女'라는 특수한 職業人에 따라서 海女作業을 하기 위해 漁場을 오갈 때에 탄 배의 櫓를 저으며 부르는 민요라는 점에서 유별나다.

이 力動的인 〈해녀노래〉는 國內外에 類例가 없이 제주해녀에 의해서만 전승된다. 이 세상에 海女가 있는 곳은 韓國과 日本뿐인데, 韓本土나 日本의 海女들의 裸潛漁業하러 漁場을 오가면서도 櫓를 젓지는 않기 때문이다. 제주해녀들은 주로 櫓를 저으면서 〈해녀노래〉를 부르지만, 가끔 〈ᄌ물질〉할 때 漁場으로 헤엄쳐 나가면서도 불렀었다.

해녀들이 櫓 젓는 동작과 밀착된 채 불리는 〈해녀노래〉는 그 가락도 유별스럽거니와, 그 사설이 가멸지므로 秀逸하고 優美한 〈맷돌·방아노래〉와 더불어 제주민요의 雙璧을 이룬다. 제주민요의 秀越性은 이 두 가지 민요가 풍요롭고 절묘하게 傳承된다는 데 기초한다고도 볼 수 있다. 따라서 필자는 오랫동안 몸으로 부딪치며 수집한 자료와 그 배경 고찰을 바탕으로 『濟州島民謠硏究 : 女性勞動謠를 중심으로』(조약돌, 1983)에서 〈맷돌·방아노래〉와 함께 〈해녀노래〉를 집중적으로 분석해 보았다. 한 지역의 민요에는 그 地域民의 삶의 모든 것, 地域社會의 됨됨 모든 것, 地域民의 생각 모든 것을 담고 있기 때문에 제주민요의 主宗을 이루는 이 두 가지 민요만을 대상으로 삼는다 하더라도 그 조사 연구 작업은 漢拏山처럼 쌓였다. 여기에서는 〈해녀노래〉의 實相을 간추리면서 硏究課題의 몇 가지를 제시해 보기로 한다.

숱한 勞動謠가 그렇듯이 오늘날 〈해녀노래〉는 이미 해녀들의 물질과는 분리되었으므로 人爲條件에 따라서만 수집될 수 있고, 自然的 歌唱機緣은 사라졌다. 다만 제주도 漁村의 50대 이상의 해녀들은 그 保有能力이 어떠하든 대체로 〈해녀노래〉를 기억한다. 제주도의 漁村마다 그 수효가 어떻든 海女는 분포되어 있으므로 제주도 海村全域에 걸쳐 〈해녀노래〉는 전승되어 왔고 제주도 해촌에서는 局地的으로 한정

분포된 민요가 아니므로 비단 裸潛漁業 現場과 流離되어 소멸되어 가는 노래이기는 하지마는, 그 傳承實態가 희귀한 勞動謠보다는 아직은 낫다.

제주의 〈해녀노래〉는 오늘날 그 가락으로 보아 크게 두 가지 類型으로 나누어진다. 하나는 해녀들에 따라서 불리는 本來的인 〈해녀노래〉요, 또 하나는 舞臺위에서 演出되는 編曲된 〈해녀노래〉다. 後者는 학생들의 敎育用으로 활용하고 일반에게 전승 보급시키기 위한 意圖에서 編曲된 〈해녀노래〉로서, 1960년대 초부터 전파매체를 타고 널리 번져 나갔으며 文化祭 등의 行事가 있을 때 거듭 불림으로써 제주도내에서는 상당히 보급되었다. 요마적에 이르러서는 40대, 50대의 提報者들까지도 編曲된 〈해녀노래〉를 흉내내어 부르는 경우를 가끔 마주친다. 편곡된 것은 本來的인〈해녀노래〉의 가락과 상당한 거리가 있으므로 惡貨가 良貨를 구축한다고 할까, 세월이 흘러가면 本來的인 〈해녀노래〉의 가락은 자취를 감추고 編曲된 〈해녀노래〉가 得勢할 조짐도 없지 않다. 原型의 〈해녀노래〉를 保存하기 위한 最善의 작업과 함께 이의 敎習, 繼承을 위한 編曲도 原型을 바탕으로 한 알찬 作業이 國樂專攻學者에 따라서 새로이 퍼져야 할 계제에 이르렀다.

〈해녀노래〉의 주된 歌唱機緣은 배를 타고 漁場에 출입할 때 탄 배의 櫓를 저어 나가는 경우다. 특히 한본토 연안으로 出稼할 때나 歸鄕할 때에는 며칠이고 晝夜長川 櫓를 저어야 했으므로 〈해녀노래〉를 부르는 동안도 그만큼 길어진다. 물결이 잔잔했을 때, 逆風이 불거나 물결이 거셀 때에는 그 가락이나 사설에 屈曲이 일 것은 물론이다.

〈해녀노래〉는 獨唱으로는 불리지 않고 두 사람 이상이 先後唱을 하거나 交唱을 하는 게 일반이다. 만약 〈해녀노래〉를 獨唱으로 口演한다면 그것은 人爲的 條件에 따랐을 경우인데, 이 점은 본디 獨謠(solitary song)인 〈맷돌·방아노래〉와 對比된다.

모든 勞動謠가 그렇듯 〈해녀노래〉의 各篇을 불러가는 순서는 固定되어 있지 않다. 다만 그 直前의 사설에 드러난 이미지나 語彙의 영향을 받은 聯想作用에 따른 併行體(parallelism by linking)의 경우가 가끔 드러날 뿐이다.[30]

〈해녀노래〉의 口演은 櫓를 젓는 動作과 아주 密着되어 있다. 일하는 모습과 노래 가락과의 密着度는 〈맷돌·방아노래〉나 〈김매는노래〉 등에 비하더라도 〈해녀노래〉의 경우가 두드러진다. 따라서 〈해녀노래〉는 그들의 勞動을 한결 즐겁게 이끄는 機能을 지니면서 行動統一을 기하는 데 이바지한다.

〈해녀노래〉의 사설은 그들의 勞動, 곧 물질과 상관되는 내용과 勞動과는 상관이 없는 日常的인 實情과 情感을 노래하는 경우로 二大分된다. 이러한 민요 사설의 兩分法은 모든 勞動謠에 고루 적용된다.

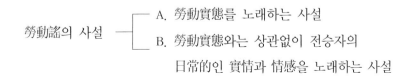

한 종류의 勞動謠에서 A의 비율이 높으면 그 민요의 사설은 별로 가다듬어지지 못하고, B의 비율이 두드러진 민요는 그 사설이 풍부하고 文學性도 빼어나다. 대체로 作業狀況이 거칠고 숱한 사람들이 치르는 일에 따르는 민요는 A의 사설이 우세하고, 이에 비하여 일이 비교적

---

30) 拙著, 『濟州島民謠研究 : 女性勞動謠를 중심으로』, 조약돌, 1983, pp.84-86.

安定되고 참여하는 인원이 少數일 때에는 B의 사설이 가멸지고 정갈한 편이다. 〈맷돌・방아노래〉에 미칠 수는 없지만, 〈해녀노래〉 역시 B의 비율이 다른 노동요에 비하면 强勢를 드러낸다. 〈맷돌・방아노래〉는 〈해녀노래〉에 비하더라도 작업장소나 口演狀況이 固定되고 安定된 분위기에서 불리기 때문인 줄 안다. B에 속하는 사설은 固定的이라기보다 流動的인 性格을 띠는 경우가 많다. 곧 B의 사설은 반드시 해녀 작업하면서 〈해녀노래〉의 曲態로만 불리지는 않기 때문이다. 다른 勞動을 하면서 불리는 사설이나 非機能謠의 사설도 流動的으로 끼어드는 경우가 흔하다.

〈해녀노래〉 사설의 主流에는 海原을 집안이나 밭과 다름없이 인식하면서 해녀질에 身命을 다 바치는 氣槪가 스며 있다. 역시 〈해녀노래〉가 불리는 背景인 해녀질은 거친 바다에서 裸潛漁業을 하는 特殊職種이기 때문인 줄 안다. 위의 A型의 사설 속에는 해녀질에 따른 意慾과 苦楚, 希願 및 해녀질의 實相이 어련히 드러나 있다. 그리고 A型의 사설 상당부분은 島外 出稼過程과 出稼生活 등 해녀들의 出稼實態를 題材로 하고 있다. 제주해녀는 東北아시아 일대의 바다를 무대로 하면서, 특히 韓半島 각 연안을 나갈 때에는 더욱 〈해녀노래〉를 즐겨 불렀었다는 증거다.

작업장을 오가는 배를 타서 櫓를 젓는 動作과 密着된 채 불리는 〈해녀노래〉의 가락은 자못 力動的이요, 그 사설은 直說的인 색채가 짙다. 名篇 사설의 끝맺음이 疑問形인 경우가 많고, 4・4調의 字數律이 일반적인 점 또한 〈해녀노래〉가 지니는 바 力動的, 直說的인 特性을 더욱 도탑게 한다.

이상 〈해녀노래〉의 實相을 간추려 보았지마는, 다음에는 앞으로의 課題 몇 가지를 제시할까 한다.

① 우선 〈해녀노래〉에 대한 충실한 수집 작업이 先行돼야 할 것이니, 치밀한 계획 아래 그 錄音, 비디오錄化와 採譜, 사설 轉寫 등 방대한 작업이 國家的 次元에서 전개되어야 할 것이다.

② 충실히 수집된 資料를 대상으로 이의 文學的, 民俗學的 分析이 다각적으로 시도돼야 할 것이며, 그 音樂的 考察을 면밀하게 추진할 필요가 있다. 아울러 이 민요의 바람직한 繼承 對策과 編曲 敎材化도 시급하다.

③ 모든 勞動謠가 그렇듯이, 〈해녀노래〉는 우선 海女作業을 바탕으로 口演하는 것이므로 海女作業 자체에 대한 조사 연구가 철저히 이루어져야 할 것이며, 그 作業實態와 口演狀況과의 상관도 立體的으로 분석되어야 한다.

④ 海女社會와 〈해녀노래〉에는 特有의 語彙와 俗談이 따르며 傳說 등의 口碑傳承도 전해진다. 이를 체계 있게 수집 정리하고 共同體的 規範이 짙은 漁村 特有의 社會組織 및 삶의 방법과의 상관 속에서 분석할 필요가 있겠다.

Ⅵ 結 論

이 글에서 우선 濟州海女의 珍重性이 도타운 그 이유를 몇 가지 측면에 서 밝힌 다음, 울창한 숲과 같은 研究課題를 ① 民俗學的, 文化人類學的 觀點 ② 經濟的 觀點 ③ 文學的, 音樂的 觀點 ④ 生理學的, 醫學的 觀點 ⑤ 法社會學的 觀點 등에서 접근할 필요가 있음을 前提했다. 여기에서는 濟州海女에 대한 民俗的 考察을 몇 가지 측면에서 시도해 보았는데, 이를 요약하고 몇 가지 課題를 제시해 본다.

① 거친 바다에서 이루어지는 海女作業은 늘 不安全하고 해녀들이 身命의 위험에 直面하기 쉬우므로 해녀사회에서는 怪奇談이 전승된다. 그 怪奇談에는 龍宮이 가끔 등장한다. 바다의 彼岸에 淨土의 世界를 想定하는 것은 凡人類的인 文化現象이며, 바다는 아예 이 세상 陸地의 世界와는 유다른 異質空間으로 觀念하면서 現世와 異質空間을 출입할 수 있는 것은 海女하고 보는 데서[31] 龍宮이 등장하는 것으로 해석된다.

② 海女社會의 俗信은 그 濃度가 짙다. 豊漁祭儀인 영등굿만 하더라도 韓半島의 漁村에서는 個別儀禮로 치러지는데 비하여 제주에서는 村落共同의 祭儀로서 한 마을의 해녀·船主들과 온주민이 한가족처럼 두루뭉수리로 함께 參禮한다. 또한 영등굿이나 潛女굿의 祭次에서는 해녀들의 간곡한 俗信的 觀念과 行爲가 구체적으로 드러난다. 그리고 음력 正初에는 해녀가정마다 제각기 심방에게 의뢰하여 해안에서 個人儀禮를 치른다. 따라서 해녀들의 信仰心意와 行爲는 保守的 色彩를 짙게 띠면서 集團儀禮와 個人儀禮가 倂行하는 셈이다. 또한 祖上본풀이 속에 巫神이 海女作業을 겪고 眞珠를 숱하게 캔 이야기가 등장함은 예부터 해녀질이 절실한 生業임을 증거하는 것으로 보인다.

③ 주요한 海女器具의 材料·規格 및 機能과 그 變貌樣相을 살피는 가운데 우리는 實質에 터전한 民間知慧를 歸納할 수 있게 된다. 또한 海女器具를 둘러싼 俗信的 觀念도 드러나며, 그 變遷은 개개인의 自生的 意圖보다 集團과 環境의 영향이 짙은 듯하다. 新

---

31) 宮田登, 「ちまよえる海人族の謎」, 『蒼海訪神らみ』, 旺文社, 1985, p.31.

婦에게 媤家에서 海女器具 일체를 정성껏 마련하는 慣習이 전승
되었음은 제주의 漁村社會에 있어서 海女作業이 지니는 육중한
비중을 드러내 준다.

④ 제주해녀 特有의 〈해녀노래〉는 그들의 물질과 密着된다. 〈해녀
노래〉는 〈맷돌・방아노래〉와 더불어 제주민요의 秀逸性을 이룩
하는 데 그 主宗이 된다. 〈해녀노래〉의 가락은 力動的이요, 그
사설은 해녀작업의 實相과, 작업과는 상관없는 日常的인 생각을
노래하는 두 가지로 드러난다. 〈해녀노래〉의 사설 속에는 해녀
들이 國內外에서 裸潛漁業에 獻身沒入하며 身命을 다 바치는 강
렬한 삶의 意志가 현저하다.

이상 民俗的 觀點에서 제주해녀를 접근해 보았지마는 앞으로의 課
題도 山積돼 있다. 純農村과 對比한 漁村社會構造의 특성은 무엇이며
漁村社會에서의 海女의 位相과 機能은 어떠한가. 養女制度의 慣行과
관련하여 해녀사회에서의 女性勞動力의 비중은 어떠하며 家族關係의
特質은 무엇인가. 해녀사회에 있어서의 共同體的 結束과 總和意識 및
水平意識은 어떻게 드러나는가.[32) 主漁從農, 半農半漁, 主農從漁 어느
쪽이든 해녀사회에 있어서 농사짓기를 포함한 年中生活曆과 年中리듬
은 어떠한가. 保守性과 開放性이 共存하는 해녀사회의 文化重層性의
실태는 어떠한가. 裸潛漁場을 둘러싼 入漁慣行과 그 紛糾實相은 어떠
한가. 제주해녀가 韓半島와 東北아시아 일대로 出稼함에 따른 유다른
習俗은 무엇인가. 이 모든 해녀들의 삶의 모습은 앞으로의 課題로 남
는다.

---

32) 山岡榮市, 『漁村社會學の研究』, 大明堂, 1965, p.136.

10

자원의 한계를 고려한 '물질' 민속을 중심으로

제주 잠수 물질의
생태학적 측면

| 민윤숙 | 안동대학교

『한국민속학』 제52집, 2010.

I   서 론

물질[1]은 제주 잠수들의 전통적 어로 행위를 일컫는 말이다. 어로 행위, 곧 어업은 농업과 달리 바다에서 이루어지므로 생명과 안전을 염두에 두면서 수행하는 작업이며 특히 잠수들의 물질은 고기잡이와 달리 잠수가 직접 물속에 들어가서 채취활동을 하므로 바닷속 환경에 대응한 보다 많은 적응전략을 필요로 한다. 또한 제주에서 물질은 마을을 단위로 하여 여성잠수들 위주로 전승되어 왔다는 점에서 바다라는 환경에 대한 여성들의 대응을 살필 수 있게 한다. 잠수들은 여성 공동체 어로집단으로서 잠수회를 통해 나름의 물질 관행을 이루어왔고 물질 경험으로 축적된 다양한 생태민속지식을 전승해 왔다. 뿐만 아니라 제주의 잠수들은 반농반어라는 생업구조에서 물질과 밭일을 겸하여 왔

---

1) '물질'은 제주 잠수들의 어로작업을 일컫는 민간어이다. 따라서 이 글에서 사용하는 '물질민속'은 잠수들의 어로작업인 물질에 관계되는 민속을 뜻하므로 주거, 의복, 식물, 민구 등 민속생활의 물질 전반을 다루는 '물질민속' 혹은 '물질문화'와는 상이한 개념임을 밝혀둔다. 한편 이 글에서는 해녀라는 용어 대신 잠수를 사용하기로 한다. 온평리, 고성·신양리 해녀들은 자신들을 일컬어 '잠수'나 '해녀'라는 용어를 사용한다. 현계월 온평리 잠수에 의하면 온평리에서 '줌녀'는 잘 쓰이지 않는다. 전경수는 '해녀'라는 용어가 갖는 식민성의 문제를 지적하고 '잠녀'나 '잠수'를 사용할 것을 제안했다.(전경수「제주연구와 용어의 탈식민화」,『제주언어민속논총』, 현용준 박사 화갑기념회, 1992)). 일찍이 신광한의 〈잠녀가〉나 김춘택의 〈잠녀설〉에서 '잠녀'를 사용했지만 제주도 사람이 발음하는 '줌녀'를 표준어에선 발음할 수 없고 '잠녀'의 경우 '잡녀'의 발음【잠녀】와 동일하게 발음되므로 어감이 좋지 않다. 따라서 그네들이 자신을 지칭할 때 많이 쓰는 '잠수'의 사용이 적절하지 않나 싶다. 한편 역사적으로 남자 잠수들도 있었기에 '잠수'가 맞다는 주강현의 견해도 고려할 필요가 있다.(주강현,『관해기』(웅진지식하우스, 2006)중 〈제주문화의 상징, 잠녀〉장 참조).

기에 환경에 대하여 '뭍(밭)-바다(물속)'를 하나의 체계로 인지하는 만큼 환경에 처한 인간의 적응, 곧 '환경에 대한 전문화 또는 특수화의 과정'[2]을 보다 다양하게 보여준다. 따라서 오래전부터 바닷속이라고 하는 독특한 환경에서 이루어져 왔고 집단적, 개인적 적응전략을 갖고 있는 잠수들의 물질 민속은 '문화라는 준거틀을 통해 환경과 인간의 관계 구도에 대한 분석을 시도하는 생태인류학[3] 혹은 생태민속학적 관점이 더욱 절실히 요구된다고 생각한다.

잠수들의 물질을 생태학적 측면에서 바라볼 때 풀과 박으로 만든 전통적 어로 悼懼와 기술을 비롯해서 밭의 농작에 쓰인 듬북이나 감태와 같은 바다 자원의 활용, 밭일과 보완적으로 행해진 적정 수준의 물질, 바다밭에 대한 잠수들의 인지체계와 물질 방법, 환경파괴에 의한 해양 오염과 해산물의 감소, 과거와 현재의 달라진 어업환경 속에서 지속가능성의 담보 등 다양한 접근이 가능할 것이다. 그러나 본고에서는 자원의 이용이란 측면에 한정해 논의를 전개하고자 한다. 기존의 논의에서 언급되었듯 어업은 농업에 비해 환경에 대하여 약탈적이며 기생적이어서 자원의 고갈을 초래한다는 비판적 시각이 있다. 그러나 바다 생태계를 이해한 상태에서 자원의 채취를 적절히 조절할 때 '최대 수확/채취'를 가능케 하면서도 물질을 지속하는, 인간과 자원의 공존이 가능한 생태학적 원리가 있으며 실제로 제주 잠수들의 물질 민속에서 위와 같은 면모들을 찾을 수 있다.

필자는 지난 9월 18일 고성 앞바다인 백기에서 잠수들이 소라 채취를 하는 작업을 관찰하고 그들이 채취한 물건을 측량하는 단계에서 잠

---

2) 전경수, 『환경친화의 인류학』, 일조각, 1997, 2쪽.
3) 전경수, 위의 책, 2쪽.

수들마다 채취한 소라의 형태가 다른 것을 발견했다. 어떤 잠수는 굵은 소라 위주로 채취를 했고 어떤 잠수의 경우에는 굵은 것과 작은 소라가 섞여 있었으며 어떤 잠수의 경우에는 작은 소라가 대부분이었다. 나중에 한 잠수에게 이에 대해 질문을 하자 그는 "굵은 소라만 채취한 잠수는 상군잠수이고, 작은 것만 주로 채취한 잠수는 그것밖에 할 수 없는 하군이며 굵은 것과 작은 것이 섞여 있는 경우는 욕심이 많아서 이것저것 보이는 대로 막 잡은 잠수"라고 했다. 그의 답변에서 잠수들이 대체로 일정 정도 생장한 소라를 채취대상으로 하며 이것저것 마구 잡는 것을 '욕심'으로 생각하고 경계했음을 알 수 있다. 물론 작은 것만 잡은 잠수의 경우 조만간 은퇴할 것이라는 이해도 동반하고 있었다. 이것은 잠수들이 채취대상의 크기를 나름대로 고려하고 있음을 보여주는 것으로 '여성잠수가 과도한 어업에 대하여 스스로 통제하는 본질적인 정신을 가지고 있으며 환경파괴에 즉시 반응하는 능력을 가지고 있다'는 점, 물질이 '적은 투자와 전통적인 방식의 작업으로 적당한 소득을 얻는 일이어서 자원고갈에 관심을 갖는 친환경적 직업이란 견해'[4] 에 동의하게 한다.

사실 잠수들은 미역이나 톨의 경우 전통적으로 금채를 해왔고 1991년께 수산업법에 의해 어패류에 대해서도 금채기간을 자율적으로 수행하고 있으며 입어금지 기간을 설정해 지키고 있으므로 엄연히 자원의 지속가능성을 고려하여 물질 작업을 하고 있다고 할 수 있다.[5] 따라서

---

4) 고창훈, 앞의 글, 3283쪽.
5) 소라 전복 등 어패류의 금채 기간 설정이 수산업법에 의해 시작되었다고 할 수는 없을 것 같다. 이미 19세기 말부터 지연, 혈연을 기반으로 한 오늘날 '어촌계' 혹은 '향약(마라도)' 같은 잠수 공동체가 있었기 때문이다. 잠수들은 '한정재화'에 대한 인식을 분명 갖고 있었으리라 생각된다.

본고에서는 제주 잠수들의 물질민속 가운데 자원과 인간의 공존을 모색한 전략이라고 생각되는 물질 민속을 살펴보며 그 생태학적 의미들을 알아보고자 한다. 이는 인간과 자연이 상호 공존하는 방법을 제시하므로 나름의 의의가 있다고 생각된다.

제주도 잠수들의 물질의 생태전략에 초점을 맞춘 연구는 안미정의 연구[6]를 제외하고는 대체로 제주도 '해녀'를 다루면서 그들의 물질을 조금씩 다루었다. 안미정은 제주도 구좌읍 김녕리를 대상으로 '잠수'와 '연구자'의 위치를 오가는 현지 연구에서 잠수들의 물질이 '국가의 연안어업정책, 시장 경제의 압박, 기계적 어로 기술의 발달'에도 전통적 어로행위를 지켜온 것을 경쟁적이면서도 협동적인 잠수들의 공동어로와 그들의 중층적 사회관계에서 해답을 찾는다. 연구자가 직접 물질을 배워 김녕리 잠수들과 물질을 하며 그들의 일상 속으로 들어가 잠수들의 언설 하나에도 문화적 의미를 부여하는 치밀함이 돋보인다. 그는 또한 잠녀의 어로가 국가와 시장경제 체제 하에서 전개되고 있는 생업활동이라는 데 주목하여 구체적 어로방식으로서 '물질'이 가지고 있는 생태적, 사회적 가치를 조명해 현대사회에서 과거 방식을 지속하고 있는 여성 어로문화의 사회적 의의를 밝히고 있다[7]. 김영돈은 1885년 우도 잠수들의 해산물 월별 채취기간과 금채 기간을 조사한 바 있다.[8] 잠수들의 금채제도를 본격적으로 생태민속학의 입장에서 다루지는 않았더라도 해산물에 따른 채취 기간과 금채 기간을 살펴본 것은 상당한 의

6) 안미정, 「제주 잠수의 어로와 의례에 관한 문화인류학적 연구: 생태적 지속가능성을 위한 문화전략을 중심으로」, 한양대학교 박사학위 논문, 2007.
7) 안미정, 「제주 잠녀의 해양어로와 지속가능성」, 전경수 엮음, 『사멸위기의 문화유산』, 민속원, 2010.
8) 김영돈외, 「해녀조사연구」, 『탐라문화5호』, 제주대 탐라문화연구소, 1986.

의를 지닌다. 또 해녀들의 생태학적 민속지식과 언어표현의 미학을 다
룬 좌혜경의 연구[9]를 들 수 있는데 그는 잠수들이 바다 지형에 관한
지식의 습득, 조수의 이용, 채취물의 시기와 채취 시기 등을 생산적인
경험에 의해 획득한 것임을 논하고 있다. 고광민의 연구[10]는 '바다밭'
마다 환경에 따라 해양 생태계가 형성되고 그에 필요한 생산기술이 전
승되는 과정을 살피고 있는데 잠수들의 채취 대상인 해산물과 이를 채
취하기 위한 다양한 도구 및 바다밭에 대한 잠수들의 인지체계를 보여
준다는 점에서 주목된다. 한편 제주 잠수들의 물질에 직접 관계되는
것은 아니지만 언어생태전략과 민속지식의 전승을 다룬 주강현의 논의
가 주목된다[11]. 그는 민속지식이 전승되는 조건과 배경, 민속지식을
구술하고 전승시키는 언어적 생태전략이라는 담론을 제시하면서 민속
지식에 기반을 둔 문화다양성의 가치를 주목하고 민속지식이 생태민속
학 형성에 결정적 의의를 지니고 있음을 밝히고 있다.

  본 연구는 기존 연구 성과에 힘입어 잠수들의 물질 가운데 '지속 가
능한 최대 수확의 생태학적 원리' 측면에서 해석이 가능한 물질 민속의
양상들을 살펴보는 것을 목적으로 한다. 전통적으로 수행해온 '물질'
가운데 '생태학적 원리'가 깃들어 있고 현재 잠수들의 물질관행에도 지
속되는 면모들을 확인함으로써 자원고갈이란 지구적 위기 속에서 자원
의 효율적 활용이란 측면에서 나름의 시사점을 찾고자 한다.

---

 9) 좌혜경, 「해녀 생업 문화의 민속지식과 언어표현 고찰」, 『영주어문』 제15집.
    영주어문학회, 2008.
10) 고광민, 『제주도의 생산기술과 민속』, 대원사, 2004.
11) 주강현, 「언어생태전략과 민속지식의 문화다양성」, 『역사민속학』 제32호, 역
    사민속학회, 2010, 8~36쪽.

Ⅱ   조사 마을과 잠수들의 물질

1. 조사마을

 제주도는 북위 33°~34°, 동경 126~127°에 위치하며 면적은 1820㎢, 해
안선 길이는 253km이고 섬의 모양은 타원형이며 장축의 방향은 동북
동~서남서이다. 연중 온난하고 기온의 연교차도 적은 해양성 기후를
띠는데, 북제주 지방은 연평균기온 14.7도, 1월 평균기온은 4.8도, 8월
평균기온은 25.8도, 남제주지방은 연평균기온 15.6도, 1월 평균기온 6
도, 8월 평균기온은 26.6도이다.[12] 이러한 기후의 차이는 제주도 각 마
을의 바다 생태를 비롯한 자연환경과 여기에 기반을 둔 사람살이를 다
양하게 만들었다.

 이 글의 대상인 고성·신양리, 온평리는 모두 남제주군 성산읍(현
제주도 서귀포시 성산읍)에 속한다.[13] 온평리와 고성·신양리 바다는

---

12) 문화부,『제주도 해역의 조간대 및 아조대의 생물상 조사보고서』, 1992, 22쪽.
13) 필자가 잠수들의 물질 행우를 주로 참여관찰한 마을은 성산읍 고성·신양리
   이다. 이 글을 작성하는 현재 시점에 이 마을의 잠수들은 전통적 방식의 물질
   을 하고 있었으나 자원의 양상은 예전과는 많이 달라졌다. 필자가 지난 5월
   21~23일 일출봉 맞은편 '광치기'바다와 '새개'바다에 갔을 때 잠수들은 주로
   성게를 캐고 있었다. 문어는 실력 있는 잠수가 한두 마리 잡는데 그쳤으며 구
   젱기(소라)의 경우는 여남은 개를 잡는 것으로 그쳤다. 이때가 성게철이긴 했
   지만, 예전에 아무 때나 전복을 캐도 '전복이 하영 있었다'는 때와는 자원의
   분포나 양이 많이 달라진 것이다. 9월 18일에서 24일, 10월 6일에서 10일 등
   추후 답사 시에는 잠수들이 소라와 전복, 문어등을 채취하는 것을 관찰하였
   는데 '물건이 없다'거나 예전 같지 않다는 잠수들의 우려를 엿볼 수 있었다.
   이렇게 잠수들도 줄고 해산물 역시 여러 요인으로 인해 감소하거나 멸종해
   가는 요즘 자원의 채취 방법, 채취 인력, 양식 사업, 바다 환경의 변화 등 여

서로 접해 있다. 아래 지도 성산읍의 큰 동그라미가 온평리, 그 위가
고성·신양리이다.[14)

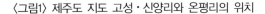

〈그림1〉 제주도 지도 고성·신양리와 온평리의 위치

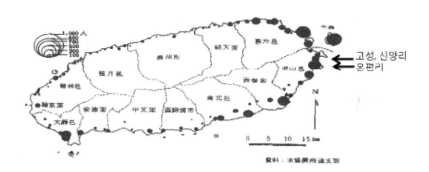

먼저 고성리는 성산읍 소재지로 전형적인 반농반어의 해안가 마을
이다. 동쪽은 일출봉이 솟아 있는 성산리와 동북쪽은 오조리, 서북쪽은
수산리, 남쪽으로는 신양리, 서쪽은 온평리에 접해 있다.[15) 섬의 동쪽
끝에 있어 한라산의 영향을 덜 받고 해안지대에 위치해 있는 관계로
겨울철 기후는 낮고 반대로 여름철에는 높은데 그 차이가 제주시 등지

러 가지 요인이 작용해 잠수들의 물질에 영향을 미치고 있을 것이나 이 연구
는 이러한 문제들은 다루지 않았다는 점에서 한계를 갖는다.

14) 이 지도는 원학희의 「제주 해녀어업의 전개」(『지리학 연구』 제10집, 1985,
190쪽)에서 가져옴.

15) 원나라 조정에서 제주도를 목마장으로 삼은 것은 1277년이다. 고성리를 포함
수산평에 목마장을 설치하면서 사람이 살기 시작했다고 한다. 성이 있던 마
을이라 고성. 신증동국여지승람에 고성, 탐라순력도에 구수산, 제주삼읍전도
와 정의군지도 등에 상고성리(웃고성마을), 하고성리(알고성마을)로 표시되어
있다. 남제주문화원, 『남제주의 문화유산』, 2006, 516쪽.

에 비해 섭씨 2도 가량 차이가 난다고 한다. 또 계절풍의 영향도 딴 지
방에 비해 강하게 받는 편인데 북서풍이 강하게 불 때는 섬의 다른 지
방에 비해 2~3m의 차이가 난다고 한다[16]. 신양리는 고성리 일주도로
변에서 700미터 내려간 해안마을인데 110여 년 전 어로와 해조류 채취
를 위하여 고성리의 정씨와 김씨 등이 이주해 살며 마을이 형성되었
다. 고성 앞바다에서 밭농사에 비료로 사용되는 듬북, 감태 등 해조류
가 많이 생산되고 섭지코지를 중심으로 한 해변이 넓기 때문에 어업에
종사하기에 편리하므로 다른 마을에서 이주하는 주민이 많아졌다.[17]
옛이름은 섭재개, 방뒷개인데 1951년 고성리에서 분리되어 신양리가
되었다. 그러나 고성리 출신이 많고 그동안 한 바다를 공유해 왔으므
로 사람들의 인식 속에는 여전히 한마을이라는 관념이 있다. 따라서
고성, 신양 두 마을은 바다를 공유해왔고 지금도 바다를 공유하므로
하나의 어촌계를 운영하고 있는데 이는 '바다'를 일터로 살아온 이들에
게 다른 무엇보다 '바다'가 삶의 기준이 됨을 보여준다.[18] 반농반어의
마을인 만큼 잠수들은 한달에 18일 물질을 하고 나머지는 밭일을 한
다.[19] 신양리와 고성리는 바다를 공유하므로 하나의 어촌계를 구성하지
만 잠수회는 마을 별로 각기 운영한다. 현재 상시적으로 물질을 하는

---

16) 위의 책 528쪽.

17) 위의 책 623쪽.

18) 고성리 해녀 장광자씨(68세)에 의하면 고성과 신양리는 하나의 어촌계를 운
영하지만 잠수회는 둘이다. 행정리가 분리된 후 마을이 달라져서 바다를 가
르려고 한 적도 있었다. 섭지로 해서 가르자고 했다가 잘 가르지 못하고 한
바다로 하기로 했다고 한다. 장광자씨는 현재 고성리 해녀 회장이다.

19) 현재복씨(73세, 고성리 거주) 제보. "물질은 한달이면 반 정도 허지. 한조금부
터 열다섯물중에 8일은 물질 하고 7일은 안 허고. 흔달이면 16일 물질하고 14
일 안 하곡."(2010년 5월 21일)

잠녀는 신양리에는 70명, 고성리에는 40명이 있다.[20]

온평리는 전통적인 해촌으로 제주도의 자연마을로는 가장 긴 해안선을 끼고 있는데 동쪽으로는 고성·신양리, 서쪽으로는 신산리와 접하고 있다. 사람이 살기 시작한 것은 750~800여 년 전부터인데 처음 문씨와 함씨가 설촌했다가 몰락했고 1576년 현재 온평리 마을이 형성된 주변, 묵은 열룬이, 관돌, 다래물, 진동산, 돌개 등지에서 생활하던 씨족들 중 연주 현씨가 이주해 온 후 이어 고씨, 강씨, 송씨가 입주해 왔다.[21] 취락이 일주도로변에서부터 바닷가에 잇대어 대략 3㎞ 정도 길게 형성되었는데 웃동네, 알동네, 섯동네, 중동네로 나뉜다. 제주도의 해안마을 중에서는 가장 큰 마을바다를 가지고 있는데 동쪽에 면한 신양리 〈새개〉와 남쪽의 신산리와 바다 경계를 다툰 일이 없다고 한다. 마을 바다에는 해조류와 패류, 어류 등이 풍부한 편이어서 마을 경제가 바다에서 나는 소득에 좌우된다고 할 수 있다. 마을이 오키나와를 거쳐 북상하는 태풍의 영향을 가장 많이 받는 지역이어서 마을의 가옥구조는 바람을 될 수 있으면 타지 않도록 주로 남동향을 취한 집이 많다. 연중 최고 기온이 31도, 최저기온은 영하 5도, 연평균 기온 15도로

---

20) 고성리 잠수회장 장광자씨 제보(2010년 9월 21일 광치기 해녀의 집에서 면담). "고성·신양은 어촌계는 하나, 마을은 두 마을, 잠수회는 두 개. 고성 해녀는 40명, 신양해녀는 70명이라. 우리가 잠수회 만들 때만 해도 잠수가 400명이었져. 이제 다 돌아가시고 탈퇴하고 해서 어촌계는 130명, (해녀)조합원은 240명, 현재 물질 작업은 41명이라. 올해 79세 해녀가 안하젠 글명 40명이지. 고성은 75세 해녀가 제일 장수 해녀고 신양리는 여든 둘된 해녀가 아직 허지. 깊은 디 가 소라는 못 따고 ㄱ에서 성게 하고 솜 잘 한다. 고성서 어린 아이는 46세이고 한 명이라. 나머지는 50대 이상이여 게. 내 또래(68세)가 8명, 70대도 많곡."

21) 위의 책 674쪽. 마을을 형성한 씨족들 중 강씨는 돌개에, 현씨는 다래물에, 이씨는 빈냇골에 고씨는 고치미모루에 정착하였다고 전해진다.

비가 많이 내리는 편이다. 온평리에는 대략 200여명의 잠수가 있는데 상시 물질을 하는 이는 160명이다.[22] 전통적인 해촌이었던 만큼 잠수들이 상대적으로 연령대에 고루 분포해 있다고 할 수 있다. '어린아이'라 부르는 40대 잠수나 '장수해녀' 또한 다른 곳에 비해 상대적으로 많은 편이다.

2. 잠수들의 물질과 자원

필자는 지난 5월과 9월달 각 사흘에 걸쳐 제주도 서귀포시 성산읍 고성·신양리 마을바다에서 물질을 하는 잠수들을 참여 관찰했다. 5월 22일 9시께 고성·신양리 마을 바다에는 가랑비가 내렸고 물은 차가웠으며 작지 않은 파도가 계속 조간대 바위들을 세차게 치고 있었다. 물 위에 스티로폼 테왁만 띄워놓고 잠수들은 계속 자맥질을 했다. 이날 2시 무렵 잠수들은 망사리 가득 성게를 담아 물에서 나왔고 해녀탈의실에서 고무로 된 잠수복을 벗고 평상복으로 갈아입은 후 너 댓 명씩 앉아 두어 시간 가량 성게 알을 골라내는 작업을 했다.[23] 지난 9월 17-21일간 진행된 답사에서는 잠수들이 주로 소라를 채취하고 있는 모습을 관찰할 수 있었는데 몇몇 잠수들만 문어와 전복, 오분자기 등을 채취하는 것을 확인할 수 있었다.

현재 잠수들의 물질은 16세기 중엽 신광한이 제주에 와서 관찰하던

---

22) 2007년 현재 온평리의 경우는 40대가 20명, 50대가 38명, 60대가 50명, 70대가 46명, 80세 이상이 6명이다. 해녀박물관(http://www.haenyeo.go.kr/ekboard/view.php?btable=story&bno=56&p=6&cate) 참조.

23) 이렇게 손질한 성게알은 4kg 정도에 시세가 4, 5만원 한다고 한다. 고성리 잠수 현재봉씨 제보. 2010년 5월 22일 해녀 탈의실에서 면담.

때24)와 비교할 때, 다른 에너지를 사용하지 않는다는 점, 오직 맨몸과 물질 도구, 그리고 자신의 경험지식을 바탕으로 한다는 점에서 근본적으로 바뀐 것이 없다.25) 물론 일제하 '족세눈'에서 왕눈이 보급되고26) 1970년대 들어 명주로 만든 물옷(물소중이)에서 고무 잠수복을 입고, 박으로 만든 콕테왁 대신 스티로폼으로 된 테왁을 사용하며, '미'라는 풀로 직접 만든 망사리 대신 플라스틱 재질의 그물망으로 만든 망사리를27), 그리고 '족세눈'에서 '왕눈'으로 바뀐 물안경을 착용한다는 도구

24) 조선 중종 때의 문신인 신광한(1484~1555)은 제주 잠수의 물질을 관찰하고 이를 시로 남겼다. 아래는 〈석주집〉에 실린 제주잠수가 일부이다. '때는 2월 성의 동쪽 따뜻한 날에/집집의 아가씨들 바닷가에 나와/가래 하나, 다래끼 하나, 바가지 하나로/벌거숭이에 작은 바지도 부끄럽지 않아/깊은 바다 푸른 물에 뛰어드니/바람이 분분 공중에 튄다./북쪽 사람은 놀라나 남쪽 사람은 괜찮다 웃네/물을 당기며 이리저리 타고 노니/오리가 헤엄 배워 물 속에 자맥질한 듯/다만 바가지만 둥둥 물 위에 떴구나/문득 푸른 물결로 솟아올라/허리에 맨 바가지끈을 급히 끌어올리고/한때 긴 파람으로 숨을 토해내니―이하 하략.
25) 물질 작업의 근본은 바뀌지 않았지만 잠수들의 '오토바이'는 물질 풍경을 바꿔 놓았다는 점은 짚고 넘어갈 필요가 있다. 잠수들이 물질 하는 바닷가 해안 도로로 한쪽으로 오토바이가 세워져 있는 것을 볼 수 있다. 잠수들이 물질 하러 올 때 타고 오는 오토바이이다. "옛날 이모 당길 때는 미역이라도 주물면 구덕에 담앙 땀이 바작바작나게 걷곡 했는디 지금은 오토바이 타고 간다. 도에서 추진해서 해녀들이 오토바이 면허도 다 땄져. 나는 글도 배우곡 했는데 안 그런 해녀도 다 면허 따고 잉. 하여 다 오토바이 타고 다닌다게."(장광자(고성리 잠수회장, 68세)씨 제보. 2010년 6월 30일.)
26) 19세기말 일본인 해조류 상인들에게 제주도의 해산물 특히 해조류와 패류의 수요가 크게 늘면서 20세기 초기에 해녀 쌍안경이 보급된다. 강대원, 『해녀연구』, 한진문화사, 1970, 68~69쪽.
27) 온평리 은퇴잠수 현계월씨에 의하면 예전에는 9월께 밭에서 '미'라는 풀을 뜯어와 말렸다가 겨울이 되면 물에 다시 담가 두고는 두들겨서 다시 그것을 새끼 꼬듯 백 줄을 만든 다음 망사리를 만들었다. 망사리 만드는데 시간과 품이 많이 들었다고 한다. 콕테왁 역시 9월에 박을 따서 속을 파내어 부엌에 매달아 말린 다음 겨울이 되면 입구를 막아 테왁으로 사용했다. '콕테왁'은 물에 들면 현재 사용하는 '스트로폼테왁'보다 훨씬 강하지만 돌에 부딪치면 잘 부

적 측면에서 변화가 있었고 이에 따라 물질 시간이나 작업 패턴에 일정 정도 변화가 온 것은 사실이지만, 호미나 가래를 손에 쥐고 물속에 들어가 전복이나 성게 따위를 캐는 물질 방식은, 자신의 '몸기술' 및 경험을 동원할 뿐 다른 에너지를 사용하지 않는다는 점에서 전통적이며 생태적인 어로행위라 볼 수 있다.

세 마을에서 만나본 잠수들은[28] 열셋, 열네살이 되어 자연스레 물에 들어가 놀면서 자맥질을 배웠다고 한다. 누구에게 물질을 배웠는가 물으면 "누게 물질을 가르쳐주니" 혹은 "물질을 배워서 혀, 기냥 지대로 하는 거지"라고 답한다. 이렇게 자연스레 물에 놀면서 터득한 물질은 아무런 기계의 도움 없이 오직 자신의 숨 고르는 능력과 채취 능력에 의존하여 수행하는 작업이다. 그래서 그들은 물질을 '물때'와 파도의 세기, 돌과 암반이 분포되어 있는 바닷속의 지형, 바다 자원의 생육시기와 특징 등 바다 생태를 포함한 자연과의 상호관계성 속에서 파악하며 나름의 지혜를 터득해 왔고 이를 바탕으로 자신들의 물질을 지속해오고 있다.

잠수들은 '보리 키울 때, 보리가 노랗게 익을 때는 성게도 알 다 까고,' '해삼은 10월에도 하나 둘 보이지만 눈이 펑펑 오면 해삼이 크며', '눈 오면 미역이 나기 시작하고 물 아래는 소라가 곰실곰실 긴다'고 말한다. 이와 같이 자신들의 밭일이나 날씨 등과 해산물의 생태를 연관

서졌다고 한다. 2010년 5월 23일 현계월 잠수 자택에서 면담.

28) 필자가 만난 잠수들은 현재 물질을 하고 있는 현재봉(고성리 거주, 72세), 정연자(신양리 거주, 75세) 등 3인, 온평리에 15년 넘게 물질을 하다가 결혼 후 그만 둔 상군 출신 잠수 현재복(고성리 거주 73세), 온평리와 고성리에서 대상군이었던 현계월(온평리 거주, 88세, 여든 넘어서도 가까운 바다에는 들어갔음)씨 등이다.

지어 인식하고 있음을 보여주는데 이는 반농반어의 생업 구조 속에서 물질과 밭일을 해온 잠수들의 사유방식의 일단을 보여주는 것이라고 할 수 있다. 날씨, 밭일, 물질을 연관 지어서, 즉 '물 위'와 '물 아래'를 통합적으로 인식하며 자신들의 물질 경험과 윗대에서 전해져오는 지식을 바탕으로 '물살이 세고 깊은 바다에는 조금이나 한물, 두물 때만 들어가 소라를 채취하고' '물이 쌀 때는 '건네기'나 '광치기'에 가서 꿩이(게)나 보말을 잡으며 '하늬바람이 불 때는 미역을 말려 왔다.' 이렇게 잠수들이 날씨나 물때 등 자연의 리듬에 맞추어 물질과 밭일을 하며 나름 갖추게 된 오랜 경험지식을 생태민속지식[29]이라고 일컬을 수 있다고 본다.

한편 이 지역 잠수들의 채취물은 전복, 소라(구젱기), 성게, 솜(말똥성게), 미역, 톳, 오분자기 등이다. 1960년, 70년까지만 해도 잠수들에게 경제적 가치가 가장 컸던 것은 미역, 전복, 소라 순이었다.[30]

> 이여싸나 이여싸나 (이어도 사나 이어도 사나)
> 요벗덜아 혼디가게 (요 벗들아 함께 가게)
> 저ᄀ디랑 내몬저강 (저 바다랑 내 먼저 가서)
> 메역이랑 내몬저ᄒ져(미역이랑 내가 먼저 뜯어서)
> 울산강 돈벌어당   (울산에 가 돈 벌어서)
> 가지늦인 큰집사곡   (여러채 붙은 큰집 사고)

29) 민속지식은 전통생태지식으로 해석되기도 하고 그 전통지식은 전통과학, 민속과학 등으로 불린다. Fikret Berkes, Sacred Ecology, Taylor & Francis, Philadelphia, 1999, 13쪽, 주강현 앞의 논문 9쪽에서 재인용.

30) 현재복씨 제보(73세, 고성리 거주 전직 상군잠수, 2010년 5월 22일 자택에서 면담). "옛날에는 미역이 값도 가고 생활에 도움이 됐지. 소라, 전복, 미역만 팔고, 문어는 집에서 먹곡. 성게는 심하게 안 했고."

　　멍에늦인 큰밧사곡　(멍에(암반) 적은 큰밭 사고)
　　재미나게 살아보게31) (재미나게 살아보게)

　　위 민요는 미역을 많이 뜯어 울산에 가서 팔아 그 돈으로 큰집과 큰
밭을 사는 것이 잠수들의 바람이었음을 드러낸다. 그런데 이것은 1960
년만 하더라도 전혀 허망한 것이 아니라 실제로 대상군이나 상군인 잠
수들은 미역을 채취해 육지에 가서 팔아 돈을 모았으며 이것은 가계의
중심 소득이었다고 한다. 1940년대 열여덟, 열아홉 살에 이미 황해도
청진이나 강경 등으로 바깥물질을 다니고 울산, 목포 등으로 미역을
팔러 다녔던 온평리, 고성리 상군잠수 현계월씨32)에 의하면 예전에는
미역 열 칭만 하면 밭을 샀다.33) 그래서 그녀는 몰래 금채 기간에 밤에
가서 미역을 캐어 오기도 했다고 한다. 1970년대부터 내륙에서 양식
미역이 확산되어 예전처럼 미역의 환전가치가 높은 것은 아니지만 제
주 미역은 자연 그대로 자생하는 미역을 채취하여 바닷가 덕장에서 자
연 건조시킨 돌미역이기에 일부러 찾는 사람들이 있다고 한다.

---

31) 김영돈, 『제주도민요연구』, 일조각, 1965, 90쪽.
32) 현계월(88세, 온평리 거주, 전직 상군잠수)씨는 2,3년전만 해도 톨을 뜯었으나
　　이제는 조간대에서 보말 정도만을 잡는 바릇질을 한다. 현씨의 어머니는 온
　　평리에서 알아주는 상군 중의 대상군으로 미역을 캐어오면 웃뜨르 사람들(수
　　산리 사람들)을 불러다 미역 말리는 일을 맡길 정도였다고 한다. 현씨 또한
　　대상군으로 온평리에서 알아주는 잠수였다. 현재복씨 제보(73세, 고성리 거
　　주, 5월 22일 자택에서 면담).
33) 미역 한 칭은 백근(60kg)이라고 한다. 현재복씨는 목포에 미역을 팔러 가면
　　육지사람들이 미역부스러기를 빗자루로 쓸어갔다고 한다. 그걸 어떻게 먹느
　　냐고 물으면, 바늘로 콕콕 찍어 먼지찌꺼기를 분리한 후 먹었다는 것. 충북
　　음성군 사정리에 살던 진경완씨(수원거주, 75세)는 23세에 첫아들을 낳았을
　　때 시어머니가 쌀 두말을 주고 미역 한자락을 샀다고 한다. 대략 1미터 50
　　센티미터 정도의 길이였으므로 당시 미역값이 비쌌음을 알 수 있다.

"야 옛날에는 미역 두 칭 하면 두 칭짜리 밭 사곡, 열 칭 하면 열 칭 짜리 밭사곡 했어. 미역 ᄌᆞ물어당 말령 목포나 울산 같은 디 가면 돈 하영 벌곡."[34]

"여기 미역은 자연산 돌미역이라. 금년에는 아주 금이 좋아서. 잠수들은 상군 아닌 사람은 미역으로만 사는디, 600g 한 근에 이천원 허니까, 열근이면 이만원이곡 한 칭이면 이십만원. 이게 큰돈이라. 이틀만 열심히 하면 한칭 하니까."[35]

한편 해조류 가운데 환전가치가 높은 바다풀로는 미역 외에 톳(톨)이 있고, 부식용으로 감태, 우뭇가사리, 모자반 등이 있다. 그리고 듬북은 화학비료가 나오기 전 밭거름으로 이용했던 자원이기도 하다.

듬북이라고 바당의 잡초라. 8월에 ᄌᆞ물어(캐어) 거름하는디 보릿대 깔고 듬북 깔고 또 보릿대 깔고 듬북 깔고 해서 거름을 만들어. 바다에서 태풍 불어 떠밀려오면 구역마다 조합원들끼리 갈라가고 했주.[36]

미역 다음으로 '돈벌이로 인기가 좋았던 것'은 전복이다. 잠수들이 물질을 마치고 전복이나 성게 등을 다듬으며 불렀던 민요 역시 이를 고스란히 담고 있다.

---

34) 현계월씨 제보(2010년 5월 22일 자택에서 면담).
35) 현재복씨 전화인터뷰(2010년 6월 29일).
36) 현재복씨 제보(2010년 5월 22일 자택에서 면담).

이여싸나 이여싸나   (이어도 사나 이어도 사나)

구젱기랑 잡거들랑   (구젱기-소라랑 잡게 되면)

닷섬만 잡게ᄒ곡   (닷섬만 잡게 하고)

전복이랑 잡거들랑   (전복이랑 잡게 되면)

여든섬만 잡게홉서   (여든 섬만 잡게 하소서)

못사는 우리 팔자   (못 사는 우리 팔자)

ᄒ번아주 고쳐보게37)(한번 아주 고쳐 보게)

참전복은 예부터 보양, 원기 회복에 탁월한 효과가 있어 왕실 진상품이었고 지금도 국내 생약중에는 최고의 보양으로 인정받고 있는 특산물이다.38) 오늘날 자연산 전복은 상군 잠수가 어쩌다 잡을 정도로 흔하지 않지만 불과 30년 전만 하더라 위 민요에서처럼 '여든 섬'을 잡게 해달라고 할 정도로 많이 있었다. 그러면서 값을 잘 받을 수 있어 잠수들의 '팔자'를 고치게 할 수 있는 자원이었다.39) 오늘날 자연산 전복은 아주 귀해서 가격을 비싸게 받는다.40) 한편 전복의 일종이나 크

Footnotes

37) 김영돈(1965), 91쪽.

38) 남제주문화원, 앞의 책 632쪽.

39) 고성리에는 고성오조리할망의 '한숨짜리밭'이란 말이 내려온다. 일제시대 성산읍 오조리에서 이웃마을인 고성 큰밭 정약국집에 시집온 '고성오조리할망'은 어느날 물질을 하다가 어느날 전복을 '텄는데' 그 안에 진주가 있었다. 그는 그것으로 고성 웃동네 '큰밭'을 샀는데 '한숨'에 물속에 들어가서 전복을 잡아 땅을 사게 되었기에 사람들은 그 밭을 '한숨짜리밭'이라고 부른다. 그의 둘째딸은 현재 생존해 있는데 90세이다. 여기서 '한숨'은 해녀들이 한번 숨을 참고 물에 들어갔다가 나와 다시 숨을 쉴 때까지의 숨을 말한다.

40) 현재복씨 전화 인터뷰 (2010년 6월 29일) "신양리 태문이 삼촌은 다양하게 물질 허부난, 소라도 몇 마리 잡곡 오분자기도 하고 솜도 하고 성게도 잡곡. 하루 돈 십만원 보통으로 벌주. 전복 한 개가 큰 거 1kg에 13만원, 15만원 하니까."

기가 작은 오분자기 또한 귀하게 대접받는 해산물이다. 현재 고성 앞바다에는 거의 없지만 신양리 '오등에'와 우도 앞바다에는 아직도 많이 나고 있다.[41] 소라(구젱이/구젱기)는 미역 허채가 끝나고 채취하는데 물량의 대부분을 일본으로 수출한다. 성게는 봄철 채취물인데, 껍데기를 손질하여 성게 속만 빼낸 것을 1kg 정도에 4-5만원을 받는다. 이밖에 바닷속 채취물로 해삼, 문어 등이 있고 조간대 바릇질 대상인 보말, 게, 군부(군벗) 등이 있는데 이들은 부식으로 이용된다. 이 가운데 문어는 대행인을 통해 팔기도 하지만 제사상에 오르므로 제사가 있는 친척(궨당)집에 보내기도 한다.

그런데 제주 지역 전체적으로 볼 때 잠수들의 이러한 물질이 지역경제 성장에 기여한 바는 상당했던 것으로 보인다. 1965년의 경우 전복, 소라 톳, 천초, 미역 등의 생산을 통해 9천6백만원의 어업소득을, 이후 1995년에는 368억 6천6백만원의 소득을 올렸다. 2003년에는 마을 어장의 남획으로 인한 자원고갈과 수산물 완전 개방 등으로 159억 1백만원으로 감소됐지만 여전히 1차 산업 수출품 가운데 50%이상이 잠수들이 생산한 품목이다.[42] 따라서 잠수들의 물질과 이를 지속케 할 요인 중의 하나라고 생각되는 '물질'의 생태학적 측면을 더욱 주목할 필요가 있다.

41) 고성리 잠수 현재봉씨(71세) 제보. 5월 22일.
42) 고창훈, 「제주해녀의 문명사적 가치와 해녀문화의 계승」, 대한토목학회 학술대회, vol. 2005,No.10. 대한토목학회, 2005, 3282쪽.

Ⅲ 지속가능한 최대 수확을 위한 생태학적 원리

잠수들의 물질 민속 가운데 '금채'등 자원의 활용과 관련된 것들은 '자원의 지속 가능한 최대 수확을 위한 생태학적 원리'에서 이론적 근거를 찾을 수 있다. 이 원리는 잠수들이 바다자원을 일방적으로 채취만 하여 자원을 고갈시킨다는 오해를 불식시킬 수 있다. 예컨대 어로와 농경을 대조해 농경은 토지생태계 내 동,식물등과 공생관계를 갖고 있는 반면 어로는 해양생태계 내에서 기생적 관계를 맺고 있다[43]는 견해를 그대로 받아들일 경우 어로는 바다 자원을 고갈시키는 일이며 어로에 종사하는 이들은 모두 약탈적인 행위를 함으로써 자원을 고갈시키는 존재로 인식될 수 있다. 하지만 '지속 가능한 최대 수확의 원리'는 자원을 적절한 시기에 채취할 때 그리고 채취 인력을 적절히 조절할 때 자원의 채취가 지속적으로 이루어질 수 있는지를 보여주므로 인간의 채취행위가 자원을 고갈시키는 것이란 일면적인 생각을 제고할 수 있다. '잡을 때 되면 잡는다'는 소박한 인식으로 전개되어온 그들의 물질에는 이미 이러한 원리를 적용할 수 있는 '물질' 민속이라고 할 수 있는 것들이 있다.

먼저 지속 가능한 최대 수확을 위한 생태학적 원리는 다음과 같이 정리된다.

생태계 내 생물 개체군의 크기는 수용능력(K)에 근접하여 조절된다

---

43) 한상복, 「농촌과 어촌의 생태적 비교」, 『한국문화인류학』 제8집, 한국문화인류학회, 1981, 15-16쪽.

고 가정하면, 이 생물 개체군의 시간의 흐름에 따른 크기 변화는 대수함수형 개체군 생장모형을 적용할 수 있다.[44]

대수함수형 개체군 생장 모형은 아래 식으로 정의된다.

$$N_{t+1} = N_t + rN_t(1 - N_t/K)$$

여기서 N은 개체군의 크기를 나타내고 t는 시간이다. 따라서 N_{t+1}은 t+1 시간의 개체군 크기이며, r은 개체군 내적 자연증가율, K는 개체군 수용능력을 나타낸다.

이러한 개체군의 크기 변화량(dN/dt)은 개체군의 크기에 영향을 받게 된다. 즉 개체군 크기가 매우 작을 때는 변화량 또한 작고, 개체군의 크기가 어느 정도 되었을 때 변화량은 최고가 되며, 그 이후는 변화량이 다시 작아지는 특징을 보인다.

$$\frac{dN}{dt} = rN(1 - N/K)$$

이러한 개체군에서 인간의 개입을 통해 채취가 일어난다면 다음과 같은 모형을 적용할 수 있다.

---

44) 이하 지속 가능한 최대 수확의 생태적 원리는 정철의, 「생태학강의노트」참조 (2010. 미간행). 이 노트는 Case, T.J. 2000. An illustrated guide to theoretical ecology. Oxford university press. NY. 449를 바탕으로 편역한 것임.

$$\frac{dN}{dt} = rN(1 - N/K) - L$$

〈그림2〉 시간의 흐름에 따른 개체군 크기 생장 모형(좌)과 개체군 크기에 따른 단위
시간당 개체군 크기 변화량(우)

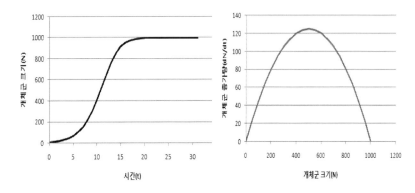

여기서 L은 잠수들의 물질을 통한 해산물의 채취량이 될 것이다. 만일 매년 채취량을 일정한 쿼터로 정할 경우, 개체군의 크기가 일정 정도(N1과 N2)가 되었을 때는 채취(점선)를 해도 개체군의 크기는 계속 증가할 수 있으나(++++), 개체군의 크기가 N1보다 작을 경우, 채취로 인해 개체군은 멸종할 수도 있게 된다. 또한 채취 이후 개체군의 크기가 N1과 N2 사이로 남아있을 때에도 기후, 먹이조건, 기타 개체군의 동태학적 변수의 변화 등 환경 변화로 인해 개체군의 크기가 N1 이하로 떨어질 경우 개체군 크기 회복이 더디어 질 수 있기 때문에 장기적으로는 안정된 채취가 어려워질 수 있다. 반면, 일정 쿼터를 채취하지 않고, 개체군의 크기에 따라 채취량을 조절한다고 하면, 그림 3의 오른쪽 그래프와 같이 될 것이다. 조절되는 채취량은 조절노력*채취율*개체군 크기로 결정될 수 있는데 채취조절노력은 채취를 위한 시간 투자, 채취하는 인력(도구 포함)의 수, 채취 금지 기간 또는 채취 금지 지역

등을 조절하는 것이다.

〈그림3〉 개체군 크기 변화에 따른 채취 방식에 따른 개체군 증가량에 미치는 영향.
        일정 쿼터를 채취할 경우(좌, 점선)와 개체군 크기에 따라 채취량을 조절할
        경우(우)

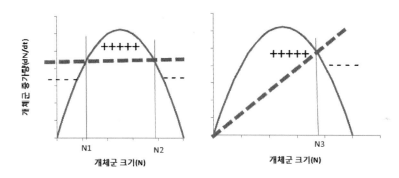

이를 적절히 조절할 경우, 그림 3의 오른쪽 그래프와 같이 채취 대상
개체군의 크기는 항상 증가할 수 있게 조절이 가능하게 되며, 최대 채
취는 N3지점에서 정해질 수 있다. 따라서 일정 정도 채취를 해도 대상
개체군의 크기는 계속 증가하기 때문에 장기적으로 안정된 채취를 지
속할 수 있다. 특히 대상 개체군의 크기가 1년을 주기로 변화하는 생물
인 경우, 채취 금지 기간의 설정은 매우 중요하게 된다. 이 경우 채취
금지기간은 개체군이 번식하는 기간 또는 개체군의 크기가 최대 생장
하는 기간으로 설정된다.

앞서 언급했듯 이 이론은 잠수들이 자원에 따라 채취 시기와 채취
인력을 조절할 경우 지속적 채취가 가능해져 인간과 자원의 공존이 이
루어짐을 제시한다. 따라서 잠수들의 물질 민속 가운데 채취시기를 조
절하는 '금채'와 채취 인력 조절로 해석이 가능한 입어권 등 생태학적
설명이 가능한 물질 민속을 살펴보기로 한다.

물질 민속의 양상과 생태학적 원리

1. 자원의 번식 및 생장을 고려한 계절 금채

금채란 자원의 번식 및 생장을 고려하여 일정 기간 채취를 금하는 것을 말한다. 금채 기간이 끝날 무렵 마을별로 대사가 없는 날을 고려해 허채 날짜를 설정한 후 일시에 허채를 한다. 금채제도는 바다자원 가운데 '미역'을 대상으로 먼저 시작되었다고 할 수 있다. 이러한 금채를 언제부터 시작했을까. 김영돈은 '잠수의 시원을 밝히기 어려운 만큼 단정할 수 없다. 일본의 경우 명치 이후 곧 19세기 후반기 이후로 보고 있다. 기록이 없으나 제주의 경우는 그 이전으로 추측된다.'고 하였다. 필자가 온평리 잠수 현계월씨(88세)에게 물었을 때 그녀는 아주 옛날부터 내려오는 것이라고 했다. 현씨의 어머니 또한 '대상군'이었고 그 집안이 몇 대에 걸쳐 물질을 해온 것을 생각하면 금채 제도는 최소한 100년은 소급할 수 있다고 생각된다. 그런데 1628년 제주에 귀양 온 이건이 8년을 머물며 기록한 〈제주풍토기〉중 잠녀에 대한 아래 기술은 그 당시 이미 금채제도가 있었음을 시사한다.

해산물에는 단지 전복 오징어 미역 황옥돔 등 수종이 있고 이밖에도 이름 모를 수종의 물고기가 있을 뿐으로 다른 어물은 없다. 그 중에서도 흔한 것은 미역이다. 소위 미역을 캐는 여자를 잠녀라고 한다. **그들은 2월 이후부터 5월 이전에 이르기까지** 바다에 들어가서 미역을 채취한다. 그 미역을 캐낼 때에는 소위 잠녀가 발가벗은 알몸으로 **바닷가에 꽉 차서** 낫을 갖고 바다에 떠다니며 바다 밑 미역을 캐어 이를 끌어올리는데 <u>남녀가 상잡하고</u> 있으나 이를 부끄러이 생각지 않은 것을 볼

때 놀라지 않을 수 없다.[45]

이건이 당시에 기술한 바에 의하면 잠녀들은 '2월 이후부터 5월 이전'에 이르기까지 바다에 들어가 미역을 채취했다. 이것은 오늘날 미역의 채취 시기와 정확히 일치한다. 5월부터는 미역이 세어져서 먹지 못하고 2월 이전에는 미역이 덜 자라서 채취를 금하기 때문이다. 또 '바닷가에 (잠녀들이) 꽉 차서'라는 대목 역시 '허채'가 되어 많은 잠녀들이 나왔음을 의미한다. 이것은 1960년대 초 '미역을 解警한 며칠 동안 바닷가는 사람물결로 온통 출렁였다'는[46] 김영돈의 목격담을 떠올리게 한다. 또 '남녀가 상잡했다'는[47] 부분은 '미역 허채가 되었을 때 집안 식구들이 다 나가 미역 자무는 일'을 했다는 잠수들의 말처럼, 당시에도 미역을 허채했을 때 온 집안사람이 미역을 채취하는 데에 함께 했을 것이라는 추정이 가능하다. 따라서 미역의 금채제도를 17세기께로 소급할 수 있지 않을까 한다.

그러나 금채제도가 언제 시작되었느냐보다는 그것이 왜 시작되었고 그 의의는 무엇인가를 살펴볼 필요가 있다. 김영돈은 금채제도가 해산물의 성장을 보호하고 공동소유의 바다를 공평하게 이용하려는 자생적

---

45) 이건의 〈제주풍토기〉에 나와 있는 잠녀의 풍속에 관한 글이다. 양순필의 「제주풍토록과 풍토기의 비교」(『월촌 구수영 선생 화갑 기념 논문집』, 1985, 61쪽에서 재인용함). '그 중에서도 흔한 것은 미역이다. 소위 미역을 캐는 여자를 잠녀라고 한다'는 원문을 참고한 필자의 해석이다. 기존 해석은 '그 중에서 천한 것은 미역을 캐는 여자를 잠녀라고 한다.'이다. 밑줄은 필자.

46) 김영돈, 앞의 책, 84쪽.

47) '남녀가 상잡했다'는 표현에 대해서 대부분의 연구자들은 미역 따는 일을 남녀가 함께 했다고 해석한다. 그러나 이건의 기술을 문맥의 흐름에 따라 읽으면 '바다에 떠다니며 바닷속 미역을 캐는' 것은 '잠녀'이며 이를 끌어올릴 때 '남녀가 상잡'하고 있음을 알 수 있다. 박찬식(2004), 안미정(2007) 참조.

수평의식, 곧 민주적 발상에서 비롯되었다고 본다.[48] 이것은 흑산도에서도 볼 수 있고 또 제주도 해촌에서 공동어장을 운영하는 것에서도 확인된다.[49] 필자 역시 이를 부정하지는 않는다. 다만 김영돈이 금채제도의 '민주적 발상'에 방점을 찍었다면 필자는 여기에 잠수들의 '자원의 생태에 대한 경험적인 민속지식'을 강조하고 싶다.

오랫동안 물질을 해온 잠수들은 그 어머니나 삼촌 등 선배 잠수들을 따라다니며 바다 속 생태에 대한 지식과 물질의 기법 등을 전수받는다. 그리고 여기에 자기의 물질경험을 통해 체득하게 된 지식을 더하게 된다. 예컨대 성산리 고승환씨는 열세 살 때 썰물때 물웅덩이에서 헤엄치기부터 차차 돌멩이 집어오기, 그 다음 해초를 따오는 식으로 어머니에게 물질을 배웠고 어머니와 동네 어른들을 따라다니며 바다 속 지형을 익혔다고 한다.[50] 또 전혀 물질 경험 없이 제주시에서 살다가 2003년 고성에 온 강복순씨는 40세의 나이에 고성 앞바다에서 처음 물질을 하게 되었는데, 선배 잠수들에게서 어느 바다는 여가 많으며, 어느 바다는 깊고, 어느 바다는 소라가 많다는 식의 경험지식을 전수받았다.[51] 처음 시작할 때는 탈의장에서 마을바다의 특징에 대한 대략적인 이야기를 들었으며 1~2년에 걸쳐 그들을 따라다니며 물질을 하면

---

48) 김영돈(1999), 위의 책 84쪽.
49) 김창민 역시 흑산도의 바위 미역 채취에 관한 민속지에서 '바위미역은 마을사람 공동의 재산이어서 평등하게 분배되어야 한다고 인식되고' 있으며 정해진 날짜 이전에 바위 미역을 채취하지 못하도록 감시한다고 기록하고 있다. 김창민 「평등이념과 개인의 전략」 『지방사와 지방문화』 제5권 제1호. 역사문화학회, 2002년 5월. 고성 신양리나 온평리에 공동어장을 두고 여기에서 채취하는 것을 상군이든 하군이든 관계없이 공동분배하는 것 역시 이러한 평등의식에 기인하는 것이라고 생각한다. 필자 역시 이를 부정하지는 않는다.
50) 고승환씨(65세, 성산리 거주) 제보(전화인터뷰 2010년 11월 13일).
51) 2010년 9월 24일 고성리 자택에서 면담.

서 좀 더 구체적인 정보를 얻게 되었다고 한다. 그리고 여기에 자신의 물질경험을 더해가며 '10월에서 11월 중순께만 해도 소라들이 돌 밑에 숨어 있다가 11월 중순 무렵부터 12월이 되면 물이 차가워지므로 고동이나 전복이 여 위로 올라와 여가 있는 바다에 간다거나', 12월 특히 '눈이 많이 오는 날에는 해삼들도 바다 속에서 올라와 돌 위에 누워 있는 모습'을 보며 '해삼은 12월 첫눈 올 때 잡나'라는 구전 언술, 즉 선배 잠수들의 민속지식을 확인하게 된다.[52] 그는 작살을 사용하는 방법을 선배 잠수 애순에게 배워 이제는 '작살선수'가 되었는데, 이렇게 물질을 함께 하며 선배 잠수들의 경험지식이 자연스레 후대에 이어져온다고 할 수 있다. '미역은 정월보름 지나 이월부터 따고', '3, 4월 하늬바람에 말려야 잘 마르며', '5월 지나면 세서 못 먹고' '5월에 미역 따도 샛바람에는 미역이 뭉친다'[53]는 식의 구전 언술과 경험지식에는 이미 미역을 언제 따기 시작해서 언제 말리며 어느 때까지 채취할 수 있는지에 대한 '허채와 금채'의 정보가 담겨 있다. 따라서 미역의 경우, 금채제도는 미역의 생장에 대한 지식, 즉 12월부터 '곰실곰실 나기 시작하는 때'는 따지 않고 어느 정도 자란 시기에, 곧 음력으로 2월이 지나서 따며 5월에는 세져서 먹지 못한다는 경험지식을 바탕으로 한 것이라 할 수 있다. 한편 5월이 지나 '세져서' 남겨진 미역은 포자번식을 해서 12월부

---

52) 언어 안에는 민속지식을 체계적으로 이해하는 사람들의 세계관이 담겨 있으며 그 구술을 통해 구술역사를 정립하고 생활상을 복원시켜낼 수 있다는 지적처럼 잠수들의 구전언술을 통해 물질 및 바다 자원에 관계된 민속 지식을 알 수 있다. 주강현, 앞의 논문 10쪽 참조.
53) 온평리 현계월(88세), 행원리 장문옥씨(77세, 구좌읍 행원리 거주) 제보. 두 은퇴잠수는 '미역은 서늘하고 건조한 하늬바람에 잘 마르며 습기가 있는 샛바람에는 미역이 동그랗게 말리며 뭉친다'고 한다. 29세에 물질을 시작한 온평리 잠수 이혜숙씨(51) 역시 이에 대해 잘 알고 있었다.

터 이듬해 이른 봄까지 생장하므로 잠수들은 '자원의 고갈 없이' 다시 미역을 채취하게 된다. 오랜 세월 경험을 통해 축적된 잠수들의 지식[54]은 동일한 생업에 임하는 자식들 및 후대 잠수들에게 자연스럽게 전달되었다고 할 수 있는데 이는 그들의 삶이 바다 생태의 조건과 바다의 자원에 큰 영향을 받기 때문일 것이다. 바다 자원의 한계에 대한 고려는 이들이 치르는 영등굿 의례에서 '전복씨, 미역씨'를 뿌리는 '씨 드림'에서도 확인할 수 있다. 미역이나 전복 등 바다 자원을 채취하더라도 자신들 물질의 지속성 여부를 고려해 왔을 것이며[55] 금채 민속도 전승되어 왔다고 생각할 수 있다.

필자가 조사한 온평리와 고성·신양리 잠수들 역시 20, 30여 년 전부터 해산물의 각기 생태에 따라 금채를 해왔다. 물론 어패류의 금채 및 입어금지 기간은 어촌계에서 회의를 해서 정했고, 구체적 시기는 각 어촌계마다 그리고 마을의 바다 사정에 따라 조금씩 다르다.

> 입어금지는 어촌계별로 정하는 거라. 다른 어촌계는 한 물끼 하는 디 있고 두물끼 금허기도 하곡. 우리는 규칙이 (날씨도) 덥고 물건도 덜허곡 해서 두달이나 금허는디. 이거 이투룩 하난 일도 못허고 돈도 못 번다고 잠수들이 욕했지게. 막 난리하고. 처음은 한 물끼 금하고 그 다음은 두 물끼 금허곡 허젠 해녀들이 이젠 아이구 좋댕. 두달 혀도 군 소리 하나 어시난. 우리 어촌계가 질로 모범이라[56]

---

54) 유철인, 「물질 하는 것도 머리싸움」, 『문화인류학』 제31집, 한국문화인류학회. 1989 참조.
55) 김창민이 언급한 것처럼 '자연환경의 영향을 많이 받는 지역에선 자연환경에 대한 토착지식이 많이 발달한다.' 앞의 논문 188쪽.
56) 장광자씨 제보(고성리 잠수회장,68세, 2010년 6월 30일).

고성리 잠수회장 정광자씨에 따르면 고성·신양에서는 날씨도 덥고
'물건도 많지 않아서' 두 달이나 입어금지를 하고 있다. 다른 어촌계와
달리 두 달 반이나 입어금지를 정한 것은 '물건이 흔치 않게' 된 바다
생태를 고려하기 때문이다. 사실 전복이나 소라 등 어패류는 흔했기
때문에 1980년대까지만 해도 따로 금채를 하지 않았다. 그래서 어패류
의 금채에 대해 처음에 잠수들은 반대하기도 했지만 지금은 모두들 좋
아한다고 한다. 잠수들이 어패류 금채에 대해 동의하며 이를 따르는
것은 자원의 한계에 대한 공감이 있기 때문이 아닐까 한다. 그러면 먼
저 고성·신양의 계절별 해산물 채취 및 금채를 알아본다. 1960년대말
부터 현재 까지 물질을 하고 있는 신양리 상군잠수 김복희씨의 제보를
토대로 정리하면 다음과 같다.57)

〈표1〉 고성·신양리 잠수의 계절별 해산물 채취 및 금채 기간

종류	채취기	금채기	비고	입어 금지
전복	9월 15-5월말		허채 따로 없음58)	
소라	10월-6월			
성게	11월-6월	여름산란기 (7,8월)에 금채	7월~10월말까지 금채	
솜	9월15-2월말			6월 말일-9월 15일까지
오분자기	9월말-6월말			
문어	9월말-6월말			
해삼	10월-4월말		11월에 본격 채취	
미역	12월-4월말		허채 따로 없음	
톳	2월	정월 보름 기준	어촌계 공동 채취	

---

57) 김복희씨(신양리 상군잠수, 61세, 2010년 9월 23일 면담) 제보.
58) 전복의 경우 허채가 따로 없는 것은 그 해산물이 워낙 수효가 적어 금채제도
를 두는 것이 의미가 없어졌기 때문이다. 전복은 이제 종패를 뿌려 자연양식
을 하고 있다. 현재 자연산 전복은 '머정이 좋은' 상군 잠수들 위주로 하루 한
두 마리씩 잡히는 것이 고작이다.

김복희씨에 따르면 전복은 9월 중순에서 5월말까지 채취하며 소라는 10월에서 6월, 성게는 11월에서 6월에 채취한다. 솜과 오분자기, 문어는 모두 9월 중순 이후에 채취하나 솜은 2월말까지 채취하고 오분자기와 문어는 입어금지 기간인 6월 중순까지 채취를 한다. 솜은 일명 말똥성게라 하는데 점점 줄어들고 있는 추세라고 한다. 해삼은 11월에 본격 채취하며 4월말까지 채취하고 미역은 12월에서 4월말까지 채취한다. 톳은 음력 정월 보름을 기준으로 어촌계에서 날을 잡아 계원들이 공동으로 채취해서 대행인을 통해 공동판매를 거친 후 공동 분배한다. 미역이나 톳 같은 해조류와 달리 어패류는 산란기에 금하는 것을 알 수 있는데, 이 마을 잠수들은 자체적으로 석달을 입어금지 기간으로 정하여 여름 산란기에 법적으로 금하게 된 수산자원보호령보다 더 엄격히 자원을 보존하려고 하고 있다.

한편 이웃마을인 온평리의 경우는 다음과 같다. 현재 3대째 물질 작업을 해오고 있는 이○○씨[59]의 제보를 토대로 정리했다.

온평 바다와 고성·신양 바다는 '새개'를 경계로 해서 지리적으로 가까워도 어패류의 생장은 채취 시기를 감안할 때 차이를 보이고 있는 것 같다. 고성·신양의 경우 섭지코지가 있어 해안선이 안으로 들어가기도 하고 나오기도 하는 반면 온평리의 경우는 전체적으로 일직선에 가까운 해안선을 형성하고 있기 때문인지는 모르겠다. 구체적으로 소라의 경우 채취를 시작하는 때는 10월로 같지만 온평리에선 4월까지만

---

59) 이○○씨(온평리 거주, 51세)는 3대째 물질을 해오고 있지만 본인이 물질을 시작한 것은 29세 때이다. 그는 온평리에서 태어났지만 결혼 후 부산에서 살다가 남편의 사업이 망해 친정인 온평리로 와서 29세에 물질을 시작했고 현재 '해녀의 집'을 운영하며 물질을 겸하고 있다. 2010년 9월 22일 온평리 '해녀의 집'에서 면담.

〈표2〉 온평리 잠수의 계절별 해산물 채취 및 금채 기간

종류	채취기	금채기	비고	입어 금지
전복	10월~12월말	여름 산란기	허채 따로 없음	7~8월 입어금지
소라	10~4월	여름 산란기(5월 31~8월31일)	산란기에 금채	
적성게	12월~6월중순	여름 산란기(6월 중순~11월)	허채 따로 없음	
솜	9~2월	6~8월	허채 따로 없음	
오분자기[60]	10~3월	여름 산란기(6~8월말)	허채 따로 없음	
미역[61]	3~5월	12~2월	허채 따로 없음	
톳[62]	-	-	백화현상으로 없음	

채취를 한다. 성게의 경우 채취 시기가 한 달 가량 느리다. 미역의 경우 온평리에는 음력 2월에 채취하나 이제 적극적인 채취 대상이 아니어서 허채나 금채의 의미가 없어졌다. 오분자기는 10월에서 3월까지 채취해 9월말에서 6월말까지 채취하는 고성·신양보다 채취기간이 석 달 정도 짧다. 성게는 고성·신양보다 한 달 늦게 채취를 시작하지만 6월말에 채취를 끝내는 것은 동일하다. 솜의 경우는 두 마을 모두 9월에서 2월 중 채취하고 산란기에 금채하는 것은 같지만 온평리에서는 금채를 따로 정하지 않을 정도로 거의 사라지고 있다고 한다. 전반적으로 온평리의 경우 해산물의 채취 기간이 고성·신양보다 짧은 편이며 해산물의 종류도 다양하지 않다. 특히 톳은 거의 생산되지 않으며 미역의 경우도 고성·신양에선 관광객들을 대상으로 생미역을 채취해

---

60) 온평리와 고성 신양리에서 '오분자기'는 전복의 일종을 말한다. 전복보다 조금 작지만 맛은 더 좋다.

61) 미역은 20년전부터 금채제도를 운영하지 않고 있다. 이는 미역의 생산이 많지 않기 때문이라고 한다.

62) 온평은 백화현상으로 톳이 생산되지 않는 반면 고성, 신양 바다의 톳은 생 것으로 팔릴 정도로 질이 좋다.

공동으로 판매하는 것과 달리 온평리에선 채취의 대상이 아니다. 솜, 즉 말똥성게 역시 금채를 따로 설정하지 않을 정도로 이미 '어느 정도' 고갈 상태에 들어간 것으로 보인다. 온평리 어촌계 직원에 따르면 온 평 어촌계에서는 전복과 소라를 제외한 다른 해산물에 대해서 금채를 따로 요구하지 않고 있다고 한다. 이는 해당 채취물, 즉 오분자기, 적 성게, 솜을 비롯한 패류와 톳이나 미역 등 해조류가 고갈 위험에 있다 는 점을 시사하는데 주변 양식장이나 기후 변화에 따른 바다의 백화현 상을 짐작할 수 있다. 또 온평리에서는 7~8월 한달만 입어를 금지하고 있는데, 고성·신양 어촌계에서 두달 동안 입어를 금지하는 것과 비교 된다. 아직 상대적으로 자원이 넉넉한 고성·신양 잠수들이 입어금지 기간을 더 오래 설정함으로써 마을바다의 자원을 지키고자 노력하는 것이 오히려 역설적으로 여겨진다.

그런데 미역의 경우 지금은 금채제도가 따로 없지만 미역의 환전가 치가 높던 1970년 초까지만 해도 금채제도가 매우 엄격했다고 한다. 온평리 전직 상군잠수인 현계월씨에 의하면 마을 사람들이 서로를 감 시할 정도였다고 한다.

> 미역은 (이제는) 먹는 디는 효과 있는디, 날로 왕도 사가곡 관광객도 사가곡 조금씩 하는 거주. 미역허곡 톳은 딱 시기가 이서. 음력 섣달부 터 남 시작허면 딱 금했다가. 요즘엔 미역 금허지를 않는디, 한번에 판 로가 힘들고. 이녁 스스로 동네 주고 싶은 사람 주곡 조금씩 팔러 다니 고 허녠.[63]

---

63) 장광자씨 제보(2010년 6월 30일 전화인터뷰).

고성리 잠수회장인 장광자씨에 따르면 미역은 양력 3월에서 5월까지 채취를 하는데 5월이 지나면 세서 먹지 못한다고 한다. 음력 섣달인 12월에서 2월까지는 금채 기간이었는데 이때는 미역이 막 자라기 시작하는 때이다. 미역의 경우 최대 성장기 때 포자 번식을 하는데 이때는 미역이 세서 먹지 못하므로 자동 금채가 된다. 이 시기는 온평리에선 5월이 지나서, 고성·신양리에선 4월말이 지나서이다. 그러면 3~5월 미역이 한창 자랄 때 채취를 하는 것은 어떤가. 앞의 그림3, 개체군의 크기를 고려하면 미역 채취는 어느 정도 자랐으나 완전히 생장하지는 않은 때인 (t)가 15~20일 때 이루어진다. 이때가 시기로는 3~5월일 것이다. 즉 미역이 완전 생장하지는 않은 때 채취를 하게 되면 사람의 입장에서는 질 좋은 미역을 얻게 되고, 이때의 채취는 포자 번식을 하는 미역의 개체 경쟁을 낮추어 다음 번식에 이르는데 문제가 없게 된다.

한편 예전에 금채를 어기고 물질을 하는 경우가 가끔 있었다고 한다. 그러면 임시적으로 물질 도구를 빼앗기도 하지만 대개는 상군 잠수의 하루 벌이에 해당하는 액수의 벌금을 매긴다. 하지만 잠수들은 이보다 '소문나는 것'을 걱정한다. '소문이 옳지 않게 나면' 마을에서 살아가기 힘들기 때문이다.

(금채 어기면 물질 도구 빼앗는다고 하던데요) 물질도구 빼앗는 건 임시로 허는 거고. 벌금을 내주. 돈이 귀하니까. 소문나면 창피하고 욕지거리 하고 하니까 안 좋지.[64]

---

64) 현재복씨(고성리 거주, 73세, 전직 상군잠수, 2010년 5월 22일 자택에서 면담) 제보.

금채제도에 대해 한 잠수는 이렇게 말한다.

　　금지하고 허채 허는 건 잡을 때 되니까 잡는 거고, 뜰 때 되면 뜯
　　고 허는 거지. 미역도 클 때까지는 하나도 못 뜯게 허곡. 절대 금지라.

　금채제도에 대해서 '잡을 때 되니까 잡는 거고 뜰 때 되면 뜯고 허
는 것'이란 소박한 정의에는 자연의 이치를 그대로 따르면서 물질을 해
왔음을 내비친다. 잠수들이 해산물의 번식기나 생장기를 고려해 금채
를 하거나 혹은 어패류 금채제도, 입어금지 등을 자율적으로 수행하는
것은 바다자원의 생명성과 한계성을 인식했기 때문이다.[65] 그런데 한
가지 짚고 넘어갈 것은 이러한 금채제도의 운영을 매우 탄력적으로 적
용해왔다는 점이다. 예로 온평리에서는 7,8년 전, 신양리에서는 20여
년 전 어패류 금채를 시작한 것과 달리 미역의 금채는 두 곳 모두 30여
년 전부터 적용하지 않는다. 미역의 금채제도를 적용하지 않는 것은
1970년대 중반부터 육지에서 줄미역을 대량 양식, 생산하게 되면서 제
주 미역의 판매가 줄고 자연스레 생산이 감소했기 때문이다. 미역의
채취가 집에서 먹거나 이웃 간에 나누고 관광객을 대상으로 소소하게
파는 정도에 그치므로 금채 제도의 실효성이 더 이상 없기 때문이다.

---

65) 어패류 금채는 미역의 금채와 달리 1962년 수산업법에 따른 것이라 할 수 있
　　다. 이때 마라도 향약에 금채에 대한 조항이 있는 것을 볼 때 좀 더 이전에
　　어패류 금채가 생겼을 가능성도 있다. 어패류 금채 시기나 시작 여부는 마을
　　별로 다른 것으로 보인다. 따라서 추후 조사가 더 필요한 부분이다. 현재복씨
　　는 고성리의 경우 수산업협동조합에서 10여 년 전부터 이를 강조하여 어촌계
　　에서 시행한다고 말한다.

〈그림4〉 고성·신양리 바다의 민속적 분류 체계

성산일출봉

성산읍 고성리

광치기
뱅기
건네기
세서근여   앞곳

신양리

해수욕장

고린여   오등애   안소
            납당여   배부서진알
섯곳   섭지코지   동곳
            머릿개
고래죽은알   큰개
세개   보롬알 꼼들랭이

성산읍 온평리

2. 잠수들의 바다 인지와 입어의 규칙

　생업으로 물질을 하는 잠수들이 인지하는 바다는 보통 사람들이 그
냥 겉에서 바라보는 바다와는 사뭇 다르다. 잠수들은 해안가의 모양이
나 바다 속의 지형적 특징에 따라 작업하는 바다의 이름을 붙이고, 물
때와 물의 세기나 바람, 해산물의 생태에 따라 어느 특정의 바다를 정
해 그곳에 들어간다. 고성·신양리 잠수들이 인지하는 바다는 크게
'앞곳, 동곳, 섯곳, 새개'로 모두 네 개의 바다로 나뉜다. 서쪽 온평리
바다와의 경계가 '세개'이며 동쪽 성산리 바다와의 경계는 '광치기'이
다. 동곳과 섯곳은 섭지코지를 기준으로 하여 나눈 것으로 섭지코지
서쪽 바다는 섯곳이고 동쪽바다는 동곳이다. 잠수들은 또한 4개의 큰
바다를 다시 바다 속의 여와 같은 지형적 특징, 혹은 바닷속 생물의 분
포에 따라 세분화해서 바다를 인지하고 물질을 수행한다. 온평리 바다

와 경계에 있는 '새개'는 '새개, 둥둥클락, 삼바리여, 고린여'로 나뉜다.
섯곳바다는 섭지코지 끝 부분에 위치한 '원날'에서 안쪽으로 9개의 바
다로 나뉘며 동곳은 섭지코지 안쪽인 감태여를 비롯해 11개의 바다로
나뉜다. 그리고 '앞곳'에는 성산 바다와 경계가 되는 광치기를 포함해 6
개의 바다로 구분된다. 이를 표로 나타내면 다음과 같다.

〈표3〉 고성·신양리 마을바다의 민속 분류 체계[66]

대분류	새개	섯곳	동곳	앞곳
소분류	새개	보름알	감태여	광치기
	둥둥클락	구시개	안소	백기
	삼바리여	방에여	조진여	건네기
	고린여	고래죽은알	납당여	새서근여
		작은여	빈여	산빌레
		큰여	손빠달	큰두처
		복장여	배부서진알	
		오등에	성그렝이여	
		원날	머릿개	
			큰개	
			아까셍이	
			곰들렝이	

외부인에게는 고성·신양리 마을바다는 그냥 하나의 바다로 인식되
지만 작업하는 잠수에게는 4개의 큰바다, 그리고 31개의 작은바다들로
세분화되어 인지된다. 섯곳과 동곳은 해안선이 오밀조밀하고 여가 많
아 더 자세하게 분류하고 앞곳과 새개는 해안선이 완만하고 바닷속 여

---

66) 신양리 상군잠수 김복희씨(61세, 신양리 거주)의 제보대로 나타낸 것이다. 신
   양리 바다의 특징과 이름에 대한 것은 모두 김복희씨, 장광자씨에게 들은 것
   이다.

가 다양하게 분포하지 않으므로 분류가 상세하지 않다. 앞곳 광치기와
백기 바다는 바닷속에 큰여가 '외통'으로 뻗어 있고 모래바닥이 바로
이어져 '한바퀴 돌면 물건을 다 훑을 수 있다'고 잠수들은 말한다. 따라
서 세분화해서 인지할 필요가 적은 것이다. 바다가 세분화된 섯곳과
동곳은 자원도 많이 분포해 있는데 수심이 깊으며 자원이 많은 곳, 수
심이 얕아도 물살이 센 곳, 여나 돌이 다양하게 분포되어 있어 자원이
많지만 주의할 곳 등 보다 많은 정보를 세심히 기억할 필요가 있으므
로 분류가 자세하다. 이 '바다들'은 이들에게는 하나하나 특색을 갖춘
작업장으로 이 31개 바다의 분류는 이 마을 잠수들의 오랜 경험으로
축적된 일종의 '민속지식'이라고 할 수 있다. '바다 이름' 자체가 바닷속
지형이나 해안가 모양, 혹은 바다 자원의 생태 및 분포 등을 함축하고
있어 바다 자원과 물질의 정보로서 기능하고 있기 때문이다.[67]

예컨대 '여'는 바다의 암초로 '-여'가 붙은 이름은 그 바다에 암초가
있음을 뜻하는데 조진여는 작은 암초가 있는 바다이고 납당여는 납작
한 모양의 암초가 있는 바다이다. 성그렝이여는 바닷속에 돌이 성글성
글 있어서 걸어 다니기 힘든 곳이다. 방에여는 물이 세고 바다가 깊어
소라를 채취할 때만 들어간다. 머릿개는 수심이 깊지 않지만 물살이
센 곳이어서 조금이나 한물, 두물 때에 소라를 잡을 때만 들어간다. 오
등에는 오분자기가 많이 나는 곳이고 감태여는 태풍이 불어 올 때 감
태가 많이 올라오던 곳이다. 건네기는 물이 '싸면'(나가면), 즉 썰물 때
면 바닥이 드러나 조개, 게, 보말 등을 잡을 수 있는 곳이다. 원날은 자
갈이 많은 곳이고 큰두처는 돌이 크게 '둥글락하게' 바다 밑에 있는 곳

---

67) 주강현은 언어 자체가 민속지식을 내포하고 있음을 '숭어'에 대한 토착언어의
다양한 종류 및 분류에서 보여준 바 있다. 주강현, 앞의 논문 14-15쪽 참조.

이다. '배부서진알'은 오래전에 배가 부서진 곳으로 선주들과 해녀들에게 조심하라는 경계심을 갖게 하며 '고래죽은알'은 잠수들에게 고래가 죽어 떠밀려온 곳이어서 지금도 간혹 몰려드는 돌고래떼에 대한 경계심을 상기시킨다. 세분화된 바다 이름은 이러한 식으로 물질에 필요한 기초적인 바다 정보를 알려준다. 이렇게 잠수들 사이에서 전해지는 바다 이름만 보아도 그들이 바다 생태에 대한 나름의 지식을 전수하고 있음을 알 수 있다. 그런데 이러한 기본 정보는 잠수들의 물질을 통해 생업과 자원에 관련된 보다 더 질적인 정보, 곧 생태민속지식을 갖추게 한다.

바다 밑의 암초를 뜻하는 '여'의 경우를 살펴보면 '-여'란 형태소가 붙은 명명은 그 자체로 자원의 유무를 알리는 정보임을 알 수 있다. 예컨대 섯곳에 여가 많다는 사실은 섯곳에 자원이 많이 분포함을 뜻한다. 그것은 소라나 전복, 성게 등이 여가 많은 곳에 분포하고 기후 및 생장시기, 번식기에 따라 여 밑에서 여 위로 올라오기 때문이다. 그래서 어느 바다에 여가 있다는 사실은 잠수들에게는 매우 중요한 정보가 된다. 잠수들에 의하면 11월 들어 물이 차가워지면 바닷속 생물들, 전복이나 소라 등이 여 위로 온다. 해삼도 12월 '눈이 팡팡 올 때'는 모랫바닥에 있다가 '여 위로 올라와 누워 있는다'고 한다.[68] 따라서 11월, 12월에는 여가 많은 바다에 들어가 작업을 한다. 물론 이때 '물때'를 고려함은 필수적이다. 가령 섯곳은 여가 많아도 수심이 깊어 한죄기에서 두물, 서물까지만 작업을 하고 그 다음부터는 수심이 깊지 않은 동곳 바다로 가서 물질을 하는 식이다. 따라서 어느 바다에 어떤 여가 있다는 선배 잠수들에게 얻은 경험지식과 본인이 물질을 통해 터득한 경험

---

68) 고성리 상군잠수 강복순씨 제보(2010년 10월 24일 자택에서 면담).

을 통해 잠수들은 그날의 일기와 물때를 고려해가며 어느 바다에 들지를 고려하게 된다.

한편 고성·신양잠수들은 위에 제시한 31개의 바다에 들어갈 때 나름의 규칙이 있다. 이곳 잠수들은 한조금에서 여덟 물때까지 입어를 하는데 이는 보름 물때를 기준으로 한 것으로 가파도와는 반대이다. 대체로 수심이 얕고 물살이 완만한 '세개' 바다에는 70대 후반에서80세 이상의 잠수들이 주로 들어간다. '새개' 바다에 '물건', 즉 해산물이 많더라도 나이 든 잠수들을 고려해서 젊은 잠수나 상군, 중군 잠수들은 이곳에 들어가지 않는데 이는 예부터 내려온 전통이라고 한다. 고성리 잠수들은 상군, 하군에 따라 그날그날 자연스럽게 모인 잠수들끼리 바다에 들어가는 반면, 신양리에는 현재 기량과 친밀감을 기준으로 짜인 15개의 잠수팀이 있는데 이들은 우선 자기가 자신 있는 바다에 들어간다.[69] 물론 이때 물의 세기, 물때와 채취 대상을 고려해 '이 바당에 들지, 저 바당에 들지'를 정한다고 한다. 잠수들이 이렇게 팀을 나눠 다른 바다에 들어가는 것은 한 바다에 몰려 서로 채취하게 될 때 일어날 수 있는 일들, 채취 경쟁의 심화에 따른 자원의 고갈을 방지하는 기능이 있다고 생각된다. 김복희 잠수에 의하면 수심이 아주 깊은 몇 곳, 예를 들어 곰들렝이, 모릿개, 방에여를 제외하면 대체로 바다의 자원들이 비슷하게 분포하고 있다고 한다.

또 고성·신양잠수들은 물질하는 날짜를 물때에 맞춰 정해 이를 지키고 있다. 이는 인근 오조리나 성산리에서 입어금지 기간도 정하지 않으며 아무 날이나 작업을 하고 있는 것과 대조적이다. 또한 물소중이를 입고 작업하던 시기, 즉 1970년대까지 매일 물에 들었던 관행과도

---

69) 신양리 상군잠수 김복희씨 제보(61세, 2010년 11월 13일 전화인터뷰).

다른 것이다. 이는 고무잠수복을 입고 물질 시간이 길어진 것을 감안한 것으로 자원의 채취 시간을 조절해 전체 채취량을 줄이고자 한 노력으로 해석할 수 있다. 이들은 현재 한달에 18일 물질을 하고 있다.[70] 잠수들의 작업일은 물때에 맞춰 이루어지는데 고성·신양리를 비롯한 성산읍 일대의 '물끼'(물때)는 다음과 같다. 물끼는 달의 주기인 보름을 기준으로 하여 정해지는데 한 물때는 한물에서 막물까지 13일, 그리고 한조금(한죄기), 아끈조금(아끈죄기)으로 되어 있다. 잠수들은 한조금(한죄기)에서 여덟물까지 9일간 작업을 하며 아홉물에서 아끈죄기까지 6일간은 물질을 하지 않는다.[71] 그리고 다시 돌아온 한죄기부터 9일간 물질을 하고 다시 6일은 물질을 하지 않는다. 이를 표로 나타내면 다음과 같다.

〈표3〉 고성·신양리 '물끼'와 잠수들의 작업일[72]

물때	한죄기	한물	두물	서물	너물	다섯물	여섯물	일곱물	여덟물	아홉물	열물	열한물	열두물	막물	아끈죄기
음력	8	9	10	11	12	13	14	15	16	17	18	19	20	21	22
날짜	23	24	25	26	27	28	29	30	1	2	3	4	5	6	7
작업	o	o	o	o	o	o	o	o	o	–	–	–	–	–	–

---

70) "물질은 한 달이면 반 정도 허지. 한조금부터 열다섯물 중에 9일은 물질하고 6일은 안 허고. 흔달이면 18일 물질하고 12일 안하곡."고성리 상군잠수 강복순씨(47세, 2010년 10월 24일 자택에서 면담) 및 잠수회장 제보.

71) 물론 이것은 1980년대 자원의 생태를 고려하면서 생긴 일종의 '입어규칙'이다. 김복희씨에 의하면 70년대 중반까지 물소중이를 입고 작업하던 때에는 여름에는 하루에 두세번 했고 가을에는 농사에 비중을 두어 물질을 하는 이가 적었으며 겨울에는 하루에 1,2회 정도 작업을 했다. 한편 강대원에 의하면 잠수들은 1월에서 4월은 하루 2회, 5월에서 8월은 3~4회, 9월에서 12월은 하루 1회 작업하는 것으로 조사되었다. 『해녀연구』, 한진문화사, 1970, 60쪽.

72) 고성리 잠수회장 장광자(68세)씨와 성산 수협 계장에게 확인하여 작성했다.

잠수들이 아홉물에서 아끈죄기(아끈조금)까지 작업하지 않음으로써 어패류의 경우 기본적으로 한 달에 물질을 하는 작업일인 18일 동안 며칠에 한 번씩 잡음으로써 과잉채취를 조절하고 있음을 알 수 있다. 또 고성·신양의 잠수들의 경우 수심이 깊은 '섯곳'에서는 한죄기에서 서물까지 작업을 하고 너물부터는 동곳이나 새개, 앞곳 등 다른 바다에서 작업하므로 한 곳에서 집중적으로 채취하는 일은 벌어지지 않는다. 물론 해산물의 크기도 고려해서 채취하는데 이는 큰 개체를 잡아주어 개체 경쟁률을 낮추므로 결과적으로 작은 개체들이 좀 더 잘 성장할 수 있게 한다.

그런데 소라를 채취할 때는 공동채취의 방식을 따른다. 20여 년 전부터 이곳의 잠수들은 한 바다에 모두 같이 들어가 소라를 채취하고 있다.

> 우리 20년 전부터라, 소라 잡을 때는 한 바다로 잠수가 다 같이 들어가는데, 건 작은 소라를 보호하려고. 소라 할 때 이 바당, 저 바당 들멍 누게가 뭐 잡는지 모르니까 같이 한 바다에 들어 잡은 것 보고. 또 소라는 1년에 수확량이 정해져 이서. 건 수협에서 정해서 각 어촌계에 알려주곡.[73]

고성, 신양의 잠수들이 소라를 잡을 때만 한 바다에 같이 들어가 작업을 하는 것은 물질 후 서로 잡은 소라를 점검해 작은 소라를 보호하기 위함이다. 이들의 소라 채취는 잠수들이 머릿개에서 소라를 잡으면 며칠 후에는 방에여에서 소라를 잡는 식으로 진행되는데 이렇게 소라

[73) 신양리 상군잠수 김복희씨 제보(61세, 2010년 11월 13일 전화인터뷰).

를 공동 채취하여 대행인을 통해 판매하는 것은 대부분 일본으로 수출
되고 있는 소라가 주 소득원인 만큼 이를 보호하기 위함이다. 소득의
중요 자원이 된 이상, '물질'을 지속할 수 있어야 하는데, 그러려면 '소
라' 역시 보호해야 하므로 채취한 소라의 크기를 규제하는 차원에서 공
동 채취를 하는 것이다. 마구잡이식 채취가 아닌, 금채 기간이나 물질
장소 등을 정해두고, 물에 드는 규칙을 만든 것은 자신들의 이익만을
앞세우는 채취행위가 '물질의 중단'이란 극단적 상태를 초래할 수 있음
을 경험으로 알기 때문이다.[74]

한편 채취보다는 바다 자원의 보호 차원에 의미를 둔 것으로 어촌계
와 잠수들이 운영하는 자연양식장을 들 수 있다. 고성・신양리에서는
3년 전부터 동곳의 감태여, 안소, 조진여, 납당여를 자연양식장으로 정
해 소라의 종패를 뿌려두고 일 년에 서너 번만 채취를 한다. 여기서 잡
은 소라는 어촌계 입찰 과정을 거쳐 상인들에게 판매하는데 수익금은
공동 분배한다. 대개 아침 8시에 물에 들어 12시 가량이면 채취를 끝내
는데, 전반적으로 개별 작업을 할 때보다는 덜 채취하려고 한다고 한
다. 자연양식장은 표면적으로나 실질적으로나 공유지 비극을 막기 위
한 잠수들의 자구책으로 볼 수 있다.

---

74) 고성리 상군잠수이며 잠수회자인 장광자씨는 작년 11월께는 상군잠수가 소라
를 100㎏, 하군들이 50㎏를 채취했으나 올해는 상군이 50㎏를, 중하군들이
20~30㎏를 잡았다며 바다오염으로 인한 백화현상을 염려했다. 고성리 잠수회
장 전화인터뷰(2010년 11월 13일). 온평리 이혜숙 잠수는 1980년에서 85년 사
이 4,5년동안 소라가 일시적으로 사라졌다고 한다. 2010년 9월 22일 온평리
이혜숙 잠수 '해녀의 집'에서 면담.

3. 혼인과 입어권으로 살펴본 채취 인력의 조절

물질을 하던 잠수가 다른 마을로 시집 갈 경우 먼저 다니던, 즉 친정 마을 바닷가에 물질을 갈 수 없다. 대신 시집간 마을에 가서 물질을 한다. 이는 해촌의 어업권과도 관련이 있지만, 생태학적으로 볼 때 해산물 채취 인력을 조절하는 기능을 한다. 현재봉씨는 고향인 온평리에서 열세 살부터 물질을 하다가 이웃마을인 고성리로 시집을 간 후 고성ㆍ신양 바다에서 물질을 해오고 있다.[75] 온평리는 제주에서 해안이 가장 길어 마을 앞바다가 넓고 또 성산 일대에서 물질로 더 유명한 곳이어도 물질을 하러 갈 수 없다. 이러한 물질 관행은 꽤 오래된 것이라고 현계월 잠수는 말한다.

> 나가 온평서 태어나 물질 허다가 고성 하루방 만낭 고성서 물질 했어. 5년간. 그래서 고성 신양바당을 잘 알주. 고성, 신양바다는 온평리처럼 여가 많아. 산여. 섬이 될라고 했다가 바다가 된 곳이라난. 그러다가 하루방이 사업 망해 다시 온평리로 왕 여게서 물질 했주. 막 물에 들어가는 건 아니구 **잠수회에 고라사주**(말해야돼).[76]

현계월씨는 온평에서 태어나 물질을 10여년 하다가 고성에 사는 사람과 결혼해 이후 고성 바다에 물질을 다녔다. 그러다 남편의 사업이 망해 남편과 함께 본인의 고향인 온평리로 다시 이사와서 물질을 다녔는데 이 과정에서 잠수회의 허가를 받았다고 한다. 이와 같이 잠수의 입어권은 잠수회가 자체적으로 관리해 온 매우 오래된 관행이라고 할

---

75) 현재봉씨 제보(72세, 고성리 거주, 5월 22일 백기 탈의장에서 면담).

76) 현계월씨 제보(2010년 5월 23일 자택에서 면담).

수 있는데 이것은 온평리 잠수회 규칙 중 회원자격 획득과 상실 부분
에 명시되어 있다.

- 마을 사람이면 누구나 물질을 하는 자는 잠수회원이 될 수 있다.
- 다른 마을에서 시집 온 잠수는 자동으로 잠수회원이 될 수 있다.
- 이혼, 파혼 등의 사유로 원적에 복귀하여 본가로 되돌아왔을 때는 잠
  수회의 동의만으로 잠수회원 자격이 복원된다.
- 다른 지방에 나가 살다가 귀향한 사람도 외지인과 같은 대우를 받게
  되므로 같은 절차에 따라 수속을 밟아야만 잠수회원 자격이 부활되어
  물질을 할 수 있다.
- 다른 마을로 출가하면 자격이 상실된다.
- 다른 지역으로 거주지를 옮겨도 자동적으로 자격이 상실된다.[77]

위 잠수회칙에 나타난 회원자격 획득 혹은 상실 여부는 철저하게 잠
수가 어느 마을에 속해있는가에 귀속된다. 즉 잠수의 입어권은 마을에
귀속되는 것이다. 물론 잠수회나 어촌계에 회비를 내어 입어권을 얻으
면 다른 곳으로 가게 될 때까지 계속 마을 바다에 물질을 간다. 잠수회
의 이러한 규칙은 고성·신양리도 거의 비슷하다.

　　잠수회 규칙은 시집 온 사람은 물질 하고. 그런 거 있져 게. 어머니
　가 물질 하다가 인수 받을 때 살아 있을 때 하면 상속 받는 것처럼 딸
　도 잠수 인정 받고. 죽고 나선 인정 안 해주곡. 따로 가입혀야주. 또 바
　다에 종사를 60일 이상 해야 가입되고. 총대회의 걸쳐 누게 들어오라

---

77) 한림화,「해양문명사 속의 제주해녀」, 좌혜경 외(2006, 민속원) 앞의 책 85-86쪽
　　에 있는 온평리 잠수회 규칙 중 회원자격에 관해 필요 부분만 필자가 발췌함.

허면 들곡.

　고성리 잠수회장 장광자씨에 따르면 물질이 어머니잠수 세대에서 자식 세대로 이어질 경우 어머니가 살아 있을 때는 자동회원이 된다고 한다. 하지만 어머니가 죽었을 때는 신입회원처럼 잠수회에 가입해야 한다. 잠수들은 이렇게 잠수회칙을 만들어 이러한 입어관행을 '불문율로 다져 나가, 법률 이상으로 그 관행을 엄수하며 해산물을 캐는 가운데 잠수마을의 질서가 선다'고[78] 한다. 한편 잠수들이 혼인을 통해 다른 마을로 갈 경우 자신들이 모시던 신당과 신을 '가지갈라' 가는데 이것은 입어권과 관련 지어 생각할 수 있다. 곧 잠수들의 입어권은 그들의 삶과 일터를 결정짓기에, 이들은 자신들이 믿던 신을 '모시고' 그 마을에 가서 자신들의 신앙을 지속시키는 것이다. 특히 '일뤳당'처럼 산육과 관련된 신들은 모계로 전승되는 측면이 있는데, 이러한 당들이 '가지쳐' 다른 마을에 퍼지는 것은 반농반어가 기본 생업 구조인 해안가 마을에서 잠수, 곧 여성들이 모시던 신을 지속적으로 모시며 생업에 종사하는 것을 반영하는 것이라고 할 수 있다.[79] 물론 이는 한 마을에서 다른 마을로 사람들이 이주할 때 당신을 '가지갈라' 가는 일반적 현상과 관련되기도 한다.[80]

---

78) 김영돈, 『한국의 해녀』, 민속원, 1999, 133쪽.

79) 예컨대 온평리에는 용머리일뤠당을 비롯한 마을 당이 10개나 되는데 이 가운데 용머리일뤠당(돌개에서 가지갈라 옴), 둘 갯동산요드렛당(묵은 열운이당에서), 서근궤장(묵은열운이당에서), 냇빌레도 돗당(세화리에서). 돌흑돗당(서화리에서)은 가지 갈라온 당으로 여성들의 혼인권을 시사하는 것이라고 할 수 있다. 남제주문화원, 687-688쪽 참조.

80) 신양리 본향당의 경우는 고성리 정씨들이 신양리 방두포로 주위로 옮겨갈 때 고성 웃뜨레(수산) '울뫼하로산당'에서 가지 갈라온 당이다. 이렇게 '가지가른

그런데 잠수들의 이러한 입어권 자격 여부는 히든의 '공유지 이론'[81]
을 생각할 때 매우 중요한 생태학적 기능을 해왔다고 볼 수 있다. 그것
은 마을바다가 공유지이기 때문이다. 마을바다는 마을의 공유어장으로
마을 사람들은 누구나 바닷속 자원을 채취할 수 있다. 이 경우 혼인을
해서 다른 마을로 간 사람과 혼인을 해서 다른 마을에서 들어온 사람
을 모두 구별치 않고 '물에 들게' 한다면 채취 인력이 늘어나게 된다.
즉 잠수들의 혼인에 따른 입어권 구별이 없다면 채취 인력의 조절이
없어 그들의 마을 바닷속 자원은 금세 고갈될 수 있는 것이다. 거기에
더해 다른 지방에 나가 살다가 들어오는 사람, 거주지를 옮긴 상태의
사람들을 그대로 물질하게 둔다면 마을앞 바다의 자원은 줄어 들 수밖
에 없다. 예컨대 물질 잘하기로 유명한 온평리 잠수들이 시집을 가서
도 계속 온평리 마을앞바다에서 물질을 한다면, 채취 인력이 너무 많
아져 온평 마을앞 냇빌레바당은 금세 고갈되게 된다. 바다는 그야말로

당'의 존재는 마을사람들의 이동을 설명해준다.

81) 하딘(Hardin)은 공유지의 비극(Tragedy of the commons)이라는 에세이를 통
해서 자원의 남획이 가져다주는 비극적 상황을 제시하였다. 그 내용을 짧게
정리하면 다음과 같다. 어느 마을에 100마리의 소를 수용할 수 있는 공유 목
장지가 있다. 이 마을에서는 10가구가 소를 10마리씩 이 목장지에서 목축을
한다. 이 공유 목장은 수용능력이 소 100마리로, 그 이상이 되면 목장지의 목
초를 너무 많이 먹게 되어 양분 순환 등에 문제가 생겨, 다음 해 목초 생산에
지장이 생긴다. 그러나 어느 한 농가에서 개인적 이익을 위해 소 11마리를 풀
어 놓았다. 그 결과 그 해에 목장의 소는 100마리 대신 101마리가 되었으며,
11마리의 소를 풀어놓은 농가에서는 10%의 이득을 얻게 되지만 나머지 농가
에서 그만큼의 손해를 분배하게 된다. 그래서 손해의 크기는 1%로 매우 적어
보인다. 그러나 다음 해 모든 농가들이 10%의 이득을 추구하면서 소를 11마
리씩 방목을 하게 되었고 이 목장지는 금세 과밀하게 되어 목초자원이 고갈
되어 방목장은 황폐화되게 된다. Hardin, G. 1968. The trageday of the
commons. Science 162:1243.

'빈 바다'가 될 수 있다. 결국 혼인에 따른 거주지 변동의 경우 입어권 조절은 앞장에서 이론적 배경으로 제시한 '지속가능한 수확/채취 원리'에서 채취 인력을 조절하는 측면이 있는 것이다.

고성·신양리와 온평리를 비롯한 제주 해안가 마을의 잠수들이 언제부터 이러한 관행을 지켜왔는지는 미역의 금채제도처럼 알 수 없다. 다만 그들은 바다에서 물질을 하고 그렇지 않은 때는 밭농사를 지어오면서 나름대로 자연의 순리를 따르면서 자신들의 삶을 지탱하는 방법들을 터득했을 것이다. 바닷속 생태 환경이나 특징에 따라 나름의 바다 이름을 짓고, 자신들의 물질과 관계 깊은 바닷바람을 인식하고 나름대로 명명하며 그 지혜를 전승해온 것처럼 물에 드는 관행 역시 자연의 이치를 터득하여 만들어온 것이라 유추할 수 있다.

4. 씨드림과 지드림, 바다와 잠수와의 관계 맺기

해산물의 풍요와 잠수들의 안전을 기원하며 잠수들이 주체가 되어 치르는 영등굿이나 잠수굿에는 '씨드림'이라는 소제차가 있다. 심방이 영등굿을 주관하다가 씨드림의 제차에서 단골과 함께 바닷가로 나아가 쌀이나 좁씨를 뿌리는 것인데, 여기서 이 쌀이나 좁씨는 해산물, 즉 미역, 전복, 소라 등의 씨를 상징한다.[82] 즉 씨드림은 잠수 채취물의 씨를 바다에 뿌려 이러한 해산물들이 많이 번식하게 되기를 비는 제차인 것이다.

---

82) 진성기, 『제주무속학사전』, 제주무속연구소, 2004, 251쪽.

"영등 하루바님, 영등할마님, 영등좌수, 영등별감, 영등호장님네가 천초 미역씨 주고 가십시오. 소라 전복씨 주고 가십시오. 그 뒤으로 나 졸 불러다 무둥에기 불러다 금놀이 데놀이 하자—"

이런 내용의 사설을 칭하면 전 악기가 일제히 울리기 시작하고 요란한 장단에 맞추어 잠수 수명이 나서서 광적인 춤을 춘다. 그녀들의 어깨엔 좁씨가 든 밀망탱이(끈이 달린 자그마한 멱서리)가 메어져 있다. 한참 춤을 추던 잠수들은 어선에 타서 산지항 바깥으로 나아가 큰소리로 "미역씨 뿌립니다. 소라씨 전복씨 뿌립네다. 많이 여십시오. 우리 일만 잠수들 살게 해 주십시오"라는 소리를 외치며 좁씨를 바다 여기저기에 뿌린다. 이렇게 채취물의 씨를 뿌리고 돌아오면 '씨점'을 한다.[83]

김녕 등지에서 영등굿 대신 하는 잠수굿의 씨드림 역시 이와 비슷하다.

김녕의 경우 오랜 기간 씨드림을 단골로 맡아 오는 잠수들이 있다. 그들은 좁쌀이 담긴 바구니를 들고 심방의 서우젯소리 가락에 맞춰 노래를 부르며 춤을 춘다. 다같이 춤을 춘 후에는 심방은 대양을 들고 잠수 2인은 바구니를 든 채로 밖으로 달려 나가며 바닷가 모든 부분에 좁씨를 뿌린다. 이때 일정한 양이 일정한 지역에 골고루 뿌려질 수 있도록 다들 신경을 쓴다. —중략— 에 동경국으로 세경국에 씨 뿌리러 갑니다.(삼춘 뿌립서) 세경국으로 동경국드레 씨 뿌리러 갑니다. 전복 씨 뿌립네다. 오분자기 씨뿌립네다. 구젱이씨 뿌렴수다. 보말씨 뿌렴수다. 뭉게씨, 해삼씨 성게씨——물토세기 우미 전각 감태영 씨뿌렴수다.[84]

---

83) 현용준, 『제주도 무속과 그 주변』, 집문당, 2002, 94쪽.

위 두 사례에서 보듯, 씨드림 절차가 되면 단골들, 즉 잠수들은 요란
한 장단이나 혹은 서우젯소리 가락에 맞춰 노래를 부르거나 춤을 춘
다. 그리고 심방과 함께 두 명의 잠수들이 좁쌀이나 쌀이 든 바구니를
맨 채 바다로 나가 좁씨를 뿌린다. 잠수들이 주로 먼 바다에 나가 물질
을 할 때는 배를 타고 가서 좁씨를 뿌리며 그렇지 않을 경우에는 마을
앞바다에 좁씨를 골고루 뿌린다.[85] 올해 영등제 때 온평리에선 배를
타고 바다에 나가서, 고성리에선 앞바다에 씨를 뿌렸다.

영등굿은 대체로 음력 이월 보름께 하는데 이때는 성게나 전복 등이
성장해서 채취를 할 시기이다. 미역 또한 음력 2월부터 허채를 하므로
결국 씨드림은 잠수들이 자신들의 주된 바다 자원을 채취하기 전에 치
르는 것임을 알 수 있다. 잠수들이 뿌리는 좁씨들이 일시적이고 한정
적인 것이기에 바닷속 생물의 생태계에 실제로 미치는 영향은 크지 않
을 것이다. 이 의례적 행위는 그보다는 상징적 차원 혹은 관념적 차원
에 더 큰 의미가 있는 것으로 생각된다.

바닷가를 돌고 와서는 잠수가 남아 있는 좁씨를 가지고 돗자리 위에
뿌리면 심방이 점을 친다. ─심방은 좁씨의 밀집도나 퍼진 범위를 살
펴보면서 바다밭에 어떤 모습으로 어떤 해산물들이 길하고 흉한지를
예상한다. 씨점에 집중하는 잠수들은 심방이 말하는 내용을 듣고 마음
속으로 바다밭을 어림짐작하게 된다.[86]

84) 강소전, 「제주도 잠수굿」, 제주대학교 석사논문, 2005, 56쪽.
85) 올해 2월 13일 치러진 온평리 영등굿에선 배를 타고 '한여'에 나가서 좁씨를
    뿌렸다고 한다. 현계월씨 제보.
86) 강소전, 앞의 논문, 같은 페이지.

영등굿 할 때 고성서는 동막 앞 새서근 가서 했져. (씨드림 하나요?) 그러지. ᄀ에서 ᄌ디서 메역씨도 소라씨도 잘 되줍서 허멍 빌곡. 옛날 젊어서는 이 굉장히 정성들여 했어. 이젠 이 진짜 '좁씨' 거풀 아니 한 거 뿌리고. 요즘 구하지 못해 '쌀'도 뿌리고 하지만. 나가 헐 땐 메칠부터 정성 들영 하곡 했는디. 옛날은 게 이 제주는 미신 하나 믿어서 살안. 심방이 영 헤그네 멩디 칼로 여 올해 벌이가 괜찮구뎅, 미역 잘 됐쿠당 허면 대충은 맞나. 어느 들 궂뎅 하면 궂고.[87]

씨드림 후 심방은 잠수들에게 어느 바다에는 좁씨가 골고루 뿌려졌고, 어느 바다에는 잘 뿌려지지 않았는지 점을 쳐준다. 어느 바다에는 잡풀이 많고 어느 바다는 위험한지 말해준다. 전직 잠수 출신인 현재 복씨는 잠수들이 심방의 말을 '멩심'한다고 한다. 그래서 물질을 할 때 심방의 말을 떠올리고 이듬해 좁씨를 뿌릴 때에는 골고루 뿌리도록 마음을 더 쓰게 된다고 한다.

이러한 씨드림을 현용준은 '일종의 농경의례에서 씨 뿌리기'로 해석한다. 즉 농부가 밭에 씨를 뿌리는 것과 마찬가지로 잠수 역시 바다밭에 씨를 뿌리는 것으로 보는 것이다. 이는 잠수들이 바닷속을 '바다밭'으로 인식하기 때문에 타당하다.[88] 농경의례로 씨드림을 해석할 때 여기에는 농사의 기본인 '뿌려야 거둘 수 있다'는 사고가 전제되어 있다고 할 수 있다. 그래서 잠수들은 '거풀을 하지 않은 좁씨'를 뿌리고 이 상태로 바다에 뿌려야 미역이나 전복이 '잘 될' 것이라고 믿는 것이다.[89] 안미정 또한 '씨드림은 씨를 해안가에 뿌리는 만큼 해안 어로 활

---

87) 고성리 잠수회장 장광자씨 제보(68세, 고성리 거주, 2010년 6월 30일)
88) 연 1회 혹은 2회 행하는 잠수들의 바당풀 캐기는 이들이 바다를 밭으로 인식하고 있음을 증거한다. 바당풀 캐기는 바다밭을 가꾸는 행위이다.
89) 고성리 잠수회장 장광자씨 제보(68세, 고성리 거주, 2010년 6월 30일)

제주 잠수 물질의 생태학적 측면 431

동에 농경성을 투영하고 있는 의례'로 본다. 하지만 온평리에선 배를 타고 나가 씨를 뿌리거나 고성, 신양리에서는 앞바다에 씨를 뿌리는 것을 볼 때 농경적 파종의 의미만으로 보는 것은 어찌 보면 일면적인 것 같다.

필자는 잠수들의 씨드림을 바다에도 '씨를 뿌려야 해산물을 얻을 수 있다는, 뭔가를 주어야 나도 얻을 수 있다'는 제주인들의 관계 맺기와 물질 경험으로 알게 된 바다 자원의 한계성 인식이 작용한 것으로 해석한다. 여기서 안미정이 '지드림'을 조상인 바다에 대한 음식의 증여로 본 것을 주목할 필요가 있다. 안미정은 김녕리의 잠수굿이 잠수들의 세속적 자원관리의 의미를 갖고 이루어지는 것이며, 잠수들의 지드림은 그들의 조상인 바다에 증여하는 음식으로 해석한다.[90] '정성을 들여 조상에게 음식을 증여하고 그 대가로 안전과 풍요를 기원하는 것처럼' 증여는 상호 공존의 가치를 공유한 사이, 그리고 지속적으로 관계를 유지하는 사이에서 이루어진다. 잠수들은 바다 속에 들어가 해산물을 채취한다. 그러나 그들이 채취만 한다면 이는 도둑질이나 다름없다. 제주에 '도둑이 없다'는 옛 기록은[91] 제주인들의 심성을 대변한다고 생각되는데 '씨드림'의 행위에는 제주인들의 이러한 심성이 관련되어 있는 것으로 보인다. 필자가 볼 때 제주도 사람들은 관계없는 이에게서 받는 공것을 싫어한다.[92] 반면에 어떤 식으로든 관계가 성립되면 '오고

---

90) 안미정, 앞의 논문 166-167쪽.

91) 김상헌의 〈남사록〉에는 이 섬에는 도둑이 없다고 하였으며 이형상도 〈남환박물〉에서 '촌무도적'이라 하여 우마나 곡물, 농기 등을 들에 방치하여도 누구하나 가져가는 사람이 없다고 하였다. 송성대, 『문화의 원류와 이해』, 각, 2001년 3판, 94-95쪽에서 재인용함.

92) 5년 전 성산포에 사는 90된 할머니를 인터뷰하러 갔을 때 나는 으레 하던 대로 음료수 한 박스를 사가지고 갔었다. 그때 그 할머니는 인터뷰를 거부하기

가는' 인사치레는 당연하고 자연스럽다. 이는 경조사 때 부조를 주고받는 양상에서도 잘 나타난다. 부조는 항시 상대와 나를 일대일 관계로 놓고 이루어진다. 가령 혼례 때 '신부'는 '샛아방'(작은아버지)과 '샛어멍'(작은어머니)으로부터 각기 축의금을 받는데, 샛어멍, 샛아방은 신랑에게도 각기 부조를 한다. 이렇게 각기 부조를 하는 것은 관계가 기본적으로 일대일로 이루어진다고 보기 때문이다.

이는 잠수와 바다의 관계에도 그대로 적용된다고 생각된다. 잠수들의 채취는 개인적으로 이루어지므로 잠수와 바다의 관계는 일대일 관계이다. 그런데 '잠수'가 '바다'가 주는 해산물을 공것으로만 받을 경우 잠수와 바다의 지속적 관계는 불가능하다. 고성, 신양을 통틀어 '전복머정'[93]이 가장 좋은 잠수로 알려져 있는 고성리 상군잠수 강복순씨는 경력으로 봐서는 사실 7년밖에 안된 '아이잠수'이다. 그는 '물끼' 때마다 물질을 시작하기 전에 '지드림'을 한다.[94] 흰 종이에 쌀을 담은 지를 세 개 준비하는데 '용왕지, 서낭지, 그리고 몸지'이다. 용왕지는 바다 용왕을 위한 것이고, 몸지는 자신을 위한 것이며 '서낭지'는 마을을 위한 것이다.[95] '몸지'는 자신의 물질에 운이 따르기를 빌면서, '서낭지'는 마을 및 마을 잠수들의 안녕을 위해서, 그리고 '용왕지'는 바다의 주인인 용

도 했지만, 내가 사가지고 간 음료수를 성을 내며 받지 않았다. 할머니 입장에서는 받을 이유가 없다는 것이다. 또한 제주의 혼례나 상례때 그리고 기타 명절에 주고받는 답례품의 관행 또한 같은 맥락에서 볼 수 있다.
93) 제주에서는 전복을 잘 따는 잠수를 일컬어 '머정이 좋다'고 한다. '머정'은 운수와 비슷한 말로 생각된다. 5월 22일 고성리 백기 탈의장에서 여러 명의 잠수들에게 들음.
94) 고성리 상군잠수 강복순씨(47세, 2010년 9월 24일 자택에서 면담)제보.
95) 강복순씨는 고성에서 물질을 시작한 지 7년밖에 안된 '어린아이'로 일컬어진다. 그는 고성리 당멘심방에게서 용왕지를 드리라고 조언을 받았다고 한다.

왕 몸으로 '드리는' 것이다. 이렇게 용왕굿이나 요왕맞이[96]라는 정기의
례와 관계없이 잠수들이 '지드림'을 하는 행위는 새 '물찌'마다 '머정'을
좋게 해달라는 믿음도 작용하겠지만 잠수들의 채취가 일방적이지 않고
호혜적이기를 지향하는 관념이 또한 작용한 것이라 할 수 있다. 그것
은 자신을 위한 '몸지'만 드리는 것이 아니라 '서낭지'와 '용왕지'를 함께
드리는 것에서 알 수 있다. 혼인이나 상례 때 부조처럼 마을과 마을바
다의 주인인 용왕과 자신을 각기 관련 지어 서낭지와 용왕지를 드리는
것은 잠수 자신이 마을 및 바다와 맺는 각각의 관계를 설정하고 있기
때문이며 자신과 바다가 특별한 관계에 있다는 관념 때문이다. 이 관
계는 안미정이 말한 '조상과 자손들'의 관계로 비유될 수도 있고 농부
와 흙과의 관계처럼 어떤 존재와 그 존재의 기반이라고 할 수도 있다.
어쨌든 많은 잠수들이 강복순씨처럼 '물끼'때마다 지드림을 행하는 것
은 이러한 관계를 지속적으로 이어가기 위한 것이다. 매년 마을에서
공동으로 치르는 영등굿에서 씨드림을 하고 요왕맞이 제차에서 지드림
을 하는 것과 더불어 매 '물끼'마다 개별적으로 '지드림'을 지속하는 것
은 자신들의 채취 행위가 반복적으로 이루어지기 때문일 것이다. 이렇
게 잠수들의 '씨드림'과 '지드림'은 잠수와 바다와의 '물질'이란 반복적
작업을 고리로 하는 지속적 관계 맺기로 설명될 수 있다. 즉 잠수들은
자연의 일방적 채취만을 꺼리며 물질 경험에서 바다 자원의 한계성을
인식하고 타인과의 호혜적 관계를 맺고자 하는 관념을 '지드림'을 통해

---

96) 전형적인 반농반어의 마을이며 100여명의 잠수들이 항시 물질을 하는 구좌읍
행원리에서는 영등제를 하지 않는다. 그러나 '요왕맞이'는 행하는데(구좌읍
행원리 잠수 강등자씨(73세, 2010년 10월 6일 자택에서 면담)) 이는 '지드림'이
핵심으로 이 행위는 잠수들이 바다와 '주고받는' 관계를 지속하기 위한 것이
기에 영등굿과 관계없이 지속되고 있다고 생각된다.

표현하고 있는 것이다.

V 결 론

이 글은 제주도 '잠수'들의 물질에서 생태학적 측면을 찾는 데에 목적이 있었다. 잠수들의 물질 민속에서 생태적 측면은 다양하게 찾을 수 있겠지만, 이 글에서는 물질 자원의 한계를 인식하며 나름대로 적응전략을 발휘했다고 생각되는 부분에 한정해 논의했다. 물질은 '테왁', 빗창, 호미 등 최소한의 도구와 자신의 육체 및 경험에 의존할 뿐, 다른 에너지의 소비 없이 해산물을 채취하므로 자원의 활용이란 면에서 그 자체로 생태학적 측면이 농후하다. 물론 물질을 비롯한 어업은 농업에 비해 일방적으로 자원을 채취, 고갈시킨다는 시각이 있다. 하지만 앞에서 살핀 것처럼 채취 시기와 채취 인력 등을 적절히 조절할 때 자원을 고갈시키지 않고 지속적으로 물질을 하는 것이 이론적으로 가능함을 알았다.

실제로 제주 잠수들은 미역과 톳의 경우 전통적으로 금채기간을 설정해 채취를 해왔고 1991년 수산법에 의한 어패류 금채 역시 자율적으로 수행해 오고 있다. 특히 고성·신양리 잠수들은 어패류의 산란기 금채를 강화하기 위해 두달 반 가량을 '입어금지' 기간으로 정해 지키고 있다. 뿐만 아니라 '눈이 오면 해삼이 나온다'든가 '미역은 정월 보름 지나 이월부터 따고', '3,4월 하늬바람에 잘 마른다'거나 '5월 지나면 미역 못 먹나' 등 구전언술로 금채와 관련된 생태민속지식을 전승하고 있다. 이것은 자원의 한계와 인간의 채취 활동(물질)의 문제를 인식하고 바다자원을 보다 지속적으로 이용하며 자신들의 삶 또한 이어가기 위한 노력이라 할 수 있다.

또한 혼인으로 인해 거주지가 바뀔 경우 입어권은 거주마을에 귀속시키는 전통을 만들어왔다. 이것은 마을 앞바다가 공유지인 것을 고려할 때, 적절하게 채취 인력을 조절함으로써 '공유지의 비극'을 막아온 것으로 해석할 수 있다. 뿐만 아니라 자신들의 물질 경험과 예로부터 전수받은 바다나 물질에 관한 지식을 바탕으로 물질 규칙을 정해 실천해왔다. 한 바다로 몰려 물질을 하기보다는 몇몇이 이 바다 저 바다를 돌아가며 물질을 해왔고 수심이 얕고 물살이 세지 않은 바다는 노인 잠수들을 위해 양보했다. 또 바다의 물때를 고려해 작업일수를 조절하고 있는데, 이는 매일 작업하던 예전의 물질 관행을 지키지 않고 고무옷을 입으며 길어진 물질 시간을 감안하여 결과적으로 채취 기간을 조절해 자원의 고갈을 막는 기능을 했다고 볼 수 있다.

한편 매년 음력 2월 보름께 바닷가 해신당에서 치르는 영등굿이나 3,4월께 치르는 잠수굿의 한 제차로, 좁쌀이나 쌀 등을 바다에 골고루 뿌리는 '씨드림'과 '지드림'을 통해 관념적 차원이지만 바다와의 호혜적 관계 맺기를 통해 바다 자원과의 공존을 바랐다는 점에서 생태적이라고 볼 수 있다. 특히 지드림의 경우 정기의례에만 하는 것이 아니라 매 물때 작업시기 첫날 이를 반복적으로 수행하고 있는데 이는 바다와의 특별한 관계 맺기를 드러내는 행위로서 물질의 지속성을 바라는 뜻이 내포된 것이다.

결론적으로 제주 잠수들은 물질 작업의 오랜 경험과 관행 속에서 바다 자원의 한계성, 바다생물로서의 자원의 인식, 그리고 채취 위주의 물질 작업의 문제를 깨달았다고 생각된다. 그래서 생물의 생장기나 번식기를 고려해 공동으로 금채 기간을 두고 이를 지켜왔고 입어권으로 채취 인력을 조절해 온 것이다. 잠수들이 점차 줄어가고 있지만 한정된 바다자원을 고려한 물질 방식은 자원의 고갈로 인해 지속가능한 삶을 고민해야 하는 우리들의 시대적 위기에 많은 시사를 던져준다고 하겠다.

이 연구는 자원의 활용이라는 점에 한정해 잠수들의 물질을 살펴보았기에 현재 제주 바다가 처한 기후변화 및 양식장 설치에 따른 바다 오염의 문제, 잠수들의 고령화와 물질의 지속 가능성 문제. 생태학적 선(善)순환구조를 보이는 잠수들의 물질활동 등을 다각적으로 살피지 못했다. 이는 다음의 과제로 넘긴다.

● 참고문헌 ●

강소전, 「제주도 잠수굿」, 제주대학교 석사논문, 2005.

고창훈, 「제주해녀의 문명사적 가치와 해녀문화의 계승」〈2005년도 대한토
　　　목학회 정기 학술대회〉 2005.10, 3276~3286쪽.

김순자외, 『해녀 어부 민속주-제주도의 민족생활어』, 글누림, 2009.

김영돈, 『제주도민요연구』, 일조각, 1965.

김영돈, 『한국의 해녀』 민속원, 1999.

김창민, 「평등이념과 개인의 전략」『지방사와 지방문화』제5권 제1호. 역
　　　사문화학회, 2002, 183-213쪽.

남제주문화원, 『남제주의 문화유산』, 남제주문화원, 2006.

문화부, 『제주도 해역의 조간대 및 아조대의 생물상 조사보고서』, 1992.

송성대, 『문화의 원류와 그 이해』, 각, 2001년 3판.

양순필, 「제주풍토록과 풍토기의 비교」, 『월촌 구수영 선생 화갑 기념 논
　　　문집』, 1985.

원학희, 「제주 해녀어업의 전개」『지리학 연구』제10집, 국토지리학회,
　　　1985.

유철인, 「물질 하는 것도 머리싸움」『문화인류학』, 한국문화인류학회,
　　　1989.

전경수, 『환경친화의 인류학』, 일조각, 1997.

전경수, 『사멸위기의 문화유산』, 민속원, 2010.

제주도, 『제주여성문화』제주도, 2001.

제주도, 『구술로 만나는 제주여성의 삶 그리고 역사』, 제주도, 2004.

좌혜경, 「해녀 생업문화의 민속지식과 언어표현 고찰」, 『영주어문』제15
　　　집, 제주대학교 영주어문학회, 2008.

좌혜경외, 『제주해녀와 일본의 아마』, 민속원, 2006.

주강현, 「언어생태전략과 민속지식의 문화다양성」, 『역사민속학』 제32호, 역사민속학회, 2010, 8~36쪽.

주강현, 『관해기』, 웅진지식하우스, 2006.

진관훈, 「일제하 제주도 경제와 해녀노동에 관한 연구」, 정신문화연구 통권94호, 2004.

진성기, 『제주무속학사전』, 제주무속연구소, 2004.

현용준, 『제주도 무속과 그 주변』, 집문당, 2002.

현용준 박사 화갑기념회, 『제주언어민속논총』, 현용준 박사 화갑기념위원회, 1992.

Hardin, G. 1968. The trageday of the commons. Science 162:1243.

11

조도군도 관매도의
미역밭 경작과 생업전략

| 송기태 | 목포대학교 도서문화연구원

『남도민속연구』 제26집, 2013.

I 서 론

어민들은 해산물이 서식하는 지역을 '바다밭'으로 일컫는다. 한반도 바다에서 양식어업이 시작된 것은 1세기에 불과하지만, 전통시대부터 갯벌과 갯바위 지역을 '바다밭'으로 명명하고 있다. 대개 채취하거나 수확하는 품종에 따라 '미역밭', '톳밭', '바지락밭', '꼬막밭' 등으로 부른다. 이렇듯 어촌 사람들이 해산물 서식지를 '바다밭'으로 명명하는 것을 통해 바다에 대한 경작관념을 확인할 수 있다.[1]

바다밭에서 수확하는 해산물 중에서 미역은 해조류를 대표하는 품종으로 유명하다. 조선시대에 어민들에게 부여하던 해세(海稅)는 크게 '어염선곽세(漁鹽船藿稅)'라고 하여 생선에 부과하는 어세(漁稅), 소금에 부과하는 염세(鹽稅), 선박에 부여하는 선세(船稅), 해조류에 부과하는 곽세(藿稅)로 구분되었는데, 해조류에 대한 세금을 곽세(藿稅)라고 하는 것을 통해서도 미역이 해조류를 대표하는 경향을 살필 수 있다.

『여지도서(輿地圖書)』에 의하면 전라도의 곽세(藿稅)로는 758.5냥이 걷히는데, 이 중에서 미역에 대한 곽세(藿稅)가 439.3냥, 김에 부과되는 태세(苔稅)가 141냥, 김밭에 부과하는 해의전세(海衣田稅)가 120.7냥이다. 58%정도가 미역에 대한 세금이다. 특히 진도의 경우 미역에 부과하는 곽세만 162냥이 걷혔는데, 그 비중이 전라도 미역의 37%에 달했다.[2]

---

* 이 논문은 2009년 정부(교육과학기술부)의 재원으로 한국연구재단의 지원을 받아 수행된 연구임 (NRF-2009-361-A00007).
1) 송기태, 「어경(漁耕)의 시대, 바다 경작의 단계와 전망」, 『민속연구』 제25집, 안동대 민속학연구소, 2012.
2) 조영준, 「영조대 均役海稅의 수취와 상납-『여지도서』의 집계 분석-」, 『한국

미역이 상품성을 획득함에 따라 조선시대부터 권문세도가와 왕실 등에서 미역밭을 사유하기도 했다. 조선후기 정약용은『경세유표(經世遺表)』를 통해 세금제도의 개혁을 주장하였는데, 이때 곽세에 대해서도 직접적으로 상황을 파악하고 현황을 기술했다. "곽(藿)이라는 것은 해대(海帶)이고(방언으로 미역) 태(苔)라는 것은 해태(海苔)인데, 혹 감곽(甘藿)·감태(甘苔)라 일컫기도 한다. 호남에서는 곽전의 세(稅)로서 전관(錢貫) 수효가 보이지 않으니 지금에 와서 밝힐 수 없다. 그러나 둘레가 100여 보에 불과한 탄환(彈丸)만한 섬에 대해 사가(私家)에서 세로 혹 200~300냥을 징수하며, 직경이 10여 보인 주먹만한 돌은 사가에서 매매하는 값이 혹 200~300냥에 이르기도 한다."[3] 미역의 상품적 가치는 해안가의 미역밭을 사적으로 점유하고, 매매하는 부동산으로까지 확장되었다. 그리고 조선후기에 들어서면 도서해안지역은 궁방, 아문, 세도가, 토호 등의 권력자들이 어전과 염분, 섬 등을 사점하고,[4] 이들이 어선, 염분, 시장 등을 독점하고 비합법적으로 세금을 수취하여 그 폐해가 갈수록 심해졌다.[5]

조선후기 진도지역은 해남윤씨가의 해언전(海堰田) 개발의 집중적인 대상이 되었다. 해남윤씨가는 17세기 무렵부터 서남해 여러 섬들을 사점하고 있었다. 그 중에서 진도의 맹골도는 섬주민들과 끊임없이 소유권분쟁을 일으켰던 대표적인 지역으로, 분쟁의 중심에 곽전이 있었다.

문화』제51집, 규장각한국학연구소, 2010, 14쪽.
3)『경세유표』14권, 균역사목추의(均役事目追議). 한국역사정보시스템〈http://www.koreanhistory.or.kr/〉.
4) 김선경,「17~18세기 양반층의 산림천택(山林川澤) 사점과 운영」,『역사연구』제7호, 역사학연구소, 2000, 65쪽.
5) 정윤섭,「조선후기 海南尹氏家의 孟骨島획득과 經營」,『도서문화』제31집, 목포대 도서문화연구원, 2008, 242쪽.

해남윤씨가와 맹골도 주민들의 분쟁은 17세기부터 일제강점기까지 이어졌고, 이에 대한 연구도 진행된 바 있다.[6]

> 본래 일이 이와 같은데, 이병관이 무함하기를 "본래 미역을 납부한 일이 없었는데 그럭저럭 상례가 되었다."고 하는 것이 말이 되는 소리입니까? '藿島' 두 글자가 확실히 입안에 있을 뿐만 아니라 만약 미역을 받지 않으면 皮牟, 魚油등 약간의 물산만 가지고 어찌 족히 대대로 전해지는 宗物이 되겠습니까?[7]

해남윤씨가에 전하는 맹골도 관련 문서 중에는 현지 섬주민들과의 치열한 다툼이 그대로 드러나 있다. 해남윤씨가에서는 맹골도를 자신들의 소유로 보고 미역을 대대로 전해지는 종물(宗物)로 규정하고 있다. 권문세도가에 의한 섬의 수탈과정에서도 나타나듯이 도서해안지역의 산물 중에서 미역은 매우 중요한 위치를 점하고 있었다.

미역은 자연산과 양식산이 공존한다. 1950~60년대 양식기술이 보급·확산되면서 1972년을 기점으로 양식산 미역의 생산량이 자연산 미역의 생산량을 앞지르게 된다. 1965년에는 자연산 미역과 양식미역의 비중

6) 정윤섭, 「조선후기 海南尹氏家의 孟骨島획득과 經營」, 『도서문화』 제31집, 목포대 도서문화연구원, 2008; 「16~18세기 해남윤씨가의 해언전 개발과정과 배경」, 『지방사와 지방문화』 제11-1호, 역사문화학회, 2008; 김현영, 「전근대 해남윤씨가의 맹골도 지배와 주민들의 세공 회피」, 『고문서연구』 제39집, 한국고문서학회, 2011; 이종길, 「일제초기 어촌의 소유권 분쟁-맹골도문서를 (孟骨島文書) 중심으로-」, 『법사학연구』 제15호, 한국법사학회, 1994.
7) 『고문서집성』 제3집, 한국정신문화연구원, 1986(김현영, 「전근대 해남윤씨가의 맹골도 지배와 주민들의 세공 회피」, 『고문서연구』 제39집, 2011, 226쪽 인용) '本事若此而李丙寬構誣內本無納 / 藿之事而轉成常例云者其可成說乎藿島二字昭載立案[分叱不除] 若非捧藿則皮牟油魚略干之物豈足爲傳世宗物乎.'

이 25 : 1 (31,979M / T : 1,257M / T)이었는데, 1972년 생산량이 역전된 후 1999년에는 그 비중이 거꾸로 1 : 177(1,200M / T : 213,090M / T)의 비율이 되었다. 2000년 기준 양식수산물 총생산량은 65만 3천M / T을 차지하고, 해조류가 전체의 57%를 점하고 있다. 그 중에서 미역이 33%를 차지하고, 해조류 중에서 미역이 차지하는 비중은 56.7%에 달한다. 즉, 해조류 생산량의 과반수를 미역이 차지하고 있는 것이다.[8]

역사적으로 곽전(藿田)이라는 표현을 사용하고, 현재도 미역밭이라는 용어를 사용하기 때문에 해안가에서 해조류를 경작하는 것이 당연한 것처럼 인식될 수 있다. 그러나 어촌의 주민들은 자연산 미역과 양식미역을 엄격하게 구분하고 있고, 실제로도 그러한 구분에 의해 가격의 차이가 많이 난다. 양식미역이 미역생산량의 대부분을 차지하는 지금, 자연산 미역은 양식미역에 비해 비싸고 좋은 미역으로 가치를 인정받고 있다. 자연산과 양식산의 차이는 '인간이 경작을 통해 생산하는가'의 기준에 따른 것인데, 전통적으로 자연산 미역은 곽전(藿田)이라고 하여 미역밭에서 경작하는 작물로 취급했던 것으로 자연산과 일정하게 거리가 있는 생산물이다. 즉, '자연산 미역'은 자연산임을 강조하면서도 문화적으로는 경작의 관념 속에서 존재하고 있다. 따라서 필자는 본고에서 자연산 미역이 경작관념과 어떻게 결합되는지에 대해 주목한다.

연구의 주 대상지역은 관매도를 중심으로 한 진도의 조도군도지역이다. 조도군도는 '진도곽(珍島藿)'으로 알려진 자연산미역의 생산지로 알려진 곳으로 현재까지도 자연산미역의 관리와 채취가 왕성하다. 조

8) 강종호・홍성걸・정명생,『양식미역산업의 가격안정지지제도 개선을 위한 정책방향』, 한국해양수산개발원, 2001, 53~54쪽.

도군도는 미역밭의 관리와 채취 과정이 타 지역에 비해 촘촘하게 구성
되어 있다. 음력 섣달과 정월에 해안가 갱번의 미역바위를 닦고, 3월~4
월 봄철에 썰물로 드러난 미역밭에 갱물을 뿌리고, 6월~7월에 미역을
채취한다. 조도군도에서 특징적인 작업은 미역밭에 갱물을 뿌리는 '물
주기'라는 작업인데, 이것은 뭍의 밭에서 물을 주는 것과 거의 같은 개
념에 속하는 것으로 '자연산 미역의 경작'이라는 점이 관념에 그치지
않고 실제의 경작행위로서 구조화 되어 있음을 말해주는 것이다. 조도
군도의 미역밭과 관련해서 1970년대 후반부터 조사와 연구가 진행되었
는데,[9] 기존의 연구는 대개 조사보고의 형태로서 미역밭을 둘러싼 생
업조직과 경작의 과정을 기술하는 데 초점이 맞춰져 있다. 따라서 기
존 자료를 활용하면서 미역밭의 경작관념과 그 실제에 대해 접근하도
록 한다.

---

9) 박광순, 「진도의 수산업과 수산의례」, 『호남문화연구』 제10집, 전남대 호남학
   연구소, 1979; 전경수, 「鳥島群島」, 『한국의 낙도민속지』, 집문당, 1992; 이수
   애, 「조도지역의 사회구조」, 『도서문화』 제2집, 목포대 도서문화연구소, 1984;
   김승·진상태, 「관매도의 어촌마을 지선어장 이용실태에 관한 조사연구-진도
   군 조도면 관매도 관호마을의 사례를 중심으로-」, 『한국도서연구』16-2, 한국
   도서(섬)학회, 2004; 고광민, 「한국어촌사회 공유지의 소유구조」, 『한국 어촌
   사회 공유자원』, 인천학연구원, 2011; 김준, 『대한민국 갯벌 문화 사전』, 도서
   출판 이후, 2010, 32쪽; 해양수산부, 『한국의 해양문화』(서남해역 下), 2002,
   71쪽.

관매도 미역밭의 관리와 경작과정

　관매도에서는 미역밭을 포함한 해조류 채취구역을 갱번이라고 하고, 해조류 채취조직을 재건(또는 해안수)이라고 한다. 마을에 따라 해조류 채취조직에 대한 명문화된 규정이 존재하기도 하고 그렇지 않기도 하지만, 어떠한 형태든 입호와 관련해 일정한 기간과 가입비에 대해 합의를 거치게 되어 있다.

　관매도에는 관매마을, 장산편마을, 관호마을 3개 마을이 존재한다. 관매마을과 장산편마을은 1구로 묶여있고, 관호마을을 2구에 속한다. 2003년 관호마을은 주민 56명이 5개의 재건에서 채취권을 유지하고 있었고, 관매마을은 81명이 5개의 재건을 유지하고 있었다.[10] 이외에도 관매1·2구에서 통합 관리하는 5개의 무인도가 있으나, 이들 무인도는 외부인에게 임대를 주고 있다. 관매마을의 갱번 구성을 구체적으로 살펴보면 목섬(목섬, 작은다랭이) 25명, 큰다랭이(큰다랭이, 샛배) 16명, 어낙기미 17명, 각흘목 9명, 장알 14명 등으로 구분되어 있었다. 2012년 관매마을의 현황을 살펴본 바, 수가 적게 편성된 각흘목과 장알 구간이 합쳐져서 4개의 재건으로 재편성 되었고, 외부 사람에게 빈매를 하던 구멍바를 큰다랭이와 각흘목 재건에서 절반씩 채취하는 형태로 재편하였다. 해안가 갱번에서 해조류를 채취하는 재건 조직은 상황에 따라 변모하면서도 공동소유에 기반을 둔 공동채취 관행을 지속하고 있

10) 김승·진상태, 「관매도의 어촌마을 지선어장 이용실태에 관한 조사연구-진도군 조도면 관매도 관호(마을의 사례를 중심으로-」, 『한국도서연구』 16-2, 한국도서(섬)학회, 2004.

다. 각각의 갱번들은 독자적인 형태를 유지하고 있으면서 미역밭을 경
작하고 있다. 구체적인 경작과정을 살펴보도록 한다.

〈그림1〉 진도군 조도면 관매2구 마을의 해안가 공동갱번 구역도

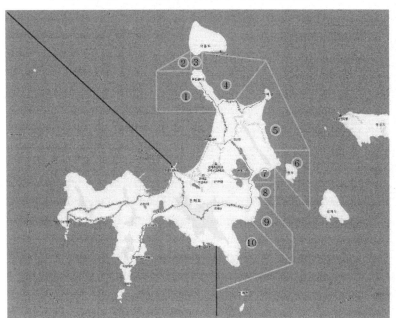

1 굴앞, 2 구멍바, 3 각흘목, 4 장알, 5 망아섬, 6 목섬, 7 샛배, 8 작은다랭이, 9 큰다랭이, 10 어낙기미

1. 갱번고사

갱번의 해조류 관리와 채취는 '개강구'(또는 강구)라는 재건 단위 관
리자를 중심으로 이루어진다. 갱번의 재건들은 어촌계와 별도의 조직
으로 운영되기 때문에 음력 12월 마을총회 기간에 재건 별로 개강구를
선출한다. 개강구는 미역을 중심으로 한 해조류 채취 전반을 관할하고,
그에 대한 대가로 두 짓(2배)을 받는다. 개강구를 선출한 후 첫 번째

일은 갱번에서 갯닦이를 하는 것이다. 갯닦이를 할 때 가장 먼저 고사부터 지낸다.

> 술 붓어놓고 뭐 갖다놓고 금년에 풍작으로 질으라고 그런 것도 하드만. 옛날에. 우리는 저 너메 가서 하고, 목섬은 저기 가서 하고 그러드만. 갱번 처음에 닦으러 가갖고 하더라고. "저 청등이(청등도) 것도 우리 바다로 오고, 어디 것도 우리 바다로 오고, 다 우리 구간으로 오라."고 빌어. 미역보고 우리 구간으로 와서 크라고.
> 범벅 해갖고 가서, 메밀범벅 해갖고 가서 인자 돼지머리는 나 알기로는 안 가지고 갔는데 범벅이라고 이 떡같이 생긴거 해갖고 가. 범벅을 해갖고 가서 상차려놓고 노물(나물) 같은 거 해가지고 차려놓고, 막 "우리 재건으로 미역이 다 오거라!" 막 그라고 소리치거든. 강구가. 막 빌고. 먼 바다 봄스러. 개강구가. 이 동네 것은 오라고 안하고, "청등도, 독거도 미역 다 오너라!" 그랬어. 개닦으러 갈 때 처음에.[11]

갱번을 닦으러 갈 때 새로 선출된 개강구는 음식을 장만해서 간다. 먼저 갱번을 닦고 고사를 지내는 경우도 있지만, 대개 갱번을 닦기 전에 돼지머리나 메밀범벅 등을 차려놓고 고사를 지낸다. 그러면 개강구가 미역의 질이 좋고 생산량이 많은 지역을 언급하면서 그 지역의 미역이 관매도 갱번으로 오라고 소리친다.

미역밭의 갱번고사는 갱번을 공동소유하고 있는 지역에서 전승되고, 갱번을 개인적으로 소유하는 독거도나 슬도 등지는 갱번고사의 전통이 확인되지 않는다. 현재 대부분의 지역에서 갱번고사가 중단되었으나

---

11) 2012년 9월 8일 진도군 조도면 관매리 관매마을 장영자(여, 80세), 김경단(여, 78세) 면담.

관매도의 경우 2013년 연초 갯닦이를 시작할 때 재건별로 간단히 고사를 거행했다. 갱번에서의 고사를 시작으로 갯닦이가 진행된다.

〈사진1〉 관매도 공동미역밭 갯닦이와 갱번고사

〈사진2〉 슬도 개인 미역밭 갯닦이

2. 갯닦이

갯닦이는 미역밭 관리의 시작이다. 갯닦이는 미역이 자라는 곳을 깨끗하게 하기 위해 바위를 싹가래로 닦아내는 작업이다. 싹가래는 자루가 긴 나무에 쇠로 된 판을 붙인 것이다. 정월에 미역 포자가 착상을 하기 때문에 바위에 낀 잡초나 쩍 등을 제거하여 포자의 착상을 돕는 것이다. 갯닦이의 시기는 대개 음력 1월 3일 여덟물 사리 때를 기준으로 한다. 그 해의 수온에 따라 '철이 이르다'고 판단되면 음력 12월에 갯닦이를 하는데, 대개 설을 쇤 사리 때에 시작해서 2~3일 정도 갱번을 돌아다니며 닦는다.

> 그 풀을 요롷게 납작한 거 있어. 싹가래. 싹가래로 딲어. 바다에 못쓸 잡초, 못 먹는 잡초. 그것을 닦어불고 돌이 깨끗해야 미역이 돋아. 그것이 있으믄 미역이 안 돋아. 그것을 깨끗이 딱아부러야 해. 그래야 돋아. 다 딲아불고 돌만 놔두믄 거가 미역이 돋아. 그거 딲고 난 다음에는 봄에 돋아. 그라믄 파릇파릇한 놈이 바다에 가믄 보여져. 그것이 커갖고 돌미역이 크믄 채취한 거랑께. [마을 사람들이 다 나가서 해요?] 그라제. 똑같은 물때. 똑같은 물 쓰는 그 날에. 사리 때 아침에 가서 딲어야 해. 새벽에 일찌감치 가서 날이 새믄 막 가서 딲으고 와. 갱번 닦은다고 해. 바다 미역밭 닦은닥 해. 그것을 잘 딲어야 미역이 돋아나.[12]

개강구가 갱번의 상황을 파악하여 갯닦이 날짜를 확정하면 가구마다 1명씩 의무적으로 참여하여 갱번을 닦는다. 갯닦이를 할 때부터 재건의 공동활동이 시작되는 셈이다. 재건의 활동은 음력 정월부터 8월 미역

---

12) 2012년 9월 8일 진도군 조도면 관매리 관매마을 장영자(여, 80세), 김경단(여, 78세) 면담.

채취를 마칠 때까지 운용되고, 미역 채취를 마친 후 새롭게 재건에 들어가거나 다른 재건으로 옮겨가는 경우도 있다. 대개 연로한 주민들이 작업하기 편한 재건으로 옮기는 경우가 있는데 이러한 경우는 드물다. 갱번을 공동소유하더라도 운용방식은 조금씩 달라서 관매 1구는 해마다 'A갱번 → B갱번으로' 옮겨가고, 관매 2구는 갱번이 고정되어 있다.

3. 물주기

'물주기' 또는 '물 끼얹기'는 조도군도 일대에서만 행해지는 작업이다. 미역이 성장하는 음력 3~4월의 봄철은 어린 미역이 자라나는 시기로서 논밭에 물을 주듯 미역밭에도 물을 준다. 뜨거운 봄볕에 어린 미역이 노출되면 누렇게 떠서 말라버리거나 죽어버리기 때문이다. 따라서 사리 기간이 되는 여덟물을 중심으로 2~3일간 물을 주러 다닌다. 물주기는 보통 음력 3~4월에 2~3차례에서 3~4차례 정도 행한다.

> 그 재건이 물이 안 씁니까. 만조가 되믄은 해초류가 물에 다 잠기기 때문에 안 뒤쳐져요. 물이 써부믄은 인자 막 부착해갖고 이 어린 것이 기양 바위에 열에 녹아버려요 그냥. 죽어부러. 긍게 물을 떠얹혀줘. 물 때가 있는데 한 두무새나 서무새날까지는 조차가 약하기 때문에 서물부터는 조차가 많이 심하잖습니까. 조차가 심할 때 떠얹혀주고. 각흘도(목)라는 데 이런 데는 안 해요. 얕아가지고 조금 있으믄 다시 (물에 잠긴다.) 그런디 다랭이라고 비스듬한 데, 쫄쫄이 난다는 데 거기는 떠얹어야 돼요. 그럴 것 아닙니까. 여기는 1m 내려가면 물이 내려가는데, 각흘도(목) 같은 데는 물 밑에가 있고. 그래서 안 해요.[13]

---

13) 2012년 9월 22일 전남 진도 조도면 관매도 관매마을 최이병(남, 79세), 박창관

물주기에 대한 전반적 활동은 개강구의 지시에 의해 이루어진다. 사리 때가 다가오면 날씨를 감안하여 해당 재건의 구성원들에게 작황을 설명하고 논의하여 물주기를 진행한다. 물주기를 하기로 결정이 되면 재건에 속한 구성원들은 가구마다 1명씩 나와서 작업에 참여한다.

물주기의 경우 물때와 기상상황을 함께 고려해야 한다. 사리 때라고 해도 낮 기간에 썰물이 되지 않으면 굳이 물주기를 할 필요가 없고, 구름이 낀 날이나 비가 오는 날에도 물주기를 할 필요가 없다. 2013년 6월에 진행한 독거도의 물주기 상황을 간략히 살펴보면 이러한 정황들을 알 수 있다.

독거도에서는 2013년 6월 5일부터 7일까지 한 가구에서만 물주기를 진행했다. 독거도의 경우 갱번을 개인별로 소유하고 있어서 집단적인 물주기를 할 필요가 없기도 하지만, 2013년의 경우 미역의 성장이 느리고 예상수확량이 저조해서 물주기를 포기한 경우가 많았다.[14] 관매도의 경우 집단적인 물주기를 행하던 곳이었으나 같은 이유로 포기하였다. 독거도에서는 2013년 6월 5일부터 7일까지 3일간 물주기를 진행했다. 물때로 보면 조수간만의 차가 가장 많은 시기는 6월 8일부터 10일까지로, 이 기간에는 오후 늦게 간조가 되기 때문에 굳이 물주기를 하지 않아도 되었다.

(남, 69세) 씨 면담.

14) 조도군도에서 미역밭 물주기는 극히 일부 섬에서만 행해지고 있다. 과거에는 전 지역에서 행해졌으나 지금은 노동력이 부족하고, 양식톳의 생산시기와 맞물려서 포기하는 경우가 많다.

〈표1〉 2013년 진도지역 물때 현황과 독거도 물주기 진행표

2013년		물때 현지명칭	만조 시간	간조 시간	만조 시간	간조 시간	만조 시간	비고
양력	음력							
6월 3일	4월 25일	한물		01:06	07:20	13:41	20:21	
6월 4일	4월 26일	둘물		02:21	08:12	14:34	21:12	
6월 5일	4월 27일	세물		03:21	08:57	15:20	21:53	2013년 독거도 물주기 진행
6월 6일	4월 28일	네물		04:11	09:37	16:01	22:28	
6월 7일	4월 29일	다섯물		04:54	10:13	16:38	22:59	
6월 8일	4월 30일	여섯물		05:31	10:47	17:14	23:30	밀물과 썰물의 차가 가장 큰 기간
6월 9일	5월 1일	일곱물		06:06	11:20	17:47		
6월 10일	5월 2일	여덟물	00:00	06:40	11:53	18:21		
6월 11일	5월 3일	아홉물	00:32	07:13	12:27	18:55		
6월 12일	5월 4일	열물	01:05	07:46	13:02	19:31		
6월 13일	5월 5일	아침조금	01:41	08:22	13:42	20:10		
6월 14일	5월 6일	한객기	02:19	09:02	14:27	20:53		
6월 15일	5월 7일	대객기	03:02	09:46	15:23	21:42		
6월 16일	5월 8일	조금	03:50	10:37	16:35	22:41		
6월 17일	5월 9일	무쉬		06:06	11:20	17:47		

〈사진3〉 독거도에서 갱번의 미역밭에 물을 주는 장면

4. 채취와 분배

관매도의 미역 채취는 음력 5월 말에 시작해서 6월 중순까지 진행된다. 미역채취는 두세 물때, 즉 두세 번의 사리 기간에 채취를 한다. 개닦이와 물주기 과정을 거친 후에도 개강구는 매일같이 바다에 나가서 미역의 작황을 점검하고 감시한다. 미역이 주민들에게 직접적인 수익으로 돌아가기 때문에 다른 재건의 사람들이나 타 지역의 사람들이 미역밭을 훼손하지 못하게 감시하는 것이다. 그러다가 음력 5월말 정도가 되면 날씨를 예측해서 집중적으로 채취한다.

미역 딸 때 남자도 가고 남자 없는 집은 여자가 가고. 남자도 여자보다 헐 중 모르는 사람 있고, 여자도 잘한 사람 있고 그려. [아무튼 집에서 한 명은 가야하네요?] 가야제 한 명은. 둘이 시킬 때도 있는데, 대부분 사람 수가 사람이 쬐깐 사니까 한 사람썩 가.

물이 쫙 썼으믄 낫으로 짤라. 바닥에서 낫으로 짤라. 물이 찰랑찰랑허믄 물 속에서도 낫으로 치고. [배 위에서 해요?] 미역밭이 다 나제. (줄 맞춰 서서) 이렇게 해서 가제. 차근차근. 그래갖고 모태갖고 그놈 망에다 날러서 한간데다 가져날러서 배에다 실어 지금. 옛날에는 그놈 갖났어. 죽을 뻔 봤어! 갖곰스로. 어이구! 고생한 일 생각하믄. 지금은 니아까도 있고 경운기도 있고 그라제. 옛낫에 그런 것도 없어. 그냥 끗어다놓고. 지금은 또 배로 싣고 와서 저 부두에서 나누제. 한 번에 다 싣고 와서 부두에서 모도 나놔.[15]

---

15) 2012년 9월 22일 전남 진도 조도면 관매도 관매마을 최이병(남, 79세), 박창관 (남, 69세) 씨 면담.

미역채취를 하게 되면 재건별로 집에서 1명 또는 2명씩 소집을 하여 채취를 한다. 채취하는 시기는 물이 가장 많이 빠지는 사리 때다. 물이 많이 빠져야 밑에 있는 미역까지 채취할 수 있기 때문이다. 채취과정은 재건 구성원들이 갱번에 일렬로 늘어서고, 배에도 1~2명이 타서 갱번을 밀고 가듯이 채취한다. 현재는 배를 이용해서 나르지만, 과거에는 산을 넘어 다니며 지게로 날랐다.

미역의 채취도 정해진 날에 순탄하게 진행할 수만은 없다. 날이 궂고 파도가 치면 사리 때라도 갱번에 나갈 수 없다. 날이 궂어도 미역을 채취할 수 있지만, 궂은 날에 채취하면 건조를 못하기 때문에 문제가 발생한다. 미역을 채취하여 바로 말려야만 상품성을 유지할 수 있기 때문이다. 최근에는 마을마다 냉장고와 건조기계를 마련하여 궂은 날씨에도 건조할 수 있지만, 불과 몇 년 전까지만 해도 햇볕에 의존했다. 그리고 시기를 놓쳐 자칫 태풍이라도 올라오게 되면 미역이 바위에서 떨어져버린다.

미역을 채취한 후에는 선착장으로 이동해서 수확한 미역을 저울에 달아 킬로그램 단위로 나눈다. 짓나눔이라고 하여 재건 구성원이 한 짓씩 평등하게 분배받도록 공평하게 나눈다. 다만, 재건을 관리하는 개강구에게 추가로 한 짓을 주고, 배 사용료 명목으로 배 선주에게도 한 짓을 더 준다. 예를 들어, 재건 구성원이 10명이면 수확량을 12짓으로 나누어서 재건 구성원들 10짓(1짓×10명), 개강구 +1짓, 배선주 +1짓으로 분배하는 것이다.

Ⅲ 수렵과 경작의 경계에서 행해지는 미역밭 경작

관매도를 비롯한 조도군도는 미역을 중심으로 한 경작관념이 공고하게 자리잡고 있다. 대개의 자연산 해산물은 육지의 수렵·채집과 대응되는 관념이 적용된다. 수렵·채집은 인간이 동식물을 가꾸거나 재배하지 않고 수확만 하는 형태이다. 그렇기 때문에 자연산 미역채취는 수렵·채집의 관념과 대응되는 것이 적절하다. 그런데 미역을 중심으로 한 해조류 채취는 경작의 관념이 깊숙이 개입되어 있다. 역사적으로 곽전(藿田)이라고 하는 것이나 미역밭, 톳밭, 갯밭, 바다밭 등의 명칭은 해안지역을 경작하는 공간으로 인식하고 있었음을 보여주는 것이다. 이러한 미역과 해조류에 대한 경작행위와 관념은 전국적인 것이다.

갯닦이만 해도 전국적인 현상으로 자연산 해조류를 채취하는 동해안과 제주도 일대에서는 현재까지도 엄격한 규율 속에서 진행하고 있다. 동해안의 경우 해안가를 짬으로 구분하고 갯닦이에 해당하는 짬매기를 행하는데 남녀가 같이 한다. 그리고 물속의 바위에 대해서는 해녀들이 '짬 매는 호미'를 들고 들어가서 바위를 긁고 파 후벼내어 잡초류를 제거한다.[16] 양식어업이 활성화된 서해안과 남해안지역에서는 갯닦이가 약화되고 있는데, 진도 조도군도 일대도 내륙에 가까울수록 갯닦이가 약화되는 경향이 있다.[17]

---

16) 권삼문, 『동해안 어촌의 민속학적 이해』, 민속원, 2001, 47~48쪽.
17) 진도 조도면 일대는 전통적으로 갯닦기를 행하는 지역이다. 그런데 근래에 들어 자연산 미역이나 톳의 소득이 줄어들면서 갯닦기 행사가 약화되어 가고 있다. 그래서 마을에 따라서는 공공근로의 형태로 보조를 받아서 갯닦기를 진행한다. 2011년 6월 12일 전남 진도군 임회면 서망 김봉석(남, 66세, 1946

　관매도의 미역밭 경작은 '갱번고사-갯닦이-물주기-채취 및 분배'의 과정을 거친다. 갱번고사의 경우 개강구에 의해 간단히 진행되기 때문에 기존 자료들에서 파악되지 않지만, 조도군도에서 일반적으로 행해졌을 것으로 추정된다. 서남해지역의 갯제 중에는 김양식을 시작하는 추분 무렵에 진행하는 사례가 발견되는데, 이 시기의 갯제는 '김의 포자가 잘 붙고 김생산의 풍작을 기원'하는 경우가 많다.[18] 양식어업 지역의 갯제는 일제강점기 이후 김양식이 남해안의 바다를 변모시키면서 확장된 의례인데, 이들 갯제의 기저적 모습을 관매도의 갱번고사에서 확인할 수 있다. 갱번고사 외의 경작 과정은 조도군도 일대에서 확인되고[19] 물주기의 경우 조도군도에서 집중적으로 파악된다.

　관매도를 비롯한 조도군도의 미역밭 관리와 채취과정은 농작물의 경작과 거의 유사한 방식으로 진행되고 있고, 주민들은 미역밭 관리와 채취를 농사처럼 인식하고 있는 점에서 특징적이다. 갱번의 미역을 세심하게 관리하고 가꾸며 재배한 미역을 자연산 돌미역이라고 하여 양식미역과 질적으로 다르다고 인식하는 것이다. 그래서 실제 판매가격도 많은 차이를 둔다.

生) 씨 면담.

18) 송기태, 「양식어업에 따른 생태인지체계의 확장과 '해산물 부르기' 의례의 진화-전남 남해안지역 갯제를 중심으로-」, 『도서문화』 제38집, 목포대도서문화연구원, 2011.

19) 조도군도의 미역밭 물주기는 특이한 과정이기 때문에 기존 연구자료에도 구체적으로 다루어져 있다.
　박광순, 「진도의 수산업과 수산의례」, 『호남문화연구』 제10집, 전남대 호남학연구소, 1979; 전경수, 「鳥島群島」, 『한국의 낙도민속지』, 집문당, 1992; 고광민, 「한국어촌사회 공유지의 소유구조」, 『한국 어촌사회 공유자원』, 인천학연구원, 2011; 김준, 『대한민국 갯벌 문화 사전』, 도서출판 이후, 2010, 32쪽; 해양수산부, 『한국의 해양문화』, 2002, 71쪽.

여기에서 자연산미역을 강조하는 점과 경작을 통해 생산이 이루어
지는 모순이 발생한다. 체계적인 경작 과정을 거쳐서 생산하고 있는
미역을 '인공의 손길을 거치지 않은 자연산'이라고 판매하기 때문이다.
그런데 실제 미역을 생산하는 주민들이나 구입하는 소비자 누구도 자
연산임을 의심하지 않는다. 설혹 경작의 과정을 거치고 있다고 하더라
도 양식미역과는 다른 것으로 인식한다. 왜 그럴까? 대답은 의외로 간
단한데, 포자의 착상이 자연 상태에서 진행되기 때문이다. 경작의 과정
은 크게 '파종(심기)-기르기-수확'의 절차로 진행되고, 온전한 경작이
진행되기 위해서는 앞의 세 절차를 거쳐야 한다. 일반적인 경작관념도
이에 기반을 둔다. 그러나 조도군도의 미역밭 경작은 거의 경작의 과
정을 거치고 있는 것처럼 보이는데, 그 실상은 자연산미역으로서 수렵
과 경작의 중간단계에 있다고 할 수 있다.

필자는 해조류의 채취과정에서 나타나는 갯닦이와 물주기를 바다에
서 진행되는 '원시농사'[20]의 개념으로 파악하고, 바다 경작으로서 '어경
(漁耕)의 시작'이라는 관점에서 논의한 바 있다.[21] 원시농사는 야생의
종을 완전히 길들이지 않고 약간의 제어력을 통해 경작과 유사한 효과
를 얻는 것이다. 실제 경작에서 행해지는 '심고-기르고-수확'하는 과정
은 간단하게 이루어지는 것이 아니다. 작물을 재배하기 위해 땅을 개
간하고 수원을 확보해야 비로소 파종을 할 수 있다. 또한 기나긴 역사
를 거쳐 품종을 개량하고 성장과 번식의 과정을 효과적으로 관리하여
수확에 이르는 것이다. 그렇기 때문에 본격적인 경작에 이르기 전에

---

20) 콜린 텃지, 김상인 옮김, 『에덴의 종말 : 왜 인간은 농부가 되었는가?』, 이음,
2011, 21~28쪽.
21) 송기태, 「어경(漁耕)의 시대, 바다 경작의 단계와 전망」, 『민속연구』 제25집,
안동대 민속학연구소, 2012.

반드시 원시형태의 경작이 이루어졌다. 보통 경작을 성립시키는 절차 전체를 거치지 않고, 여러 과정 중에서 일부만 행하는 것으로도 식물 생산에 중요한 차이를 발생시키는 것이다.

관매도를 비롯한 조도군도의 미역밭 경작은 원시농사의 틀에서 행해진다고 할 수 있다. 물론, 과정의 복잡성에서 차이를 보이지만 한반도 전체의 미역밭도 마찬가지로 원시농사에 해당한다. 갯번고사부터 채취 및 분배까지 이르는 과정이 완벽한 경작의 단계에 이른 것처럼 보이지만, 근본적으로 인간이 씨앗을 제어하지 못하고 있기 때문이다. 인간이 씨앗을 관리하지 못하기 때문에 파종이나 심기에 해당하는 절차는 생략되어 있다. 다만, 관매도와 조도군도의 미역밭 작업은 다른 지역에 비해 온전한 경작의 단계에 한 걸음 더 나아간 상태라는 점에서 특징적이다.

관매도 미역밭의 경작에서 중요한 특징은 '물주기' 과정에 있다. 자연산 미역의 경작에서 포자 그 자체를 인간이 제어하거나 관리하지 못하기 때문에 바위에 착상을 돕고, 뿌리내린 미역의 성장을 돕는 것이 경작의 주된 작업이다. 이 중에서도 갯닦기는 전국적이지만 물주기는 조도군도의 특징적인 경작행위에 해당한다. '물주기'는 자연산 미역을 가꾸는 것에 의의가 있는데, 조도군도 외에도 미역을 기르거나 가꾸는 행위가 존재한다.

〈고흥군 봉래면 예내리 외나로도 하반마을 미역밭 관리〉[22]
　　예전에는 갯닦기를 하고 비료도 주고 했어요. 연장을 가지고 가서 약간 비리거든요. 굴통, 오조개 같은 잡조개가 있단 말입니다. 그런 것

---

22) 전재경, 『어촌사회의 법의식-재산권·소유권·환경권의 조화-』(연구보고98-8), 국립법제연구원, 1998.

을 제거해줍니다. 미역이나 돌김이 자라는 자리에 잡초가 자라있단 말입니다. 그것을 문대주는 것을 우리는 갯딲기라고 하거든요.

〈경북 울진군 기성면 기성리의 미역밭 관리〉23)

짬매기 외에 미역을 계속적으로 풍부하게 거두기 위하여 투석, 암면 폭파, 윤채, 솎음 등의 방법을 이용하여 왔다. (중략) 윤채란 자연적인 미역어장에서 미역을 채취할 경우 어떤 지역을 설정하여 시기에 따라 단계적으로 채취하도록 하여 남획을 방지하도록 하는 방법이다. 솎음이란 촘촘이 자라나는 미역을 솎아주는 방법이다. 미역이 밀집 생장하는 부분에서는 성장의 속도가 늦어지기 때문이다. 따라서 채취시기가되기 전에 미역을 솎아주는 것이 필요하다.

〈경남 거제시 國島·葛島의 미역밭 관리〉24)

미역기세(이스라이 : 미역바위에 붙어 있는 잡초, 조개 등을 긁어내는 일)는 씨리 또는 써레라는 연장으로 음력 9월에서 동지선달까지 4개월간 온 식구가 매달려 마치 밭매는 것과 같은 정성으로 한다. (중략) 미역은 음력 2월 20일부터 5월 20일까지 채취하는데 2월에 솎아서큰 것만 따고 4월에 미역채취가 가장 성하다.

위의 사례는 미역밭에서 미역을 기르고 가꾼다는 점에서 조도군도의 '물주기'와 유사하다. 고흥 하반마을에서는 갯닦기를 한 후 미역밭에 거름을 준다고 한다. 단편적인 기술만으로 실제를 확인할 수는 없지만, 미역 포자가 착상하도록 돕는 것에 그치지 않고 미역의 성장을 증진시키기 위해 거름을 주었다는 것을 통해 미역을 기르는 관념과 행위가 존

23) 권삼문, 「돌미역 채취관행」, 『동해안 어촌의 민속학적 이해』, 민속원, 2001, 48~49쪽.
24) 한상복, 「남해안 거제도 인근 도서」, 『한국의 낙도민속지』, 집문당, 1992, 443~444.

재함을 알 수 있다. 경북 기성리와 경남 거제의 사례에서는 미역의 솎음과정이 있다. 미역도 육지의 작물처럼 밀집해서 자라면 품질이 좋지 않기 때문에 밭작물처럼 솎아내는 작업을 하는 것이다. 거제시 국도와 갈도 사람들은 미역바위를 4개월 동안 닦아내는 수고를 했다.

미역을 솎아내는 것이나 물을 주는 것 모두 미역의 성장에 관여하는 것이지만, 두 행위는 생태적 기반을 달리한다. 물주기는 생태환경적으로 서해안과 남해안에서만 일어날 수 있는 일이다. 동해안의 경우 조수간만의 차가 작기 때문에 썰물에 미역이 드러나서 햇볕에 노출되지 않는다. 반면 조수간만의 차가 큰 서해안과 남해안은 썰물 때가 되면 미역밭이 햇볕에 노출된다. 그래서 조도지역과 가까운 신안 흑산면 가거도에서는 미역을 서식 위치에 따라 날미역과 속미역(무레미역)으로 구분한다. 날미역은 썰물 때 미역의 뿌리나 줄기가 햇볕에 노출되는 것으로 물 밖으로 드러난 미역이라는 의미로 '날미역'이라 하고, 무레미역은 밀물과 썰물에 상관없이 물속에 잠겨있어서 무레질을 통해서만 수확이 가능하다는 의미로 '무레미역'이라고 한다.25) 날미역과 무레미역의 구분에서 보면 '물주기'는 날미역이 자라는 조간대 구간에서만 행해지는 것이다.

〈관매도의 미역밭 관리〉
밑에서 지는 미역이 더 좋제. 그란데 물이 쓰믄 물을 줘야되니까 물을 주러 가제. 우겟 놈. 그라고 물 쓸 때는 다 떠볼 때 있드만. 가서 보믄. 막 자꼬 안 모르게 물을 주. 바가지 갖고 가. 이렇게 자루 만들어서 바가지 있어. 물 줘서 섞어져분께 몰라도 우겟 놈이 안 좋지. 그래도

25) 고광민, 「한국어촌사회 공유지의 소유구조」, 『한국 어촌사회 공유자원』, 인천학연구원, 2011, 100~109쪽; 송기태, 「어경(漁耕)의 시대, 바다 경작의 단계와 전망」, 『민속연구』 제25집, 안동대 민속학연구소, 2012.

길믄 우겟 놈이로 열심히 떠없혀. 물 쓰믄. 안 말라지기만 하는 돼. 그
래갖고 쪼끔 있으믄 물 들믄 다 집이 오제.

관매도와 조도지역은 미역이 주요 생업작물에 속하기 때문에 관리
인을 두고 매일같이 작황을 확인하고, 그에 맞는 관리를 해왔다. 해안
의 환경에 따라 썰물이 되면 미역이 햇볕에 노출되는데, 어린 미역이
땡볕에 장기간 노출될 경우 말라서 죽어버리거나 데쳐져서 상품성이
떨어진다. 따라서 조도지역에서는 타 지역에 비해 지속적으로 미역밭
을 관리할 수밖에 없었다. 현지의 주민들도 햇볕에 노출되는 미역이
상품적으로 좋지 않다고 생각하지만, 그것이라도 더 수확하기 위해 물
주기 작업을 행한다.

서해안과 남해안은 조수간만의 차가 심한 지역으로 수심이 6m~8m
이상 차이나기도 한다. 이에 비해 동해안은 밀물과 썰물이 30cm 정도
의 차이에 그친다. 이러한 물때의 생태조건에 적응하면서 미역에 대한
'물주기'가 행해지는 것이다.[26] 즉, 밀물과 썰물이라는 조수간만의 차
가 심한 지역에서의 미역밭 가꾸기로서 생태적 환경에 적응한 바다밭
경작의 결과라고 할 수 있다.

---

[26] 송기태, 「어경(漁耕)의 시대, 바다 경작의 단계와 전망」, 『민속연구』 제25집,
안동대 민속학연구소, 2012.

IV   조간대 미역밭을 경작하기 위한 생업전략

조도군도의 물주기 행위는 조수간만의 차이를 인정하는 생태적 적응 외에도 생업방식의 차이도 드러낸다. 조도군도의 미역밭 관리와 채취과정에서 두드러지는 점은 채취도구가 특별히 발달하지 않았다는 점과 해녀의 존재가 확인되지 않는 점이다. 미역채취에서 해녀의 존재는 절대적임은 굳이 강조하지 않아도 쉽게 알 수 있다. 현재 자연산미역은 대부분의 지역에서 해녀들이 전적으로 작업을 하고 있기 때문이다. 그런 면에서 도구의 사용과 해녀의 존재 유무를 주목하여 논의할 필요가 있다.

미역 채취는 물 밖에서 도구를 이용하는 방법과 잠수를 해서 따는 방법이 있다. 해녀들이 아닌 경우에는 대부분 물 밖에서 도구를 이용해 미역을 채취한다. 강원도 동해시에서는 남자들이 선상에서 자루가 긴 낫을 이용해 물속

〈사진4〉 미역 낫대와 깔기(등명지방)
(『한국의 해양문화 -동남해역 下』 자료)

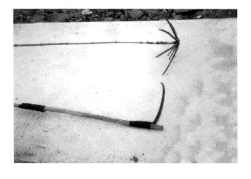

의 미역을 베고 감아서 올리는 방법으로 미역을 채취했다.[27] 경북의

---

27) 국립민속박물관에서 최근 동해안의 미역채취와 관련해 보고서를 발간하였다. 이에 따르면 동해안지역에서는 미역을 채취하기 위한 긴 낫대 등의 도구가 발달하였고, 해방 후 해녀들이 미역채취에 적극적으로 개입되었음을 확인할 수 있다. 오창현, 『동행의 전통어업기술과 어민』, 국립민속박물관, 2012; 주강

동해안 지역에서도 강원도와 마찬가지로 물속의 미역들을 채취하기 위해서는 토막배를 타고 선상에서 자루가 긴 '미역 낫대'를 이용하여 채취했다.[28] 조도군도와 가까운 제주 추자면 추포도에서는 먼저 낫으로 채취한 후 아시낫대(자루가 긴 낫)를 이용해 물속의 미역을 채취하고, 그것으로도 채취가 불가능한 곳은 해녀가 채취하였다.[29] 이러한 도구들은 미역양식이 활발해지고 해녀들의 활동이 확장되면서 경제적 효용에서 밀려나 거의 중단된 상태다.

　그런데 관매도에서는 미역채취를 위해 특별한 도구를 개발하거나 변용하지 않았던 것으로 파악된다. 인근 지역에서 나타나는 자루가 긴 낫도 사용되지 않았다. 관매도에서는 일반적으로 뭍에서 사용하는 낫과 미역밭에서 사용하는 낫을 크게 구분하지 않고, 미역을 채취할 때 어떤 낫이든 가지고 가서 작업을 만, 비교적 자루가 조금 길고 날이 짧은 것을 선호한 정도였다.

〈관매도의 미역채취와 도구의 사용〉
　눈으로 보고도 우리 서민들이 뭣한 데는 못딸 수도 있고, 남자들이 혹시 뭣하믄 목물 짝에도 (물이 목에 차는 수준의 깊이) 가서 채취하고도 그래요. 많이 물 깊이 미역은 많이 그렇게 안 합디다. 물이 간조 되불믄은 어느 정도는 다 비어. 그란데 물 밑에까지 다 비어집디다. 어려운 데는 남자들이 주로 하제. [미역 따는 낫은 보통 낫입니까? 아니면

현, 「물질과 해양생활사 문화자원」, 『한국의 해양문화』 (동해해역), 해양수산부, 2002, 386쪽.

28) 이상고, 「어로기술」, 『한국의 해양문화』 (동남해역 下), 해양수산부, 2002, 275~276쪽.

29) 고광민, 「한국어촌사회 공유지의 소유구조」, 『한국 어촌사회 공유자원』, 인천학연구원, 2011, 133~134쪽.

긴 낫입니까? 아무 낫도 가지고 가는데 크믄은 손에가 불편합니다. 갯바위 조금 난 데 하니까. 날이 쪼그만 하고 자루가 길어야 좋고. 그래야 저 밑에 놈도 이렇게 자르고. [다른 데는 해녀들이 많이 하잖아요.] 있어. 그란디 관매도라는 데는 해녀들이 미역 채취는 안 해요. 안 했어. [배타고 가서 채취해서 나눌 거 아닙니까.] 그때는 배 없었어. 옛날 시절에는 전부 지게로 운반했제. 지고. 배로 안 했어. 옛날에는 전부 인력으로 다 했지. 말하자믄 아까 5짓이나 되는데, 그 집마다가 배가 있어야 할 것인데, 배가 없는 디도 있고 그럴 거 아닙니까. 그러고 누가 배를 마음대로 접안할 때 (부딪히니까) 잘 안되죠. 지금이야 배로 하지만 그때는 배로 못했어.

관매도에서는 타 지역에서 발달한 '자루가 긴 낫'의 사용도 그리 많지 않았고, 자체적인 잠수꾼도 존재하지 않았다. 외지의 해녀의 경우 전복이나 소라 등의 패류를 채취하는 권리만 입찰로 참여할 뿐 해조류는 따지 못했다. 또 1970년대 이전까지는 해조류를 채취하는 데 배를 이용하지 않았다. 이러한 사항들을 종합해보면 관매도 사람들은 가장 척박한 조건에서 미역밭을 경작했음을 알 수 있다.

관매도나 조도군도 일대에서는 해녀들의 활동도 미약하게 이루어진다. 현재까지도 해녀들이 거의 활동하지 않는데, 가끔씩 해녀들이 마을 어장에 참여할 경우에도 패류에 한하여 채취하는 정도다. 인근 흑산군도나 추자군도, 완도 일대에서 제주 해녀들이 왕성하게 활동해왔는데 조도지역은 해녀들의 진출이 미약했던 것으로 추정된다.

일제강점기를 겪으면서 해조류의 가치는 급상승한다. 해조류가 일본의 시장에서 중요한 자원으로 작용했기 때문이다. 1894년 갑오경장 이후 일제강점기를 겪으면서 제주 해녀들은 일본 해녀들의 침입에 대응해 경쟁하고, 한반도를 비롯한 동아시아지역으로 활동영역을 확장한다. 이 과정에서 제주 해녀들은 '바깥물질'이라고 하여 해마다 수천 명씩 한반도 곳곳을 누비면서 해조류와 패류를 채취했다. 한반도에서는 경상도지역으로 진출하는 경우가 가장 많고, 그 다음으로 다도해지역으로 진출했다. 제주 해녀들의 한반도 진출은 1921년 조선총독부에 의한 어업령의 공포로 합법적인 활동이 되었다.[30] 그러나 제주 해녀들의 한반도 진출은 토박이 어민들에게 매우 위협적으로 다가왔고, 그로 인해 곳곳에서 마찰이 발생했다.

〈흑산도에 진출한 해녀들〉

전라남도 무안군 흑산도는 황해상에 있는고로 던답이라고는 조금도 업서 약 삼백호의 칠백여명 주민은 오즉 해초를 채취하야 연명을 하야 갓섯는데 근년에 이르러 제주해녀가 집단적으로 몰려와서 해초를 모조리 채취하야감으로 그들보다 잠해술이 부족한 도민들은 점점 그들의 침습을 바더 호구지책이 막연하야감으로 여러번 만류를 하야 보앗스나 조금도 효험이 업스며 경찰에 말하야도 경찰서까지는 백리 해상을 항행하지 안흐면 올 수 없는 곳임으로 (중략) 제주 해녀들의 해초 따든 어장이 대개 일본인에게 권리가 넘어가사 해녀들은 벌이할 곳이 업슴으로 점점 방비가 적은 조선인 어장으로 산포됨으로 도뎌히 쉽게 해결되기 어려우리라고 관측된다더라.[31]

위는 1928년 신문기사를 통해 흑산도 일대의 주민들이 해조류를 채취하여 생업을 유지하고 있다는 것과 제주 해녀들이 일본인들과 경쟁

---

30) 김영돈, 『한국의 해녀』, 민속원, 1999, 383~391쪽; 김수희, 「일제시대 남해안 어장에서 제주해녀의 어장이용과 그 갈등 양상」, 『지역과 역사』 제21집, 부경 역사연구소, 2007.
31) 『동아일보』 1928년 4월 28일자 기사.

하는 과정에서 한반도 일대로 진출했다는 것을 읽을 수 있다. 전국적으로 자연산 미역의 채취와 관련해 해녀들의 활동은 독보적이었던 점도 확인할 수 있다. 해녀들은 잠수를 하여 해조류와 패류를 채취하기 때문에 일반 사람들의 입장에서는 전문가에 해당하는 사람이었다. 제주의 해녀들 외에 한반도 연안에도 잠수를 하는 사람들이 존재했지만, 제주 해녀들의 기술을 따르지는 못했다.

〈신안군 흑산면 다물도의 잠수꾼〉[32]
다 채취하고 놔버리면 잠수하는 사람들이 물밑에 가서 뜯어오고 °°° 저 밑에 있는 미역은 못 뜯지. 물밑에 있는 미역이 좋아요. [물 밑의 미역을 어떻게 뜯습니까?] 옛날 구식에는 똠 내에서 잠수하는 사람들이 있어요. 전적으로 해녀들같이 깊이는 못가도 서 말내지 너 말 이렇게 하는 해녀들도 있어요. 남자들도 이제는 해요. 그렇게 하면 그때도 잠수삯이라고 해서 줘요.

신안 흑산면 다물도의 사례를 통해 미역채취와 관련해 잠수의 능력과 그들의 활동을 확인할 수 있다. 제주 해녀가 아니더라도 토박이 잠수꾼이 존재하는데 이들은 제주 해녀들보다 잠수 기술이 부족하지만, 잠수를 하여 미역을 채취하는 것으로 별도의 잠수삯을 받았다. 이것은 미역을 낱미역과 속미역으로 구분하는 가거도 사람들의 사정과 같다.

가거도에도 토박이 잠수꾼들이 존재하여 낱미역과 속미역을 채취하는데, 속미역은 잠수를 해야만 채취할 수 있었다. 낱미역의 경우 집집마다 나와서 채취를 하고 분배를 하는데, 속미역은 잠수꾼이 없으면

---

32) 전재경, 『어촌사회의 법의식-재산권·소유권·환경권의 조화-』(연구보고98-8), 국립법제연구원, 1998, 121~122쪽.

참가할 수 없었다.[33] 그래서 집안에 잠수꾼이 있으면 속미역 채취량 중에서 1짓을 받고, 잠수꾼이 없어 참여하지 못할 경우에는 '애호'라고 하여 반짓 정도의 양을 나누어주었다. 가거도 사람들의 해조류 채취에서 속미역은 생명선으로서 잠수의 능력이 없으면 절대 불가한 것이었다.[34] 경남 거제도의 국도와 갈도 사람들은 물 밖의 미역은 주민들이 채취하고, 바다 속의 미역은 제주 해녀들을 고용하여 채취한다.[35] 이렇듯 해조류 채취에서 잠수꾼의 역할은 매우 중요했기 때문에 잠수가 없는 해조류 채취는 생각하기 어려운 것이 현실이다.

관매도나 조도군도를 제외한 인근 도서지역에서는 어떤 형식으로든 물속의 미역을 채취하는 데 열을 올렸다. 그 방법으로 긴 낫을 이용하기도 하고 잠수꾼을 활용하기도 했다. 흑산지역에서는 미역을 날미역과 속미역으로 구분하여 속미역을 따는 데는 잠수꾼을 활용했다. 그런데 관매도는 날미역이나 속미역의 구분도 없고 잠수꾼도 없다. 명칭이야 어떻듯 조간대의 미역과 조간대 밑의 미역에 대한 구분이 없다는 것은 바다 속 미역밭에 대한 인지체계가 발달하지 않았음을 말해주는 것이다. 현지 주민들은 썰물로 물이 빠지면 미역이 다 드러나고 물속의 미역도 다 보인다고 하지만, 잠수를 하지 않기 때문에 바다 속에 대해 인지하지 못한 측면도 있다고 할 수 있다. 인근 흑산군도나 추자도, 완도지역에서 해녀들이 바다 속 미역을 채취하고 있는 점을 감안하면 조도군도에서도 미역이 조하대 지역에 서식할 가능성이 있는 것이다.

33) 이유리, 「가거도의 갯밭공동체와 무레꾼 연구」, 목포대 석사논문, 2013, 34~38쪽.
34) 고광민, 「한국어촌사회 공유지의 소유구조」, 『한국 어촌사회 공유자원』, 인천학연구원, 2011, 100~109쪽.
35) 한상복, 「남해안 거제도 인근 도서」, 『한국의 낙도민속지』, 집문당, 1992, 444쪽.

조도군도 자연산 미역에 대한 양식기술 개발과 관련한 보고서에 의하면, "조도군도의 자연산 미역은 유속은 창조 및 낙조류가 1.0~2.0 m/sec로서 매우 빠르고, 특히 돌미역이 군락을 형성 서식하고 있는 지역은 와류가 발생하는 지역이 많으며 풍파 또한 강하였다. 수심은 서식 암반에서 급경사를 이루며 서식 주위가 8~26m 범위"36)인 것으로 파악된다. 미역의 서식지가 와류가 발생하고 풍파가 강하면서 급경사를 이룬 암반이라는 점 때문에 조간대의 미역밭 경작에 집중하게 되었는지는 알 수 없지만, 일반 사람들이 쉽게 물속으로 들어가서 작업할 수 없는 곳임은 알 수 있다. 수심이 8~26m라고 하는 것은 미역이 주로 물속에 있음을 말해주는 것이기도 하다.

관매도의 미역밭 경작에서 '물주기'는 조간대를 중심으로 한 미역밭을 경작하는 지역의 특징으로 이해할 수 있을 것 같다. 폴리네시아의 이스터섬에서는 적은 양의 타로토란을 심고 그것을 지키기 위해 돌로 둘러싸는 '돌 뿌리덮개' 농법을 행했다고 한다.37) 이는 건조한 지역에서는 돌이 흙을 덮고 있으면 햇살과 바람으로 인한 수분 증발을 억제하고, 지표면에 빗물이 빨리 빠져나가는 것을 늦춰서 경작지를 축축하게 하는 방법으로 이스라엘, 미국, 페루, 중국 등등의 사막지역 또는 건조지역에서 행해지는 농법이다. '돌 뿌리덮개' 농법은 관개수로를 확보하지 못하기 때문에 발생한 것인데, 관매도의 '물주기'도 잠수꾼이 없고 도구를 발달시키지 않은 지역에서 미역을 생산하는 적응방법인 것이다.

---

36) 신우철, 『진도산 돌미역 양식 연구』, 목포지방해양수산청 진도어촌지도소·농림수산부, 1997, 8쪽.
37) 재레드 다이아몬드, 강주헌 역, 『문명의 붕괴』, 김영사, 2012, 130~131쪽.

결론

　미역은 전통시대부터 지금까지 한국의 해조류를 대표하는 음식이면서 어촌의 주요 소득원으로 기능하고 있다. 미역은 의례적으로도 특화되어 있어서 일생의례와 관련해서 중요한 음식으로 기능한다. 그래서 현재까지도 출산을 한 산모들은 미역국을 먹고, 생일을 기념하는 사람들도 미역국을 먹는다. 일부 지역에서는 미역을 구입하러 나갈 때 사람들의 왕래가 적은 새벽에 나서고, 미역을 묶은 새끼줄의 방향을 살펴 태아의 성별을 점치기도 한다.[38] 또 '산후조리미역'이라고 하여 미역을 접거나 꺾지 않은 형태 그대로 팔기도 한다. 서남해 도서해안지역에서는 마을의 당제 때 첫 미역을 제물로 사용하기 위해 당제를 지내기 전에 미역을 먹지 못하게 하는 지역도 있다. 이렇듯 미역은 생산자나 소비자 모두에게 특별한 음식이었다.

　미역이 대표적 해조류로서 자리 잡는 동안 어촌에서는 미역의 증산을 위해 노력을 기울여왔고, 그에 따른 기술들을 발달시켜 왔다. 미역밭의 경작은 이러한 증산의 노력과정에서 생성된 것이다. 자연산 미역은 '자연산'이라는 가치를 통해 비교적 비싼 값에 판매되면서도 그 실제에는 '미역밭에서 경작'해 온 어민들의 노력이 들어있다. 본 연구에서는 미역밭을 통해 해조류의 경작관념과 그 실제를 들여다보고 있다. 수렵·채집문화를 상징하는 '자연산'과 경작문화를 상징하는 '양식산'의 관계, 수렵채집에서 경작으로 이행하는 어업문명의 전이 등을 논의

---

38) 정연학, 「일생의례와 물질문화 출생의례와 혼례를 중심으로」, 『역사민속학』
　　제37집, 역사민속학회, 2011, 76쪽.

의 중심으로 삼았다.

본문에서는 관매도를 중심으로 한 조도군도의 미역밭에서 미역을 경작하는 과정을 단계별로 기술하고 그것의 의미를 파악하였다. 관매도의 미역밭 경작은 '갱번고사-갯닦기-물주기-채취 및 분배'의 과정으로 진행되고 있다. 이러한 과정은 '심고-기르고-수확'하는 경작의 과정과 흡사하다. 다만, 미역밭의 경작은 완벽한 경작의 단계에 이르지 못한 상태였다. 자연산이기 때문에 부여받는 상품적 가치는 '심기' 과정을 자연에 의존하는 점에서 얻어진 것이었다. 즉, 수렵채집에서 경작으로 이행하는 '원시농사'의 단계를 거쳐가는 과정으로 파악된다.

조도군도의 미역밭 경작에서 두드러지는 점은 '물주기'라는 작업이다. 자연산 해산물에 물을 주어서 기른다는 점은 인근 도서해안지역에서 발견되지 않는 사항이다. 기본적으로 '물주기'라는 작업이 존재할 수 있는 배경은 밀물과 썰물이라는 조수간만의 차가 큰 지역이기 때문이다. 썰물로 조간대의 미역밭이 드러나면 어린 미역이 햇볕에 마르지 않도록 바닷물을 뿌려주는 것인데, 이는 동해안에서는 일어날 수 없는 일이다. 그런데 인접 도서지역에서도 물주기 작업이 행해지지 않는 점에서 관매도와 조도군도 미역밭 경작의 특징이 있다.

인접 도서지역인 흑산군도에서는 썰물에 드러나는 미역을 '낱미역', 썰물에도 물속에 들어있는 미역을 '속미역'이라고 구분하고, 속미역은 토박이 잠수꾼이나 해녀들이 채취한다. 전국적으로도 물속의 미역은 자루가 긴 낫으로 채취하거나 해녀의 잠수에 의존하고 있다. 그런데 조도군도 사람들은 미역밭을 구분하지도 않고, 긴 낫을 사용하지도 않으며 잠수를 하는 해녀도 존재하지 않는다. 실제 조간대 밑의 조하대에 미역이 서식하고 있는지는 알 수 없지만, 조간대 이하의 물속 상황에 대해 인지체계가 발달시키지 않은 점은 분명하다. 이러한 상황에서 조도군도 사람들은 조간대의 미역밭을 관리하고 가꾸기 위해 갯닦이와 물주기 등의 방법을 고안하고 노력을 기울였다. 조도지역의 미역밭 물주기 작업은 이러한 생태인지의 한계 속에서 생성된 경작방법으로 추정된다. 미역의 증산을 위해 조간대의 미역밭을 최대한 관리하고 기르는 방법으로 고안해 낸 장치가 '미역밭 물주기'인 것이다.

● 참고문헌 ●

강종호・홍성걸・정명생, 『양식미역산업의 가격안정지지제도 개선을 위한 정책방향』, 한국해양수산개발원, 2001, 1~156쪽.

고광민, 『제주도의 생산기술과 민속』, 대원사, 2004, 1~334쪽.

권삼문, 『동해안 어촌의 민속학적 이해』, 민속원, 2001, 1~380쪽.

김선경, 「17~18세기 양반층의 산림천택(山林川澤) 사점과 운영」, 『역사연구』 제7호, 역사학연구소, 2000, 9~74쪽.

김수희, 「일제시대 남해안어장에서 제주해녀의 어장이용과 그 갈등 양상」, 『지역과 역사』 제21집, 부경역사연구소, 2007, 297~322쪽.

김승・진상태, 「관매도의 어촌마을 지선어장 이용실태에 관한 조사연구―진도군 조도면 관매도 관호마을의 사례를 중심으로―」, 『한국도서연구』 16-2, 한국도서(섬)학회, 2004, 103~132쪽.

김영돈, 『한국의 해녀』, 민속원, 1999, 1~568쪽.

김 준, 『대한민국 갯벌 문화 사전』, 도서출판 이후, 2010, 1~232쪽.

김현영, 「전근대 해남윤씨가의 맹골도 지배와 주민들의 세공 회피」, 『고문서연구』 39, 한국고문서학회, 2011, 213~236쪽.

박광순, 「진도의 수산업과 수산의례」, 『호남문화연구』 10, 전남대 호남학연구소, 1979, 163~194쪽.

송기태, 「양식어업에 따른 생태인지체계의 확장과 '해산물 부르기' 의례의 진화―전남 남해안지역 갯제를 중심으로―」, 『도서문화』 제38집, 목포대 도서문화연구원, 2011, 273~308쪽.

_____, 「어경(漁耕)의 시대, 바다 경작의 단계와 전망」, 『민속연구』 제25집, 안동대 민속학연구소, 2012, 85~116쪽.

신우철, 『진도산 돌미역 양식 연구』, 목포지방해양수산청 진도어촌지도소・농림수산부, 1997, 1~135쪽.

오창현, 『동해의 전통어업기술과 어민』, 국립민속박물관, 2012, 1~229쪽.

옥동석·고광민·이혜연, 『한국 어촌사회 공유자원』, 인천학연구원, 2011, 1~256쪽.

이수애, 「조도지역의 사회구조」, 『도서문화』2, 목포대 도서문화연구소, 1984, 133~209쪽.

이유리, 「가거도의 갯밭공동체와 무레꾼 연구」, 목포대 석사논문, 2013, 1~115쪽.

이종길, 「일제초기 어촌의 소유권 분쟁-맹골도문서를 (孟骨島文書) 중심으로 -」, 『법사학연구』 제15집, 한국법사학회, 1994, 47~85쪽.

재레드 다이아몬드, 강주헌 역, 『문명의 붕괴』, 김영사, 2012, 1~477쪽.

전재경, 『어촌사회의 법의식-재산권·소유권·환경권의 조화-』(연구보고98-8), 국립법제연구원, 1998, 1~275쪽.

정연학, 「일생의례와 물질문화-출생의례와 혼례를 중심으로-」, 『역사민속학』 제37집, 역사민속학회, 2011, 67~102쪽.

정윤섭, 「16~18세기 해남윤씨가의 해언전 개발과정과 배경」, 『지방사와 지방문화』 제11-1호, 역사문화학회, 2007, 111~147쪽.

정윤섭, 「조선후기 海南尹氏家의 孟骨島획득과 經營」, 『도서문화』 제31집, 목포대 도서문화연구원, 2011, 223~259쪽.

조영준, 「영조대 均役海稅의 수취와 상납-『여지도서』의 집계 분석-」, 『한국문화』 51, 규장각한국학연구소, 2010, 3~28쪽.

콜린 텃지, 김상인 옮김, 『에덴의 종말 : 왜 인간은 농부가 되었는가?』, 이음, 2011.

한상복·전경수, 『한국의 낙도민속지』, 집문당, 1992, 1~518쪽.

해양수산부, 『한국의 해양문화』 (서남해역 下), 2002, 1~617쪽.

『경세유표』 14권, 한국역사정보시스템〈http://www.koreanhistory.or.kr/〉

12

가거도와 만재도의
갯밭공동체와 무레꾼 연구

- 서 론
- 조사지역의 생업과 특성
- 갯밭에 대한 인지와 갯밭공동체의 운영
- 무레꾼의 특성과 활동양상 비교
- 결 론

| 이유리 | 목포대학교

『남도민속연구』 제26집, 2013.

I   서 론

바다를 생업의 근간으로 삼아 살아가는 사람들에게 어획물은 매우 중요한 존재이다. 상대적으로 농토가 부족한 곳에서는 특히나 '바다에서 건져 올리는 것'에 대한 기대와 의존감이 크다. 곡물과 현금으로 맞바꿀 수 있는 절대적인 물품이기 때문이다. 때문에 그들은 자신들의 삶의 터전인 '바다'를 하나의 농토와 같은 개념으로 인식한다. 해안지역 어민들이 이를 '갯밭' 또는 '갯바탕'이라고 부르는 이유가 바로 거기에 있다.

이 글에서 말하고자 하는 가거도와 만재도 지역은 그와 같은 인식을 가장 잘 보여주는 사례라고 할 수 있다. 가거도와 만재도 사람들은 자신들이 일하는 갯바위를 둔 바다를 '갯밭'이라는 실질적인 명칭을 통해 인식하고 있으며 그곳에서 미역이나 우뭇가사리, 톳 등의 해조류를 채취한다. 갯밭에서의 해조류 채취는 과거 두 마을의 경제를 지배했을 정도로 중요한 생업 중 하나였다. 이는 현재도 마찬가지이다. 가거도에서는 주요 채취품마다 각각 '김계', '톳계', '미역계'라는 이름을 붙여 공동으로 채취하는 관습을 만들어 수행해왔으며, 만재도 역시 '김 갱번', '톳 갱번', '미역 갱번'과 같은 이름으로 무레질을 행했다.

가거도와 만재도는 아직까지 지역의 토착 무레꾼[1]들이 활동하고 있

---

* 이 글은 필자의 석사학위논문인 「가거도의 갯밭공동체와 무레꾼 연구」를 바탕으로 비교연구부분을 추가하여 쓴 글이다.

1) 필자는 이하의 논의에서 '해녀'라는 용어를 '무레꾼'으로 바꾸어 사용하기로 한다. 이는 '무레꾼'이라는 명칭이 가거도와 만재도에서 불려지는 현지 토착어이며, 무엇보다도 가거도에서 남성 무레꾼이 대다수 분포했다는 사실이 있

는 곳이다. 이 두 지역은 가까운 거리 탓에 서로 통혼권을 이루기도 하며, 바다를 대상으로 하는 비슷한 생업 분포를 보인다. 그러나 그럼에도 불구하고 무레꾼의 특성과 활동양상 등이 서로 다르게 나타난다는 점은 매우 흥미롭다. 갯밭의 생태, 똠의 이용과 현황, 남·여 무레꾼의 존재, 그로 인한 상이한 무레꾼 문화의 전승 등은 가거도 무레꾼과 만재도 무레꾼을 구분 짓는 중요한 요소들이다.

한편 무레꾼의 해조류 채취는 패류채취와 달리 상품경제과정과 임노동형태를 거치지 않은 원시적 형태의 어업형태로서 잠수노동의 전통성을 잘 간직하고 있는 사례라고 볼 수 있다. 이들은 공동채취·공동분배를 통해 마을공동체가 하나로 결속하는 데 결정적인 계기를 제공하기도 한다. 또한 대다수의 어민들이 지선어장에서의 활동으로 생계를 유지함을 볼 때, 지역의 자생적 무레꾼의 존재는 바다를 삶의 터전으로 삼아 살아온 지선어민들의 삶의 모습들을 가장 잘 대변해 줄 수 있을 것이다.

그러나 아직까지 위와 같은 문제를 주목하여 다룬 연구는 많지 않다. 가거도와 만재도를 다룬 기존의 연구들도 갯밭공동체의 생업관계 속에서 무레꾼을 주목하지 못했다. 가거도의 경우, 주로 신앙과 민요에 주목하거나 학회지의 특집편으로 가거도의 전반적인 생활모습에 대해 다룬 연구가 있고, 만재도의 경우 어로민속조사보고서 1편을 제외하고는 패총과 생물학적 연구가 대부분이다.

무레꾼의 본질이 해조류 및 패류의 채취업에 있다고 볼 때 관련 연구는 민속학, 인류학, 사회학, 역사학 등 다방면에서 다각도로 이루어

는 바, '해녀'라는 단어가 이를 모두 포용할 수 없으므로 '무레꾼'으로 통칭하기로 한다.

져 왔다. 먼저, 해조류 채취에 관한 연구들로는 한상복, 조경만, 권삼
문, 김창민, 이완근[2] 등을 들 수 있다. 한상복은 가거도·금오도·동
해안 석병의 생태환경에 따른 어촌조직의 변이와 해조류 채취의 분배
에 주목했고 조경만은 흑산군도 사람들의 생태인지와 물질사례를 살펴
보았다. 권삼문은 동해안 기성리의 미역 짬의 형태와 어로에 대해 논
의하였으며 김창민은 흑산도 사리의 바위미역채취에 관해 주목하고 이
완근은 가거도의 어촌공동체에 대해 법학적으로 연구를 진행했다.

무레꾼에 관한 연구는 대표적으로 김영돈, 이성훈, 좌혜경, 오선화,
안미정, 박찬식, 조혜정, 권귀숙, 민윤숙[3] 등을 들 수 있다. 김영돈은

2) Sang-Bok Han, 「Korean fishermen : ecological adaptation in three communities」, 『Seoul National University Press』, 1977.; 조경만, 「흑산사람들의 삶과 民間信仰 ; 生計活動·堂祭·水産儀禮의 現樣相」, 『도서문화』 제6집, 목포대학교 도서문화연구원, 1988.; 권삼문, 「漁村의 미역 採取慣行에 關한 연구 : 東海岸 箕城里의 事例를 中心으로」, 영남대학교 석사학위논문, 1992.; 김창민, 「평등이념과 개인의 전략 :흑산도의 바위 미역 채취에 관한 민속지」, 『지방사와 지방문화』 제5집 제1호, 역사문화학회, 2002.;이완근, 「漁村共同體의 法律關係에 관한 硏究 : 可居島 漁村共同體의 慣習을 中心으로」, 전남대학교 박사학위논문, 1990.

3) 김영돈, 『한국의 해녀』, 민속원, 1999.;이성훈, 『해녀의 삶과 그 노래』, 민속원, 2005.; 좌혜경, 「해녀노래 현장과 창자 생애의 사설 수용 분석-'해녀노래' 보유자 안도인의 노래와 생애를 바탕으로-」, 『영주어문』 제7집, 영주어문학회, 2004.; 좌혜경 외, 『제주해녀와 일본의 아마 해녀』, 민속원, 2006.; 오선화, 「竹邊地域 移住潛女의 適應過程 硏究」, 안동대학교 석사학위논문, 1998.; 양원홍, 「완도에 정착한 제주해녀의 생애사」, 제주대학교 석사학위논문, 1999.; 안미정, 「제주해녀의 이미지와 사회적 정체성」, 제주대학교 석사학위논문, 1998.;안미정, 「제주 잠수의 어로와 의례에 관한 문화인류학적 연구 : 생태적 지속가능성을 위한 문화전략을 중심으로」, 한양대학교 박사학위논문, 2007.; 박찬식, 「제주해녀의 역사적 고찰」, 『역사민속학』 제19집, 역사민속학회, 2004.;박찬식, 「제주해녀투쟁의 역사적 기억」, 『탐라문화』 제30집, 제주대학교 탐라문화연구소, 2007.;조혜정, 「발전과 저발전:제주해녀사회의 성 체계와 근대화」, 『한국의 여성과 남성』, 문학과지성사, 1990.; 권귀숙, 「제주 해녀의 신

최초로 해녀 단행본을 엮어내면서 학제간 연구를 통해 해녀 문화의 전반을 체계적으로 정리하였다. 이성훈과 좌혜경은 제주 해녀의 노젓는 소리의 사설을 비교·연구하였으며 오선화는 죽변 지역으로 이주해 간 제주 잠녀들의 적응과정을, 양원홍은 완도에 정착한 제주 해녀의 삶과 적응과정을 주목하였다. 안미정은 제주해녀의 이미지와 정체성을 파악하고 문화전략적 측면에서 제주 해녀의 어로행위와 채취방법에 따른 공존에 대해 다루었다. 이밖에도 박찬식은 역사적 측면에서 제주 해녀의 사적(史的)전개와 출가 및 투쟁에 대해서 다루었고 조혜정은 근대화 과정에서 발생한 제주 해녀의 성역할 체계화 과정을, 권귀숙은 이에 반박하며 제주 해녀에게 지워진 근면성의 신화를 해체하는 작업을 수행했다. 민윤숙은 제주 잠수들의 속신과 생태적 공존전략에 대해 연구하였다.

그러나 이와 같은 연구는 대부분 제주지역을 중심으로 이루어져, 다른 어촌지역의 토착 무레꾼들에 대한 관심을 본의 아니게 종식시켜왔다.[4] 또한 해조류 채취가 대부분의 어촌지역에서 공동 작업으로 이루어졌다는 점에서 볼 때, 해녀는 마을 공동체의 생업 관계 속에서 파악되어야 함이 옳으며 각 지역의 생태·문화적 특수성까지 감안하여 본

화와 실체;조혜정 교수의 해녀론을 중심으로」,『한국사회학』제30-1집, 한국사회학회, 1996.; 민윤숙, 「제주 잠수 물질의 생태학적 측면 : 자원의 한계를 고려한 '물질' 민속을 중심으로」,『한국민속학』52-1집, 한국민속학회, 2010.; 민윤숙, 「제주 잠수공동체의 공생, 공존 전략」,『한국민속학』제55-1집, 한국민속학회, 2012.

4) 다만 몇몇의 논의는 보고되어 왔다. 고광민, 「平日島 '무레꾼(海女)들의 組織과 技術」,『도서문화』제10집, 목포대학교 도서문화연구원, 1992.; 이경아, 「채취기술의 변화에 따른 어촌사회의 적응전략 : 신지도 貝類 채취조직과 기술을 중심으로」, 영남대학교 석사학위논문, 1998.

다면 보다 다양한 지역에서의 해녀 연구 사례가 수집되어야 한다는 결론에 이르게 된다. 게다가 잠수노동 종사자는 계속해서 줄어들고 있는 실정이다. 이 글에서 주제로 삼은 가거도와 만재도의 경우에도 현재 활동하는 무레꾼의 대다수가 모두 60-70대이다. 이와 같은 사실은 무레꾼에 대한 조사와 보고의 체계를 더욱 서둘러야 하는 이유가 되고 있다.

따라서 이 글에서는 가거도와 만재도의 갯밭공동체와 무레꾼에 대해 살펴보고자 한다. 제주 이외의 자생적인 무레꾼 문화를 밝히는 데 있어 두 지역은 인문·사회·지리·경제적 조건을 충족한다. 2장에서는 이와 같은 사실을 밝히기로 한다. 가거도와 만재도의 지리적 위치와 지역적 특성을 알아보고, 그들의 생업과 어로활동에 대해 살필 것이다. 이는 앞으로 전개되는 글을 이해하는데 있어 중요한 역할을 할 것이다. 3장에서는 갯밭에 대한 정의와 함께 두 지역의 갯밭에 대한 인지의 틀을 밝히고, 갯밭의 나눔과 작업형태 등 갯밭공동체의 운영에 대해 살필 것이다. 4장에서는 본격적으로 가거도와 만재도 무레꾼의 특성과 활동양상을 비교해 볼 것이다. 무레꾼 조직의 구성과 특성에 대해 알아보고 가거도와 만재도의 채취시기와 도구 및 기술에 따른 차이를 밝힌 후, 남성 무레꾼과 여성 무레꾼의 공존과 그 배경에 대해 생태문화적 원인을 찾아 규명할 것이다.

이와 같은 작업은 두 지역의 생업문화적 정체성을 파악하게 할 뿐만 아니라 원해(遠海) 도서지역의 삶과 민속을 들여다볼 수 있는 계기가 될 것이다. 또한 '해녀'가 아닌 '무레꾼'을 주목함으로서 잠수노동 연구의 다양성에 일조하고, 궁극적으로 민속문화의 생태·문화적 가치를 재조명 하는 기회를 마련할 것이다.

후술하는 갯밭공동체와 무레꾼에 대한 논지는 주로 20세기부터 현재까지의 시간적 흐름에 따라 전개되며 부분적으로는 그 변화상까지 기술하여 현장성을 살리고자 한다. 또한 민속조사의 방법론에 따라 문헌조사와 현장조사를 각각 병행하여 실행하였으며 현장조사의 시기는 해조류 채취와 무레꾼의 활동 및 마을 주요 행사 등에 맞추어 진행하였다.[5] 이는 무레꾼 활동을 간접적으로나마 체험하고 외부인으로서의 이질감을 해소시켜 질 높은 현장자료를 얻고자 했기 때문이다.

II 조사지역의 생업과 특성

가거도는 목포로부터 152km 떨어진 곳에 위치한 대한민국 최서남단의 도서지역이다. 본래는 지도군 흑산면에 속해있었으나, 1914년 행정구역 개편을 거쳐 1969년 신안군에 편입되었다. 최초의 입도조는 여씨(余氏)라고 구전되고 있으며 이후 제주고씨, 평택임씨가 정착하여 마을이 형성되었다. 총 면적은 9.18㎢이며 해안선의 길이는 22km로서 선어로 농어, 도미, 우럭 등의 여러 잡어와 미역, 톳, 돌김, 전복, 해삼, 성게, 홍합, 가리비, 소라, 천초 등이 채취된다.[6] 가거도는 섬 전체가 기암괴석과 후박나무 숲으로 이루어져 있다. 주민들은 어종이 풍부하고 식수의 부족함이 없는 점을 최고의 장점으로 꼽는다. 이러한 이유로

---

5) 가거도의 경우 2011년 8월과 11월, 2012년 4월과 5월에 걸쳐 총 네 차례의 현지조사를 진행하였으며, 만재도의 경우 2012년 7월에 방문하여 무레질의 현장을 참관하고 면담조사를 실시하였다.
6) 신안군지편찬위원회, 『신안군지』, 전라남도 신안군, 2000, 965~966쪽 참조.

'가히 사람이 살만하다'고 하여 '가거도'라고 부르게 되었다는 설이 전해진다.

<그림1> 가거도 위성사진   <그림2> 만재도 위성사진

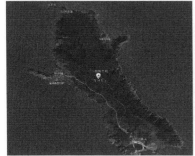 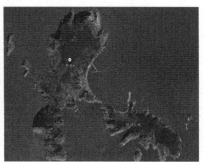

한편 만재도는 본래 진도군 조도면에 속했으나 1914년 행정구역 개편시 무안군 흑산면에 편입하게 되었다. 이후 1969년 무안군에서 신안군의 분군으로 신안군에 편입하여 현재에 이른다. 1700년 평택 임씨가 최초로 이주·정착하여 마을이 형성되었다고 전해지며 바다 가운데 멀리 떨어져 있는 섬이라 하여 '먼데섬(도)'이라 부르다가 이후 만재도로 개칭하였다는 설과 재물을 가득 실은 섬이라 하여 만재도로 불렸다는 설이 전한다.[7] 만재도의 면적은 0.63㎢이며 해안선은 5.5km로 작은 섬이다. 흑산도 남쪽으로 52km 떨어져 있으며 목포에서는 105km 떨어져 있다. 대부분 어업과 낚시 민박에 종사하며 젊은 여자들은 물질을 한다. 주 소득 상품은 우럭, 농어, 조피볼락, 전복, 미역, 다시마 등이며 이중에서도 미역이 가장 중요한 품목이다.[8]

---

7) 신안군지편찬위원회, 앞의 책, 966쪽 참조.
8) 국립해양유물전시관, 『만재도:전통한선과 어로민속조사보고서』, 국립해양유

가거도와 만재도는 모두 흑산군도에 속한 섬 지역이며, 흑산군도 중에서도 뭍과 가장 멀리 떨어진 곳들이다. 워낙 접근성이 떨어지는 곳이기 때문에 왕래하는 여객선도 하루에 한번뿐이고 그마저도 날씨가 좋지 않으면 다니지 않는다. 가거도는 1개의 법정리와 3개의 자연마을을 가지고 있다. 각각 가거1구(대리마을), 가거2구(항리마을), 가거3구(대풍리마을)이며 이 글에서 가거도의 사례를 언급할 때 중심이 되는 대리마을이 바로 가거도의 행정·경제·관광·문화의 중심지이다. 반면 만재도는 1개의 법정리에 1개의 자연마을을 가지고 있다. 가거도 대리마을의 경우 주민등록상으로는 총255세대에 425명 정도의 인구가 거주하는 것으로 나오지만 실 거주민들은 절반도 되지 않는다. 만재도역시 주민등록상으로 43세대에 93명 정도가 거주하는 것으로 나오지만 실제는 그에 미치지 못한다.9)

가거도와 만재도는 모두 어업을 주된 생업수단으로 삼는 곳이다. 그들의 생업분포는 크게 소수 주민에 의한 조업 및 민박·피싱과 다수 무레꾼에 의한 해조류채취로 나눌 수 있다. 특히 가거도와 만재도 무레꾼의 본질은 해조류채취, 그 중에서도 미역채취에 있었다고 할 수 있다.10) 뭍과의 교통이 불편하여 판로가 확보되지 못했기 때문에 전복이나 홍합 등의 패류는 건조하여 판매할 수밖에 없었고, 이는 그다지 높은 가격에 판매되지 못했다. 다만 양식미역의 흥행 전까지 자연산

물전시관, 2008, 22쪽 참조.

9) 신안군, 『신안통계연보=2011(제51회)』, 신안군청, 2011.

10) …원래 해녀, 해녀들에 인자 그 본분이. 본분이, 에, 제주도 쪽은 이런 패류를 그 주로 하는 것이고, 가거도는 미역을 전문으로 하는 거야. 미역을. …그러니까 실력으로 따지면은 미역이 제일 실력이 좋다라도 봐야지. [그러면은 경제력으로 보면요?] 그것도 미역이 최고지. 양이 많으니까. 그걸 따서 수익으로 삼을 정도니까. 2012.4.30, 대리마을 어촌계장(정석규, 55세), 필자 현지 조사.

미역의 값이 상당히 고가에 속했으므로 가거도와 만재도 주민들은 이를 통해 생계를 유지했다.

한편 두 지역은 모두 과거 '파시'라는 이름으로 흥망을 겪었다. 가거도는 겨울철 피항선박들을 대상으로 물물교환이나 장사를 하기도 했는데, 주민들은 이를 두고 '데구리파시'라고 불렀다. 피항 선박들이 대부분 '고데구리'라고 불리는 소형저인망어선들이었기 때문이었다. 90년대 언저리까지 행해지던 이 데구리파시는 정부의 고데구리 규제와 어선의 기계화·대형화로 쇠퇴의 길을 걸었다. 만재도는 과거 전갱이(가라지)의 풍년으로 '돈섬'이라고 불릴만큼 흥했던 적이 있었으며 이를 '가라지파시'라고 불렀다. 그러나 60년대를 기점으로 가라지가 잡히지 않게 되자 가라지파시 역시 쇠퇴하게 되었다.

현재 가거도에서 단기간에 고소득을 올릴 수 있는 물품은 봄철 미역과 가을·겨울철 조기 다듬기 작업이다. 그러나 공동채취조직의 소멸로 개인이 쉽게 무레작업을 할 수 없다. 가거도는 섬의 자연지질적 특징으로 인해 배가 없으면 무레질을 나갈 수 없는 구조를 가지고 있다. 때문에 선주와 긴밀한 관계에 있는 무레꾼만이 채취활동을 할 수 있으며, 마을의 대다수는 다른 사람이 이미 채취한 미역을 널어주고 그 품삯으로 미역을 받는다. 그들은 이것을 잘 말려 높은 단가에 판매한다. 가을·겨울철 조기다듬기 작업의 경우 일당은 개개인으로 받지만 작업형태는 공동이다. 그물에 걸린 조기를 따고 크기별로 선별하는 작업인데, 보통 한 배당 하나의 선단이 조직되어 일한다. 이 때 시급으로 받는 돈이 2-3개월에 몇 백만원을 훌쩍 넘기 때문에 웬만해서는 불참하지 않는다. 그 외 상시적으로 불볼락(열기) 다듬기와 기타 고기손질 등이 있지만 이것들은 현금으로 받지 않고 물품으로 삯을 대신한다.

만재도의 경우 역시 여름철 미역이 가장 큰 소득원이 되고 그 외 선주들에게 주낙을 만들어주거나 생선을 손질해주는 등의 일을 한다. 만재도는 미역의 생장에 따른 이유로 여름 한 달 정도밖에 채취할 수 없다. 때문에 하루도 쉬지 않고 채취와 건조를 병행한다. 배분은 건조된 미역으로 하는데, 주민들에게 돌아가는 몫을 모두 현금화해보면 하루에 천만원정도가 된다. 이와 같은 이유로 만재도 사람들은 '하루 쉬면 천만원 손해본다', '여름 한달 벌어 일년 먹고 산다'는 말을 하기도 한다.

 갯밭에 대한 인지와 갯밭공동체의 운영

1. 갯밭의 인지와 갯밭 공동체의 운영

'갯밭'이라는 용어는 어촌지역에서 바다를 가리킬 때 흔히 들을 수 있는 말이다. 척박한 지질로 농사를 지을 수 없는 곳에서는 특히나 바다에 대한 의존도가 높아, 바다를 하나의 경작지인 '밭'으로 인지하며 바다에서 행하는 일들을 '바닥(바다)농사'라고 부르기도 한다.[11]

가거도와 만재도 사람들은 '채취의 바다'만을 한정하여 갯밭이라고 지칭한다. 고기잡이를 하거나 주낙 등의 어로를 하는 구역을 갯밭이라 말하지 않는다. 그들의 갯밭은 대형 어선의 선단처럼 세분화된 노동력이 필요 없는 곳이다. 그들은 망망대해를 갯밭이라고 부르지 않는다.

---

11) [할머니 옛날에 보면 여기 만재도도 미역이 거의 사람들 먹여살렸잖아요.] 응 그랬제. <u>여그는 이것이 저런데 같으믄 농사여. 이런데는 이것이. 해초가.</u> 2012.7.27. 오영애 75세, 만재도 필자현지조사.

그들이 말하는 갯밭이란 갯바위가 있으며 그곳에 붙어서 혹은 잠수해서 무언가를 얻을 수 있는 곳이다.

그러나 가거도 지역의 어민들은 '갯밭'이라고는 지칭하되 자신들의 '밭'에 대해서는 아무런 노동력을 사용하지 않는다. 미역의 포자가 잘 붙으라고 갯닦기를 하거나 겉으로 드러난 미역이 마르지 않도록 물주기를 하는 경우는 없다.[12] 이는 가거도의 생태적 특징과 매우 밀접한 연관이 있는데, 가거도 사람들의 갯밭 인식 속에는 자신들의 해안 농경지로서의 '밭'과 두려움의 대상으로서의 '밭'이 공존하고 있다. 바다를 경계로 한 여느 어촌이나 도서지역은 모두 자연재해에 대한 두려움을 가지고 있지만, 원해(遠海)에 속한 가거도의 경우 그러한 두려움이 그들의 삶의 터전을 가꾸지 못하게 하는 직접적인 동기로 드러난다. 그들에게 파도는 적당히 치면 갯밭을 뒤집어주어 온갖 해산물이 잘 잡히게 도와주는 고마운 존재이지만, 세게 다가오면 다가올수록 두렵고 무서운 존재이다.

이와 같은 두려움은 그들이 사용하는 '무레꾼'과 '무레질'이라는 용어에서도 드러난다. 그들은 잠수 노동을 하는 해녀를 '무레꾼'이라고 부른다. '무레꾼'은 '물 아래 꾼'의 준말로 물 속 전문인이라는 뜻이다.[13] 또한 해조류 채취에 있어서도 물 밖의 갯바위에서 채취할 수 있는 것과 물 속으로 잠수하여 채취할 수 있는 것을 구분하여 부르고 있었다. 밖에 있는 것을 '나와있다'고 인식하여 '난'이라는 글자를 조합하여 부

---

12) 이는 같은 서남해안에 위치한 전남 진도군의 조도군도에서 잘 드러나는 사례이다. 동해안의 기성리에도 갯밭을 일구는 '짬매기'가 이루어진다고 한다. 동해안의 사례는 권삼문, 「돌미역 채취 관행」, 『동해안 어촌의 민속학적 이해』, 민속원, 2001, 참조.
13) 국립해양유물전시관, 「해녀-물에꾼들의 삶과 문화-」, 2003. 9쪽.

르고 물 안에 있는 것은 '물 안에(물에) 있다'고 인식하여 '무레'라는 글자를 조합하여 부른다. 때문에 갯바위에서 채취하는 미역은 '난미역'이라 부르고 잠수하여 채취하는 미역은 '무레미역'이라고 부른다. 물에 대한 두려움에서 비롯된 그들의 민감성이 생업의 사고방식 속에서 작용된 것이다.

만재도의 경우도 이와 비슷하지만 가거도 사람들이 파도에 대한 두려움을 직접적으로 표출하는 것과는 약간 다른 양상을 보인다. 가거도 사람들이 '갯닦기' 자체를 인지하지 못하거나 거센 파도로 인해 필요성을 느끼지 못하는 것에 비해 만재도 사람들은 과거 미역의 포자를 더 잘 붙게 하고 필요없는 해초를 벗기려고 갯닦기를 했다고 언급했다. 그러나 현재는 인구감소와 노령화 등으로 자라난 미역도 모두 소화시키지 못하고 있는 형편이므로 굳이 갯닦기의 필요성을 느끼지 못하고 있다.

한편 '갯밭'을 이용하는 공동체가 바로 '갯밭 공동체'이다.[14] 가거도와 만재도는 모두 이러한 '갯밭 공동체'를 지니고 있다. 갯밭 공동체의 성립은 '갯짓 먹는다'는 표현과 일맥상통한다. 갯밭 공동체가 된다는 것은 자신들의 이익 창출 공간인 갯밭을 함께 이용하며 마을 구성원으

---

14) 그들의 갯밭은 학술적 용어로 말하자면 마을어장, 즉 제1종 공동어업구역이다. 제1종 공동어업구역에서는 패류와 해조류를 중심으로 어업을 전개한다. 지선어장의 구간은 '만조시 해안선으로부터 500미터, 서해안의 경우는 100미터'이다. 김준, 『어촌사회학』, 민속원, 2010, 41쪽 참조. 지선어민만이 사용할 수 있는 공간에서의 어로적 행위는 그 자체가 스스로의 권리를 인정하고 지선어장으로서의 갯밭을 이용하는 셈이 된다. 또한 '공동체'가 사전적으로 '생활과 운명을 같이 하는 조직체'라는 뜻을 지니고 있는 것을 볼 때, 갯밭을 이용하고 갯밭을 매개로 살아가는 어민들 역시 하나의 갯밭 공동체라고 할 수 있을 것이다.

로서 인정한다는 뜻이다. 이는 즉 입호(立戶)이다. 외지인이라면 일정 기간의 거주기간, 집의 소유, 입호금의 조건을 채우고 마을 내부의 허락이 있어야만 갯밭 공동체의 일원이 될 수 있다. 갯밭 공동체원은 '집'이라는 '물적토대'와 '노동력'이라는 '생산력'을 겸비해야만　한다.

갯밭 공동체원은 갯밭에서 생산되는 모든 채취품을 생산할 수 있는 일정 자격이 주어진다. 그러나 현재는 가거도 내의 다양한 직업군과 외지인의 유입, 공동채취조직의 소멸 등으로 이러한 입호가 유명무실해졌다. 다만 '갯밭은 주민 공유의 것'이라는 인식을 바탕으로 패류 채취 어업권을 대부한 금액을 갯밭공동체원들에게 나누어주고 있다. 임대금의 배분은 과거 짓의 나눔과 동일하나 다만 다른 점은 실질적인 노동을 하지 않으므로 '생산력'을 배제한 채 '물적토대'만을 기준으로 나눈다는 것이다.[15]

또한 갯밭공동체원은 대부분 무레꾼이었다. 한 무레꾼은 '농촌에서 베를 못 짜면 병신 취급을 당하듯이 여기서도 무레질을 못하면 사람 취급을 안 했다'고 말하며 대부분의 주민이 무레질에 능통한 사람들이었음을 언급했다. 그러나 외지에서 들어오거나 선천적으로 잠수를 못하는 사람들도 간혹 존재했는데, 그들은 직접적인 잠수노동 대신 무레꾼들이 따오는 미역을 배 위에서 끌어올려주거나 운반하는 일을 도맡아 했으며 이를 두고 '물타리'라고 불렀다.

---

15) 가거도의 패류 어업권 대부는 70년대 후반부터 진행되었으나, 처음부터 그 임대대금을 주민들에게 나누어준 것은 아니었다. 마을 기금의 일종으로 사용해 오다가 약 15년 전부터 나누어주기 시작했다. 첫 배분 당시, 어촌계 가입 주민에 한하여 나누어주기로 공고했다가 '바다에 대한 권리를 어촌계에서 규제할 수 없다'는 주민들의 항의에 결국 '물적토대'를 중심으로 대금을 나누었다. 이는 갯밭공동체원이 인식하는 갯밭의 공유성이 결국 갯밭공동체를 운영하는데 있어서도 중요한 기반이 된다는 점을 보여주는 사례라고 할 수 있다.

2. 갯밭의 나눔과 작업형태

가거도와 만재도의 갯밭공동체는 각각의 자연마을에 따라 나뉜 공동어장이 있으며 무레꾼들은 이곳에서 채취어업을 한다. 바로 그 공동어장을 주민들은 '똠'이라고 부르고 있다. 자신이 속해있는 마을의 지선어장이 바로 자신들의 '똠'인 것이다. 가거도의 경우 가장 많은 주민이 거주하는 대리마을의 똠이 가장 크고 그 다음이 항리마을과 대풍리마을 순이다.

대리마을의 경우 갯밭이 넓어 이를 동구와 서구로 나누어 사용하며 다시 내부에서 '알샘'을 기준으로 상·하의 반으로 나누어 총 4개의 반을 운영한다. '오동여'부터 '빈지박'까지가 동구의 똠이 되고 '하늘개취'에서부터 '녹섬'까지의 갯밭이 서구의 똠이 된다. 만재도의 경우도 1개의 단일마을이지만 갯밭을 4개로 나누어 갑똠과 을똠이 각각 2개의 갯밭을 운영하도록 한다. '진가물'부터 '등너메'까지의 갯밭이 갑똠의 것이고 '아반'부터 '산너메'까지의 갯밭이 을똠의 것이다. 두 지역은 모두 자원의 형평성을 고려하여 1년을 주기로 갯밭을 서로 바꾸어 사용한다. 같은 마을 주민이라도 자신의 구역이 아닌 곳에서의 채취는 무조건 불법이었으며, 이를 마을의 규율로 삼아 주민들을 통제했다.

갯밭에 나가기 위해서는 우선 마을 유지들이 모인 마을회의에서 채취를 하러 갈 시기와 '금장'을 정해야 한다. 금장은 마을사람들을 이끌고 실질적으로 갯밭 이용에 대해 규제를 하는 책임자였다. 마을 내 통솔을 잘 하는 '남자 어른'으로 뽑았으며, 대부분의 노인들은 금장의 경험이 있었다. 그리고는 마을 내 거주하는 주민의 수와 선박의 수를 가늠하여 배 한 척당 탈 수 있는 인원을 정한다. 대부분 한 척의 배에 5-7명의 인원이 승선하였다.[16] 마을에서는 배의 선원을 다 채우지 못하면 출발조차 할 수 없도록 했는데, 이는 어느 한명 낙오되는 사람 없이 모두 갯밭에 나갈 수 있도록 하기 위한 마을의 규율이었다. 전체 주민의 생계가 달린 일이었기 때문에 공동채취와 공동분배의 원칙을 철저히 준수하였다.

마을회의에서 추대된 금장은 그 해 공동 채취가 끝날 때까지 마을 전체 해조류 채취에 있어 제재의 권력을 가진다. 금장은 각 마을(똠)마다 한 명씩 존재했으며 채취와 분배에 직접적으로 관여했다. 공동채취에 기초한 김, 미역, 톳 등은 금장이 개를 트기 전까지는 개인채취가 절대적으로 불가했다. 금장이 채취하러 가는 날을 결정하고 앳소리쟁이가 '오늘 김계 가요' 혹은 '오늘 미역 갱번 나오쇼' 등의 소리를 하는 날 이외의 개인채취는 무조건 불법이었다. 그러나 공동채취조직의 소멸과 함께 금장 역시 사라져 현재는 가거도와 만재도에 모두 존재하지 않는다.

현재 가거도의 갯밭은 채취의 기회는 평등하게 주어지지만 실제의 생산활동은 그렇지 못한 구조를 갖추고 있다. 미역과 우무가사리를 포함한 해조류는 주민들의 권리로 남아있지만 전복과 소라 등의 패류 어업권은 대부되었다. 양식 미역의 흥행으로 저조해진 자연산 미역의 값어치와 기타 산업의 부흥으로 선주들은 더 이상 미역채취에 목을 매지 않았다. 1990년대 중반을 기점으로 공동채취조직마저 소멸되자, 경제

---

16) 1968년 당시 대리마을의 동구는 89개의 원호와 4개의 반호로 이루어져 있었으며, 이는 모두 13개 조직으로 이루어져 있었다. Sang-Bok Han, 『Korean fishermen : ecological adaptation in three communities』, Seoul National University Press, 1977, 38쪽. 여기에서 말하는 '원호'란 정식의 갯밭공동체원으로서 받는 분배의 단위를 의미하며, '반호'란 정식의 갯밭공동체원이 아니거나 정식 갯밭공동체원이면서 노동력이 없는 남의 집을 대신하여 무레질에 나선 경우 받는 분배의 단위를 뜻한다.

성이 없다고 판단한 선주들이 더 이상 미역배를 부리지 않은 것이다. 때문에 선주와 긴밀한 관계가 없는 무레꾼의 경우, 자신에게 주어진 평등한 미역채취의 기회를 사용하고 싶어도 갯밭으로 나갈 배가 없어 무레질을 할 수 없는 상황에 놓이게 된 것이다. 현재 가거도에서 활동하는 무레꾼은 모두 6명으로 선주와 친척관계에 있거나 일정한 친분이 있는 사람들이다. 가거도의 무레꾼들은 미역철이 되면 무레질을 하고 싶어하지만 갯밭으로 데리고 가주는 배가 없어, 다른 무레꾼이 채취한 미역을 널어주거나 손질하는 일로 갯밭노동에 참여한다.

한편 만재도는 현재까지 공동채취·공동분배가 진행되고 있다. 다만 마을 인구의 감소와 노령화로 인해 두 개로 나뉘었던 똠을 하나로 합쳐서 함께 작업한다. 비교적 젊어 활동이 가능한 60대 무레꾼들이 갯밭에 나가 미역을 채취하고, 나이 들어 갯밭에 나가지 못하는 노인들이 그것을 손질한다. 갯밭에 나갔다 온 무레꾼들도 잠깐의 휴식 후에 손질과 건조노동에 참여한다. 젊은 무레꾼이 훨씬 더 많은 일을 하고 있는 셈이다. 이는 마을의 공동체원으로서 봉사한다는 의미도 담겨 있지만, 미역의 경우 채취와 더불어 손질과 건조작업이 반드시 병행되어야 하는 물품이기 때문에 그들은 일종의 공생관계를 형성한다. 패류의 경우 6명 정도의 토착무레꾼들이 마을에 일정의 입어료를 지불하고 생산활동을 펼친다. 현재는 주민이라고 할지라도 입어료를 지불하지 않으면 불법이기 때문에 패류채취는 함부로 할 수 없는 일이다.

여기에서 중요한 것은 갯밭의 생산품 중 유독 해조류채취에만 마을의 제도가 적극적으로 개입하고 있다는 사실이다. 현재는 전복과 소라등의 패류가 고소득을 올리는 수단으로서 각광받고 있지만, 과거에는 그렇지 못했다. 무레꾼들의 구술에 의하면 당시의 패류는 판로가 없어 수익을 내지 못했기 때문에 흥서리 가득 담아온 것을 그대로 바다에

버린 적도 있었다고 한다.17)

　해조류, 그 중에서도 미역이 중요한 생계수단이었기 때문에 미역채취와 관련한 마을의 제도와 규율은 엄격했으나 패류 채취와 관련한 질서는 잡혀있지 않았다. 미역채취는 작업의 시작일, 출발시각, 채취시각, 분배, 종료일 등 관련한 모든 사항에 대해 제재를 가하고 '금장'을 두어 따로 관리했지만 전복, 소라, 홍합 등의 패류채취는 별다른 개입 없이 누구나, 아무 때나 가서 채취할 수 있었다. 이는 비단 가거도와 만재도만의 사항이 아니며 흑산군도 전체적으로 나타나던 현상이었다.18) 또한 채취품목별로 어업권을 대부하기도 하지만 해조류만큼은 지선어민들의 몫으로 남겨두는 모습을 많이 볼 수 있다. 갯벌에서의 활동을 지켜주는 것이 그들의 최소한의 권리를 보장해주는 것이라고 판단하는 것이다.

　이와 같은 모습은 당시 해조류 채취가 가거도와 만재도를 포함한 흑산군도, 나아가 서남해안의 어민들이 살아가는 데 얼마나 중요한 생계수단이었는지를 말해주고 있다. 패류채취에 대한 개방적인 관습과 제도의 불개입성은 지역이 처한 환경·문화적 요인으로 무레질의 대상이 다를 수 있음을 보여주며, 그로 인해 서로 다른 무레질 문화가 형성

---

17) …미역 담는 홍서리로 이빠이 한나씩 담었는데 우리 형님이 뭐냐 그 물에다 붓어브렀어. 짚은데다. 값아치 없는 것을, 미역 해갖고 와야 우리 식량 팔아먹제 이것해갖고 오믄 이것만 묵으믄 되겄나. 없어도, 없으믄 다른 데 가서 미역을 조금이라도 비어갖고 와야 식량 팔아도 묵제 이런 것 갖고 뭐 이런 짓을 하냐고 승질내갖고 붓어뷘 때가 있어. 2012.4.27. 임종택 73세, 가거도 필자 현지조사.
18) 부락사람들이 배를, 전복을 잡으갈라믄 그때는 막 터놓고 한참. 저 뭐시 저 비리쪽으로 장도, 저 옷섬. 그래 막 노 저서 그라고 댕겄제. 2012.6.22. 이복심 86세, 흑산도 필자 현지조사.

될 수 있음을 보여주는 사례라고 볼 수 있다.

 Ⅳ **무레꾼의 특성과 활동양상 비교**

1. 무레꾼 조직의 구성과 특성

가거도와 만재도는 사실상 무레노동이 꼭 필요한 곳이었다. 자연산 미역의 값이 고소득을 올릴 수 있던 수단이었고, 미역이 물 속에 길어 있어 잠수를 통해 채취해야했기 때문이었다. 미역 등의 해조류 채취와 영세 어업을 제외한 돈벌이 수단이 없기도 했고 또 섬의 자연지질적 특성으로 인해 농사를 지을 수 있는 땅이 충분하지 않았기에 더욱 그러했다. 그들은 지리적으로 멀리 떨어진 탓에 패류를 잡는다 해도 적당한 판로가 없어 경제적 이득을 창출할 수 없었다. 그들에게 해조류 채취의 무레질과 무레꾼의 존재는 삶을 지속할 수 있는 경제적 수단이자 생태적 환경에 의해 발생한 필연적 결과물이었던 것이다.

이렇게 발생한 가거도와 만재도의 무레꾼들은 스스로 조직을 만들어 공동체적 이익을 도모하고자 했다. 그러나 가거도와 만재도의 무레꾼조직은 일반의 해녀회와는 조금 다른 개념이며 두 지역간에도 약간의 차이가 있다. 가거도의 경우, 팀(team)의 개념으로 조직을 세분화하여 생산되는 해조류 이름을 따 각각 미역계, 김계, 톳계로 나눈다. 생산되는 해조류의 이름을 붙여 생산조직을 부르는 일은 매우 드문 일이라 할 수 있다. 김계와 톳계는 별도의 무레질이 필요없으므로 엄밀한 의미에서 무레꾼조직이라 할 수 없다. 미역계는 다시 난미역계와 무레미역계로 나뉘는데, 난미역은 잠수를 하지 않고 바위에 붙어서 채취하므로 역시 무레꾼조직이라 할 수 없다. 그들은 갯밭공동체원이긴 하나 무레꾼조직은 아니다. 가거도 내의 무레꾼조직은 바로 미역계, 그 중에서도 무레미역계를 두고 이르는 말인 것이다.

한편 만재도의 경우, 가거도와 같이 무레꾼조직과 비슷한 구분을 두기는 하지만 이와 같은 측면이 특화되어 나타나지 않는다. '갑·을뜸 갱번 나오시오' '미역 갱번 갑시다' 등의 말로 사람들을 모집했다. 이러한 '김 갱번', '미역 갱번'은 별도의 무레꾼 조직이 구성된다기보다 채취의 목적을 밝히는 의도로 이용된 것으로 보인다.

이와 같은 측면은 갯밭의 생태적 특징에서 그 이유를 찾을 수 있다. 가거도의 갯밭은 지질이 험준하고 기암괴석이 많아 걸어서 갯밭에 갈 수 없는 특징을 지니고 있다. 채취를 위해서는 배를 타고 이동해야 했기 때문에 구성원들의 조직력과 단결력이 생산에 있어 중요한 요소를 차지한다. 노를 저어 이동해야 했기 때문에 서로간의 호흡 또한 매우 중요했다고 볼 수 있다. 표면적으로는 1년 동안만 지속되는 조직이지만 구성원의 손발이 잘 맞는다면 해당 조직 그대로 몇 해고 지속할 수 있다. '미역계'는 강제적인 결속력은 약하지만 협동은 매우 중요한 조직이었다고 할 수 있다. 반면 만재도의 경우에는 갯밭이 그리 멀지않은 곳에 분포해있고 걸어서도 갯밭에 갈 수 있다. 또한 가거도에 비해 규모가 작은 단일마을이기 때문에 별도의 조직을 두어 관리하기보다 채취의 대상을 밝히는 의도로서 '갱번'을 이용했던 것으로 보인다.

이러한 생태적 환경은 무레꾼과 선주의 서로 다른 관계를 형성하기도 한다. 가거도의 해조류 분배는 각각 '배짓', '몸짓', '공짓(시꼬미짓)'으로 나뉜다. 배를 부리는 선주에게 한 짓을 주고, 잠수노동자인 무레꾼에게 한 짓을 준다. 공짓은 무레미역계를 할 때만 유효한 것인데, 무레미역계가 끝난 후에 고생한 무레꾼들에게 해당 선주가 술과 고기를 대접하며 그 수고로움을 격려하고 다음번에도 자신의 배에 올라주기를 바라는 것이다. 상무레꾼들이 승선하는 배는 높은 생산성과 기동성을 갖추게 되므로 선주에게는 이득이 된다. 때문에 당시의 선주는 상무레꾼과의 호의적인 관계형성이 생산활동에 있어 중요한 요건이 되었다고 할 수 있다.

그러나 만재도에는 이러한 '공짓'의 분포가 보이지 않는다. 만재도의 한 제보자는 '이 곳은 그런 공짓이 없으며 밥은 모두 제저금'이라고 말한다.[19] 험준한 산세에 비례하여 갯밭도 깊은 가거도는 미역 역시 깊은 곳에서 생장하기 때문에 무레질을 할 때도 더 힘이 든다. 미역이 비교적 얕은 곳에 자라는 만재도보다 무레꾼의 체력을 더욱 요하는 곳인 것이다. 또한 채취기간 역시 물이 차가운 초봄부터 시작되기 때문에 가거도의 무레꾼들은 몇 배의 체력을 더 소모하게 된다. 이러한 종합적 환경 속에서 가거도와 만재도의 '공짓' 분포가 드러나는 것이다. 이는 주어진 환경 속에서 삶을 개척하고 그에 순응하는 어민들의 생업질서를 반영하는 것으로, 바다를 매개로 한 어촌지역의 전형성을 드러내는 사례이기도 하다.

2. 채취시기와 도구 및 기술의 차이

앞에서 살펴본 바와 같이 가거도와 만재도 무레꾼의 본업이 미역을 포함한 해조류채취에 있다고 볼 때, 그들 활동을 구분짓는 가장 우선적인 사실은 바로 '채취의 시기'가 다르다는 점이다.

19) 2012.7.27. 고순례 60세, 만재도 필자 현지조사.

가거도는 대체적으로 음력 1월부터 4월까지 채취하며 만재도는 음력 6-7월 사이 한달간 채취한다. 채취의 기간이 상대적으로 긴 가거도에 비해 만재도는 짧은 기간 내에 채취와 건조작업을 모두 소화해 내야했다. 또한 채취기간이 장마철과 겹치기 때문에 조금이라도 생산성을 높이기 위해 미역을 얇고 가늘게 손질하여 건조해야 했다. 미역은 그 특성상 채취 후 손질과정이 꼭 필요하며 채취 당일에 말리지 않으며 누렇게 색깔이 변해 상품성이 없어진다. 이와 같은 이유로 만재도 무레꾼들은 채취미역을 얇고 좁게 널었으며 이를 '기생곽'이라고 불렀다.[20]

이러한 채취시기의 차이는 무레꾼들의 작업복에서도 발견할 수 있는데, 추운 바다에서 작업하는 가거도 무레꾼들의 경우 머리끝부터 발끝까지 고무잠수복을 챙겨입고 추위에 대비한다. 작업이 끝난 후에도 몸에 남아있는 냉기 때문에 고령의 무레꾼들은 힘겨워하기도 한다. 가거도의 고무잠수복은 1980년대 후반부터 90년대 초반 즈음에 들어온 것으로 파악되는데, 고무잠수복이 도입되기 전에는 '이가 으득으득 갈릴 정도'로 극심한 추위를 견뎌야만 했다. 때문에 추위를 타지 않고 무레 기술을 높이기 위하여 가거도 산약초 중의 하나인 '부자'와 '돼지비계'를 함께 달여먹기도 했다.

한편 여름에 작업하는 만재도의 무레꾼들은 평상복에 수경만 쓰고

---

20) 아침에 햇볕에 나믄 저녁때까지 못 말리믄 상품이 안되부니까. 얇게 넌거여. 지금은 지금 총 스무잎사귀. 아까 말하듯이. 그게 4키로 나가요. 그때는 일키로도 못나갔어. 그랑께 얼른 사분의 일정도나 됐제 스무가닥이. 그랑께 얇게 널어가지고 아침 햇볕에, 저녁 해질무렵에 완전히 빠싹 말라야돼요. 안 말르믄은 물건이 안되브러 상품이. 그래서 그때는 기생곽이라고 했고. 2012.7.27. 최규환 61세, 만재도 필자 현지조사.

잠수하기도 한다. 가거도의 무레꾼들이 추위와 싸워야 하는 것과 반대로 만재도 무레꾼들은 더위와 싸워야 한다. 한여름의 더위는 채취한 미역을 손질하고 건조할 때 가장 힘든 점으로 작용한다.

또한 가거도에서는 채취한 미역을 담는 망사리를 '홍서리'라고 부르며 만재도에서는 이를 '뒤엉'이라고 부른다. 두 지역의 무레꾼들은 각각 홍서리와 뒤엉, 수경과 낫을 가지고 물 속으로 자맥질하여 미역을 캐 올린다.

두 지역의 무레꾼 모두 직접적으로 바다에 몸을 담고 일을 하기 때문에 물때에 따른 무레기술이 발달해있다. 난미역을 벨 때는 물이 가장 많이 빠지는 사리를 이용하고 물의 변화가 미미한 조금에는 무레미역을 채취한다. 이 때에도 그들은 썰물에 나가 밀물 때 돌아오는데, 이는 조금이라도 낮은 상태에서 잠수를 하기 위함이다.

그러나 조금 때에도 파도가 치거나 바람이 많이 불면 작업을 나가지 않는다. 바람이 불어 파도가 치는 것을 보고 '바다가 꼴랑꼴랑 한다'고 한다. 무슨 날씨든 잔잔해야 작업할 수 있다. 가거도의 경우, 과거 공동채취를 행할때는 금장이 날씨와 미역의 생장속도를 판단하여 갯밭으로의 출입을 허가했으나, 공동채취가 사라진 현재는 무레꾼 본인이 그것을 체크한다. 선주와 팀을 이루어 갯밭에 나가더라도 꼴랑거림이 심해 작업 할 수 없는 곳을 거부한다든지, 바다 속에 길어있는 미역을 체크한다든지 하는 일은 온전히 무레꾼의 안목이며 기술이다.

3. 남·여 무레꾼의 공존과 그 배경의 차이

무레꾼의 활동에 있어 가거도와 만재도를 구분짓는 가장 큰 특징은 가거도에는 남성무레꾼과 여성무레꾼이 공존하며 활동했으나 만재도의 경우 그렇지 않았다는 점이다. 일반적으로 '해녀'는 여성들의 일이라고 간주하여 왔지만, 역사적 사실을 살펴보더라도 전통적으로 남성과 여성이 함께 무레노동을 해왔다는 것을 심심치 않게 발견할 수 있다. 이는 '낫을 가지고 바다에 떠다니며 바다 밑의 미역을 캐어 끌어올리는데 남녀가 상스럽게 수작을 하고 있으나 이를 부끄럽게 생각하지 않는 것 같아 놀라지 않을 수 없다'[21]고 언급한 조선 후기 이건의 『제주풍토기』를 통해 무레질이 여성의 전유물이 아니였음을 발견할 수 있다.[22]

물 속에서의 남성과 여성의 일은 각기 다르게, 그러나 함께 이루어져왔다. 현재 무레질을 통한 해조류 채취는 대부분 여자들의 몫으로 남아있다. 제주지역을 포함한 해조류채취 지역은 대부분 마찬가지다. 마을 공동 작업인 경우에도 남자들은 채취물의 이동이나 손질 등의 보조 역할을 하며 적극적인 무레작업을 통한 일은 여성들의 과제로 남는다. 가의도의 사례처럼 남성이 주된 작업을 이끄는 경우도 있으나[23]

---

21) 한림화, 「해양문명사 속의 제주해녀」, 『제주해녀와 일본의 아마』, 민속원, 67쪽 재인용, 양순필, 「제주유배문학연구」, 제주문화, 1992.
22) 문헌상에서 찾는다면 본래 전복을 따는 일은 '포작'이라고 불리는 남자들에 의하여 주도되어 왔고, '해녀(=잠녀)'라고 부르는 사람들은 미역 등의 해조류를 채취하던 여인들을 부르는 명칭이었다. 이처럼 포작인과 잠녀는 채취물에 따라 성별적 분업을 이루어왔으나, 조선후기에 이르면서 과다한 진상역과 군역으로 점차 포작인이 줄어들기 시작했다. 그리고 그 자리를 미역을 따던 잠녀들에 메꾸기 시작하면서 포작인과 잠녀의 용어 및 관계적 의미의 구분이 모호해졌다고 추측할 수 있다. 과도한 역으로 인한 출륙과 포작인의 이동, 군역 등으로 인한 남성의 빈자리를 여성이 채우면서 점차 직업군의 경계가 허물어진 것이다. 김나영, 「조선시대 제주지역 포작의 사회적 지위와 직역변동」, 제주대학교 대학원, 2008. 12-14쪽 참조.
23) 서해안의 태안반도에 위치한 가의도는 한 척의 배에 20-50대의 남자들이 서너명씩 생활하며 무레질을 한다. 가의도의 갯밭은 총 12개의 부속도서로 이

보통 남성이면 남성이, 여성이면 여성이 각기 따로 일을 맡아 처리하는 경우가 대부분이다. 더구나 남성과 여성이 함께 무레질을 하며 공존해 온 사례는 드물다고 할 수 있다.

이에 반해 가거도의 경우는 미역이 한창 값어치 나가던 시절에는 남성 무레꾼들이 많았다고 한다. 제주도의 풍속을 닮아 여자가 밭일과 집일 등의 고된 일을 하고 남자가 고기잡이 이외의 일을 하면 그 사람의 부인을 마을 여자들이 나무라는 관습이 있었음[24]을 감안하더라도 가거도의 남·여 무레꾼 분포는 매우 흥미롭다고 할 수 있다. 가거도 무레꾼들은 과거 미역채취는 '어른(남성)들이 많이 한 일'이라고 말한다. 집집마다 한 명씩 나가서 공동채취해야 했던 무레미역의 경우는 힘이 좋은 남자들이 많이 하고 그 외 우무, 가사리 등의 채취는 여성들이 담당했다는 것이다. 남성이 나올 수 없는 집의 경우 여성이 나가 남성과 동등하게 무레질을 하기도 했다.

> … 암만 해도 인자 어른들인께 더 했겄죠. 그란데 인자 여자들도 무레 잘 하는 사람은 남자들 못지 않게 잘 했어요. [그러면 남자들도 미역, 우무 이런거 했어요?] 남자들은 우무도 맨 사람 있고 안 맨 사람 있는데, 미역무레만 뭣했제.[25]

> … 지금도 여자들이 제주도 근방에는 하지만은 여기 근방에는 남자들도 하고 여자들도 하고 그랬제. [그때 당시에 보니까 남자들이 많이

루어져 있는데 그들은 미역 채취가 끝날 때까지 집으로 돌아오지 않고 배에서 숙식을 해결한다. 고광민, 『한국 어촌사회와 공유자원』, 인천학연구원, 2011, 85-100쪽 참조.

24) 『1965.5.17. 경향신문』 참조.

25) 2011.8.26. 최귀엽 72세, 가거도 필자 현지조사

는 안했다데요?! 그래도 남자들이 많이 했지. [당시 몇 년도쯤에 제일 많았어요?! 우리가 열일곱 열여덟 먹었을땐게.··· 여자 물질꾼이 한 이십명. 남자들은 한 오십명. [왜 그렇게 남자 물질꾼이 많았데요?! 배가 많애논께 남자들이 더 많았지.[26]

　가거도의 경우, 1970년대 중·후반까지 남성과 여성이 함께 무레질을 한 것으로 보인다. 그러나 양식미역의 흥행과 해조류의 대일 수출 중단, 삼부토건의 유입, 데구리파시의 성행 등으로 그들은 변화를 맞이하게 된다. 자연산 미역의 값어치가 하락하고 대리마을이 방파제공사를 시작하면서 많은 주민들이 삼부토건의 임노동자로 전업했다. 식량으로 바꾸기에 급급했던 미역채취와 달리 삼부토건의 임노동은 직접 현금을 받을 수 있었다. 때문에 남성 무레꾼들은 같은 힘을 이제는 돈이 되지 않는 무레질에 쓰기보다 다른 일에 쏟기를 원했다. 이러한 변화 속에 남성 무레꾼의 빈자리를 여성무레꾼들이 메꾸기 시작했던 것이다.[27]

　무레질에 있어서 중요한 것은 바로 호흡과 체력이다. 현재 생존하는 가거도의 무레꾼들도 남성 무레꾼의 존재에 의아해하던 조사자에게 '호흡체계의 다름'을 언급했다. 남자들은 더 숨이 길고 오래 참을 수 있었기에 적합했다는 것이다. 바다의 깊이는 산의 지형을 보면 알 수 있다는 말이 있는데, 사실상 가거도는 만재도보다 산도 높고 수심도 깊

---

26) 2011.11.4. 조상구, 81세, 가거도 필자 현지조사

27) ···저 바다가 멀리 있어서 수심이 깊은것도 있제만은 이 저기 가거도 섬 근처 뽀짝 붙어서 수심이 깊다 그거여. 그러니까 남자가 많이한다. 힘이 있어야 되니까. 그래서 남자가 많이 한다. ··· 남자는 이 장사가 생김시로. 이 파시 이거이 생김시로 사소하게 남자들이 저것을 안할라고. 2012.7.28, 임종택 73세, 가거도 필자현지조사.

은 곳이다.28) 이를 두고 만재도의 한 무레꾼은 '가거도 바다는 깊어 미역도 깊이 긴다'고 말했다.29) 비교적 수심이 얕은 만재도에서는 여성 잠질꾼들이 잠수하여 미역을 따내고, 비교적 수심이 깊은 가거도에서는 남성 잠질꾼들이 잠수하여 미역을 따낸다는 것이다.30)

가거도의 표면수온은 동계에는 7~8℃, 하계에는 27~28℃의 분포를 보이며 남해안의 거문도를 포함한 4개의 섬들과 제주도에 비해서 낮다.31) 수심이 깊은 곳에서 낮은 수온에 장시간 몸을 담그고 있어야 하기 때문에 주민들은 남성들의 체력이 더 적합하며 또 많이 활동한 것이 사실이라고 구술한다. 피하지방의 차이32)가 아닌 물의 깊이, 즉 수심에 따른 체력적 요인이라는 것이다. 과거 제주지역에서 전복을 따던 포작과 미역을 따던 잠녀들도 수심에 따라 분업적으로 활동했고, 남성이 이탈하자 여성들이 더 깊은 곳으로 자맥질하여 부역을 행해야 했다.33)

---

28) 만재도는 산이 낮다. 해발 가장 높은 곳은 '큰산'으로 해발 176.7cm다. '골(谷)'도 얕다. 골은 바다다. 가거도는 산이 높다. 해발 가장 높은 곳은 '독실산'으로 해발 639m다. 가거도는 골이 깊다. 역시 가거도에서도 골은 바다다. 고광민, 『흑산군도 사람들의 삶과 도구』, 민속원, 2012, 125쪽.

29) 가개도 미역은 풀미역이여. 물이 깊이 지니께. [무슨 말인가요?] 미역이 부드러. 너무 부드러워. 그란데 여기 미역은 글 안하드만. 물살이 쎄니께. [가거도도 물살이 쎈데?] 가개도 물살이 쎄도 미역이 깊이 질어. 그리고 여그는 물살은 세도 얕이 질고. 2012.7.28. 오영애 75세, 만재도 필자현지조사.

30) 고광민, 앞의책, 125쪽.

31) 최도성·이인규, 「소흑산도의 해조류에 관한 연구」, 『연안생물연구』 5-1집, 목포대학교연안생물연구소, 1988, 55쪽 참조.

32) 무레질에 있어서 남성과 여성에 대한 문제를 과학적으로 접근하여, 여성들이 남성보다 한냉을 잘 견디어 내는데 훨씬 유리한 절연체를 가지고 있다고 지적한 바 있다. 홍석기·허어만 란, 「한국과 일본의 해녀」, 『논단』 제3-3집, 미국공보원, 1968, 참조. 그러나 이러한 사실은 점차 늘어나는 남성 무레꾼의 사례와 여성의 비율이 낮은 무레꾼 집단을 설명하기에는 비능률적으로 보인다.

미역의 공동채취는 1가구당 1명의 무레꾼이 작업하는 구조이고 채취품은 결국 공동분배되었기에 어떻게 보면 굳이 힘세고 체력 좋은 남성이 일 할 필요가 없어보이기도 한다. 그러나 가거도의 미역계는 한번 정해진 모둠이 일 년동안이나 지속되었고 개를 튼 이후에도 해초가 없어질 때까지 무레를 다녔으므로 결국 잘하는 사람을 앞세우는 것이 결과적으로는 이득이라 할 수 있다. 또한 다른 생업수단이 없었기에 여름-가을 멸치잡이를 나가기 전의 남성들이 대거 투입되었다고 추측할 수 있다. 가거도에서는 현재도 부부가 함께 무레질을 하는 경우를 볼 수 있는데, 이는 과거 남·여 무레꾼의 공존과 분포를 보여주는 단적인 사례라고 할 수 있다.

이에 반해 만재도는 여성 무레꾼이 주축이 되어 활동했던 곳이다. 남성들은 무레질에 참여하지 않는다. 같은 원해도서이며, 같은 흑산군도에 속해있으면서, 섬 사이의 거리도 가장 가까우나, 남·여 무레꾼의 분포는 가거도에서만 보이는 특징적인 현상이라고 할 수 있다.

만재도는 여성들이 실질적인 무레질을 통해 미역을 채취하는 일을 하며, 남성들은 채취한 미역을 배에 옮겨 싣고, 그것을 마을까지 운반하는 일을 담당한다. 여성 무레꾼의 작업만으로도 충분히 소화가능한 갯밭의 수심구조를 지니고 있는 것이다. 현재도 60-70대의 여성 무레꾼들이 무레질을 통해 미역을 채취하면 마을의 청년들이 뒤엉 속 미역을 꺼내고 빈 뒤엉을 다시 갯밭으로 던져준다. 뒤엉이 배와 멀리 떨어져 있는 경우에는 청년들도 물 속으로 들어가 가져오지만 미역채취에는 참여하지 않는다. 남성들은 채취한 미역들이 여름철 강한 햇빛에 '데쳐져'버리지 않게 바닷물을 끼얹어 온도를 낮추고 육지로 옮기는 작

33) 안미정,『제주잠수의 바다밭』, 제주대학교출판부, 2008, 55쪽.

업을 할 뿐이다.

이와 같은 수심의 차이는 남·여 무레꾼의 공존 및 분포와 함께 두 섬 사이의 통혼에서도 흥미로운 사실을 발견하게 한다. 가거도와 만재도는 주로 도내혼(島內婚)이 성행했던 곳이지만 도내혼 이외의 혼인에서는 서로 통혼권을 이루었다.[34] 특히 과거 만재도는 가라지의 풍년으로 '돈섬'으로 불릴만큼 부유했던 섬이어서 인근 섬 사람들은 만재도로 자신의 딸을 시집보내기 위해 서둘렀다고 한다. 가거도와 만재도는 두 섬 사이의 거리가 가장 가까우며 기상악화로 가거도로 곧바로 들어가지 못하는 경우, 만재도에 일단 정박하는 경우도 있었다. 때문에 과거 만재도에서는 '가거댁'이라 불리는 부녀자들이 많았다고 한다.

　… 가거도 사람들은 만재도에다가 딸을 갤혼한 것이 아주. 갤혼시킬라고 서로 다퉜었어. 만재도에다가 뭐시를 한 거여. 저기 딸을 여와야 하니까. 아주 서로 딸을 보낼라고. 그랑께 여그 가거도 아짐매들 있는

---

34) 1996년 최재윤에 의해 조사된 가거도의 통혼권을 살펴보면 가구주의 처가가 가거도 내인 사례는 총 120명 중 62명에 해당하고 그 외 흑산면타도인 경우는 2명에 불과하다. 아버지 세대의 경우 총 120명 중 97명의 처가가 가거도이며 흑산면타도인 경우는 조사된 사례가 없다. 도내혼의 활성화가 매우 활발하게 이루어졌음을 알 수 있다. 2007년 조사된 만재도의 경우도 총 36명의 여성 중 만재도가 고향인 사람이 20명, 태도 8명, 가거도 5명, 조도 1명, 목포 1명, 기타 1명의 분포를 보인다. 필자의 현지조사에서도 이와 같은 분포가 선명하게 드러남을 알 수 있었다. 이에 관해서 좀 더 심도깊은 조사와 논의가 필요하지만, 두 자료의 시간적 차이를 감안하더라도 가거도 여성이 만재도로 시집오는 경우는 찾을 수 있어도, 만재도 여성이 가거도로 시집가는 경우는 흔치 않음을 알 수 있다. 필자는 이와 같은 현상의 한 사례로서 갯밭의 수심의 문제를 들고자 하는 것이다. 인용한 가거도와 만재도의 통혼권에 대한 자료는 최재윤, 「가거도의 가족과 혼인제도」, 『한국도서연구』 제7-1집, 한국도서학회, 1997; 국립해양문화재연구소, 앞의책, 2007, 참조.

데가 많애요. 그런데 인자 꺼꿀로 되갖고. (옛날에는 가거도서. 전체
가개 사람이었어 옛날에는. 딸 여울라고. 가거도 사람이 동서가 맺 동
서나 돼.) 35)

  그러나 만재도에서 가거도로 시집가는 경우는 드물었다고 한다. 같
은 무레꾼이라고 해도 상대적으로 얕은 바다에서 미역을 채취하던 무
레꾼이 가거도 미역을 채취하기에는 힘들었다는 것이다.36) 이는 갯밭
의 생태환경이 섬 사이의 통혼에도 영향을 미치고 있음을 추측할 수
있게 하는 대목이다. 게다가 두 지역 모두 무레질이 주된 생업수단이
었던 점을 고려한다면, 여성의 혼인문제와 갯밭의 수심문제가 서로 일
정한 관계성을 맺는다는 논지를 가능하게 한다.
  한편 가거도의 높은 도내혼률은 결국 토착무레꾼이 토착무레꾼을
만나 토착무레꾼을 낳는 순환체계를 만들어내면서 그들만의 정교하고
세밀한 무레노동의 인지체계를 발달시키는 데 일조했다고 볼 수 있다.
토착무레꾼의 유출을 방지하고 축적된 생태지식으로서 무레노동시 더
많은 이득을 취할 수 있게 하는 기능을 가지는 것이다. 이러한 토착무
레꾼의 분포는 나아가 가거도만의 독특한 무레꾼문화를 전승하는데도
일조했다. 무레꾼 놋소리가 바로 그것인데, 이 역시 토착무레꾼들이 산
과 바다에 이은 삶의 터전에서 활동하며 생성한 가거도만의 독특한 무
레꾼 문화라고 볼 수 있다.37) 결국 가거도와 만재도의 무레꾼들은 생

---

35) 2012.7.27. 최규환 61세·고순례 60세, 만재도 필자현지조사
36) [그러믄 만재에서 얕은 물에서 미역 하던 사람이 가거도 가서 하려면 더 숨차겠
    네요?] 못해. 훨씬 짚어. … 물이 깊으게 생겼잖아. 산따라. 어디든지 산따라.
    모도 그렇게 됐어. 2012.7.28. 오영애 75세, 만재도 필자현지조사.
37) 가거도에서 전승되는 무레꾼 놋소리는 다각적인 측면에서 검토할 필요가 있
    다. 가거도의 무레꾼 놋소리는 토착무레꾼들의 분포와 산과 바다에 걸친 가

태적환경에 따른 지역적 차이로 서로 같고도 다른 무레꾼의 특성과 활
동양상을 보이는 것이다.

Ⅴ 결 론

지금까지 이 글은 가거도와 만재도의 갯밭 공동체와 무레꾼에 대해
서 살펴보았다. 가거도와 만재도 사람들은 생업문화의 일종으로 바다
를 바탕으로 하여 많은 활동을 해왔다. 두 지역 모두 뭍과 멀리 떨어져
교류가 쉽지 않고 지질이 척박하여 농업활동을 할 수 없다는 단점이
있지만, 갯바위가 발달하여 해조류나 어패류가 풍부하게 자라나는 곳
이다. 이러한 점을 토대로 그들은 바다에 의존하며 생계를 유지했다.

특히 그들이 '갯밭'이라고 부르는 곳에서의 생산활동은 매우 활발했
다. 그들은 미역, 우무가사리 등의 해조류와 전복·홍합·소라 등의
패류를 채취할 수 있는 지선어장을 갯밭이라고 불렀다. 바다를 농토와
같은 개념으로 생각한 것이다. 그들의 갯밭은 일정한 자격을 갖춘 사
람만이 활동할 수 있었다. 갯밭공동체원 중 잠수노동을 통해 해산물을
채취하는 사람을 '무레꾼'이라고 부르며 독특한 활동과 문화를 전승해
왔다.

가거도와 만재도 무레꾼을 구분짓는 가장 큰 차이는 주어진 생태환

거도 여성들의 노동력 분포와 상관관계가 있다. 만재도와 달리 무성한 산림
을 소유하고 있었기에 노동반경의 폭이 훨씬 넓었다고 할 수 있다. 산일과 밭
일, 무레질에 이은 가거도 여성들의 생활반경과 주어진 갯밭의 생태환경이
무레꾼놋소리가 지속적으로 전승될 수 있는 터전을 만든 셈이다.

경에 따라 서로 다른 활동양상을 펼치며 각자의 무레꾼 문화를 창출해
왔다는 데 있다. 그들의 각기 다른 생태적 차이가 생업에 대한 적응문
화로 발전한 것이다. 이는 결국 '무레꾼'의 문제를 '해녀'적 접근, 즉 제
주도 해녀의 경우와 패류채취에 집중하여 바라보았던 기존의 시각에
대해서 비판적으로 검토하게 한다. 가거도와 만재도 무레꾼의 사례는
같은 잠수노동이라 할지라도 지역의 생태적 환경과 주 채취품목에 의
해 발생한 문화적 차이가 분명히 존재함을 파악하게 한다. 특히 외적
인 환경 변화로 인해 여성무레꾼이 점차 깊은 수심에서 작업하게 되는
가거도의 사례는, 본디 남녀 협업 활동에서 점차 여성의 일로서 전승
되어 온 잠수노동의 변화상을 추측해 볼 수 있게 하는 중요한 사례에
해당한다. 이와 같은 모습은 현재까지도 이어지고 있어 그 모습을 더
욱 실감나게 보여주고 있다. 또한 두 지역 모두 무레꾼들의 활동이 상
품경제 과정을 거치지 않은 원시적 형태의 잠수노동인 해조류 채취 작
업에 특화되어 나타나는 점은, 무레꾼의 가치를 마을공동체의 경제관
계 속에서 파악할 수 있도록 해준다. 한 무레꾼이 미역채취에 참여하
는 과정은 섬 사회의 유기체적 특징을 일단면으로 보여준다. 지역의
사회문화적 환경으로부터 자유로울 수 없는 무레노동은 그 활동 자체
가 사회적 관계성, 통혼, 경제적 상황 등의 이유로 매우 복합적으로 얽
혀있기 때문이다.

　무레꾼의 존재는 갯바위가 있고 해조류 등을 채취할 수 있는 곳에
고루 분포한다. 다만 그간의 연구에서 조명받지 못했을 뿐이다. 지역
성의 측면에서 바라본다면 제주는 그 자체로 '제주형' 해녀이다. 이 글
에서 다룬 가거도와 만재도를 포함한 서남해안 지역의 무레꾼들은 '서
남해 외해형' 해녀라고 볼 수 있다.

　가거도와 만재도의 갯밭공동체와 무레꾼의 사례는 서남해안 지역

어민들의 삶을 들여다볼 뿐만 아니라 궁극적으로 민속문화의 생태적
·문화적 가치를 재조명할 수 있는 기회를 제공하기도 한다. 이와 같
은 사례를 보고하는 민속지의 작성과 연구가 심층적으로 이루어진다
면, 바다를 삶의 터전으로 삼아 활동하는 어민들의 생업문화에 대한
보다 진전된 연구가 가능하리라고 믿는다.

● 참고문헌 ●

고광민, 「平日島 '무레꾼'(海女)들의 組織과 技術」, 『도서문화』 제10집, 목
　　포대학교 도서문화연구원, 1992.

＿＿＿, 『한국 어촌사회와 공유자원』, 인천학연구원, 2011.

＿＿＿, 『흑산군도 사람들의 삶과 도구』, 민속원, 2012.

국립해양유물전시관, 「해녀─물에꾼들의 삶과 문화─」, 2003.

＿＿＿＿＿＿＿＿, 『만재도：전통한선과 어로민속조사보고서』, 2008.

국립환경과학원, 『2009 생태・경관우수지역 발굴조사─ 가거도/소청도/달
　　마산』, 2009.

권삼문, 「돌미역 채취 관행」, 『동해안 어촌의 민속학적 이해』, 민속원,
　　2001

김나영, 「조선시대 제주지역 포작의 사회적 지위와 직역변동」, 제주대학
　　교 대학원, 2008.

김영돈, 『한국의 해녀』, 민속원, 1999.

김준, 『어촌사회학』, 민속원, 2010.

신안군, 『신안통계연보=2011(제51회)』, 2011.

신안군지편찬위원회, 『신안군지』, 전라남도 신안군, 2000.

안미정, 『제주잠수의 바다밭』, 제주대학교출판부, 2008.

이경아, 「채취기술의 변화에 따른 어촌사회의 적응전략 : 신지도 貝類 채
　　취조직과 기술을 중심으로」, 영남대학교 석사학위논문, 1998.

이완근, 「漁村共同體의 法律關係에 관한 硏究 : 可居島 漁村共同體의 慣習
　　을 中心으로」, 전남대학교 박사학위논문, 1990.

전재경, 『어촌사회의 법의식』, 한국법제연구원, 1998.

최도성・이인규, 「소흑산도의 해조류에 관한 연구」, 『연안생물연구』 5-1
　　집, 목포대학교연안생물연구소, 1988.

최재윤, 「가거도의 가족과 혼인제도」, 『한국도서연구』 제7-1집, 한국도서
　　　학회, 1997.

한림화, 「해양문명사 속의 제주해녀」, 『제주해녀와 일본의 아마』, 민속원,
　　　2006.

홍석기・허어만 란, 「한국과 일본의 해녀」, 『논단』 제3-3집, 미국공보원,
　　　1968.

Sang-Bok Han, 『Korean fishermen : ecological adaptation in three
　　　communities』, Seoul National University Press, 1977.

13

〈해녀노젓는소리〉
가창기연의 소멸 시기

| 이성훈 | 숭실대학교

『한국민요학』 제24집, 2008.

I 서 론

해녀들이 해산물을 채취하기 위해 물질작업장까지 나가는 방식은 두 가지다. 하나는 헤엄쳐 나가는 'ᄀᆞ물질' 방식이고, 다른 하나는 배를 타고 나가는 '뱃물질' 방식이다. 'ᄀᆞ물질'은 마을 앞 공동어장으로 헤엄쳐 가서 하는 물질이기 때문에 연안에 섬이 많지 않은 본토의 동해안 지역이나 제주도에서 주로 하였다. '뱃물질'은 연안에 있는 섬으로 배를 타고 나가서 하는 물질이기 때문에 본토의 서·남해안 지역에서 주로 하였다.

〈해녀노젓는소리〉는 제주도 출신 해녀들이 뱃사공과 함께 돛배를 타고 본토로 出稼[1]하거나 해산물을 채취하기 위해 뱃물질하러 오갈 때, 좌현에서 젓걸이노[2]를 젓는 해녀와 우현에서 젓걸이노를 젓는 해녀 또는 船尾에서 하노를 젓는 뱃사공과 좌·우현에서 젓걸이노를 젓는 해녀 등으로 짝을 나누어 되받아 부르기(同一先後唱)나 메기고받아 부르기(先後唱)의 방식으로 부르는 노래이다.[3] 〈해녀노젓는소리〉는 본토에서 '안도'[4]나 '밧도'[5]로 물질 가거나 '난바르'[6]하러 '밧도'로 뱃물질

---

1) 漁撈작업을 위해 제주도를 떠나 다른 지역으로 나가는 것을 일컫는다. 出稼 물질은 본토(육지)로 물질을 나가는 것을 일컫는데, 해방 전에는 일본·소련·중국 등지로 나가 물질을 하는 것을 일컫는다.
2) 돛배의 속도를 높이기 위해 돛배의 양옆에서 젓는 櫓.
3) 이성훈, 『해녀의 삶과 그 노래』(민속원, 2005), 41쪽.
4) 연안 가까이 있는 섬의 어장.
5) 연안에서 멀리 떨어져 있는 섬의 어장.
6) 船上生活. 배 위에서 장기간 숙식을 하면서 물질을 했던 것을 말한다[『국문학보』 제10집(제주대학교 국어국문학과, 1990), 246쪽].

나갈 때 돛배의 노를 저으면서 주로 불렀고, 제주도에서는 마을 앞 공
동어장으로 헤엄쳐 나갈 때 간혹 부르기도 하였다. 그러므로 〈해녀노
젓는소리〉의 구연 현장은 제주도와 본토 동해안 지역보다는 본토 서·
남해안 지역이다. 헤엄쳐 나가며 부르거나 돛배의 노를 저으며 부르거
나 간에 모두 〈해녀노젓는소리〉를 부른다. 〈해녀노젓는소리〉는 본래
노를 저으며 부르던 노래인데, 간혹 헤엄치면서도 부르는 것이므로 비
록 기능은 다르지만 선율과 사설은 같다. 따라서 기능은 다르지만 사
설이나 선율은 같기 때문에 〈해녀노젓는소리〉라는 노래명을 사용하기
로 한다.

〈해녀노젓는소리〉의 歌唱機緣은 해녀들이 각 해안에서 연안으로 '뱃
물질' 나가거나, 제주도 해녀들이 본토로 出稼하거나 제주도로 귀향할
때 거룻배나 기범선의 노를 젓는 일이고, 'ᄀ물질' 나갈 때는 헤엄치는
일이다. 연안으로 뱃물질하러 오갈 때는 주로 돛이 없는 거룻배[7)나 돛
이 하나인 작은 범선(돛단배 또는 돛배)를 이용했다. 그리고 본토 출가
나 귀향할 때에는 범선이나 동력선, 기범선[8)을 이용했다.

모든 민요가 그렇듯이 〈해녀노젓는소리〉도 언제부터 가창되었는지
는 명확히 알 수는 없다. 그렇지만 언제까지 불렸는지 추정할 수 있다.
〈해녀노젓는소리〉의 가창 기연은 돛배의 노를 젓는 노동이다. 가창 기
연이 소멸된 시기를 통해 〈해녀노젓는소리〉가 언제까지 물질작업 현

---

7) 돛을 달지 않고 갑판도 없으며 노를 저어 움직이는데, 이물[船首]은 뾰족한 편
이고 고물[船尾]은 편평한 것이 특징이다. '거룻배' 또는 '거루'라고도 한다.

8) 돛과 기관을 함께 갖추고 있는 선박을 기범선(機帆船)이라 하며, 이러한 기범
선도 돛으로 바람에 의해 항진할 경우에는 항법상 범선과 동일한 취급을 받
는다. 옛날에는 주로 돛을 달고 항해하였고, 입출항 때에만 기관을 사용하였
다. 오늘날은 주로 기관을 사용하여 항해하고, 순풍일 때 돛을 병용(倂用)하
는 일이 많다.

장에서 불렸는지는 추정할 수 있다.

그간 김영돈을 비롯한 대다수의 연구자들은 〈해녀노젓는소리〉 가창 기연의 소멸 시기를 두고 "요마적까지 불려졌다.", "동력선의 등장으로 소멸되었다." 등으로만 추정하여 언급하였을 뿐 가창기연의 소멸 시기 를 구체적이고 실증적으로 규명한 적은 없었다.

본고는 〈해녀노젓는소리〉 가창기연의 소멸 시기를 해녀들의 본토 출가와 연안 물질로 나누어 본토로 출가할 때와 물질작업장으로 나갈 때 탔던 선박의 종류와 잠수복(해녀복)의 변천 과정을 통해 규명하는 것을 목적으로 한다. 이러한 목적을 달성하기 위해, 먼저 제주도 해녀 들이 돛배를 타고 본토로 출가물질을 나올 때 가창기연의 소멸 시기를 海運·船舶史를 통해 추정하기로 한다. 다음으로 경상남도 거제시와 사천시에서 돛배를 이용하여 연안물질을 나갈 때 가창기연의 소멸시기 를 선박 종류의 변천을 통해 살피고, 물질작업장으로 헤엄쳐 나갈 때 가창기연의 소멸시기를 잠수복의 변천 과정을 통해 추정하기로 한다.

 가창기연의 소멸 시기

1. 본토 출가

먼저 제주 해녀들이 언제부터 본토 출가를 했으며 구체적으로 어느 지역까지 나갔는지부터 살펴보기로 한다. 제주도의 해녀들은 점차 그 기술이 발전하고 인원이 늘어감에 따라 도내에만 머물지 않고 도외로 속속 진출하기 시작했다. 1889년경에는 靑山島를 비롯하여 완도, 부산,

영도, 거제도, 남해의 돌산, 기장, 울산, 경북 일대까지 出稼하였는데, 봄철 帆船에 20명부터 30명이 1조가 되어 배에 타고 한 사람 혹은 두 사람에의 남자를 뱃사공으로 가지고 멀리 경상남도나 전라남도 해안에 닿아, 여기서부터 동해안으로 북상하면서 잠수 작업을 했다.[9] 대다수의 해녀들이 다도해 지역으로 출가물질을 나갔다는 사실은 석주명이 밝힌 1910년대의 出稼 해녀 수에서도 드러난다. 곧 1915년경의 출가해녀의 수는 약 2,500명인데 出稼地別로는 경상남도에 1,700, 전라남도 다도해 방면에 300, 기타 500이고, 그 출신지로는 우도의 약 400명을 필두로 종달리, 행원리, 법환리, 위미리 등의 약 100명씩과 기타이다[10]라고 기록했다. 더구나 日本의 對馬島・靜岡・高知・長崎・三重・東京・愛媛・德島・神奈川・鹿兒島・島根・千葉 등지에도 이르렀는가 하면, 中國 山東省의 靑島와 遼東半島의 大連, 심지어는 러시아의 블라디보스톡(Vladivostock)에까지도 진출했었는데 1920~1930년대의 경우 5천 내외에 이르렀었다.[11]

육지레 갈 때민 좁쌀, 보리쌀을 흔 두어 말씩 쌍 가질 안 흐느냐, 그 된 강 쌀을 못 사난. 처음으로 거제도(巨濟島) 미날구미엔 흔디 가신디, 남ᄌ가 셋쯤 올르곡 흔 열다섯 명이 풍선으로 ᄇᆞ름 술술 불민 돗 돌곡 ᄇᆞ름 웃인 때민 넬(노를) 다섯 채 놓앙 네 젓엉 가곡. 센 ᄆᆞ루 넘어갈 땐 베 안 올라가가민 기신 내영 젓잰 ᄒᆞᆫ 발판지멍 어기야차 디야 해가민 막 올라가느네. 밤이도 젓곡 낮이도 젓이멍 일뤠나 걸려시네[12]

9) 강대원, 『해녀연구』 개정판(한진문화사, 1973), 43쪽.
10) 석주명, 『제주도수필』(보진재, 1968), 202쪽.
11) 김영돈, 「제주도민요연구 – 여성노동요를 중심으로 – 」(동국대학교 박사학위논문, 1983), 104~105쪽.
12) 필자채록, 성산읍 온평리, 1986. 8. 8. 양송백, 여・81.

위 인용문에서 보듯이, 본토로 出稼 물질을 나갔던 양송백은 18세가 되던 1923년 帆船으로 巨濟島 물질나갈 때 밤낮 가리지 않고 7일간 노를 저어 갔다고 한다.[13]

이제 본토로 출가할 때 부르던 〈해녀노젓는소리〉의 가창 기연이 언제부터 사라졌는지를 우리 나라의 海運·船舶史를 통해 살펴보기로 한다. 조선시대 전 기간을 통하여 엄격한 海禁政策을 고수하면서 일체의 海洋 進出이 금지되었으므로 航洋貿易船은 전혀 발달하지 못했다. 오직 조선 후기에 가끔 일본에 通信使가 내왕할 적에 戰船을 개조한 使臣船과 그에 수행한 卜物船(貨物船)이 玄海灘을 건넜을 뿐이다.[14] 海運은 개항 이후 새로운 국면을 맞이했다. 그것은 汽船의 등장으로 상징된다. 高宗 16년(1876)에 丙子修護條約에 따라 부산이 개항되고 그 후 원산(1880), 인천(1883), 진남포(1887), 목포(1887), 군산(1899), 성진(1899), 용암포(1906), 청진(1908), 신의주(1910)가 차례로 개항됨에 따라 열강의 세력은 물밀듯이 밀려들었다. 그중 특히 일본은 한국 수출입 화물의 운송을 독점하고 국내화물의 수송에도 손대기에 이르렀다. 여기에 조선 정부도 방관만 할 수 없어서 처음에는 영국계 상사인 怡安洋行, 중국의 招南局, 독일 상사인 世昌洋行 등 외국의 기선회사를 유치하여 수출입 화물의 운송과 세곡의 운반을 도모하다가, 드디어 租穀 운송을 전담하는 轉運局이 직접 기선을 도입하여 운영하기에 이른다. 그 때 처음으로 도입된 배는 海龍號이다. 海龍號는 1886년 日本郵船株式會社의 志摩丸을 구입하여 개명한 것으로서 한국 최초의 기선이다.

---

13) 이성훈, 「민요 제보자의 생애와 사설」, 『백록어문』 제2집(제주대학교 국어교육연구회, 1987), 311쪽.
14) 金在瑾, 『韓國船舶史硏究』(서울대학교 출판부, 1984), 271쪽.

다만 그 전 壬午年(1882)에 일본으로부터 작은 汽艇을 기증받은 바 있다.[15] 1910년 한일합방이 이루어졌을 때 日政에 인계된 선박은 汽船 56척[登簿船 40척, 不登簿船 16척], 帆船 348척[登簿船 48척, 不登簿船 300척]이었다.[16]

예전에 제주도와 본토와의 해운은 제주도의 특산물인 미역, 馬匹을 적재하여 본토에 왕복하는 외에는 선편이 없었다.[17] 그러나 1900년경에는 仁川堀商會汽船의 경영으로 제주도에서 木浦, 仁川, 鎭南浦를 거쳐 平壤의 萬景臺에 이르는 항로가 3주간에 1왕복 운행하게 되었다.[18] 한편 釜山·濟州島間의 정기항로는 1908년 12월 설립된 釜山汽船株式會社에 의한 월 1회 이상의 운항이 최초로 알려져 있다.[19] 1963년도부터는 제주도와 목포·부산을 잇는 최신 정기 여객선들이 就航하게 되는데, 〈표 1〉은 1964년도 해상교통 일람표이다.[20]

15) 金在瑾, 『韓國의 배』(서울대학교 출판부, 1994), 347~348쪽.
16) 金在瑾, 『우리 배의 역사』(서울대학교 출판부, 1989), 301쪽.
17) 朝鮮總督府農商工部編, 『韓國水産誌』 제3집(朝鮮總督府農商工部, 1910), 388~309쪽.
18) 木浦誌編纂會編, 『木浦誌』(同會發行, 1914), 315쪽.
19) 安秉珆, 「李朝時代의 海運業 -그 實體와 日本海運業의 侵入-」, 『朝鮮社會の構造と日本帝國主義』(龍溪書舍, 1977), 136쪽[후지나가 다케시(藤永 壯), 洪性穆 譯, 「1932年 濟州島 海女의 鬪爭」, 『「濟州島」의 옛 記錄』(濟州市愚堂圖書館, 1997), 91쪽에서 재인용].
20) 禹樂基, 『濟州道 大韓地誌』 1(韓國地理研究所 刊行部, 1965), 172~173쪽.

〈표 1〉 해상교통 일람표(1964년 12월 30일 현재)

船 名	톤數	定員數					區 間	經 由 地	所要時間	每週出航回數
		特	1	2	3	計				
도라지호	938	4	14	54	509	581	제주~부산	直行	12	3일1회
제주호	350	-	15	120	180	315	제주~부산	直行	14	3일1회
가야호	500	2	4	36	221	263	제주~목포	碧 波 津	8	2일1회
황영호	200	-	10	100	180	290	제주~목포	楸子 · 碧波津	10	2일1회
덕남호	300	-	1	12	300	313	서귀포~부산	城 山 浦	18	1주3회

우리나라에 動力漁船이 등장하기 시작한 것은 1918년경부터이다. 그러나 그것이 어느 정도나마 보급된 것은 1930년대에 들어와서이다.[21] 〈표 2〉는 일정시대 어선척수의 변천을 나타낸 표이고, 〈표 3〉과 〈표 4〉는 등부선과 부등부선의 변천을 나타낸 표이다.[22] 1945년 8 · 15 해방 이후 조선 공업은 정치적 · 경제적 · 사회적 혼란과 부실한 경영, 6 · 25 사변으로 인한 타격, 기술과 경험의 부족, 선박건조 및 수리의 대외 의존 등이 겹친 악조건으로 1960년대 중반에 이르기까지 아무런 발전을 하지 못하고 침체했다.[23]

---

21) 김재근, 『한국선박사연구』(서울대학교 출판부, 1984), 241쪽.
22) 김재근, 『우리 배의 역사』(서울대학교 출판부, 1989), 302~303쪽.
23) 김재근, 『한국선박사연구』(서울대학교 출판부, 1984), 272~273쪽.

〈표 2〉漁船隻數의 變遷(단위 : 尺)

| 年度 | 無動力船 | | | | | 動力船 | | | 總計 |
| | 計 | 不登簿船 | | | 登簿船 | 計 | 發動機船 | 汽船 | |
		朝鮮型	日本型	기타					
1911	13,024	9,170	3,015	839	—	—	—	—	13,024
1915	20,299	13,166	6,889	244	—	—	—	—	20,299
1920	26,199	14,157	11,758	284	—	43	43	—	26,242
1925	31,026	16,365	14,275	386	—	286	286	—	31,312
1930	38,042	19,419	17,980	652	—	990	990	—	39,032
1935	46,448	20,335	25,564	477	72	1,410	1,410	—	47,858
1940	56,034	20,104	35,560	321	49	2,851	2,850	1	58,885

〈표 3〉登簿船의 變遷

| 年度 | 汽船 | | 帆船 | | | |
| | | | 噸數船 | | 石數船 | |
	隻數	總噸數	隻數	總噸數	隻數	總噸數
1910	36	7,333	24	836	12	327
1915	69	15,458	251	7,123	10	236
1920	95	43,322	523	17,508	2	59
1925	136	40,988	622	20,794	2	59
1930	197	54,957	692	22,905	—	—
1935	320	58,588	948	32,752	—	—
1940	807	114,596	1,194	51,744	—	—

〈표 4〉不登簿船의 變遷

| 年度 | 汽船 | | 帆船 | | | |
| | | | 噸數船 | | 石數船 | |
	隻數	總噸數	隻數	總噸數	隻數	總噸數
1910	16	151	—	—	300	2,419
1915	70	668	1,048	11,346	3,347	27,909
1920	83	919	4,483	52,233	1,921	17,450
1925	187	2,179	4,913	56,133	2,005	16,852
1930	360	4,028	6,810	86,852	1,931	19,269
1935	550	6,053	9,555	101,634	—	—
1940	1,333	12,980	14,380	159,165	—	—

동력어선은 〈표 2〉에 나타나 있듯이 1925년에 286척, 1930년에 990척
에 불과하던 1935년부터는 1,410척으로 늘어나면서 1940년에는 2,850척
으로 급격하게 늘어났다. 그리고 登簿船의 汽船은 〈표 3〉에 나타나 있
듯이 1935년에 320척이었던 것이 1940년에는 807척으로 급격히 늘어나
며, 不登簿船의 汽船도 〈표 4〉에 나타난 것처럼 1935년에 550척이었던
것이 1940년에는 1,333척으로 급격하게 늘어났다.

이상에서 살펴본 바를 정리하면 1940년부터 동력어선과 기선의 척수
가 급격하게 늘어났고, 본토와 제주를 잇는 정기 여객선은 1963년도부
터 취항하게 되었다. 이러한 사실로 미루어 볼 때 1930년대까지는 주
로 범선을, 1940년부터 1950년대까지는 발동선과 기범선을 이용하여
본토 출가를 했다. 기범선을 이용할 때도 바람이 불면 돛을 달고 항해
를 했고, 바람이 멈추거나 잔잔할 때는 노를 저어서 갔다. 하지만, 1963
년 여객선이 등장한 이후부터는 본토로 출가할 때 범선이나 기범선을
거의 이용하지 않았다고 보겠다.

결국 제주 해녀들이 본토로 처음 出稼하기 시작한 1889년 무렵부터
1930년대까지는 범선만을 이용하여 본토로 출가했기 때문에 〈해녀노
젓는소리〉의 가창 기연인 노 젓는 일은 1930년대까지만 하더라도 흔했
다. 1940년부터 1950년대까지는 발동선과 기범선을 이용하여 본토로
출가하였으므로 노 젓는 일이 많이 줄어 〈해녀노젓는소리〉의 가창 기
연인 노 젓는 일이 급격하게 감소하기 시작했다. 또한 1963년도에 제
주도와 목포·부산을 잇는 최신 정기 여객선들이 취항하면서 발동선
과 기범선을 이용하지 않고 주로 여객선을 이용하여 본토로 출가했으
므로 노 젓는 일도 사라지게 되어, 1960년대부터는 사실상 〈해녀노젓
는소리〉의 가창 기연인 노 젓는 일이 완전히 사라졌다고 볼 수 있다.

따라서 제주 해녀들이 본토 출가할 때 〈해녀노젓는소리〉의 가창 기

연인 노 젓는 노동 행위는, 여객선이 취항한 1963년을 분수령으로 하여
1930년대까지는 흔했으나 1940~1950년대는 많이 사라졌고 1960년대부
터는 완전히 사라졌다고 보겠다.

한편, 일본으로 出稼할 때는 기선을 이용했다는 사실을 보여주는 노
래를 들면 다음과 같다.

> 一. 萬里波濤瀛洲海에
> 一. 오고가는汽船들은
> 一. 汽笛소래奔忙하다
> 二. 埠頭가에보힌同胞
> 一. 去去來來人叢中에
> 一. 여기저긔殘別이라
> 三. 나의가슴쓰라린것
> 一. 業을일코生活困難
> 一. 日本가는同胞로다
> 四. 父母妻子相顧하며
> 一. 서로付託勤儉貯蓄
> 一. 身體健康祝壽로다
> 五. 渺渺茫茫天盡頭에
> 一. 只見孤帆不見洲라
> 一. 去由招帳一般일세[24]

---

24) 金斗奉, 『勝地沿革 濟州島實記』(濟州島實蹟硏究社, 1936), 70~71쪽.

2. 연안 물질

연안 물질은 돛배를 타고 나가는 경우와 헤엄쳐 나가는 경우가 있다. 〈해녀노젓는소리〉는 해녀들이 물질 작업 갈 때 주로 돛배의 '젓걸이노'를 저으면서 부르지만, 간혹 헤엄치며 부르기도 한다. 윤치부는 해녀들이 물질 작업 나갈 때 헤엄을 치면서 부르는 〈해녀노젓는소리〉를 〈테왁짚고헤엄치는노래〉로 분류하였다.[25] 하지만 필자는 〈테왁짚고헤엄치는노래〉가 〈해녀노젓는소리〉보다 가락이 조금 빠른 편이지만 사설이 같기 때문에 〈해녀노젓는소리〉에 포함시켜 분류한 바 있다.[26] 본토의 서부경남지역과 전라남도, 강원도 삼척시, 부산광역시 영도구 청학동 등지에서는 물질 작업장이 있는 연안의 섬까지 돛배를 타고 나가는 이른바 '뱃물질'을 주로 하였다. 반면에 제주도에서는 물질작업장까지 헤엄쳐 나가는 이른바 'ᄀᆞ물질'을 주로 하였다. 다만 3~4월에 채집하는 미역을 '새미역'이라 하는데,[27] 제주도에서 이 '새미역'을 채취하러 갈 때는 돛배를 주로 이용하였다.

〈해녀노젓는소리〉의 가창기연은 돛배의 '젓걸이노'를 젓는 노동이다. 해녀들이 부르는 〈해녀노젓는소리〉가 제주도에서 형성된 노래라는 것은 주지의 사실이다. 그럼에도 불구하고 〈해녀노젓는소리〉가창은 제주도에서보다는 제주해녀들이 본토로 출가물질을 나올 때나 본토의 다

---

25) 윤치부, 「제주 민요의 기능별 분류」, 『제주교육대학교 논문집』 제25집(제주교육대학교, 1996), 93쪽.

26) 〈해녀노젓는소리〉의 분류에 대해서는 이성훈, 『해녀의 삶과 그 노래』(민속원, 2005), 20~32쪽 참조.

27) 다카하시 노보루(高橋 昇) 著, 洪性穆 譯, 『朝鮮半島의 農法과 農民－濟州島編－(1939)』(제주시우당도서관, 2000), 14쪽.

도해 지역에서 연안의 섬으로 뱃물질하러 오갈 때 주로 불렸다고 본다.

제주도 연안에는 섬이 많지 않을 뿐만 아니라 물질작업장까지 거리
도 가깝다. 그렇기 때문에 제주도에서는 돛배를 타고 가서 하는 물질
인 이른바 '뱃물질'보다는 헤엄쳐 나가서 하는 물질인 이른바 'ᄀᆞᆺ물질'
을 주로 하였다. 그만큼 제주도에서는 해녀들이 돛배의 '젓걸이노'를
저으며 〈해녀노젓는소리〉를 부를 수 있는 가창기연이 적었던 게 사실
이다. 다시 말해서 〈해녀노젓는소리〉의 가창 기연인 '뱃물질'은 제주도
에서보다는 본토 서남해안의 다도해 지역인 서부경남지역과 전라남도
지역에서 주로 이루어졌다. 강원도 삼척시 원덕읍 갈남리에서도 이웃
마을인 임원리 어장으로 '뱃물질'을 나갔었다. 하지만 동해안의 강원도
대부분 지역에서는 'ᄀᆞᆺ물질'을 주로 하였다. 동해안 지역과 같이 연안
의 섬이 많지 않은 제주도의 경우에도 마을 앞 어장에서 'ᄀᆞᆺ물질'을 주
로 하였다. 다만 남제주군 성산읍 오조리와 서귀포시 보목동 지역에서
는 '뱃물질'을 나가기도 하였다. 따라서 이 논문에서 연안 물질을 나갈
때, 돛배의 노를 저으며 불렀던 〈해녀노젓는소리〉의 가창기연이 언제
부터 소멸되었는지를 추정하기 위해 필자가 경상남도 사천시와 거제시
에서 채록한 자료만을 대상으로 하여 논의하는 이유도 여기도 있다.

그러면 연안 물질을 나갈 때, 돛배의 노를 저으며 불렀던 〈해녀노젓
는소리〉와 헤엄치며 불렀던 〈해녀노젓는소리〉의 가창기연이 소멸된
시기는 언제인지 살펴보기로 한다.

먼저 돛배의 노를 저으며 불렀던 〈해녀노젓는소리〉의 가창기연의
소멸 시기를 본토의 사례로 추정해 보기로 한다. 〈해녀노젓는소리〉의
가창기연은 돛배의 노를 젓는 노동을 할 때이다. 무동력선인 돛배가
동력선인 발동선으로 대체됨으로 말미암아 〈해녀노젓는소리〉의 가창
기연이 소멸되었다. 필자가 경상남도 사천시와 거제시에 거주하는 해

녀들로부터 채록한 자료를 토대로 이를 논의해 보기로 한다.

　우점이는 경상남도 사천시 신수도에서 태어났는데, 양친은 모두 제주도 출신이다. 현재 경상남도 사천시 서금동에 거주하는 우점이의 제보에 의하면,[28] 지금은 사천시 서금동 八浦선착장에서 동력선을 타고 뱃물질 나가지만, 1968년까지는 돛배를 타고 노를 저어 사천시 팔포 앞바다에 산재한 늑도, 신수도, 마도, 딱섬, 신섬 일대로 뱃물질 나갔다고 한다. 또한 사천시 서금동 삼천포항에서 신수도까지 가는데 걸리는 시간은 동력선으로는 20분 정도이고, 돛배로는 1시간 30분에서 2시간 정도 걸린다고 한다.

　윤계옥은 제주도 우도면에서 출생했고, 양친 모두 제주도 출신이다. 현재 경상남도 사천시 동금동에 거주하는 윤계옥의 제보에 의하면,[29] 27살 되던 해인 1943년까지 〈해녀노젓는소리〉를 불렀다고 했다. 윤계옥과 우점이가 구연한 사설을 의미 단락별로 나눈 각편의 수는 각각 2편과 5편이다.

　우춘녀는 제주도 우도면에서 태어났고, 양친 모두 제주도 출신이다. 현재 경상남도 거제시 장목면 송진포리에 정착한 우춘녀의 제보에 의하면,[30] 물질은 7살에 배우기 시작했고, 제주도 우도면에서는 돛배를 타본 적이 없다고 했다. 21살에 초용[31]으로 남해도와 울산에 출가물질을 나왔는데 동력선을 타고 뱃물질 다녔다고 했다. 27살에 거제시 장목면 송진포리로 이주하여 정착했다. 27살 무렵부터 약 5년 동안(1963

28) 필자 채록, 경남 사천시 서금동, 2005. 1.10. 우점이, 여·69세.
29) 필자 채록, 경남 사천시 동금동, 2005. 1.10. 윤계옥, 여·77세.
30) 필자 채록, 경남 거제시 장목면 송진포리, 2005. 1.12. 우춘녀, 여·69세.
31) 제주 해녀가 처음으로 제주도를 떠나 본토(육지)로 물질 작업을 나가는 것을 일컫는다.

년부터 1968년까지) 장목면 송진포리 宮農마을 포구 앞바다에 있는 백도, 이수도, 학섬으로 돛배를 타고 뱃물질 나갔다고 하며 〈해녀노젓는소리〉는 이때 배웠다고 했다. 송진포리 궁농마을 포구에서 백도까지 가는데 걸리는 시간은 동력선으로는 15분 정도이고, 돛배로는 1시간 10분 정도 걸린다고 한다. 그리고 이수도까지 가는데 걸리는 시간은 동력선으로 10분 정도이고, 돛배로는 40분~45분 정도 걸린다고 한다. 끝으로 학섬까지 가는데 걸리는 시간은 동력선으로는 6분 정도이고, 돛배로는 20~25분 정도 걸린다고 한다.

김수녀는 제주도 남제주군 성산읍 신산리에서 태어났고, 양친 모두 제주 출신이다. 현재 경상남도 거제시 장승포에 정착한 이수녀의 제보에 의하면,[32] 10살 무렵부터 해수욕 다니며 헤엄치는 것을 배웠고, 물질은 17~18세 때부터 배웠다. 20살에 결혼하여 제주에서 살다가 26살에 초용으로 거제시 능포로 출가 물질을 왔다. 27살에 거제시 장승포로 이주하여 정착했다. 제주도에 있을 때는 돛배를 타고 뱃물질 나간 적이 없기에 〈해녀노젓는소리〉 배우지 못했다고 한다. 거제시 능포에서 약 1년 동안 돛배를 타고 뱃물질 다닌 적이 있고, 27살 되던 1959년에 거제시 장승포로 이주해서도 약 1년간 돛배를 타고 뱃물질 다녔다고 한다. 〈해녀노젓는소리〉는 이때 들었는데, 노를 저으며 불러보지는 못했다고 한다. 선배 해녀들은 노 젓는 게 서툰 김수녀에게 노를 젓지 못하게 했다고 한다. 그 후 1960년부터는 동력선을 타고 뱃물질 다녔는데, 70살까지 물질했다고 한다.

위의 사례로 볼 때 서부경남지역 중에 거제시와 사천시의 경우, 〈해녀노젓는소리〉의 가창기연인 돛배의 노 젓는 노동은 1960년대 말까지

---

32) 필자 채록, 경남 거제시 장승포동, 2005. 2.19. 김수녀, 여·73세.

이어졌고, 그 후는 동력선의 등장으로 소멸되었다고 하겠다.

다음으로 헤엄치며 부르던 〈해녀노젓는소리〉 가창 기연의 소멸 시기를 잠수복(해녀복)의 변천 과정을 통해 살펴보기로 한다.

> …(전략)
> 젊은가정　　심은노랑
> 고향천리　　회성만돌고
> 늑신네가　　심은노랑
> 연해연방　　굴아나주소 시
> 이여사 시
> [김옥련 : (김절씨에게) ᄒ라, ᄒ라.]
> [김　절 : 흡서(하세요), 지천.]
> [조사자 : 이제 노래ᄒ는 사름은 … 할마님딜.]
> [김옥련 : 이제 우리도 노래 안ᄒ여. 이제 오리발 신엉 저레 착착착착 가불민 트멍(틈)이 어선.]
> [김　절 : 발로 물중홀 때 해여난 소리주, 이 근간은 안ᄒ네다.]
> [조사자 : 야, 발로 물질홀 때, 갈 땐 서로 박자 맞추멍 안ᄒ네까끈]
> [김옥련 : 아니, 이녁냑으로(자기대로) 가달(발) 영 영(이렇게 저렇게) 가달 늘리멍.]
> 이여도사나 이여사
> 이여도사 시이여사 시
> [김절 : 아이고, 이거 어떵ᄒ난(어째서) 따시(또).]
> 우리가　　　가며는
> 얼마나　　　가련말고
> 이여사 시　이여도사 헤
> 서룬어멍　　날낳는날은

해도나돌도 어슨날에
나를난가 시이여사 헤
이여도사 헤
(하략)…33)

위에 인용한 자료는 현용준과 고광민이 제주도 서귀포시 중문동 대
포에서 1981년 5월 17일에 채록한 제보자 김옥련(여·60)과 김절(여·
60)이 가창한 〈해녀노젓는소리〉이다. 채록자인 현용준과 고광민은 〈해
녀작업나가는노래〉라는 노래명으로 『韓國口碑文學大系』 9-3에 수록
하였다. 그들은 이 노래를 채록하게 된 경위를 다음과 같이 기록하고
있다.

　　어젯저녁 김옥련씨 댁에서 민요를 듣고나서, 김재현씨와 하룻밤을
자고 난 후, 오늘 아침 9시 경에 바닷가로 나가니 해녀들이 물속에서
톳을 채취하고 있었다. 김옥련씨와 김절씨가 한참 후에 〈망사리〉34) 가
득 톳을 채취하고 뭍으로 나왔다. 무척 조사자를 반겼다. 조사자가 오
늘도 톳을 채취하러 가기 위하여 헤엄칠 때 노래를 불렀느냐고 묻자,
요즘은 잠수복에 잠수화를 신기 때문에 추진력이 좋아서 노래를 부를
필요가 없다고 했다. 또, 노래를 여럿이 합창하면서 헤엄치지 않느냐고
물으니, 해녀작업을 헤엄치며 나갈 때는 각자가 부른다고 말해 주었다.
조사자가 이 사실에 대하여 지금껏 오해를 해왔었던 것이다. 조사자가
두 여인에게 옛날 생각을 떠올리며 노래를 부탁하자, 김절씨가 먼저

33) 玄容駿·金榮敦, 『韓國口碑文學大系』 9-3(韓國精神文化硏究院, 1983), 441~
455쪽.
34) 망시리. 바다에서 해녀가 해산물을 채취하고서 담아 넣는, 그물로 엮어 만든
그물자루로 테왁 밑에 달려 있다.

노래를 불렀다.[35]

  위의 인용문에서 보듯이, 해녀들이 물질작업을 하기 위하여 물질작
업장까지 헤엄치며 나갈 때는 〈해녀노젓는소리〉를 각자가 부른다고
하였다. 〈해녀노젓는소리〉의 가창기연이 헤엄치며 각자가 부르는 것
이기 때문에 가락이나 사설이 자연스럽게 전승될 수 있는 여건이 아니
다. 다만 여러 명의 해녀들이 돛배를 타고 물질작업을 나가며 '젓걸이
노'를 젓는 구연상황에서는 〈해녀노젓는소리〉의 전승이 자연스럽게 이
루어질 수 있다. 이는 돛배의 젓걸이노를 저으며 불렀던 〈해녀노젓는
소리〉를 해녀들이 헤엄치면서 부르기도 했었다는 사실을 반증한다.

  그러면 해녀들이 헤엄치면서 불렀던 〈해녀노젓는소리〉의 가창기연
이 소멸된 시기는 언제부터인가 하는 점이다. 이 문제 해결의 단초는
해녀복의 변천 과정이다. 1970년대 초는 해녀복이 다양하여 면제 해녀
복(물소중이, 적삼)과 합성섬유로 된 물옷, 고무 잠수복 등 개인의 취
향에 따라 선택하게 되었다. 스폰지 옷이라고도 하는 합성 고무 잠수
복이 일본에 도입된 것은 1960년대 중반의 일이며 濟州島에는 1970년
대에 들어서면서 급속도로 보급되었으나 처음에는 가격도 비싸고 형태
에 대한 반감을 가졌다. 그러나 고무 잠수복을 입었을 때는 어획량이
종전의 5배 이상에 달하고 또 수입도 5배로 높아졌기 때문에 1975년대
에는 거의 보급이 되었다.[36] 이기순의 제보에 의하면, 강원도 속초시
의 경우 해녀들이 착용하는 고무 잠수복은 세 가지 종류가 있다고 한
다. 가을과 겨울에는 6mm, 봄에는 5mm, 여름에는 3.5mm의 두께로 된

---

35) 위의 책, 441쪽.
36) 김정숙, 「제주도 해녀복 연구」(이화여자대학교 교육대학원 석사학위논문,
    1989), 23쪽.

고무 잠수복이 그것이다.[37]

고무 잠수복(Suit)과 함께 도입된 것이 오리발(Fin)이다. 오리발은 추진력을 얻을 목적으로 사용하는 잠수 장비이다. 오리발은 스트랩(조임 고무)과 발을 넣을 수 있는 '포켓'과 '블레이드(판)'으로 구성되며, 재질로는 경화플라스틱과 고무재질로 이루어 진 게 많다. 오리발은 발등보다 더 넓은 표면적을 인위적으로 줌으로써 오리발을 아래로 내려 찰 때 물의 저항을 많이 받게 해줘 그 반작용으로 몸이 앞으로 또는 물밑으로 가라앉는 힘을 얻는 목적으로 사용한다.

물질작업장까지 발등으로 헤엄쳐 나갈 때는 오리발을 착용하고 헤엄쳐 나갈 때보다 앞으로 나가는 추진력이 약하다. 위의 인용문에서 보듯이 발등으로 헤엄칠 때는 〈해녀노젓는소리〉를 가창하였지만, 잠수화인 오리발을 신기 때문에 추진력이 좋아서 노래를 부를 필요가 없다고 하였다.

따라서 물질작업장까지 헤엄쳐 나갈 때 부르던 〈해녀노젓는소리〉의 가창기연이 소멸된 시기는 고무 잠수복과 오리발이 도입된 1970년대부터라고 하겠다.

Ⅲ 결 론

본고의 목적은 〈해녀노젓는소리〉 가창기연의 소멸 시기를 해녀들의 본토 出稼와 연안 물질로 나누어 본토로 출가할 때와 물질작업장으로

---

37) 이성훈, 앞의 책, 213쪽.

나갈 때 탔던 선박의 종류와 잠수복(해녀복)의 변천 과정을 통해 규명하는 데 있다.

해녀들이 해산물을 채취하기 위해 물질작업장까지 나가는 방식은 헤엄쳐 나가는 'ᄀᆞᆺ물질' 방식과 배를 타고 나가는 '뱃물질' 방식이 있다. 〈해녀노젓는소리〉의 歌唱機緣은 해녀들이 '뱃물질' 나갈 때 돛배의 노를 젓는 일이나, 'ᄀᆞᆺ물질' 나갈 때는 헤엄치는 일이다. 본고에서는 그간 주목받지 못한 〈해녀노젓는소리〉 가창기연의 소멸 시기를 선박 종류와 잠수복의 변천 과정을 통해 추정해 보았다. 논의한 내용을 요약하면 다음과 같다.

본토 출가 시 〈해녀노젓는소리〉 가창기연인 노 젓는 일은 해녀들이 본토로 처음 출가하기 시작한 1889년 무렵부터 1930년대까지는 帆船만을 이용하여 본토로 출가했기 때문에 1930년대까지만 하더라도 흔했다. 1940년부터 1950년대까지는 발동선과 기범선을 이용하여 본토로 출가하였으므로 노 젓는 일이 급격하게 감소하기 시작하였다. 또한 1963년도에 제주도와 목포·부산을 잇는 정기 여객선들이 취항하면서 발동선과 기범선을 이용하지 않고 주로 여객선을 이용하여 본토로 출가했으므로 노 젓는 일도 사라지게 되어, 1960년대부터는 사실상 〈해녀노젓는소리〉의 가창 기연인 노 젓는 일이 완전히 사라졌다고 보았다. 이러한 사실은 海運·船舶史, 여객선 취항 시기를 토대로 하여 밝혔다.

연안 물질 시 물질작업장까지 돛배의 노를 저어 나갈 때 부르던 〈해녀노젓는소리〉 가창기연의 소멸 시기는 서부경남지역 중에 거제시와 사천시의 경우, 〈해녀노젓는소리〉의 가창기연인 돛배의 노 젓는 노동은 1960년대 말까지 이어졌고, 그 후는 동력선의 등장으로 소멸되었다고 보았다. 이러한 사실은 필자가 경상남도 사천시와 거제시에 거주하는 해녀들로부터 채록한 자료를 토대로 규명하였다.

　또한 연안 물질 시 물질작업장까지 헤엄쳐 나갈 때 부르던 〈해녀노젓는소리〉의 가창기연이 소멸된 시기는 고무 잠수복과 오리발이 도입된 1970년대 이후부터라고 보았다. 이러한 사실은 해녀들의 구술 자료를 참고하여 규명하였다.

　〈해녀노젓는소리〉의 구연과 전승은 자연 조건에서는 있을 수 없고 인위 조건에서만 구연되고 조사할 수 있다. 〈해녀노젓는소리〉의 가창기연이 소멸된 이후 〈해녀노젓는소리〉의 연행 양상은 어떻게 변화되었는지에 주목해야 하는 이유다. 〈해녀노젓는소리〉의 구연 현장이 바다의 일터에서 무대의 민속 공연으로 전환되는 양상에 대한 연구는 뒤로 미룬다.

● 참고문헌 ●

『국문학보』 제10집, 제주대학교 국어국문학과, 1990.

강대원, 『해녀연구』 개정판, 한진문화사, 1973.

金斗奉, 『勝地沿革 濟州島實記』, 濟州島實蹟硏究社, 1936.

김영돈, 「제주도민요연구-여성노동요를 중심으로-」, 동국대학교 박사
　　　학위논문, 1983.

金在瑾, 『우리 배의 역사』, 서울대학교 출판부, 1989.

_____, 『韓國船舶史硏究』, 서울대학교 출판부, 1984.

_____, 『韓國의 배』, 서울대학교 출판부, 1994.

김정숙, 「제주도 해녀복 연구」, 이화여자대학교 교육대학원 석사학위논문,
　　　1989.

木浦誌編纂會編, 『木浦誌』, 同會發行, 1914.

석주명, 『제주도수필』, 보진재, 1968.

安秉珆, 「李朝時代의 海運業 -그 實體와 日本海運業의 侵入-」, 『朝鮮社
　　　會の構造と日本帝國主義』, 龍溪書舍, 1977.

禹樂基, 『濟州道 大韓地誌1』, 韓國地理硏究所 刊行部, 1965.

윤치부, 「제주 민요의 기능별 분류」, 『제주교육대학교 논문집』 제25집, 제
　　　주교육대학교, 1996.

이성훈, 「민요 제보자의 생애와 사설」, 『백록어문』 제2집, 제주대학교 국
　　　어교육연구회, 1987.

_____, 『해녀의 삶과 그 노래』, 민속원, 2005.

朝鮮總督府農商工部編, 『韓國水産誌』 제3집, 朝鮮總督府農商工部, 1910.

玄容駿・金榮敦, 『韓國口碑文學大系』 9-3, 韓國精神文化硏究院, 1983.

다카하시 노보루(高橋 昇) 著, 洪性穆 譯, 『朝鮮半島의 農法과 農民-濟州
　　　島編-(1939)』, 제주시우당도서관, 2000.

후지나가 다케시(藤永 壯), 洪性穆 譯, 「1932年 濟州島 海女의 鬪爭」, 『「濟州島」의 옛 記錄』, 濟州市愚堂圖書館, 1997.

14

〈해녀노젓는소리〉의 형성과 본토 전파

| 이성훈 | 숭실대학교

『우리문학연구』 제24집, 2008.

I   서 론

〈해녀노젓는소리〉는 제주도 출신 해녀들이 뱃사공과 함께 돛배를 타고 본토로 出稼하거나 해산물을 채취하기 위해 뱃물질하러 오갈 때, 좌현에서 젓걸이노를 젓는 해녀와 우현에서 젓걸이노를 젓는 해녀 또는 船尾에서 하노를 젓는 뱃사공과 좌·우현에서 젓걸이노를 젓는 해녀 등으로 짝을 나누어 되받아 부르기(同一先後唱)나 메기고받아 부르기(先後唱)의 방식으로 부르는 노래이다.[1] 〈해녀노젓는소리〉가 원래 뱃사공이 부르던 노래인데 해녀가 배워서 부르게 된 노래인지, 아니면 원래 해녀들이 부르던 노래인데 뱃사공이 배워서 부르게 된 노래인지에 대해서는 논란의 여지가 있을 수 있다. 하지만 필자는 전자의 입장에 서서 논의를 전개하고자 한다.

〈해녀노젓는소리〉는 해녀들이 제주도에서 뱃물질 하러 오갈 때, 뱃사공(어부)이 부르는 〈뱃사공노젓는소리〉를 듣고 배워 부르기 시작하였다고 본다. 하지만 본격적으로 〈해녀노젓는소리〉를 가창하기 시작한 것은 해녀들이 본토로 출가 물질을 나오면서 해녀 인솔자인 뱃사공들이 부르는 〈뱃사공노젓는소리〉를 듣고 배웠다고 본다. 그렇다면 〈해녀노젓는소리〉가 형성된 것은 언제부터이고 본격적으로 가창된 것은 언제부터인가? 그 시기를 추정하는 것은 지난한 일이다. 그렇다고 형성 시기와 본격적인 가창시기를 추정하는 일이 헛일이거나 무의미한 것만도 아니다.

그간 〈해녀노젓는소리〉 연구는 문학적, 민속학적 측면에서 많은 진

---

1) 이성훈, 『해녀의 삶과 그 노래』, 민속원, 2005, 41면.

척이 있었다. 그럼에도 불구하고 〈해녀노젓는소리〉가 형성된 시기와
본토에 전파된 시기에 대한 고찰이 이루어진 적이 없다. 이 논문은
〈해녀노젓는소리〉가 형성된 시기는 언제부터이고, 본토에 전파되어 본
격적으로 가창되기 시작한 시기는 언제부터인지를 규명하는 것을 목적
으로 한다. 이를 위해 돛배를 부리는 뱃사공인 格軍과 전복을 잡는 어
부인 鮑作 그리고 해녀(잠녀)들의 역할 관계의 변화, 제주도민의 본토
출륙금지령, 해녀들의 생애력, 해녀들의 본토 出稼 원인 등을 살펴볼
것이다.

 ## 〈해녀노젓는소리〉의 형성

　　제주도나 본토에서 어부가 물고기를 잡으러 갈 때 여성을 만나게 되
거나, 여성이 배에 오르는 것을 꺼리는 금기어가 많다는 것 또한 사실
이다. 제주도에서 수집된 금기어의 예로 "출어를 위해 선창을 향해 가
는 길에 여자가 길을 가로지르면 고기가 안 잡힌다.",[2] "괴기 낚으레
갈 때 빈 허벅 진 예펜 만나민 재수엇나."(고기잡이를 나갈 때 빈 물동
이를 진 여자를 만나게 되면 그 날 재수 없게 된다.),[3] "장시ᄒᆞᆫ는 배에
예즈가 오르민 머정 벗어진다."(장사하는 배에 여자가 오르면 재수 없
다.)[4] 등을 들 수 있다. 또한 본토 동해안 지역에서 수집된 금기어의

---

　2) 泉靖一 著, 洪性穆 譯, 『濟州島』, 제주시우당도서관, 1999, 178면.
　3) 진성기, 『제주도금기어 연구사전』, 제주민속연구소, 2002, 403면.
　4) 위의 책, 406면.

예로 "배를 타러 나갈 때 여자나 개나 앞서 길을 건너면 출어를 꺼린다.", "배를 타러 나갈 때 여자가 배에 발만 얹어도 부정타서 고기를 못 잡는다.", "출어 할 때 여자를 배에 태우지 않는다."5) 등을 들 수 있다.

　　자릿그물어업의 경우 남자 손이 많은 가족에서는 가족단위로 행하지만 그 무렵과 같이 출가 때문에 남자노동력이 부족한 시기에는 두 가족의 남자가 공동으로 2명 내지 3명이 출어한다. 그러나 세 가족이 공동으로 행하는 일은 드물다. 대부분 한 사람이 배를 젓고 1명 또는 2명이 그물을 던진다든지 끌어올린다든지 한다. 배를 저을 때의 노래를 〈놋소리〉라고 한다.
　　이야도사　　이야도사
　　(우도에서 채집)6)

　위 인용문에서 보듯이, 배를 타고 나가 물고기를 잡는 어업에 종사한 자는 남성들이었고, 어부들은 어로작업을 나갈 때 "이야도사/이야도사"라는 후렴구가 있는 〈놋소리〉 즉 〈뱃사공노젓는소리〉를 불렀다. 여성들은 물고기를 잡는 어업에 종사하지는 않았다. 다만 해녀들은 미역이나 전복 등의 해산물만을 채취했을 뿐이다. 이러한 사실은 다음에 인용한 〈해녀노젓는소리〉 사설에 구체적으로 드러난다.

　　[1]
　　이여사이여사나　　　이여도사나
　　쌀물때랑　　　　　　주어에가고

---

　5) 장정룡・양언석, 『동해시의 어로문화』, 동해시, 2000, 150~151면.
　6) 泉靖一 著, 洪性穆 譯, 앞의 책, 175~176면.

들물때랑	앞개에가게
이여사이여사나	이여도사나
어딜가민	괴기하크니
이놈이배야	대바당가게
이여사이여사나	이여도사다
우리집	큰딸애기
나기다리당	다늙으키여
이여사이여사나	이여도사나
(濟州地方)7)	

[2]
산짓물에 놀아난 숭어
심어 내연 등 줄란 보난
아니 먹을 사슴이러라
먹어 노난 근심이 되고
근심 재완 아니든 줌은
들언 노난 날 샐 줄 몰라라
(濟州市 我羅里)8)

　[1]과 [2]는 〈해녀노젓는소리〉인데, [1]은 〈櫓젓는노래〉로, [2]는 〈해녀
노래〉라는 요종명으로 수록된 〈해녀노젓는소리〉자료이다. [1]의 화자
는 "어디를 가면 물고기가 많겠느냐 이놈의 배야 큰바다 가자(어딜가
민 / 괴기하크니 // 이놈이배야 / 대바당가게)"라고 노래하고 있고, [2]
의 화자는 "제주시 건입동에 있는 산지물에 놀던 숭어 잡아 내어서 등

---

　7) 임동권,『한국민요집 I』, 집문당, 1974, 51면.
　8) 진성기,『제주도민요』제2집, 중앙미술사프린트부, 1958, 58면.

을 잘라 보니까 못 먹을 생선회더라(산짓물에 놀아난 숭어 // 심어 내
연 등 즐란 보난 // 아니 먹을 사슴이러라)"고 노래하고 있다. 어부들은
배를 타고 바다로 나가 물고기를 잡는다. 해녀들은 해산물을 주로 채
취할 뿐이지, 물고기를 잡는 경우는 매우 드물다. 이처럼 출어하여 물
고기를 잡고 배를 부리는 일은 어부들만의 몫이었다. 또한 출어를 할
때도 여성들은 배에 오르지 않았다. 그러므로 [1]과 [2]의 화자는 모두
어부이다.

  그러면 미역이나 전복을 채취하는 물질작업은 해녀들만 전적으로
담당하던 일인가 하는 점이다. 물질 작업은 해녀만이 하는 것으로 알
려져 있지만 사실은 그렇지 않다.

  鮑作의 경제생활은 고기를 낚고 미역·전복 등 해물을 채취하여 판
매하는 것을 주로 하였다. 이들은 제주섬에만 국한하지 않고 전라도·
경상도 지방에 떠돌아다니면서 물물교환을 하였다. 조선 전기 鮑作은
전복 등 진상물의 부담을 전적으로 안고 있었다. 기존 상식으로는 해
녀들만 해산물 진상역에 동원된 것으로 알고 있으나, 원래 미역·전복
진상물의 부담은 포작으로 불리는 남자들에게 과중하게 부과되었다.
그러나 과중한 진상 전복의 부담과 관의 수탈 때문에 포작들이 역을
피해 출륙해 버리자 그 아내가 대신 부담해야 했고 바치지 못할 경우
형벌을 받았던 것이다.[9]

    해산(海産)에는 단지 생복(生鰒), 오적어(烏賊魚), 분곽(粉藿), 옥두어
    (玉頭魚) 등 수종이 있고, 이외에도 이름 모를 수종의 물고기가 있을

---

9) 박찬식, 「제주 해녀의 역사적 고찰」, 『역사민속학』 제19호, 한국역사민속학
   회, 2004, 140~141면.

뿐으로 다른 어물(魚物)은 없다. 그 중에서도 천(賤)한 것은 미역을 캐는 여자를 잠녀(潛女)라고 한다. 그들은 2월 이후부터 5월 이전에 이르기까지 바다에 들어가서 미역을 채취한다. 그 미역을 캐낼 때에는 소위 잠녀가 빨가벗은 알몸으로 해정(海汀)을 편만(遍滿)하며, 낫(鎌)을 갖고 바다에 떠다니며 바다 밑에 있는 미역을 캐어 이를 끌어올리는데, 남녀가 상잡(相雜)하고 있으나 이를 부끄러이 생각하지 않은 것을 볼 때 놀라지 않을 수 없다. 생복을 잡을 때도 역시 이와 같이 하는 것이다.[10]

17세기 전반까지만 하여도 전복을 따는 것은 잠녀들이 전적으로 담당해야 할 몫은 아니었다. "잠녀는 미역을 캐는 여자"이면서 부수적으로 "생복을 잡는 역"도 담당하였다. 이러한 사실은 위에 인용한 17세기 李健의 『濟州風土記』(인조 7년, 1629년)에 잘 나타나 있다.

그러나 조선후기에 이르자 포작의 수는 절대적으로 감소하고, 그들이 맡던 전복 채취의 역은 잠녀들이 주로 맡게 되었다.[11] 이러한 상황을 1694년 제주목사 李益泰는 아래와 같이 기록하였다.

진상(進上)하는 말린 전복을 전복 잡는 잠녀(潛女) 90명에게 전적으로 책임을 지워왔는데, 늙고 병들어 거의가 담당을 할 수 없게 되었다. 미역 캐는 잠녀가 많게는 8백 명에 이르는데, 물속에 헤엄쳐 들어가 깊은 데서 미역을 캐는 것은 채복녀(採鰒女)나 다름이 없다. 익숙하지 못

---

10) 海産只有 生鰒 烏賊魚 粉藿 玉頭魚等數種 又有名不知數種外 更無他魚. 其中所賤者藿也 採藿之女 謂之潛女. 自二月以後至五月以前 入海採藿 其採藿之時則 所謂潛女 赤身露體 遍滿海汀 持鎌採海 倒入海底 採藿曳出 男女相雜 不以爲恥 所見可駭 生鰒之捉亦如之(李健 著, 金泰能 譯, 「濟州風土記」, 『耽羅文獻集』, 제주도교육위원회, 1976, 198면).

11) 박찬식, 앞의 글, 146면.

하다고 핑계를 대어 위험한 것을 고루 피하려고만 한다. 잠녀(潛女)의 괴로움과 쉬는 것은 현격하게 다르다. 장래에 전복 잡는 사람이 없게 될 것을 염려하고 또한 균역(均役)으로 전복잡이를 익히도록 권장하려고 미역 잠녀에게도 말린 전복을 나누어 배정하였다. 종전에 한 여자의 역(役)은 10명 여인이 힘을 합쳐야 매달 매사람이 받치는 게 한두 개 전복에 지나지 않는다고 호소하며 오히려 옥신각신하더니 일년을 행하고 나니 편리하다고 하는 자가 많아졌고 그러고나서 그 다음에는 전복 잡는데 익숙해진 사람들이 더러 있게 되었다. 거의 효과를 보기에 이르렀는데 임기가 이미 임박하자, 어떤 이는 말하기를 없어져 끝내 유지되지 않을 것이라고 하였지만, 다시 전복잡이(鮑作) 백여명에게 진상할 말린 전복을 봉하였다가 준비하여 바치도록 하였다. 그리고 그 처잠(妻潛)의 역(役)은 전복과 미역을 논할 것 없이 관(官)에 바치는 물건을 아울러 전부 감(減)하여, 뒤에 좋은 변통(變通)이 있을 때까지 기다리도록 하였다.[12]

위 인용문에서 보듯이, 나잠어업을 하였던 잠녀는 두 부류가 있었다. 하나는 진상하는 전복을 잡는 잠녀이고, 다른 하나는 미역을 캐는 잠녀가 그들이다. 하지만 전복을 잡는 잠녀는 90명에 지나지 않고, 대부분은 미역 캐는 잠녀들이었다. 전복을 잡는 일과 미역을 캐는 일은 깊은 물속에 무자맥질하여 채취한다는 점에서는 별반 다름이 없다. 다만

---

12) 李益泰 著, 金益洙 譯, 『知瀛錄』증보판, 도서출판 제주문화, 2006, 149~150면. "進上揉引鰒專責於採鰒潛女九十名而老病居多不能支堪. 採藿潛女多至八百遊潛水中深入採藿無異採鰒女. 而稱以不習抵死謀避均. 是潛女苦歇懸. 殊爲慮將來採鰒無人. 且欲均役而勸習採鰒分定揉引鰒於藿潛 曾前一女之役十女同力每朔每名所捧不過一二介鰒而訴猶紛紜行之一年稱便者多而乃採鰒者間有之庶見成效不期已迫或言當罷終末堅執更使鮑作百餘名備納進上所封揉引鰒 而其妻潛役無論鰒藿官納之物幷爲全減而俟後之善變通也"(李益泰 著, 金益洙 譯, 『知瀛錄』증보판, 도서출판 제주문화, 2006, 124~125면.)

전복을 잡는 일은 미역을 캐는 일보다 위험할 뿐만 아니라 전복을 잡는 일에 익숙하지 않고 채취하는 양도 많지 않기 때문에 피하려고 한 것이다. 하지만 전복 잡는 일에 익숙해지자 전복 잡는 일이 편리하다고 인식하기에 이른다.

이와 같이 진상하는 전복을 잡는 일은 원래 잠녀들만의 몫은 아니었고, 뱃사공인 格軍들의 몫이었다. 이러한 사실은 아래 인용한 李益泰의 기록에 구체적으로 드러난다.

> 격군과 포작(鮑作)들은 모두 이중의 역(役)을 하여, 한 사람에게 겸행하게 하여 치우친 고역이 막심하였다. 도임(到任) 초에 면임(面任)으로 하여금 포촌(浦村)에 사는 백성 중에 격군(格軍)에 합당한 자를 뽑아내어, 조그맣게 이름을 책으로 꾸미었다. 일 년마다 하는 진상(進上)과 각 항목의 무역물(貿易物)을 싣는 배를 15척(隻)으로 제한하여 수를 정했다가 뒤에는 줄여갔다. 그 원(元) 격군으로 가난하고 나이가 들어 병든 자를 면임(面任)이 가려내어 보고된 자는 그 수를 보충하여, 원래 정한 배의 격군명단(格案)을 관(官)에 올려 수정하고, 포작(鮑作)을 겸한 격군은 모두 감하여 제외시켜, 오로지 한 가지 역(役)만 담당하게 하였다.[13]

格軍은 돛배를 부리는 뱃사공이고 鮑作은 전복을 잡는 어부다. 위 인용문에서 보듯이, 격군과 포작들은 이중의 역을 겸하게 하여 고역이

---

13) 李益泰 著, 金益洙 譯, 『知瀛錄』증보판, 도서출판 제주문화, 2006, 146면. "船格鮑作俱是重役而一人兼行偏苦莫甚　到任初使面任抄出浦村居民中可合格軍者小名成冊而　一年進上及各項貿易物所載船限以十五隻定數後減去　其元格之貧殘老病者以其面任所抄報者充給其數元定船格案修正官上鮑作之兼格者皆爲減除使之專當一役焉"(李益泰 著, 金益洙 譯, 『知瀛錄』증보판, 도서출판 제주문화, 2006, 120면.)

막심하였다. 포작을 겸한 격군은 모두 감하여 한 가지 역만 담당하게 하였다. 하지만 그들의 부역이 현격하게 줄어든 것은 아니었다.

　제주 수신이 장계를 올려 속환과 진상하는 대가를 청하는 『숙종실록』 37권 숙종 28년(1702) 7월 12일 신유 3번째 기사에 보면,

　　이보다 앞서 제주 수신(濟州守臣)이 장계(狀啓)를 올려 아뢰기를,
　　"본도(本島)의 세 고을은 가난하여 의지할 바가 없고 역(役)이 다른 곳의 배나 되어, 심지어는 부모(父母)를 팔고 처자(妻子)를 팔며, 자기 자신이 품을 살고 동생을 파는 지경에까지 이르렀는데, 팔린 자가 모두 58명이 되었습니다. 청컨대, 상평청(常平廳)의 공회(公會)에 붙인 모곡(耗穀)을 참작해서 나누어 주어 속환(贖還)하는 밑천으로 삼게 하소서."

하고, 또 말하기를,

　　"이른바 어호(漁戶)로서 배를 부리는 일을 겸하는 격군(格軍)의 아내는 잠녀(潛女)라고 일컫는데, 1년 동안 관아에 바치는 것이 포작(鮑作)은 20필(疋)을 밑돌지 않으며, 잠녀(潛女)도 또한 7, 8필에 이르게 되니, 한 가족 안에서 부부(夫婦)가 바치는 바가 거의 30여 필에 이르게 됩니다. 그런데 전복, 각종 오징어, 분곽(粉藿) 등을 따는 역(役)이 모두 이로부터 나와서 경영되고, 본고을[本官]의 장수와 병졸(兵卒)에 대한 지공(支供)과 공사(公私)의 수응(酬應)은 또한 이 숫자 이외에 있으니, 만약 별도로 변통(變通)하지 않는다면 무리들이 수년 동안 지탱하기가 어려울 것입니다. 청컨대, 본도(本道)에서 회록(會錄)하는 상평청(常平廳)의 모전미(耗田米) 3백 석(石)을 얻어, 물건을 바꾸어서 바치는 밑천으로 삼게 하소서."

하였다. 비국(備局)에서 복주(覆奏)하기를,

　　"팔린 자를 속환(贖還)하는 일을 시행하도록 허가하되, 이어서 금령
　　(禁令)을 엄하게 하여 폐습(弊習)을 근절시키소서. 진상(進上)에 대가
　　(代價)를 주는 일은, 매년 3백 석으로 삼으면 실로 잇대기 어려울 염려
　　가 있으니, 3년 동안 기한하여 나누어 주어서 본전(本錢)은 보존하고
　　이자(利子)만 취하게 하여, 영구히 역(役)을 보충하게 하소서."

하니, 임금이 옳게 여겼다.[14]

　위 인용문에서 보듯이, 배를 부리는 일을 겸하는 격군(格軍)의 아내
는 잠녀(潛女)라고 일컫는데, 1년 동안 관아에 바치는 것이 포작(鮑作)
은 20필(疋)을 밑돌지 않으며, 잠녀(潛女)도 또한 7, 8필에 이르게 되니,
한 가족 안에서 부부(夫婦)가 바치는 바가 거의 30여 필에 이를 뿐만
아니라 전복, 각종 오징어, 분곽(粉藿) 등을 따는 역(役)이 모두 이로부
터 나와서 경영되고 있다고 하였다. 여기서 남편인 격군은 전복 20필
을, 아내인 잠녀는 전복 7, 8필을 관아에 바치었다는 사실에 주목할 필

---

14) 『肅宗實錄』37卷, 숙종 28年(1702壬午 / 청 강희(康熙) 41年) 7月 12日 辛酉
　　3번째 기사. 先是, 濟州守臣狀言: "本島三邑, 貧殘無依, 役倍他處, 甚至賣父
　　母鬻妻子, 雇當身賣同生之境, 賣鬻者都合爲五十八名。 請以常平廳公會付耗
　　穀, 參酌劃給, 以爲贖還之地。" 又言: "所謂漁戶兼行船格妻, 稱潛女, 一年納
　　官者, 浦作不下二十疋, 潛女亦至七八疋, 一家內夫婦所納, 幾至三十餘疋, 而
　　搯鰒、各種烏賊魚、粉藿等役, 皆自此出營, 本官將士支供及公私酬應, 又在此
　　數之外, 若不別樣變通, 此類之得支數年難矣。 請得本道會錄常平廳耗田米三
　　百石, 以爲貿納之地。" 備局覆奏: "賣鬻者贖還事許施, 而仍嚴禁令, 以絶弊
　　習。 進上給價事, 以爲每年三百石, 實有難繼之憂, 限三年劃給, 俾令存本取
　　利, 永久補役。" 上可之。

요가 있다. 앞의 李益泰의 『知瀛錄』에서 보았듯이, 포작을 겸한 격군은 모두 감하여 한 가지 역만 담당하게 하였지만, 그 부역이 줄어든 것은 아니었다.

다시 말해서 미역 캐는 일은 잠녀들이 주로 맡았고, 전복을 채취하는 일은 격군과 포작들이 주로 맡았다. 이러던 것이 조선 후기로 접어들면서 전복을 채취하는 일은 점차 격군과 포작들의 몫에서 잠녀들의 몫이 되었다. 하지만 배를 부리는 일은 잠녀가 아닌 격군들의 몫이었다. 따라서 나잠어업은 해녀만이 종사하였던 것이 아니고 남성인 격군도 종사하던 어로활동이었다.

그렇다면 이러한 잠수어법은 제주도에만 있었던 것인가. 단적으로 말하면 아니다. 이에 관한 시바 료타로(司馬遼太郞)의 견해는 주목할 만하다. 인용하면 아래와 같다.[15]

잠수어법이란 바다 속에 자맥질해 들어가서 물고기를 찔러 잡거나, 조개를 채취하거나 하는 고기잡이 방법이다. 이것은 원래 黑潮圈[16]에서 문화를 만들어온 여러 민족들의 것이었다. 예컨대 중국고대사에 越人 또는 百越이라는 이름으로 등장하는 고대 민족이 오늘날의 베트남이나 타이족의 먼 조상이라는 것은 의심할 여지가 없는 일이다. 또한 그들이 잠수어법을 가지고 있었다는 것도 고대 아시아사의 공인된 사실이다.

잠수어법은 월인들만 가진 것은 아니었다. 필리핀까지를 포함한 남아시아 해역에서 일반적으로 시행되고 있었고, 지금도 일부에서 행해지고 있다.

---

15) 시바 료타로 지음, 박이엽 옮김, 『탐라 기행』, 학고재, 1998, 248~250면.
16) 黑潮는 해류의 하나. 필리핀 군도에서 일본 열도의 태평양 연안을 따라 북상하다가 북미 서해안까지 흐르는 난류.

그 잠수어법 민족이, 흑조를 타고 오키나와, 제주도, 규슈, 세토나이
카이(瀨戶內海)에 이르기까지 영역을 넓히고 있는 것은, 기원전의 광경
이었다.

···중략···

『魏志』〈倭人傳〉을 보면, 末盧國(마우쓰라 반도 일대로 추측된다.
이키 섬에 가까운 육지)의 민속으로서 "魚鰒잡기를 즐기고, 물이 깊고
얕음을 불문하고 자맥질하여 이를 채취한다"고 하였다. 外來者가 말로
국을 보았을 때 가장 두드러진 특징이 잠수어법이었다는 것이다.

또 "倭의 水人"이라 규정하고서 "즐겨 자맥질하여 魚蛤을 잡는다"고
도 하였다. 왜의 수인이라는 말을 두고 생각하더라도 자맥질어법과 관
계가 있을 것이다.

에도 시대에는 아직도 남자 해사(海士, 海男)17)가 각지에 많이 있었
다. 그러다가 메이지 이후에 와서는 '아마'라고 하면 으레 여자를 가리
킬 정도로 여자들만의 일로 되어 버렸다.

위의 인용문에서 보듯이, 잠수어법은 제주도에서만 행해진 것이 아
니고 일본, 오키나와, 규슈, 세토나이카이, 필리핀까지를 포함한 남아
시아 해역에서 일반적으로 시행되고 있었다. 또한 잠수어법은 일본의
경우에 남자와 여자가 함께 하다가 메이지 이후에 와서는 여자들만의
일로 되어 버린 것과 마찬가지로 제주도의 경우에도 조선 후기로 접어
들면서 전복을 채취하는 일은 점차 격군과 포작들의 몫에서 잠녀들의
몫이 되었다는 점은 주목할 만한 사실이다.

이제 뱃사공인 격군들이 돛배의 노를 저으며 〈뱃사공노젓는소리〉를

---

17) 일본어로는 이 역시 '아마'라 하였다.

불렀다는 사실을 옛 기록을 통해 살펴보기로 한다. 뱃사공인 격군들이
〈뱃사공노젓는소리〉를 불렀다는 사실은 李增의 『南槎日錄』과 任徵夏
의 『西齋集』에 보인다. 먼저 『南槎日錄』에 수록된 錦南 崔溥(1454~
1504)의 〈耽羅詩 三十五絶〉 가운데 二十絶를 들면 아래와 같다.

> 底處一聲送櫓歌   배 밑에서 한 목소리로 배 젓는 노래
> 迓船來趂疾於梭   마중 나온 배 북과 같이 빨리 다가와
> 蓬窓搉了問前程   봉창을 걷어 올려 앞길이 얼마인지 묻노라니
> 舘在朝天影醮波   조천관(朝天舘) 초루의 그림자 물에 비치
> 　　　　　　　　네.[18]

　이 시는 崔溥가 1488년 1월 濟州推刷敬差官으로 제주에 왔을 때 지
었다.[19] 물론 二十絶시에서 격군인 뱃사공들이 부르는 〈노젓는소리〉,
즉 "櫓歌"가 현재 전승되고 있는 해녀들이 부르는 〈해녀노젓는소리〉의
원형이라고 단정하는 데는 무리가 있을 수 있다. 하지만 "櫓歌"가 〈해
녀노젓는소리〉의 원형일 것이라고 본다. 현재 전승되고 있는 〈해녀노
젓는소리〉는 해녀뿐만 아니라 뱃사공도 같은 가락과 사설을 부르고 있
기 때문에 그렇다. 아무튼 이 "櫓歌"는 관리나 진상할 공물을 싣고 제
주도와 본토를 오가는 돛배의 노를 저었던 격군인 이른바 뱃사공들이
불렀던 〈뱃사공노젓는소리〉임에는 틀림이 없다고 본다. 이를 통해서
볼 때 적어도 15세기에는 〈뱃사공노젓는소리〉가 제주도에서 불리고
있었다는 단초를 제공한다. 이러한 사실은 다음에 인용한 『西齋集』의
기록을 통해 좀더 확실하게 알 수 있다.

---

18) 李增 著, 金益洙 譯, 『南槎日錄』, 濟州文化院, 2001, 210면.
19) 2李元鎭, 김찬흡 외 7인 譯, 『譯註 耽羅志』, 푸른역사, 2002, 196면.

나는 꾸짖어 말하기를, "이건 너희들이 힘든 일을 꺼려하는 것이다. 빨리 돛을 내리지 않는다면 내가 너희들을 때릴 것이니라."고 하였다. 이리하여 두 개의 돛을 풀어 내리고 여러 격군(格軍)들에게 〈노젓는 노래〉를 제창하여 함께 힘껏 젓게 하였다.

이때 물과 달은 한 빛이 되고 노젓는 소리와 파도 소리가 서로 위와 아래에서 어울리고 산그림자가 거꾸로 꽂혔는데 수많은 횃불이 마중을 나온 것 역시 하나의 유쾌한 세계였다.

都事는 〈노젓는 노래〉 소리를 듣고서야 비로소 머리를 내밀고는, "곧 도착하여 정박하게 되는 겁니까? 옛날에 배멀미는 오직 〈노젓는 노래〉가 제일가는 약이라고 하던데 정말이군요."라고 하였다. 바야흐로 그대로 노를 젓기 시작했지만, 배가 나가는 것을 모르겠는데, 다만 해안의 불이 점점 가까워지는 것은 느낄 수 있었다.

얼마 안 되어 항구 안에 들어가 정박했는데 바로 별도포(別島浦)였다.[20]

위 인용문에서 보듯이, 뱃사공인 격군들이 〈뱃사공노젓는소리〉를 불렀다는 사실이 분명해졌다. 『西齋集』의 작자인 任徵夏(1687~1730)는 1726년(영조 2) 탕평책을 반대하는 時政 상소로 2월에 順安에 유배되었다가 1727년 7월 大靜으로 移配되어 8월 17일 別刀浦에 도착한다. 이듬해 1728년(영조 4) 2월 다시 붙잡혀 가서 1729년 의금부에서 역모의 죄명으로 친국을 받아 여덟 차례의 고문 끝에 옥사하였다.[21] 임징하는 1726년 제주도 유배를 오면서 격군들에게 돛을 내리고 〈노젓는소리〉를 부르며 노를 젓게 하였다. 이 노래를 들은 都事는 옛날에 〈노젓는소리〉가 뱃멀미를 가시게 하는 제일의 약이라고 하였다고 사실을 몸소

---

20) 任徵夏 著, 金益洙 譯,『西齋集』, 全國文化院聯合會 濟州道支會, 2004, 182면.
21) 위의 책, 6~7면.

체험한다. 그것은 여럿이 부르는 〈노젓는소리〉의 가락이 흥겨웠기 때문이라고 본다.

錦南 崔溥의 〈耽羅詩 三十五絶〉 중에 二十絶과 任徵夏의 『西齋集』 기록은 격군들이 부르는 〈노젓는소리〉가 15세기 말과 18세기 초에도 제주도에서 불리고 있었다는 것은 분명한 사실이다.

이제 격군들이 부르던 〈노젓는소리〉를 언제부터 해녀들이 〈해녀노젓는소리〉로 부르기 시작하였는지 살펴보기로 한다. 앞에서 옛 기록을 통해서 살펴보았듯이, 제주도에서 전복이나 미역을 채취한 것은 격군과 해녀들이었지만, 배를 부리고 노를 저으며 〈노젓는소리〉를 부른 것은 격군들이었다. 해녀들은 격군과 함께 미역이나 전복을 채취하러 돛배를 타고 나가면서, 격군들이 부르는 〈노젓는소리〉를 자연스레 익힐 수 있었을 것이다. 이때부터 해녀들이 부르는 〈해녀노젓는소리〉가 형성되었다고 본다. 따라서 〈해녀노젓는소리〉는 적어도 15세기 말 이전에 형성되었다고 볼 수 있다. 하지만 해녀들은 본격적으로 〈해녀노젓는소리〉를 부르지는 않았다고 본다. 〈노젓는소리〉의 가창기연은 노 젓는 노동이고, '하노'를 젓는 일은 어부인 격군들이 주로 담당하였기 때문에 그렇다.

 ## Ⅲ 〈해녀노젓는소리〉의 본토 전파

주지하듯이 〈해녀노젓는소리〉의 가창기연은 돛배의 '젓걸이노'를 젓는 노동이다. 해녀들이 부르는 〈해녀노젓는소리〉가 제주도에서 형성된 노래라는 것은 주지의 사실이다. 그럼에도 불구하고 〈해녀노젓는소리〉가창은 제주도에서보다는 제주해녀들이 본토로 출가물질을 나올 때나 본토의 다도해 지역에서 연안의 섬으로 뱃물질하러 오갈 때 주로 불렀다고 본다.

　제주도 연안에는 섬이 많지 않을 뿐만 아니라 물질작업장까지 거리도 가깝다. 그렇기 때문에 제주도에서는 돛배를 타고 가서 하는 물질인 이른바 '뱃물질'보다는 헤엄쳐 나가서 하는 물질인 이른바 'ᄀᆞᆺ물질'을 주로 하였다. 그만큼 제주도에서는 해녀들이 돛배의 '젓걸이노'를 저으며 〈해녀노젓는소리〉를 부를 수 있는 가창 기연이 적었던 게 사실이다. 다시 말해서 〈해녀노젓는소리〉의 가창 기연인 '뱃물질'은 제주도에서보다는 본토 서남해안의 다도해 지역인 서부경남지역과 전라남도 지역에서 주로 이루어졌다. 강원도 삼척시 원덕읍 갈남리에서도 이웃마을인 임원리 어장으로 '뱃물질'을 나갔었다. 하지만 동해안의 강원도 대부분 지역에서는 'ᄀᆞᆺ물질'을 주로 하였다. 동해안 지역과 같이 연안의 섬이 많지 않은 제주도의 경우에도 마을 앞 어장에서 'ᄀᆞᆺ물질'을 주로 하였다. 다만 남제주군 성산읍 오조리와 서귀포시 보목동 지역에서는 '뱃물질'을 나가기도 하였다.

　그러면 격군들이 부르던 〈노젓는소리〉를 해녀들이 본격적으로 〈해녀노젓는소리〉를 부르기 시작한 것은 언제부터일까 하는 점이다. 그 시기는 해녀들이 본토로 출가 물질을 나오게 되면서 〈해녀노젓는소리〉가 본격적으로 확산이 되었다고 본다. 본토로 출가하는 과정에서 돛배의 속도를 높이기 위해 돛배의 옆에서 젓는 櫓인 이른바 '젓걸이노'를 장시간 동안 젓게 되었다. 또한 해녀들이 본토에 出稼해서는 연안의 섬으로 뱃물질을 오가며 본격적으로 '젓걸이노'를 저었다. 이처럼 뱃사공과 함께 본토로 출가물질을 나오게 되면서 돛배에 동승하게 되었고 자연스레 〈해녀노젓는소리〉를 부를 수 있는 가창 환경에 놓이게

되었다. 그 결과 해녀들은 '젓걸이노'를 저으며, '하노'를 저으며 뱃사공
이 부르는 〈뱃사공노젓는소리〉를 배우게 되었다고 본다.

이러한 사실은 1910년대와 1930년의 해녀들의 본토 출가 상황을 보
아도 알 수 있다. 먼저 당시의 濟州島書記 에구치(江口保孝)씨에 의하
면 1910년대 전반경의 출가 상황은 다음과 같은 것이었다.[22) 출가의
형태에는 다음의 두 가지 형식이 있다. 첫째는 客主의 모집에 의한 것
으로 그들은 絶影島에 정착하며 일본인 무역상 밑에 있으면서, 매년
음력 12월경 제주도 각지에서 해녀를 모집, 前貸金을 건네주고 계약한
다. 해녀는 汽船으로, 뱃사공·監督者役의 남자는 어선으로 본토에 渡
航하여 부산에서 합류한 후 각지로 떠난다. 두 번째는 獨立出稼인데,
해녀의 남편 2~3명이 공동으로 어선을 매입하여 가족·친척 등의 해녀
를 승선시키는 것이다. 당시 전자와 후자는 인원수 비례로 6대 4정도
였다고 한다.

다구치 데이키(田口禎熹)씨에 의하면 1930년대 전반경의 출가 상황
은 다음과 같은 것이었다.[23) 전라남도 및 전라북도의 연안에 대한 출
어자는 3~5톤 범선으로 목적지에 직항하고 경남·강원·함경 각 도
및 일본 방면에의 출어는 발동선편에 의해 즉각 목적지로 향하는 자도
있으나 대개는 기선편으로 부산에 이르고 마키노시마(牧の島. 주: 影
島)의 근거지로부터 목적지에 출어하는 것이 보통이었다.

---

22) 江口保孝, 「濟州島出稼海女」, 『朝鮮彙報』 제3호, 1915, 166~167면. 후지나가
    다케시(藤永 壯), 洪性穆 譯, 「1932年 濟州島 海女의 鬪爭」, 『「濟州島」의 옛
    記錄』, 濟州市愚堂圖書館, 1997, 94면.

23) 다구치 데이키(田口禎熹), 洪性穆 譯, 「濟州島의 海女」(『朝鮮』218號, 昭和 8
    年(1933) 7月), 『「濟州島」의 옛 記錄―1878~1940―』, 濟州市愚堂圖書館, 1997,
    81면.

1910년대와 1930년대의 본토 출가 방식을 요약하면, 경남·강원·함경도 지역으로 출가하는 해녀들은 대개 동력선이나 기선편으로 부산 영도에 기착한 다음에 출가대상지로 떠난 반면에, 전라도 지역으로 출가하는 해녀들은 범선으로 출가대상지로 떠났다. 다만 뱃사공·監督者役의 남자는 어선으로 본토에 渡航하였다.

따라서 해녀들이 부르는 〈해녀노젓는소리〉는 원래 뱃사공인 격군이 부르는 〈노젓는소리〉인데, 해녀들이 뱃사공과 함께 제주도에서 뱃물질 나갈 때, 뱃사공이 부르는 "이어도사나" 또는 "이어싸나"와 같은 후렴을 해녀들이 모방해서 〈해녀노젓는소리〉를 부르다가, 해녀들이 본토로 출가물질 나올 때나 본토에서 연안의 섬으로 뱃물질을 오가며 장시간 동안 노를 젓게 되자 자신들의 한탄스런 삶을 사설로 엮어서 〈해녀노젓는소리〉로 불렀다고 본다.

그러면 〈해녀노젓는소리〉가 언제부터 본토에 본격적으로 전파되었는지 살펴보기로 한다. 제주도 해녀들의 본토로 출가 물질을 나온 시기를 통해서 본토에서의 〈해녀노젓는소리〉의 형성과 전파 시기를 추정해 볼 수 있다고 본다. 〈해녀노젓는소리〉의 본토 전파와 형성 시기는 제주도 해녀의 본토 출가 시기와 맞물려 있기 때문에 그렇다.

제주도민의 본토 출륙금지령은 인조 7년(1629) 8월 13일부터 순조 23년(1823) 2월 24일까지 약 200년간이었다. 제주도 해녀들의 본토 출가 물질은 출륙금지령이 해제된 1823년 이후부터 시작되었다고 볼 수 있다. 해녀들이 집단적으로 본토로 출가 물질을 나오기 시작한 것은 19세기말부터다. 1889년경에는 靑山島를 비롯하여 완도, 부산, 영도, 거제도, 남해의 돌산, 기장, 울산, 경북 일대까지 出稼하였다[24] 또한 1895

---

24) 康大元, 『海女硏究』개정판, 韓進文化社, 1973, 43면.

년에 부산 앞바다 영도에서 최초로 그 모습을 볼 수 있었다고도 한
다.[25] 본토 출가 제주 해녀에 대한 언급은『개벽』제39호(1923년 9월 1
일)에 乙人의「盈德은 엇더한 지방?」[26],『삼천리』제1호(1929년 6월 12
일)에 金枓白의「女人國巡禮, 濟州道海女」[27]이 있다. 이로 미루어 볼
때 제주 해녀들의 본토 출가물질은 늦어도 19세기말부터는 본격적으로
시작되었고, 〈해녀노젓는소리〉도 이때부터 본토로 전파되었다고 본다.

　　2005년 현재 서부경남지역에서 〈해녀노젓는소리〉가 전승되는 지역
은 사천시 서금동・동금동, 통영시 사량면・미수동, 거제시 남부면・
장목면・장승포동・능포동 등지이다.[28] 강원도는 속초시・삼척시 등
지이다.[29] 그러면 〈해녀노젓는소리〉의 주된 가창지역이 제주도보다는
본토였다는 사실을 본토 출가 물질 경험이 있는 제주 해녀와 본토에
이주・정착한 해녀의 생애력을 통해 살펴보기로 한다.

　　먼저 본토 출가 물질 경험이 있는 제주 해녀의 사례부터 살펴보기로

---

25) 진관훈,「日帝下 濟州島 農村經濟의 變動에 關한 硏究」, 동국대학교 박사학
　　위 논문, 1999, 63면.
26) 乙人,「盈德은 엇더한 지방?」,『開闢』제39호, 開闢社, 1923, 119면. '해녀들의
　　활동'에 대한 단편적인 글이 실려 있다.
27) 金枓白,「女人國巡禮, 濟州道海女」,『三千里』創刊號, 三千里社, 1929, 22~23
　　면. 여기서 필자 김두백은 "꼿가튼 二萬 裸婦가 굴캐며 勞動하는 勇姿. 안해
　　가 남편을 먹여 살니나? 그네의 명조관렴은 엇든가?"라는 서두로 '해녀의 外
　　樣, 작업실태, 〈해녀노젓는소리〉의 구연 현장, 출가지에서의 삶' 등에 대해 보
　　고 들은 바를 기술하고 있다.
28) 이성훈,「경남 통영시 해녀 〈노 젓는 노래〉조사」,『한국민요학』제11집, 한
　　국민요학회, 2002, 235~265면.; 이성훈,「서부경남지역 〈해녀노젓는소리〉조
　　사」,『숭실어문』제21집, 숭실어문학회, 2005, 387~410면.
29) 이성훈,「강원도 속초시 해녀 〈노 젓는 노래〉와 생애력 조사」,『숭실어문』제
　　19집, 숭실어문학회, 2003, 459~507면. 필자는 2006년에 강원도 삼척시 원덕
　　읍 갈남리에서 〈해녀노젓는소리〉를 채록하였지만 학계에 발표하지는 않았다.

한다. 제주도 해녀들이 본토로 출가 물질을 나올 때, 바람이 불면 돛을 달고 항해를 했지만, 바람이 멎으면 돛배의 노를 저으며 〈해녀노젓는 소리〉를 불렀다. 이러한 사실을 제주도 남제주군 성산읍 온평리에 거주하는 해녀 양송백이 1923년에 초용으로 경상남도 巨濟島로 출가 물질을 나올 때, 7일간 노를 저어 거제도 미날구미[30]에 도착했다는 사실을 구술한 다음의 인용문에서도 드러난다.

> 육지레 갈 때민 좁쏠, 보리쏠을 흔 두어 말씩 쌍 가질 안 ᄒᆞ느냐, 그
> 뒌 강 쏠을 못 사난. 처음으로 거제도(巨濟島) 미날구미엔 ᄒᆞ디 가신디,
> 남ᄌᆞ가 셋쯤 올르곡 흔 열다섯 명이 풍선으로 ᄇᆞ름 술술 불민 돛 둘곡
> ᄇᆞ름 웃인 때민 넬(노를) 다섯 채 놓앙 네 젓엉 가곡. 센 ᄆᆞ루 넘어갈
> 땐 베 안 올라가가민 기신 내영 젓잰 ᄒᆞᆫ 발판지멍 어기야차 디야 해
> 가민 막 올라가느네. 밤이도 젓곡 낮이도 젓이멍 일뤠나 걸려시녜[31]

위 인용문에서 보듯이, 양송백은 본토로 출가 물질을 나올 때 바람이 불면 돛을 달고 항해를 했으나, 바람이 멎거나 파도가 높아 센 마루를 넘어갈 때는 힘껏 노를 저었다고 한다. 특히 센 마루를 넘어갈 때, 힘을 내어 노를 저으려고 하면 정판[32]을 찧으며 〈해녀노젓는소리〉를 구연하였다고 한다.

또한 본토에 출가 물질 나와서 '뱃물질'하러 오갈 때도 돛배의 노를

---

30) 경남 거제시 남부면 다포리.
31) 필자채록, 성산읍 온평리, 1986. 8. 8. 양송백(여, 81세). 이성훈, 『해녀의 삶과 그 노래』, 민속원, 2005, 160면.
32) 낚시거루의 이물간 다음간의 밑널빤지, 여닫게 되어 있으며 노 저을 때 디디어 서는데, 그 밑에는 漁具나 채취한 해산물을 넣어 둠.(김영돈, 『제주도민요연구상』, 일조각, 1965, 241면.)

저으며 〈해녀노젓는소리〉를 불렀다. 이러한 사실을 南濟州郡 城山邑 新川里에 거주하는 해녀 현공희·현공옥(자매 : 79세, 78세)이 본토에 서 물질 경험을 구술한 다음의 인용문에 드러난다.

> 제보자 : 바다에 물질 헐 때, 두룽박 허고 바다 영 세어갈 때 물에 들멍 '이어도 사나 이어도 사나 차라 차'. 옛날에는 이런 두 룽박을 헤서 이런 가상에 안 들고 바당 한 가운데 히어 가. 경행 그래 히어 가민 줄줄이, 영이 새들 보민 줄줄이 히어 가지 이, 새ㄱ쭈룩 막 히어가. 히어 가민 글로 히어 가그네 딱 벌어져그네 무리질을 헹 나오주게. 경 헹 무리질을 헹 나오민 그땐 소리가 많이 이서.
>
> '이어도 사나 이어도 사나
> 니네야 배는 잘도 간다
> 우리야 배는 잘도 못 간다
> 생복고동 좋은딜로 가자
> 앞 발르고 뒤 발라 주소.'
>
> 좋은 디, 생복고동 하연 딜로 가서 '돈 벌게 헤여주시오' 영 헤그네 블르멍 영 막 네 젓엉가멍도 젓곡, 그 네착을 영 헹 영 영 젓주게. 풍선 (風船)잇잖아, 저, 영 육지 가 보민 영 뗌마가추룩 헌거 영 너부작한 배 헤영 그런 배 타그네 물질을 헤 낫지. 야~ 바당으로 몰아오는 절이 무 섭다.[33]

---

33) 『국문학보』 제16집, 제주대학교 인문대학 국어국문학과, 2004, 147~148면.

위 인용문에서 보듯이, 현공희·현공옥 자매는 본토에 출가 물질 나
왔을 때는 돛배의 노를 저으며 〈해녀노젓는소리〉를 불렀지만, 제주도
에서는 헤엄치며 〈해녀노젓는소리〉를 불렀다고 한다. 이는 제주도에
서보다 본토에서 주로 불렀다는 사실을 방증한다.

미역의 채취량이 전복이나 소라에 비해 절대적으로 많고 무게 또한
더 무겁다. 제주도에서 물질 나갈 때 돛배를 이용한 것은 주로 마을 앞
바다로 미역을 채취할 때였다. 이에 반해 본토에서는 연안의 섬으로
물질 나가기 때문에 물질 작업장까지 거리가 제주도에서보다 더 멀다.
사정이 이렇다 보니 제주도에서는 〈해녀노젓는소리〉를 가창기연인 돛
배의 노를 젓는 시간이 본토의 경우보다 짧았다. 이러한 사실을 속초
시 동명동에 정착한 제주도 출신 해녀 이기순으로부터 채록한 생애력
을 통해 살펴보기로 한다.

(조) : 할머니 여기 있을 때, 여기서는 네를 안 저어봤지 예.
(제) : 네 안 지여 봔.
(조) : 제주도에서도 안 지여 봔. 거제도에서?
(제) : 거제도에서도 지엿저.
(조) : 경허믄, 해녀노래를 배운 게 북촌에서 배운 거꽈?
(제) : 북촌에서. 거기서는 서로 이제 하노 젓이라, 젓걸이 젓이라, 막
　　　하잖아.
(조) : 하노는 뭐꽈?
(제) : 하노는 큰녜, 배 운용허는 거, 그거는 잘 못 젓어. 경헌디 젓걸
　　　이옌 헌건 옆이 돌아정 젓는 거. 그런 거 허며는 서로딜 질라
　　　고 날리여, 바다에 물에 들어 갈라꼬, 뭐.
(조) : 멧 명이 져수꽈?
(제) : 보통 뭐 젓걸이 저을라믄, 네 세 척 논 배도 잇고, 다섯 척 논

배도 잇고, 빨리 갈라고. 젓걸이 두 개 허고, 하노 ᄒᆞ나 허고. 어, 그러니까 우리 고향은 이제 그 때 시절에도 순경이 잇더라고. 낼 메역 조문헌다 허믄 오널 큰축항에, 또 저 동축항 서축항에서 줄을 메여, 줄을 메여가꼬, 이제 배가 다 거기 가 모여실 꺼 아냐. 모여시며는 총을 팡 허며는 서로 앞의 갈라꼬 허다가 옷도 안 입고 물에 빠진 사름 잇고, 수경도 안 씌고 물에 빠진 사름 잇고 그렇게 해.[34]

이기순은 제주도 북제주군 조천읍 북촌리가 고향인데 현재 속초시에 정착해서 살고 있다. 인용문에서 보듯이 이기순은 제주도 북촌리에서 〈해녀노젓는소리〉를 배웠지만 〈해녀노젓는소리〉의 가창기연이 노 젓는 노동은 거제도에서만 하였다고 한다. 또한 제주도에서 돛배를 타고 물질을 나간 것은 미역을 채취할 때인데, 돛배의 방향을 잡아주는 '하노'는 해녀들이 잘 못 젓고, 돛배의 속도를 증가시켜주는 '젓걸이노'는 해녀들이 저었다고 한다. 하지만 모든 해녀들이 제주도에서 노를 저었던 것은 아니다. 돛배의 노를 젓는 일은 남자들의 몫이었고, 해산물을 채취하는 일은 해녀들의 몫이었다.[35]

---

34) 이성훈, 『해녀의 삶과 그 노래』, 민속원, 2005, 214~215면.
35) "모든 남자는 배를 저으며 취사와 어린이 보는 일을 도맡아 하고 여자는 테왁을 들고 감연히 바다에 뛰어들고 있다. 이렇게 해서 해녀는 하루 한 두 번씩 물때를 맞춰 멀리 난바다에까지 나가 40분 내지 1시간 동안 일한다. 모두가 썰물을 타서 난바다에 나가 밀물 때 돌아옴으로 활동시간은 그 干滿의 어간이다. 이렇게 해서 이 일에서 돌아오면 곧 또 농사에 종사한다."(마에다 젠지(前田善次), 「濟州島에 대해」, 『文敎의 朝鮮』 昭和 3년(1928) 8월호, 홍성목 역, 『「제주도」의 옛 기록』, 제주시우당도서관, 1997, 13~14면.)

(조) : 여기 그러면 해녀노래 부르는 게 제주도 북촌허고, 거제도 거
　　　 기서 많이 불렀고, 여기서는 안 불러 봐수꽈?

(제) : 여기서는 안 불러 봣지. 여기선 불를 일도 엇고.

(조) : 아니 그냥.

(제) : 아니, 영 히영갈 때 혼자서.

(조) : 히여갈 때 불러 봅써.

(제) : 네나 그 노래라.[36]

(조) : 해녀노래가 경허믄 제주도서 미역허레 갈 때 불럿고. 여기 이
　　　 사 와 가지고 거제도나 이런 데서 노 저으면서 불럿고?

(제) : 어, 노 젓일 때 그거 불르고.

(조) : 제주도에서보다 육지에서 더 많이 불러시쿠다 예.

(제) : 더 많이 불럿주마는 불를 시간도 없지게. 불를 시간이 없지.
　　　 그자 물에 들엉 빨리 히영 갓다가 빨리 나와가꼬 빨리 가야뒌
　　　 다고 허는 생각만 허지, 노래 그자 계속 원 불르멍 빨리 가며
　　　 는, 그 목적지에 가믄, 물건 딸 생각만 허지, 무신 다른 생각해.
　　　 목적지 가믄 물질해영, 그거만 헐 생각만 허지, 뭐.[37]

(제) : 엉, 내가 거제도서 놀 지고 가, 돌섬이엔 헌디. 그래서 그 노래
　　　 를 지고 가가니까, 해녀덜이 막 울어서. 난리가 낫어.[38]

　인용문에서 보듯이, 〈해녀노젓는소리〉 제주도에서보다 거제도에서
많이 불렀지만 속초시에서는 헤엄치고 물질 나갈 때만 간혹 불렀고 부
를 시간도 거의 없다는 것이다. 속초시에서는 서부경남지역이나 전라
남·북도지역과 같이 연안의 섬으로 '뱃물질'을 나간 게 아니고 제주도

---

36) 이성훈, 『해녀의 삶과 그 노래』, 민속원, 2005, 228면.
37) 위의 책, 232~233면.
38) 2위의 책, 220면.

에서처럼 앞바다로 '굿물질'을 나갔기 때문에 그렇다. 이기순이 거제도에 거주할 때 연안의 섬인 돌섬으로 물질을 나갔기 때문에 〈해녀노젓는소리〉의 가창기연인 노 젓는 시간도 제주도 북촌리에서보다 더 길었다고 한다.

이상에서 살펴본 바와 같이 〈해녀노젓는소리〉는 제주도에서 형성된 노래라는 사실은 이론의 여지가 없다. 다만 〈해녀노젓는소리〉가 주로 가창된 지역은 제주도보다는 본토의 다도해 지역인 서부경남과 전라남・북도 해안지역이었음을 알 수 있다.

그러면 제주도 해녀들이 본토로 출가 물질을 나온 시기는 언제부터이며 출가 원인은 무엇인지 살펴보기로 한다. 먼저 제주 해녀들의 본토 출가 시기부터 살펴보기로 한다. 제주도민의 본토 출륙금지령이 내려진 것은 인조 7년(1629) 8월 13일에 비국이 제주도 사는 백성들의 출입을 엄금할 것을 청하자, 인조가 이를 승낙하면서 이루어졌다.

> 제주(濟州)에 거주하는 백성들이 유리(流離)하여 육지의 고을에 옮겨 사는 관계로 세 고을의 군액(軍額)이 감소되자, 비국이 도민(島民)의 출입을 엄금할 것을 청하니, 상이 따랐다.[39]

이러한 제주도민의 출륙금지령이 해제된 것은 순조 23년(1823) 2월 24일에 제주목의 여러 문제에 관해 위유 어사 조정화가 복명하고 별단을 올리고, 이를 품처하면서 해제되었다.

---

39) 仁祖 21卷, 7年(1629 己巳 / 명 숭정(崇禎) 2年) 8月 13日 乙丑 3번째 기사. (濟州居民流移陸邑, 三邑軍額減縮. 備局請嚴禁島民之出入, 上從之)

제주의 위유 어사(慰諭御史) 조정화(趙庭和)가 복명(復命)하고 별단
(別單)을 올려, 우도 목장(牛島牧場)을 백성이 개간하도록 허락할 것과
섬의 남녀가 내지(內地)와 왕래하며 혼인할 수 있게 할 것과 목사(牧
使)의 전최(殿最)를 도백으로 하여금 마감하게 할 것과 사신 접대의 폐
단을 바로잡을 것 등을 아뢰니, 묘당으로 하여금 품처(稟處)하게 하였
다.[40]

이처럼 제주도민의 본토 출륙금지 기간은 인조 7년(1629)부터 순조
23년(1823)까지였다. 그 기간은 대략 200여 년간이었다. 따라서 제주
해녀들의 본토 출가도 금지된 것은 당연한 결과였다.

그러면 제주 해녀들의 본토 출가는 언제부터 시작되었을까. 제주 해
녀들의 본토 출가는 출륙금지령이 해제된 1823년 이후부터 시작되었다
고 볼 수 있는데, 본토 출가 시기에 대한 학자들의 견해는 조금씩 견해
는 다르다.

梁弘植·吳太用[41]은 1887년 경상남도 부산의 牧島(影島)에 출어한
것이 시초였다고 한다. 康大元[42]은 1889년경에는 青山島를 비롯하여
완도, 부산, 영도, 거제도, 남해의 돌산, 기장, 울산, 경북 일대까지 出
稼하였다고 한다. 한편 1915년 당시 제주군 서기였던 江口保孝[43]는
1892년 경상남도 울산과 기장으로 출어한 게 최초라고 한다. 桝田一

---

40) 純祖 26卷, 23年(1823 癸未 / 청 도광(道光) 3年) 2月 24日 甲子 3번째 기사.
    (濟州慰諭御史趙庭和復命, 進別單. 言 "牛島牧場許民耕墾, 島民男女, 許令內
    地往來婚娶, 牧使殿最, 令道臣磨勘, 使星支供釐(弊) 〔弊〕等事." 令廟堂稟
    處.)

41) 梁弘植·吳太用,『濟州鄕土記』, 프린트판, 1958, 56면.

42) 강대원,『해녀연구』개정판, 한진문화사, 1973, 43면.

43) 江口保孝,「濟州島出稼海女」,『朝鮮彙報』, 1915. 5. 1.

二[44]는 1895년 釜山 앞바다 牧島(絶影島, 현재의 影島)에서 최초로 볼 수 있었다고 한다. 이러한 사실로 미루어 볼 때, 제주 해녀들의 본토 출가는 적어도 19세말이라고 볼 수 있다.

한편 일본의 남성잠수(海士)와 여성잠수(海女)들이 예전부터 한반도 방면으로 출가 물질을 한 경우도 있었다. 1879년경에 야마구치현(山口縣) 오우라(大浦)의 해녀들이 울릉도 방면으로 진출한 적이 있었고, 1894년(明治 27)에는 남성 잠수들도 전라남도의 흑산도 방면으로 진출한 적이 있었다. 그리고 불과 4년여 정도의 기간에 걸쳐 어업을 겸한 通漁船은 44척(1척 당 7~10명)으로 증가하기도 하였다. 이들은 에히메현(愛媛縣), 오이타현(大分縣), 나가사키현, 야마구치현, 구마모토현(熊本縣) 및 후쿠오카현(福岡縣) 출신자로서 주로 출어하는 곳은 제주도, 소안도, 흑산도, 부산을 중심으로 한 전라남도와 경상남도 지방이었다.[45] 일본 해녀들은 야마구치현 오우라(大浦) 외에도, 미에현 시마반도(志摩半島)의 이세 해녀들이 울산, 영일, 부산, 안도(雁島) 및 거제도 등으로 진출했는데, 1900년에는 해녀를 싣고 다니는 통어선이 40척에 달하기도 했다.[46]

제주도 해녀들이 본토로 출가하게 된 원인은 무엇일까. 단적으로 말하면, 일본인의 남획에 따른 수익의 감소로 더 나은 이익을 얻기 위해서였다.

---

44) 桝田一二, 「濟州島海女の地誌學的研究」, 『大塚地理學會論文集』 제2집(下), 1934, 155면.

45) 김영・양징자 著, 정광중・좌혜경 譯, 『바다를 건넌 조선의 해녀들』, 각, 2004, 236면.

46) 吉田敬市, 『朝鮮水産開發史』, 朝水會, 1954.(김영・양징자 著, 정광중・좌혜경 譯, 앞의 책, 236~237면.)

제주에는 1884년부터 日本 長崎의 후루야古屋利渉가 潛水器船團을 끌고와 海産物을 채취하다가 1886년 日本 임시대리公使 스기무라杉村 濬가 추진하여 「通漁章程」이 체결되면서 공식적으로 全島에 걸쳐 海産物을 日本人들이 남획하였다. 그들은 총, 칼 등 무기류를 소지하고 있었다.[47]

함께 용머리에 올라가서 푸른 바다를 굽어보았다. 오늘은 바람이 자고 잠녀 수십 명이 구름 같은 파도를 들락날락하고 있었다. 멸치잡이 배와 일본 사람의 採鰒船이 바다 가운데에 가득하였다. …중략… 산저포에 닿았더니, 일본 사람들의 杉板漁船 12척이 닻줄을 내리고 서로 연결하여 정박하고 있었다. 매배마다 잠수부 옷 2, 3벌씩 걸려 있는데, 잠수부 옷은 온 몸을 감싸도록 하고 유리로 두 눈을 만들었는데, 끝없이 깊은 곳에 들어가서는 평행으로 거침없이 걸어 다니며 마음대로 전복을 잡는다. 위로 수십 발의 숨쉬는 管이 있어서, 숨을 내쉬게 되니, 전복은 크고 작은 것 할 것 없이 남김없이 캐어낸다. 이 섬사람들은 이 때문에 일거리를 잃었지만, 역시 그 방법을 배울 수가 없으니, 앉아서 슬픈 탄식만 할 뿐인지라 참으로 한탄스럽다.[48]

---

47) 金允植 著, 金益洙 譯, 『續陰晴史』, 제주문화, 2005, 323면.
48) 위의 책, 187~188면. "共上龍頭, 俯觀碧海, 是日風和, 潛女數十, 出沒雲濤, 捕鱶因例名멸치船及日人採鰒船, 彌滿海中, … 到泊山底, 日人杉板漁船十二隻聯纜繫泊, 每船掛水衣兩三件, 水衣者渾身蒙覆, 以琉璃爲兩目, 入無底之淵, 平行無碍, 任意摘鰒, 上有通息管數十把, 以通喉氣, 故鰒無巨細, 採之無遺, 本島人以此失業, 亦不能學其法, 坐而愁歎而已, 眞可歎也."(金允植, 『續陰晴史』, 제주문화, 2005, 68~69면).

해녀 출가의 원인을 康大元은 제주도의 잠수들은 점차 그 기술이 발전하고 인원이 늘어감에 따라 도내에만 머물지 않고 도외로 속속 진출하기 시작했다[49]고 보았다. 하지만 해녀의 본토 출가는 잠수 기술 발전과 인원이 증가하였기 때문이라기보다는 어장의 황폐화가 해녀의 出稼를 촉진하는 원인이 되었다[50]고 보는 게 타당하다고 본다.

Ⅳ　결 론

이상에서 〈해녀노젓는소리〉의 형성과 본토 전파에 대해 살펴보았다. 이를 위해 돛배를 부리는 뱃사공인 格軍과 전복을 잡는 어부인 鮑作 그리고 해녀(잠녀)들의 역할 관계의 변화, 제주도민의 본토 출륙금지령, 해녀들의 생애력, 해녀들의 본토 출가 원인 등을 기반으로 논의하였고, 그 결과를 요약하면 아래와 같다.

조선 전기 鮑作은 전복의 과중한 진상 부담과 관의 수탈 때문에 포작들이 역을 피해 출륙해 버리자 그 아내가 대신 부담해야 했다. 17세기 전반까지만 하여도 전복을 따는 것은 잠녀들이 전적으로 담당해야 할 몫은 아니었고, 잠녀들은 미역을 캐는 일을 주로 맡았다. 17세기 후반에 이르자 포작의 수는 절대적으로 감소하고, 그들이 맡았던 전복 채취의 역은 잠녀들이 주로 맡게 되었다. 하지만 배를 부리는 일은 잠

---

49) 강대원, 앞의 책, 43면.
50) 후지나가 다케시(藤永 壯), 洪性穆 譯, 「1932年 濟州島 海女의 鬪爭」, 『「濟州島」의 옛 기록』, 濟州市愚堂圖書館, 1997, 93면.

녀가 아닌 격군들의 몫이었다.

나잠어업은 해녀와 격군이 종사하던 어로활동이었다. 또한 잠수어법은 제주도에서만 행해진 것이 아니고 일본, 오키나와, 규슈, 세토나이카이, 필리핀까지를 포함한 남아시아 해역에서 일반적으로 시행되고 있었다. 또한 잠수어법은 일본의 경우에 남자와 여자가 함께 하다가 메이지 이후에 와서는 여자들만의 일로 되어 버린 것과 마찬가지로 제주도의 경우에도 조선 후기로 접어들면서 전복을 채취하는 일은 점차 격군과 포작들의 몫에서 잠녀들의 몫이 되었다.

뱃사공인 격군들이 돛배의 노를 저으며 〈뱃사공노젓는소리〉를 불렀다는 사실을 李增의 『南槎日錄』과 任徵夏의 『西齋集』에 보인다. 제주도에서 전복이나 미역을 채취한 것은 격군과 해녀들이었지만, 배를 부리고 노를 저으며 〈뱃사공노젓는소리〉를 부른 것은 격군들이었다. 해녀들은 격군과 함께 미역이나 전복을 채취하러 돛배를 타고 나가면서, 격군들이 부르는 〈뱃사공노젓는소리〉를 자연스레 익힐 수 있었을 것이다. 이때부터 해녀들이 부르는 〈해녀노젓는소리〉가 형성되었고, 그 시기는 적어도 15세기 말 이전에 형성되었다고 보았다.

〈해녀노젓는소리〉의 가창기연은 돛배의 '젓걸이노'를 젓는 노동이다. 〈해녀노젓는소리〉 가창은 제주도에서보다는 제주해녀들이 본토로 출가물질을 나올 때나 본토의 다도해 지역에서 연안의 섬으로 뱃물질하러 오갈 때 주로 불렸다고 본다. 제주도 연안에는 섬이 많지 않을 뿐만 아니라 물질작업장까지 거리도 가깝기 때문에 그렇다. 이러한 사실은 본토 출가 물질 경험이 있는 제주 해녀와 본토에 이주・정착한 해녀의 생애력을 통해 살펴보았다.

해녀들이 〈해녀노젓는소리〉로 부르기 시작한 것은 해녀들이 본토로 출가 물질을 나오게 되면서 본격적으로 확산이 되었다고 본다. 해녀들

은 뱃사공과 함께 본토로 출가물질을 나오게 되면서 돛배에 동승하게
되었고 자연스레 〈해녀노젓는소리〉를 부를 수 있는 가창 환경에 놓이
게 되었다. 그 결과 해녀들은 '젓걸이노'를 저으며, '하노'를 저으며 뱃
사공이 부르는 〈뱃사공노젓는소리〉를 배우게 되었다고 보았다.

〈해녀노젓는소리〉가 본토에 본격적으로 전파된 시기는 제주도 해녀
들의 본토로 출가 물질을 나온 시기를 통해서 추정해 보았다. 〈해녀노
젓는소리〉의 본토 전파 시기는 제주도 해녀의 본토 출가 시기와 맞물
려 있기 때문에 그렇다. 제주도 해녀들의 본토 출가 물질은 출륙금지
령이 해제된 1823년 이후부터 시작되었다고 볼 수 있다. 해녀들이 집
단적으로 본토로 출가 물질을 나오기 시작한 것은 19세기말부터다.
〈해녀노젓는소리〉도 이때부터 본토에 전파되었다고 본다. 한편 제주
도 해녀들이 본토로 출가하게 된 원인은 일본인의 남획에 따른 어장의
황폐화로 인한 수익의 감소 때문이었다.

● 참고문헌 ●

『국문학보』 제16집, 제주대학교 인문대학 국어국문학과, 2004.

『肅宗實錄』 37卷.

강康大元, 『海女研究』개정판, 韓進文化社, 1973.

金枓白, 「女人國巡禮, 濟州道海女」, 『三千里』 創刊號, 三千里社, 1929.

金允植 著, 金益洙 譯, 『續陰晴史』, 제주문화, 2005.

김영돈, 『제주도민요연구상』, 일조각, 1965.

박찬식, 「제주 해녀의 역사적 고찰」, 『역사민속학』 제19호, 한국역사민속
       학회, 2004.

梁弘植·吳太用, 『濟州鄕土記』, 프린트판, 1958.

乙人, 「盈德은 엇더한 지방?」, 『開闢』 제39호, 開闢社, 1923.

李健 著, 金泰能 譯, 「濟州風土記」, 『耽羅文獻集』, 제주도교육위원회,
       1976.

이성훈, 「강원도 속초시 해녀 〈노 젓는 노래〉와 생애력 조사」, 『숭실어문』
       제19집, 숭실어문학회, 2003.

이성훈, 「경남 통영시 해녀 〈노 젓는 노래〉 조사」, 『한국민요학』 제11집,
       한국민요학회, 2002.

이성훈, 『해녀의 삶과 그 노래』, 민속원, 2005.

李元鎭, 김찬흡 외 7인 譯, 『譯註 耽羅志』, 푸른역사, 2002.

李增 著, 金益洙 譯, 『南槎日錄』, 濟州文化院, 2001.

李益泰 著, 金益洙 譯, 『知瀛錄』증보판, 도서출판 제주문화, 2006.

임동권, 『한국민요집Ⅰ』, 집문당, 1974.

任徵夏 著, 金益洙 譯, 『西齋集』, 全國文化院聯合會 濟州道支會, 2004.

장정룡·양언석, 『동해시의 어로문화』, 동해시, 2000.

진관훈, 「日帝下 濟州島 農村經濟의 變動에 關한 研究」, 동국대학교 박사

학위 논문, 1999.

진성기,『제주도금기어 연구사전』, 제주민속연구소, 2002.

진성기,『제주도민요』제2집, 중앙미술사프린트부, 1958.

江口保孝,「濟州島出稼海女」,『朝鮮彙報』제3호, 1915.

吉田敬市,『朝鮮水産開發史』, 朝水會, 1954.

김영・양징자 著, 정광중・좌혜경 譯,『바다를 건넌 조선의 해녀들』, 각, 2004.

다구치 데이키(田口禎熹), 洪性穆 譯,「濟州島의 海女」(『朝鮮』218號, 昭和 8年(1933) 7月),『「濟州島」의 옛 記錄-1878~1940-』, 濟州市愚堂圖書館, 1997.

마에다 젠지(前田善次),「濟州島에 대해」,『文敎의 朝鮮』昭和 3년(1928) 8월호, 홍성목 역,『「제주도」의 옛 기록』, 제주시우당도서관, 1997.

桝田一二,「濟州島海女の地誌學的硏究」,『大塚地理學會論文集』 제2집 (下), 1934.

시바 료타로 지음, 박이엽 옮김,『탐라 기행』, 학고재, 1998.

泉靖一 著, 洪性穆 譯,『濟州島』, 제주시우당도서관, 1999.

후지나가 다케시(藤永 壯), 洪性穆 譯,「1932年 濟州島 海女의 鬪爭」,『「濟州島」의 옛 記錄』, 濟州市愚堂圖書館, 1997.

〈색인〉

엮은이

이성훈(李性勳)

1961년 제주도 조천 출생. 문학박사. 숭실대 겸임교수, 중앙대 강사, 숭실대 한국문예연구소 연구원,
제주대 교육과학연구소 특별연구원, 온지학회 이사를 역임하였다. 한국민요학회 이사, 한국공연문화학회
이사, 백록어문학회 이사로 활동하고 있다.

『해녀의 삶과 그 노래』(민속원, 2005)
『제주도 해녀노젓는소리의 본토 전승양상에 관한 조사·연구』(민속원, 2005, 공저)
『연행록연구총서(전 10권)』(학고방, 2006, 공편저)
『수산노동요연구』(민속원, 2006, 공저)
『고창오씨 문중의 인물들과 정신세계』(학고방, 2009, 공저)
『해녀노젓는소리 연구』(학고방, 2010)
『제주어성사II』(제주발전연구원, 2011, 공저)
『한국민속문학사전』(국립민속박물관, 2013, 공저)

숭 실 대 학 교
한국문예연구소
학 술 총 서 ❹❽

해녀연구총서 2
(민속학)

초판 인쇄   2014년 12월 15일
초판 발행   2014년 12월 30일

엮 은 이| 이성훈
펴 낸 이| 하운근
펴 낸 곳| 學古房

주   소| 서울시 은평구 대조동 213-5 우편번호 122-843
전   화| (02)353-9907   편집부(02)353-9908
팩   스| (02)386-8308
홈페이지| http://hakgobang.co.kr/
전자우편| hakgobang@naver.com,   hakgobang@chol.com
등록번호| 제311-1994-000001호

ISBN   978-89-6071-466-3 94810
        978-89-6071-160-0 (세트)

값 : 35,000원

이 도서의 국립중앙도서관 출판시도서목록(CIP)은 서지정보유통지원시스템 홈페이지
(http://seoji.nl.go.kr)와 국가자료공동목록시스템(http://www.nl.go.kr/kolisnet)에서 이용하
실 수 있습니다. (CIP제어번호: CIP2014037239)

■ 파본은 교환해 드립니다.